Zu diesem Buch

Die ornithologische Versuchsstation auf der Kurischen Nehrung, ein verlassenes Moskauer Kloster und ein Hotel in Suchumi sind die Stationen einer «Pilgerfahrt» durch Zeiten und Landschaften, die Anfang der siebziger Jahre an der Ostseeküste, dem westlichen Rand des sowjetischen Imperiums, beginnt und – nach einer abenteuerlichen Expedition in Abchasien am Schwarzen Meer – 1991 am Moskwa-Ufer, nicht weit von den Barrikaden am Weißen Haus, endet. Protagonist ist ein reisender Schriftsteller, der im Dialog mit einem Begleiter in immer neuen Anläufen nicht nur über wissenschaftliche und künstlerische Erkenntnisse, sondern auch – in bester russischer Tradition – über Mensch und Natur, Sein und Nichtsein, Schöpfer und Geschöpf philosophiert – ein «poetischer Relativitätstheoretiker» (Ilma Rakusa) wie der Autor selbst.
«Mit jedem neuen Buch verfestigt Andrej Bitow seinen Ruf als einer der originellsten russischen Gegenwartsschriftsteller ... Bitow gelingt hier eine poetische Vision, die das Sagbare gleichsam transzendiert ... Bitow nimmt sich mit fabelhafter Geduld, mit geistreicher Verve und unter Aufbietung aller Wahrnehmungs-, Wissens- und Sprachregister der Realität in ihren Einzelheiten an ... Bloße Realitätsablichtung, Epochenschilderung ist seine Sache nicht. Es geht ihm um das Individuum als rätselhaften Schnittpunkt zwischen Diesseits und Jenseits, um die mannigfaltigen Metamorphosen, die sich im Bewußtsein eines Einzelnen abspielen können, und nicht zuletzt um den faustischen Wunsch, den Augenblick in seiner Schönheit anzuhalten ... Das macht sein komplexes, ungemein vielseitiges Buch zum herausragenden Erlebnis.» («Neue Zürcher Zeitung»)

Andrej Bitow, geboren 1937 in Leningrad, wo er Bergbau studierte, veröffentlichte Erzählungen, Essays und Reisebilder. Er war Mitarbeiter am Samisdat-Almanach «Metropol» (1980) und ist heute Vorsitzender des russischen PEN-Clubs. Andrej Bitow lebt in Moskau.

Auf deutsch erschienen «Die Rolle» (1980), «Das Puschkinhaus» (1983), «Armenische Lektionen» (1989) und «Das Licht der Toten» (1990).

Andrej Bitow

Mensch in Landschaft

Eine Pilgerfahrt

Roman

Deutsch von
Rosemarie Tietze

rororo

Rowohlt

Veröffentlicht im Rowohlt Taschenbuch Verlag
GmbH, Reinbek bei Hamburg, Mai 1997

Die russische Ausgabe erschien 1995 u. d. T.
«Oglašennye. Roman-Stranstvie»
im Verlag Iwan Limbach in Sankt Petersburg

Umschlaggestaltung Philippa Walz
Gesamtherstellung Clausen & Bosse, Leck
Printed in Germany
1690-ISBN 3 499 22151 9

In diesem Buch ist nichts erfunden außer dem Autor.

Der Autor

Der Autor bittet Vater Tornike, Vorsteher des Klosters Mozameta, und den Ikonenmaler Vater Senon um ihren Segen.
Der Autor dankt der Vogelwarte des Zoologischen Instituts der Akademie der Wissenschaften der UdSSR (im Dorf Rybatschi, Gebiet Kaliningrad, dem ehem. Rossitten im ehem. Ostpreußen), dem IEPIT (der «Affenstation» †) in Suchumi, Herrn Bads Santarija esq. (Tamysch †, Abchasien), Herrn Dr. Alfred Toepfer † (Hamburg), dem Kulturreferat der Stadt München (Villa Waldberta) und dem Wissenschaftskolleg zu Berlin, daß sie ihm ermöglicht haben, dieses Werk zu verfassen.
Der Autor dankt Rosemarie Tietze und Susan C. Brownsberger für ihre unendliche Geduld und für wertvolle Empfehlungen.
Der Autor dankt ebenso seinen Freunden und Kollegen für die Freundschaft, Großzügigkeit und Toleranz, die sie ihm in unterschiedlichen Lebensphasen beim gemeinsamen Erwerben von Erfahrung entgegenbrachten:
dem Lyriker Gleb Gorbowski und dem Lyriker und Prosaisten Sergej Wolf,
dem Bergingenieur Viktor Buchalow, dem Betriebswirt Viktor Beljajew und dem Bohrmeister Anatoli Kirilin,
dem Schriftsteller und Lyriker Jus Aleschkowski und der Essayistin und Lyrikerin O. G. Schamborant,
dem Maler, Bildhauer, Schriftsteller, Dramatiker, Regisseur und Bühnenbildner Reso Gabriadse,
dem Architekten und Maler A. A. Welikanow und Mich. Mich. Schwanezki,
dem Bühnenbildner B. A. Messerer und besonders Bella Achmadulina und der großen Sängerin Viktoria Iwanowa,
ebenso V. R. Dolnik, Professor der biologischen Wissenschaften, dem Reiseschriftsteller G. J. Snegirjow, dem Lyriker und Sänger S.G. Saltykow, dem Kunstwissenschaftler A. S. Eldarow, dem Restaurator S. W. Bogoslowski, dem Hartmetallphysiker Ruslan Dschopua, dem Schriftsteller Daur Santarija, dem Schriftsteller L. Gabyschew, dem Weltmeister Marlen Papawa und vielen, vielen anderen.

Inhalt

Erstes Buch

Die Vögel …

Es gingen zwei Menschen
hinauf in den Tempel …

Lukas-Evangelium

‹Er sagte› oder ‹ich dachte›?

Ich möchte nicht, daß der Stil mich in Bann schlägt.
Das heißt, ich möchte nicht, daß der Effekt . . . .
. . . .
. . . .
. . . .
. . . . und nicht dem, was ich Ihnen gern gesagt hätte.
Hinzu kommt, daß . . . .
. . . .
. . . .
. . . .
. . . . was ich sagen will.

Wir leben auf dem Grund eines Luftozeans. Zwischen Häusern und Bäumen wie zwischen Muscheln und Algen. Kriecht da eine Krabbe, schrammt mit ihrer Schale über den Asphalt, den Panzernacken unbeweglich, und nur zufällig hebt sich ihr Kopf, als sie etwas Widriges auf ihrem Weg überkriecht – oben wogt der Himmel, und an ihm schwebt, kaum die Flossen regend, ein Vogel. Die Vögel sind die Fische unseres Ozeans.
Wir leben an der Grenze zweier Sphären. Das hat grundsätzliche Bedeutung. Wir sind weder das eine noch das andere. Nur Vögel und Fische wissen, was das ist, eine einzige Sphäre. Sie wissen das natürlich nicht, sie gehören dazu. Wohl kaum würde der Mensch darüber nachdenken, wenn er fliegen oder schwimmen würde. Um nachzu-

denken, bedarf es des Gegensatzes, den es in der homogenen Sphäre nicht gibt; es bedarf der Spannung an der Grenze.

An dieser Grenze kommt es ständig zu Konflikten und Zwischenfällen. Wir sind angespannt, entspannt nur im Schlaf, im ausgespürten Schlupfloch, wie unter einem Stein. Der Schlaf ist unser Schwimmen, unser einziges Fliegen. Sehen Sie nur, wie schwerfällig der Mensch über die Erde geht...

Als täte es ihm weh. Ob nun der Asphalt unter seinen Füßen zu hart ist oder die Schuhe drücken, ob der Arbeitstag zu lang ist oder die Einkaufsnetze zu sehr die Arme runterziehen. Entsprechend jedenfalls sein Gang.

«Sehet die Vögel unter dem Himmel an...

... sie säen nicht, sie ernten nicht, sie sammeln nicht in die Scheunen; und euer himmlischer Vater nährt sie doch. Seid ihr denn nicht viel mehr als sie?»

«Kauft man nicht zwei Sperlinge um einen Pfennig? Dennoch fällt deren keiner auf die Erde ohne euren Vater.

Nun aber sind auch eure Haare auf dem Haupte alle gezählt.

Darum fürchtet euch nicht; ihr seid besser als viele Sperlinge.»

Leicht gesagt – fürchtet euch nicht...

Ich fürchte, daß dieser Text in gewissem Sinn alles enthält, was wir von den Vögeln wissen.

Die Vögel kommen auf merkwürdige Weise in unserem Leben nicht vor, obwohl sie sich unzweifelhaft mit bloßem Auge beobachten lassen. Als flögen sie am Rand unseres Bewußtseins, gleichsam auf die Innenseite jener Käseglocke gemalt, die wir über die bewohnte Welt gestülpt haben. Die heute so naiv erscheinende Vorstellung vom Himmelsgewölbe bezeichnet im Grunde exakt die Innengrenze unseres Wissens, die zur Außengrenze deklariert wurde. Diese undurchsichtige Käseglocke, die wir mit uns herumtragen, schwankt ein wenig bei jedem Schritt. Die Vögel fliegen stets an ihrem Rand, und nähern können wir uns ihnen nicht, denn dort droht Krümmung, Knick, Abglitt...

So daß es die Vögel gibt und zugleich auch nicht. Von Natur schauen wir ja vor unsere Füße, den Kopf zu heben ist ein Luxus. Von Aristophanes bis Hitchcock – keine Vögel, sondern von Vögeln angeregte Vorstellungen. Vögel kann man nur betrachten, wenn sie krepiert sind, außerdem kann man sie schießen und verzehren. Es gibt jedoch keinen Kontakt. Genau wie beim Himmelsgewölbe; wir wissen schon, daß es dort weitergeht, aber für den Alltagsgebrauch bleibt die Erde flach, und dem Überblickbaren ist wie ein Deckel die Sphäre der Erfahrung übergestülpt.

Ich möchte behaupten, daß wir mit den Vögeln von allen Lebewesen am seltensten zusammenstoßen («zusammenstoßen» in wörtlichem Sinn). Schwer vorstellbar, daß Sie einen Vogel berühren, ihn streicheln oder daß er nach Ihnen hackt. Die Vögel fliegen so für sich hin. Viel mehr Erfahrung aus unmittelbarem Kontakt haben wir mit den eher entfernteren Trupps von – aus Sicht der Evolution – eher geringeren Lebewesen, mit den Fliegen beispielsweise. Das Flugzeug erinnert nach wie vor nicht an einen Vogel, wogegen der Hubschrauber auf widerliche Weise einer Libelle gleicht. Hitchcock verbrachte seine Kindheit in einem Laden mit ausgestopften Tieren – und bei ihm hacken Vögel nach dem Menschen, nicht um sich zu verteidigen, sondern um anzugreifen. In der Kunst ist der Vogel ein von Natur surrealistisches Tier.

Ich kam zum siebtenmal hierher auf die Nehrung, zur Vogelwarte, vielleicht war ich auch schon öfter hier, der runden Zahl wegen sei es die Sieben. Das erste Mal war ich vor dem Jahr 1968 hierher geflüchtet, gewissermaßen ins Ausland. «Doch war dies Ufer schon erobert...» Und seither... Gewöhnung tritt dabei nicht ein, ich wundere mich jedesmal, was ich erneut hier sehe. Man sollte meinen, daß ich deshalb jedesmal herfahre, weil ich ein für allemal weiß, was für ein einmaliger Ort dies auf Erden ist und wie belebend und wohltuend, wie wenig er bedroht und verpflichtet; wie sehr er ohne dich sein kann, so daß er dich nicht ausstößt, also ein Ort, wo, nach dem vortrefflichen Ausspruch von Olga Sch., «die Seele sich in beliebigem Verhältnis mit dem Körper vermischt». Wahrscheinlich heißt so etwas erste Liebe, wenn es auch in der Sprache der Chemie ausgedrückt ist. Man sollte meinen, daß ich deshalb herfahre – und weiß doch jedesmal nicht mehr, weshalb. Plötzlich bin ich hier. Dieser Ort erinnert an eine Heimat, die ich nie gesehen habe...

Am Himmel schwammen Kanonenwölkchen.

Wer hatte geschossen? Der aufsteigende Rauch hatte den Schuß vergessen. Der Artillerist die Kanone. Die Wölkchen waren wie eine Kollektion von Kinderbäckchen, die vom Schoß der Madonna geglitten waren, um herumzutollen. Die Bäume allerdings verharrten in ziemlicher Verwirrung, was ihren Wuchs im Verhältnis zum Wind betraf. Manche hatten sich ihm besonders unterworfen und wuchsen in einem Winkel von 45 Grad zum Meeresspiegel. Dieser Winkel kennzeichnete die Beständigkeit der Winde so anschaulich wie ein Schulbuch.

(Das Schulbuch ist mir zur rechten Zeit eingefallen. Denn nachdem wir in der Grundschule die «unbelebte Natur» durchgenommen hatten, sollte ich nie wieder solche idealen Schluchten, Hügel und Steppen zu Gesicht bekommen wie auf jenen Bildchen, vielmehr mußte ich fortwährend jene Qual des Erwachsenwerdens empfinden, wenn alles nicht mehr ganz so ist, wie dort gezeichnet, nicht so rein, so exakt, nicht mehr so Ausdruck des Wortes, das es bezeichnet – nicht Schlucht, sondern eine Art Schlucht, nicht Wald, sondern eine Art Wald, nicht Fisch, nicht Fleisch, nicht das Wort «Schlucht», nicht das Wort «Hain»... Hier dagegen verharrte alles in eben diesem Zustand: Meer, Dünen, Wolken, Gebüsch, Sand, Wind. Zwei merkwürdige Bedingungen enthielt diese Bedingungslosigkeit, doch davon später.)

Hatten aber die Dünen den Wind gebrochen, wehte er in alle Richtungen, worauf die Bäume, deren genetischem Gedächtnis sich die Linie des geringsten Widerstands eingeprägt hatte, in ihrer Verwirrung nicht mehr wußten, wohin wachsen, und in alle Richtungen wuchsen. Sie behinderten den Wind dann eher, als daß sie sich unterwarfen, und damit änderte sich ihre Aufgabe. Sie bildeten einen lebendigen Windbrecher, wuchsen über Kreuz wie Panzersperren, zahllose X und Y in allen Richtungen – die Gleichung war nicht gelöst.

Der Bus hielt, und ich stieg aus.

Als erstes mußte ich Doktor D. wiedersehen.

Ich durfte in der Ecke sitzen.

Vor mir saßen sechs Paar Studenten – unbedarfte Hinterköpfe.

Er spazierte vor dem Auditorium auf und ab, die Hände auf dem Rücken, längs der Tafel und längs der Tafel. Seiner Gangart nach war er etwas größer und dünner als in Wirklichkeit. Er hob die Beine etwas zu hoch, der Kopf ruckte leicht bei jedem Schritt, und er hatte einen Blick, als säße das Auge seitlich wie beim Vogel, weshalb seine Gestalt vom Profil beherrscht wurde. Die Richtung wechselte er so rasch, daß sofort wieder das Profil zu sehen war. Als liefe er hinter Gitterstäben. Schließlich stoppte er vor der Tafel und zeichnete eine Gerade. Das Geräusch schien der Kreide hinterherzuhinken...

«Nehmen wir...», sagte er. Und zu diesem hinterherhinkenden «tok», an das ich mich, über die schulfreien Jahre hinweg, geradezu mit der Haut erinnerte, «nehmen wir...», zeichnete er, tok-tok-tok, ein Quadrat – «einen geschlossenen Raum».

Und blickte uns, wiederum von der Seite, siegessicher an.

Keine Spur von Verständnis fand er im Blick des Auditoriums. So nahm er die Lebhaftigkeit seines Blicks in sich zurück, wie man den Kopf einzieht.

«Das heißt», fuhr er reservierter fort, «ein von allen Seiten umgrenztes Gefäß. Hermetisch geschlossen. Ohne Luftzufuhr. Es ist völlig leer.»

Das Quadrat an der Tafel wurde noch etwas leerer, als es schon war. Einsamkeit ging von diesem Quadrat aus.

«Da setzen wir einen Vogel hinein.»

Nach der Strenge, mit der er das Quadrat gezeichnet hatte, meinte man, er wäre nur zu Geraden fähig; doch plötzlich malte er lebhaft und leicht, in einem einzigen Schwung, in die Ecke des Vierecks ein Vögelchen – natürlich im Profil.

Die Studentin auf der Vorderbank kicherte.

Dies war die erste Annahme. Auf Annahmen fußt bekanntlich die Theorie. Und war zugleich die erste Hinnahme – wie hätte das arme Vögelchen dort reinkommen sollen?

«Was benötigt es zuallererst, um existieren zu können?»

Er wartete, damit es im Auditorium zu denken begann, und antwortete selbst: «Luft.»

Hierauf wischte er mit dem Finger ein Fensterchen in die Oberseite des Quadrats. Alle seufzten, die Luft drang gleichsam mit einem Pfeifen ein. Das Vögelchen war gerettet.

«Was weiter?»

Er zeichnete ein Schälchen mit Wasser dazu.

So stattete er das Vögelchen mit allem Lebensnotwendigen aus, und diese Reihe wurde erschreckend lang und kompliziert. Als junger Schöpfergott nahm er des Vögelchens Bedürfnisse vorweg, und diese nahmen kein Ende. Die Tafel war bereits mit Formeln bedeckt, die um einiges komplizierter waren als O_2 und H_2O, mit denen alles angefangen hatte, doch nicht kompliziert genug, um als Wissenschaft im modernen Sinne zu erscheinen. Dem Vögelchen war es bereits eng geworden in seinem Gefäß, denn es hatte sich Hausrat und Familie zugelegt; trotzdem war das noch der einzige Ort, wo es wenigstens auf dem Stängelchen sitzen konnte, denn der gesamte Raum, den der Redner ihm zum Leben überlassen hatte (anfangs so leer und klein auf der riesigen und leeren Tafel), war nun umzingelt, von allen Seiten bedrängt, eingezwängt zwischen den Formeln seines Daseins. Dort im Außenraum wuchs der negative Druck ungenügender Kenntnis des Lebens... und weit zurückgeblieben war der frohe biblische Anfang: Luft, Wasser, Nahrung. Die Wissenschaft beginnt bei dem, was tatsächlich kompliziert und nicht zu erfassen ist, beim Anfang, läßt ihn in Form von Axiomen und Lemmata irgendwo in den Untiefen der Grundschule zurück und endet schlicht bei dem, was jeder Professor lernen kann.

Längst schon fängt niemand mehr beim Anfang an. Um zu den eng spezialisierten Fachleuten in den oberen Rängen aufzusteigen, muß man skrupellos auf einer möglichst weit fortgeschrittenen Stufe anfangen. Mich rührte dieser Versuch des geistigen Durchdringens in einer Vorlesung – der Redner schien sich selbst zu wundern, er hatte seinen Gewinn aus dieser seltenen Gelegenheit. Fachleute neigen dazu, bei jedermann Interesse an ihrem Gegenstand zu vermuten («Enthusiasmus», ein in Wissenschaftsromanen zur Perfektion entwickelter Kunstgriff), doch ist dies nur die rührende und klägliche Kehrseite ihres Komplexes. Und während die Studenten dem Redner nicht zuhören, die Studentinnen automatisch mitschreiben und ich meinen Gedanken über die für ihn schmeichelhafte Ähnlichkeit mit dem Gegenstand seiner Forschung nachhänge (in jenem banalen Sinn, wie ein Herr seinem Hund ähnlich sieht), während wir abschweifen und ihm nicht zuhören, überschreitet er unmerklich die Grenze des Allgemeinverständlichen, Allgemeinbekannten, Offensichtlichen, von dem er ein wenig den Schleier gelüftet hatte, und dringt in den Bereich des Fachwissens vor, ins private Schneckenhaus des Spezialisten, in die ökologische Nische der Ökologie, und nun hören wir ihm nicht mehr deshalb nicht zu, weil wir abgeschweift wären, sondern weil wir nicht mehr begreifen, und wieder einmal haben wir den weihevollen Schauder beim Übergang vom Sichtbaroffensichtlichen zum Verstandeserfaßbaren verpaßt. Wir hören ihm nicht zu – ein geschickter Kunstgriff für den Übergang zu einem neuen Erzählstrang...

Ich hätte das noch in der Grundschule hören und begreifen können. Wie merkwürdig, daß die Menschheit etwas nicht zusammen mit mir, dem kleinen Schüler, begriffen hat! Ich absolvierte die Schule, absolvierte in zwei Anläufen auch die Hochschule, ich war schon hoch in den Dreißigern, als man von dem zu sprechen begann, was uns umgibt, immer umgeben hat, von der Natur, von dem, ohne das wir nicht leben können: von Luft, Wasser, Nahrung. Ja, sowas! Ganz was Neues! Eben, etwas Neues, wie sich zeigte. Neu war eben dieses Gespräch. Das jetzt so sehr Mode ist, daß es sich schon totläuft, als wäre die Gefahr, nichts zum Atmen zu haben, gar keine mehr – wir haben einen Schreck gekriegt, aber morgen und übermorgen atmen wir ja noch. Die Tragödie ist zu lockerem Geplauder verkommen, die beste Methode, damit alles beim alten bleibt. Was auf den schlimmen Gedanken bringt, daß ein Verbot des Themas womöglich wirksamer gewesen wäre, als es breitzutreten nach Aufhebung des Verbots. Erst herrschten hungrige Zeiten, wir hatten anderes im Sinn, plötzlich sind wir satt, sind am Leben – was kümmert uns das täglich Brot.

Es vergeht Zeit, und aus Unzusammenhängendem bildet sich eine Abfolge... Nach dem Krieg hatten sich in Seen und Flüssen die Fische vermehrt, die Wälder waren nicht zertrampelt, es gab Pilze, Beeren – Vater und ich fuhren mit dem Fahrrad raus, und keiner kam uns entgegen, kein Mensch. Leere Sandwege und Vogelgezwitscher. Von welchem Jahr an fuhr alles auf die Datscha, ging alles Pilze und Beeren suchen, alles Fische fangen? Sicher allmählich, doch auch plötzlich... Ich erinnere mich an die Vorortzüge, wie sie sich plötzlich füllten, überfüllten – plötzlich, in einem bestimmten Jahr. Zehn Jahre hatte es nach dem Krieg gedauert, bis man nicht mehr unbedingt einen zweiten Teller Suppe essen mußte oder Taxifahren für einen Exzeß hielt; und plötzlich, in einem bestimmten Jahr, fuhr alles aus der Stadt raus – 55? 56? Schließlich konnte man immer aus der Stadt rausfahren, niemand verbot es, aber plötzlich wurde es *möglich*. Sich so ein hübsches Kästchen auf den Rücken zu laden und zum Eisfischen zu gehen.

So jedenfalls bei uns, so habe ich es beobachtet, im Westen dagegen, den wir damals nicht kannten, von dem wir nur lasen – nichts als Verschrobenheiten, Schrulligkeiten, denen gehts wohl zu gut: Jemand hat ein halbes Jahr nichts gegessen, jemand sein Auto aufgegessen, jemand ohne Wasser und ohne Essen den Ozean im Schlauchboot überquert, je-

mand ist in Höhlen gestiegen, jemand in einen Krater, jemand auf Händen durch ganz Deutschland gewandert, jemand auf den Everest geklettert und jemand mit vollen Segeln, doch ohne Steuer zu neuen Ufern aufgebrochen...
Das gab es jedoch auch früher... ja, etwas früher, und wäre nicht der Krieg... Nord- und Südpol, Ballons, Zeppeline, «immer höher, höher, höher»... Auch früher gab es das, diesen speziellen Cocktail aus Abenteuer, Sport und Wissenschaft, doch seltsamerweise besonders nach dem Krieg. Als etwas begriffen worden war, als alle etwas begriffen hatten – begriffen hatten sie, bloß nicht, was. Dieses Was entglitt dann unwiederbringlich. Die Zeit ist ebenfalls ein Lebewesen, sie möchte ebenfalls ihr Leben leben... Bisweilen lebt die Menschheit wie EIN Mensch, und in gewissem Sinn ist eben das die ZEIT. Dann altert die Menschheit gemeinsam, freut sich gemeinsam, begreift gemeinsam. Später begreift sie nicht mehr, wo das alles hin ist, wohin entschwunden. Jemand begreift, daß diese Gemeinsamkeit vorbei ist, verloren, nicht mehr zurückzuholen, jemand merkt das früher als andere, eine Selbstmordwelle rollt an, jemand legt ab mit leerem Boot, um den romantisch eingefärbten Idealen nachzusetzen. Doch auch von dieser Bewegung bleiben merkwürdige Dinge im allgemeinen Gebrauch: Schwimmflossen, Tauchmasken, die Ketten aus großen Schmuckperlen, die Pullover- und Jeansmode und neue Sportarten wie Bogenschießen oder Wasserski. Jemand zähmt Löwen, lebt in einem Wolfs- oder Affenrudel, irgendwelche Leute wollen die Arbeitsprozesse der Steinzeit timen, wozu sie sich Werkzeug nach deren Vorbild fertigen und der Zivilisation den Rücken kehren (das Peinliche an all diesen Übungen ist das kleine Funkgerät im Plastiksäckchen und die Möglichkeit, daß ein Hubschrauber vom Himmel zur Hilfe kommt – diese Nabelschnur kompromittiert jegliche Flucht). Merkwürdige Leute. Ihr Verhalten ruft Befremden hervor. Man könnte sie

der Reklame verdächtigen. Aber auch Neid schwingt mit: Der ist entwischt! Wir schuften hier und schuften, und der wandert zu Fuß um die Erde, würde doch jeder gern machen! Bloß merkwürdig, daß es von diesen Tollköpfen so wenige gibt. Das Recht dazu erhält, wer Staunen erregt. Diese abgearbeitete, eingespannte Welt ist jedoch schwer in Erstaunen zu versetzen. An den Abenteuern, die berühmt werden, verblüfft nur eins – ihre Schlichtheit, wieso ist da nicht schon früher jemand drauf gekommen, das weckt Neid, hättest du doch auch gekonnt. Und mehr als offensichtlich ist, daß man nicht folgen kann, daß dieses Loch, dieser Durchschlupf, schon zugemauert ist und bewacht wird. Schwer in Erstaunen zu versetzen ist diese Welt. Wie der Dichter schreibt: «Nicht leicht versetzt ein Wort sie in Erstaunen, nicht leicht verblüfft sie Mienenspiel...» Andrerseits kann man sich nur wundern, durch was für schlichte Dinge sie sich stets erneut verblüffen läßt, diese Welt, durch was für offensichtliche, eigentlich jedermann mögliche Dinge. Und so leben wir auch in einer Welt, die sich durch natürliches Verhalten mehr verblüffen läßt als durch die Formel mc^2. Ich behaupte nun, daß die Geschichte der Wissenschaft Ökologie aus eben dieser Phasenverschiebung besteht und nicht aus der langen Liste der Naturforscher aller Zeiten.

Wir leben in einer Welt von Menschen, die nur einmal zur Welt kommen. Wir sind nicht Zeugen der Vergangenheit, nicht beteiligt an der Zukunft. Instinkt, Gedächtnis und Programm der Gattung sind in uns ebenso abgeschwächt wie dieses Band der Zeiten. Eben aus dieser Schwächung (einer extremen Schwächung, bis hin zum Verlust des Natürlichen) – aus diesem Boden sprießt das Menschengeschlecht. Der Mensch erscheint genau da, wo jede andere Gattung aussterben würde. Weder warme Wolle noch grimmige Zähne, noch wölfische Moral – Hosen, Schußeisen, Religion...

Wie merkwürdig! dachte ich, wenn ich mit Mühe Erfahrung verarbeitete, mit Leichtigkeit Schlüsse daraus zog. Nehmen wir einen Vogel, schließen wir ihn in einen Kasten... Die Flugbahn des wissenschaftlichen Denkens glich mir doch sehr dem chaotischen Flug der Motte. An ihrem Ende stand plump der Schluß, der sich von Anfang an aufgedrängt hatte. Wie komisch! dachte ich, als ob der Mensch, wenn er befremdet die eigenen Hände betrachtet, beim Vogel die Flügel entdeckt, und wenn er vor Verwunderung den Mund auftut, beim Vogel den Schnabel findet. Hat er nun beim Vogel Flügel und Schnabel «aufgetan» – oder bei sich Hände und Mund?

O Mensch! dachte ich, du bist nicht fähig, eine andere biologische Existenzform zu erkennen, bei dieser gewaltigen Anstrengung erkennst du jedesmal nur deine eigene... Aber würde der Mensch die eigene erkennen, ohne nach der Erkenntnis der anderen zu streben? Die Fähigkeit des Menschen, von anderer Natur zu wissen, erscheint mir katastrophal gering, aber für das menschliche Bewußtsein gibt es nichts Edleres und Notwendigeres als diese von Leerlauf bedrohte Anstrengung.

Natürlich haben auch sie viel von einer Wissenschaft. Labors, Kolben, Reagenzgläser, Kurvenschreiber, Kühlschränke – jenes Laputa-Ambiente, vor dem der Forscher im weißen Mantel posiert und mit den Kultgegenständen jongliert. Wir wissen aber nicht, was er wo reingießt dort auf dem Foto und ob er sich nicht über uns lustig macht. Der Hohepriester der Wissenschaft ist neonbeleuchtet und betrachtet tiefsinnig, wovon angeblich er eine Vorstellung hat und wir keine. Darum sind wir ja eine gebildete Gesellschaft, weil wir das Unverständliche achten. Ich bin nicht ironisch, doch, das ist tatsächlich ein Zeichen von Bildung. Die Natur jedoch achten wir nicht, während wir die Wissenschaft achten.

Endlich kommt eine Antiwissenschaft, die die Natur achtet.

Also wirklich, warum sieht er auch so verständnisinnig drein auf diesem Foto, egal auf welchem Titelbild? Der echte Wissenschaftler müßte – meinen naiven Vorstellungen nach – erschrocken, erschüttert, fassungslos aussehen. Weiß er doch auf seinem Gebiet alles, was bis jetzt bekannt war, bis zum heutigen Tag, bis zu dieser Sekunde – und weiter weiß er nichts. Auch niemand sonst, denn er steht an jener vordersten Kante der Wissenschaft, wo das Wissen abbricht. Gerade der beste Fachmann, der wirklich weitersucht, weiß nichts. Alle anderen müssen noch lernen und lernen, bis sie soviel wissen wie er; sie wissen einiges, er alles. Er allein hat eine Vorstellung davon, wie sehr wir nichts wissen. Wieso macht er dann auf dem Foto so ein Gesicht, als wüßte er, was weiter kommt, im nächsten Augenblick? Selbstzufrieden, grell angeleuchtet inmitten der blinkenden Gefäße und verrückt zwinkernden Zeiger, dabei tappt er im dunkeln, er müßte das inspirierte Gesicht eines Blinden haben, des Breughelschen Blinden, der in die Grube stürzt... Unablässig streckt er die Hände in den schwarzen Kasten – in was für einer absoluten, samtenen Finsternis sie dort sind! Es ist sogar ungewiß, ob er sie dort je wieder rauskriegt, aus seiner Black box. Doch er senkt sie bald rein, bald zieht er sie wieder raus, von dort, wo er nichts weiß. Schärfer als eine Rasierklinge ist jene Kante zwischen seinem Gehirn und dem, womit seine Hände beschäftigt sind, die so kühn dort herumhantieren, in der Düsternis luziferischen Lichts.

Aufgrund welcher Sicherheit ist er so sicher?

In dieser Erzählung gibt es auch eine Heldin und die Andeutung einer Liebesgeschichte: Klara. Nein, das war keine der üblichen Dienstreisenliebschaften, sondern Zuneigung, eine Art purer Verliebtheit, deren mildes Licht

die Einsamkeit des Berichterstatters erhellte. Klara war jung, klug und schön. Sie liebte glitzernde Dinge und Tabak und konnte bis fünf zählen. Sie liebte einen anderen. Walerjan Innokentjewitsch war ein aparter junger Mann. Sie schmiegte sich an ihn wie eine Katze (ein äußerst unpassender Vergleich; Katzen durften sich der Vogelwarte höchstens auf Schußweite nähern – eine ornithologische Besonderheit...). Dem unverdorbenen Leser ist, denke ich, bereits klar, daß Klara... (Ach, Klara! Klammern in der Prosa – die schriftliche Form des Beiseiteflüsterns.)
Ich weiß noch, in der sechsten Klasse ungefähr machten wir mal eine Übung aus der Akademiegrammatik, wo es um ein Mädchen ging und ihren geliebten Papagei, wie sie morgens aufwacht und wie er sie begrüßt. Irgendwas sollte da geübt werden, sagen wir, die Fürwörter «er» und «sie», doch für uns handelten alle Übungen bereits nur von dem *einen* – von Gliedsätzen und Satzgliedern. Ich weiß noch, wir deckten das Wort «Papagei» zu und freuten uns unbändig über das, was rauskam. Viele Jahre später sollte ich die Gelegenheit haben, einen Aufsatz zu diesem Thema zu schreiben.
Es war zweifellos eine Art Eifersucht, wenn ich mich nicht traute, sie zu berühren, während sie Walerjan Innokentjewitsch am Ärmel zupfte, damit er sie immer wieder streichelte. Tja, das Geheimnis weiblichen Gewogenseins ist nun mal ein Geheimnis, wobei die Ernsthaftigkeit unserer Absichten der allerschwächste Trumpf ist. Walerjan Innokentjewitsch war voller Geschmeidigkeit und Wohlwollen. Er war eine Generation jünger als wir, betrachtete uns mit scharfem und klugem Blick und nutzte die Überlegenheit seiner späteren Geburt, als ob wir ihm nicht vorausgingen, sondern nachfolgten.
Doch genug über den Nebenbuhler. Ich brachte Klara Lekkerbissen und ließ sie Zigaretten aufpicken; so schmug-

gelte ich mich in ihr Vertrauen, rückte jeden Tag ein Schrittchen näher und turtelte. Ein zärtlich Wort liebt selbst die Katze... (Wieder die Katze... Was muß dieses Wort meiner Klara regelrecht nachschleichen!) Meine Ausdauer wurde belohnt, jetzt würdigte sie mich, wenn ich kam, bereits eines Blicks. Nein, ihr Herz gehörte nach wie vor dem anderen, aber als Frau schmeichelte ihr meine Ergebenheit, darum schenkte sie mir ihr Wohlwollen. Vielleicht hätte sie sich durchaus geärgert und erregt, wäre ich nicht eines Tages zur Mittagszeit aufgetaucht; diesen hinterhältigen Kunstgriff hatte ich noch in petto gehabt, um eine Wende in unserer Beziehung herbeizuführen.

Doch genug über mich. Liebe ist Erkenntnis. Drei Dinge habe ich mit Klaras Hilfe erkannt. Ohne diese drei Dinge hätte ich von unserer Beziehung hier gar nicht erst erzählt.

Klara war zahm, das heißt, sie scheute den Menschen so wenig, daß sie ihn auf Armlänge heranließ. Aber sie war nicht nur zahm, sondern auch *Krähe*, das heißt ein wildes und vorsichtiges Tier, ein anderes Wesen, *kein* Mensch. Darum war sie sehr heikel im Umgang, und die Armlänge bezeichnete eine qualitative Grenze (noch weghüpfen, aufflattern können), die nur der Eingeweihte übertreten durfte. Eines Tages...

...saß sie auf der Sprosse einer Leiter, die an der Wand unserer Küche lehnte. Die Sprosse war für eine Kontaktaufnahme sehr günstig, denn Klaras Blick war auf derselben Höhe wie der des Menschen. Sie hatte meine Zigarette ausgeweidet, nun streckte ich den Arm aus... Sie blickte scheel, zuckte zusammen, beäugte mich abschätzend und beschloß, nicht aufzuflattern, nicht wegzuwollen, sie trippelte bloß auf der Leiterstrebe. Meine Hand legte sich auf das Holz.

Ein kindliches Gefühl drang mir durch Mark und Bein: ich wollte sie unbedingt berühren. Mir wurde plötzlich bewußt, daß ich noch nie im Leben einen Vogel angefaßt hatte. In Sekundenschnelle flogen mir Unmengen gottgefälliger Gedanken durch den Kopf: daß der Mensch ein Tier haben muß, daß ich als Kind kein eigenes Tier hatte (meine Kindheit erschien plötzlich kläglicher und ärmlicher, als sie gewesen war), mir fiel jenes einzige Mäuschen ein, das eine Woche bei mir gelebt hatte und geflohen war, als ich ihm fast beigebracht hatte, auf einer Stricknadel zu laufen (über diese Stricknadel war es aus seinem gläsernen Gefängnis geflohen), mir fielen meine staubigen Knie wieder ein, als ich unterm Schrank vorkroch und einsah, daß es endgültig geflohen war ... ich beschloß, meiner Tochter diesmal unbedingt einen jungen Hund mitzubringen ... Und während ich diese Stoßgebete zum Himmel schickte, sprach ich mit Schmelz in der Stimme: «Klara, meine Schöne, Klara, meine Kluge ...» und berührte ihre Kralle. Und sie rührte sich nicht von der Stelle.
«Klara, meine Schöne, Klara, meine Kluge ...», murmelte ich und strich ihr immer kühner über die Krallen; sie beachtete mich kaum, ließ es aber zu. Ich hob vorsichtig den Arm, um sie spürbarer zu streicheln, da zuckte sie zurück und trippelte weg; mir war also nur gestattet, das Händchen zu küssen.
«Streichen Sie ihr nicht über den Kopf, sondern über den Schnabel ...» Hinter mir stand Doktor D. – wie lange hatte er mich schon beobachtet?
«Über den Schnabel, sagen Sie?» Ich war verlegen, da ertappt. «Dann schnappt sie doch zu!»
«Eben nicht. Beim Schnabel nicht. Sie ist doch ein Raubtier. Und das Raubtier muß man an seiner Waffe liebkosen, dann fürchtet es sich nicht. Sie haben richtig angefangen, die Krallen sind ja auch eine Waffe.»

Ein Gedanke – so er Gedanke ist – fährt blitzartig in den Kopf, als wäre er immer dort gewesen, als wäre für ihn ein Platz frei gewesen. Man muß ihn nicht eigens begreifen. Zweifel weckt er keine.
«Gute Klara, liebe Klara...» Ich strich ihr über den Schnabel. Diese Liebkosung war viel gewichtiger als die der Kralle, und sie gefiel ihr. Sie blinzelte, rieb den Schnabel an mir. Der Anblick einer Krähe nimmt ja nicht gerade für sie ein. Von Natur sieht sie verärgert aus. Der Schöpfer hat nichts vorgesehen, wie sie Freude, Zärtlichkeit oder Liebe ausdrücken könnte. Sie kann weder lächeln noch schnurren, noch mit dem Schwanz wedeln. Desto rührender war, wie diese gestrenge Jungfer sich hilflos um Freundlichkeit bemühte. Der Käse war ihr schon fast aus dem Schnabel gefallen. Ein begeisterter Gedanke über den Fabeldichter Krylow – daß er exakt ist wie Lorenz – flog mir durch den Kopf, schwang sich auf dank Klaras Flügel – Flügel, also *krylja... Krylow* ist ja selber ein Vogelname!... – und flog davon. Und wirklich, am meisten schien Klara zu gefallen: «Klara, meine Schöne...» Obgleich ich nicht mehr wußte, warum sie keine Schönheit sein sollte, ich fand es nicht komisch, sagte völlig aufrichtig: Klara, meine Schöne. Es kann gar nicht anders sein, als daß Schmeichelei auch dem Schmeichler süß ist, sonst wäre sie nichts wert. Da fügte der Doktor hinzu:
«Erinnern Sie sich, wie ich Ihnen von der Moral der Tiere erzählt habe? Ja, und zur ursprünglichen, animalischen Moral des Menschen gehörte offenbar das Verbot, demjenigen zu schaden, der ihm vertraut. Der Hund, dann die Katzen, Tauben, Störche und Schwalben, sie alle konnten sich aufgrund dieser Besonderheit der menschlichen Moral in unterschiedlichem Maß mit dem Menschen anfreunden, ohne extra gezähmt zu werden. Beachten Sie, daß der Mensch für die tatsächlich gezähmten Tiere, die

Hühner, Schweine, Ziegen, keine instinktive Liebe empfindet.»

Ich war entzückt. «Also weckt nur Vertrauen Liebe?»

«Habe ich das gesagt?» fragte der Doktor zweifelnd.

Klara war natürlich eine Kluge, aber auch der Doktor war kein Dummkopf. Mir solche Sachen sagen heißt, mir über den Schnabel zu streichen. Doch wie angenehm, wenn eine menschliche Überzeugung als wissenschaftliches Gesetz zu einem zurückkommt! Das heißt, daß wir uns selbst nicht glauben. Es bedarf der Wissenschaft, um uns von dem zu überzeugen, was uns wesenhaft ist. Merkwürdig, gelinde gesagt, diese Spaltung von Menschlichem und Allgemeingültigem. Aus diesem Spalt sprießt die Ökologie, sie füllt ihn aus.

«Na gut», sagte ich, «wir lieben die, die uns vertrauen. Uns verblüfft an diesem Vertrauen aber vor allem, daß es uns von einem völlig andersgearteten Wesen entgegengebracht wird, das rührt uns. Wir vergessen keine Sekunde, daß wir Menschen sind und sie Tiere – von oben nach unten. Und sie? Für wen halten sie uns, wenn sie uns vertrauen?»

«Schwierige Frage. Ich neige zu der Ansicht, daß sie uns, wenn sie mit uns leben, für andere Wesen halten, aber ihren Herrn aus unserer Gattung ausschließen.»

«Ja, und für wen halten sie ihn?»

«Wahrscheinlich für ein Leittier aus ihrer eigenen Gattung.»

«Wie bitte?» Ich war entrüstet. «Haben sie etwa keine Augen im Kopf? Hält Klara mich denn jetzt für eine Krähe?» Ich schwang die Arme wie Flügel, und Klara fuhr verärgert zurück. Sogleich kam ich zur Besinnung und wollte ihr wieder über den Schnabel streichen, doch sie wandte sich ab. Als wäre sie beleidigt.

«Sie natürlich nicht. Aber Walerjan Innokentjewitsch könnte sie durchaus für eine Krähe halten.»

«Eine männliche Krähe?»
«Das unbedingt», sagte der Doktor, «eindeutig für ein Männchen.»
«Also, jetzt hören Sie aber auf!» spottete ich. «So blind kann die Natur doch nicht sein! Was ist er schon für ein Mann... das heißt, pardon, für eine Krähe?»
«Nun stellen Sie sich einmal vor...», sagte der Doktor...
Unter diesem Wortwechsel entfernten wir uns in Richtung Dünen.
(Klara kam später um, aber nicht durch eine Katze. Raben hackten sie zu Tode. Die lieben Verwandten...)

Ein Gedanke, so er Gedanke ist, fährt blitzartig in den Kopf, als wäre er immer dort gewesen... Auch das ist ein Gedanke. «Gedanken nur und stets Gedanken! O armer Wörterkünstler...»

In der Ökologie ist das Hauptmerkmal befriedigender Gedanken, daß sie offensichtlich sind. Was leider nicht bedeutet, daß sie Ihnen von allein in den Kopf gekommen wären. Obwohl es Ihnen durchaus so vorkommen mag. Ich weiß nicht, warum, aber mir scheint diese Eigenschaft eines Gedankens sein größter Vorzug zu sein. Denken ist natürlich, man muß nicht unbedingt jedesmal «Heureka!» schreien. Pathos und Pracht eines parvenühaften Gedankens, der im Alleingang hoch über die Realität aufzusteigen bemüht ist, zeugen vor allem davon, wie selten seinesgleichen den Kopf seines triumphierenden Besitzers aufsucht (darum die überdeutliche Markierung, die namentliche Kennzeichnung eines jeden Einfalls). Paradoxalität, Effekthaftigkeit und Raffiniertheit treten schon fast als eigenständige Merkmale auf, der Wunsch des Gedankens, erkannt und anerkannt zu werden, verdrängt seine Bestimmung, die Brillanz der sekundären Merkmale überstrahlt den Sinn. Diese Tendenz herrscht bei uns allgemein; auch Gedichte werden neuerdings so technisch geschrieben, daß die Dichtung sich nach dem inspirierten Dilettanten sehnt und die Möglichkeit, etwas Neues zu sagen, Qualifikation geradezu ausschließt, sie ist der Unwissenheit verwandt. Neues sagen kann man allenfalls, wenn man ständig von vorne anfängt, und das kann man nicht lernen, dazu muß man *verlernen*. Ja, wer taucht denn da andauernd am Horizont auf, ohne näher zu kommen? Maßlos begeistert, im Wind flatternd, mit funkelndem Auge und pochendem Herzen, und alles, was wir von Kindesbeinen an auswendig wissen, hat er vergessen? Der *Amateur*. Der Amateur winkt uns mit der weißen Fahne des Unwissens zu: Kommt her, *hier* ist es! Auf der Fahne, einem zufälligen, an einen Zweig geknoteten Stoffetzen, steht geschrieben: *Ich liebe alles Lebendige*. Wenn in unserer nie stillstehenden, in ständiger Entwicklung leerlaufenden, *progressistischen* Welt noch irgend etwas imstande ist, die – bis zum Verlust komplizierte – Bedeutung zurückzuholen, so ist es der Dilettantismus: die Entfernung von Lamarck bis Lorenz wurde nicht zurückgelegt, dazwischen liegen zwei Jahrhunderte, zertreten von schwindelerregender Entwicklung der Wissenschaft. Als absolutes Genie erwies sich nur der Mönch, der auf zwei Beeten Erbsen anpflanzte – der Amateurgärtner Mendel.

Es ist im Leben glücklich eingerichtet, daß die Wahrheit sich entfernt, je mehr Sie sich ihr nähern, und wenn Sie besonders stürmisch sind, müssen Sie mit Wohlfeilem vorlieb nehmen, das Sie unterwegs aufgegabelt haben. Die Wahrheit ist wie die Muse ein Weib – sie selbst entscheidet, wann sie nachgibt, und nie ist es der Richtige. Ihre Wahl ist schwer zu analysieren. Wohl kaum erreicht man bei ihr etwas mit Berechnung – Gefühl muß es sein. Gewalt schließt Erkenntnis aus. Wie rasch doch das Unwesentliche erkannt wird! – das

Wesentliche liegt auch heute noch fast ebenso fern und ebenso nah wie einst. Am Himmel fliegt wer weiß was rum, aber bei den Vögeln kommen wir erst mühsam drauf, daß es sie gibt. Es rattern die denkenden Maschinen, entlasten unsern Geist, sollte man meinen, und parallel zu irgendeiner Superbombe beginnen wir in aller Exaktheit für uns Dinge zu entdecken, die für das Urmenschengehirn fraglos galten: daß alles Lebendige zumindest fühlt.

Die Wissenschaft des 20. Jahrhunderts hat die Wahrheiten sehr verschreckt – sie sind auseinandergestoben wie jene Vögel, die auf der Nehrung so ungeschickt eingefangen werden. Seit der Mensch an seine Abstammung vom Affen glaubt, bringt er ihm Verachtung entgegen wie nie zuvor. Ein unzulässiger Hochmut. Der Dilettantismus erteilt eine Lektion, indem er einen natürlichen, quasi ungebildeten, *aufgeklärten* Blick auf das Lebendige wirft, in unmittelbarem Kontakt allerdings. Und dann findet er für seine Begriffe auch ganz leicht Wörter. Nische, Areal, Pyramide...

Pyramide, das heißt, wer wen und in welcher Reihenfolge frißt. Ein solches Gebäude nicht sehen kann nur, wer ganz an seine Spitze geklettert ist...

Nahrung, Revier, Alter, Energie, Zahl, Geburtenrate, Sterblichkeitsrate... Erlauben Sie mal, wo ist da die Wissenschaft, wo das Neue, wo die Entdeckung? Kennen wir doch alles, ist doch schlicht das Leben. Eben. Unser Bewußtsein ist arrogant, für existent hält es nur, was es schon kennt. Doch ist das, was es schon kennt, mitsamt dem, was es noch nicht kennt, mitsamt dem, was es niemals kennen wird, eine einzige, unteilbare Realität, bei der im Grunde nicht das eine mehr und das andere weniger wichtig ist. Ich muß manchmal ein wenig lachen, wenn ich mir vorstelle, was für ein formloses, von der Erkenntnis krumm und schief angenagtes Stück wir als Vorstellung von der Realität in unserem Kopf haben. Uns kommt das Stück allerdings durchaus glatt und rund vor, mit großem Fassungsvermögen. Die Mutmaßung, daß es eine Realität gibt, die das Krümelchen unserer Kenntnisse völlig absorbiert, ist eine wissenschaftliche Großtat. Das geistige Ziel einer wissenschaftlichen Entdekkung liegt nicht in einer Ausweitung der Erkenntnissphäre, sondern in der Überwindung ihrer Beschränktheit.

Vor die eigenen Füße sehen und dann hinauf zum Himmel – das ist die allererste wissenschaftliche Methode. Nachdenklich im Boden stochern und die Lösung an der Zimmerdecke suchen, wo ja, wie wir seit der Schule wissen, nichts geschrieben steht. Das ist jedem möglich.

Mit großer Sympathie betrachte ich aus rein spekulativer Perspektive einen nicht mehr ganz jungen Österreicher, der durch ein ebenfalls österreichisches, wahrscheinlich schönes und sauberes Dörfchen wandert. Er hebt den Kopf und schaut zum österreichischen Himmel hinauf, der fast dieselbe Farbe hat wie bei uns. Er sieht dort einen Vogel, der schreit, sagen wir, eine Dohle. Was macht der Mann eigentlich? Krähen zählt er. Diese komische und im Russischen längst entlarvte Beschäftigung (bedeutet doch «Krähen zählen» soviel wie «Löcher in die Luft gucken») hat ihn jahrzehntelang völlig absorbiert. Was schreit die so, wohin fliegt sie?

Das Meer ist blau und der Himmel auch und der Wermut bitter und grau der Wolf... Der Besiegte nimmt die Pose der Unterwerfung ein, das heißt, er hält für den letzten, tödlichen Schlag die verwundbarste Stelle hin, entblößt die Achillesferse. Armes Tier! wie schlimm muß es sein und wie erniedrigend, mit zugekniffenen Augen auf den Tod zu warten... Doch – armer Sieger! – dies wird niemals eintreffen. Der Sieger wird sich unter gekränktem Gebrüll im Gras wälzen, um seinen bis zur Weißglut erhitzten Kampfeseifer abzukühlen, und wird seine Waffe einziehen. Oh, wenn der Besiegte feige davonliefe! Das könnte man als Verfehlung auslegen und ihn aus dem Revier jagen, dabei noch kränkend in die Hinterläufe zwicken. Doch nein, dieser Rotzjunge, dieser Grünschnabel, dieser beknackte Mistkerl steht immer noch da, mit zugekniffenen Augen und gebeugtem Hals, und bietet die verführerisch pulsierende Hauptschlagader seinem Feind dar. Von dieser Unterwerfungssekunde an ist das moralische Verbot voll in Aktion, und jeder kriegt sein Fett ab: der Besiegte für seine Schwäche, der Sieger für seinen Edelmut. Halten wir fest, daß beide professionelle Mörder sind, für die Tod und Blut dasselbe bedeutet wie für uns Schweiß und Mühe.

Der Doktor hatte mir soeben Konrad Lorenz' Fabel von Löwe, Rabe und Wolf erzählt.
Das Gespräch hatte uns vom Meer weg ins Wäldchen geführt. Die Füße versanken im Sand.
«Und womit endet es?» fragte ich, über diese Wendung verblüfft.
«Gar nicht», erwiderte mein Doktor. «Der Sieger wälzt sich eine Weile, knurrt und beruhigt sich. Worauf der Besiegte still und ohne sich umzuschauen aus dem Revier verschwindet.»
«Aus dem Revier?»
«Sicher, ich sagte Ihnen doch, Raubtiere haben ihre Jagdreviere, mit strikten Grenzen...»
«Ah so...»
Ja wirklich, ah so... Die allerzartesten Täubchen, Symbol von Küßchenliebe, Palmzweig im Schnäbelchen, die niemandem was zuleide tun können und keine Waffen haben außer ihrem Schnäbelchen, mit dem sie wohl nicht mal einen Käfer zerhackt, und ihren Krällchen, mit denen sie nicht mal den Boden aufgewühlt kriegen – also, wenn man die nicht trennt, hacken sie sich gegenseitig zu Tode. Und der Sieger wird nicht innehalten über dem niedergerunge-

nen, verendenden Feind, sondern ihm mit dem zarten Schnäbelchen den Garaus machen; und auch nach dem Tod des Feindes hält er nicht inne in seiner Kampfeslust, sondern rupft ihm sämtliche Federn aus und reißt ihn in winzige Stücke. Die Taube ist schwach bewaffnet – und hat eine schwache Moral. Gegenüber ihren Artgenossen hat sie keine moralischen Hemmungen.
«Ein schwindelerregender Gedanke!» rief ich und griff heraus, was mir zupaß kam. «Wo ich Tauben noch nie habe ausstehen können!»
«Sie haben moralisch nicht das Recht, sie zu verurteilen», sagte der Doktor finster. «Tauben unterliegen nicht unserem sittlichen Urteil.»
Wir traten aus dem Wald, der die Dünen vor uns verborgen hatte. Jetzt öffneten sie sich dem Blick, waren unerwartet hoch, ihr Gelb blaßte ab in der Ferne, bekam einen grünlich-grauen, lebendigen Farbton. Ihre geschmeidigen Umrisse waren ebenfalls lebendig. Sie weideten dort wie eine Herde, verdeckten sich gegenseitig mit runden, buckligen Rücken, rieben die Flanken aneinander und drängten sich vor. Bei jedem Schritt schwankten sie vor den Augen wie eine vor uns ziehende Elefantenkarawane. Ihre lebendige Farbe erinnerte sehr an Elefantenhaut.
Wir schritten durch das bis zur Sandgrenze immer spärlichere Buschwerk und scheuchten Hasen auf. Sie sprangen erst im letzten Moment von ihrem Lager und schossen direkt unter meinen Füßen vor. Von klein auf hatte ich eine besondere Vorliebe für sie gehabt und ausschließlich mit Häschen gespielt. Ich bin kein Jäger, außerdem ein Städter, noch nie waren Hasen vor meinen Füßen aufgesprungen; gerührt besah ich mir meine wiedererstandene Kindheit. Einmal aufgestört, flüchteten sie vor uns seltsamerweise nicht in den Wald, sondern durch offenes Gelände in die Dünen, das gab mir die günstige Gelegenheit,

ihnen nachzusehen. So langsam laufen nur die schnellsten Lebewesen; ständig meint man, der Hase verharre im Lauf und schaue sogar zurück. In Wirklichkeit fliegt er und läuft gar nicht, und in diesem Fliegen ist wenig Hektik, es fehlt das Flitzen der Läufe, daher gewinnt man den Eindruck von Zeitlupe. Die gemächlichen Hasen entschwanden allerdings rasch dem Blick, das sollten wir zu spüren bekommen, als wir schwerfällig dieselbe Düne hochkletterten. Der Hase flog die Düne hoch, graugelb auf Gelbgrau, und oben am Rand verschwand er im Himmel.
«Und Hasen?» fragte ich.
«Hasen sind schwach bewaffnet. Kämpfen sie untereinander, können sie sich gehörige Verletzungen zufügen. Haben Sie das nie gesehen?»
Wieder flog ein Hase unter meinen Füßen vor und in den blauen Himmel. Das Buschwerk hatte sich aufgelöst, wir traten auf den nackten Sand. Unter den Füßen erinnerte er nicht mehr an Elefantenhaut, sondern war von klarem Hellgelb.
«Sie haben das gesehen?»
«Ja.»
Ich nahm Abschied von den Häschen meiner Kindheit, umarmte die flauschigen Lieblinge und weinte. Diese Enttäuschung hätte nicht sein müssen. Daß gerade die Hasen solche Bestien sind! und nicht die Wölfe...
«Wölfe haben Sie auch kämpfen gesehen?» fragte ich pampig.
«Nein. Und Löwen auch nicht.» Der Doktor hatte ein feines Ohr. «Doch habe ich gesehen, wie Raben kämpfen. Der Besiegte hielt den Scheitel hin, darauf faßte sich der Sieger mit den Krallen an den Schnabel, als wollte er ihn wegreißen, um nicht zuzustoßen.»
«Zu komisch!» Ich stellte es mir lebhaft vor. «Faßt sich an die eigene Nase... Ha-ha!»

«An die Nase, das wäre komisch», sagte der Doktor, «an den Schnabel dagegen, das ist ernst.»
«Steckt den Degen in die Scheide?»
«Eher so.»
«‹Ein Rabe hackt dem anderen kein Auge aus› – ist es das?»
«Tja», meinte der Doktor ausweichend. «Mag sein. Dafür habe ich mich nie interessiert. Obgleich das, wie jede Fabel, natürlich von Menschen handelt...»
«Und die Menschen?» fragte ich mit brennender Neugier.
«Was ist mit ihnen?» fragte der Doktor, als hätte er nicht recht verstanden.
«Sind die Menschen stark bewaffnet?»
«Was denken Sie?»
«Unvergleichlich viel stärker.»
«Hm», machte der Doktor bloß.
«Sie denken nicht so?»
«Sehen Sie, ich *bemühe mich*, nicht so zu denken», sagte der ehrliche Doktor widerstrebend.
«Das kostet Mühe?»
«Tut es. Wir beide haben gerade ein klassisches Beispiel besprochen. Lorenz machte seine Entdeckung, weil er den Hang zum Anthropomorphismus überwand.» Der Doktor warf mir, ohne große Hoffnung, einen raschen Blick zu, sah, daß ich nichts verstand, und fuhr fort: «Anthropomorphismus ist der Fehler, in den wir am häufigsten verfallen, wenn wir die Tierwelt erforschen. Das heißt, wir versehen die Tiere mit unseren Eigenschaften und gehen bei der Deutung ihres Verhaltens von unserer Erfahrung aus. Darum auch hatten wir beispielsweise so lange keine Vorstellung von eben jener Wolfsmoral, da wir sie eher menschlich als wölfisch beurteilten.»
«Sie wollen damit also sagen...», warf ich ein.

«Ich will sagen, was ich gesagt habe!» versetzte der Doktor ärgerlich. «Bitte mich nicht zu deuten. Ich sage das deshalb, weil es da eine Tendenz gibt, quasi ein Anthropomorphismus mit umgekehrtem Vorzeichen. Der ist weniger für die Menschen überhaupt typisch als für uns, die Fachleute, die auf ihrem Gebiet ein wenig zu begreifen beginnen – sozusagen ein Zoo- oder Biomorphismus. Wir übertragen mit der Zeit unser Wissen und unsere Erfahrung aus unserem Fachgebiet aufs Allgemeinmenschliche. Sie haben aber gerade gesehen, welche Irrtümer den Menschen unterlaufen, wenn sie in unschuldigen Anthropomorphismus verfallen. Dieses – zwar unschuldige – Vergehen des Fabeldichters hat der Tierwelt enormen Schaden zugefügt. Er ist schwer zu schätzen, sollte aber auch nicht unterschätzt werden.»
«Ich merke, gegen Fabeln sind Sie ganz besonders...»
«Irgendwo habe ich mal gelesen und bin völlig einverstanden: eine servile, sklavische Gattung. Und dann – ich finde es gar nicht komisch, und gescheit ist es auch nicht: Warum konfrontiert man Ameise und Libelle? Das heißt, ich finde es komisch, aber nicht so, wie der Autor es wollte. Je primitiver eine Fabel im biologischen Sinn, desto niedriger und plebejischer ist, wie mir auffiel, ihre Moral.»
«Oho!» sagte ich. «Kühn!»
«Auch nicht kühner, als Sie über die Tiere... Vielleicht übertreibe ich ja. Und es geht mich auch gar nichts an. Oder geht mich nur privat was an, was auf dasselbe hinausläuft: Für einen Wissenschaftler muß sein Fachgebiet klar umgrenzt sein. Trotzdem, je freier, abstrakter ein Vorwurf ist, desto eher ist er auch von konkreten, fachlichen Fehlern frei. Zum Beispiel: ‹Einst beschlossen Schwan und Krebs und Hecht, zu musizieren im Quartett...› Dieses Geschichtchen widerspricht nicht im geringsten...»

«Im Quartett zu musizieren beschlossen andere, diese drei wollten eine Fuhre ziehen... Sie haben zwei Fabeln verquickt – in der Kritik, mit Verlaub, kein zulässiger Kunstgriff.»

«Ich bin kein Kritiker. Und ich weiß nicht, worin sich die Moral dieser Fabeln unterscheidet, denn für mich haben beide denselben Sinn: Der prinzipielle Unterschied zwischen den biologischen Arten erlaubt uns nicht, Eigenschaften der einen auf die andere zu übertragen. Die Tiere sind keine andere Menschheit, sondern Wesen für sich, biologisch ebenso eigenständig wie der Mensch. In diesen Fabeln schwingt sogar etwas Ökologisches mit, da war Krylow hellhörig: Sie musizieren weder ihre Fuhre, noch ziehen sie ihr Quartett vom Fleck, entschuldigen Sie meinen studentischen Humor. Diese Fabeln handeln von der Albernheit anthropomorpher Übertragung.»

Ich mußte lachen. «Nun, Opa Krylow macht Lorenz gewiß nicht die Priorität streitig. Nicht das hatte er sagen wollen.»

«Aber ausgedrückt hat er genau das. Einen anderen objektiven Sinn finde ich darin nicht.»

Unser Gespräch war wieder einmal in eine Sackgasse geraten. Sehr weit waren wir abgekommen. Keuchend kletterten wir die Düne hoch. Die Welt war in zwei reine Farben getaucht, Gelb und Blau, der Wunschtraum jedes Surrealisten. Die Dünenoberfläche war aufs akkurateste geriffelt wie der sandige Grund im Wattenmeer – auch das ein Hinweis, daß wir in direktem Sinne auf dem Meeresgrund leben: diesen leichten Wellenschlag hatte der Wind gezeichnet. Wir zerstörten ohne Erbarmen die makellose Oberfläche, die keine menschliche Spur aufwies. Der Grund war bald fest wie auf einer Sandbank, dann hinterließen wir eine gleichmäßige und flache Barfußspur, bald gab er nach unter den Tritten, dann rieselte der Sand, und statt einer Fußspur blieb ein unförmiger Kuhtrichter zurück. So waren wir Schritt für Schritt im ungewissen, welcher Fuß fest auftreten, welcher einbrechen würde. Der Wind blies vom Dünenkamm Sand, es pikste auf der Haut; über den Abhang rollten durchsichtige Kadaver von Käfern und Spinnen, ausgedörrt und gebleicht von Wind und Sonne. Nur selten ragte ein Grashalm, neigte sich über das ununterbrochene Gelb, und um ihn ein magischer Kreis; da wuchsen, so schien es, Sonnenuhren, was in geheimnisvollem Einklang stand mit dem Sand, womöglich der Assoziation Sanduhr wegen. Woher die Kreise kamen, kapierte ich von allein, bevor ich dem Doktor die überflüssige Frage stellte: Im Wind neigte sich der Grashalm und glitt mit der Spitze im Bogen über den Sand, und da er sich während eines Tages im Wind nach allen Seiten neigte, zog er einen idealen Kreis, in dessen Mitte er wurzelte. Rührend, dieses sein privates Besitztum! Auch leichte Vogelspuren, die nicht wie die unsrigen die Einsamkeit der Sandfläche zerstörten, kamen vor, in geometrischem Bezug zu den Sonnenührchen der Halme, und über dem Gelb gaukelte im Blau ein abgeblaßter Schmetterling. Winzige schwarze Käferchen stachen wie glühendheißer Sand, sie waren ähnlich wie Sand, waren lebendiger Sand. Marienkäferchen zogen in aberwitzigen Mengen, unbeirrbar, durch die Wüste zum Meer; dünenabwärts rollten ihre ausgedörrten, leblosen Tupfer. Über die Stille zu sagen – da ist nichts zu sagen: wir trugen die Sandalen in der Hand. Noch seltener als die Hälmchen ragten plötzlich kleinwüchsige, rötlich-bläuliche Mikroblümchen aus dem Sand – erzarteten.

Das Veilchen strömet aus sein liebliches Aroma,
Im Schafspferch reißt der Wolf so manche Kreatur;
Er giert nach Blut, das Veilchen liebt es frommer –
So folgt ein jedes der Natur.

«Eben!» Die Stimme des Doktors kam mit einem Sandbach auf mich herabgerieselt. «Das drückt dasselbe genauer und knapper aus.»
«Das ist Puschkin», sagte ich. «Er macht keine Fehler. Er ist ein Genie.»
«Kannte ich nicht. Und sehe nichts Geniales daran. Ist doch offenkundig. Genauigkeit ist kein Verdienst, Ungenauigkeit ein Vergehen.»
Ich wunderte mich über des Doktors Starrsinn. «Das ist doch mit Humor...»
«Na und?» meinte der Doktor. «Humor gleicht Ungenauigkeit natürlich ein wenig aus. Doch was mit absoluter Genauigkeit ausgedrückt wird, braucht keinen Humor.»
«Gibt es das denn, absolute Genauigkeit?»
«Ob in Ihrem Fach, weiß ich nicht, in der Wissenschaft ja.»
«So, so!» Ich legte in diese Replik soviel Ironie, wie ich konnte.
«Nehmen Sie Lorenz, von dem wir gerade sprachen», parierte der Doktor. «Was ist er: ernst bis zur Ungenauigkeit oder komisch bis zur Genauigkeit? Weder – noch: einfach genau.»
Ich stimmte zu und fand einen neuen Dreh.
«Gut, er ist genau. Aber was ist dann mit dem Menschen? Sie sind einer genauen Antwort doch ausgewichen. Kann der Mensch in der Definition fremder Existenz genau sein, wenn er sogar von seiner eigenen nur eine ungenaue Vorstellung hat?»
Ich war zufrieden. Noch ein Schritt, dem Doktor nach, und ich stand auf dem Gipfel der Düne.
Ich hatte ihm die Frage noch beim Anstieg stellen können, und das war gut so, denn hier oben hätte ich sie vergessen. Zu sagen, daß sich von hier eine Sicht auftat, hieße eben-

falls, nichts zu sagen: Ich warf die Sandalen in den Sand, um den Arm frei zu haben für eine Geste, die nicht erfolgte. Ich schaute bald zum einen Meer, bald zum anderen, doch konnte man auch beide zugleich sehen. Das im Westen war an diesem – wie sich hier oben zeigte – windigen Tag saphirfarben, die Wellenkämme so reinweiß wie die Wölkchen und gleichsam unbeweglich. Es war derart tiefblau, daß es dem Himmel über sich, als hätte es ihn aufgesaugt, völlig die Farbe nahm. So daß ich, wenn ich zum Meer im Westen schaute, das Gefühl hatte, auf dem Kopf zu stehen und zum Himmel unter meinen Füßen zu schauen. Ich blickte zum Meer im Osten; hier dagegen hatte der Himmel die Farbe des Meeres ausgetrunken, an ihm standen leichte, fedrige Zirruswellenkämme, während das entfärbte, in ledriger Windstille daliegende Wasser seine Oberfläche verloren hatte und Himmelsdunst glich. Das im Westen war echtes Meer, salzig, grundlos, und jenseits des Horizonts, dreihundert Meilen weiter, schwamm das wohlhabende Schweden. Das im Osten war fast ein Süßwassermeer, ein flaches Haff, nach nur dreißig Kilometern kam die litauische Küste. Doch von hier war weder Litauen noch Schweden zu sehen, beide Meere waren sich gleich und waren grenzenlos, sahen tief und salzig aus.

«Ach ja, ich hatte Ihnen noch nicht auf Ihre Atombombe geantwortet. Die meinten Sie doch, als Sie den Menschen für so ungeheuer stark bewaffnet hielten?»

In meinem Kopf wirbelten noch Ost und West, Himmel und Meer durcheinander, ich hatte den Boden unter den Füßen verloren. Daß ich tatsächlich keinen Boden unter den Füßen hatte, sollte ich erst später verstehen. Ich nickte.

«Sehen Sie, Massenvernichtungswaffen sind in dem Sinn, von dem wir sprachen, nicht als Waffen zu betrachten.

Wollten wir biologische Parallelen ziehen, wozu Sie mich ständig so taktlos drängen, ließe sich eine gewisse Analogie zu den Massenvernichtungswaffen in den Mechanismen zur quantitativen Regulierung der Art entdecken. Das ist ein viel schwierigeres Feld als das, was wir eben hatten. Jedenfalls, einige bis vor kurzem geheimnisvoll anmutenden Phänomene lassen sich damit erklären, daß... wie soll ich das jetzt... Der genetische Code enthält... Das wird zu kompliziert für Sie. Mit einem Wort – die Natur hat da einiges vorgesehen... Die Bombe allerdings ist etwas rein Menschliches, und ohne von Ihnen gezwungen zu werden, würde ich eine solche Analogie nicht ziehen.»

Ich hatte, taub von der unerwarteten Sicht, nicht alles verstanden, gab jedoch aus journalistischem Eifer nicht nach:

«Na schön. Lassen wir das. Aber der Mensch ist doch ein biologisches Wesen?»

«In drei unbestreitbaren Lebensäußerungen: er vermehrt sich, nährt sich und stirbt wie das Tier.»

Oh, wie hat dieser Satz mich umgehauen!

Diesem Ort ist der Tod irgendwie wesenseigen, obgleich er in jeder Hinsicht das reinste Paradies ist. Ich ließ bereits einfließen, daß diesem Ort eine Art übermäßiger Verkörperung eignet. Ob es auf unserem Globus viele solcher Punkte gibt, weiß ich nicht, ich sah so etwas zum erstenmal und habe es seither nicht mehr gesehen. Und jedesmal, wenn ich hierher zurückkehrte (eben zurückkehrte und nicht herreiste...), fand ich ihn genauso vor, in unveränderter Bedeutung. Ich habe versprochen, den besonderen Eindruck dieses geographischen Nichtseins zu erklären, und habe es zweimal aufgeschoben – ich konnte es mir selbst nicht erklären.

Ich sagte schon, daß hier alles ist wie im ersten Lehrbuch, daß sich hier die unterschwellige kindliche Enttäuschung über mangelnde Übereinstimmung endlich verflüchtigt. Was man uns lehrt, stimmt nicht mit der Wirklichkeit überein – eben das ist der Sinn unserer Bildung, des uns Bildens, ist in unserer Erfahrung der erste, im Unterbewußtsein gespeicherte Riß, der vom Leben mit der Zeit zur Schlucht ausgewaschen wird, und die sieht vielleicht eher der Schlucht im Lehrbuch ähnlich als einer Schlucht in der Natur. Ach, dieses schlecht reproduzierte Bildchen, wo die Farben sich überlappen und die Linie dadurch aufheben und betonen! Eben diese apokalyptische Schlucht ist freigelegt, erinnert an einen toten Baum, einen Blitz, ein Gehirn! Unsere romantischen jungen Musterbilder waren wie Wellen vom Betonufer der Wirklichkeit gebrochen worden; bei einer fremden Großtante in der berühmten Hafenstadt zu Besuch, sahen wir weder Schiffe noch das Meer; auf dem nullten Längengrad fanden wir weder eine Linie noch eine Null; vor lauter Bäumen sieht man ja tatsächlich den Wald nicht.
Hier ist alles unverfälscht, in diesem Naturschutzgebiet, sogar die Geographie: Meer, Haff, Dünen, Ufer, Wald, Gras und Himmel und Vögel gibt es hier nicht nur in engster Nachbarschaft, sie stimmen auch mit jenem inneren Urbild überein, das sich einstellt, wenn man die Augen schließt und bei sich die Wörter Haff, Wald, Vögel ausspricht... Verdinglichung der Begriffe, Verwirklichung des Wortschatzes.
Hier hat der Raum gleichsam eine Dimension weniger. Aufgrund dessen können die beiden anderen sich vollständig entfalten. Um eine ist es enger, dafür um zwei geräumiger. Da die Relativitätstheorie anhand eines Beispiels aus der uns geläufigen Erfahrung nur schwer zu erklären ist, schlagen die Mathematiker vor, man solle sich eine

komische Figur vorstellen, die in einem zweidimensionalen Raum existiert. Ehrlich gesagt, ist das auch nicht leichter, als sich die Theorie vorzustellen. Doch hier auf der Nehrung konnte ich fast als so ein extrem platter Mensch existieren – lediglich im Profil. Wobei ich dazu sagen muß, daß dieser um eine Dimension betrogene arme Teufel nur zu beneiden ist.

Ich konnte zum Beispiel aus meiner Bude zum Westufer gehen und am Brandungssaum das Meer nach Norden entlangwandern, im Adamskostüm, ohne einem Menschen zu begegnen. Eine Stunde lang, eine zweite, eine dritte, den ganzen Tag und die ganze Nacht, noch immer ohne einem Menschen zu begegnen, noch immer nach Norden, als folgte ich der Kompaßnadel. Ich konnte so lange gehen, bis ich genug hatte – beispielsweise eine Stunde oder zwei am Westsaum die Landstraße entlang nach Norden, und hatte ich genug, umdrehen, die Straße überqueren und zurücktrotten, nun am Ostufer, doch strikt nach Süden, doch wieder am Brandungssaum, doch wieder die Landstraße entlang, und wiederum war linker Hand eine grenzenlose Wasserfläche und rechter Hand die Landstraße ... Die Nehrung erstreckt sich von Süden nach Norden (vom Himmel aus oder auf der Karte als absolute Gerade) über rund hundert Kilometer, und an der Stelle, wo ich auf ihr lebte, war sie lediglich einen Kilometer breit. So spazierte ich auf dieser geographischen Messerschneide nur nach Norden oder nach Süden, balancierend zwischen West und Ost.

Aus der frühen Schulzeit entsinne ich mich solcher rührenden tiergeographischen Karten mit den Profilen von Tieren, die deren Verbreitungsgebiet markierten. Weil dies Lehrmittel zu Anschauungszwecken waren, mußten auf der Karte vor allem die Tiere erkennbar sein, was zu absolut katastrophalen Verzerrungen beim Maßstab führte. Ein Hase verdeckte da ganz Belgien mitsamt Holland, und zwischen seinen Löffeln hatte noch ein Stück Dänemark Platz. Ein Widder mit sagenhaft gekringelten Hörnern stand da mit den Vorderbeinen auf der einen, mit den Hinterbeinen auf der anderen Seite des Hindukusch, ganz zu schweigen vom Elefanten (die Größenverhältnisse der Tiere untereinander wurden auf solchen Karten mit größerer Genauigkeit eingehalten), der mit Leichtigkeit jedes der neu sich entwickelnden Länder verdeckte. Diese Karte, die unwillkürlich die Bedeutung der Tiere in der heutigen Welt stark übertrieb, verdrängte die Sorge um ihr Schicksal für lange Jahre aus dem kindlichen Bewußtsein. Ja, und auf der Nehrung kam mir auch diese Karte als gar nicht so große Übertreibung in den Sinn. Ganz zu schweigen von den Hasen, von ihnen sprach ich schon; bei jedem Spaziergang hatten Sie gute Chancen, einem Reh zu begegnen, mit etwas Glück sogar einem Fuchs oder einem Wildschwein. Wenn nun ein paar Schritte vor Ihnen ein solches Tier über den Weg rannte, diesen natürlichen Längengrad also auf dem Breitengrad kreuzte, ohne dabei dem Maßstab zu entsprechen, sondern sozusagen «in natürlicher Größe» auf diesem schmalsten aller mir je begegneten Landstriche – dann verschoben sich die Maßstäbe, das Tier verdeckte tatsächlich die Nehrung fast vom einen Meer zum anderen, und jedesmal kam mir jene Karte in den Sinn, und ich mußte nachsichtig lächeln über meinen Verlust.

Daher fliegen die Vögel auch so gerne über die Nehrung, beide Meere mit den Flügeln streifend. Sie fliegen über einen freiliegenden Längengrad, können für einige Zeit alle Ortungsgeräte ausschalten, mit deren Hilfe sie so exakt Kurs halten auf ihrer unfehlbaren Route über Berge und Wälder – im Frühjahr in den Norden, im Herbst in den Süden. Die Vögel ruhen aus über der Nehrung, sie haben den automatischen Piloten eingeschaltet: alles klar, flieg einfach. Die Vögel übernachten auf der Nehrung, sammeln die letzten Kräfte für das letzte Stück Weg. Die Nehrung ist jedenfalls der Welt größter Hafen des Luftozeans, sein Vogelaufkommen sucht seinesgleichen. Und hier haben sich die Erforscher der Vögel eingenistet. Hier hat das zerstreute menschliche Bewußtsein seine Fallen und Fangreusen ausgelegt.

Mit wieviel Technik sich der Mensch auch ausstatten mochte, konnte er doch ein paar grundlegende Dinge nicht wieder neu erfinden. Auch das neuste Auto rollt auf Rädern wie ein Karren, das Essen kocht er in einem Topf auf dem Feuer, und den letzten Fisch fängt er, sei es auch vom neusten Trawler aus, mit Netzen. Auch die Vögel – die Fische des Luftozeans – fängt er mit Grundnetzen, genauso wie die Fische – die Vögel der Tiefsee. In diesem Ozean läßt die Wirkung des Archimedischen Gesetzes nach und nimmt die Gravitation zu, Korken schwimmt hier nur ein bißchen in die Höhe und auch nur, wenn er aus einer Sektflasche fliegt, Auftriebskörper sinken und kommen nicht hoch wie im Wasser. Merkwürdiger Anblick, diese Netze, die vor dem Hintergrund der Dünen aus dem Jungwald aufragen. Von weitem kann diese durchsichtige, wie umgestürzte, stumpfe vierseitige Pyramide leicht und luftig wirken, sie paßt irgendwie zur klassischen Topographie der Nehrung. Sieht man die sperrigen Spannbalken und rostigen Zugtrosse, die die schwerelos aussehenden Netze mit Mühe auf nicht mal fünfzehn Meter Höhe halten, dann von nahem, so wird – und das bereitet auch ein wenig Genugtuung – doch verständlich, wie schwer es dem Menschen nach wie vor fällt, nicht besonders schwierige Konstruktionen eigenhändig zu errichten, wie unbeholfen und archaisch der Mensch nach wie vor ist. Und obwohl man diese Vögel nicht fürs tägliche Brot fängt,

sondern um ihnen ein schwereloses Ringlein übers Füßchen zu streifen, sie zu registrieren und in den Luftozean zurückzuschicken, liegt in dieser nach wie vor archaischen Jagd eine gewisse Gerechtigkeit, sowas wie Gleichberechtigung zwischen Vogel und Ornithologe, eine Spur von Moral liegt in dieser Fangart (hier sehe ich schon das Schulterzucken der Ornithologen: sie würden sich ja zu gerne moderner ausstatten, hätten sie die Möglichkeit.)
Im Sommer kommen nur zufällige dumme Vögelchen ins Netz geschwommen. Ist das Frühjahr vorbei, wird der Schlund der Fangreusen bereits nach Norden geöffnet, in Erwartung der herbstlichen Fischflugsaison. Nach dem ersten Eindruck marsartiger Merkwürdigkeit gewöhnt sich das Auge durchaus an sie, sie wirken sogar als Ergänzung zur Landschaft, wenn man diese surrealistische Landschaft aus Sand, Himmel und Meer von einer Düne insgesamt überblickt – es paßt durchaus in die Leere dieser Wüste, das leere, aufgespannte Netz, als wären erst unlängst die Fluten... Das Auge gewöhnt sich, es gewöhnen sich auch die hier lebenden Vögel; sie sitzen, wagemutige Raben, auf den Spannbalken und Zugtrossen, am Rand des drohenden Untergangs. Nicht weniger Wagemut könnte ein derart abgehobener Blick übrigens auch bei Menschen entdecken, die, sagen wir, die Straße überqueren. Der Mensch wirft sich ja auch nicht vor ein Auto, und genausowenig der Rabe ins Netz.
An die Netze gewöhnt haben sich auch die Einheimischen, in der Hauptsache Fischer und die Familien dieser Fischer. Höchstens daß sie es belustigend oder bedauerlich finden, daß die Netze nicht ihrer Bestimmung nach verwendet werden und daß sie sich mit so Albernem abgeben, diese müßigen Wissenschaftler, die dafür zwar nicht allzuviel, aber trotzdem umsonst Geld kriegen, während sie selber

sich auf den Trawlern schinden bei ihrer Knochenarbeit...

Allerdings hat es auch mich einiges Kopfzerbrechen gekostet, um diese Stufe, hatte ich mich erst einmal an ihr gestoßen, zu überwinden und zu entdecken, daß mein Grinsen im Grunde nicht viel besser war als das der Einheimischen.

Es gibt eine Reihe unglückseliger Betätigungsfelder des menschlichen Geistes, wo sich jedermann als mehr oder weniger kompetent empfindet. Die vermeintliche Verständlichkeit dieser Betätigungen macht sie zur Zielscheibe für den Ignoranten – und er trifft!

Tatsächlich: Das Objekt, das nach den Fangreusen als nächstes den Blick des wißbegierigen Besuchers auf sich zog, war eine Art Büdchen, durch das man durchgucken konnte und das (zu Ehren von Mark, seinem Erbauer) «Marks Laube» hieß. Auf dem Dach standen runde Kästchen in geheimnisvoller Anordnung; im Häuschen klackten Geräte, die außerordentlich kompliziert aussahen; eine Unmenge verschiedenfarbiger, heillos verwirrter Kabel flößte Ehrfurcht ein. Hier nur gestehe ich mir leise, daß der Inbegriff von Kompliziertheit für mich zeitlebens die Nähmaschine gewesen ist, an der ich nicht drehen durfte...

Die geheimnisvollen runden Kästen auf dem Dach waren nichts weiter als zum Himmel offene Käfige, in denen auf radialen Stängelchen jeweils ein Vögelchen hüpfte. Über ein Kabelsystem waren die Stangen mit elektrischen Zählern verbunden, und diese klackten jedesmal, wenn der Vogel wieder auf eine bestimmte Stange hüpfte. Mark wollte wissen, auf welche Stangen der Vogel lieber und häufiger hüpft, und das zu welcher Jahreszeit: auf die nördlichen? die südlichen? Mark erforschte die Orientierung der Zugvögel.

Nichts weiter?! Und dazu dieses großartige Gebäude?
Eben das hat mich, der ich von ganzem Herzen auf ihrer Seite bin und großmütig Aufnahme fand in ihrer Mitte – das hat mich überführt...
Bei meinem letzten Aufenthalt hatte man mich auf dem Dachboden untergebracht, über der sogenannten «Gesindestube», in der die Laborauswertung stattfand. Ein luxuriöser Dachboden war das, eigentlich der erste Stock im größten Haus auf der Beobachtungsstation. Hier wurden alte Netze aufbewahrt und sonstiger Trödelkram. Ich wanderte auf dem Dachboden auf und ab, dabei stieß ich auf merkwürdige Dinge, beispielsweise ein Bündel Glasaugen unterschiedlicher Größe, von Eulen- bis Spatzenaugen, für ausgestopfte Vögel. Ich fühlte mich wohl hier. An den Netzen vorbei durchmaß ich den langen Dachboden in angespanntem kreativem Schweigen. War ich das nachdenkliche Wandern leid, konnte ich auf eine kleine Brücke hinaustreten, einen Treppenabsatz im Freien, und, auf Kapitänsart die Augen zusammenkneifend, von oben herab Ausschau halten. Ich sah Dünen, Wald, Himmel wie auch die Fangreuse mit den auf den Zugtrossen ausruhenden Vögeln. So konnte ich, gleichsam in tiefem Nachdenken, Ausschau halten und seufzend zu meinen Manuskripten zurückkehren, die keine Zeile vorankamen. Später zeigte sich, daß ich sehr viel geschafft hatte auf diesem Dachboden: einen halben Roman. Ich entdeckte es verwundert nach meiner Rückkehr, und das tauchte mein Dachbodendasein in die Farben besonderen Glücks und Erfolgs. Auch diesmal hatte ich auf den Dachboden gerechnet, nachdem alle anderen Mittel nichts geholfen hatten. Als er dann belegt war, traf mich das schwer, ich empfand es als Schlag gegen die letzte Schreibmöglichkeit. Allein der Dachboden war der Grund für meine Stummheit...

Diesmal war der Dachboden viel stärker bevölkert als seinerzeit durch mich. Dort stand eine lange Reihe von Käfigen mit jungen Vögeln, die so aufgezogen wurden, daß sie speziell den Sternenhimmel nie im Leben zu Gesicht bekamen. Biologin N. untersuchte, welche Rolle dem Sternenhimmel im Gesamtkomplex der Orientierung zukommt... Jeden Morgen schaute ich griesgrämlich zu, wie sie die Käfige vom Dachboden herunterschleppte, damit die jungen Vögelchen sich tagsüber unter natürlicheren Bedingungen als denen ihres Experiments aufhalten konnten, nämlich an Luft und Sonne. Und jeden Abend schaute ich zu, wie sie bei Einbruch der Dunkelheit die Käfige zurückschleppte unter den Dachboden- statt den Sternenhimmel. Die Treppe war schmal und steil, das Geländer wackelig... die Käfige waren sperrig und unhandlich, versperrten ihr die Sicht... der Blick, mit dem ich der armen N. nachsah, war alles andere als wohlwollend...

«Meinst du nicht», sagte ich, als ich sie wieder mal bei dieser umständlichen Tätigkeit antraf, «daß du mittlerweile längst erforschst, wie sich das tägliche Hinaufschleppen in den ersten Stock auf die Vögel auswirkt, und nicht der Sternenhimmel?»

Da ich keine Antwort bekam, verzog ich mich in meine Bude.

Diese Bude hatte mir ein Biologe, der gerade in Urlaub war, freundlicherweise zur Verfügung gestellt. Er hatte sie für sich gebaut, mit viel Ehrfurcht vor dem eigenen Geschmack. Die Persönlichkeit des Erbauers hatte alles geprägt; wo ich auch hinfassen mochte, war die Hand des Könners zu spüren. Dieses Geschick im Handwerklichen war für die Bewohner der Vogelwarte besonders typisch. Sowieso halte ich handwerkliches Können heutzutage für ein wichtiges Indiz. Mir ist klargeworden, daß es nicht von ungefähr kommt. Folglich war auch ihre eigentliche, dem Normalbürger unsichtbare und mir so unverständliche Arbeit von dieser Qualität, wenn sie sich so anschaulich bereits an Marginalem offenbarte... Das Baumaterial war am Strand gefunden worden; die Wände waren mit geographischen, historischen (der Kinderkreuzzug, das Osmanische Reich) und nautischen Karten tapeziert, auf denen ich ein paarmal zu meiner Verwunderung eben diese Bude entdeckte, in der ich wohnte; alles ließ sich abklappen, zusammenlegen – Tisch, Stuhl, Bett... äußerst platzsparend, unheimlich leicht zu handhaben... Ich spielte mit den persönlichen Dingen des Gastgebers und fand keine Verwendung für meine eigenen. Mein Denken wurde parasitär in einer so bequemen Umgebung.

So verließ ich die Bude oft, um mir die Beine zu vertreten und ziellos durchs Gelände zu streifen auf den schmalen Pfaden, auf denen die Wissenschaftler es gezielt durchstreiften. Ich erblickte Biologin N. mit der flachen Beutekiste und folgte ihr in die «Gesindestube», um zu sehen, was sie da wohl gefangen hatte.

Es war keine Zugvogelzeit, die Ausbeute daher zufällig – ganze drei Vögelchen hatte sie gefangen. Das Messen und Registrieren war ein tausendfach wiederholter Vorgang; schon immer hatten mir diese routinierten Bewegungen gefallen, die sich höchstens ins Artistische weiterentwikkeln konnten. Ein Vogel in einer Hand – eine im gewöhnlichen Leben mehr als seltene Erscheinung. Hier schien die Hand wie dafür geschaffen zu sein; wie passend, wie genau entspricht die Kuhle unserer leeren Hand dem Körper des Vögelchens, wiederholt sie seine Form! Wie rasch und exakt das geht: Aluminiumstreifen ums Füßchen, Eintragung ins Journal, Messen des Flügels... schon bläst N. dem Vögelchen die Federn auseinander, um sein Alter zu bestimmen, und wirft es kopfüber in eine schmale, durchsichtige Tüte, eine spezielle Waagschale: das Vögelchen wiegt ganze achtzehn Gramm. Dann, mit großer Geste, ein Schwenk der Tüte zum offenen Fenster hinaus... leicht gleitet das Vögelchen hinaus, schwingt dreimal durch in der unverhofften Freiheit und fliegt pfeilschnell für immer davon...

Ich streckte meinen – im Vergleich zum Vogel – ungelenken und knotigen Finger durchs Netz; das letzte der drei Vögelchen blickte mich aus zornigem Glasperlenauge an und hackte nicht schmerzhaft, aber tapfer nach dem Ungetüm meines Fingers.

Ich wollte die Wissenschaftlerin eigentlich fragen, ob der Schock der Beringung sich nicht auf das weitere Leben des Vogels auswirke (ist doch kein Pappenstiel, wenn man Ihnen...!), doch diesmal verkniff ich es mir, fragte nicht.

«Was für ein nettes Vögelchen...», flötete ich und zog den Finger aus dem Netz.

«Vögelchen...», äffte N. mich verächtlich nach. «So viele Jahre kommst du schon her, hättest dir wenigstens von einem Vogel merken können, wie er heißt... Wenigstens von dem! Schließlich heißt nach ihm unsere Beobachtungsstation!»

«Wie heißt denn die Beobachtungsstation?» fragte ich.

«Geh raus und lies selbst.»

Ich ging raus. Am Haus stand «Fringilla».

«Fringilla» ist nichts weiter als der Fink. Das Wort Fink kenne ich seit langem, den Vogel Fink werde ich nie kennenlernen. Ich gehöre jedesmal mehr zu meiner Generation, als ich vermute. Was weiß ich, mit welchen Volten der Geschichte oder des Fortschritts oder des Zeitalters diese blinden Flecken im Bewußtsein zu rechtfertigen wären... Vögel, Bäume, Sträucher, Blumen – bis zu persönlicher Bekanntschaft sind wir nicht gediehen. Wie benachteiligt ich mich im Wald jedesmal fühle! Da flattert von einem Zweig ein Vogel auf – was für ein Vogel, von was für einem Zweig? «Tiere haben keine Namen. Wer befahl, daß sie sich nennen?» Wie ich diesen Dichter schätze, der mir eine Rechtfertigung liefert! Sicher, Unwissen verhindert nicht, daß ich stumm und andächtig mich der Natur erfreue, wenn ich sie unversehens einmal wahrnehme... Doch wie dürftig, wie armselig!!

Vögel? – diebische Elster, Krähe, Spatz... Vielleicht die Meise...

Blumen? – Rose, Margerite, Schneeglöckchen...

Schmetterlinge? – Kohlweißling... (Adieu, Wladimir Wladimirowitsch!)

Hier kommt meine zwölfjährige Tochter herein, und ich setze die Befragung im Takt des Textes fort:

«Sag mal hintereinander, aber ohne nachzudenken, was für Bäume du kennst!»

Meine Tochter etwas verwundert, doch folgsam:

«Tanne, Kiefer, Birke...» Pause. «Ahorn, Eiche... Vielleicht die Kastanie?»

Meine Tochter ist ehrlich, sie nennt nicht, was sie nicht richtig kennt: Buche, Linde, Esche. Das sind für sie Wörter, keine Bäume. Und weiter:

«Feldblumen? Klette, Wegerich, Löwenzahn... Alles andere ist einfach Gras.»

«Maikäfer, Mistkäfer...»

«Sträucher: Holunder, Flieder...»

Wie schnell die Reihe zuklappt! Mehr als ich weiß sie nicht. Sie weiß ebensoviel wie ich. Ihre Generation wird die Fehler der meinen nicht korrigieren, sondern übernehmen...

«Den Marienkäfer hab ich vergessen... Vögel kenne ich mehr!» freut sie sich, und dann betet sie Wort für Wort meine Unwissenheit her: «Spatz, Krähe, bestimmt kenne

ich ein Meischen, einen kleinen Papagei, einen Dompfaff habe ich noch nicht gesehen, kenne ihn aber...»
Schweigen.
«Den Specht kenne ich... Die Gans. Die Ente nicht. Na, und das Huhn. Aber das ist ja angeblich kein Vogel...»
«Den Storch kennst du nicht?»
«Von Bildern gilt nicht.»
«Die Möwe?» Schweigen. «Und Fische?»
«Fische kenne ich gar keine», freut sie sich. «Keinen einzigen. Ist der Schwan ein Vogel? Oh, weißt du, wen ich kenne?» erfreut sie mich. «Den Flamingo!»
Natürlich, das Zeitalter. Die Informationsmassen, die Kommunikationsströme... Vielleicht halten wir uns deshalb den Kopf so frei, um ihn eines Tages mit wertvollen, praktisch nützlichen Kenntnissen vollzustopfen? Und die könnten andernfalls nicht mehr reinpassen? Ich glaube das nicht. Ich habe zu viele Auto- und Fernsehermarken im Kopf, mehr als Blumen und Bäume. Unwissenheit ist Unwissenheit. Im Zeitalter des Kosmos sind nur einzelne Menschen im Kosmos gewesen, sollen die doch die Namen des Lebendigen nicht kennen. Aber ich doch nicht! Ich bin es, der nichts weiß, nicht alle anderen...
Was mir ewig und unauflöslich merkwürdig bleiben wird: all das nicht zu wissen ist für uns *natürlich*. Ein Mensch, der sich aus Snobismus, allen zum Trotz, die Namen von Mäuschen und Blümchen einpaukt, würde mir nicht gefallen. Er wäre manieriert wie ein Verrückter, unnatürlich eben aufgrund seines Naturalismus, er wäre *künstlich*. Nichts wissen ist im Zeitalter der Wissenschaft so selbstverständlich wie atmen. Und das verwundert mich. Immer weiß jemand oder etwas nicht das, was alle wissen. Sollten hier alle ein und dasselbe nicht wissen?

Eine Existenz in nur zwei Dimensionen – bloß längs und, uns kaum zugänglich, bloß hoch – unterstreicht die Zusammengehörigkeit von Oben und Unten und bringt uns dem Ideal der homogenen Sphäre näher. In jedem Skeptiker steckt, hinter der Maske des Unglaubens, ein halberstickter Romantiker. «Es blinkt ein einsam Segel...» Romantik liegt in der Idee einer – uns von Natur nicht zugänglichen – Existenz in homogener Sphäre. Die Dichter sehen neiderfüllt den Seeleuten und Fliegern nach, die den Traum verwirklicht haben. Dort verwirklicht sich endlich die Idee in reiner, nicht enttäuschender Form – «als ob in Stürmen Ruhe wäre». Doch nicht ganz, nicht ganz. Sie dringen vor, gehören aber nicht an. Bloß in einem Apparat und nur mit vereinten Kräften und nicht für immer: die Unzucht der Umkehr – und das Herz enttäuscht vom Als-ob. «Nichts sonst! Nur Boot und Ruder! Boot und Ruder...»

Das Geistige ist die einzige dem Menschen zugängliche homogene Sphäre. Die höchsten Gedanken können von den unterschiedlichsten Menschen an den verschiedensten Punkten von Welt und Zeit gedacht werden, das heißt, zu ihnen führt so mancher Weg, doch sie selbst werden, einmal erreicht, immer dieselben sein. Nur ganz oben werden wir zur absolut allen gemeinsamen Natur finden, die die Einsamkeit aufhebt, jener gemeinsamen Natur, mit der wir geboren wurden... Ist jemand bis zur Wahrheit vorgedrungen und dringt jemand anderes ebenfalls dorthin vor, so wird es ein und dieselbe Wahrheit sein, die Wege kreuzen sich. Absolut gleich sind wir nur ganz unten (als Staub) und ganz oben; alles übrige sind Wege. Erschöpfte Pilger, schauen wir aufs Meer und zum Himmel – der Horizont entrückt, und der Himmel ist so hoch wie eh und je.

So deutete ich mir die unverständliche Idee des Höchsten,

so träumte ich auf dieser abgeschiedensten aller Erdoberflächen, wo die Fäden aller vier Dimensionen hauchdünn geworden waren, kaum noch sichtbar. Zwei hatten sich schon durchgescheuert. Würden sich die anderen auch durchscheuern, so würde diese Erdenwolke wohl davonfliegen.

Doch auch diese Schmalheit der Nehrung, die eine Dimension praktisch auslöschte, hätte mitsamt der Zeitlosigkeit von Sand, Wasser, Himmel und Menschenleere nicht jenen Effekt von Homogenität der Sphäre erzielen können, in der ich mich hier beinahe befand. Alle übrigen Erklärungen, die ich mir zurechtlegte, betrafen Details und erklärten nichts. Beispielsweise, daß hier das westlichste Ende des Imperiums war, schon nicht mehr Rußland, eher Deutschland, das ehemalige Ostpreußen... Doch weiter westlich war ich schon gewesen, dort wurde das Land zu Polen und war auch Polen, jedoch nichts sonst, das heißt, auch weiter in den Westen setzte sich der abgehobene Zustand dieses Landstrichs nicht fort (weder Rußland noch Litauen, weder Deutschland noch Preußen, noch Polen)... Oder ein anderer Grund, gewichtiger als die zweifelhafte Staatlichkeit, ein Sonderstatus: Dieses Gebiet stand unter doppeltem Verbot, es war Naturschutz- und Grenzgebiet, was unpoetisch, aber real die Menschenleere erklärte, die Unberührtheit, die Tiere... Doch wiederum nicht die Körperlosigkeit. Auch fand sich ein für diesen so organischen und harmonischen Landstrich unerwarteter Grund: Nicht so hatte Gott ihn geschaffen, so hatte, wie sich zeigte, der Mensch ihn geschaffen. Die berüchtigte Noosphäre stellte sich hier einmal so gerechtfertigt und edel dar wie nur möglich. Der Mensch hatte aus eigener Initiative auf der Nehrung Wald angelegt und Tiere ausgesetzt. Seit Entstehen jener Nehrung, die mich jetzt begeisterte, waren keine hundert Jahre vergangen. Das war

kaum zu glauben, so sehr paßte zur Nehrung ihr heutiges Aussehen. Ich erging mich in dürren Spekulationen, um mir vorzustellen, wie es ohne den Menschen gewesen war, also ohne Kiefern, Birken und Brombeeren, ohne Elche, Rehe und Wildschweine: Menschenlos fegte wütender Wind über die Dünen, wälzte sie von einem Ort zum anderen, blies sie gen Osten, menschenlos zitterte spärliches Weidengebüsch im Wind, menschenlos flog ein Vogel vorüber... Es hätte für eine markerschütternde, wie der Wind heulende, aber eben nur für eine Ballade gereicht: Der Dichter hätte den Mantel fester um sich geschlungen, den Blick starrer in die Ferne gerichtet, den Sand hörbar zwischen den Zähnen knirschen lassen, hätte die eine großartige Zeile geflüstert, ausdrucksstark wie diese nackte Nehrung, und wäre in derselben Kutsche wieder davongefahren, mit geschlossenem Verdeck und herabgelassenem Rouleau, ohne zurückzuschauen. Das unsterbliche Poem hätte in seinen sehenden Versen schon alles erblickt gehabt... Nein, so hatte ich die Nehrung nicht gesehen und trauerte ihr auch nicht nach – ein Anlaß, um zu überlegen, ob es immer richtig ist, Vergangenem nachzutrauern: nicht alles Wasser ist vor unseren Augen den Berg herabgeflossen und im Sand versickert...
Doch auch die Verwunderung, daß dieses Land zum Teil künstlich ist, sowie daß es nicht mein Land ist, sowie daß es verbotenes Land ist, konnte diesen besonderen körperlosen Zustand nicht ausreichend erklären; es gab noch einen letzten, ja, tatsächlich einen Grund: dieses Land war überhaupt kein Land. Ein prinzipientreuer Kartograph hätte es auf seiner Karte nicht einzutragen brauchen oder hätte eine neue Art Markierung dafür finden müssen, nicht Land und nicht Wasser, eine Art gepunkteter Linie. Es entsprach nicht den Merkmalen, mit denen wir Festland definieren, jedenfalls nicht dem Hauptmerkmal, das heißt,

aus der Sicht der Wissenschaft, welche Merkmalen vertraut und nicht den Augen, war das gar kein Land. Aus solch buchstäblicher Sicht war die Nehrung Meer, kein Land. War sie Meeresgrund, eine hypertrophe Sandbank, die aus dem Wasser ragte. Ein strenger Wissenschaftler würde wohl sagen, daß sie so wenig Land sei wie der Rükken eines Wals, der aus dem Wasser auftaucht, um nach einiger Zeit wieder abzutauchen. Er würde nachsichtig lächeln – der übliche Fehler, daß Menschenzeit mit geologischer Zeit verwechselt wird. Aus geologischer Sicht ragt die Nehrung eine Zeitlang über den Meeresspiegel des Weltozeans, doch eine so kurze Zeit, daß sich das wirklich eher mit der Festlandexistenz auf einem Walrücken vergleichen läßt als selbst mit der flüchtigsten geologischen Epoche. Sie ist tatsächlich ein flüchtiges Gebilde, diese Nehrung, der Wind treibt sie weiter, sie rast mit der sagenhaften Geschwindigkeit von einigen Dutzend Zentimetern pro Jahr auf die Küste zu. Der Mensch versucht, diesen geologischen Augenblick zum Verweilen zu bringen: er ist so schön. Er legt Wälder an und projektiert ein Ungetüm von einem Damm, der die Nehrung vor dem Meer bewahrt. Sollte er sie zum Verweilen bringen, wird sie keine Nehrung mehr sein, sondern ein Damm.
Das taugte schon eher als Erklärung, ließ aus Verwunderung Überzeugung werden: Festland war das hier nicht. Er war keine Einbildung, dieser eigentümliche Zustand der Erdoberfläche auf der Nehrung, was sich nicht nur aus der umgekehrten Logik und schweren Erschließbarkeit der Gründe ergab sowie der Spontaneität der Verwunderung, sondern auch aus folgendem, erst später zu mir gedrungenem Umstand: In der geistigen Reinheit der Nehrung saß als Einsprengsel ein Festlandpickel – die Nehrung hatte in ihrem Lauf ein Inselchen eingeholt, hatte es aber noch nicht überholt. Auf diesem mit der Nehrung ver-

schmolzenen Stückchen Festland spüren Sie den Unterschied: Hier durchzucken andere Ströme die Erde, hier ist alles viel platter, körperlicher und böswilliger, selbst der Himmel; hier siedeln Fischer, knorrige Menschen, laufen ihre kleingewachsenen, knorrigen Hunde umher (gleichsam eine besondere Rasse unter der ständigen Einwirkung des Windes...). Hier ist die Luft anders, ist der Regen anders – das hier ist Land. Und die Einheimischen leben auch tatsächlich wie auf einer Insel, halten die Nehrung nicht für Festland; mit einem fast verächtlichen Zusammenkneifen der Augen, wenn nicht mit Schrecken schauen sie von ihren Gemüsegärten zu ihr rüber, als spähten sie in die Ferne, aufs Meer. Etwas Fremdes, nichts Eigenes.

Nach allem, was wir wissen, ist der Mensch nicht fähig, sich vorzustellen, was er nicht schon einmal gesehen hat. Die bildlichen Vorstellungen des Menschen von der Hölle sind viel stärker entwickelt, sind differenzierter und detaillierter als die vom Paradies. Zumal die Hölle ja sozusagen dicht bevölkert ist – durch uns und unsere Bekannten. Die Hölle ist uns eigentlich verständlich.

Man braucht nur Dinge aus unserem tagtäglichen Erfahrungsbereich auf engstem Raum (zum Beispiel einem Gemälde) und in ihrer Gleichzeitigkeit darzustellen, schon gewinnt die grauenhafte Nachbarschaft von Kochtopf, Rose und Schleimspur im Spülbecken (so in dem reizenden Hinterhof meiner Gastgeberin auf der Krim, wo ich diese Seite schreibe...) teuflische Bedeutung. Die Vögel sind im übrigen aus dieser Erzählung noch nicht fortgeflogen. Bei Bosch finden wir unweigerlich Vögel wie auch Fische, wobei er dem Blick des Vogels, und das ist das schrecklichste, keinen furchteinflößenden, sondern so einen neugierig-gutmütigen Ausdruck verleiht... Boschs Hölle besteht fast vorwiegend aus einer vollständigen

Aufzählung aller Alltagsgegenstände und Handwerksgeräte seiner Zeit. Der Echtheit ihrer Darstellung nach zu schließen, sind sie exakt wiedergegeben. Nach allen Regeln und mit allen Hilfsmitteln der Bautechnik bauen die Unreinen ihren Turm. Die Sünder schmoren in Kochtöpfen und Pfannen, wie sie offenbar von jeder Hausfrau benützt wurden. Nur sind diese gewöhnlichen Gegenstände und Geräte sehr zahlreich und alle zugleich da, auf einen Blick. An Boschs Hölle schreckt eben ihre Ähnlichkeit mit dem Leben... Die gelobte Hölle...
Das Paradies stellen wir uns arm und unattraktiv vor, den schalen Geschmack von Langeweile im Mund: irgendwelche Laubhütten... Nachdem ich auf der Nehrung gewesen und nichts Vergleichbarem im Leben begegnet bin, kann ich mir das Paradies irgendwie mit größerer Glaubwürdigkeit vorstellen: Diese Welt ist ebenfalls von der unseren kaum zu unterscheiden, dort wurde nichts erfunden, was wir nie gesehen hätten, dafür entfällt vieles, was wir gesehen haben. Diese Welt ist ohne Sünde und frei, sie ist ohne Leidenschaft, kennt keinen Schmerz und keine Hoffnung; sie ist unberührt von unserem Verhältnis zu ihr: sie ist, jedoch ohne uns, und gleichsam auch ohne sich. Daher läßt sich hier so erstaunlich unbelastet existieren, weil wir nicht in ihr sind, und wenn wir in ihr sind, sind das gleichsam nicht mehr wir.
Ich weiß nicht, warum in diesem Paradies der Gedanke an den Tod so leicht ist... Vielleicht, weil ja auch das Paradies selbst erst nach dem Tod kommt, weil der Tod – schon gewesen ist...

Von diesem Tag an und jeden Tag... stand ich von meiner nichtschreibenden Maschine auf und befand mich, jenseits der Schwelle, sogleich dort, wo es nichts zu schreiben gab und wozu auch, es genügte ja zu sehen, zu sehen und dem

Schicksal zu danken, daß es dir Augen gegeben und den Augen zu sehen gegeben hat. Ich ging ein paar Schritte durch den Sand in Richtung Meer und wußte, hinter dem nächsten Wanderdünchen mit dem struppigen Strandhaferschopf würde ich das Meer erblicken. Die stets aufs neue gerechtfertigte Erwartung verlor nicht an Spannung; ich umrundete die halbe Wanderdüne, in der Senke wollte der Wind mich mit letzter, stärkster Kraft nicht weiterlassen – und plötzlich stand ich am Ufer und begriff erneut, daß schon dort, in der Bude, an der Schreibmaschine, und während ich unterwegs gewesen war, die ganze Zeit das Meer gerauscht hatte, daß dieses Rauschen mich eigentlich verlockt hatte nachzusehen, was da rauschte: das Meer war es. Ich atmete ein, betont durch die Brust, und sah jedesmal in die Ferne.
«Könnte ich immer so schauen...» – dieser banale Satz gibt den Sinn meiner Beschäftigung ziemlich genau wieder; darauf folgte ein Seufzer, und ich schaute nicht mehr aufs Meer. Mich beschäftigte nun die Frage: Was setzt dem Genuß Grenzen, wenn er auf keinerlei Hindernisse trifft? Ich hatte es nirgendwohin eilig, auch trieb mich niemand zur Eile an. Keine halbe Stunde und keine fünf Minuten, ich glaube, nicht mal eine Minute, sondern eine halbe vielleicht, dabei die letzten Sekunden schon gezwungen und unnatürlich, hatte ich in die Ferne gespäht, hatte in Gedanken diesen Seufzer formuliert – und alles war zu Ende.
Ich fragte den Doktor, was er diesbezüglich denke, als wir uns auf den Rückweg machten.
«Verzeihen Sie, wenn ich vom Thema ab... Da sind wir beide nun so lange am Ufer entlanggegangen, völlig ins Gespräch vertieft, sind es auch jetzt noch, doch die letzten fünf Minuten mußte ich ständig denken, wann wir wohl umkehren. Wir sind nicht hungrig, nicht müde, allem An-

schein nach nicht in Eile und langweilen uns nicht; das Ufer ist auf seiner ganzen Länge praktisch überall gleich, bis morgen würde sich die Gegend nicht ändern. Trotzdem, dachte ich, werden wir umkehren. Was war gewesen und was war zu Ende gegangen, daß wir umgekehrt sind? Was für eine Konstante wirkt in uns, bestimmt Sättigungsgrad und Dauer jeder Handlung? Angenommen, wir hätten weder Bindungen noch Verpflichtungen, trotzdem könnten wir der sympathischen Unverbindlichkeit eines Gesprächs nicht das ganze Leben widmen. Oder stellen Sie sich vor, Sie sind verliebt, gehen mit der Geliebten spazieren – dann kehren Sie doch auch um. Unter der Uhr auf sie warten werden Sie eine halbe Stunde, eine Stunde, an ihrer Haustür die ganze Nacht, aber nicht bis nächstes Jahr. Sie verabschieden sich in der Morgendämmerung, das Mädchen muß heim, ihre Mutter und so weiter – aber die Mutter gab es schon vor einer Stunde, und schon viele Stunden war es Zeit, Abschied zu nehmen, doch aus irgendeinem Grund wird es genau in diesem Augenblick endgültig Zeit. Nachtigall oder Lerche? Nach dem wievielten guten Zureden geht Romeo schließlich? Warum nicht früher und nicht später? Warum habe ich nicht an die Zeit gedacht, als wir auf dem Herweg waren, und denke auch jetzt nicht daran, und doch sind wir nun auf dem Rückweg? Welcher Gedanke zwang uns umzukehren?»

«In unserem Fall offenbar dieser Gedanke», sagte der in allem exakte Doktor. Meine Ausführungen waren derart unwissenschaftlich, daß er sie stillschweigend überging. In diesem Zusammenhang konnte er mir eigentlich nur etwas über die biologische Uhr erzählen. Was jedoch etwas ganz anderes wäre... «Sehen Sie, die biologische Uhr, das ist...»

Ich hörte ihm zu, und zugleich beschäftigte mich die nächste Überlegung: Womit befaßt sich die Wissenschaft und

womit befaßt sie sich nicht? Kann meine Frage etwa nicht exakt erforscht, berechnet, erklärt werden? Welches Gesetz greift sich die Wissenschaft unter den vielen Gesetzen heraus und erforscht es?
«Das nächste», sagte der Doktor.
«Das heißt?»
«Wir suchen das Gesetz, das dem von uns entdeckten als nächstes folgt.»
«Meinen Sie nicht, daß Sie in dem Fall unweigerlich vom Weg abkommen?»
«Das heißt?» fragte der Doktor.
«Das heißt, Sie haben ein Phänomen zu erforschen begonnen, haben ein Gesetz entdeckt, haben von diesem die Spur zum nächsten aufgespürt, von diesem zum übernächsten und so weiter. Haben Sie unterdessen nicht das Phänomen vergessen, das Sie erforschen wollten?»
«Ach so», sagte der Doktor. «Nein, habe ich nicht.»
«Aber hören Sie mal!» Ich grinste breit. «Sie erforschen die Vögel. Sie interessieren sich für den Vogelzug. Sie erforschen den Vogelzug – und interessieren sich für den energetischen Faktor. Sie erforschen den Stoffwechsel, den – wie heißt das nochmal, Metabolismus? – und konzentrieren sich auf die Gewichtsveränderungen der Vögel. Erforschen das Fett der Vögel. Meinen Sie nicht, daß Sie mittlerweile das Fett der Vögel erforschen?»
«Aber alles davor haben wir doch schon erforscht?»
«Aber ein Vogel hat auch Augen, Flügel – ein Vogelhirn, hat ein Vogel das auch?»
Der Doktor lachte. «Sagen Sie mal, sind Sie nie ein Fünferschüler gewesen?»
«Doch», gab ich zu.
So ging ich täglich ans Meer, wo ich am Strand entweder den gerade zum Strand gekommenen Doktor traf, oder er kam mir nach, schläfrig, nach einer schlaflos mit Berech-

nungen verbrachten Nacht. Seine Zahlen gingen nicht auf, meine Buchstaben schwiegen – grußlos setzten wir das gestrige Gespräch fort.
Ich verlor jegliche Hemmung. Ich ließ mich vom Ehrgeiz des alles im Flug aufschnappenden Schülers hinreißen. Ich stellte ihm die Fragen, die ich in früher Kindheit nicht gestellt hatte. Womöglich bekam ich nicht mal eine Antwort, aber ich wurde meinen Komplex los. All die Fragen, ohne deren Beantwortung ich mich geweigert hatte, weiteres zu verstehen, und eine Fünf bekam. Tut es Insekten auch weh? denkt ein Vogel? fühlt der Baum? haben Tiere einen Sinn für Humor? wo sind die Zwischenglieder der Evolution abgeblieben? (das heißt, warum hat der Mensch auf dieser Leiter eine Stufe übersprungen?) hat die Evolution aufgehört und warum? wovon ernähren sich diese Unmengen von Mücken, wenn ich nicht da bin? lassen sich die Parasiten ohne Schaden aus der biologischen Kette entfernen? haben die Vögel äußere Geschlechtsorgane? All das führte recht schnell zu jenen eher hinterhältigen Fragen, die ihrerseits zu der einen führten: Was ist der Mensch?
Und auf diese Frage gab es keine Antwort. Bloß Ausflüchte.
«In dem Sinn, wie Sie es gerne hätten», sagte schließlich der Doktor, «kann es auch keine Antwort geben. Der Mensch ist sich selbst gleich. Zu mehr ist er nicht fähig. Was der Mensch ist, könnte allein Gott wissen, wenn es ihn gäbe.»
«Sind Sie sicher, daß es ihn nicht gibt?»
«Ich denke, daß es ihn nicht gegeben hat.»
Ich wollte den Mund noch weiter aufreißen, da sagte er:
«Wollen wir doch den Namen des Herrn nicht mißbrauchen. Dieses Gebot steht nicht im Widerspruch zur Wissenschaft.»

Nützliche Kenntnisse sind meine Stärke nicht. Alles, was er als Fachmann wußte und wo ich von ihm hätte profitieren können, ging bei mir zum einen Ohr rein und zum andern wieder raus. Mich hatte schon immer eher interessiert, wie die Marmelade in die Pralinen reinkommt...

Was ich an Konkretem von ihm erfuhr, hätte durchaus hinten auf einem Buchumschlag Platz gehabt – «Von vielem ein bißchen» oder «Von allem so gut wie gar nichts». Daß es in Neuseeland, glaube ich, ein Vögelchen gibt, das in der Brautwerbungszeit ein Häuschen mit Tür dran baut und bei seiner Werbung um das Weibchen mit einem Blümchen im Schnabel zum Rendezvous kommt. Oder daß die Vögel, anders als die Menschen, immer schon wußten, daß die Erde eine Kugel ist, während der Azimut ihres Wanderflugs jedoch davon ausgeht, daß die Erde flach ist (vielleicht bringe ich das jetzt auch durcheinander...). Oder – daß Vögel nicht krank werden...

Letzteres ging mir etwas mehr zu Herzen als alles übrige «Wußten Sie, daß...» Denn diese Behauptung stand in totalem Widerspruch zu einer anderen, die ich am Abend zuvor «geschluckt» hatte (ich glaubte natürlich alles aufs Wort), nämlich daß alle Vögel krank seien, daß es keine nichtkranken Vögel gäbe.

«Das sieht nur so aus, daß die Vögel fröhlich flattern», hatte mir Biologin N. in leicht elegischem Tonfall gesagt. Sie kehrte gerade von der Fangreuse zurück und trug die zappelnde Beute in einer speziellen flachen Kiste mit netzbespannter Oberseite und Fotoärmel als Zugang. «Die Federchen, die Sauberkeit, das ist äußerlich. Wer sie wie wir in der Hand hielte, würde sehen, daß die Ärmsten nur so wimmeln von Parasiten, daß sie von Hautkrankheiten und Wunden überzogen sind...»

Solche Strapazen unter dem Deckmantel der Leichtigkeit (dabei schweben sie!) weckten mein Zutrauen und Bedauern. Der Doktor klärte mich auf: Das ist alles äußerlich und ist wirklich so. In dem Sinn wie andere Warmblüter und auch wir selbst werden Vögel nicht krank, denn sie bekommen kein Fieber, ihre Körpertemperatur kann sich nicht weiter erhöhen. Da wurde mir endlich das mit den 42 Grad klar, das wenige, was ich aus der Schule noch wußte. Die Vögel leben an der Grenze (der Preis des Fliegens...). Ihr Stoffwechsel läuft an der für Warmblüter gerade noch möglichen Obergrenze der Intensität ab. Sie haben alle heftiges Fieber. Unser leichtes 37,5 wäre für sie 43, also der Tod. In diesem Sinn werden Vögel nicht krank.

Ich stellte mir die tatsächliche Beengtheit des Lebens vor, über die jeder von uns eben deshalb mit solcher Intensität klagt, um sie sich nicht in vollem Ausmaß vorstellen zu müssen (unsere Schwierigkeiten sind alle vorübergehend, wir wollen uns nicht vorstellen, daß sie die Norm sind, daß es zum Beispiel Kriegszeiten gibt, wo die Menschen – fast wie die Vögel – nicht krank werden). Auf dieser seltensten aller Welten, wo der Sauerstoff genau in dem Maß verdünnt ist, daß wir atmen können, wo uns mit Ach und Krach gerade noch das Süßwasser reicht, ist selbst die Körpertemperatur auf einen Bereich so schmal wie ein Lichtstrahl beschränkt, ist $T° \leq 42$. Dieser ganze Raum ist noch und noch unterteilt in Nischen und Areale, wo uns, auch wenn wir von früh bis spät fliegen und schlucken, kaum das Futter reicht, um diese 42 (37) Grad aufrechtzuerhalten, wo ein bißchen zuviel Kälte oder zuviel Wärme und ein bißchen zuwenig zu essen und zuwenig zu trinken der Tod ist. Das alles dicht an dicht und in nächster Nähe, alles so überlagert und verkettet, daß man, hätte man nur einmal Zeit, von der Beschaffung des täglichen Brots, bei der die eigene Existenz zwangsläufig als die einzige erscheint, abzusehen und nachzudenken, die eigene Existenz be-

stimmt nicht von der anderer Wesen abteilen könnte, und ob man ein abgeteilter Körper ist oder ein mit dem Ganzen zusammengewachsener Teil, würde man wohl kaum sagen können.
Dieser Vogel etwa. Ein großer Vogel. Schauen Sie ihm ins weit aufgerissene Auge – Sie werden seinem Blick nicht begegnen. Die lebhaften Glasperlchen der kleinen Vöglein sind es, die uns verständlich erscheinen. Der hier hat ein wildes, fürchterliches, rotes Auge. Der ist nur am Himmel schön («und das Meer mit Flügeln peitschend...»), hier, in der Hand, ist er häßlich und abstoßend. Er ist dermaßen «nicht wir», daß man weiß Gott nicht in den Fehler des Anthropomorphismus verfällt.
Es war eine Möwe (die Biologen stritten, welche Unterart). Möwen geraten nicht in die Fangreuse. Diese hier hatte der Junge Sascha gebracht, ein Hobby-Naturkundler, der sich auf der Vogelwarte die ersten Weihen für seinen künftigen Beruf holen wollte. Er war rosig, pausbäkkig, schwarzäugig, jung, gesund und Mamas Liebling. Die Möwe sah ihm erschütternd unähnlich. Er war aufgedreht und wiederholte endlos seinen Bericht.
Wie der dumme Iwan den Feuervogel hatte er diese Möwe mit den Händen gefangen. War gesprungen wie ein Tormann und hatte sie gefangen. Ehrenwort! Er war den Strand entlanggegangen, die ganze Schar war aufgeflogen, die aber blieb sitzen. Er sprang. Wirklich, mit den Händen. Er konnte es selbst kaum glauben – ist das die Möglichkeit, ein Mensch, der Möwen mit den Händen fängt! Seine große Tat schmolz vor seinen Augen dahin. Niemand verurteilte ihn, aber es lobte ihn auch niemand. Er war beleidigt: «Zwei Stunden war ich mit ihr unterwegs!»
«Die krepiert ja vor Hunger!» sagte jemand.
Diese Mutmaßung zog sofort Taten nach sich.

Schon oft war mir eine gewisse ehrenwerte Unsentimentalität im Praktischen aufgefallen (was mir, schon eher sentimentalerweise, jedesmal gefallen hatte). So ernährten sich die Mitarbeiter der Beobachtungsstation ziemlich anspruchslos (Grützen und Konserven), aber jeden Tag kochten und zerkleinerten sie Eier, rieben gelbe Rüben usw., um ihre gefiederten Gefangenen mit Dingen zu füttern, die sie selbst nicht zu essen bekamen. Sie glichen Eltern, deren Kinder nie dem Kindesalter entwachsen. Jeder von ihnen konnte beispielsweise ohne die geringsten Gewissensbisse ein Vögelchen für seine sinnlosen Experimente zerlegen; wenn es allerdings zu unvorhergesehenem Flurschaden kam, waren sie außerordentlich verärgert und bekümmert. Einmal verfingen sich zu viele Vögel in den Netzen, sie konnten nicht rechtzeitig befreit werden und viele kamen um – die verzehrten sie! Darin steckte nicht nur eine gewisse professionelle Nonchalance, betonte Unzimperlichkeit gegenüber allem Lebenden, eine professionelle Freiheit von gängigen Vorurteilen, würden sie doch auch eine Krähe oder einen Fuchs verzehren (giftiges oder ungenießbares Fleisch gibt es nicht! noch eine Erkenntnis am Rande, die ich bei ihnen gewonnen hatte – muß ich mir merken für den Fall drohenden Hungertods im Wald, wer weiß...), darin steckte auch, und sei es unbewußt, ein Abbüßen der Schuld an der Natur, in der nichts umsonst umkommt. Sie machten den Fall zur Jagd (der Wolf ist nicht blutrünstig, sondern hungrig, wenn er Futter erbeutet), sie büßten ihre Schuld, indem sie ihr Versehen in ritueller Form ins ökologische System einbauten und so taten, als hätten sie diese Vögel für Leib und Leben erbeutet.

Ein hartgekochtes Ei wurde zerkleinert, und einer der Biologen, den Vogel geschickt im Griff, öffnete der Möwe geschickt den Schnabel und versuchte sie zu füttern. Die

Möwe hatte keine Ahnung, daß man ihr Gutes wollte. Auch ahnte sie nicht, daß ihr der Tod drohte, wenn sie die Nahrung verweigerte. Sie konnte sich nicht vorstellen, daß ein Profi sie in Händen hielt und ihr kein Federchen gekrümmt würde; sicher glaubte sie, sie sei gefaßt worden, um gefressen zu werden (auch eine Möwe läßt sich notfalls verzehren, obgleich sie äußerst ekelhaft schmeckt). Sie sah sich von Menschen umgeben, höchst möwenunähnlichen Wesen, und sah das rettende Meer nicht. Sie wollte nicht fressen, sie würgte die rettende Nahrung mit einer Heftigkeit heraus, als sei es Gift. Der junge Held stand abseits, er verstand die Welt nicht mehr, sah verlegen auf seine leeren Hände, die den Vogel gefangen hatten. Am Nachmittag starb die Möwe. Auch sie versuchte man «einzubauen», der Geschlossenheit des ökologischen Systems zuliebe: man gab sie Klara. Klara jedoch war empört. Diese Empörung drückte sie auf sehr menschliche Weise aus; sie krächzte, wedelte abwehrend mit den Flügeln, als wären es Arme, und auf freundliches Zureden schwieg sie beleidigt und wandte sich ab. Ich erkundigte mich nicht nach dem eigentlichen Grund für dieses Beleidigtsein (das schlechte Essen), da ich Klaras Gefühle auf meine Weise teilte.
Mit ihrem irrsinnigen Auge, erfüllt von Todesgrauen und – unserem Verständnis nach – völlig blickleer, steht mir diese würgende Möwe vor Augen und ist für mich, gleichsam verallgemeinert, *der* Vogel. Dieser DER VOGEL wäre, hätten wir uns noch nicht an die Existenz der Vögel auf Erden gewöhnt, ein *Untier*, das heißt ein beängstigend großes Fabeltier, das es in Wirklichkeit gar nicht geben kann. Es hat nur zwei dünne Beine, an den Füßen Krallen; bedeckt ist es nicht mal mit Wolle, sondern mit irgendwelchen harthaarigen Flachknochen, die sich mit keinem uns verständlichen Wort mehr benennen lassen, so erfinden

wir das Wort «Feder»; es hat ein kleines Schlangenköpfchen mit blicklosen seitlichen Augen, wobei es Sie mit beiden zugleich gar nicht anschauen kann; es hat Mund und Nase in einem, und zwar an deren Stelle ein Horn, das es mit garstigem Laut aufsperrt – wir können kein Wort dafür finden und bezeichnen es vorläufig als «Schnabel». Anstelle von Armen oder Vorderfüßen hat es zwei Fächer, die uns vielleicht, wäre ihnen nicht dieser windschnittig gebuckelte, widernatürliche Rumpf beigegeben, sogar schön vorkommen könnten. Sind jedoch diese widernatürlichen Einzelheiten schon für sich fürchterlich – was für ein Monstrum ist das erst in zusammengesetzter Form! Vergrößern Sie ein Insekt, dem gegenüber wir alle instinktiv Ekel und Abscheu empfinden, auf die Maße einer Katze, und Sie verstehen, was für ästhetische Gefühle Sie in Wirklichkeit empfinden, wenn Sie zum erstenmal diesen DER VOGEL erblicken.

Ich ging hinaus zum Haff. War die Ostseeküste lebendig durch die Brandung, durch ständig neues interessantes Schwemmgut an ihrem Saum, durch die Ausgezacktheit und Unregelmäßigkeit der bewaldeten Dünen, so erschien die kahle, waldlose Küste des in Windstille erstarrten Haffs besonders nackt und bloß und leblos. Die Linien waren hier anders als am Meer, geschmeidiger, makellos wie an einem Kurvenlineal. Die Dünen ragten hier dicht am Wasser auf, und sie fielen in jenem maximalen Winkel ab, der gleich an Mathematik denken ließ – ein Rieselkörper. Es rieselte und schüttete alles, man brauchte nur daran zu rühren. Doch niemand rührte daran, und so war alles erstarrt in unglaublichem, glutheißem Gleichgewicht. Im Lauf des Tages erhitzte sich der Sand, darüber flirrte die Luft und verwandelte das ohnehin traumwelthafte Bild in ein Trugbild. Ich stand auf dem Kamm einer gigantischen Sandwelle, die sich unaufhörlich, wenn auch quälend verlangsamt, aufs Festland zubewegte; hier brach sie sich an der toten Glattheit des Haffs, wie das Meer sich an der Küste bricht. Dieses Negativ gewohnter Vorstellungen, dieses geschmeidige Fließen des Sandabhangs unter den Füßen war schwindelerregend. Segelflieger und Drachen müßte man hier steigen lassen... Solche schwimmhäutigen, lautlosen Flugzeugphantome würden fast besser zur Landschaft passen als Vögel. In meinem Takelwerk klagte der Wind. Ich tat einen Schritt ins Leere, mit einem Gefühl wie Ikarus. Der Sand gab nach unterm Fuß, umfing die Wade. Mit drei gigantischen Schritten flog ich aus dreißig Meter Höhe zum Wasser hinab, ein Strom von Sand folgte mir und schüttete mich zu bis zum Knie. Ich trug meinen Milli-Milli-Anteil dazu bei, die Bewegung der Nehrung zu beschleunigen; hinter mir rieselte dünn der Sand und ebnete meine Spur ein. Ein paar Schritte weiter lag am Wasser ein toter Brachsen auf breiter Flanke, streckte die abgefressene Flanke in die Höh. Sein fortdauernder Tod schien das einzig Lebendige hier zu sein. Und da schwamm langsam, unbeweglich wie ein Segelflieger, über mir der gestern gestorbene Vogel vorbei. Es gab mal ein Märchen von einem Mann, der das Land der Unsterblichkeit suchte... er schien es auch gefunden zu haben: dort ändert sich nichts, altert nichts, vergeht keine Zeit, doch einmal in tausend Jahren kommt ein Vogel geflogen und trägt ein einziges Sandkörnlein davon, und das läßt diese tausend Jahre zur Sekunde werden. Der Mann war enttäuscht, hatte also auch in diesem gesegneten Land die Zeit zu ticken begonnen... Dieser gestrige Vogel über mir schien mir aus jenem Märchen zu stammen – in seinem Schnabel hielt er das unerbittliche Sandkorn meiner Zeit.

Ohne die Füße aus dem Sand zu ziehen, gleichsam festgewachsen, lehnte ich mich mit dem Rücken gegen die

Düne. Was ich sah, war ohne Namen. Ich sah das Wasser, ich sah den Fisch, ich sah den Himmel, ich sah den Vogel – und sie waren alle ohne Namen. Ich wußte nicht, daß es Wasser, Himmel oder Vogel hieß. Dehnte sich vor mir bis zum Horizont vielleicht der Fisch, und war das über meinem Kopf ein einziger, tiefblauer, endloser Vogel? Lag vor mir tot vielleicht das Wasser, und verdunstete, dem Blick sich entziehend, der Himmel? Ich wußte nichts davon, daß jenseits des Horizonts die Welt nicht abbricht. Die Wörter waren endlich leer wie die federleichten Chitinhüllen, die sich mit dem Sand vermischten. Aber so sind sie ja auch – leer. Ich löste mich von der Sprache, die mir ständig vorplappert, es gebe die Welt, es gebe sie auf Schritt und Tritt – hier, da, bitte. Und wie jedesmal seufzte ich tief, stieß ich mich ab von der Düne, mit deren Augen ich einen Moment geschaut hatte, und zog die Füße nacheinander aus dem Sand: Der Fisch war ein Fisch und hieß Brachsen, der Vogel war kein Himmel, sondern eine Möwe, vor mir dehnte sich nicht der Fisch, sondern Wasser mit dem Namen Haff, ja, und der Himmel – war Luft, ein Luftozean. Jenseits des Horizonts lag unverrückbar das mir unsichtbare Litauen. Einzig der Himmel hatte keinen Horizont, was jenseits von ihm lag, war unbekannt; zwar war auch das nach Sphären und Begriffen geschichtet, aber diese Wörter leben nur im Schulbuch, weshalb wir zum Himmel manchmal noch in diesem stummen Sinne des Schauens aufblicken können. Mich störte, wie benannt alles war, wie festgezurrt durch ein Wissen, das in den Dingen, die ich sehe, gar nicht enthalten ist. Was sehen wir – Gegenstände oder die Wörter, die sie benennen? Klar ist zumindest, daß die Welt, die wir zu erkennen suchen, keinen Rückbezug hat zu unserem Wissen. Auch wenn es die Welt exakt widerspiegelt. Es spiegelt sie nur wider. Die Welt selbst betrachtet sich nicht in diesem Spiegel.

Ebenso der Mensch. Natürlich können Sie die Hand vor die Augen führen: meine Hand; auf die Füße schauen: meine Füße; aber von allein sieht der nach vorn blickende Mensch sich nicht selbst, noch weniger sieht er seine Augen, wie auch der Spiegel sich nicht selbst sieht. Aber auch was Sie an sich sehen können als unabtrennbar zu Ihnen gehörend, also Arme, Beine, Nabel, unterm Nabel... – das sind ja nicht Sie, das ist die Hülle, der Körper, innerhalb dessen Sie... Wenn Sie nach vorn schauen, gibt es Sie nicht. Vielleicht sind Sie ja das, was Sie vor Augen haben?

Der Himmel war leer und hörte auf, leer zu sein. Auf einen Schlag flogen viele Vögel vorbei, ein Schwarm. Wieder war der Himmel leer. Als ein einziger Vogel vorbeigeflogen war, hatte ich einen Vogel gesehen. Das ist genau. Wie viele waren es jetzt gewesen? Zehn? Mehr. Hundert? Weniger. Ich weiß nicht genau, wie viele es waren, fünfundfünfzig oder neunundfünfzig, ich hatte sie nicht so schnell zählen können. Doch war es eindeutig eine bestimmte Zahl, keiner mehr und keiner weniger, ich konnte diese Zahl nicht erfahren, und es wird sie auch nie jemand erfahren. Aber da diese Zahl genau und bestimmt war, ist es, als ob jemand sie kennte. «Nun aber sind auch eure Haare auf dem Haupte alle gezählt...»

Ein einziger Vogel, dann auf einen Schlag viele, aber wie viele? Die Eins, das ist die Zahl, die ich kenne. Eins, das ist die Rechnung, die mir aufgeht.

Geteilt durch eins – das ist die Realität.

«Zwar mit Mühe, aber ich glaube zu ahnen, was Sie...», sagte der Doktor. «Der Wissenschaft ist tatsächlich eine gewisse Beschränktheit eigen. Sie befaßt sich weniger mit universalen Problemen als vielmehr mit Dingen, die sie exakt bestimmen kann. Aus Ihren Anwürfen spricht jedoch, um eine Ihnen geläufige Terminologie zu benützen, ein gewisses Unverständnis für die Gattung. Ein brillanter Gedanke, den wir experimentell nicht beweisen oder bestätigen können, ist für uns unprofessionell. Das ist Dilettantismus, bestenfalls Freizeitbeschäftigung. Auf Treu und Glauben akzeptiert, kann ein schöner Gedanke rettungslos in die Irre führen. Eine gewisse Starrheit gehört eigentlich zur Ethik des echten Wissenschaftlers, der Ideen hat wie Sand am Meer. Zwischen Einzahl und Vielzahl klafft bei uns tatsächlich oft eine Lücke; schließlich sehen wir die Vielzahl in gewissem Sinn auch als Einzahl an. Andrerseits sehen wir die Einzahl als Element der Vielzahl...»

Wir wanderten am Ufer entlang und sahen das Meer nicht. Gestern hatte es einen «Kistensturm» gegeben. Auf dem Sand waren die unterschiedlichsten interessanten Dinge ausgebreitet, wie Waren auf einem endlosen Verkaufsstand. Wir wanderten diese Zeile entlang. Seltener als Kisten aus Holz trafen wir grellbunte aus Plastik. Auch ein Faß oder einen Eimer konnte man finden, ebenfalls leicht und bunt. Mit einigem Glück waren sie sogar heil, zufällig vom Deck gespült. Hier und da lagen Plastikkugeln, sehr schöne – die Auftriebskörper von Fischernetzen. Die Kugeln waren vollkommen unbeschädigt, bloß war unklar, was sich mit ihrer vollendeten Form anfangen ließ, nach Verlust ihres Verwendungszwecks. Im Gehen entwickelten wir einen Gedanken, plötzlich schlich sich Unaufmerksamkeit ein, denn vor uns schimmerte etwas Blaues oder Rotes, Anziehendes. Wir beschleunigten unsere Schritte angestrengt nicht. Der Gedanke wurde starr, dünnte aus und fand gleichsam seinen natürlichen Abschluß: es war ein purpurroter halber Plastikeimer in vertikalem Aufriß. Mit Absicht wandte uns der Eimer seine heile Seite zu. Wir ließen diese Spiegelfechterei hinter uns, und ein neuer Gedanke gewann neue Kraft. Das neue Phantom eines neuen Gegenstands vor uns markierte die nächste Pause oder eine überraschende Kehrtwende des Themas...

«Haben Sie nie über die Natur des menschlichen Sammeltriebs nachgedacht? Über das Sammeln von Pilzen, Beeren, Vogeleiern, Kollektionen? Oder von den Gaben des Meeres?» fragte der Doktor und kickte eine gelbe Plastikkugel fort; sie rollte zurück, in die nach dem Sturm träge Flut. «Um zu verstehen, was wir von unseren Vorfahren ererbt haben, müssen wir wissen, wie diese Vorfahren beschaffen waren. Morphologisch ist der Mensch wenig auf den Erwerb bestimmter Nahrung spezialisiert, und die ursprüngliche ökologische Nische des Menschen ist das Sammeln von Früchten, Schößlingen, Wurzeln, Eiern, Kleintieren und Schwemmgut am Ufer. Eine solche Ernährungsweise ist wenig produktiv und verlangt intensive, vielseitige Tätigkeit. Im Unterschied zu vielen anderen Arten (Pflanzenfressern zum Beispiel) waren die Nahrungsmittelressourcen des Menschen begrenzt, Hunger ein Dauerzustand...»

So leistete er Widerstand, wenn ich ihn nach dem Menschen ausforschte, dabei verplapperte er sich oft genug selbst. Obgleich voll des guten Willens, seine Erfahrung als Ökologe und Ethologe nicht auf den Menschen anzuwenden, war er doch selbst ein Mensch und konnte gar nicht anders, als über dasselbe nachzudenken wie ich. So hatte er mir, ohne es zu wollen, schon genügend erzählt. Und diese Überlegungen waren für mich so überzeugend, ich glaubte ihnen mit solcher Leichtigkeit, daß gerade diese Leichtigkeit mir als der beste Beweis erschien. Mit der Begeisterung des Dilettanten benützte ich bereits viele der mir beigebrachten Begriffe, als wären es meine eigenen. Unser Gespräch lief nach folgendem Muster ab:

«Sie sagen», hakte ich ein, «daß... Folgt daraus nicht, daß... Läßt sich in dem Fall nicht dieser Schluß ziehen?»
«Ja, doch, könnte man sagen», stimmte der Doktor ohne Enthusiasmus zu.
«Dann», sagte ich, «wäre anzunehmen, daß...»
«Auch das könnte man annehmen», stimmte er träge zu.
«Also ist der Mensch...», schwenkte ich auf meine Zielgerade ein.
«Nein», sagte der Doktor, und leicht, ohne sich zu verausgaben, widerlegte er mich.
Vorderhand gab ich nach, nickte.
Die Unverbindlichkeit unserer Gespräche war ihm jedoch bereits zur Gewohnheit geworden. Unmerklich hatte ich ihn zersetzt. Seine Moral lockerte sich. Ich glaube ja nicht, daß es an meiner Überzeugungskraft lag; schon lange hatten sich diese Gedanken ungenutzt in ihm gelangweilt... Erst redete er nur vom Urmenschen. Da konnte er apodiktische Sätze fallenlassen wie:
«Im Vergleich zu anderen Tieren hat der Mensch keine hohe Fruchtbarkeit.»
Oder:
«Prosperierende Arten suchen ihre Zahl und ihr Gebiet so weit wie irgend möglich zu vergrößern. Der Mensch ist eine prosperierende Art; sein Streben nach Ausdehnung des Siedlungsgebiets und Vergrößerung seiner Zahl ist natürlich. Zu Beginn unseres Zeitalters lebten schätzungsweise zwei bis drei Millionen Menschen auf der Erde. Das war die Welt der Antike...» Er seufzte nachdenklich.
«Malthus», sagte ich. Zwischen meinen Zähnen knirschte auf einmal Sand.
Zu Malthus hatte der Doktor ein kompliziertes Verhältnis. Ihn reizte die Geschichte. In deren Tiefe, wo die eitlen

Einzelheiten verwischt waren und es nicht um Jahrzehnte, sondern um Jahrhunderte ging, zeichneten sich Epochen ab, die den Ökologen in ihm faszinierten.
«Was glauben Sie, warum Alexander der Große haltmachte? Nein, nein, seine Kriegsmaschinerie funktionierte reibungslos. Nichts auf der Welt hätte ihr widerstehen können. Nur war er so weit über die Grenzen seines Areals hinausgedrungen, waren so lange schon Länder erobert, die für die weitere Sicherung und Prosperität seiner Heimat ausgereicht hätten, daß diese Aggression – also Gebietsausweitung zugunsten einer prosperierenden Population – biologisch völlig sinnentleert war. Indien und Mittelasien erreichte er bereits als Reisender, fast gar als Amateur-Ethnograph. Er kleidete sich in die Nationaltrachten der neuen Länder, die sich ihm nur noch der Form halber unterwarfen; es blieb ihm nichts anderes übrig, als wieder abzuziehen, da er keine Chance hatte, die unterworfenen Länder je in den Griff zu bekommen. Umkehren konnte er nicht, es war, als hätte er vergessen, woher er kam. Sein Tod war unartikuliert. Jeder Aggression, die nur die notwendige Grenze einer Ausweitung des eigenen Areals bestimmt, geht auf diese Weise die Luft aus.»
«Interessant», warf ich ein. «Schon lange haben wir nicht mehr Krieg geführt... Könnte man den modernen Tourismus als eine sublimierte Aggression ansehen?»
«Sagen Sie das zu mir oder ich zu Ihnen?!» Einmal in Versuchung geführt, kannte der Doktor kein Halten mehr, wie Alexander der Große. Mit imperialen Riesenschritten durchmaß er die Geschichte.
Bei den späteren Normannen war es, des Doktors Sicht nach, dasselbe. (So tastete er sich an uns näherliegende Zeitalter heran, während ich, der Jäger, mich in meinen Unterstand duckte, den Atem anhielt und mich nicht regte – ihn nicht unterbrach.) Auch die Wikinger verfügten

über eine Militärmacht, die der Spartas vergleichbar war, sie hatten nicht ihresgleichen. Aus unserer Sicht hätten sie sich eine zum Leben viel geeignetere Welt erobern können, als ihre Felsen und Fjorde es waren. Doch aus biologischer Sicht handelten sie konsequenter als Alexander. Sie hätten die Macht gehabt, Europa zu beherrschen, entdeckten aber das für Europäer unbewohnbare Island und Grönland und erreichten noch vor Kolumbus die Nordküste Amerikas: Sie breiteten sich nur in dem ihnen wesenseigenen Areal der Nordmeere aus.

Mich hatte schon immer fasziniert, mit welch sichtbarer Erleichterung der Mensch unter sein Niveau fällt. Kaum hat man sich emporgeschwungen, in Spiralen, wie ein Vogel, da plumpst man runter wie ein Stein, da man absolut ungenießbaren Mist für eine Zieselmaus gehalten hat. Am Doktor fiel mir das auf, doch auch ich selbst kannte kein Halten mehr: Mit den Wikingern begann bereits die Geschichte Rußlands.

«Zwar Norden, aber nicht ihr Areal», sagte der Doktor. «In Rußland haben sie sich assimiliert. Ihre Macht blieb stecken.»

«Ganz wie in der Anekdote», sagte ich. «He, komm mal, ich hab einen Bären gefangen!»

«Genau!» stimmte der Doktor zu.

«Und warum sind auch die Tataren in uns steckengeblieben?» fuhr ich fort.

Der Doktor machte «Hm», schniefte und beschied: «Die Steppe war zu Ende.»

«Haben Sie das gedacht oder ich es gesagt?» Ich war begeistert. «Und was war mit Napoleon?»

Doch weiter ließ er sich auch von meiner Begeisterung nicht locken. Er machte halt wie Alexander, da er in seinen Ausführungen schon zu weit gegangen war. Er verstummte. Sah in die Ferne.

Das Meer hatte sich gegen Abend völlig beruhigt und war erstarrt, lackglänzend, als wäre es satt und dichter als Wasser. Da ich täglich Stunden an ihm entlangwanderte, sah ich es längst nicht mehr. Außer «Kistenstürmen» gab es auch «Flaschenstürme», die unglaubliche, nie von mir geleerte Whisky- und Ginflaschen ans Ufer warfen, und es gab «Bernsteinstürme», bei denen die letzte Woge einen Bernsteinsplitter anschwemmte. Längst sah ich nur vor meine Füße, in der Hoffnung, einen «kindskopfgroßen» Bernstein zu finden oder einen unversehrten Kanister oder zumindest einen Flachmann... Doch von all dem, wovon der «Rittersaal» auf der Vogelwarte voll war (einmal hatten sie ein Fäßchen mit noch genießbarem Wein gefunden, ein andermal eine riesige Dose mit schwarzem Kaviar, leider ungenießbar), fand ich beharrlich nichts, ich wußte auch nicht, daß ich in meiner Suche geleitet wurde vom Urahn, daß dies meine Exkursion in die Urnische der Menschheit war... Das einzige, was ich fand, war ein «Hühnergott». Schon lang hatte ich das Meer nicht mehr gesehen, wie ich nun merkte, und den Kopf nicht mehr gehoben, da ich mich in der Nische des Vorfahren recht schnell eingerichtet hatte. Das abendliche Meer wurde graurosa, gegen den Horizont zu schillerte es weißlich und zerging, löste sich auf in so zarter Linie, daß nur der dünne, scharf konturierte Strich des dort hingezeichneten Dampfers sie überhaupt sichtbar werden ließ. Und die Sonne war am Untergehen, war unwirklich groß und rot. Man konnte den Blick nicht losreißen... Ich riß ihn los – und erblickte endlich, direkt vor meiner Nase, einen kirschroten schwedischen Bierkasten aus Plastik, darauf drei nicht ausgebleichte goldene Kronen...

«Gut, meinetwegen...», sinnierte ich, durch den Bierkasten inspiriert, und bewog den Doktor zum Umkehren. «Wenn die ökologische Nische des Urmenschen das Sammeln ist und er diese Nische verlassen hat, indem er auf der Lebenspyramide bis zur Spitze hochgeklettert ist, sein Areal maximal ausgeweitet hat und nun, unter Zurückdrängung aller anderen biologischen Arten, die gesamte Erde besiedelt, was ist dann jetzt seine Nische, sein Areal? Was ließe sich als ökologische Nische des heutigen Menschen bezeichnen? Der Planet Erde? Ließe sich das so ausdrücken?»

«Ein wenig tautologisch», meinte der Doktor schulterzukkend. «Ansonsten – warum nicht.»

Das erinnerte an Lorenz' Experiment mit den Fischchen, die in gegenüberliegenden Ecken desselben Aquariums sich Häuschen angelegt haben. Sie ziehen die Besitztumsgrenze genau in der unsichtbaren mathematischen Mitte, und der eine Nachbar braucht sie nur, durchaus unabsichtlich, zu verletzen, schon wird der andere von unbändigem Zorn gegen den Eindringling gepackt, jagt ihn aus seinem Revier und durch des Aggressors Revier, bis er ihn in Sein-Haus-seine-Burg getrieben hat. Im eigenen Haus schöpft der feige Konkurrent sogleich neue Gerechtigkeitsenergie, kommt, völlig außer sich, herausgeschossen und jagt den schlagartig entmutigten Gegner durchs ganze Aquarium und nun seinerseits in sein Haus. Dort schöpft dieser neue Kraft usw. Ist das Pendel des Krieges von einer zufälligen Grenzverletzung in Bewegung geraten, kommt es unglaublich langsam zum Stillstand, es dauert Stunden, bis dieselbe unsichtbare Grenze wieder gezogen ist. Noch einmal stehen die Feinde sich hier Nase an Nase gegenüber, dann gehen sie auseinander, als wäre nichts gewesen, picken im Sand, als wären sie zur Futtersuche an den Grenzen ihrer Besitztümer unterwegs... So illustrierten wir, worüber wir gesprochen hatten.

«Gut...» Ich baute meine Stellung aus, dabei trieb ich den Doktor weiter in Richtung auf unser Haus. «Andrerseits ließe sich (der wunderschöne Bierkasten schlug mir rhythmisch gegens Knie) die Erde als einheitliches ökologisches System behandeln, als ökologische Nische des Lebens auf Erden... (Der Doktor widersprach noch nicht.) Ließe sich dann sagen, daß in dem Augenblick, als der Mensch auf der Erde erschien, die Evolution des Lebens praktisch zu Ende war? (Der Doktor schwieg noch immer.) Daß in diesem Augenblick der Erdball ein vollendetes, gut entwickeltes, sicheres, absolut ausbalanciertes ökologisches System war, wo alles in Verbindung stand und einen geschlossenen Kreislauf bildete, wo die exakte Balance zwischen dem Leben und der Möglichkeit, die irdischen Ressourcen immer wieder zu erneuern, nirgends beeinträchtigt wurde und wo – harmonisch und vorerst ohne zu stören – auch der Urmensch seinen Platz fand, der Sammler? Das steht noch nicht in Widerspruch?»

«Zu Ihrer oder meiner Ansicht?» wehrte der Doktor ab, als versetze er einen Schlag mit der Flosse.

«Zur Logik.»

Nein, hier spielte eine andere Fischart ein anderes Spiel: Um mich in seinem Haus niederzulassen, trieb ich ihn in meines. Dazu mußte ich zunächst einmal selber ausziehen...

«Der Mensch» – so redete nun schon ich – «hat seine ursprüngliche Nische verlassen, in der er neben anderen Arten von gleich zu gleich existierte. Ließe sich vielleicht sagen, und zwar nicht mehr in dem Sinn, den Sie als tautologisch kritisiert haben, sondern eher dem Wortsinn entsprechend, daß die ökologische Nische des Menschen gewissermaßen in einer ‹Verschleißreserve› der Erde als dem allgemeinsten ökologischen System besteht, das heißt in einem gewissen Existenzspielraum von den Zeiten des Sammlers an bis zur weltweiten Katastrophe, die zum Untergang allen Lebens führt? Anfang des Jahrhunderts

waren wir anderthalb Milliarden, gegen Ende sind wir sechs.»
«Wieder kommen Sie mir mit Malthus!» Zwischen den Zähnen des Doktors knirschte erneut der Sand. «Man kann nicht den Raum durch die Zeit messen, wie Sie das tun. Die Ökologie betrachtet nur bereits existierende ökologische Systeme. Nur in diesem Sinn ist sie eine Wissenschaft.»
«Ein bißchen peinlich sollte es für den Menschen schon sein», sagte ich, als ob der Doktor mit seiner Ökologie alles verursacht hätte, «wenn nicht gar beschämend: die Krone der Schöpfung zu sein und das nur so aufzufassen, daß er dazu auf der Welt ist, um sich der Schöpfung zu bedienen.»
«Man muß unsere Erde nicht unbedingt Schöpfung nennen, aber ansonsten bin ich mit Ihnen einer Meinung: Eine gewisse Peinlichkeit ist unverkennbar. Aber das wird zur Zeit nicht nur uns beiden bewußt. Da gibt es einen deutlichen Bewußtseinswandel...»
Nun ging ich zum Angriff über: «Sie sind Wissenschaftler, also ein Mann, der die Realität kennt und nüchtern beurteilt. Glauben Sie wirklich, daß der Mensch noch imstande ist, haltzumachen? Der Mensch ist nicht mehr Natur, er ist ihr Untergang. Unsere scheinheiligen Schutzmaßnahmen haben keine größere Wirkung als die Aktionen alter Damen aus englischen Tierschutzvereinen...»
«Mit den alten Damen haben Sie unrecht», widersprach der Doktor. «Deren Tätigkeit ist gar nicht so unbedeutend, wie Sie glauben.»
«Gewiß», gab ich sardonisch zurück, «vielleicht ist die Zeit bald reif für Alte-Damen-Schutzvereine... Sagen Sie mir, bloß ehrlich, was Ihnen besser gefällt: eine kahle, vereiste Erde, über der die Sonne umsonst aufgeht,

oder...» Ich warf einen Blick aufs Meer. Die riesige Sonne hatte sich, unweit des Horizonts, verformt und erinnerte an eine Birne; das spiegelglatte Wasser war aus flammendroter Seide. Die Sonne tat mir leid, obgleich sie in meinen Prognosen ja unversehrt blieb. «Oder eine grüne, mit Tieren und Vögeln bevölkerte Erde, mit Flüssen und Seen voller Fische, mit einem Wurzeln sammelnden Menschen und, mag ja sein, einem vernunftbegabten Delphin, der nicht unseren unvernünftigen Weg eingeschlagen hat?»

«Ich habe Ihren antihumanen Gedanken verstanden», erwiderte der Doktor reserviert, «Sie brauchen nicht auszusprechen, was Sie mich fragen wollten. Ja, ich habe mir schon dieselbe Frage gestellt...» Die Sonne rollte immer rascher auf den Horizont zu, wie ein Tropfen wurde sie am Meeresspiegel plattgedrückt; wider Erwarten zischte es nicht, sie verschwand zügig unter Wasser und ließ auf dem Wasser einen unvergleichlichen grauen Lichtschein mit rosa Dunststreifen zurück. «Die Frage ist sinnlos. Dann wäre niemand da, um sich dieses Glück anzuschauen...»

«Wie?» rief ich aus. «Und das sagen Sie? Ist denn nicht alles Lebende auf Erden seines Lebens froh?»

«Schon, aber nur der Mensch ist imstande, Vollkommenheit so recht zu würdigen...»

«Schon, aber...»

«Lassen Sie nicht vorzeitig die Bombe fallen, die Sie im Herzen tragen. Wir wissen nicht alles. So wissen wir nicht, womit ein teuflischer Gedanke, selbst ein unausgesprochener, sich zusammenschließt und was letztlich daraus wird. Ich habe Ihnen eben ein Geständnis gemacht, zu dem ich als Wissenschaftler kein Recht habe...» Sein schwaches Lächeln spiegelte noch den Sonnenuntergang.

So verhandelten wir die Perspektiven der Menschheit, überzeugt, daß von unserer Entscheidung einiges abhing. Tastend suchten wir nach einem Ausweg aus den eigenen Gedankengebäuden. Bisweilen kam es uns vor ... doch jedesmal geriet auch dieser Weg wieder ins Schwanken und verflüchtigte sich vor der geringsten realen Vorstellung. Sämtliche Maßnahmen waren nicht ausreichend. Der Mensch weigerte sich entschieden, seine tatsächliche Lage zu begreifen, ihn kümmerte nur, was unmittelbar lebensnotwendig war oder ihm so vorkam. Die Gegenwart riß sich von der Zukunft los, und durch diesen Riß verflüchtigte sich die liebe Vergangenheit, die Umwelt, die uns als Erbe zugefallen war. Wir verstiegen uns sogar dazu, eine totalitäre Herrschaft der Ökologie über die Menschheit zu errichten, wo einem wie im Mittelalter für das Abhacken von Zweigen der Arm abgehackt wurde und für einen Hasenkopf der eigene Kopf. Dies alles zu Nutz und Frommen des Menschen ... Damit *sie* uns endlich verstünden ... *Sie* waren alle anderen, uns ausgenommen. Bei nüchterner Betrachtung war unser Kabinett rasch gestürzt.
Derart vom Thron gestoßen, bestiegen wir auf dem Heimweg zuletzt noch eine Düne. Die Sonne tauchte für einen Augenblick aus dem Meer, um sogleich wieder unterzutauchen. Oben auf der Düne lag rosa Sand, ein langer, samtiger Schatten schmiegte sich, einwärts gebogen, die Kehrseite nach oben, an ihren Hang, und in der Senke zwischen den Dünen regte sich die erwachende Nacht.
«Kaum zu glauben, daß Malthus im achtzehnten Jahrhundert gelebt hat!» Ich seufzte. «Equipagen, Waldeshaine, Schleppen, Streichquartette ... Die Luft ... was für eine Luft damals gewesen sein muß! Die Bächlein plätscherten, die Hummel summte ... Schäfer und Schäferinnen ... Hirtenflöten ... während er, in seinen finsteren Umhang gehüllt, zum Gerüttel der Kutsche seinen weit hergehol-

ten und schwarzen, durch seine Umgebung überhaupt nicht nahegelegten Gedanken nachhing...»
«Finden Sie es nicht merkwürdig», sagte der Doktor, «daß wir gerade hier, in unberührter Natur, wo man keinem einzigen Menschen begegnet, den ganzen Abend nur geredet haben – und worüber?»
«Wirklich, der ideale Ort! Wir sollten uns schämen!» Ich lachte, dankbar für sein Wir. In der Hand hielt ich den schwedischen Bierkasten, die Bestätigung meines Lebenswillens.

Kaum war die Sonne endgültig im Meer versunken, sprang gegenüber, auf der Haffseite, ohne die Dämmerung abzuwarten, aus den Dünen der Mond. Als ob sie auf der Nehrung wippten, unsere beiden Himmelsleuchten, als ob sie ein unsichtbares Brett über sie gelegt hätten... Der Mond war grün im Gesicht, anscheinend hatte er, bevor er zu uns herauskam, zu Hause allerhand mit ansehen müssen.
Wahrscheinlich seinetwegen wälzte ich mich im Bett, konnte ich nicht schlafen – durch alle Ritzen drang sein verschrecktes Licht. Ich richtete mich auf und sah aus dem Fenster. Über seine sowieso unfrohe Stirn zogen Wolken. Für einen Moment verschwand er, von einer dicken Wolke verhüllt, um mit noch giftigerem Lichtschein wieder aufzutauchen. ‹Der Mond verbarg sich hinter einer Wolke...› Ich sagte ein paarmal diesen ruhigen Satz vor mich hin und wurde von Lachen geschüttelt. Der Mond verbirgt sich doch nie und niemals hinter einer Wolke! Man stelle sich bloß vor, wo die Wolke ist, wo ich bin, wo der Mond ist – ein Beispiel von komischerer Verzerrung des Maßstabs läßt sich kaum finden! ‹Die Sonne verschwand hinter einem Berg...› – wieso mußte ich auf einmal so albern kichern?

Ich stellte mir die tatsächliche Selbständigkeit der Sonne vor, welche, nicht wahr, «uns ihr Licht sendet», «uns ihren feurigen Gruß schickt». Quatsch, überlegte ich, mit sowas gibt sie sich nicht ab. *Uns* schickt sie gar nichts. Sie gibt sich nur mit sich selbst ab – was solls, wenn wir als Staubkörnchen vorüberfliegen... Der einzige Nagel, an dem unser gesamtes irdisches Leben hing, begann in meinem Hirn zu wackeln. Selbstgerechtigkeit und Anmaßung des Menschen kommen deutlich in der Sprache zum Ausdruck, zumindest in diesen einfachen Formen. Der Mensch meint andauernd, alles, dessen er sich bedient, hätte eine direkte Beziehung zu ihm. Was einfach zum Lachen ist. «Vorratskammer der Natur», «Naturschätze», «Unterwerfung der Natur», «schwarzes, weißes (und was weiß ich noch für welches) Gold» – so gingen mir immer neue Beweise menschlicher Räuberei durch den Sinn, die er wie schmutzige Fingerabdrücke in der Sprache hinterlassen hat. Ich lag auf dem Rücken, und mein Gesicht verzog sich wie von allein zu einem selbstgefälligen Grinsen – beschienen, nicht wahr, vom Mondenschein...

Ich erwachte von einem wuchtigen Dröhnen, das direkt über mir seinen Schlund auftat, als wäre es in meinem Kopf. Es brach so jäh in die totale Finsternis, daß ich weder begriff, wo ich war und was mit mir war, noch mich erinnerte, wer ich war. Entsetzt erwacht war etwas Lebendiges, das imstande war, Angst zu empfinden, und nicht umkommen wollte; es wußte nicht, daß es ich war. Nach dem Dröhnen und der Erschütterung trat vollkommene, schwarze, die Kehle zuschnürende Stille ein, die aus nichts als langanhaltender Angst und Atemnot bestand. Es erklang ein gleißendes weißes Licht, erhellte die Streichholzschachtel, in der ich schlief, und mich, wie ich auf allen vieren im Bett stand. Es war tatsächlich, als hätte ich auch mich erblickt, meinen Körper, als hätte ich ihn verlassen, vorerst auf geringe Entfernung, und dächte nach, ob ich zurückkehren sollte. Danach ging ein Schlag aufs Dach nieder, das Dach ächzte, hielt aber seltsamerweise stand, es federte nach und seufzte unter dem mächtigen Wasserstrom, der sich darüber ergoß. Mitten in diesem Toben und Tosen erklang ein neues Licht, ein rötliches diesmal, es drang durch die dicke Schicht des über die Scheibe rinnenden Wassers, und wieder erstarb alles in völliger Schwärze und dem gleichmäßigen Rauschen der Sintflut. Nun schlug – und wieder so nah, als wäre es im Schädel – der nächste Donner ein. Keine Spur von Schlaf war in meinen weit aufgerissenen Augen, doch davon wuchs nur mein Schrecken. Von nun an feuerte und funkelte es mit solcher Häufigkeit, daß das Licht von einem Aufblitzen zum andern in den Augen nicht erlosch – um meine Hütte loderte eine rosa-weiße Flamme. Ich konnte bei dem Licht die Karte über meinem Bett erkennen, die Adern der Flüsse und Eisenbahnen und die Kreise der Städte; ein Aufflammen, und ich las das sinnlose Wort «Amsterdam». Eine solche Stadt gibt es nicht mehr, dachte ich gleichgültig, Holland hat es fortgeschwemmt... Ich bin mir nicht sicher, ob ich eine konkrete Vorstellung hatte, was da vor sich ging – ein Zusammenstoß mit einem Kometen, eine Atombombenexplosion, das Entschwinden der Atmosphäre, eine Sintflut oder ob ich verrückt wurde, eines jedenfalls war klar: es war das Ende. Um mir ein wenig Mut zu machen, fluchte ich vor mich hin. Dieser Galgenhumor half mir auch nicht. Ich wußte nicht, was man normalerweise tut in solch einem einmaligen Fall wie dem Weltuntergang, eines jedenfalls war auch da klar: ich wollte unter keinen Umständen hier umkommen, auf diesem Bett und in dieser Bude. Wiederum auf allen vieren kroch ich vom Bett und öffnete, vor Grauen stammelnd, mit der Stirn die Tür. Es war richtig, daß ich auf allen vieren hinauskroch, denn von oben stürzte eine Wand von Wasser, in anderer Stellung hätte ich nicht atmen können. Hier war es noch heller als im Häuschen, in tausend Facetten funkelte das Wasser. Zwischen den schwarzen Kieferstämmen begriff ich, woher das Licht kam. Jetzt würde ich nicht im Häuschen sterben! – das war geschafft. Aber ich wollte auch nicht zwischen den jungen Kiefern umkommen. Hastig bewegte ich mich aufs Licht zu, ich wollte ins Freie. Ich rannte flink wie ein Tier auf allen vieren und hinterließ im nassen Sand meine neuartige Spur. So gelangte ich ins Freie, an den Fuß der Dünen. Vor mir stand, über dem Haff, eine zukkende Feuerwand. Sie war gelbrot. Ein Dröhnen, stärker als Kanonendonner, umfing mich von allen Seiten. Ich hielt inne, gebannt vom Schauspiel dieses wehenden, dichten, donnernden Vorhangs. Zu mehr reichte meine Entschlußkraft nicht, ich wußte nicht, was weiter, und begann zu weinen. Ich verschluckte mich fast an dem Sturzregen, mir war, als hätte ich auf einmal so viele Tränen. Ich wollte nicht umkommen. Nicht, daß ich unbedingt hätte leben oder nicht so hätte umkommen mögen – ich wollte nicht umkommen, wie ich jetzt war. Ich war nicht bereit. Verzweifelt kroch ich noch ein Stück die Düne hoch, schleppte gleichsam das Bündel meiner zerschlissenen, immobilen, nicht loszuschlagenden Sünden hinter mir her: der nicht geschriebene Brief an die Mutter, der nicht geschenkte junge Hund für die Tochter, die Schande der heutigen Schwatzhaftigkeit ... keine Ahnung, warum mir nur so wenige von meinen Sünden einfielen und so unschuldige, war ich doch aufrichtig zur Buße bereit ... sicher wollte ich unbewußt vor mir selbst gut dastehen bei meinem Abgang. Ich hatte nicht die Absicht, den Allerhöchsten zu beschummeln; meine größte und schändlichste, diesen Kleinkram überragende Sünde war meine Nichtbereitschaft, vor Ihm zu erscheinen. Ich schickte ein stammelndes Gebet ohne Worte zu Ihm hinauf und bekreuzigte mich. Und das erstaunte und ernüchterte mich: ich hatte das untrügliche Gefühl, daß ich es *richtig* gemacht hatte. Früher dagegen... ich erinnere mich genau, daß ich nie recht gewußt hatte, wie man sich bekreuzigt: von links nach rechts oder von rechts nach links? – wie man beginnt: waagerecht oder senkrecht? – ob der Nabel zuletzt kommt oder an zweiter Stelle, wie viele Finger man zusammenlegt... Ich brachte der Kirche die Ehrfurcht des Katechumenen entgegen, doch mich bekreuzigen hatte ich nicht nur deshalb nie gekonnt, weil es nicht ganz gerechtfertigt und begründet war, sondern auch weil ich nie recht gewußt hatte, wie es geht. Ich schielte zu den Betenden hin, versuchte es mitzukriegen, aber ob sie nun so eilig und oft sich bekreuzigten oder... Ich erinnerte mich jedenfalls genau an mein ständiges Unbehagen in dieser Hinsicht, als ich am Fuß der Düne jetzt vor der Feuerwand wie vor einer Erscheinung auf den Knien lag, und ich freute mich wie ein Kind, daß ich es hingekriegt hatte! Und so geschickt verbeugte ich mich bis zur Erde, so inbrünstig bekreuzigte ich mich, daß das Grauen von mir wich und die Angst, diese Geißel des Menschen, mir vom Wasser abgespült wurde. Weiter erinnere ich mich nicht, was...

Ich erwachte auch, ohne mich zu erinnern. Trat hinaus in den frühen Morgen. Die Sonne strahlte. An den Zweigen funkelten Tropfen. Das Gras dampfte. Noch ingrimmiger als sonst zwitscherte das Vogelreich. Eine Ameise schleppte einen Fliegenkadaver. Biologin N. schleppte die Käfige vom Dachboden.

Alles war wie zuvor, das gewohnte Paradies. Nur war der

Himmel fast noch blauer, der Sand noch gelber. Dennoch kam mir der Morgen verlogen vor, er tat so, als wäre er Morgen. Ich suchte nach Beweisen für seine Untreue und fand keine. Er gab sich den Anschein, als erinnerte er sich an nichts, als lache er den Eifersüchtigen aus. Mit schiefem Grinsen versuchte ich, genauso richtig die Finger zusammenzulegen und mich zu bekreuzigen – ich konnte die Hand nicht heben, wußte wieder nicht, wie. «Bevor nicht der Donner grollt, schlägt der Bauer nicht das Kreuz.» Zumindest diese Freude war mir nicht untreu geworden, nämlich wieder mal sprachlos zu sein vor der Genauigkeit der Sprache.
Mürrisch ging der Doktor an mir vorüber, einen Pinsel in der Hand, kehrte jedoch um.
«Ich habe die ganze Nacht über unser Gespräch nachgedacht», sagte er. «Ich glaube, es gibt nichts Armseligeres als eine reiche Einbildungskraft. Wer darüber verfügt, läßt sich von der Prägnanz des ersten, meist banalsten und primitivsten Bildes hypnotisieren. Eine pessimistische Sicht ist, aufgrund dieser Situation, fast überzeugender. Von weitreichenden Ursachen und Folgen können wir anhand eigener Experimente und Erfahrungen keinen Eindruck gewinnen, denn im Lauf dieses einen Lebens erleben wir die Resultate unserer Experimente nicht mehr... So ist nun mal ein Menschenalter beschaffen – es entspricht weder der Geschichte noch einem Leben. Auch das eine Bestätigung des Pessimismus, sein zweites Auge. Mein Optimismus könnte einem jungen und ehrlichen Menschen gewollt erscheinen, nicht überzeugend, als Zweckoptimismus. In diesem ganzen Spiel haben wir jedoch immer den Zug in Reserve, den wir nicht bedacht haben. Nennen Sie es, wie Sie wollen – ob unsere Unwissenheit oder den Willen des Höchsten. Gestern bezeichneten Sie den Menschen als Parasiten, der sich wie in einem Fell in der

‹Verschleißreserve› der Erde eingenistet habe (war das Ihr Wort oder meines?). Ich hätte Ihnen fast zugestimmt. Vielleicht ist es ja tatsächlich so, doch kann niemand von uns das Ausmaß dieser Reserve bestimmen – nicht annähernd, nicht utopisch, sondern praktisch. Wie beim Kartenlegen: Ja, eine Reise, ja, ein offizielles Gebäude und natürlich eine Dame – aber wann? Der Zeitpunkt wird nicht genannt. Ohne die Zeitkoordinate zu definieren, kann man annehmen, was man will, irgendwas wird schon eintreffen. Und wenn wir diesen Koeffizienten der ‹Reserve› nicht definieren können, können wir auch die Rolle des Menschen und des Fortschritts nicht definieren. Ebensogut, wie sich annehmen läßt, daß der Mensch nicht haltmacht und den Ast, auf dem er sitzt, mit der Axt des Fortschritts abhackt, ebenso läßt sich auch das genaue Gegenteil annehmen. Wenn unsere Erde immer noch groß ist und zum Leben ausreicht, könnte dann nicht ihre katastrophale Schrumpfung in unserem Bewußtsein (durch Kommunikation, Information usw.), ihre himmelschreiende Ausraubung und Verwüstung – ebenfalls in unserem Bewußtsein – eine Form des Schutzes sein, ein Warnzeichen, ein Alarmsignal, das sich eingeschaltet hat, lange bevor die Gefahr unabwendbar wird, damit wir rechtzeitig aufmerken und zuvorkommen...? Das heißt, ich meine, daß die Schnelligkeit unserer Vorstellung von der Gefahr dem realen Zustand der Erde nicht proportional ist, und das wäre dann, um Ihre Terminologie zu verwenden, die ‹Verschleißreserve› des Menschen, die Garantie für eine erfolgreich absolvierte Ausbildung dank der Anschaulichkeit des Fortschritts; das heißt, die Beschleunigung des Fortschritts wäre nicht zu groß, nur *ziemlich* groß, gerade um noch rechtzeitig der Katastrophe zuvorzukommen. Kann sein, daß wir schon bald die Abschlußklasse erreichen, daß die Schulausbildung der Menschheit zu Ende ist... ein Experiment im

Schullabor, eine Explosion im Modellversuch, Funken fliegen im Physiksaal, es stinkt aus dem Chemiesaal – mehr nicht.»
Irgendwie war ich beleidigt. Weil er mir die Worte aus dem Mund genommen hatte. Weil ich «jung» war (wenn auch «ehrlich»). Schöner Greis! An die zwei Jahre jünger als ich. Und plötzlich, nachdem unser Gedanke sich einmal um sich selbst gedreht hatte, kapierte ich auch ihn. Den Gedanken, daß unsere Vorstellung von der Realität schneller sein könnte als die Realität, daß darin eine Sicherheit liegt, in dieser Überreaktion – dieser Gedanke kam mir neu vor, trotz seines lebensbejahenden Sinns. Meine praktische Erfahrung veranlaßte mich zu einem schiefen Grinsen: als ob ich es nicht oft genug miterlebt hätte, daß die Menschen nichts lernen! selbst wenn man es ihnen einbleut... Aber ‹stets haben wir noch einen Zug in Reserve›, das hatte er gesagt... Und dieser Reservezug gefiel mir.
Der Morgen war eine Pracht. Auch wenn er so tat als ob, bekam er das besser hin als die Wirklichkeit. Ich ging zur Fangreuse. Die Netze waren noch nicht trocken und hingen schwer, in steilen Kurven, herab. An der engsten Stelle befand sich eine Art Auffangkäfig, in dem erregt gefiederte Gefangene flatterten. Viele waren es nicht, nur zwei oder drei Sperlingsvögel. Ich hörte hinter mir ein seltsames, unbekanntes, doch deutliches Lachen. Als stünde plötzlich ein verrauchter, unrasierter, leicht irrer Greis hinter mir. Wie kam so jemand hierher? Ich drehte mich um... Niemand. Für alle Fälle mußte ich die Schultern zucken. Da hörte ich denselben Greis aus derselben Richtung höhnisch krächzen. Ich drehte mich zornig um und erblickte Klara. Sie hatte sich ein günstiges Plätzchen auf einem nicht zu dicken und nicht zu dünnen Ast ausgesucht und beobachtete in aller Gemütsruhe mich und die Fangreuse. Als sie sah, daß ich sie sah, führte sie sich mehr

als seltsam auf, sie krächzte rauh, verschluckte sich fast, und dieses Krächzen erinnerte, wie bei meiner albernen Assoziation zuvor, an lautes Gelächter; hatte sie sich tatsächlich verschluckt, ließ sie sich vornüber fallen und baumelte, leiser krächzend, kopfüber am Ast, kehrte dann geschickt in die Ausgangslage zurück und brach erneut in das atemlose Krächzen aus, schlug vor Begeisterung sogar mit den Flügeln und trippelte ungeduldig, ohne jedoch auffliegen zu wollen. Ich sah an mir herab – was hatte ich an mir, daß sie sich so aufführte? Das war zu albern, das war nicht ich... Ich folgte aufmerksam ihrem Blick und sah erst jetzt einen mitten in der Fangreuse herumflatternden großen Vogel. Weiß der Teufel, was für einer es war, er schoß so rasch umher – eine Eule, ein Eichelhäher, ein Kuckuck? keine Elster jedenfalls... ein Vogel, nicht kleiner als Klara. Er war in die Fangreuse geraten und flog umher auf der Suche nach einem Ausweg, wobei er andauernd gegen das Netz stieß, zurückschreckte und immer tiefer hineingeriet, immer näher zu jenem letzten Auffangkäfig, bei dem Klara und ich ihn beobachteten. Noch war der Gefangene näher am Ausgang als am Ende der Fangreuse, außerdem war der Ausgang weit offen im Unterschied zum rasch sich verengenden Hals der Reuse, doch sosehr der Vogel sich auch widersetzte, bewegte er sich nur in die Tiefe. ‹Seltsam›, dachte ich an seiner Stelle, ‹rausfliegen wäre doch leichter für dich, als weiter reinzufliegen...› Klara krächzte, was das Zeug hielt. Mitleid oder ein Appell war das nicht. Es klang wie zuvor nach Lachen. Sie ließ sich fallen, baumelte mit dem Kopf nach unten, sozusagen «Krieg mich nicht mehr ein!», dann wieder verschluckte sie sich fast an begeistertem, glücklichem Gelächter. Plötzlich ging mir auf, daß es Gelächter war. Zweifellos. Ich erinnere mich, ich hatte den Doktor mal gefragt, ob Tiere Humor hätten... jetzt bekam ich die Antwort. Für Klara war das unerträglich komisch: ins Netz geraten war ein Vogel ihrer Größe. Ich sagte schon, daß so etwas recht selten vorkommt, größere Vögel sind klüger und erkennen die Fangreuse. Natürlich war auch eine Spur von Grausamkeit und niederem Triumph (nicht ich!) in Klaras Lachen. «So ein Dummkopf! Kra!» kollerte Klara. «So groß! Kra-kra! Und so dumm! Kra...» Vielleicht kam ihr tatsächlich die Dummheit des großen Vogels so verblüffend vor, daß kein persönlicher Triumph dabei war. Dummkopf!

Natürlich konnte ich nicht anders, als über mich selbst zu lachen, das noch viel größere Lebewesen!

Für Mühen gibt es hienieden manchmal auch Lohn. Seine Höhe sollte man weder unter- noch überschätzen. Dankbar sollte man sein.

Während ich über den Gesprächen der beiden Peripatetiker brütete, ging mir auch selbst einiges auf. . . . .
. . . .
. . . .
. . . .
. . . .
. . . .
. . . .
. . . .
. . . .
. . . .
. . . .

Eine Bekannte von mir, die Erstkläßlerin Julia, die während meiner Abwesenheit Schriftstellerin geworden war, hat meine sämtlichen, ihr unbekannten Ausführungen sehr viel knapper dargelegt (und ohne sich zu bemühen, Stil zu vermeiden...).

Wortwörtlich ihre Geschichte:

«Gestern ist ein Ausländer zu uns ins Studio gekommen.

Er hat viele lustige Geschichten erzählt, aber wir konnten ihn nicht verstehen. Zum Glück hatte er einen Übersetzer mit dabei. Der erklärte uns, was der Ausländer von Krähen und Elstern erzählt hatte. Diese Vögel sind sich sehr ähnlich, verstehen sich gegenseitig aber kaum.
Als ich morgens nach Hause kam, dachte ich: ‹Wie seltsam! Wir haben ihn so schlecht verstanden, und er hat uns genau davon erzählt...›»

Zweites Buch

Hund, Schwein, Ratte

Sieh den Stein an, den die
Bauleute verworfen haben …

Thomas-Evangelium

... und er hat uns genau davon erzählt.

Dieser Ort erinnerte nicht an eine Heimat – er war es. Auch er gehörte mir nicht. Ich werde ihn nicht nennen. Anonymität sei meine Rechtfertigung. Es war 1979, ich war zum ersten- und letztenmal hier. Aus der Befürchtung, ungenau zu sein, wird die Beschreibung minimal sein. Wer erkennt, möge verzeihen.
Er war unerwartet, dieser Ort. Oder unerwartet *geworden*. Während unseres überschaubaren Lebens war das geschehen. Früher ist er aus einer weitläufigeren Gegend wohl gleichsam herausgewachsen, hat sie gekrönt. Jetzt sprang er ins Auge, es konnte ihn nicht geben, denn längst verschwunden war jene Stadt, die ihn begründet hatte. Nein, dies ist keine Beschreibung nach einem Atomschlag ... Hier wurde gebaut und wurde gewohnt; geradeaus, immer geradeaus, dann ging der städtische Prospekt, ohne sich zu verändern, in die Landstraße über; die üblichen leichenblassen Wohnsilos, gleichermaßen unbewohnt, ob bezogen oder nicht bezogen, fertiggebaut oder nicht fertiggebaut; keine Menschen zu sehen, die hinein- oder hinausgegangen wären; ganz so, als fahre man durch ein und denselben Ort, das heißt, als stehe man still; und wo die Stadt aufhört, die Straße endgültig in die weniger erschlossenen Räume Rußlands taucht, muß man nach links abbiegen, und von der Eintönigkeit des Weges eingeschläfert, ist das Bewußtsein überhaupt nicht vorbereitet auf die Wahrnehmung von ...
Erstens Hügel, zweitens Bäume. Als begänne die Erde zu

atmen, als hebe und senke sich die Brust – auch Sie fangen im Takt der Buckel und Biegungen der nun menschlich schmalen Straße zu atmen an. Da schlängelt sich über den Hügel plötzlich die weiße Festungsmauer eines Kreml, Sie stoßen auf sein unwahrscheinlich massives und dickes Tor, und drinnen, auf dem Gelände, ist alles anders: gleichmäßiger Rasen, alte Bäume, ein Gotteshaus... Ein Museum unter freiem Himmel, der Raben Glück. Weite. Erst Kulturraum, dann kultivierter Raum. Als Fremdkörper stehen hier auch alte Holzbauten, sehr angenehme eigentlich. Sie stammen vom Norden, aus den verschiedensten Gegenden. Hier können Sie das Holzhaus besuchen, in dem Peter der Große in Archangelsk abgestiegen ist. Können sich an Wuchs und Handgröße mit ihm messen (eine Kerbe am Türrahmen, ein Gußstück mit dem Abdruck seiner Hand). Allmählich verlassen Sie den bereits fertig restaurierten und fertig einstudierten Teil des Museumsgeländes, immer häufiger stolpern Sie über Haufen von Baumaterial und Müll mit Blick auf einen staunenswerten Glockenturm, ein Meisterwerk russischer Gotik: Das spitz zulaufende Polyeder seines Turms steckt im entsprechenden Polyeder eines Baugerüsts, und diese dem Auge ungewohnte Spitzheit und Vielflächigkeit bleibt dennoch irgendwie russisch. Haben Sie sich satt gesehen an dem, was alles wiederhergestellt wurde und noch wiederhergestellt wird, können Sie auch weitergehen...

O dieser unmerkliche Übergang von der lebensbejahenden Unschönheit einer Baustelle zu Verwahrlosung und Verwilderung! Unkraut. Ist denn nur der Wegerich stark genug, um Niedergetretenheit zu besiegen, oder mag er sie, zieht er sie vor? Distel, Klette, Löwenzahn... Und ihre reinen Blätter schon staubig. Konservendosen, die in die Erde hineinwachsen, rostend und sich rötend; Zeitungsfetzen mit verblassendem Text; Lumpen, die verwesen wie Leichname, dem menschlichen Körper nachtrauernd; und als Wachablösung für die staubige Klette sprießt ein von Geburt staubiges Blatt, weich und schmiegsam fühlt es sich an – Leben, vom Tod belehrt. (Hier sah ich auch nach langem wieder ein durch den Müll brechendes, obszön aufragendes rotes Ohnblatt. Als Schrecken meiner Kindheit, der sich erst später als Pflanze entpuppte, trug ich es durchs ganze Leben, wie die Wörter «Krieg», «Faschist», «Isolierstation»: Für mich war es 1941 hinter der Küchenbaracke im ersten Pionierlager gewachsen, und wir nannten es Erdkrebs.) Großartig, wie die Natur gegen die Kulturschicht kämpft! Diese Müllblumen und -gräser sind die Infanterie, die ihr den Boden zurückerobert, damit sie ihre eigene Kultur wiederherstellen kann. Wilde Natur wäre niemals so verwahrlost. Verwahrlost ist sie nur dort, wo zuvor etwas gewesen ist, und sei es ein wunderschöner Park. Ein verwildertes, kleinbeeriges Himbeergestrüpp lief den Hang hinab, ich ihm nach. Unten floß ein verdreckter Bach, und darüber lag ein neues Brett.

Vom neuen Brett führte, steil und hoch, eine verfaulte Treppe nach oben, deren Geländer auf der einen Seite eingestürzt, auf der anderen notdürftig wiederhergestellt war. Hier herrschte Schatten und Dämmer, spürte man Feuchtigkeit. Überall dasselbe Verwildertsein, besonders zeigte es sich an den grünen Blättern. Grün waren die Blätter eigentlich nicht, wenn auch nicht mehr staubig. Sie waren so blechern und farblos wie die Blätter eines künstlichen Kranzes auf einem aufgelassenen Friedhof. Aber stieg man, über eingebrochene Stufen hinweg, schließlich hinauf, fand man genau das vor: Oben war ein Friedhof mit eben jenem Müllkranz...

Kultur, Natur... Unkraut, umgestürzte Kreuze. Ausgezehrt das Gesicht. Schwer vorstellbar, wie es hier vor drei

oder vier Jahrhunderten gewesen ist, als der Baumeister zum erstenmal herkam. Wie leicht und fließend alles war, wie vollendet und exakt. Das prächtige Skelett ließ sich hinter den zerschlissenen Fetzen der Verkleidung noch jetzt erkennen: Ebenso steil war das Ufer, ebenso breit der Fluß, ebenso unerwartet wich es zurück, gab es unter sich den zartgrünen See der Wiese auf dem Schwemmland frei, und weiter weg kehrte es sich plötzlich um wie auf Zuruf, erstarrte im fernen Blau des Waldes, wie wenn der Fluß, sich windend, die Ufer vertauscht hätte und das linke zum rechten und das rechte zum linken geworden wäre ... auch war der Himmel höchstens eine Spur farbloser, ansonsten wohl geblieben wie früher. Wie aber hatte die Linie ausgesehen, wenn sie noch geblieben war! So hatte sie ausgesehen, daß Prior und Baumeister einträchtig und tief seufzten und keine weiteren Zweifel hegten: Hier!
Mehr konnte die Natur nicht bieten. Die Vollkommenheit des Gebotenen war offensichtlich. Solche Orte verlangen nach einer Kirche, einem Kreml, einer Stadt. Im Lauf eines Jahrhunderts hatten die Menschen diesen Raum gemeistert, hatten sich ihm eingefügt, und er wurde zum *Kulturraum*. Über den Grad der Vollendung und Vollkommenheit dieses Kulturraums konnte man jetzt nur noch mutmaßen. Aufgrund jener «Parzelle» am Eingang (nicht mehr vom Kloster, sondern vom «Gelände»), wo man alles wiederhergestellt hatte, «wie es einmal war». Das Neue, allzu Gelackte zeugte von der Schludrigkeit des «Plans». An Farbe hatte man genommen, was gerade zur Hand gewesen war, das Gras wuchs auch noch keine hundert Jahre, und das Holz der Bretter und Balken hatte die Eile des Beiles noch nicht vergessen. Doch wenn schon, geschenkt! Nach einiger (gar nicht langer!) Zeit und bevor hier alles von neuem (und diesmal noch schneller) zu zerfallen beginnt, wird die Zeit eine Pause machen, und alles

wird fast so sein, wie es einmal war. Die Zeit müht sich schließlich ebenso ab wie der Mensch: zunächst um zu vollenden, erst danach um zu zerstören. Spannend, wie viele Grenzen! Zwischen wilder Natur und verwilderter Kultur, verwilderter Kultur und Kulturraum, Kulturraum und Zerstörung, Zerfall und Verwilderung, Verwilderung und Wildnis... Alles ging hier ineinander über, brach sich aneinander.

Ich kletterte den Abhang hoch. Nirgends, nicht mal in einem Windbruch, können Sie solchen Greuel der Verwüstung sehen wie in einem verheerten Kulturraum. Oh, wieviel wilder als die Wildnis ist doch die Verwilderung! Siegreich rauscht der Wind über die Müllhalde, die einmal Kirche und Friedhof war. Es wippen die Kränze, rollen Dosen, wie eine Kullerdistel jagt ein Zeitungsblatt dahin. Aus Ziegelsteinen und Dreckhaufen sprießt es. Raben fliegen auf, kreisen über dem Vergangenen, nicht dem Gegenwärtigen. Und wie jede Struktur die vorige birgt, schimmert Schicht durch Schicht.

So schlittern Sie zwischen den Schichten und gelangen zu einem unerwarteten Punkt, wo ein heftiger und lauter – wenn auch nicht erleichterter – Seufzer aus Ihrer Brust bricht: Von hier aus ist *alles* zu sehen! Alles, wie es einmal war. Wodurch bleibt nur stets dieser einzige Punkt erhalten, dieser Blickwinkel, um nicht zu sagen Sehstrahlwinkel, an dem Sie aufschrecken und sich erinnern, ja, sich *erinnern*, wie es einmal war? Was ist das nur?!

Aber daß Sie mir bloß keinen Schritt zur Seite tun! Wenn Sie schon das Glück hatten, nein, für würdig befunden wurden, an solch einen Punkt zu gelangen: er ist der einzige. Ein Schritt nach links – und eine Schar von Hebekränen zerpickt am Horizont den Raum; ein Schritt nach rechts – und Sie fliegen den Steilhang runter, auf die Müll- und Abfallhalde; ein Schritt zurück – und Sie treten

wo rein oder reißen sich die Hosen am Stacheldraht kaputt.
Kultur, Natur... Wer hat nur all das ruiniert? Die Zeit? Die Geschichte? Das Wer und Wann entgleiten einem. Den mal zu Gesicht kriegen, seinen Arm packen, ihm auf den Rücken drehen... Mir ist der nie untergekommen. Einem Vollstrecker der Zerstörung bin ich nie begegnet, wie auch kaum je einem Verfasser von Witzen. Lauter Freunde und Beschützer ringsum. Wer liebt nur all das so wenig, was wir dermaßen lieben? Wer liebt nur *uns* so wenig?
Ich blickte vom einzigen Punkt aus.
Doch, es war auf der Welt noch was übriggeblieben!
Oh, hätte ich damals gewußt, daß ich gar nicht alles so sah und begriff, wie ich es jetzt beschreibe... Abgehauen wäre ich! Denn erst jetzt begreife und sehe ich es so. Schwierig, Vergangenheit und Zukunft nicht durcheinanderzubringen, samt ihrer Aufeinanderfolge in der Gegenwart, wenn selbst der uns so objektiv erscheinende Raum sie (die Zeiten) durcheinanderbringt...
Ich stand auf schwankenden Beinen, da ich mich fürchtete oder nicht wagte, einen Schritt zu tun. Die Unbeständigkeit der Pose erklärte sich aus der Einmaligkeit des Blickpunkts.
Und genau dort saß er. Der Zerstörer des letzten Punkts. In unglaublicher, unbeständiger Pose, auf kippelndem Stühlchen, sich am Pinsel festhaltend. Ich schaute ihm über die Schulter. Er drehte sich um.
Beschreiben wollte ich das nicht... Ich war in diesem Blick dermaßen nicht vorhanden, daß ich nicht weiß, wieso ich nicht verschwand. Daß er mich mit Schrecken angeblickt hätte, wäre zuwenig gesagt; mit Furcht – wäre unrichtig; mit Entsetzen – ungenau. Nur den Bruchteil einer Sekunde hing ich in seinem schwankenden Blick,

doch dann schwankte das Stühlchen, zitterte der Pinsel, und rasch kehrte er zum Ausgangspunkt zurück, ohne mich überhaupt bemerkt zu haben. Nur eine Sekunde hatte er am Fädchen meines Blicks geschwankt, wie ein Seiltänzer, der das Gleichgewicht wiederherstellt.

Erneut verband mich nichts mit ihm. Er saß und malte vom einzigen Punkt aus, und dort stand zufällig ich. Nicht bei mir war die, die ich liebte, sonst hätten wir uns miteinander gefreut. Ja, miteinander – ohne Zweideutigkeit. Sie war nicht da. Schon lange war sie nicht mehr bei mir!

Der Abgrund der Tiefe ist keine Leere. Und umgekehrt. Ich durchflog beides.

Ich wurde böse. Und zwar auf diesen malenden Holzklotz. Er verbaute mir den einzigen Blickpunkt. Die unter seinem Pinsel entstehende Landschaft entsprach ganz und gar nicht der Einmaligkeit, der Außergewöhnlichkeit des vor uns Liegenden. Farbliche Mißklänge... Er bewegte sich aus der linken oberen Ecke der Leinwand, offenbar in der Diagonalen, in die rechte untere. Links oben der blaue Wald, in der Mitte das silbrige Hufeisen der Flußwindung, und in der rechten unteren Ecke saß, unsichtbar für sich selbst, an die Landschaft geklammert wie eine haftengebliebene Pinselborste, der Maler persönlich. Die rechte obere Ecke war leer für den Himmel, der noch nicht ausgeführt war, dem weder Wolke noch Kreuz, noch Vogel Weihe verliehen. In der linken unteren dunkel das verschwommene Gesichtsfeld. Ich schaute über die linke Schulter nach rückwärts. Das war unbegründet – als könnte er malen, was hinter seinem Rücken liegt, als könnte ich, zurückschauend, mich selbst erblikken. Dort wuchs aus einem Müllhaufen der einschüchternd gespannte Phallus eines Ohnblatts. Ich schrak zusammen. Auch das war ein Blick. Sowas, dieser Waldschrat mit seiner Staffelei hatte mich genauso angeblickt!

Er wußte bereits von meiner Existenz, obgleich er sich nicht mehr umdrehte. Ich war bei ihm *angekommen*. Der zwischen ihm und der Landschaft gespannte Faden gab nach und hing durch. Seine kippelnde, inspirierte Gestalt, die sich an eine Ecke der Landschaft geklammert hatte, ließ los und setzte sich richtig hin. Das Stühlchen stand still, die Schultern hingen locker herab, der Pinsel stak auf der Palette. Es war jene letzte Abendstunde, wenn der Himmel noch einmal aufleuchtet, wie die Kerze noch einmal aufflackert, bevor sie erlischt. Auf seiner Leinwand dämmerte es bereits. Er glich dem Angler, bei dem den ganzen Tag nichts angebissen hat, und jetzt hat er beschlossen, Leine zu ziehen, ruckt aber immer noch am Schwimmer.

Ich hatte nichts zu verlieren. Die Sentimentalität von vorhin machte meine Dreistigkeit wett.

«Ich störe nicht?»

«Doch, doch, Sie stören!» erwiderte er lebhaft und legte erleichtert den Pinsel beiseite.

«Dann darf ich vielleicht...»

«Bitte, bitte, Sie dürfen!»

«Eine Frage stellen, meine ich...»

«Auch ich meine nichts anderes.»

«Ich bin aber Laie. Entschuldigen Sie also...»

«Glaube ich Ihnen gerne. Sonst hätten Sie gleich erkannt, daß auch ich Laie bin.»

Mich kränkte sein – wie mir schien – unbegründeter Stolz. Aber ich hielt an mich. Nun ging er zum Angriff über.

«Wieso schweigen Sie? Oder gefällt es Ihnen nicht?»

Ich glaubte, ihn zu durchschauen: keiner, dem man sagen kann, was man denkt.

«Aber sicher! Eine sehr schöne Ansicht.»

«Eine Ansicht!» Er preßte verächtlich die Lippen zusammen.
«Ich habe Sie ja gewarnt, daß ich Laie bin. Gibt es einen Unterschied zwischen der Ansicht einer Landschaft und dem Bild einer Landschaft?»
Er biß sofort an. «Einen prinzipiellen! Eine Ansicht ist das, was auch Sie sehen. Ein Landschaftsbild ist das, was ich gesehen habe. Eine Ansicht zu malen» – er blickte auf sein Gemälde und seufzte – «wird niemals gelingen ...»
«Wie das?»
«Und niemandem», präzisierte er stolz. «Wer hätte je Schneeberge gemalt? Oder den Wald?»
«Schischkin», sagte ich, ohne nachzudenken.
«Also, wissen Sie ...» Mit seiner gesamten Haltung gab er zu verstehen ...
Ich suchte die Scharte ein wenig auszuwetzen: «Gelungene Berge fallen mir auch keine ein.»
«Sehen Sie! Kann man denn malen, was sich selbst gleich ist, in derselben Bedeutung? Wer hätte je die Wüste dargestellt? Wer das Meer?»
«Aiwasowski», sagte ich natürlich.
«Also, wissen Sie!» Er war entrüstet. «Selbst wenn Sie Turner sagten, würde ich widersprechen.»
«Was ist an Turner denn schlecht», trumpfte ich auf, ohne sicher zu sein, ob ich ihn nicht mit Teniers verwechselte. ‹Meinen Sie den Älteren oder den Jüngeren?› wollte ich noch angeben, hielt mich aber zum Glück zurück. «Und Lewitan, Wassiljew? Ist ihnen der Wald etwa nicht gelungen?»
«Ich bin kein besonderer Verehrer von Lewitan. Die Farbe, wissen Sie...» Er schielte vorsichtig zu seinem eigenen Gemälde. «Die Wolken», sagte er nachdenklich.
Ich blickte zum Himmel: Er war klar.
«Die Wolken sind ihnen gelungen. Das Feld, ja, aber nicht

der Wald. Das Feld ist fast schon das Meer. Der klare Himmel ist ihnen nicht gelungen.» Er blickte wie ich zum Himmel. «Die Wolken, Lichtreflexe, Widerspiegelungen aber ... Gerechtfertigte Abstraktion.» Er preßte die Lippen zusammen. «Ausdruck des eigenen Ich ...» Anscheinend verachtete er das. «Nein, die Ansicht einer Landschaft hat nie jemand gemalt. Was ihnen in gewissem Maß gelungen ist, ist keine Ansicht, sondern ein bestimmter Zustand.»
Ich bewies Scharfsinn. «Impressionismus?»
«Wenn Sie so wollen. Vorahnungen, Vorstufen. Bestenfalls Vorgefühle. Allerdings hielten sie sich für objektiv, das heißt, wir sind es, die sie für Realisten halten. Womit ich sagen will, daß sie sich immer gerechtfertigt haben. Daß es so etwas gebe, haben sie gesagt, daß diese Erfahrung Realität sei, wenn auch flüchtige. Die Fotografie hat sie alle besiegt, und sie kämpften gegen sie.»
«Nun, den qualitativen Unterschied zwischen Malerei und Fotografie kenne selbst ich.» Ich war ein wenig gekränkt.
«So, so, den kennen Sie? Ich sage ja gar nichts gegen die Fotografie. Das kommt Ihnen nur so vor. Die Fotografie hat sich um die Malerei außerordentlich verdient gemacht!»
«Wie denn?» fragte ich, fast herablassend angesichts seiner orthodoxen Einstellung.
«Ganz direkt. Sie hat kenntlich gemacht, womit die Malerei sich nicht befassen sollte. Da man dasselbe mechanisch erreichen kann, durch einen Apparat. Sie ist es, die die Impressionisten hervorgebracht hat.»
«Als Gegensatz?» dämmerte es mir.
«Als absoluten Gegensatz. Der Vogel Fasan steht für sich, der Fisch Sasan steht auch für sich, wie ein vortrefflicher georgischer Künstler gesagt hat, und der Maler Cézanne

steht für sich...» Ein Wölkchen von Begeisterung und Trauer umschattete seine Stirn.

«Und was hat der Film uns gebracht?» fragte ich feixend.

«Das übersteigt meine Kompetenz. Vielleicht sollte man aufhören, Romane zu schreiben?»

«Was hat der Roman damit zu tun?»

«Das wissen Sie besser. Ich wollte sagen, daß der Landschaftsmaler die Ansicht individualisiert. Er ist nicht fähig, sie wiederzugeben, er ist lediglich fähig, sich in ihr wiederzugeben. Indi*vid*uum – entspricht die Wurzel des Wortes nicht der in An*sicht*?»

«Nein», erwiderte ich, und in meiner Entschiedenheit lagen sowohl Schischkin wie auch Teniers und die Fotografie.

«Hätte aber gepaßt... Ich meine auch nicht nur das. Der Landschaftsmaler individualisiert die Ansicht nicht nur in dem Sinne, daß er seine Sicht, seine Individualität einbringt, sondern auch, weil die im Bild fixierte Landschaft in bezug auf sich selbst zu etwas Besonderem wird, zwangsläufig werden muß, wider Willen erstarrt, einen bestimmten Ausdruck erhält – Beleuchtung, Wind, sonstige Witterungsverhältnisse... Oho!» wunderte er sich, «was für eine Wendung! Beim Porträt ist es genau umgekehrt. Beim Porträt den Zustand des Modells zu malen, genau das wäre nach Schischkins Geschmack. Dabei wäre es Unsinn, das Porträt eines wütenden oder heulenden oder lauthals lachenden Menschen zu malen.»

«Lacht denn nicht der Saporoger Kosak bei Repin?»

«Sag ich doch. Etwas Besonderes, ein Detail. Bestenfalls Genremalerei. Ein Charakterkopf, kein Porträt. Das Porträt verallgemeinert, gibt das Wesentliche wieder – eben den inneren Zustand. Das Landschaftsbild kann nicht verallgemeinern. Wer wollte sich anmaßen, den inneren Zu-

stand des Meeres oder eines Berges zu verstehen? Sie haben Schischkin genannt. Er ist gerade der Beweis. Das Landschaftsbild als Porträt einer Ansicht gibt es nicht. Hat Schischkin etwa das Porträt eines Baums gemalt?»
Eine mir kaum gerechtfertigt erscheinende Trauer furchte seine Stirn. Sein Bärtchen zitterte.
«Was haben Sie?»
«Cézanne», sagte er in einem Ton, wie man von einem schmerzenden Zahn spricht.
«Was ist mit Cézanne?»
«Später, später», wehrte er ab, und das klang wie «gleich ist es vorbei». Bekümmert sah er zur Staffelei. «Wird schon nichts mehr draus.»
«Aber sicher!» Ich versuchte es noch einmal. «Ist doch sehr hübsch. Sie haben, meine ich, den einzigen Punkt gefunden.»
«Sie haben ihn doch auch gefunden...»
«Na ja, mein Verdienst war das schon nicht mehr.»
«Sehen Sie, Sie verstehen durchaus nicht so wenig, wie Sie behaupten.» Er warf mir einen blitzschnellen Blick zu, trübe und listig zugleich, dann bezwang er sich und trug, die Augen zusammengekniffen wie ein Altmeister, widerwillig einen undeutlichen Pinselstrich auf – der Schemel unter ihm fing sogleich an zu schwanken, aber er hielt das Gleichgewicht.
Geschmeichelt begann ich prompt mit der Liebedienerei des Schülers:
«Warum haben Sie sich gerade für dieses Format entschieden? Mich hat schon immer interessiert...»
«Ein Fenster. Sozusagen. Die Malerei ist, meine ich, ein Fenster. Oder ein Spiegel. Ein Spiegel ist schließlich auch ein Fenster. Ein Fenster durch die Wand zur Welt. An der Wand soll es später ja auch hängen.»
«Verstehe», sagte ich, ohne ganz verstanden zu haben.

«Leinwand, Format, Perspektive, Blick. Der Rahmen des Ansichtenjägers. Die Wahl des Punkts... Jetzt der Punkt auf der Leinwand, von dem aus Sie angefangen haben, diese auszufüllen – wo ist er, und warum er?»

«Auszufüllen...» Den Landschaftsmaler schauderte es. «Zuletzt sagen Sie noch ‹zeichnen›.»

«Na schön», sagte ich, ebenfalls böse, «*malen*. Können Sie mir genau zeigen, an welchem Punkt Sie angefangen haben, dieses Bild zu malen?»

«Schwierige Frage. Hängt alles vom Motiv ab. Beim Vogel, zum Beispiel, muß man am Schnabel anfangen.»

«Bei welchem Vogel?»

«Ganz allgemein.»

«Hier vielleicht?» Ich deutete auf die Leinwand.

Er wich aus. «Schon mißlungen.»

«Warum denn?» Wieder mußte ich auf seine Empfindlichkeit Rücksicht nehmen. «Ist doch sehr gelungen!»

«Darum mißlungen, weil ich nicht dort angefangen habe!» sagte er böse und nahm das Gemälde herunter.

«Sondern hier?» Ich deutete in Richtung Fluß.

«Erraten...» Durch den grauen Windbruch in seinem Gesicht schimmerte Rot. «Erraten! Ich bin absolut kein Künstler! Ich erhebe keinerlei Anspruch! Ich komme nicht deshalb hierher!»

«Weshalb dann?»

«Das verstehen Sie nicht.»

Ich war gekränkt. «Sie sind zu streng, zu sich wie zu mir. Wenn es nach Ihnen ginge, könnte man überhaupt nichts malen, weder Landschaft noch Porträts. Und Stillleben?»

«Das ja!» Mit einem Schlag war er so obenauf, als wollte er augenblicklich die Landschaft seinlassen und an ein Stillleben gehen. «Sie begreifen ja gar nicht, wie recht Sie haben! Auch Porträts... Aber das können nur wenige! Die

Genies! Die Leonardos! Hat denn jemand je ein Tier gemalt?» fuhr er auf mich los.
«Beim Vogel fängt man am Schnabel an», zitierte ich ihn.
«Der Vogel ist ein entlegenes Wesen», sagte er geheimnisvoll. «Aber das wilde Tier? Niemand! Höchstens Dürer das Nashorn. Doch zeichnete er es auch mit Hilfe eines Rasters. In diesem Fall malte er nicht, er zeichnete. Es war das erste Nashorn in Deutschland, vielleicht in Europa. Dürer war beeindruckt. Nicht als Genie, sondern als gewöhnlicher Mensch. Und eben dieses Beeindrucktsein ist ihm gelungen. Was für ein Zeichner er war! Was für Zeichner es damals gab! Jeder Expeditionszeichner... Manchmal kommt es mir vor, als seien nur sie Künstler... Die keine Absicht hatten...» Er brummelte in seinen Bart hinein und hatte mich vergessen.
«Dürer», sagte ich, «hat ein wildes Tier gezeichnet?»
«O ja! Er wollte es nur festhalten. Die Linie war für ihn soviel wie ein Buchstabe. Dabei heraus kam jedoch ein geniales apokalyptisches Tier!»
«Ist das nicht ein Widerspruch?» wandte ich vorsichtig ein. «Gerade noch war es unmöglich, ein Tier zu zeichnen.»
«Nicht im geringsten!» triumphierte er, während er frohgemut seinen Kram zusammenpackte. «Zeichnen ja. Malen kann man es nicht. Unmöglich. Darum ist die Malerei übrigens zur Kunst geworden.»
«Aber gemalt wird doch?»
«Sind Sie nicht zufällig Schriftsteller?»
«Zufällig ja», mußte ich gestehen.
«Aha. Dann sage ich Ihnen: Geschrieben wird doch?»
«Wollen Sie damit etwa sagen... können wir daraus etwa den Schluß ziehen, daß das, was sich lernen läßt, nicht Kunst ist?»

«Na, sehen Sie.»
Ich freute mich. «Und wenn man lernt, lernt und lernt?»
«Das reicht nicht.»
«Und wenn man arbeitet, arbeitet und arbeitet?»
«Das noch weniger.»
«Und wenn man einfach plötzlich... mit einemmal... wie soll ich das...»
«Inspiriert ist?»
«Genau.»
«O ja!» triumphierte er. «Vielleicht», seufzte er. «Ein einziges Mal.»
«Wie also dann?»
«Gott allein weiß es.»
«Und aus?»
«Genügt Ihnen das nicht?»
«Mir genügt das vollauf.»
Wir lachten und stiegen miteinander in die Schlucht hinab.
«Sie sprachen da vom Genie», fuhr er fort, obwohl ich davon nicht gesprochen hatte. Ich hatte das Brett schon überschritten, er noch nicht. In der Schlucht war es bereits Nacht, es glomm das modernde Holz. Aus der Tiefe seiner Gesichtsbehaarung funkelte trüb und kühn sein inspirierter Blick. «Die Genies haben alle die Muttergottes mit dem Kind gemalt. Die Muttergottes ist gelungen, das Kind nie. Ist Ihnen das aufgefallen? Oh, das ist ein solches Geheimnis! Sie kommen lange nicht dahinter. Wir meinen immer, das Genie sei ein Mensch, der sich besonders verwirklicht hat. Also, ein gewöhnlicher Mensch hätte das nicht gekonnt, aber er – hundertprozentig... Von wegen! (Wieso mußte er sich so ereifern?) Das Genie ist die maximal mißlungene Verwirklichung! Aus seiner Sicht natürlich, nicht aus unserer. Weder in der Senkrechten noch in

der Waagerechten. Was ein Genie uns an Genialem hinterläßt – und hinter ihm, hinter seinem Rücken, ist ja auch der Standort des göttlichen Genius –, steht in eklatantem Mißverhältnis zu seiner sogenannten ‹Gesamtausbringung›. (Wußten Sie, daß es auf Speisekarten in Kantinen ‹Fleischausbringung pro Frikadelle› heißt?) Worüber wir uns begeistern, damit ist das Genie absolut unzufrieden und unglücklich. Es weiß doch soviel mehr! Verwirklicht hat es sich nämlich nur in dem Maß, wie ihm das Kind gelungen ist. Wird das Genie – Gott bewahre – zu Lebzeiten anerkannt, bringt man es um, da man ihm eben diese Unzufriedenheit nimmt. Im übrigen werden sie ja sowieso meist gekreuzigt. So ist es viel praktischer, alles fällt den Menschen zu, bis hin zu dem erhebenden Gefühl, wenn wir uns für Genies begeistern.»
Er schritt endlich über das Brett. ‹Habe ich es womöglich wieder mit einem Genie zu tun?› dachte ich ungehörigerweise – arg durchlitten hatte geklungen, was er sagte. Aber eigentlich war er ja auch ein Genie . . .
Er hatte das Brett überschritten wie einen Abgrund, blieb dann wieder stehen und wühlte in seiner Anglertasche (eigentlich einer Gasmaskentasche – wie hatte sie bloß bei ihm überdauert?). Zum Vorschein kam, versteht sich, eine Flasche «Kaukasus»-Portwein (0,8 l) und ein (1) Glas. Das Glas reichte er mir.
«Sie sagen doch nicht nein?»
«Ich trinke nicht.»
«Schon lange?»
«Seit einiger Zeit.»
«Dann ist es nicht schlimm.»
Ich versuchte fest zu bleiben. «Ich trinke keinen Portwein.»
«Sie müssen ja nicht. Ich zwinge niemanden», sagte er sanft. Das Glas gelangte wie von selbst in meine Hand,

und seine unerklärliche Macht umfing mich wie ein Hitzeschwall.
«Sie sind ein Genie», flüsterte ich.
«‹Genie und Missetat sind unvereinbar›... Heute gibt es keine Genies. Sie setzen sich nicht um. Man kann nicht nur das eine Meisterwerk malen, das dann bleibt. Man kann nicht nur die Mona Lisa... Man kann nicht von vornherein Ausgewählte Werke schreiben, oder?»
«O ja! Sie haben recht.»
«Überproduktion ist eine Voraussetzung des Genies. Wer braucht den dreißigsten Band Dickens? Oder den neunzigsten Band Tolstoi? Haben sie sich etwa im zwölften noch nicht zum Ausdruck gebracht? Würde uns das nicht reichen?»
«Gehen Sie da nicht zu weit?»
«Gewiß. Aber ich bin hier ja nicht auf einem Amt. Ich will nicht sagen, was opportun ist, sondern was ist. Genügt Ihnen vom ganzen Cervantes nicht der Don Quijote, vom ganzen Shakespeare der Hamlet? Sie als Profi, wie viele Bücher haben Sie gelesen?»
«Und wie viele Bilder haben Sie nicht gesehen? Im Louvre, im Prado, in unseren Magazinen?»
«Heutzutage gibt es Bücher, Wanderausstellungen... Für uns dürfte das einfacher sein. Obwohl, Bilder sind keine Bildchen, die man sich mal anschaut. Man muß sie *sehen.*»
«Auch ein Buch muß man *lesen.*»
«Ich frage ja: Wie viele Bücher haben Sie *gelesen*?»
«Nicht mal den Don Quijote...»
«Und den Hamlet?»
«Den ja. Vor kurzem.»
«Wie alt waren Sie?»
«Vierzig.»
«Danke. Und die Bibel?»

«Was verhören Sie mich eigentlich?»
«Ärgern Sie sich nicht. Ich habe van Dyck und van Eyck noch später unterscheiden gelernt. Können Sie sich vorstellen, ich mußte *erfahren*, wer van Eyck war?»
«Der Ältere oder der Jüngere?» Jetzt wurde ich unverschämt.
«Als ob Sie das wüßten!» Er war verstimmt. «Sie kennen auch nur den einen und haben vom anderen gehört. Ich frage Sie schließlich nicht, was van Eyck gemalt hat! Damit Sie die Verkündigungen nicht durcheinanderbringen. Ich dachte, Sie wären ein Mensch, man könnte reden mit Ihnen.»
Er war ernstlich gekränkt. Enttäuscht war er.
«Na schön», lenkte ich ein. «Mit siebenundzwanzig. Mit siebenundzwanzig habe ich zum erstenmal das Evangelium gelesen, und auch da nur das Matthäus-Evangelium. Das Alte Testament kenne ich bis heute nicht, außer den Psalmen und dem Prediger Salomo. Habe es aber seither griffbereit.»
«Sie schlagen es auf und schlagen es zu?»
«So ist es.» Er gefiel mir immer besser.
«Sind Sie getauft?» Ich zögerte mit der Antwort.
«Also, ein halbes Gläschen?»
«Tja, dann eben...», stotterte ich. «Ein halbes.»
«Aber Sie trinken doch nicht? Trinken Sie ruhig nicht, ich bin nicht beleidigt.» Als er seinen Teil geschluckt hatte, fragte er: «Ist Mozart ein Genie?»
«Der nun wirklich!»
«In allem ein Genie?»
«In allem.»
«Und Sie haben alles gehört?»
«Alles nicht. Aber vieles. Soviel ich konnte.»
«Wissen Sie, wie viele Stücke von ihm überhaupt gespielt werden?»

Ich wußte es nicht. Schon sehr geheimnisvoll, wie er fragte.
«Zehn Prozent!» Er konnte den Triumph nicht unterdrükken.
«Ach!» Ich war verblüfft.
«Eben! Überproduktion ist ein weiterer Beweis für die Nichtverwirklichung des Genies, nunmehr in der Waagrechten. Wozu schafft es wie wild, wenn es sich schon verwirklicht hat?»
Jetzt hatte ich ihn erwischt. «Und – das täglich Brot? Und – ‹Inspiration verkauft sich nicht›?»
«Tja...» Er seufzte. «Wissen Sie, wieviel Mozart ein neues Wams kostete?»
«Nein.»
«Eine Sinfonie!»
Es war tiefe Nacht. Jedenfalls hier in der Schlucht. Wir atmeten uns gegenseitig ins Gesicht. Wir beleuchteten uns beim Anzünden der Zigaretten. Auf seiner Stirn schwoll kostbar eine Mücke.
«Sie gestatten?» Ich schnippte ihm an die Stirn.
«Danke.»
Wir kletterten zum Ausgang hinauf; dort war der Himmel heller, aus verdünnter Tinte.
«Das Wams hätten Sie sehen müssen!» keuchte er weiter unten. «Ein Paradiesvögelchen! ‹Sieh doch die Lilie, wie sie gekleidet ist!› Schlechter durfte Mozart sich auch nicht kleiden...»
«Klar doch, bei Hof...» Ich war voller Verständnis.
Wir kamen bei der Baustelle hoch. Hier war es kahl und unerwartet hell. Unten blieb die stockfinstere Nacht zurück. Besonders hell erschien der Glockenturm mit Gerüst, und oben, wo die Glocken hingen, schien sogar ein eigenes Licht durchzuschimmern. ‹Wunderbar!› hätte ich am liebsten ausgerufen, wobei ich den neuen Freund

vergessen hatte, immerhin, zumindest jemand, mit dem...
«O ja!» sagte er in meinen Nacken. «Unsere russische, gotische, nicht als Kirche genutzte... Wollen Sie mal rein?»
Ich wollte. Er war hier wie zu Hause. Er hatte mit allem hier irgendwas zu tun. Und ich darum auch. Ich folgte ihm wie ein Novize.
In der Tür steckte ein riesiger schmiedeeiserner Schlüssel. Aber die Tür war auch von innen versperrt. Er rüttelte daran und klopfte. Krächzend stiegen Raben vom Glockenturm auf. Dadurch wirkte der Himmel noch weißer.
«Gleich macht er auf», sagte er, nach erneutem Klopfen.
Vom Fluß kam, die Leere der Dämmerung hervorhebend, das röhrende Tuten eines Lastkahns. Es roch nach Laubfeuern, als hätte das Abschiedsröhren Rauch hergeweht.
«Was treiben die dort eigentlich!»
Diese Bemerkung ernüchterte mich in gewisser Weise. Ich stellte es mir zu lebhaft vor.
Er polterte mit aller Macht gegen die Tür.
Plötzlich tauchte aus der Dämmerung, wie aus ihr gewirkt, ein riesiges, graues, drachenähnliches Wesen auf. Ich zuckte zusammen, fast hätte ich «Mama!» geschrien.
«Linda! Lindotschka! Teufelsmädchen!» Der Landschaftsmaler tätschelte diesen Teufel zärtlich.
Es war eine marmorne Dogge von blendender Schrecklichkeit und Schönheit.
«Na, Sehnsucht gehabt?» Die Zärtlichkeit in seiner Stimme war außerordentlich. «Gehn wir!» sagte er entschlossen und drehte den Schlüssel im Schlüsselloch um. Da kam ihm jedoch ein anderer Gedanke, er zog den Schlüssel aus dem Schlüsselloch und reichte ihn mir. «Nehmen Sie ihn.»

Ich hielt ihn verdutzt in der Hand. Ein kapitales Stück. Fast so groß wie unsere Dogge.
«Nehmen Sie ihn nur, keine Angst. Schenke ich Ihnen als Andenken. Kommen Sie, wann Sie wollen.»
«Und die anderen?»
«Die finden schon was. Wieso schließen sie sich auch ein. Doch jetzt ist gar keiner da.»
Endgültig verwirrt, folgte ich ihm, den Schlüssel in der Hand. Es ging den Berg hinauf, und ich stützte mich auf den Schlüssel. Die Teufelin lief voraus, bald löste sie sich auf in der sich verdichtenden Dämmerung, bald fiel sie wieder heraus.
«Eine Schauspielerin!» berichtete er stolz von oben. «Heute hab ich sie zu Filmaufnahmen gebracht. Nicht weit von hier. Sie drehen die Okkupation. Nein, hier ist der Deutsche selbst nicht gewesen. Was aus Nowgorod, wird hier fertiggedreht. In der Rolle des Lieblings von Oberstambambramsegelführer...» Er lachte unsichtbar, in einem Tümpel der Nacht versunken. «Linda, Ernährerin!» Offenbar war sie herbeigelaufen, und während er auf mich wartete, kraulte er sie am Ohr. «Sieben fünfzig pro Drehtag!» prahlte er und stand plötzlich vor mir, so daß ich gegen ihn rannte. «Trotzdem, es ist Barock», sagte er halb traurig, halb befriedigt, den Blick über meine Schulter gerichtet. Ich drehte mich um.
Von hier oben bot sich erneut der Blick auf den Glockenturm. Der Mond, rot und riesig wie eine Sonne, war hinter dem nun unsichtbaren Fluß vorgekrochen. Um die spitze Turmhaube hing ein rötlich-schwarzer Lichtschimmer. Die Kirche glomm, die letzte Kohlenglut in der Nacht.
Wir gingen irgendwohin, ich fragte nicht nach. Vor uns verdichtete sich der Leib eines langen, stallähnlichen Wesens. Als wir näher kamen, leuchtete ein Kellerfenster auf und erlosch wieder.

«Das Refektorium», sagte er.

Wir drangen ein, lärmend und stolpernd.

«Gleich mach ich Licht», sagte er, und alles erstrahlte.

Es war allem Anschein nach eine Restaurierungswerkstatt. Werkbank, Brennofen, ein Regal mit Dosen... Eine nackte Glühbirne an der Decke. An der Wand ein Kalender mit Popstar Alla Pugatschowa und ein Werbeplakat für Autorennen. Eine riesige bäuerliche Truhe. Ebensolche Bänke, alt, grob gezimmert. Die winzigen vergitterten Fenster blickten aus der Tiefe der festungsdicken Mauern blind in den Raum, als ob sie blinzelten oder zugeschwollen wären im Schlaf. Entlang den Wänden lagen wie Gerümpel, wie ein zerstreutes Kartenspiel, massenhaft Ikonen, Beschläge und Ikonostasen aufgeschichtet.

«Interessieren Sie sich für ‹Bretter›?» Ich begriff erst nicht, aber er deutete mit den Augen auf den Ikonenstapel.

«Ja, natürlich.»

«Gleich, Lindotschka, gleich! Schauen Sie sie nur ungeniert an!»

Sorgsam drehte ich die sorglos hingeworfenen «Bretter» um, eines nach dem anderen. Der Schauder der Berührung raubte mir den Verstand.

Der Landschaftsmaler machte sich unterdes zu schaffen. Um ihn sprang die Dogge. Er schaltete den Brennofen an und stellte eine Konservendose zum Aufwärmen hinein. Öffnete dann die Truhe und kroch kopfüber hinein; einen Moment lösten sich sogar seine Füße vom Boden. Sein Gesicht war rot, als er hervorkroch.

«Hat die wer mitgehen lassen?» Sein Gesicht drückte ernsthafte Besorgnis aus. Wieder verschwand er in der Truhe. Lumpen kamen herausgeflogen; zerdellte Ikonenbeschläge und leere Konservendosen schlugen mit ein und demselben Scheppern auf den Boden. «Gott sei Dank!»

Ein Seufzer der Erleichterung. «Sowas, die derart zu vergraben!»
Er kam mit einer Flasche «Russischer Wodka» zurück.
Eine dunkle, kaum noch erkennbare Erlöser-Ikone in der Hand, teilte ich seine ungekünstelte Freude.
«Wer hat sie denn vergraben?»
«Ich selber!» sagte er glücklich.
Die Konserven im Ofen wurden jedoch nicht für Linda warm gemacht.
Ich kann nicht einmal annähernd ausdrücken, wie es mir hier bei ihm gefiel. Und wie furchtbar es war... Sowas aber auch, da fällt man mir nichts, dir nichts aus seinem grauen Alltag heraus und in etwas hinein, wo es *echt* ist, in so ein unerwartetes Loch... Über einen Hocker wurde eine Zeitung gebreitet, und mit umsichtiger männlicher Gemächlichkeit und Funktionalität deckte er höchst anheimelnd den Tisch für unser Mahl: eine Zwiebel, Brot, Dosenfleisch... Zwei frischgespülte Gläser blinkten. Die breitschultrige Flasche ragte auf wie ein Glockentürmchen.
«Hatte Sie doch gleich in Verdacht», sagte er, während er einschenkte. «Aus was für einem Berg Sie zielsicher die wertvollste rausgezogen haben!»
Zufällig hielt ich wieder die dunkle Ikone in der Hand, die ich mir angesehen hatte, als er endlich auf seine stille Reserve gestoßen war. Gab es aber nicht zu.
«Stellen Sie sie auf einen Stuhl, dann können Sie sie besser betrachten.»
So saßen wir selbdritt und becherten, wobei Linda nicht zählt: Pawel Petrowitsch (wie der Landschaftsmaler nun doch hieß), ich und unser nachgedunkelter Erlöser, das Antlitz uns zugewandt, auf einem extra Stuhl. Pawel Petrowitsch sah, vielleicht von Berufs wegen, darin keine Blasphemie, und mir fiel es damals nicht auf.

Pawel Petrowitsch selbst aß nichts, er fütterte Linda mit soßegetränkten Brotbrocken.

«Nicht aus Stolz habe ich gesagt, daß ich kein Künstler bin. Ich habe anderes im Sinn. Ich gehe auf Kontakt! Verstehen Sie?»

Ich verstand noch nicht oder nicht mehr ganz.

«Ich suche meinen Platz. Nicht meinen persönlichen, das kümmert mich wenig. Den des *Menschen*. Im Landschaftsbild kommt der Mensch nicht vor. Was an Schischkin trotz allem gut ist: Er hat, glaube ich, keinen einzigen Menschen dazugemalt.»

«Bärchen hat er dazugemalt», warf ich ein.

«Sind ja auch was Süßes», urteilte Pawel Petrowitsch kategorisch. «Im übrigen hat nicht er sie dazugemalt. Wie, Sie wissen nicht, wer? Auch Aiwasowski konnte es sich mal nicht verkneifen. Zwar hat auch er nicht selbst... Aber er hat jemanden gebeten, ihm Puschkin dazuzumalen...»

«Repin», sagte ich, kühn meinen Bauern gegen seine Bären ins Feld schickend.

«Sie sollten Kreuzworträtsel lösen.» Er war kein bißchen beleidigt. «Ist auch egal, wer. Jedenfalls ist es nichts geworden. Ein hervorragendes Beispiel! Er steht da, völlig fehl am Platz, noch schlechter gemalt als das Meer, grinst breit und hält den Zylinder in der ausgestreckten Hand... Puschkin selbst dagegen, unser Herzblatt, unser Genie, wie hat er das in seiner Malerei hingekriegt! ‹Leb wohl, du freies Element...› – und mehr nicht, fort ist er, nur die Geste bleibt, der Schwung seiner Hand. Ein geniales Gefühl für Geschmack und malerische Genauigkeit! Ich sehe immer bloß meine Nase, wenn ich male. Manchmal möchte ich sie am liebsten dazumalen, wenn das Bild nicht gelingt. Ach, es gelingt nie...» Er winkte ab, als verjage er eine Fliege, und erschreckte Linda. «Eigentlich male ich sie jedesmal nicht!»

«Die Nase?»
Linda rückte von ihm ab und legte mir ihren Kälberkopf aufs Knie. Zum erstenmal im Leben hatte ich es mit so einem großen Hund zu tun. Was für eine furchtbare, aber auch angenehme Last lag auf meinem Knie! Schließlich könnte sie mir in Sekundenschnelle die Hand, die sie streichelte, mittendurch beißen...
«Beißen würde sie nie», sagte Pawel Petrowitsch. Ich brauchte ihm gar nichts zu sagen, er konnte offenbar Gedanken lesen. «Na schön. Lassen wir die betrüblichen Beispiele. Nehmen wir etwas, das für sich selbst steht. Breughel, den ‹Ikarus›, erinnern Sie sich?»
Ich nickte, obgleich ich mich nicht genau erinnerte.
«Nicht der Jüngere – der Ältere, da erwischen Sie mich nicht. Was finden Sie in seiner Landschaft vom Menschen, mag er auch göttlich sein? Die Ferse! Die Ferse des Ikarus! Und die bemerkt man nicht...»
«Und der Ackersmann?» Mit seiner Hilfe war mir das ganze Bild eingefallen. «Der Ackersmann, der dort pflügt, was das Zeug hält, in Großaufnahme!»
«Der Ackersmann! Und sagt auch noch ‹Ackersmann›! Der ist was Natürliches, der ist Teil der Landschaft. Seine Persönlichkeit ist unwichtig, das ist es. Darum fügt er sich auch ein, weil er ein Teil ist von alledem.»
«Ein Schiff ist auch noch drauf. Ebenfalls keine Natur...»
«Etwas Erschaffenes ist bereits Natur! Es ist wunderschön, ein Segelschiff. Obgleich es weniger auf das Bild paßt als der Ackersmann. Nun haben Sie selbst alle Punkte genannt: den Ackersmann, das Schiff und die Ferse des Ikarus. Am besten – pflüge, wenn du es gar nicht aushältst, dann schwimme, aber – fliege nicht!»
«Doch das ist bereits eine Fabel, keine Malerei mehr», wandte ich ein.

«In diesem Fall! In diesem Fall ist es beides: Die Malerei läßt – versteht sich bei Breughel – nichts zu wünschen übrig, und das Denken, ja, in diesem Fall ist es literarisch. Damals hat man eben so gemalt, bestimmte Motive. Hat dabei aber die Malerei nicht vergessen... Und ihre Gesetze funktionierten. Daß der Mensch als Persönlichkeit, als weiß der Teufel was, als Herrscher über die Natur oder so, sich in ein Landschaftsbild eingepaßt hätte – das werden Sie niemals finden! Die Ferse, nur die Ferse oder die Nase des Landschaftsmalers, und die muß nicht unbedingt drauf sein. Weit glaubwürdiger und passender wäre es, wo unsereiner nun mal so auf Ewigkeit erpicht ist, in das Loch mit dem drum herum gemalten Meer und der Zypresse das eigene Mondgesicht einzusetzen. So ist es nämlich. Sämtliche Versuche, die Persönlichkeit der Landschaft einzufügen, geraten zur klägliche Parodie.»
Er seufzte tief, denn er war zufrieden, wie glatt alles aufging.
«Hätte ich nicht gedacht!» Er schüttelte entzückt den Kopf.
«Was?»
«Das mit Breughel ist mir zum erstenmal eingefallen.»
«Ja, das ist gut», pflichtete ich bei. «Aber was ist mit den Porträts der Renaissance? Die haben alle unbedingt Ferne, Tiefe und Perspektive, Felder, Ausblicke, Hügel, Wasser...»
«Das ist ganz was anderes! Dort steht was im Vordergrund? Das Gesicht, das Antlitz, die Persönlichkeit. Unbedingt eine Persönlichkeit! Wir spüren doch: Wer es ist, wann er gelebt und was er gemacht hat, ist unbekannt, trotzdem – eine Persönlichkeit! Unweigerlich. Und nur ganz in der Ferne – woher sie kommt, aus welcher Welt. Eine eigene Welt ist das! Die Ko-o-ordinaten!» So redete er ständig, mit einem O zuviel. «Die Ko-o-ordinaten des

Gesichts! Gleichsam ein eigenes Bild. Ein obligatorisches Fenster, ein obligatorischer Rahmen für das zweite Bild. Das Porträt ist das eine, die Landschaft das andere. Beides steht für sich, und beides ist äußerst fiktiv. Bloß weil es so alt ist, kommt es uns ungeheuer realistisch vor.»

Ich stieß mit ihm an, absolut einer Meinung mit ihm.

«Stellen Sie sich mal wie Puschkin ans Meeresufer oder an den Rand eines Ackers, den Blick in die lichte Zukunft gerichtet, oder wie heute – wenn ich Ihnen die Aussicht nicht verhunzt hätte, was hätten Sie dann gesehen und wo wären Sie gewesen?»

Ich überlegte.

«Na?»

«Es hätte mich sozusagen nicht gegeben ...»

«Sehen Sie? Auch Sie haben mal recht. Und jetzt sind wir dem Geheimnis schon ganz nahe. Wo ist der Mensch? wer ist er? wozu ist er da? Genau damit befasse ich mich jedesmal, wenn ich zu reproduzieren versuche, was ich sehe. Ich nehme Kontakt auf.»

«Mit wem?»

«Ist doch klar!» Er wurde ärgerlich. «Sagen wir mal: mit dem Weltgeist. Sie sehen sich also nicht selbst, wenn Sie schauen. Und das, was Sie sehen – sieht sich das selbst? Die irdische Kreatur, ja, die sieht, des täglichen Brotes wegen. Aber die Bäume, Gräser, Berge, Flüsse? Die sehen nicht. Haben Sie sich nie vorgestellt, Sie wären ein Stein oder Zweig? Natürlich haben Sie das. Haben sich an einer Stelle festwachsen lassen, sich im Raum arrangiert. Und waren bekümmert über die Dürftigkeit der Ihrem Blick noch zugänglichen Welt. Dabei haben Sie jedesmal, ohne es zu merken, auch weiterhin *gesehen* und sogar gehört, als ob ein Stein oder Zweig Augen und Ohren hätte. Das konnten Sie sich nicht einmal in der Vorstellung versagen, es wäre Ihnen auch gar nicht in den Sinn gekommen, oder?»

«So oft habe ich mir nun auch nicht vorgestellt, ich wäre ein Stein, aber wohl kaum ohne Augen...»
«Denken Sie nur, was für eine Nacht!» Das Wort «Nacht» stieß er als schrecklichen Klagelaut hervor. «Was für eine unbegreifliche Selbstlosigkeit in solch blindtaubstummem Dasein liegt! Schließlich steht alles, was existiert, miteinander in Verbindung, ohne um diese Verbindung zu wissen. Wir dagegen *sehen* es in der Einheit, um die keiner der an der Einheit Beteiligten weiß! Sie treten an ein Ufer, Wasser plätschert, Sand, Steinchen, im Wasser spiegelt sich der Wald; Sie wissen, daß dies alles natürlich nicht denkt wie Sie, aber nicht im Traum können Sie sich vorstellen, wie sehr Steine und Wasser für sich sind, es gibt für sie kein Ganzes! Sie alle existieren für sich und an sich. Wie jenes Ding bei den Deutschen. Aber das Ganze gibt es! Eben das ist so paradox. Nicht Sie haben es ausgedacht, es kommt uns auch nicht nur so vor, daß alles, was wir vor Augen haben, ein *Bild* ist. Also hat jemand... Nein. Also ist es... Nein. Wie hätte sich so viel Verschiedenartiges von allein zusammensetzen sollen? Auch das mit der Schönheit kommt uns nicht nur so vor. Unsere Ästhetik ist keineswegs zur Befriedigung unserer Lebensbedürfnisse entstanden. Ich wäre im Winter einmal fast in der Tundra erfroren. Dort gab es rein gar nichts zum Leben. Ich ging zugrunde, umgeben von Schönheit. Also – wer?!» Wieder derselbe schreckliche Klagelaut.
«Wenn Sie den Schöpfer meinen», stammelte ich, «nun, ich habe gar nichts dagegen...»
«Habe ich einen Haß!» knurrte Pawel Petrowitsch.
«Weshalb? Auch ich glaube ja...»
«Auch ich...», höhnte er giftig und gab mir damit den Rest. «Ich meine doch nicht Sie. Sie sind ein netter Kerl, wenn auch etwas zu sehr von sich eingenommen. Aber wie sehr ich *ihn* nicht mag!»

«Wen?»
«Den *Menschen.* Ihn, der sich so gerne großschreibt. Die Krone der Schöpfung. Überall mischt er sich ein, alles gehört ihm, alles ist für ihn da! Schlimmer als jede Kreatur. Schlimmer. Weil er sich anstelle seines Schweinerüssels noch alle möglichen Wühlinstrumente ausdenkt, vom Löffel bis zum Atom. Und frißt und frißt und frißt. Statt daß er innehält, statt daß er um sich blickt, statt daß er bemerkt...»
«Ja, ja», nickte ich. «Bin völlig einer Meinung. Wie ein Schwein...»
«Hm! Schön wärs, wenn er ein Schwein...» Pawel Petrowitsch blickte finster.
Ich ließ nicht locker. «Aber wenn Sie an die Schöpfung glauben...»
«Eine andere Hypothese gibt es nicht.» Pawel Petrowitsch blickte noch finsterer.
«...dann ist auch der Mensch ein Geschöpf. Also? Die Krone der Schöpfung, das hat der Mensch vielleicht von sich selber gesagt, obwohl, das Buch ist, allem Anschein nach, ja nicht von ihm geschrieben worden... Und sogar ‹ihm zum Bilde›...»
«Ach, wie Sie alles erfassen!» Das Lob klang fragwürdig aus seinem Mund. «Im Nu. Ein richtig kultivierter Mensch – ja, das sind Sie!»
Mir schoß das Blut in den Kopf, eine unbesiegbare Welle peinlicher Erinnerung. Mit Pawel Petrowitsch hatte sie überhaupt nichts zu tun. In welcher Klasse nur hatten wir ihn durchgenommen, ihn, der vom «Menschen, großgeschrieben» spricht? Und zwar: «‹Was ich tun werde für die Menschen!› schrie Danko...» – nein, das nicht. «Hoch in die Berge kroch eine Natter...» – das auch nicht. «Zwischen Wolkenzug und Wasser / schießt der Vogel Sturmverkünder / einem schwarzen Blitz vergleichbar.» Genau!

«Der Pinguin, der dumme Fettwanst, / feige klebt er an der Felswand...» Ja, ja! «Der sechste Teil davon hoch zwei / tollte fröhlich durch den Hain...» Das ist schon aus einem anderen Fach, was Menschlicheres, über Affen... Also, unsere Literaturlehrerin war krank und wurde vertreten von einer ganz speziellen Spitzenkraft aus der Volksbildungsbehörde, mit gewaltiger Büste... nun, wenn wir was in unsere Hefte schmierten und sie zwischen den Bänken durchging, dann neigte sich, von weit her, zuerst der Schatten ihres Busens über das Heft, dann der Busen selbst, unser Köpfchen verlor sich völlig in diesem schnaufenden Berg, und von hoch oben kam, kaum noch wahrnehmbar, ihr speziell freundlicher Blick sowie das Gurren ihrer – ebenfalls gewaltigen – Bruststimme... Das war zu einer Zeit – ja, noch in der stalinistischen «glücklichen Kindheit» war das. Mein Bruder studierte schon an der Universität und hatte die besten Noten. Seine Handschrift war hervorragend, seine Vorlesungsmitschriften musterhaft. Es ergab sich (was mich heute amüsiert), daß sowohl er in seinem zweiten oder dritten Studienjahr als auch ich in meiner siebten oder achten Klasse dasselbe durchnahmen, den «dummen Pinguin» nämlich, und ich hatte am Abend zuvor in seine Mitschrift reingeschaut, wo geschrieben stand – nicht mehr für die Schule, sondern für das Hochschulleben bestimmt –, was Gorki mit jedem Tier gemeint habe, und der «Pinguin» war, glaube ich, ein Liberaler oder ein Sozialrevolutionär... Und da stellt unsere vollbusige Vertretung eine schwierige Frage, um die «Initiative» der Klasse zu wecken, eine Fangfrage (sicher hatte sie an derselben Universität studiert) nach diesen Tieren, nach der Allegorie... Also, keiner weiß was, alle drücken sich, denn die Frage ist so gestellt, daß eigentlich nur der Lehrer sie zu beantworten in der Lage ist, bloß ich, der sonst nie «die Initiative ergreift», hebe als einziger die

Hand (die abzuhauen wäre, dem Evangelium zufolge), um zu glänzen... Hinzufügen muß ich noch, daß sie immer, wenn sie sowas fragte, einen anfeuernden Spruch brachte: «Denkt mal nach, denkt mal nach!» Alle denken also nach, und ich hebe die Hand. Sie lächelt nachsichtig, darauf gefaßt, eine naive Kinderweisheit zu hören, ich jedoch platze mit dem zufällig Abgeschauten und zufällig Behaltenen heraus, gebe es allerdings – wie günstig! – als meine eigene Weisheit aus. Die Tante war allem Anschein nach beeindruckt, aber vor lauter Verwirrung erinnere ich mich kaum noch an ihre Reaktion. Sie entwickelte den Gedanken weiter, den ich ihr «eingegeben» hatte. Und als wir alle aufschrieben, was sie gesagt hatte, und sie durch den Mittelgang ging, steckte mein Kopf auf einmal zwischen ihren Brüsten, sie hielt mich von hinten umfangen, strich mir übers Haar und murmelte: «Kluges Köpfchen... ja, sehr kluges Köpfchen...» Ich versank damals jedoch nicht im Erdboden, obgleich das wohl eine der seltenen Situationen war, wo man das eigentlich tut, genausowenig versank ich jetzt, als ich diese Geschichte plötzlich unter der dicken Schicht späterer Peinlichkeiten hervorzog, auch nicht, als ich Pawel Petrowitsch die ganze Memoire erzählt hatte...

Doch wie war diese meine Geschichte nach seinem Geschmack!

«Nein, nein! Sie können sagen, was Sie wollen! Sie sind kein hoffnungsloser Fall...», lachte er. «Hätte ich nicht vermutet.»

Ich hatte im Grunde gar nichts getrunken, doch die Flasche war leer.

«Also», sprach er, nachdem er mit befriedigt vorwurfsvoller Miene ihre absolute Leere zur Kenntnis genommen hatte, «von mir kriegen Sie auch eine Eins. Wo Sie das abgeschaut haben, weiß ich nicht, jedenfalls haben Sie es geschafft, die schwierigste Frage zu stellen. Sie können sich nicht vorstellen, wie lange ich mich schon damit herumplage. Die Landschaft hat ja auf alles eine Antwort, selbst darauf, wozu der Mensch da ist; bloß warum er ‹Ihm zum Bilde› erschaffen wurde – darauf hat sie keine Antwort.»

Jetzt betrachtete er den Boden des Glases, drehte es mal so, mal so herum.

«Wozu wurde der Mensch eigentlich erschaffen? Das ist durchaus auch eine Frage der Malerei. Warum nennt man den Künstler auch Schöpfer? Was natürlich übertrieben ist, ‹Meister› wäre besser. Im vollen Sinne des Wortes kann man den Künstler nicht ‹Schöpfer› nennen. Er ist bestenfalls nachschöpferisch, aber nicht schöpferisch tätig. Doch ist nicht auch der Schöpfer, obgleich Ihn das nur zum Teil kennzeichnet, ein großartiger Künstler? ‹Im Anfang war das Wort...› Eigentlich nicht das Wort, sondern der Logos, das Wissen. Folglich gab es schon vor der Welt, vor dem Schöpfungsakt, ein Bild von der Welt? Und nicht nur ein Bild von der Welt, wie göttlich es auch sein mochte. Das Bild – war Gott! Begreifen Sie, womit wir es zu tun haben? Mit einem *Künstler*. Immer erst das Bild im Kopf, dann das Bild auf der Leinwand. Das ist die Grundlage der Ästhetik. Das Bild auf der Leinwand ist jedoch immer für jemanden bestimmt, für jemanden, der in der Lage ist, es zu verstehen oder zu beurteilen. Nun, unser Urteil, nehmen wir mal an, ist Ihm nicht wichtig, da steht Er drüber... Ich glaube das aber nicht, daß Ihm unser Urteil nicht wichtig ist. Nicht, daß wir loben, sondern daß wir – verstehen! Verständnis, Aufhebung der Einsamkeit – darin liegt der Sinn der Schöpfung wie auch des Kunstwerks. Mit reiner Kunst, so darf man vermuten, hat Er sich nicht befaßt. Auch sonst niemand, wenn man es recht bedenkt. Kunst um der Kunst willen, das ist Dünkel, der

Hochmut der Bescheidenheit. Alle, die schaffen, gieren nach Verständnis. Aber wird dann nicht klar, weshalb der Mensch entstanden und wozu er da ist? Um die Schöpfung zu *sehen*! Das heißt, zu verstehen und zu erfassen. Darum auch, so darf man vermuten, hat Er uns ‹Ihm zum Bilde› geschaffen... Anders ist das nicht zu begreifen, weshalb gerade den Menschen ‹Ihm zum Bilde›, warum eigentlich? Schließlich kann der Schöpfer sich ja nicht vergöttern und sich in der Krone der Schöpfung selbst kopieren, oder?»

Er stellte das Glas zum Beweis endgültig auf den Kopf.

«Und für wen wird ein Bild geschaffen? Nun, ein normales Bild?»

«Für das Volk», sagte ich. «Die Menschen», präzisierte ich, wieder unpräzise.

«Für den Auftraggeber!» rief Pawel Petrowitsch.

Ich war höchst verwundert. «Wer ist denn dann der Auftraggeber Gottes?»

«Und das Bild von der Welt, das schon vor der Welt da war? Doch das ist nur eine Vermutung von mir... So ist es nicht, aber... Der Auftraggeber ist ja auch vor dem Künstler da, nicht?»

Er triumphierte, als hätte er nicht mir, sondern Gott selbst die Antwort nahegelegt.

Darauf wußte ich nichts zu antworten. Ich konnte nur nicken.

«Wenn ich die Frage stellen könnte», sagte ich tiefsinnig, «würde ich sie exakt so stellen...» Zugleich übte ich mich im Kopfrechnen, und zwar verwandelte ich den Alkoholgehalt von «Kaukasus»-Portwein in den Alkholgehalt von «Russischem Wodka», um zu präzisieren, wieviel Pawel Petrowitsch, in Wodka ausgedrückt, schon getrunken hatte. Ich hatte es fast geschafft, war mir nur über die letzten fünf Deziliter nicht im klaren – waren es nun 0,75 oder 0,81 «Kaukasus» gewesen? Genau innerhalb dieser fünf Deziliter verlief, nach meinen Berechnungen, die Grenze zwischen unter oder über einem Liter.

«Es gibt diesbezüglich eine höchst interessante Hypothese», sagte Pawel Petrowitsch träumerisch. «Eigentlich ist es keine Hypothese, sondern ein Mythos, aber ich fürchte, das packen wir nicht mehr.»

Danach zu urteilen, wie ich im Handumdrehn bezüglich meiner geistigen Fähigkeiten beleidigt war, hatte mein älterer Freund bereits über einen Liter getrunken...

«Sie verstehen mich falsch», sagte Pawel Petrowitsch freundlich – wieder las er meine Gedanken. «Ich meine nicht Sie, sondern mich selbst. Das Hundegeld hab ich nämlich schon ausgegeben...»

Wie ich mich freute ob dieser Wendung! Ich hätte einfach nicht gewagt, selbst das Angebot zu machen. Dabei hatte ich, ja, ich hatte Geld! Auch ein bißchen «Hundegeld» zwar, für Schuhe, für das Kind oder so, erinnere mich nicht. Was solls! Ich hatte, habe, werde haben!

«Bloß, woher nehmen um diese Zeit?»

«Da machen Sie sich keine Sorgen», sagte Pawel Petrowitsch. «Das reicht», sagte er und nahm sich von mir einen Fünfer. (Ich hatte drei aus der Tasche gezogen, alles, was ich hatte.) «Das reicht», sagte er und nahm sich auch den zweiten, und dem dritten sah er aufmerksam und fürsorglich nach, auf daß ich ihn ja nicht neben die Tasche steckte...

Er schwankte kein bißchen, stand sogar irgendwie fester auf den Beinen, weicher, als sei der Fußboden auf einmal aus Erde... Ohne Hast räumte er alles auf. Vergaß auch nicht, den Brennofen auszuschalten, da machte ich mir umsonst Sorgen. Den nicht von Menschenhand geschaffenen Erlöser lehnte er wieder an die Wand, nicht ohne ihn vorher zu küssen.

«Wenn Sie restaurieren» – ich zögerte, wollte nicht unpräzise fragen –, «treten Sie dann auch ... in Kontakt?»
«Natürlich», sagte er genau in dem Moment, als er das «Brett» gegen die Wand lehnte. «Aber das ist etwas anderes. Eine Ikone, egal welche, selbst eine ‹nicht von Menschenhand geschaffene›, wurde von einem Menschen gemalt – im Unterschied zur Schöpfung. Dort bin ich in Kontakt mit dem Schöpfer» – er sagte das so leichthin, als steige er in die Straßenbahn oder trete ins Büro –, «hier mit dem Glauben eines Menschen, manchmal einem echten, manchmal nicht, manchmal auch» – er überlegte – «mit meinem eigenen Glauben.»
Die Ordnung war wiederhergestellt, jedenfalls blieben keine Spuren. Hinter der Truhe gingen wir durch eine kleine, nirgendwohin führende Tür. Hoffnungslos, wie ein Mensch, seufzte hinter unserem Rücken die Dogge, die wir in neuerlicher Finsternis zurückließen.
Wir tauchten in mittelalterliche Tiefe. Eine ganz konkrete Tiefe, steinern und eng. Oder waren meine Schultern viel breiter geworden und ich größer? Ich schrammte mit den Schultern die Wände, zählte mit dem Kopf unsichtbare Balken. Wir kletterten eine steile Treppe hoch, und plötzlich sah ich über mir einen Stern, frische Nachtluft drang in meine Kellerlunge. Wir standen auf der Umfassungsmauer des Kreml. Erst hier oben konnte man so richtig ihre Dicke würdigen. Da standen wir, bewußt ein- und ausatmend. Hier war die Grenze. Auf der einen Seite schwieg alles, verschmolz mit der Nacht; die Klosterbauten schienen sich, unsichtbar, zusammenzuscharen, die molligen weißen Flanken aneinanderzureiben und zu schnaufen, nur der spitze Glockenturm war noch erkennbar. Auf der anderen liefen die Ketten der Straßenlaternen in die Ferne, ertönte Autohupen, leuchteten die Fensterreihen in der gigantischen Ordnung der nahe gelegenen

Trabantenstadt ... Der Schluck Luft tat so gut wie ein volles Glas.
Auf dieser Plattform mußte jemand, ans Nichts gewandt, das Wort ergreifen. Dieser Jemand war Pawel Petrowitsch.
«Da hat er sie nun also geschaffen ...» Pawel Petrowitsch schaute kurz nach links, dann länger nach rechts, zur Finsternis des Klosters und zum Licht der Neubauten. «Er hat die Landschaft erschaffen und den Menschen dazugemalt ... Aiwasowskis Fehler! Wissen Sie, interessant ist ja, daß vielleicht auch hier den Menschen nicht er dazugemalt hat.»
«Wer dann?» Auch ich schaute nach links und nach rechts.
«Bleibt vorerst geheim», sagte Pawel Petrowitsch, und seine Verschmitztheit blitzte durch die Nacht. «Mein Geheimnis. Einen Hinweis, eine Anspielung allerdings ... Ihnen will ich es sagen. Doch nicht gleich.»
«Verstehe», sagte oder nickte ich. Sicher nickte ich bloß.
«Was Sie verstehen, ist unwichtig, wichtig ist, was Sie erst noch verstehen werden», sagte er ein wenig unheildrohend. «Urteilen Sie selbst. Die Welt war endgültig fertig, als der Mensch in ihr erschien. Der Mensch hat nichts in ihr geschaffen. Er hat die Landschaft nicht erschaffen. Was er gemacht hat, hat nur kaputtgemacht. Sie werden sagen, daß Telegrafenmasten, Schienen und Aeroplane längst Teil der Landschaft geworden sind ... Ja, eben *geworden*! Einem Tier steckt eine Kugel unterm Fell – geht noch, es lebt, hinkt ein bißchen. Der Mensch hat die Landschaft nicht erschaffen, aber er hat auch nicht den Brand geschaffen. Weder Wüste noch Brandstätte sind das Werk seiner Hände, nur entstehen sie dort, wo er ist. Nicht er hat das Unkraut gesät, nicht er die Wanderdünen aufge-

weht. Zerstört er die Einheit der Landschaft, beginnen Gesetze dieser Einheit zu wirken, deren Urheber nicht er ist. Der Chirurg schneidet, aber wer macht, daß die Wunde sich schließt, das Blut gerinnt, die Narbe sich bildet? Wer läßt die Narbe zurück auf Gottes Schöpfung? Sie werden sagen – der Mensch und werden tausendmal unrecht haben. Der Mensch verursacht die Wunde, die Narbe aber ist von Gott. Der Mensch!» klagte er. «Das einzige Wort, das nichts bedeutet!»
«Wie das? Und was ist dann ...»
«Gibt es etwas auf dieser Welt, das sich selbst benennen kann?»
«Ja – nein», stammelte ich.
«Das ist unser Wort! Janein... Wäre doch ein guter Name für den Menschen? Nennt etwa der Mond sich selbst beim Namen? Die Kiefer? Sagt die Kuh: Ich bin die Kuh? Sie alle haben keine Sprache, werden Sie sagen. Doch das Leben, das Dasein – ist das etwa keine Sprache, kein Ausdrucksmittel? Uns wurde die Sprache der Wörter gegeben, damit wir alles benennen. Der Stein sagt nicht von sich selbst, daß er ein Stein ist, das sagen wir für ihn. Ich, sagte Adam nach dem Sündenfall; du, sagte Kain zu Abel; er, sagte sein Nachfahre über einen anderen Nachfahren; er bin ich, rief Jesus Christus allen ins Gedächtnis. Wo haben Sie hier das Wort ‹Mensch›? Der Mensch ist bloß ein Fürwort – ich, du, er, sie und schließlich wir. Ist er jedoch kein Fürwort, sondern Mensch, dazu noch großgeschrieben, diese Krone der Schöpfung, dieser Höhepunkt der Evolution, dieser Nabel der Welt, dann ist er nur ein Faktor von Erosion und Korrosion, des Verfaulens, unterschiedlichsten Oxydierens... der Streßfaktor der Natur.»
‹Und die Kunst?› wollte ich einwerfen.
«Und die Kunst?» Er winkte ab. «Auch sie hat nicht der

Mensch erschaffen. Obgleich sie die einzige annehmbare Hilfskonstruktion ist, um ihn Schöpfer nennen zu können – wenigstens kleingeschrieben. Und was beweist sie? Daß das höchste von Menschenhand Geschaffene fast keine Materie beansprucht. Was verbraucht man schon für Leinwand, Farbe, Papier und Tinte? Davon hat die Natur mehr als genug. Zur Hervorbringung einer zweiten Natur…»

Furchterregend sah Pawel Petrowitsch aus. Und schön. Als stünde er auf einem Berg.

«Und wissen Sie, was? Wissen Sie, was? Daß zum Schöpfungsakt noch nicht mal Zeit erforderlich ist? Der Mensch weiß nichts von ihr, wenn er schafft… Wenn er liebt…» Er seufzte. «Vor seinem Tod wird er erkennen, daß er in der ganzen übrigen Zeit zerstört, das heißt verbraucht hat, das heißt sich selbst zerstört hat, und darum stirbt er. Ach, Zeit!» klagte er. «Wer bist du? Vielleicht bist du ein Mensch? Vielleicht ist der Mensch eine Art Larve, eine Laus, eine Motte der Landschaft – eine Larve der Zeit, eine Puppe des Todes? Wie wurden die Pharaonen eingewickelt? Doch so, daß sie daliegen wie Puppen? Die Pyramiden sind Todesmonumente… Alle Versuche, zu verewigen, die Zeit auszuklammern, werden letztlich zu Todesmonumenten. Schon die Angst wird zum Kult. Nicht wahr, ‹hier wird mich alles überleben, sogar die alten Starenkästen›… Wir sind nachsichtig gegenüber der Landschaft, aber nur, wenn sie sterblich ist wie wir – bald wird auch der Starenkasten zerfallen, wird uns nachfolgen… Was uns nicht gefällt, das sind die Würmer. Die Würmer, mein Gott, die Würmer, mein Gott, die Würmer…», murmelte er. «Es fängt an», sagte er finster.

«Was fängt an?»

«Die Zeit, verdammte Scheiße! Geht der Wodka zu Ende, fängt die Zeit an. Sie fließen ineinander. Ohne was dazwi-

schen. Beides ein und dasselbe. Die Zeit fließt ja auch. Die Sprache sagt es klar. Man müßte auch mal diese Grabkammer erforschen ...»
Lautlos und kraftvoll brach durch die Wolke der Mond, ein farbloser Apfelsinenschnitz. Aus Pawel Petrowitschs Blick flackerte ihm ein ähnliches Licht entgegen. Auf einmal war Pawel Petrowitsch tödlich betrunken. Mit einem letzten, heroischen Kraftakt riß er sich aus seiner Lethargie, durch seinen Körper lief ein Zucken und fügte die vereinzelten, sich auflösenden und zerschmelzenden Teile wieder zu einem Ganzen.
«Gehen wir!» sagte er entschlossen und begann hinunterzusteigen, als hätte sich hinter ihm eine Luke aufgetan.
Steile Stufen führten, wie sich zeigte, in die Mauer hinein. Schon ragte nur noch sein Kopf heraus, noch einmal erleuchtet vom ausbleichenden Mond; der Kopf wandte sich mir zu, erinnerte in seinen Umrissen an ... ein schwarzer Ball rollte, hochgeworfen, oben an der Mauer entlang, der Kopf des Täufers wollte einfach nicht von der Schüssel herabgleiten ... Der Kopf forderte auf, ihm zu folgen, und – keine Kraft, um mich von der Stelle zu rühren, keine Kraft, ihm nicht zu folgen ... Ein letztes Mal blickte ich ringsum: Zur Rechten schlief für immer und ewig das Kloster, zur Linken schwelte, vom Leben umfangen, die Stadt der Zukunft, Glas und Beton, das letzte glühende Holzscheit des Weltenbrands ... Noch einmal ein Spritzer Mondlicht, drohend regten sich, wie auflebende Leichname, die Klosterbauten und rückten näher ... Ein letztes Mal drehte ich den im Freien verbliebenen Kopf, verschwand dann im Verlies, und über mir blinkte, wie eine Sternschnuppe, ein letzter Stern ...
«Vorsicht!» ließ sich freundlich Pawel Petrowitsch vernehmen. «Geben Sie mir Ihre Hand. Hier ist meine!»

Seine Hand war überraschend lebendig, stark und warm.
«Ja, so. Gleich sind wir da.»
Immer sicherer bewegten wir uns durch diese Katakombe. Unsere Fortbewegung hatte sogar etwas Lebensbejahendes, Optimistisches, als gingen wir einem Licht entgegen.
«Was ist an einem Wurm so unangenehm?» Die nun wieder sicher und nüchtern klingende Stimme leitete mich. «Was an einer Spinne so unschön? Doch dem Menschen gefällt das nicht, es kommt ihm unästhetisch vor, und besonders unschön findet er, was ihn überlebt. Nicht den einzelnen überlebt, sondern was den Menschen, die Gattung Mensch überlebt. Er zuckt zusammen, wenn er daran erinnert wird, von Unkraut, Ödland, Kakerlaken, Fliegen... Sie führen ihm andauernd vor Augen: Dich gibt es mal nicht mehr, dich gibt es mal nicht mehr! Stets die gleiche Leier...»
Hier prallte ich auf Pawel Petrowitsch, weil auch er irgendwo gegengerannt war. Wir waren in einer Sackgasse. Wie dunkel es war! Ich hielt die gespreizten Finger vor die Augen – und sah sie nicht.
«Wir sind da!» Sogar seine Stimme klang fröhlicher.
‹Ob er mich wohl umbringt?› dachte ich ebenso fröhlich und berührte zugleich meine nutzlosen Augen. Unter der Hand führten die Wimpern zuckend ein selbständiges Leben; ich hatte überhaupt keine Angst, aber ein zärtliches Gefühl für meine abgesonderte, selbständige Existenz lief mir als wohlige Welle den Rücken runter. Pawel Petrowitsch trat gegen das Hindernis, und es gab einen freudigen und wohltönenden Klang von sich.
«Semjon! Simeon!» rief er, dagegentrommelnd.
Es war eine Tür. Wohin konnte die noch führen?
Endlich hörten wir von innen ein mißmutiges «Komme!»

Mir war, als seufzte Pawel Petrowitsch erleichtert: Gott sei Dank!
«Wer ist das?» Meine Stimme klang ängstlich, was mich wunderte und ärgerte.
«Oh, das...» Pawel Petrowitsch trat ungeduldig von einem Bein aufs andere. «Ein großer Mann. Uns weit überlegen. Ein Weiser.»
«Trotzdem, wer ist er?» beharrte ich.
«Semjon? Tja. Ein Eremit.»
«Ach!» Ich war baff. «Semjon oder Simeon?»
«Weiß ich nicht genau. Wir fragen ihn gleich.» Pawel Petrowitsch hämmerte erneut gegen die Tür, und als hätte die ganze Zeit jemand dahinter gestanden, klirrte ein Riegel, klackte ein Haken, quietschte Metall, eine scharfe Lichtklinge stach aus dem Spalt...
Grell leuchtete eine Fünfzehn-Watt-Birne. Semjon war ein großer, grobknochiger Kerl, sein langes, schweigsames Gesicht sprengte jeglichen Rahmen, sei es des Kiefers, sei es der Stirn wegen; er trug eine verschmierte Schürze und roch nach Farbe. Pawel Petrowitsch faßte den Schweigsamen am Ellbogen und zog ihn weiter, so konnte ich mich umsehen. Der Keller war lang, sein anderes Ende versank im Dunkel. In der Mitte waren zwei Reihen riesiger, mit schweren Deckeln geschlossener Fässer im Zement eingemauert. Der vielschichtige und massive Geruch von Säure und salziger Feuchte (als wäre hier ein Meer gestorben) vertrug sich nicht mit dem Farbgeruch, den Semjon hinterlassen hatte. Die beiden waren durch eine weitere Tür getreten, aus der nun tatsächlich helles Licht brach. Semjon blickte, hell erleuchtet, über die Schulter zu mir, als überprüfe er, was Pawel Petrowitsch ihm zugeflüstert hatte, und beide verschwanden im Raum.
Lange stand ich so, sie hatten mich vergessen. Oder verlassen. Schließlich wagte ich, in den Raum zu schauen. Sie

wandten sich mit verdächtig nüchternen Gesichtern um, als würden sie ertappt. Pawel Petrowitsch hielt eine ungewöhnlich neue und farbkräftige Ikone in den Händen, die er gleichsam nach allen Seiten drehte und wendete; Semjons Hände waren anders beschäftigt, in der Rechten hielt er ein Pinselchen, in der Linken blinkte eine Halbliterflasche, und auf seiner Schulter bewegte sich etwas Weißes. Unter einer starken Lampe türmten sich auf der Werkbank in Arbeitsunordnung Tübchen und Fläschchen, und der ganze Raum hatte die Größe eines Fasses, das wir völlig ausfüllten. Auf dem einzigen Stuhl stand noch eine andere Ikone, und das war eben jener Erlöser, mit dem wir getrunken hatten. Wie kam sie hierher? Mir war nicht aufgefallen, daß Pawel Petrowitsch etwas in der Hand getragen hätte.
«Sie haben sie erkannt?» fragte er.
Ich nickte. Doch wie sich zeigte, hatte er nicht danach gefragt.
«Kyrill und Method», sagte er und drehte mir die frische Ikone zu.
Verwirrt deutete ich darauf: «Das ist Kyrill?»
«Erraten.» Pawel Petrowitsch grinste.
Ich wollte schon Semjon fragen, wie es komme, daß auch er Restaurator ist, aber Semjon nahm zwei Gläser und forderte uns mit einer Kopfbewegung auf zu folgen.
Ich wunderte mich, völlig bezaubert, über nichts mehr. Das Weiße auf Semjons Schulter war seine Lieblingsratte. Er stellte Flasche und Gläser auf ein Faß, stützte sich darauf und schob vom Nachbarfaß den Deckel. Unversehens hielt er in der Hand eine Schöpfkelle, mit der er etwas aus dem Faß schöpfte. Es waren Salzgurken, die wie Fischchen in der Kelle schwammen. Er kippte die Kelle auf dem Deckel aus; sie bildeten, naßglänzend, ein malerisches Häuflein.

«Jetzt noch Patissons...», schwärmte Pawel Petrowitsch.
«Die sind alle.» Es war das erste, was ich von Semjon zu hören bekam.
«Ganz vom Boden vielleicht?» Semjon schwieg, den Kopf noch immer zur Seite geneigt, als würde er mich betrachten. «Ich hol sie auch selber raus», bettelte Pawel Petrowitsch.
Semjon stimmte widerwillig zu, und Pawel Petrowitsch begab sich zum dritten Faß; er klappte den Deckel auf, hängte sich rein und stöberte mit der Schöpfkelle darin herum wie unlängst in der Truhe, als wäre auch im Faß noch eine Flasche...
«Halt mir die Füße fest», tönte es aus dem Faß.
Semjon rührte sich nicht, und so war ich es, der ihn an den Füßen festhielt.
«Zieh hoch!» rief er schließlich im hallenden Faß. Und da stand er, rot vom Blutandrang und siegesstolz, und in der Hand hielt er zwei Patissons. Von seinen Fingern tropfte Salzlake.
Ich traute mich endlich zu fragen: «Wo sind wir?»
«Hab ich Ihnen das nicht gesagt?» Pawel Petrowitsch war verwundert. «Ist aber doch sowieso klar! Oder waren Sie noch nie in einem Einsalzlager?»
Etwas Fürchterliches von der Art eines Lächelns erhellte das finstere Gesicht des weisen Semjon, und ich begriff, an wen und woran mich das alles erinnerte. *Die drei Musketiere*. Der Henker von Lille! Bei diesem Gruß vom Lieblingsschriftsteller wurde mir warm ums Herz, und meine Begeisterung kannte keine Grenzen mehr.
«Und Semjon?» fragte ich höflich, als ich von ihm das zweite Glas entgegennahm.
Semjon ließ unter Zähneknirschen die Backenmuskeln spielen und wandte den Blick ab.

«Ist nicht sein Fall», sagte Pawel Petrowitsch und schenkte ein. «Da steht er drüber.»
Wir stießen an. Ich hob das Glas, prostete unserem freundlichen Gastgeber einschmeichelnd zu. Er ließ erneut die Backenmuskeln spielen und sagte nichts.
Weshalb verachtete er mich so? Wo ich doch von vornherein, Pawel Petrowitschs wegen, ganz für ihn eingenommen war. Es kränkte mich.
Erst lief sogar der Wodka schlecht, trotz der Patissons, aber dann ging es. Ich wußte gar nicht, wo Semjon abgeblieben war. Klar, wenn es sowieso nicht sein Fall war...
Ich wollte andauernd fragen, was denn sein Fall sei, vergaß es aber. Pawel Petrowitsch redete unablässig, und die Kraft seiner Gedanken ließ nicht nach.
«Noch etwas, warum ich wohl kaum ein Maler bin. Ich möchte erkennen, nicht darstellen. Ein Künstler darf nicht besonders nachdenken. Bei ihm denken Augen und Hände, der Kopf schweigt. In Worten jedenfalls sollte er nicht denken. Und was nicht in Worte gefaßt ist, ist für mich kein Gedanke. Der Künstler denkt in Bildern... Schon mal gehört? Und was für ein Gedanke ist das? Ein Felsenmalgedanke. Ach, übrigens, wer Tiere zeichnen konnte: der Pithekanthropus!»
«Der Cromagnonmensch», sagte ich.
«Ja, richtig, der. Alle wahren Künstler sind Cromagnonmenschen. Darum mögen sie so gern weite Blusen und lange Haare. Um den Schwanz zu verbergen. Auch ihre Gesichter haben – ist Ihnen das aufgefallen? – alle sowas Eng- und Schrägstirniges, die Augen tief in den Höhlen, besonders die Bildhauer. Die sind noch mehr Höhlenmenschen. Um einige hunderttausend Jahre mehr. Die haben Wolle an den Ohren, auf den Schultern und am Rücken. Bestimmt! Den behaarten Menschen Jewtichijew – Sie haben ihn nicht mehr erlebt, im alten Naturkundelehr-

buch... den hielt ich von klein auf für einen Bildhauer. Darum stellen sie auch so gern Nackige dar, weil sie die für Menschen halten, die keine Wolle haben... Ich gebe zu, ich mag sie nicht. Sie meinen, aus Neid? Quasi – dieser Versager...»
Ich wollte sagen, daß ich das nicht meinte, aber zu meiner Verwunderung hörte ich mich nur unartikulierte Laute ausstoßen. Pawel Petrowitsch verstand mich auf seine Weise und schenkte nach.
«Für nichts auf der Welt tausch ich das Denken ein! Nicht mal für deren Genie... Obgleich Denken», fügte er bitter hinzu, «tödlich ist.»
Ich wollte fragen warum, konnte aber nicht.
«Gleich sag ich Ihnen, warum», sagte er und biß in eine Gurke. «Ein großer Gedanke. Wir werden ja nicht in eine unbegrenzte Welt hineingeboren, oder? Wir erfahren sie allmählich. Als Wickelkind schlagen wir die Äuglein auf und sehen die Mutter. Sie ist die ganze Welt. Dann nimmt die Welt das Ausmaß des Zimmers, des Hauses, der Straße an. Dann wird uns bewußt, daß wir nie bis an ihr Ende gelangen. Dann wird uns erklärt, wie das mit der Kugel ist, mit den Kontinenten und Ländern, dem Sonnensystem, der Milchstraße, mit dem Kosmos... Und indem man uns lehrt, was wir uns nicht mehr vorstellen können, bringt man uns bei, Vorstellungen durch Worte zu ersetzen, und überzeugt uns weniger von der Unbegrenztheit der Welt als vielmehr von der Unbegrenztheit unserer angeblichen Erkenntnismöglichkeiten. Daß wir noch nicht alles begriffen hätten und wüßten, aber jetzt schon mehr wüßten als früher, später noch mehr wissen würden und eines Tages dann fast alles wüßten... Worauf es einen Menschen mit Denkfähigkeit dank dieser seiner Fähigkeit immer weiter vorantreibt, immer weiter, und das ist schlimmer als jede Droge, kann ich Ihnen sagen. Von der Droge braucht man

nicht loszukommen, da kann man drinbleiben, beim Denken geht das nicht... Wie Semjon... (Ich schaute in die Richtung, in die er genickt hatte und wo kein Semjon zu sehen war.) Ein ehemaliger Marineinfanterist... Ist dort geblieben, wo er angelandet worden war... Hat dort zu fixen begonnen. Hängt an der Nadel, wie man sagt. Der braucht sonst nichts weiter... Uns wird dagegen erklärt, daß man zum Leben Sauerstoff, Wasser, Nahrung bräuchte, und das ist auch wahr, denn so ist es ja... Uns wird erklärt, daß das Leben auf der Erde ein außerordentliches Wunder sei, denn das Zusammentreffen aller Bedingungen, unter denen es möglich ist, sei einmalig und im Kosmos unwiederholbar, daß der Bereich des Lebens ungeheuer schmal sei und wir augenblicklich umkämen, wenn uns ein Grad Wärme, ein Schluck Luft oder Wasser fehlt... Und auch das ist wahr. Bloß unser Bewußtsein soll so allmächtig und unbegrenzt sein wie die Welt. Merken Sie, daß da was nicht stimmen kann? Nein? Noch nicht? Ich will es erläutern. Alles, worin wir leben, was wir sehen, wahrnehmen und erfassen, alles, was wir Realität nennen – all das ist ebenfalls ein Bereich, außerhalb dessen wir genauso umkämen, wie wir erfrieren oder ersticken würden. Wir meinen, unsere Realität sei unbegrenzt, wir hätten sie eben bloß noch nicht gänzlich erkannt; dabei ist auch unsere Realität nur ein Bereich und kein bißchen breiter als der, in dem wir hören und sehen. Lebensfähig sind wir nur in diesem Bereich. Und nur in ihm leben wir, wir leben gar nicht in der Realität, sondern in einer *Schicht* der Realität, die im Grunde, wären wir nur fähig, uns die wirklichen Verhältnisse vorzustellen, nicht dicker ist als eine Malschicht. So leben wir denn in dieser Ölfarbenschicht, auf die wir gezeichnet wurden. Und diese Malerei ist wunderschön, denn was für ein Künstler hat sie geschaffen! Was für ein Künstler! Leonardo ist genausowenig mit ihm zu vergleichen wie ... wie ... Überhaupt, kein Vergleich ist mit ihm zu vergleichen! Für uns hat Er das Leben gezeichnet, dessen Ordnung wir mehr und mehr zergliedern, auch im wörtlichen Sinne zergliedern ... ‹Ziegelstein um Ziegelstein klauen wir die ganze Fabrik ...› Wir wuseln und kriechen in unserer Schicht rum und meinen, wir drängen in die Tiefe vor, dabei können wir nicht begreifen, daß die Realität dort in der Tiefe gar nicht mehr unsere Realität ist, nicht uns überlassen wurde, beileibe nicht ‹uns gegeben in unseren Empfindungen› ... daß unsere Lebensordnung noch eine weitere Ordnung hat, die in unserem Leben gar nicht enthalten ist. Nicht im Apfel steckt Newtons Gesetz und nicht in der Badewanne das des Archimedes. In der Schicht des für uns gemalten Lebens gibt es eine Ordnung, die ihrerseits eine Realitätsschicht darstellt, in der sich wiederum eine Ordnung findet, die nicht ihr, sondern einer anderen, einigen anderen, was weiß ich wie vielen anderen Schichten innewohnt, und auch diese würden, selbst wenn wir bis dorthin vordrängen, uns wiederum nichts erklären. Die Aufgabe war nicht, daß wir begriffen, die Aufgabe war, daß wir lebten! Und dies nahm wunderschön – mein Gott, wie wunderschön! – Gestalt an. Doch nun zum denkenden Menschen, zum Künstler. Der Künstler begreift nicht, sondern spiegelt, deshalb ist es wunderschön. Weil sich nämlich nur das in ihm spiegeln kann, was schon schön gewesen ist; wenn er aber dabei auch noch nach Erkenntnis strebt, tja, dann wird er, in der Meinung, er bewege sich in die Tiefe, sich durch die Schicht bewegen, die Schicht aber ist dünn, nicht dicker als Ölfarbe, und was ist dahinter? Dahinter ist die Grundierung und dahinter die Leinwand, das Gestell, dahinter wiederum der Abgrund, ein Loch, ausgefranste Ränder und dort – Staub, Finsternis, eine Wand mit Nagel und Strick, um sich dran aufzuhängen, eine talentlose Unterschrift mit einem sinnlosen Titel... Von der Malerei versteht niemand was außer den Malern, aber glauben Sie mir, das echte Talent wird in der Malerei niemals über die leise Erkenntnis hinausgehen, daß es jenseits der Schönheit noch etwas gibt, ein denkender Tor dagegen schon. Dort nämlich sind sie alle – Leonardo, El Greco, Goya und van Gogh, sie alle sind über den Bereich hinausgegangen, über die Grenzen der Darstellung, und was haben sie jenseits dieser Grenzen erlangt? Nichts als den Wahnsinn... Cézanne...» Wieder verzog sich sein Gesicht, als hätte er Zahnweh.

«Was ist denn nun mit Cézanne?» fragte ich plötzlich klar und deutlich und wunderte mich über meine metallene Stimme.

«Mit Cézanne? Was soll schon sein mit Cézanne. Der war nie ein normaler Mensch. Sie können die Malerei sowieso nicht verstehen, also lassen wir das. Nehmen wir die Kunst des Wortes. Welcher Wortkünstler stand der Malerei am nächsten?»

«Gogol.» Da hatte ich keine Zweifel.

«Richtig. Und der verstand nichts von Malerei. Und später ist was mit ihm passiert? Na? Genau das gleiche. Er hatte die Realitätsschicht, die ihm vom Herrgott zur Abbildung überlassen worden war, aufgezehrt und bewegte sich quer durch die Schicht, ging über die Grenzen der Darstellung hinaus. Dort beginnt etwas anderes – der Glaube. Was aber kann der Cromagnonmensch schon für einen Glauben haben, betet er doch das an, was er sieht? Wo der Glaube beginnt, hört der Künstler auf. Der Künstler kann das nicht begreifen, denn er ist noch dazu süchtig, die Kunst ist nämlich nicht nur Abbild, sondern auch Lebensweise. Uns, die Nichtgenies, hält ständig was davon ab, Genies zu werden: Faulheit, Unschlüssigkeit, die Gesellschaft, unsere Sünden... – nie im Leben würden wir zugeben, daß das ein Instinkt ist, daß Angst vor dem Untergang und Lebensgier uns davon abhalten. Unbewußt fürchten wir, aus der Realitätsschicht herauszufallen, wir wollen am Leben bleiben. Einsehen werden wir das jedoch nie, denn wir könnten niemals akzeptieren, daß wir keine Genies sind. Man hat uns abgehalten, das ist es. An der Krise eines Künstlers sind nicht die Umstände schuld. Die stehen sowieso immer bereit, um ihn vom rechten Weg abzubringen. Die Krise ist vielmehr, daß er den Rand jener einzigen Schicht erreicht hat, in der Darstellung sich realisieren läßt, und nun möchte er unsichtbaren Gegenständen sichtbare Farben verleihen. Dabei helfen keine Ratschläge und Rezepte, keinerlei Schema, keine Heldentat – alles ist leichter, als weiterhin das Leben zu malen, das soeben noch lebendig und darstellbar schien, ja auch lebendig gewesen und für manchen für immer lebendig geblieben ist, weil er keine Ansprüche hatte. Es ist leichter, nicht zu trinken, nicht zu rauchen, auf Weiber zu verzichten, leichter auch, sich alles zu versagen, wozu andere Menschen nicht fähig sind, als das zu malen, was auf das bereits Dargestellte als *nächstes* folgt. Er hat für uns die Landschaft gemalt und hat uns in ihr gemalt, aber verstehen, wie er das fertiggebracht hat, können wir nicht. Das Genie bewegt sich in seinem Erkenntnisdrang mit kosmischer Geschwindigkeit vorwärts und durchbricht die Darstellung. Seine aufrichtige Verblüffung und Verzweiflung läßt sich nur mit der ihn jäh befallenden Blindheit und Stummheit vergleichen. Falls die Erkenntnis, was die Welt im Innersten zusammenhält, nicht gleich den Verstand raubt, verschlägt sie zumindest die Sprache. Das Schicksal des Genies ist eine kosmische Katastrophe, und zwar nicht in dem Sinne, daß das Genie uns in diesem Ausmaß leid täte oder sich dies kosmisch auf uns auswirkte, auch nicht in dem Sinne, was es uns noch alles an

Schönem geschenkt hätte, wenn es nicht in den dichteren Schichten verglüht wäre, nein, sondern weil es von derselben Natur ist wie der Kosmos. Sie sind alle explodiert und haben sich als Staub in alle Winde zerstreut, wie es auch unseren Erdball demnächst zerreißen wird. Der Menschheit steht bald eine Katastrophe desselben Ausmaßes bevor, wie sie jedes Genie erlebt hat. Bloß ist der Künstler durch die Leinwand gebrochen, während die Menschen gleich durch den Rahmen brechen werden, sie zehren die Landschaft auf bis zur Außenseite der Schicht. Für uns war alles getan worden, damit wir lebten und zu leben hätten. Nicht mehr und nicht weiter. Weiter – kommt der Tod. Erst der Tod dessen, was wir verlebt haben, dann unser eigener. Von allem war soviel wie nötig dagewesen. Also nicht mehr als nötig. Nicht allzuviel. Gerade eben. So auch ausreichend Verlockungen. Mein Gott, wann begreifen sie endlich, daß ‹nichts mehr da› – nichts mehr da heißt? Gibt nichts mehr! Aus! Woher nehmen, wenn es nichts mehr gibt?» schrie Pawel Petrowitsch mich an. «Gott hat alles gezählt, jedes einzelne. Weiter – kommt der Revisor. Ein Revisor ist zu uns unterwegs. Der Revisor aber ist – der Teufel.»

Die Wucht dieser Idee streckte mich endgültig nieder. Allerdings muß ich sagen, daß wir auch die Flasche zur Strecke gebracht hatten.

«An den Teufel glaube ich nicht», widersprach ich plötzlich.

«Wie das?!» riefen Pawel Petrowitsch und der wer weiß woher plötzlich aufgetauchte Semjon, dem die Ratte etwas ins Ohr flüsterte.

«Also, an den Schöpfer, an Jesus Christus», stotterte ich, von zwei Weisen in die Zange genommen, «an ihre Realität glaube ich, aber daß es den Teufel genauso gibt wie sie – nein.»

«Er glaubt nicht», flüsterte Semjon erschrocken Pawel Petrowitsch zu. «Ja, woran glaubt er dann?»
«Hör ihn an, hör ihn dir an», sagte Pawel Petrowitsch.
«Die ganze Luft wimmelt doch davon!» Wie ein aufgeschreckter Hahn schwenkte Semjon die Ärmel, umschrieb er den uns hier zugefallenen Raum.
Ich wich zurück, Pawel Petrowitsch nickte verräterisch zustimmend.
«Wovon wimmelt es?» Ich wurde böse.
«Von unsichtbaren Wesen!» Und er blickte sich um, als fürchte er sich.
«Auch ans Jenseits glaube ich nicht», beharrte ich.
«Wie das?!» Semjon schien es die Sprache zu verschlagen.
Pawel Petrowitsch beobachtete uns durchaus mit Interesse.
«Einfach so», sagte ich böse.
«Aber wenn es ein Diesseits gibt», sagte Semjon plötzlich mit weicher und einschmeichelnder Stimme, «gibt es doch auch ein Jenseits . . .»
«Hör ihn an, hör ihn dir an», bekräftigte Pawel Petrowitsch mit Wohlgefallen.
«Wie ein Magnet sich nicht in zwei Teile spalten läßt», sagte Semjon.
«Wie Licht und Finsternis!» rief Pawel Petrowitsch.
«Wie Leben und Tod!» Und Semjon ließ die Backenmuskeln spielen.
Als ob sie über mich das Urteil gesprochen hätten und mir jetzt der Gang zum Opferaltar bevorstünde . . . Ich blickte nicht mehr recht durch, mir war, als redeten sie auf einmal in einer ausgestorbenen, einer Höhlensprache. Ihre Worte hingen allesamt in der Luft wie ein unsichtbares, durchsichtiges Blatt, wie eine Art Glas zwischen ihnen und mir, an dem ein durchsichtiger, zäher und zerfasernder Regen-

guß runterläuft, der es noch dicker erscheinen läßt. Bald war Semjons Gesicht blindwütig vor Freundlichkeit, bald Pawel Petrowitschs Gesicht beseelt und teuflisch, als rännen auch an ihm diese Tränenströme herab wie an dem Glas, bald wurde sein Antlitz mit einemmal unbedeutend, zerging und zerfloß in diesem Strom, hatte die Stupsnäsigkeit und Aufsässigkeit des Antiprofils von Zar Paul... Dann blitzte in seinen trüben Augen der Geist so heftig auf, als wäre es Geistesverwirrung, und Semjon war erneut spurlos verschwunden...

«Wer bist du?» fragte ich Pawel Petrowitsch.

Wer war er?

«Und kein einziges zusätzliches Nashorn! Warum ist seit der Entstehung des Menschen keine einzige zusätzliche Gattung entstanden? Und wenn es uns schaudert vor Abscheu angesichts einer Spinne oder einer Giftnatter, die schon vor uns da war und uns überleben wird, mit welchen Augen sieht die Natur dann uns, was für ein Schauder läuft ihr über die Haut? Können Sie sich diesen Blick vorstellen? Auf *uns*?»

Ich war hingerissen von seinem Geist, ich war erfüllt und erdrückt von ihm, obwohl – auch der Wodka schwappte in mir schon über. Deshalb nämlich hielt ich mich noch auf den Beinen: Er konnte noch so sehr abheben, noch soviel reden, trotzdem konnten weder er noch ich etwas an unserer Grundsituation ändern, nämlich daß er groß auftrat, ich zuhörte, und wieviel ich auch schweigen mochte, sei es nur, weil ich nichts Ebenbürtiges zu sagen wußte, so hatte doch auch ich aufzutreten und konnte mich meiner Rolle nicht entziehen, genausowenig wie meiner Vormachtstellung: ich trat als Taxator auf, als letzte Instanz, Kontrollorgan für seine Ideen, als Sortierer seiner Wahrheiten – schließlich sprach er meinetwegen. Irgendwann war ihm etwas Nichtwiedergutzumachendes zugestoßen, irgendwas hatte er nicht geschluckt, nicht verdaut, nicht verziehen, irgendwas, dem er sich restlos verschrieben hatte und das er besinnungslos liebte, denn hinter allem brannte Eifersucht. Was war es, was hatte er nicht ertragen? Die Kultur, die Kunst, das Leben? Oder – Gott?

«In der Schöpfung ist unser Wohlleben nicht vorgesehen, das ist ein Werk unserer Hände!» Pawel Petrowitschs Stimme klang verzweifelt, als ob er dem Gedanken nicht mehr nachjage, sondern vor ihm davonlaufe und dieser ihm auf den Fersen sei. «Vorgesehen war gerade so viel, daß wir unsere Bestimmung erfüllen könnten – Liebe und Tod. Ende des Programms. Wir dagegen meinen, unsere Erkenntnis setze erst richtig ein, wenn wir unser Programm verlassen. Doch der Erkenntnishungrige wird niemals genug Gier, Appetit, Sinnlichkeit oder Ehrgeiz haben, denn das Wissen – wie auch Gott – faßt unendlich viel mehr als wir. Weder der Prediger Salomo noch Faust...»

Hinter diesen Namen trat deutlich Pawel Petrowitsch hervor, als ob der Regenguß aufgehört oder das Glas in sich aufgelöst hätte. Ich sah plötzlich, wo wir waren. Trübes Licht, glitschige graue Wände, Dreckwasser auf Zementfußboden; im Faß schwamm die letzte, riesige Gurke, die nicht in die Schöpfkelle reingegangen war und neugierig ihr stumpfes Ende aus dem Wasser streckte wie ein junges Krokodil. Eines wurde mir nun endgültig klar, nämlich daß wir uns dort auch befanden, wo wir standen, und seine Rede kam mir überhaupt nicht mehr übertrieben vor. Wir waren auf der anderen Seite der Schicht, von der er gesprochen hatte. Nur unter Zweifeln, ob das je gewesen war, konnte ich mir die Landschaft unserer Bekanntschaft ins Gedächtnis rufen. Die Wahrheit war hier, nicht dort; die Wahrheit, das heißt die Realität, war diese Gurke. Wahnsinn ist nicht etwas, das wir uns vorstellen können und wovor wir dann erschrecken, Wahnsinn ist – wenn man schon *dort* ist, nicht mehr hier. Wir waren auf der anderen Seite, und Semjon lächelte uns zu, denn was sein Gesicht verzerrte, war ein Lächeln. Er reichte mir den schmiedeeisernen Kirchenschlüssel.

«Sonst vergessen Sie ihn wieder», meinte er freundlich.

Wie sich zeigte, brachen wir nämlich auf.

«Bist ja ganz schön zu!» sagte Pawel Petrowitsch entzückt zum – nach meiner Ansicht – völlig nüchternen Semjon. «Könntest du mich nicht mal ziehen lassen?»

Mit derselben furchterregenden und bestechenden Maske der Liebenswürdigkeit holte Semjon eine überlange Papirossa hinterm Ohr hervor und gab sie Pawel Petrowitsch.

Ich wandte mich zu der Tür, durch die wir hereingekommen waren, stellte mir dieselbe Kletterpartie durch die Mauer vor und danach den langersehnten Schluck Luft und Himmel, doch so war es gar nicht. Wir gingen durch eine ganz andere Tür hinaus, auch zu klettern brauchte man nicht – wir standen direkt im Freien, auf der anderen Seite des Kreml.

«Wir gehen jetzt wohin», sagte Pawel Petrowitsch.

«Wohin denn, ist doch Nacht...» Nicht ich hatte Angst, sondern mein Fleisch und Blut: Ich bestand gänzlich aus Wodka, es zitterte durchsichtig in mir.

«Dort werden wir sehr erwartet.» Pawel Petrowitsch duldete keinen Widerspruch, schien sich allerdings über die Richtung im unklaren zu sein, ob nach rechts oder links, und überlegte hin und her.

Wir standen unter der einzigen Laterne. Die Straße krümmte sich um die Laterne, führte dann abwärts und verlor sich zwischen engstehenden Bäumen. In Gedanken holte Pawel Petrowitsch – nun hinter seinem Ohr – Semjons Papirossa hervor, drehte sie in den Fingern und roch daran. Er roch daran, und sogleich nahm ich wahr, was für ein süßes Aroma die Nacht hier angesetzt hatte: Das Geruchsgemenge von Asphalt, Laub, Gras und Nebel kühlte ab und strahlte Wärme aus. Pawel Petrowitsch rauchte verstohlen in seinen Ärmel hinein, dann gab er die Papirossa mir. Ich nahm einen Zug, und wir brachen auf.

Das heißt, es kam mir so vor, als brächen wir auf. Denn komischerweise brach die Laterne mit uns auf, und die Straße fuhr los wie eine Rolltreppe. Pawel Petrowitsch redete natürlich, aber ich kam nicht mehr mit, da ich ständig aus seiner Rede ins angrenzende Dunkel der Straße fiel; er hielt mich fürsorglich am Ellbogen und lenkte mich jedesmal zurück ins rechte Fahrwasser, das noch immer von derselben Laterne erleuchtet wurde...

Seine Rede strömte in diesem Fahrwasser so gleichmäßig wie Verse... Aber das waren ja Verse!

O Ewigkeit! Was tut sich auf, verlassen
Wir unsre irdsche Welt? Ein Ozean,
Der uferlos, wo die Jahrhunderte
Ohn' Namen, ohne Zahl, wo obdachlos
Die Sterne schweifen andern Sternen nach.
Geworfen in den stummen Himmelsreigen,
Was macht der stolze Herrscher der Natur,
Der klüger als die andern ja erschaffen,
Auf daß er Pflanzen fressen könnt' und Tiere,
Obschon – er gleicht (und da verpfände ich
Mein Wort) im Grunde schrecklich einem Affen.

Ich war entzückt und erdrückt.

«Wunderschöne Verse...»

Sein Blick verwandelte mich in ein Häuflein Asche, es spielten seine Backenmuskeln. Als hätte ich Cézanne erwähnt...

O Eitelkeit! Und dieser euer Halbgott,
Der Mensch, der dreist sich hat der Kunst
bemächtigt,
Des Landes, Meeres, wes er habhaft wurde,
Kann nicht drei Tage leben...

Pawel Petrowitsch stockte und versengte mich erneut mit seinem Blick, als verkörperte ich...

«Haben S-Sie d-die vielleicht...», riet ich schüchtern.

Gewaltiger Kummer senkte sich auf seine Stirn. Vor unerträglicher Qual wackelte er mit dem Kopf.

«Viele Stockwerke hat der Mensch», sagte er. «Er ist Affe und Pithekanthropus, Steinzeit und Bronzezeit und Goldenes Zeitalter, Heide, früher Christ und Atheist, das zehnte Jahrhundert liegt neben dem ersten und das erste neben dem zwanzigsten, er trägt Krawatte und Lendentuch, hat Steinschleuder und Maschinengewehr, ist Sklavenhalter und gemeiner Mann, Bourgeois und Proletarier, Grieche, Mongole und Russe – all das gleichzeitig und all das jetzt, ganz zu schweigen davon, daß er auch Frau und Mann ist... Wir urteilen nach dem obersten Stockwerk, das er in unserer Zeit hochgezogen hat, wissen aber nicht, welches Stockwerk in unserem Nachbarn tatsächlich bewohnt ist, vielleicht ist er ein Mongolenhauptmann aus dem fünfzehnten Jahrhundert mit Auto, vielleicht ein Hörer von Platos Akademie in Jeans... Wir alle vergleichen uns miteinander bis zum Gehtnichtmehr, beharren dabei auf so unwesentlichen Unterschieden wie der Individualität – und niemand hilft uns auf die Sprünge, wer wir sind. Was kannst du über das Alter eines Baumes sagen? – Nein, man muß ihn nicht absägen, um die Jahresringe zu zählen!» kam er mir zuvor. «Wie barbarisch! Jede Zelle eines Baumes hat ein anderes Alter. Ist ein unterer Zweig nicht älter als ein oberer? Ist ein frisches Blatt am unteren Zweig nicht jünger als ein altes Blatt am oberen?»

Ich wußte es nicht. Ich stand verwirrt vor einem reißenden Strom, der mit einemmal den Weg versperrte. Pawel Petrowitsch half mir fürsorglich hinüber, denn es war nur ein klägliches Rinnsal aus einem an der Muffe lecken Wasserleitungsrohr. Als Gegengewicht zu der Schichtentheorie, an die ich bereits glaubte, entwarf er mir jetzt eine Theorie vom Leben als Stückwerk und war dem Schöpfer ernstlich böse.

«Gebaut und gebaut hat Er – und wie? Ohne Plan und Kontrolle, wie es gerade kam und mit dem, was Er gerade bei der Hand hatte. Wir Märtyrer sind es jetzt, die alles mit Logik und Harmonie ausstatten dürfen, was uns nicht gelingt, wofür wir uns selbst auch noch die Schuld geben. Dabei ist es ein ganz ordinärer Hühnerstall, bloß ein besonders aufgepeppter, mit Anbauten, Treppchen und Aufbauten, der uns als vollendetes Gebäude präsentiert wird, freilich kennen wir ja auch nichts anderes. Hier ein Stück und da ein Stück, und alles zusammengestoppelt. Paßt aber nicht, paßt alles nicht zusammen!» schrie er. «Ist nicht vollendet, nicht fertiggemalt, schlampig genäht, überall sieht man den Faden... Halt!» triumphierte er. «Das ist es, ja, das ist grandios, ist großartig, göttlich! Der Faden! Genau! Eben der Faden zeugt von der Anwesenheit Gottes in der Schöpfung! Wieso bin ich da nicht früher drauf gekommen?» Pawel Petrowitsch weinte, schmierte sich wie ein Kind die Tränen übers Gesicht.

«Nicht doch! Nicht doch!» redete ich ihm gut zu. «Was hast du?» Dabei konnte ich selber kaum die Tränen zurückhalten.

«Gott tut mir leid», sagte er, wischte auf männlich herbe Weise die verräterischen Tränen ab und spielte mit den Backenmuskeln wie Semjon.

Ich war sprachlos. «Ja, und – wie können wir Ihm helfen?»

«Genau das müssen wir!» sagte Pawel Petrowitsch voller Überzeugung. «Er glaubt doch an uns! Nicht wir an Ihn, sondern Er glaubt an uns. Denkst du, Er hätte es leicht? Schau uns doch an! Was hier alles...» Erneut fing er zu weinen an. «Nein, du weißt es nicht! Du weißt es ja nicht!» wehklagte er. «Er ist nämlich – Waise!»
«Semjon?»
«Gott ist Waise, Holzkopf! Er ist Vater eines einzigen Sohnes, und den hat Er uns überlassen, auf daß wir ihn zerfleischen. Wie muß es Ihn, der von Ewigkeit an keine elterliche Fürsorge gekannt hat, hart ankommen, den leiblichen Sohn demselben Schicksal auszuliefern!»
Alles hätte ich erwartet, bloß das nicht. Schlagartig war mein Rausch verflogen. Jedenfalls ließ die Laterne mich endlich in Frieden und blieb zurück. Die Finsternis ringsum wurde dichter.
«Ich will es dir erläutern», tönte Pawel Petrowitschs Stimme aus dem Dunkeln. «Aber erst eine Frage. Adam wurde Ihm zum Bilde geschaffen. Kann man ihn für Gottes Sohn ansehen?»
Mein Hals hatte auf einmal viel Spielraum im Kragen, und irgendwie schien es, als könnte er mir von einer unsichtbaren Riesenhand, die sich im Dunkeln vom Himmel herabstreckt, mit Leichtigkeit umgedreht werden.
«Unmöglich!» triumphierte Pawel Petrowitsch. «Weil Adam erschaffen wurde, nicht geboren! Jesus aber wurde geboren! Jesus ist Sohn. Ich hab da mal eine häretische Broschüre drüber gelesen, den Verfasser weiß ich nicht mehr... Über eine Schöpfung können wir Befriedigung empfinden, sogar Stolz, aber Liebe läßt sich dieses Gefühl nicht nennen, die eigene Schöpfung lieben kann nur der Dilettant, nicht der wahre Schöpfer. Es ist unmöglich, die Schöpfung zu lieben, und genauso unmöglich, den Sohn nicht zu lieben. Eine Schöpfung mag unbefriedigt lassen,

aber wohl kaum läßt sich etwas daran verbessern: was erschaffen ist, gehört dem Schöpfer nicht mehr. Wenn du deine eigenen Bücher liest, könntest du auch nur einen Druckfehler in sämtlichen Exemplaren korrigieren? Finde ich etwa Gefallen an meinen Landschaftsbildern? So nämlich steht es um die reale Möglichkeit, das eigene Geschöpf zu lieben und zu verbessern. Ein Schöpfer kann mit seiner Schöpfung nicht in Kontakt treten, sobald sie abgeschlossen ist, sosehr ihn das auch grämen mag. Er kann sie nur vernichten. Aber sie lebt doch! Die einzige Methode hat Gott gefunden: sich von sich selbst zu trennen und das andere Selbst zu schicken, den eigenen Sohn... Er überläßt uns sein Einzigstes und Teuerstes, auf daß der Sohn zu Ende führe, was Er nicht selbst tun konnte. Bedenke außerdem, daß nicht nur Jesus ein Mensch ist, sondern daß auch der Schöpfer, ohne zu uns herabzusteigen, zum Menschen wird, da Er Vater des Menschen Jesus ist und damit ein weiteres Opfer bringt, und zwar vergöttlicht Er die Schöpfung, indem Er sie an Sohnes Statt annimmt: Damit werden wir aus etwas Erschaffenem, das Ihm und seinem Sohne gleicht, auch zu seinen Kindern, denn der Mutter und dem Blut nach ist sein Sohn unser Bruder. Wenn wir aber zu Jesu Brüdern werden, sind wir dann nicht älter als er? Adam ist rein chronologisch älter als Jesus, und ist nicht – wie bei seinen Kindern: Kain älter als Abel, Kain erschlägt Abel – auch Adams Menschheit zu Kain geworden, indem sie Gottes Sohn, ihren Bruder, gekreuzigt hat?»

Wir traten in den Lichtkreis der nächsten Laterne, ich bewegte wieder den Hals im Kragen, doch da erspähte uns die Vergeltung. Und ich hätte den Hals nicht zu bewegen brauchen, denn sie zielte nicht auf ihn, wenn sie auch womöglich von oben kam.

Aus der Dunkelheit hinter uns kam ein Kleinbus der Miliz

angebraust und bremste scharf. Zwei Milizionäre sprangen behend aus dem Führerhaus, und schon hatte der eine meine Arme oberhalb des Ellbogens fest gepackt, während der andere vorbeistürmte und gewichtig wie ein Elch durchs Gebüsch rauschte.
Ich blickte mich um, da drehte mir der Milizionär so ungeniert den Arm auf den Rücken, daß ich aufjaulte.
«Schön friedlich!» sagte der Milizionär.
«Seien *Sie* friedlich», sagte ich.
«Paß bloß auf!» sagte er.
«Ich lauf dir nicht davon und leiste keinen Widerstand», sagte ich.
«Bestimmt nicht», sagte er. «So voll, wie du bist.»
Und lächelte ein treuherziges Kinderlächeln. Er war ziemlich klein, hatte aber wunderschöne große Zähne. ‹Fertig würde ich ja mit ihm›, dachte ich und packte mit der freien Hand den Kirchenschlüssel fester. Der Herrgott rettete mich, denn mit dem Schlüssel hätte ich glatt jemand erschlagen können...
«Gib mir mal das Schlüsselchen», sagte er darauf.
Ich gab ihn her.
«Mordsding!» Er war beeindruckt. «Wo stammt der her?»
«Von einer Wohnung.» Das konnte ich mir nicht verkneifen.
Der Milizionär war zum Glück nicht beleidigt, sondern lachte fröhlich.
«Was du nicht sagst!» meinte er anerkennend.
«Laß doch den Arm los, ich lauf nicht davon», sagte ich.
«Bist du gemeldet?» fragte er.
«Ja.»
«In Moskau?»
«Ja.»
«Wo?»

Ich nannte die Adresse.
«Weit hat es dich verschlagen. Und wie kommst du heim?»
«Mit dem Taxi.»
«Was, du hast noch Geld?» Er war ehrlich verblüfft. «Hast nicht alles versoffen?»
«Fürs Taxi reicht es noch.»
«Zeig mir deinen Ausweis.»
«Ich lauf doch nicht mit dem Ausweis rum!» Das brachte mich jedesmal auf.
«Solltest du aber.» Den Arm ließ er allerdings los.
Dieser Milizionär ging noch. Der andere war schlimmer. Keuchend kam er aus dem Gebüsch auf der anderen Straßenseite. Wie war er bloß rübergewechselt?
«Ist entwischt, der Hund!» sagte er.
Daß Pawel Petrowitsch entkommen war, weckte gemischte Gefühle in mir; einerseits freute ich mich natürlich für ihn; andrerseits setzte er mich mit dieser Fähigkeit doch sehr in Erstaunen; und drittens – ‹Adam, Kain, Abel...›, dachte ich und lächelte nicht ohne Bitterkeit.
«Schau mal», sagte «mein» Milizionär und hielt dem Kollegen den Schlüssel hin.
«Oho!» stieß der andre hervor. «Wo stammt der her?»
«Sagt er nicht», berichtete meiner, «und einen Ausweis hat er auch nicht.»
«Na klar», sagte der andere, «also nirgends gemeldet.»
Ich wollte aufbrausen, aber meiner unterstützte mich:
«Er wohnt in der Apothekergasse, sagt er.»
«Wo ist das?»
«Bei den drei Bahnhöfen», sagte ich.
«Da wohnt ihr alle, bei den drei Bahnhöfen.» Sie lachten.
«Und dein Freund, wohnt der auch dort?»
«Das ist nicht mein Freund...»
«So, so, siehst ihn zum erstenmal?»

«Ja.»
«Und dann geht ihr eng umschlungen?»
«Wir hatten den gleichen Weg.»
«Zu den drei Bahnhöfen?»
«Nein, zur Landstraße. Ich hab mich hier verirrt, und er hat gesagt, er zeigt mir den Weg.»
«Der spielt wohl den Harmlosen?» Zustimmung heischend, nickte der andere meinem Milizionär zu.
«Aber wirklich», pflichtete der bei.
«Hat sich verirrt, ja sowas. Weißt du wenigstens, wo du dich verirrt hast?»
Das war eine Frage! Damit hatte er mich. Das wußte ich nämlich überhaupt nicht, wo ich war.
«Sag wenigstens, woher du kommst», riet mir meiner, als wäre er tatsächlich auf meiner Seite.
«Aus dem Kloster.»
«Dem Kloster? Und was hast du dort gemacht?»
«Ich war beim Abendmahl.»
«Alles klar», sagte der andere. «Was stehen wir noch hier? Fahren wir!»
Ob Sie mir glauben oder nicht, aber letzten Endes ließen sie mich laufen. Hätte ich nicht erwartet von ihnen, aber noch weniger von mir selbst.
Als ich erwachte, saß ich auf einem gewöhnlichen Bürostuhl in einem Raum, der auf merkwürdige Weise nicht einer Zelle glich. Es war so etwas wie ein Gehege, in dem Kleintiere gehalten werden, Kaninchen oder höchstens Füchse. Durch eine Maschendrahtwand, die mich von der Wachstube trennte, sah ich einen friedlichen Milizionär, der im Dienst eingenickt war. Neben mir saß auf einem entsprechenden Stuhl ein Mann, den man hier zuletzt erwartet hätte: ein achtbarer Bürger. Er trug einen kostbar aussehenden Mantel mit – wie mir vorkam – Biberkragen, ein Persianerschiffchen, von dem sich edles Grauhaar im

Bürstenschnitt vorteilhaft abhob, eine dünne, wütend funkelnde Goldrandbrille – und er schlief, das makellos glattrasierte massive Kinn auf den (elfenbeinernen!) Knauf des ebenso massiven Spazierstocks gestützt.
«Aufgewacht?» hörte ich die gutmütige Stimme des Milizionärs. «Komm raus.»
Und er schloß mir die Netztür an unserem Käfig auf.
«Komm raus, sei nicht bange, wir haben nichts gegen dich... (Nie im Leben hatte man so mit mir geredet!) Gerade ist der Major gekommen, gleich lassen wir dich laufen... Du bleib sitzen! Dich betrifft das nicht!» fuhr er drohend meinen hochgestellten Nachbarn an, der sich hinter mir regte. «Du kannst sitzen, bis du schwarz wirst!» Das i in «sitzen» klang so hoch und fein wie das Sirren einer Mücke.
Geradezu vorbildlich, ein Musterknabe, kam ich wie ein Vögelchen aus der Zelle geflattert, nicht ohne meinem – nun schon ehemaligen – Kollegen einen mißbilligenden Blick zuzuwerfen. Ich war schlagartig nüchtern, weiß selbst nicht, wie. Eine Fahne hatte ich allerdings! Der glattrasierte, vorbildliche Major mit sportlicher Röte auf den straffen Backenmuskeln und Universitätsabzeichen am Kragenspiegel bat mich angewidert, ihm beim Reden nicht zu nahe zu kommen. Ich brachte es fertig, ihm alles zu erklären... Das ist es, weshalb ich den Film so mag: weil man bei der Miliz dann sagen kann, daß man dort arbeitet. Natürlich kommen sogleich Fragen, die ich beantworten kann, das heißt Fragen, die in ein Gespräch, eine lockere Unterhaltung übergehen. Nicht, daß der Major auch nur einen der nach meinen Drehbüchern gedrehten Filme gesehen hätte, aber ich hatte, wenn schon keinen Personalausweis, so zumindest einen Mitgliedsausweis bei mir. Auch meine Adresse bestätigte sich und meine Angaben zur Person. Auch hatte ich nicht gerauft, nicht

gesungen, nicht geflucht und nicht Widerstand geleistet. Und im Kloster war ich, so stellte sich heraus, bei befreundeten Künstlern zu Gast gewesen, und Künstler, nun, ist ja bekannt, Sie verstehen... Und diese Fahne, also, das ist mein Unglück, die Verdauung oder die Leber: Trinkst für einen Groschen und stinkst für einen Rubel.
«Warum achten Sie dann nicht mehr auf Ihre Gesundheit, wenn das so ist?» meinte der Major abschließend.
«Eigentlich treibe ich gar nicht so oft Mißbrauch», hielt ich dagegen, blauäugig zerknirscht.
«Warum haben die Sie dann nicht begleitet?»
«Die waren ja voll wie die Ferkel», sagte ich mißbilligend, «ich hab da nicht mitgehalten.»
Den Schlüssel hatte ich, so stellte sich heraus, in einem Dorf gefunden (ein extra Gespräch über das Dorf, wo es lag, in welcher Region – wir waren, stellte sich heraus, fast Landsleute), durch und durch rostig; die Freunde hatten ihn restauriert, den häng ich mir jetzt an die Wand.
«Das Schlüsselchen lassen Sie vorerst mal hier... Und der Galsworthy, den Sie auftreiben wollen (meine Frau ist ja so von ihm angetan!), wenn Sie den haben, kommen Sie vorbei, und ich geb es Ihnen...»
Sogar die Telefonnummer schrieb er auf, riß ein Blatt der vergangenen Tage aus dem Kalender.
Ich bekam derart Oberwasser, daß ich sogar fragte, was mein erlauchter Zellengenosse angerichtet habe.
«Fragen Sie lieber nicht!» Der Major winkte verächtlich ab.
Dabei war es schon Morgen, und nicht mehr der allerfrüheste. Die Sonne wärmte. Der Himmel war blau. Mein Gott! Was für ein Glück! Aus der Haft zu kommen, ungeschoren davonzukommen, an die frische Luft zu kommen, in Freiheit, und dann noch so ein Wetter! Fühlte mich sogar jung und frisch, als hätte ich nicht gestern die Liter-

grenze überschritten, sondern kehrte gerade vom morgendlichen Schwimmbecken oder Tennisplatz zurück. Von wegen Erinnerung – schon der leiseste Ansatz eines Gedankens in die gestrige Richtung war ekelerregend und fürchterlich. Was mich am Leben hält, das einzige, weshalb ich mich noch nicht abschreibe, ist der Selbstbetrug. Denn wie hatte ich sie überzeugt? Nur, weil ich selbst dran glaubte. Und heraus kam ich mit dem sicheren Gefühl, daß die Gerechtigkeit eben triumphiert, und bezeichnenderweise speziell in meinem Fall. Der andere mit dem Spazierstock war ja der überzeugende Beweis...

Kaum war das Revier meinen Blicken entschwunden, kaum zog ich mit vollen Zügen die Luft ein, überzeugt, das gestrige phantastische Grauen habe nicht stattgefunden, alles sei ein Fieberwahn gewesen, den ich glücklich bezwungen, besiegt und vergessen hätte, als mich jemand heftig am Ärmel zupfte... Vor mir stand durchgefroren, schlaflos und übernächtigt Pawel Petrowitsch.

«Die haben dich wirklich laufenlassen?» fragte er flüsternd, sich umblickend. «Ich war sicher, daß du die üblichen fünfzehn Tage kriegst.»

«Woher weißt du denn, daß ich hier bin?» Ich war verblüfft.

«Wo hätten sie dich sonst hinbringen sollen?»

«Und du hast die ganze Zeit auf mich gewartet?»

«Nach elf hätte ich aufgegeben. Gegen elf kommt immer der Richter...»

«Und wie spät ist es jetzt?»

«Gerade spät genug, um rechtzeitig dazusein, wenn das Geschäft aufmacht. Los!»

So wurde ich, und wieder von oben, gestraft für meinen Selbstbetrug, der mich gerade noch so sehr verwandelt hatte! Aus dem Geschäft kamen wir dann mit zwei Flaschen, diesmal «Kaukasus»-Portwein. Wobei der Spender wieder er war, erstaunlicherweise. Denn meine zwei Fünfer hatte er noch nicht angerührt, und bei Semjon hatte er den Wodka ja gar nicht gekauft, sondern der war ihm noch was schuldig gewesen... Und so stehen wir also, blinzeln ins helle Licht, spüren die Blicke auf unserer ausgezehrten Haut und dem plötzlichen Bartansatz, drücken die Petarden mit dem «Kaukasus» gegen den Bauch, als wollten wir uns damit vor einen Panzer werfen, vor die KrAS- und MAS-Lastwagen, denn wir stehen mitten auf der Straße, kriegen keine Luft, und nie werden wir diesen Strom überqueren, sowieso hab ich keine Ahnung, wohin dann, jedenfalls will ich bestimmt nicht dahin, «wo wir sehr erwartet werden», und auch Pawel Petrowitsch scheint angeschlagen von der Nacht... Kein einziges Gärtchen, keine Grünanlage – ein schauerliches Viertel: Neubauten, schon nicht mehr neu, sondern Fünfzigerjahrebauten. Elefantenhäuser mit unzugänglichen, festungsartigen Hauseingängen und speziellen, in diesem Vierteljahrhundert herangewachsenen alten Mütterchen auf den Bänkchen bei diesen Hauseingängen... Sogar der überall Zutritt genießende Pawel Petrowitsch scheint ratlos. Aber da kennen Sie Pawel Petrowitsch nicht! Auch ich wußte damals noch nicht alles von ihm. Nur ganze zwei Schritte hatten wir zu gehen, ihretwegen kniff er die Augen zusammen, nicht aus Ratlosigkeit, sondern um mit einem Sprung... Gegenüber vom Geschäft wurde renoviert, vielmehr wurde das Erdgeschoß zu irgendwas umgebaut, sicher zu einem anderen Geschäft. Der Sternenregen vom Schweißapparat war unser Orientierungspunkt... Ein Werktätiger mit Visier vor dem Gesicht schweißte im Dunkel der Türöffnung an irgendeiner Konstruktion. Und zu ihm strebte zielbewußt Pawel Petrowitsch, während ich ihm willenlos folgte, schon wieder unter seiner... Pawel Petrowitsch ging zu dem Schweißer, sagte aber nichts weiter, obwohl das nun gewiß nicht Semjon war, sondern ein Mensch, ihm ebenso unbekannt wie mir – ohne weiter was zu sagen, sagte er nur: «Laß uns durch.» Worauf der andere, ohne im geringsten zu fluchen, doch sofort im Bilde, seinen Schweißapparat kleiner stellte, das Visier hochklappte, unter dem ein echtes Arbeitergesicht rauskam, bereitwillig zur Seite trat, um uns den Durchgang freizugeben, und ebenfalls, ohne weiter was zu sagen, nur sagte: «Geht bloß möglichst weit rein» – ich führte in Gedanken den Satz sogleich fort: «damit man euch nicht sieht», doch wieder hatte ich unrecht, denn das Ende des Satzes lautete: «damit ich euch nicht blende». – «Geht beiseite, damit ich euch nicht blende»: nicht weniger Glück als der Morgen, der mich jenseits der Milizschwelle empfangen hatte, bescherte mir dieser Satz! Wir gingen durch, und ohne uns nachzublicken, ohne uns sonst was mit auf den Weg zu geben, setzte er die unterbrochene Arbeit fort.

In der Tiefe des leeren, dunklen Saales, wahrscheinlich eines künftigen Geschäfts, stand ein Baugerüst, und darauf breitete Pawel Petrowitsch – und wieder höchst anheimelnd! – unser Besitztum aus. Der Arbeiter (Werktätigen mag ich diesen hochsinnigen Menschen nicht nennen) sprühte Funken in der einzigen hellen Öffnung des Raums, und wir leerten schweigend das erste Glas und setzten schweigend die recht rasch eintretende Erneuerung unseres Organismus fort, und es wurde gut, wieder gut und erneut gut, und es kam mir vor, als verteidigte uns der Arbeiter mit der Schußwaffe gegen die ungute, uns feindlich gesinnte Welt...

«Wenn du möchtest, sage ich dir alles ehrlich», sagte Pawel Petrowitsch und schaute mich so tieftraurig an, daß ich lieber nicht verstand.

Doch war ich ihm gegenüber so voller Nachsicht angesichts des Edelmuts unseres Arbeiters, unseres Verteidi-

gers, unseres MG-Schützen... daß ich mich quasi nicht mehr erinnerte (in Wirklichkeit natürlich erinnerte) an seinen nächtlichen Verrat, ich war voller Nachsicht und wollte seine Rechtfertigungen nicht hören, sein erniedrigendes Geschwindel, und so sagte ich, vom Anblick meines Arbeiters hingerissen:
«Wieso hast du ihm denn nichts angeboten, hm?»
«Der will nichts», erwiderte Pawel Petrowitsch mit Bestimmtheit.
«Warum will der nichts?»
«Weil er in der Mittagspause was trinkt.»
«Kennst du ihn?»
«Woher? Ich seh ihn zum erstenmal. Also, möchtest du, daß ich es dir sage?»
«Nun?» fragte ich mißmutig; noch immer stand ich im Bann meines heroischen Verhaltens bei der Miliz.
«Ehrlich gesagt hab ich es furchtbar mit der Angst gekriegt, und darum hab ich dich hängenlassen. Jetzt willst du mich bestimmt nicht mehr zum Taufpaten haben...»
Nein, ich kannte diesen Menschen noch nicht! Er konnte sich partout nicht mit dem Gedanken abfinden, daß er mich verraten hatte. Nein, er hatte mich nicht verraten. Er hatte praktisch keine andere Wahl gehabt. Aus einer ganzen Reihe von Umständen, von denen er mir einmal berichten würde, durfte er nichts riskieren. Andererseits müßte ich verstehen, unsere Bekanntschaft sei fürs ganze Leben und ich könnte mich auf ihn verlassen wie auf mich selbst. Aber wenn ich alles wüßte, wenn ich nur die geringste Vorstellung hätte, was er in seinem Leben schon mitgemacht hat...
Was besaß er nur für eine Macht, zumindest über mich? Aber wohl kaum nur über mich... Wieder trottete ich ihm nach wie Schwager Mischujew.

Was ich einfach nicht mitbekam und worauf ich jedesmal von neuem flog, das war – Pause und Dose. Das heißt, ich bekam Gesetz und Rhythmus nicht mit, nach denen er beides variierte: mal ein halbes Glas, mal ein ganzes, mal ein drittel, mal nach fünf Minuten, mal nach einer Stunde... Für die genaue Zeitangabe kann ich natürlich nicht bürgen, wohl kaum war mir irgendein Zeitgefühl geblieben. Aber es lag so etwas wie Macht über sich selbst und den Ablauf in seiner unerbittlichen, selbstmörderischen Trinkerei, und völlig unklar war, wie ich es fertigbrachte mitzuhalten, doch jedesmal, wenn er es für nötig hielt, nachzuschenken oder neu einzuschenken, war ich durchaus fähig und manchmal sogar dazu aufgelegt. Auch seine Erzählungen, auch die Gischtspritzer auf den Wellen der Gedanken, die jedem neuen Sturmangriff auf ein Weltsystem vorausgingen, wurden irgendwie von der scheinbaren Systemlosigkeit der Trinksprüche gesteuert und organisiert. Denn da hatte er die Hand drauf, auf diesem arhythmischen Puls! Es war schwer zu glauben und noch schwerer, gedanklich in eine Form zu bringen, aber er schien gleichsam nicht selber zu trinken, sondern durch mich trinken zu lassen, und nicht ich unterwarf mich seinem Wunsch weiterzutrinken, sondern er richtete sich zuerst nach meinen Fähigkeiten, dann Möglichkeiten. Und zwischen diese räumlich und zeitlich ungleichen Gläser packte er grauenhafte Geschichten aus seinem mitleid- und schreckenerregenden Leben... Die Faschisten zünden das Haus an; Schafe blöken; es flattert die Fahne überm Dorfsowjet; der Traktor quetscht einen Betrunkenen in der Fahrrinne zu Brei; nachts taucht im Scheinwerferlicht eines Studebaker ein Wildschwein auf; erst nach einer Woche findet man sie im Keller, halb verhungert, sogar das Wort «Mama» haben sie vergessen; der Bruder flieht aus der Strafkolonie, ist aber die «Kuh»: fünfzig Kilometer von Ulan-Ude entfernt fressen seine Fluchtgenossen ihn auf; im Bahnhofsbüfett findet man in einer Pirogge einen Kinderfinger; der Vater vergewaltigt das Schwesterchen in einer Ackerfurche... Es war dies eine Fernsehserie mit vielen Folgen, in der alle Rollen von ihm gespielt wurden. Aber ich zweifelte nicht. Bisweilen versuchte mein schwacher Verstand, das Alter des Helden zu berechnen, und kam jedesmal draus, ebenso bei dem Versuch, die Menge des Getrunkenen zu berechnen. Mein Zechkumpan und Zeitgenosse hatte mehrere Leben gelebt und bisweilen ein Alter von siebzig wie von sieben zur gleichen Zeit erlangt. Einige der Ereignisse, die er miterlebt hatte, wenn auch bisweilen nur als Zeuge, waren von historischer Dimension, aber dann wurden seine Rolle und sein Blickwinkel phantastisch, während die Überzeugungskraft und Realität von Tatsachen aus seinem persönlichen Leben, ganz im Gegenteil, eine historische Tatsache in das phantastischste Licht tauchen konnte. Jede dieser biographischen Kröpfungen hatte jedoch ein und denselben Hintersinn: Verrat. Jedesmal wurde er ungerecht, illegal, zufällig, absichtlich, gegen seinen Willen usw. vertrieben, abgewiesen, ausgesiedelt, eingesperrt, gezüchtigt, erniedrigt, in den Dreck gezogen – auf der Universität, beim Militär, im Orchester, in der Brigade, im Kindergarten, auf der Kunstakademie – überall lief er auf, scheiterte sein Lebensweg, die lichte Zukunft, seine Lebensaufgabe, seine Berufung. Jedesmal wurde er *verraten*. Doch wie sehr ich ihm auch ein untadeliger Zuhörer war, wie schlecht auch mein Kopf funktionierte, dennoch konnte mir nicht gänzlich die Verbindung zwischen dieser endlosen Kette von Verrat und dem Umstand verborgen bleiben, daß heute nacht er abgehauen, ich eingelocht worden war. Mein Mitgefühl für seine Mißgeschicke und mein Glaube an die Wahrhaftigkeit des Geschehens stellte ihn einfach nicht zufrieden, denn je mehr er redete, desto mehr rechtfertigte er sich, und je mehr ich beipflichtete, desto enger zog er die Schlinge um seinen Hals zu. Ich tat von mir aus überhaupt nichts, doch daß ich in seinen Augen ständig bedeutsamer wurde und höher stieg, machte ihn offenbar völlig fertig...

«Auch du wirst mich verraten», sprach er schließlich leise und gebieterisch, als neige er sich beim Abendmahl Judas zu.

Ich gab ihm keine Antwort, erstens, weil ich nicht konnte, und zweitens...

«Erstens reicht schon», unterbrach er mein Schweigen. «Sagte Napoleon.»

Judas hat, glaube ich, ja auch geschwiegen... Und – wer sagts denn, der «Kaukasus» war leer. Hier in der Dunkelheit leuchtete so hell die Türöffnung, strahlte dahinter so sehr die Sonne, als wäre hinter der Tür gleich der Himmel und nicht die Straße. Sie lockte, diese Türöffnung. Der Sternenregen vom Schweißapparat, der so blendend erschienen war bei unserem Eintritt, stob jetzt bläßlich im Sonnenlicht auseinander. Der Arbeiter trat genauso schweigend beiseite, ließ uns durch...

Draußen standen wir tatsächlich im Sonnenlicht. Ich war lichtempfindlich wie eine Photoplatte, ich versuchte mich im eigenen Ärmel zu verstecken, was mir nicht ganz gelang – an den Rändern fiel trotzdem Licht ein. Über meinen zukünftigen Verrat bekümmert, sprach Pawel Petrowitsch nicht weiter von der Zukunft, nicht einmal von der allernächsten. *Irgendwo* gingen wir jedenfalls schon hin, der Blick eines Milizionärs blieb an uns hängen, und nach einigem Abwägen und Überlegen ließ er uns laufen bis zum nächsten Milizionär. Er ließ uns laufen, wie uns der «Kaukasus» durch die Gurgel gelaufen war, im selben unklaren Rhythmus. Was danach kam, erinnere ich ziemlich schlecht... Wir sprachen nun über Rußland. Das unvermeidlichste, unerinnerbarste Gespräch.

Doch bewegten wir uns beharrlich vorwärts. Zweifellos durch Rußland. Irgendwo wurden wir, glaube ich, wieder «sehr erwartet». Ich glaube, sogar bei ihm zu Hause. Er hatte, so zeigte sich, auch ein Zuhause. Eine Familie. Eine Frau. Auch sie erwartete uns sehr. Aber wie weit das war! Hinter sieben Bergen, hinter sieben Tälern... Auf jedem der Berge wurde ein Fläschchen besorgt, in jedem der Täler leer getrunken.

Ich fand mich mal hier, mal dort und befand mich wohl auch zwischen Hier und Dort. Hier war ein grünender Hof zwischen fünfstöckigen, im Karree gebauten Chruschtschow-Häusern. Ein grünender Hof mit Bäumen, die in der so rasch vergangenen historischen Epoche kräftig gewachsen, aber noch nicht ganz ausgewachsen waren. Sie standen um den Spielplatz mit Pilzen, Sandkästen und einer Rutschbahn in Form einer Rakete, darum sahen sie ein bißchen aus wie überalterte Schüler, Sitzengebliebene, die übrigens in unserer Gegenwart gerade aus der Schule heimkamen – hatten die letzte Stunde, Singen, geschwänzt – und aus der Schuluniform außerdem herausgewachsen waren. Im Schatten einer dieser Schülerinnen mit spitzen Knien, im Schatten einer jungen Pappel also, saßen wir an einem Dominotischchen, und nachdem wir mit den Spielern einen gehoben hatten, ins Geschäft gelaufen waren und nochmals einen gehoben hatten, spielten wir Roulette, mit einem Roulette aus einer Waschschüssel, das einem gewissen Schorschik gehörte... Dort verspielte ich, unter sanften, nicht heißen Sonnenstrahlen, meine immer noch verbliebenen fünf Rubel, und Pawel Petrowitsch gewann sie zurück, wozu er seufzend die vom Hundegeld heimlich abgezweigte stille Reserve von drei – wie Pawel Petrowitsch sagte – «Rubels» hervor-

kramte. «Sieben Rubel geben wir / Für den Bau von Schiffen her / Und die übrigen drei Rubels...», deklamierte Pawel Petrowitsch und setzte gleichzeitig auf Rot und auf Ungerade und gewann sowohl hier wie dort, um gleich darauf alles auf Null und in den Sand zu setzen.
Der Verlust führte uns in neue Fernen, merkwürdigerweise zu einem Großhandel für Sportgeräte, der zudem wegen Inventur geschlossen hatte, aber dort wurden wir tatsächlich «erwartet». Pawel Petrowitsch war hier wie zu Hause und wurde sogar gebraucht. Man freute sich, daß er kam, mich beachtete man nicht. Ein alternder Playboy führte uns in sein Büro, wo Pawel Petrowitsch etwas aus einer Zeitung wickelte, eine Art Buch (er hatte es also auf unserem ganzen, beschwerlichen Weg mit dabeigehabt, hatte es nicht vergessen, nicht fallen gelassen, nicht verloren...). Das «Buch» war das von Semjon aufgefrischte «Brett» mit jenem Kyrill und Method von gestern. Freundlich und nüchtern glänzten die beiden jetzt unter einem japanischen Kalender mit einer nackten Japanerin, deren kunstvolle Pose eine gewisse Kürze der Beine verbarg und alles andere dafür nicht verbarg. Auf erlesenste Weise, sogar mit Kaviar, tischte uns der freigebige Playboy auf einem Sprungpferd auf. Beim Auftischen fiel ihm von der ungünstigen Pferdeoberfläche Brot herunter, ich wollte es schwankend aufheben, er winkte jedoch ab – tritt sich fest; Pawel Petrowitsch dagegen hob es ehrfürchtig auf, küßte es und sagte: «Verzeih, liebes Brot.» Allerdings war das liebe Brot – mit Kaviar belegt. Auf einen Stapel Matten gelagert, umgeben von Skiern und Rapieren und dem köstlichen Geruch von Holz und Gummi, kamen wir ein wenig zu uns. Froh wurde mir zumute unter diesen ungefügen Sportungeheuern, die in außerhalb unseres Bewußtseins angesiedelten Werkstätten diszipliniert gebaut worden waren – von Blinden, minderjährigen Ver-

brechern, hochbetagten Schauspielern und anderen verstoßenen Kasten! Froh wurde mir, und ich hätte am liebsten geweint. Und so weinte ich, die Arme um das standfeste Bein eines Bocks schulischen Angedenkens geschlungen. Sehr fürsorglich und taktvoll versetzte sich der herzensgute Großhandelschef in meine Lage, und getröstet zog ich mit Pawel Petrowitsch von dannen, dorthin, von wo es, wie er versicherte, nur noch ein Katzensprung wäre.
Nur noch ein Katzensprung war es in einem verwilderten Apfelgarten, der vor dem entferntesten Neubaugebiet der Stadt lag. Wie eine Packung zerstreuter Würfelzuckerstückchen funkelten die Gebäude in den Strahlen der untergehenden Sonne, und ihre Reinheit und überhaupt die Entrücktheit des tätigen Lebens ringsum lasteten schwer auf den letzten Resten meines Bewußtseins. Auch war der Garten, durch den wir bereits schritten, ungewöhnlich schön und ausgedehnt; seine knorrigen, niedrigen Bäumchen standen in großen und militärisch exakten Abständen, und an jedem hing gerade noch ein runzliger, getüpfelter Apfel, der uns nun zufiel. Hier im dichten Gras, zwischen den Bäumen, auf einem schön geneigten Hang in Sichtweite des Hauses, wo wir «sehr erwartet» wurden, machten wir das letzte Mal Rast. Es war dies tatsächlich ein Tal, ein Wiesengrund, der das vorletzte Wohnviertel vom letzten trennte. Und Kraft hatten wir absolut keine mehr. Und wir waren am Ziel. Eine gewisse, von Gram und Glück durchsetzte Vollendung lag in der Sonnenuntergangsluft, die sich zwischen den Bäumen staute. Hier war der Vorhof zum Paradies, die letzte Bedenkzone, bevor – unbekannt was. Wir waren ans Ende gelangt. Wir tranken, und mein Bewußtsein wurde so klar wie nie zuvor. Pawel Petrowitsch schien genau das erwartet zu haben, als ob er mich zwei Tage lang bewußt und unbeirrt zu eben diesem Punkt geführt hätte.

«Jetzt will ich dir etwas sagen, das vorher verfrüht gewesen wäre...», sagte Pawel Petrowitsch, lichte Traurigkeit im Blick. Und er legte mir die Hand auf die Schulter, wie man das wohl mit dem Schwert beim Ritterschlag getan hatte.

Ich war mir der hohen Verantwortung dieser Weihe vollauf bewußt...

«Alles war vollendet, als der Mensch kam, war eingestellt und aufgezogen wie eine Uhr. Der Mensch kam in eine *fertige* Welt. Nach dem Menschen hat es keine Evolution mehr gegeben. Sie setzte sich nur in seinem eigenen Bewußtsein fort, er wiederholte sie nach Maßgabe seiner Erkenntnis... Doch verwechselte der Mensch Erkennen mit Besitzen, ihm Gehören! Die Welt wurde von einem Künstler erschaffen, auf daß der Mensch sie betrachte, erkenne und liebe. Wieso aber eigentlich ‹Ihm zum Bilde›? Hat man nur ein bißchen Ahnung vom Menschen, ist das absolut nicht zu verstehen. Zu verstehen ist ‹Ihm zum Bilde› lediglich so: auf daß er auch *Künstler* sei, fähig zur Beurteilung. Der Künstler brauchte den anderen Künstler. Ein Künstler kann nicht allein sein. Der Schöpfer hat Adam noch mehr gebraucht als Adam Eva. Was ist die Schöpfung, was ist diese fertige Welt? Nur im Künstler findet sich – zwar nicht eine Antwort, aber doch ein Widerhall, zwar nicht Liebe, aber doch Erbarmen. Das gilt nicht bloß für die Schöpfung; auch sonst, wenn ich große Malerei sehe, weine ich vor Erbarmen. Denn hinter jeder Begeisterung lauert das Gefühl völliger Ausweglosigkeit: wir werden ja doch verkaufen, verraten, verschwenden, entehren, vergeuden! Aber nein, selbst hier nehmen wir uns zu wichtig. Bis zu diesem Gedanken sind nur die Indianer vom Stamm der Yámana vorgedrungen...»

«Wie, was?» schreckte ich auf. «Was für Indianer?»

«Der letzte Indianer vom Stamm der Yámana», fuhr Pawel Petrowitsch traurig und feierlich fort, «starb im Jahre neunzehnhundertzweiundsechzig in der argentinischen Stadt Ushuaia. Die Heimat des Stammes war Feuerland. Mitte des letzten Jahrhunderts zählte er dreitausend Menschen. Sie besaßen keinerlei politische Organisation, das Wort des Ältesten war für sie Gesetz. Das heißt, von unserem Standpunkt aus befanden sie sich auf einer äußerst niedrigen Zivilisationsstufe. Auch waren sie nicht größer als ein Meter fünfzig. So lebten sie in ihren gras- oder schaffellgedeckten Hütten. Allerdings hatten sie eine höchstentwickelte Sprache, die noch in viele Dialekte unterteilt war, was die Arbeit der Ethnographen besonders erschwerte. Tja, und von denen war also nichts geblieben. Kein Wort, von wegen ein Dialekt. Aber dann stellte sich raus, daß vor dem Tod des letzten der Yámana der Doktor in dem Krankenhaus, wo er starb, ihn noch auf Tonband aufgenommen hatte. Der Mann war schon halb weggetreten und redete ohne Unterlaß, teilte hastig etwas mit. Die Geschichte dieses Tonbands ist ein Krimi für sich. Es war verschwunden. Dann tauchte es durch ein Wunder wieder auf, nun in Australien. Aber das ist jetzt unwichtig. Als man es entschlüsselt hatte, fand man darauf neben Episoden aus der Geschichte des großen Stammes auch einen bemerkenswerten Schöpfungsmythos, den ersten, soviel ich weiß, der unseren Schöpfer als Künstler deutet. Als der Große Gott – Nikibumatva, glaube ich, was übersetzt heißt ‹der die Wolken hütet› – daranging, das Bild des Lebens zu schaffen, mischte sich sogleich sein Schatten ein, der Teufel, Estscheguki, glaube ich, was übersetzt ‹der rohe Name eines spurenlosen Wesens› bedeutet. Nikibumatva wußte, wie man Form erschafft, während Estscheguki auf ihn eifersüchtig war und ihm in nichts nachstehen wollte, aber nicht wußte, wie man Form erschafft, und sehr fürchtete, das könnte an den Tag kommen. Estscheguki paßte also genau auf, wie Nikibumatva Form erschuf, und versuchte, ihn nachzuahmen, aber selbst dabei kam nur Häßliches und Verunstaltetes heraus. Darauf tat er so, als ob er Nikibumatva auslachen würde und absichtlich alles so häßlich machte, um ihm vorzuführen, wie unsinnig alles ist, was der Große Gott anfängt. Der wahrhaft große Nikibumatva beachtete ihn gar nicht, obgleich der andere ihm zusetzte, wo er nur konnte. Nikibumatva hatte, sagen wir mal, die Form des Fisches erschaffen und darauf vielerlei Fische gemacht, bis hin zum vollkommenen Delphin. Estscheguki hatte ihn bei der Arbeit belauert und sie talentlos nachgeahmt, indem er der verunstalteten Form noch Bruchstücke von zwei anderen, unvereinbaren Wesen hinzufügte, die ebenfalls von Nikibumatva in Vollkommenheit erschaffen worden waren, und schließlich erhielt er, am Ende seiner Kräfte, das Krokodil. Der Große Gott schuf den Singvogel – Estscheguki die Fledermaus. Nikibumatva den Schmetterling – Estscheguki die schmutzige Fliege. Während Nikibumatva zehn wunderschöne Tiere machte, verunstaltete Estscheguki sie alle und klebte mit giftigem Speichel ein einziges zusammen. Trotz seiner Eifersüchtigkeit und Talentlosigkeit hatte jedoch auch Estscheguki vieles gelernt, denn insgeheim wollte er Nikibumatva ja gar nicht verspotten, sondern es ihm gleichtun. Und als der Große Gott den edlen Wolf gemacht hatte, mühte sich Estscheguki besonders lange ab, doch heraus kam bei ihm der Schakal. Verzweifelt war daraufhin Estscheguki, wütend war Estscheguki, und so dachte er sich etwas Fürchterliches aus: Er modellierte ein Wesen ähnlich dem großen Nikibumatva, und heraus kam – der Affe. Alles hatte der Große Gott ertragen, um sich bloß nicht ablenken zu lassen vom großen Werk, aber das ertrug er nicht mehr. Da er sich aber nicht einmischen konnte in fremdes, wenn auch häßliches Schöpfertum und da er

außerdem nicht am Leben hindern konnte, was bereits lebte, vernichtete er die Krokodile, Fledermäuse und Schakale nicht, verbesserte sie auch nicht, wo es sie nun einmal gab, und so unternahm er auch nichts, um den Affen, die Karikatur auf ihn selbst, zu korrigieren, er ließ nur eine Träne seines Ärgers und einen Tropfen seines Schweißes auf ihn fallen, als er für eine Sekunde von seinem Werk aufblickte und sich mit müder Hand Tränen und Schweiß abwischte. Versengt wurde der Affe von den beiden Tropfen, direkt in die Augen waren sie ihm gefallen, und da tat sich etwas mit dem Affen, er *selbst* begann sich zu verändern, vor den Augen seines Erschaffers Estscheguki, der doch Nikibumatva in allem hatte nachmachen und ihm gleich werden wollen. So verwandelte er sich, wurde zum Menschen, und geschaffen haben ihn Träne und Schweiß des Großen Gottes, weshalb Liebe und Arbeit auch des Menschen Los sind: die Liebe erkennt die Form, die Arbeit schafft sie. Deshalb auch geriet der Mensch ‹ihm zum Bilde›, weil der Große Gott keineswegs vorgehabt hatte, sich selbst zu kopieren, denn er war wahrhaftig ein Schöpfer, anders als der unbegabte Parodist und Karikaturist Estscheguki. Deshalb auch ist der Mensch bis zum heutigen Tage zwiegespalten, weil er vom Teufel geschaffen, von Gott beseelt wurde. Er könnte Gott in allem ähnlich werden, aber daran hindert ihn seine Teufelsnatur, die er bekämpft, die er aber nicht besiegt, denn sein Fleisch ist vom Teufel, sein Geist von Gott.»
Pawel Petrowitsch verstummte feierlich und schenkte ein, trank aber nicht und bot auch mir nichts an, sondern versank wieder lange in Gedanken wie der große Nikibumatva; ich dagegen saß, wie der von ihm beseelte Affe, schweigend ihm zu Füßen und blickte voller Anbetung zu ihm auf. Doch da leerte er das Glas in einem Zug.
«Weißt du, was ich dank diesem Mythos begriffen habe?»

sagte er, nachdem er das Glas wieder gefüllt und mir gegeben hatte (ich vergaß zu sagen, daß wir nur eines hatten). «Den ersten Satz aus der Bibel habe ich endlich begriffen...»

«‹Im Anfang war das Wort›...», warf ich ein.

«Alles weißt du auch nicht... ‹Und die Erde war wüst und leer›... Du meinst natürlich – das Wort. Damit ihr, die Schreibenden, die ersten Menschen seid, ja?»

Ertappt senkte ich bescheiden den Blick.

«Das ‹Wort› ist im Original der Logos, das Wissen, das habe ich dir schon auseinandergesetzt, bloß hast du es noch nicht zu begreifen gewagt. Am Anfang der Welt stand das Wissen von der Welt, das heißt das Bild der Welt. Auch in jedem ästhetischen System ist das die Grundlage des Schaffens. So daß die Gleichsetzung von Schöpfer und Künstler gar nicht mal metaphorisch ist, vielmehr exakt. Vor der Welt existierte das Bild der Welt, die Vorstellung von ihr, und sobald es eine Vorstellung gibt, ist der Künstler in der Lage, sie wiederzugeben. Folglich ist das Bild des Erschaffenen in jedem Fall älter als das Erschaffene, was auch jeder Künstler in der Praxis bestätigen wird. ‹Und Gott war das Wort...› Nicht? Und wer war dann der Auftraggeber?»

Ich wußte es nicht.

«Warum hat Puschkins Schwarzer Mann das Requiem nicht abgeholt, das er bei Mozart in Auftrag gab? Doch nur, weil der Auftrag ausgeführt war... Jede schöpferische Idee ist so groß wie der Fehler, der ihr zugrunde liegt. Eine solche Idee birgt stets eine *Annahme*, etwas, das es nicht geben kann. Und das ist das Leben. Auch das Leben ist eine solche Annahme. Es ist der Auftraggeber, es steht am Anfang, denn gerade das Leben – das konnte nun wirklich nicht sein. Nicht nur in der Schöpfung, in jedem großen Werk findest du einen solchen Fehler. Was ist an

Schuld und Sühne unglaubhaft? Daß Raskolnikow die Alte ermordet. Lisaweta, die zweite, konnte er ermorden, aber den ersten Mord konnte er nicht vollbringen, der entspricht ihm nicht. Aber gäbe es den Roman, wenn er sich ‹an die Wahrheit› hielte, ohne den Mord an der Alten? Es gäbe ihn nicht. Aus der unglaubhaften Annahme, auf die sich zu Erschaffendes gründet, erwachsen zahllose Ungenauigkeiten, die mit fortschreitender Ausführung endlos korrigiert werden. Diese Arbeit des Präzisierens und Korrigierens schafft eigentlich das Werk. Einer Vorstellung oder einem Wort Gestalt verleihen heißt nicht nur nachschöpfen, sondern, im Sinne der Idee, auch *fälschen*. Das Genie leidet unsäglich unter diesem Kampf mit der zugrundeliegenden Annahme, aber eben der ist ein Genie, dessen Annahme besonders weit geht. Ohne diese Lüge in der uranfänglichen Idee gäbe es nichts; nur tote Materie ist exakt. Damit es *Leben* gäbe, war die Annahme von Inexaktem im Exakten nötig, eben in der toten Materie. Das Wasser! – das ist es, was in der Schöpfung den Schöpfer, im Schöpfer den Künstler offenbart. Wie das sich ausdehnt und zusammenzieht, kocht und gefriert, ist das nicht einmalig und widersprüchlich im Vergleich zu allen anderen Flüssigkeiten? Du als Spezialist für Kreuzworträtsel müßtest das besser wissen als ich... Aus dem Wasser auch kam das Leben, wie allseits bekannt. Darum ist nicht das Leben so erstaunlich, sondern das Wasser! Es ist die Großtat des Schöpfers, der im Namen des Lebens die Harmonie gestört hat. Was Ihn das gekostet hat, können wir uns nicht vorstellen. Das Wasser, ja, das hat Er wahrhaft geschaffen! Der Weg von den Wassertropfen zu uns beiden ist kürzer als der von der toten Materie zum Wasser. Die Evolution ist lediglich ein Roman mit der unausbleiblichen Lösung des Konflikts am Ende, möglicherweise schließen wir ja das gesamte Buch ab... Ansonsten

Korrekturen, Zusätze, Streichungen... Übrigens gibt es noch einen Einschub prinzipieller Art: das Erdöl! Hat auch noch niemand so recht erklärt, wozu und weshalb das Erdöl da ist. Wer weiß, vielleicht hat Er selbst, nach Erschaffung des Lebens, bei den unausbleiblichen Korrekturen und Ergänzungen, es für uns auf Vorrat angelegt, für unsere Fortsetzung und Zukunft... Als hätten wir tatsächlich noch weit zu fliegen in unserer Zukunft. Gefällt mir aber nicht. Was ist diese Annahme schon im Vergleich zur ersten, zum Wasser!»

Und tatsächlich schwappte es in mir und um mich wie Wellenschlag... Ein silbriger Wasserspiegel, die Häuser gleichsam in der Luft schwimmend... Es roch plötzlich nach Meer, nach dem Meer als Heimat...

«Das Kind», stammelte Pawel Petrowitsch, auch er bereits durchsichtig, aufgelöst im uns umschließenden Ozean. «Oh, wenn ich das fertigbrächte! Das Kind hat noch niemand je gemalt. Denn es ist weder Mensch noch Tier, noch Gott... Vielleicht Gott... Sein Gesicht ist wie ein großes Gewässer, es fließt und fließt, ohne etwas uns Faßbares zu bedeuten. Hast du je eine wahre Landschaft gesehen? Schau Ihm ins Gesicht – du wirst erblinden. Dieselbe Landschaft zeichnet sich auch im Gesicht der Mutter ab, während sie ihn erwartet, unterm Herzen trägt... Würden wir uns hineinversenken, könnten wir vielleicht noch etwas begreifen – wenn wir könnten... Doch nein, die Schöpfung ist uns unverständlich, nur – die Passionen...»

Das letzte Glas drehte sich ein paarmal um in mir angesichts der unbewältigbaren Schwere dieses Gedankens, und so tauchte ich als graue dunkle Maus in die vor mir aufschimmernden Tiefen...

Ich erwachte wie von einem Stoß in der kalten Küche eines Fertigteilhauses. Spuren von Unfertigem kündeten von seiner Neuheit. Ich lag auf einer Klappliege, in eine Decke gehüllt, die Schuhe hatte man mir fürsorglich abgestreift. Am Kopfende stand eine Flasche Bier und daneben lag ein Öffner. Widerlich kam mir diese Fürsorge vor... An die Flasche war ich gestoßen, als ich mich in Socken aufs Linoleum stellte, wie ein Koloß stand ich auf tönernen Beinen, schwankte wie ein Rohr im Wind. Ich ging zum rötlich hellen Fenster, um zu begreifen, wo ich war und was das für ein merkwürdiger, lebendiger Lärm draußen war. Ich befand mich sehr hoch oben. Vor dem Fenster zogen sich endlose Weiten, nun keine städtischen mehr, sondern russische. Wald dehnte sich bis zum Horizont, nur in Hausnähe, jenseits der zu dieser Stunde leeren Landstraße, wuchs junges, dichtes Buschwerk. Und durch dieses Buschwerk – dadurch kam das wundersame Rauschen zustande, von dem ich aufgewacht war – brach mit starker Brust und raste seltsamerweise nicht in Richtung Wald, sondern in Richtung Haus ein verschreckter, geistesverwirrter Elch. Nun bin ich kein Kenner, kein Jäger, doch war er eindeutig jung, wenn auch völlig ausgewachsen. Er raste, brach durchs Gebüsch, als wäre es Gras, und der Wahnsinn in seinem Blick war selbst aus der vielstöckigen Höhe zu erkennen – oder griffen seine kraftvollen Beine so disparat und aufs Geratewohl aus, daß es schien, als sähe er nichts? Über dem Waldhorizont hing eine rote Sonne genau auf derselben Höhe wie gestern, als meine Erinnerung aussetzte. War das noch derselbe Sonnenuntergang? ein neuer Sonnenaufgang? der nächste Sonnenuntergang? Schaue ich nach Westen oder nach Osten? Den Apfelgarten hatte ich jedoch nicht vor mir, also ist anzunehmen, daß ich doch in die entgegengesetzte Richtung schaue, wenn ich mir vor Augen halte, daß das allerletzte Haus, wo wir «sehr erwartet wurden», dort im Garten vor uns gestanden hatte... Somit also Sonnenaufgang! Von einem besonderen, unerklärlichen Perlmutton überzogen, begann alles gerade erst aufzuflammen, all das Schöne... Somit bin ich bei Pawel Petrowitsch zu Hause! Mich erfaßte ein Entsetzen, das sich mit meinem Zustand nicht erklären ließ. Der Elch raste auf mich zu und verschwand aus meinem Blickfeld. Ich löste die Stirn von der Scheibe und ging lautlos, in Socken, auf Erkundung.

Es war eine Einzimmerwohnung. Leise öffnete ich eine Tür und fand mich in einem Zimmer, das ebenso leer war wie die Küche. Bloß hingen an den Wänden unendlich viele Landschaftsbilder. Als ich mir eines der Bilder aus der Nähe ansah, erkannte ich nicht ohne Verwunderung eben jene Landschaft, mit der alles begonnen hatte. Auch auf dem nächsten. Auch auf dem übernächsten... Auf allen Gemälden war ein und dieselbe Landschaft. Die Blätter fielen, die Sonne ging unter und ging wieder auf, alles war schneebedeckt, Wolken zogen herauf, der Regen strömte, und sogar in nächtlichem Dunkel mit einsamem Stern waren ihre Umrisse zu erahnen... Immer dieselbe Landschaft von immer demselben Punkt aus. Bei allem Wohlwollen hätte ich das nicht als passable Malerei bezeichnen können, aber womöglich verstand ich ja auch nichts davon. Vom Geist Pawel Petrowitschs, der zwei Tage lang mein morsches Boot durch seine Redeströme gelotst hatte, konnte ich in diesen Bildern jedenfalls nichts entdecken. Am allerwenigsten in zwei mißratenen – ein unverständlicher, verwaschener Schatten, ein grauer, verschwommener Fleck hing völlig unmotiviert genau über jenem Punkt, von dem aus er die Landschaft gemalt hatte... Die Nase! kam es mir endlich. Die Nase war das. Jene Nase, von der er mir erklärt hatte, wie wenig die Landschaft sie braucht. Als ich die Bilder betrachtet hatte, wandte ich mich zum Gehen, und da – fast hätte ich aufgeschrien – erblickte ich Pawel Petrowitsch.

In der Ecke hinter der Tür lag direkt auf dem Boden eine breite Matratze, daneben auf Knien Pawel Petrowitsch, den Kopf vorsichtig auf den Matratzenrand gebettet, während auf der Matratze – ich begriff nicht gleich – etwas maßlos Großes und Rundes von einem Leintuch bedeckt war. Und in der fernen Ecke, an der Wand, konnte ich hinter der Düne des Leintuchs ein weibliches Gesicht ausmachen. Beide verharrten in derart leblosen Posen, daß mich Entsetzen packte und jene nur in der Literatur vorkommenden Haare sich wie Würmer auf meinem versoffenen Kopf regten. Auf der Stirn der Frau saß eine Mücke, deren dick geschwollener Bauch rot erglühte, woraus sich schließen ließ, daß es endgültig hell geworden war. Konnte die Mücke an einer Toten saugen? an einer noch warmen Toten? Da entdeckte ich eine an der Schläfe pulsierende Ader, danach begann auch der Berg unterm Leintuch regelmäßig zu atmen, und Pawel Petrowitsch schnarchte kaum hörbar... Mich erfüllte ein maßloses Glücksgefühl. Unverwandt blickte ich in die Weite dieses schwangeren Gesichts, eine Landschaft der Steppe und Freiheit, wo es uns schon nicht mehr gibt, alt wie ein Hügelgrab und jung wie eine Feldblume... Und in das besänftigte und weiche Gesichtchen von Pawel Petrowitsch... Auf beiden Tränenspuren vom nachts plötzlich hereingebrochenen Gewitterregen... Leise, auf Zehenspitzen, verließ ich die Wohnung, die Tür war offen, das Schloß baumelte nutzlos an der letzten Schraube – und noch niemand war unterwegs, nur von einer Loggia krähte ein Hahn, und nach kurzem Überlegen antwortete ihm ein zweiter. Da erst fiel mir auf, daß ich nur Socken anhatte, aber ich kehrte bewußt nicht zurück, die Schuhe holen, sondern wandte mich in die Richtung, wo ich die Landstraße vermutete, um ein Auto anzuhalten und dorthin zu fahren, wo auch mich eine Aussprache erwartete.

Ich hätte das Haus von Pawel Petrowitsch nach dem Gedächtnis wiederfinden oder, noch sicherer, mich mit ihm an dem Punkt seiner Landschaft treffen können. Eine unüberwindliche Furcht lähmte mich jedesmal, sobald ich nur daran dachte. Sogar die Rückkehr zur Miliz (das Buch hatte ich bereits) ängstigte mich nicht so sehr, obwohl ich auch da nicht hinging. So daß der Andenkenschlüssel von der Kirche nach wie vor dort liegt und ich nach wie vor zu ihr keinen Zutritt habe. Eine Reihe von Jahren ist vergangen, vieles geschehen. Sei es, daß ich das Haus verließ, sei es, daß mich die Frau verließ, doch auch die Braut nicht zurückkehrte. Und obgleich ich Pawel Petrowitsch nie mehr begegnet bin, ist alles, was er in jenen schauerlichen Tagen gesagt hat, als ich in seiner Luke verschwunden war, zwar total vergessen, doch offenbar ganz auf den Grund oder, wie man jetzt sagt, ins Unterbewußtsein gesunken, und von Zeit zu Zeit und vor allem ganz unerwartet wird es in Form von – vorwiegend mich selbst – erschütternden Erkenntnissen an die Oberfläche geschwemmt; eine Zeitlang, nicht lange, bin ich dann ganz erschlagen und beflügelt von einem Gedanken, der mir als mein eigener erscheint, «habe meinen Lohn dahin», selbstzufrieden, doch auf einmal werfe ich den Lohn raus, da ich jäh begreife, daß auch er nicht mein Eigen ist, mein Gedanke, sondern von damals stammt, von Pawel Petrowitsch, und dann – mal taucht die Gurke wie ein Krokodil in meinem Hirn auf, mal dreht sich die Glücksspiel-Waschschüssel, mal schlägt das Sprungpferd mit dem Huf aus oder versperrt ein Fudschijama-Bauch den Blick, mal sprühen Elektroschweißfunken im Hirn oder fällt mir Pawel Petrowitschs Nase ein vor dem Hintergrund... Die Jahreszeiten jagen einander wie auf seinen Landschaften, sie kennzeichnen meine Jahre, Gedanke klumpt an Gedanke, und mag es auch nicht mein eigener sein, so vergesse ich ihn nun aber zum zweitenmal nicht... Cézanne kann ich seither nicht mehr gelassen betrachten, ich fürchte ständig, daß ich ihn nicht ganz verstehe... Und wenn ich auf jemandes großartige Erkenntnis stoße – bestimmt über das Schicksal, bestimmt über Gott, über die Seele oder die Heimat –, ist mein Schrecken so groß wie mein Entzücken, denn Pawel Petrowitsch hat, könnte ich ihn nur recht wiedergeben, kein bißchen schlechter, eher noch ein bißchen besser, fast genau dasselbe gesagt wie unsere Propheten – wirklich, zu mir persönlich hat er es gesagt.

Ja, vieles ward gesagt... Aber wer hat das alles wem gesagt? Wer hat wen von welcher Wahrheit überzeugt und wer sich überzeugen lassen? *Wann und wo?* Und was ist geschehen? Was ist von all dem Gesagten geschehen? Wie hoch schwebten wir, wie weit drifteten wir ab und wo müssen wir kriechen? Durch Schichten brechend und über Ränder fallend? Vertiefen wir unseren Höhenflug durch noch tieferen Fall! Nach den Gesetzen der Beziehung von Oben und Unten, legt man sie real an die Realität an, Außen mit Innen vertauschend und umgekehrt, ohne den Raum des Lebens auszutauschen und ohne in ihm und mit ihm etwas zu machen, ohne etwas zu erzeugen... Außen mit Innen vertauschend und Innen mit Außen, wie auf dem Basar Ding gegen Ding getauscht wird... auf daß eine Frau ein Mann werde, Totes lebendig, ein Mann eine Frau und Lebendiges tot... und was ist unser Schnäppchen, unser Gewinn auf diesem geistigen Markt? Wie oft haben wir uns aufgeschwungen und sind wir gefallen, haben wir unser Innerstes nach außen gekehrt oder uns ins Schneckenhaus zurückgezogen, wo wir am nächsten Morgen aufgeschreckt sind – und mit wem? Als was sind wir aufgewacht, wäre noch die Frage. Und wer ist da aufgewacht? Dieses merkwürdige Betasten seiner selbst – bin ich das? Bis hierhin, ja, das bin ich... mit meiner sogar mir manchmal glaubhaften Tauglichkeit... die anderen sind, als hätten sie sich abgesprochen, so davon überzeugt... man lud mich ein, rückte zusammen, holte mich zu sich... lud mich ein von gleich zu gleich, als nicht schlechter, sogar als besser... man holte mich in die Welt, holte mich ins Volk, in die Völker, holte mich in die Familie... ich bemühte mich, ich entsprach, ich gefiel... Wann war das zu Ende? An welche Grenze stieß ich immer wieder und überwand sie jedesmal nicht? Wer zog mich in diesen magischen Kreis? Ich stieß an eine unsichtbare Grenze, jenseits deren die Bekanntschaft zu Ende war und das Leben begann: Alltag, Verantwortung, Enttäuschung. Jedesmal war ich niemandem verpflichtet, hatte um nichts gebeten, war eingeladen worden, hatte keine besondere Lust gehabt, schaut euch doch selber an... Und war trotzdem, lächelnd und bescheiden, in die nächste fremde Existenz getreten, als wäre es die eigene. Dichter, Frauen, Armenier, Literaturforscher, Ausländer, Bauern, Neureiche und schon immer Reiche, Klassiker und Modernisten, Mönche und Häftlinge, ganze Generationen von Vätern (und zugleich Söhnen) – alle rutschten beiseite, hätten mir fast einen Platz abgetreten... Ich setzte mich, als wäre das mein Platz, als wäre der Platz frei, von niemandem belegt, von niemandem benötigt... und nur ein geistesverwandter Mensch rutschte nicht beiseite, sondern verlangte, ich solle mit ihm teilen, nicht etwa das Leben, sondern für den Anfang eine Halbliterflasche, nicht beiseite rutschte er, da er halb in mir, halb in sich jemanden vom selben Schlag erkannt hatte und mich für alle Fälle schon mal des gewiefteren und rascheren Verrats verdächtigte.

Noch bis vor kurzem gab es von allem – nur zugegriffen! Erde, Wasser, Luft. Hatte man den Eindruck. Doch nein. Fast nichts mehr gibt es. Ein bißchen noch sich angestrengt – und schon ist alles aus. Aber das ist noch nicht das Ärgste, die Plünderung der Lebenssphäre. Gold und Edelsteine stecken nach wie vor in Taschen, wenn auch fremden. Ein Dorf, verloren beim Kartenspiel, verschwand deshalb nicht. Über die feste Materie wacht noch irgendwie das Gesetz. Um die durchsichtige Materie steht es schlimmer. Wohin ist das Wasser geflossen, wohin hat sich die Luft verflüchtigt? Dabei gibt es Dinge, die feiner und durchsichtiger sind als Wasser, immaterieller als Luft … Der Geist! Was für eine von niemandem bisher angeprangerte Räuberei auf diesen Etagen gang und gäbe ist! Gleichsam leblos, herrenlos schleichen die Ideen abgehärmt durch die Schädel. Niemand wurde aus diesem Grund je festgenommen. Niemand je beim Wort genommen …

Wo ist er? Hoffentlich noch am Leben. Bin eigentlich sicher. Ich sitze schließlich hier … und nicht nur das … Was ist so hinreißend am Leben? Daß es tatsächlich – Leben ist. Vorstellen läßt es sich nicht. Und falls diese meine Erinnerungen jemandem irgendwo unglaubwürdig erscheinen sollten – mag sein, daß sich in meinem Gedächtnis tatsächlich einiges verdichtet hat, anderes mir entfallen ist … Doch viel unglaubwürdiger als alles oben Beschriebene ist einfach dieser Morgen lebendigen und ewigen Lebens, den ich jetzt direkt nach der Natur beschreibe, ein Morgen, für dessen zukünftige Existenz mir noch gestern nie und nimmer die Einbildungskraft gereicht hätte … Hätte ich noch vor einem Monat, da ich meine Todesstunde kommen sah, mir vorstellen können, daß auch dieser Monat vorübergehen würde, daß ich nicht schlafen, nicht trinken, kein Fleisch essen, nichts von Frauen wissen würde – ich schreibe nämlich! – und daß meine Hand sich nicht heben würde, das Kreuz zu schlagen, wie sie sich stets gehoben hat bei unvermeidlicher Sünde? Hätte ich mir je vorstellen können, in dieser Küche hier zu sitzen, die ich nie zuvor gesehen hatte, einer Küche, in die ich mich für die Nacht zurückgezogen habe, damit mein Schreibmaschinengeklapper nicht durch das gastfreundliche Haus dröhnt und nicht die Gastgeber aufweckt, die nach arbeitsreichem Bauerntagwerk und einer der üblichen Verwandtenbeerdigungen endlich eingeschlafen sind? Hätte ich denn wissen können, daß in der Küche, wo ich jetzt sitze, sich außer mir auch noch zwei Küken befinden würden, ein großes und ein kleines, alle anderen sind eingegangen, nur diese zwei von den letzten beiden Bruten übriggeblieben, aber in der Küche ist ihnen zu kalt und das kleine möchte andauernd unter das große kriechen, das in Wirklichkeit ja auch nicht groß ist, aber das große scheucht es fort, wodurch beide aufgewacht sind und nun im Gänsemarsch über den Zementfußboden trippeln, bis sie schließlich drauf kommen, wo ich nie im Leben drauf gekommen wäre, nämlich sich auf meinem Fuß niederzulassen als dem wärmsten Ort in der Küche, und obwohl ich, dem ersehnten Ende mich nähernd, rattere wie ein Maschinengewehr, piepsen sie verschreckt unter dem Gehämmer, aber hüpfen nicht vom Fuß, piepsen, aber ertragen es, und wer wollte mir nun sagen, ich wäre nicht am Leben, wenn auf mir, meinem lebendigen Fuß, Küken sich wärmen und wir alle drei jetzt am Leben sind, am Leben sind und überleben im Kampf gegen unterschiedliche, doch in jedem Fall – gegen Kälte? Niemand, ich am allerwenigsten, hätte das noch gestern vermutet, aber jemand hat es gewußt... ebenso wie ich nun weiß, da es vor dem Fenster grau zu werden beginnt und aus der Finsternis die weiße Hauswand zum Vorschein kommt wie auch der herrliche englische (abchasische) Rasen, der wie ein Teppich den Hof bedeckt – ich weiß genau, daß auf diese wunderschöne Lichtung gleich die Hühner gelaufen kommen und die Truthenne mit einer Unzahl Truthühnchen, und das Kälbchen Mani-Mani (Money-Money) wird sein Maul zur Tür hereinstrecken und wird mich, unerwartet wie ich hier bin, anschauen wie auf dem Bild «Die Anbetung der drei Könige», und Mama Natella wird es verjagen und das Blech mit Chatschapuri in den Backofen schieben, genau in dem Moment, als ich am 23. August 1983 diese Geschichte beende mit dem Küken auf dem rechten Fuß

Drittes Buch

Die Erwartung der Affen

Du hast getrunken! ... Ohne mich?

Puschkin: Mozart und Salieri

Pferd

... mit dem Küken auf dem rechten Fuß

Und ich hatte noch keinen Punkt gesetzt...
Da schüttelte *er* schon das Küken vom Fuß, und bevor ich überhaupt den Gedanken gefaßt hatte, griff er sich meine noch nie getragenen weißen Jeans und sprang so ungestüm und dreist hinein – hätte nie gedacht, daß sowas möglich ist: er *sprang* wirklich, mit beiden unteren Extremitäten auf einmal; nicht erst das eine Bein, dann das andere, ungeschickt tänzelnd und in der Hast aus dem Gleichgewicht geratend, sondern beide auf einmal, und ratsch! den Reißverschluß, und sie saßen ihm wie angegossen, fast zu sehr, denn unten zwängten und beengten sie die so lange nicht benötigte männliche Gerätschaft, bloß ein bißchen lang waren sie...
Im Grunde hatte ich ja nichts dagegen. Hatte ihn schließlich genug geplagt und gepeinigt, indem ich ihn wenig essen und lange schlafen ließ und einmal am Tag spazierenführte, zum Baden ans Meer; Alkohol erlaubte ich ihm keinen Tropfen und keinen Gedanken ans schöne Geschlecht... Nicht mal einheimische Kinder, Welpen oder Ferkel zu lange zu streicheln erlaubte ich ihm, um dem Hang zur Pädophilie, dessen ich ihn verdächtigte, nicht Nahrung zu geben. Und das einen ganzen Monat!
Durchzuhalten war das nur, wenn man von Anfang an *Position bezog*. Kaum waren wir in Tamysch angekommen und die Bevölkerung würdevoll und ungeduldig von den umliegenden Höfen zusammengeströmt, um uns, in natürlicher Erwartung des durch den Brauch geheiligten

Festmahls, zur Begrüßung die Schultern zu küssen, da erklärte ich, nein, ich schreibe, wir trinken nicht – womit ich, muß ich sagen, die Leute in ziemliche... und wäre nicht am anderen Dorfende abends ein Leichenschmaus bevorgestanden, ich weiß nicht, wie es geendet hätte. Jedenfalls versicherte mir später Aslan, unser Nachbar, wenn nicht Leute wie Aljoscha und Bads hinter uns ständen, hätte es ungut enden können.

Doch auch am nächsten Tag und am übernächsten hingen die mannhaften und unrasierten Gesichter der Dorfbewohner – noch von gestern, wie es schien – zwischen den Pfählen unseres Zauns. Ihr geduldig freundlicher Blick drückte die Überzeugung aus, heute würden wir uns bestimmt besinnen... doch – nein, nein! wir arbeiten, erklärte ich ungeniert. Obwohl, wie konnte von Arbeit die Rede sein, wo *er* vor lauter «Willenskraft» in ein derartiges Tief gesackt war! Ich verbarg mich im Haus wie ein Häftling, da die Ehrlichkeit ihres Blicks mich beschämte. Die ganze Dorfgemeinde bedauerte einträchtig *ihn*.

Jeden zweiten Tag kam, buchstäblich für fünf Minuten, Aslan vorbei und erkundigte sich nach meiner Verfassung. Dieser höchst vielversprechende junge Mann hatte früh den Vater verloren und war nun für die gesamte Wirtschaft verantwortlich, für Mutter und Schwestern. Frühe Reife war wohl sein hervorstechendstes Wesensmerkmal; seine schon ritterlichen Züge waren noch durchsetzt von jungenhafter, unbesiegbarer Rotwangigkeit. Er erzählte von seinen Alltagssorgen und bot unaufdringlich an, bei ihm vorbeizuschauen und seine Tschatscha zu probieren, den Tresterschnaps, den er gerade gebrannt hatte, oder die gerade eingetroffene neue Lieferung Stoff. War anscheinend gutgegangen, war anscheinend gar nicht übel... Doch er drängte nicht.

Sicher kam Aslan *ihn* besuchen, nicht mich.

Einmal kam er an, mehr als sonst erregt und bleich, und bat, nun sozusagen nur an mich gewandt, ob ich, als hochgeachteter Mann, nicht ein Auge haben könnte auf seinen jüngeren Bruder, der ihm in letzter Zeit ein wenig Sorgen mache, und zum Beweis schnupperte er beunruhigt an seinen Fingern. Aslan hatte schon ein paarmal von seinem Bruder erzählt, doch, wie mir schien, vom älteren; der war ein Kraftmensch und Krösus, unterhielt Verkaufsstände in Gagra, und Aslan war offensichtlich stolz auf ihn, hoffte es ihm mit der Zeit wohl gleichzutun – aber wie sollte ich von hier aus, hundert Kilometer entfernt, auf ihn aufpassen?

Er hätte sich nämlich, sagte er, für seinen Bruder ein anderes Schicksal erhofft, keines, das dem seinen gleicht. Was hätte er tun sollen, sie waren früh verwaist, alles Geld war für die Beerdigung draufgegangen, die ganze Verantwortung fiel dem ältesten Sohn zu, so mußte er eben Dinger drehen (wieder schnupperte er an seinen Fingern)... jetzt sei es ihm gelungen, einen Waggon auszuräumen, er müsse sich nun verbergen, hätte aber einen sicheren Zufluchtsort, wo sie ihn nicht finden würden. Wichtig sei, daß der Jüngere nicht den gleichen Weg einschlägt, weil er noch unreif sei, romantisch, was dem nicht alles einfällt. Er wisse, daß er mit einem Finnenmesser herumzieht, aber seine Sechsschüssige hätte er auch schon angerührt! Womöglich sei er auch mit der schon losgezogen!

Ich dachte, Aslan habe gekifft und mache mir blauen Dunst vor, aber wie sich zeigte, steckte nichts Geheimnisvolles dahinter: es war gar nicht Aslan. Es war Aslans um eine Viertelstunde älterer Bruder Astamur, der im Augenblick weniger sein Geschäft führte – auf das hatten zuverlässige Leute ein Auge – als vielmehr im Gefängnis saß. Bei einem Besuch Aslans hätten sie ihre außergewöhnliche Ähnlichkeit ausgenützt und miteinander getauscht, damit er ein Ding drehen konnte. Es sei gutgegangen, der Wächter nicht tot, nur verwundet, aber jetzt müsse er, Astamur, sich gehörig sputen, um Aslan vor Schichtwechsel aus der Zelle zu holen, bevor die zuverlässigere Wachmannschaft von der weniger zuverlässigen abgelöst wird. Und nach Kerosin riechen seine Hände, weil er seine TT soeben im Gemüsegarten vergraben habe, im besonders gepflegten Beet mit dem Waffenarsenal, und das müsse mit Kerosin begossen werden, damit nichts roste. Bei dieser ungewohnten Gartenarbeit hätte er entdeckt, daß Aslan ebenfalls im Beet gräbt, dabei hätte er so gehofft, daß Aslan Landwirtschaft studiert und ein richtiger Bauer bleibt, und jetzt setze er seine ganze Hoffnung auf mich...

Astamur (wenn es nicht Aslan war) rannte fort, zu seinem sicheren Zufluchtsort, wo ihn niemand suchen würde, «nach Hause» – hinaus in die Nacht und die Haft.

Die Haftanstalt war nicht weit weg, kaum zwanzig Kilometer. Sie stand neben einer für unser Land einmaligen christlichen Kirche, die vom «Freund des abchasischen Volkes» Kaiser Justinian erbaut worden war, natürlich im romanischen Stil, 6. oder 7. Jahrhundert, und die letzten sechzig Jahre natürlich nicht in Betrieb. Von ihr zu berichten werden wir noch traurigen Anlaß haben...

Aslan tauchte am nächsten Tag auf, anscheinend ohne vom Gespräch mit seinem Bruder etwas zu ahnen. Er war äußerst erregt und daher noch rotwangiger. Ohne Umschweife machte er mir den Vorschlag, mit ihm ein Ding zu drehen. Alles sei am Kochen, Million Tomaten jedoch im letzten Moment abgesprungen und Senjok (ein in unserem Dorf übersommernder Tramp) nicht zu gebrauchen, der lasse sich auf dem Friedhof mit den ganz Untröstlichen vollaufen. Auf den großen Mann mit Spitznamen Million Tomaten kommen wir noch, auch auf Senjok kommen wir noch, jetzt aber wurde ich nicht nur mit Aslan kaum fertig, auch mit *ihm* nicht, denn er war aus seinem Halbschlaf aufgeschreckt, sogleich hellwach und wollte bei diesem Ding, das ihn überhaupt nichts anging, mit aller Gewalt mitmischen. Nur mit Mühe gelang es mir, das schlagartige gute Einvernehmen der beiden zu unterbinden, und wäre nicht am Abend zuvor das Gespräch mit Astamur gewesen, ich weiß nicht, wie ich sie zurückgehalten hätte.

Ich las ihnen maßvoll die Leviten, wovon ich selber fast eingeschlafen wäre, beschloß dann, daß es zu spät sei, um vor dem Baden an die Arbeit zu gehen, und brach auf zum Meer. Immer noch konnte ich ihn nur mit Mühe zurückhalten, weil er weiterhin mit aller Gewalt von mir weg und zu Aslan wollte, völlig versessen darauf, jetzt sofort ein Ding zu drehen, Waggons auszuräumen. Ich erlaubte ihm sogar, länger als gewöhnlich dem Schweinsehepaar zuzuschauen, das am Zaun des Hofes der Santarija fünf um diese Zeit immer am Bumsen war. In unserem Dorf, muß ich dazu sagen, hießen alle Santarija oder Anua und nur ein paar Gadlija. Der Anblick tätiger Schweineliebe – schon immer hatte er für diese Tiere eine mir unerklärliche Sympathie gehegt – lenkte ihn nicht nur ab, sondern riß ihn, wie ich fand, auch zu sehr hin, weshalb ich ihn weiterzog und durch jene gemäßigteren und erhabeneren Bilder abzulenken suchte, die auf unserem tagtäglichen Weg, in den Lücken zwischen Laub und Bläue, zu einer bestimmten Stunde und Minute wie aufgezogen vor uns standen, und wie Kinder freuten wir uns jedesmal von neuem: Punkt Viertel nach vier fing der gigantische Maulbeerbaum im Hof der Gadlija zu zwitschern an – da verkündeten die Vögel den Sonnenuntergang, obwohl die Sonne noch vom Himmel sengte, nach Kenntnis der Vögel sich jedoch schon neigte, um... Punkt halb fünf kehrte zum Hof der Santarija dreizehn eine der Herde entlaufene, heimwehkranke Kuh zurück, spürte die ihr bekannte Lücke in der Umzäunung auf, welche mit dem Assaparella genannten Dornbusch zugewachsen war (über den zu berichten wir ebenfalls noch Anlaß haben werden, diesmal einen fröhlichen), und drang ins Maisfeld ein, wo sie, zu eben dieser Stunde, schon von der Bauersfrau erwartet wurde... die Kuh schaffte es jedesmal, zwei, drei Maiskolben zu schnappen, ohne sich um die Schläge zu scheren, sogar noch einen vierten und fünften, während die Bauersfrau nach einem Ersatz für den zerbrochenen Stock suchte. Und Punkt Viertel vor fünf kam im letzten Hof eine adrette alte Frau in Schwarz aus dem Haus, die auf den dürren Zweiglein ihrer Arme ein Blech mit tuchbedecktem Chatschapuri trug, um es in den zu dieser Stunde schon gut durchgeglühten Ofen am Rand des Rasens zu schieben. Warum stand der Ofen auf dem Rasen? An der Hausfassade war, wie an einer Behörde, sorgfältig ein großes Aushängeschild aus Glas angebracht, offenbar eine Sonderanfertigung aus der Hauptstadt Suchum, aus der Werkstatt eines der Santarija, der Aushängeschilder für Banken, Schulen und Forschungsinstitute herstellte.

«1880–1983»

stand auf dem Aushängeschild, ohne Namen, da die Bezahlung buchstabenweise erfolgte und sowieso jeder wußte, wer gestorben war – geboren worden war da auch derjenige, der gesagt hatte: «Ich sehe öfter nun den Tod und lächle»... Die Verstorbene war die Schwiegermutter der Alten gewesen, die gerade das Blech Chatschapuri in den Ofen schob. Wie alt war dann die noch lebende Alte? Dem Aussehen nach nicht weniger als fünfundsiebzig, doch auch nicht mehr als hundertfünfzig. Im Vorbeigehen stellten wir uns, *er* wie ich, zum wievieltenmal

schon den hundertdreijährigen Alexander Blok vor, wie er mehr Poesie darin findet, in der Sonne dösend auf seine Todesstunde zu warten, als in seinem unsterblichen Poem *Die Zwölf*... Nach Bloks Altersgenossin waren die Höfe dann zu Ende, es öffnete sich das Meer, vom Dorf durch einen schwarzen Morastreifen getrennt, in dem sich vergnügt ein ebenfalls schwarzer Büffel suhlte...
Wir kamen zum Strand, und jedesmal wollte *er* partout nicht ins Wasser und dann ebenso hartnäckig nicht heraus, da er wußte – nach dem Baden ist Schluß, da fängt die Arbeit an. In der ich ausgiebig das tat, was ihm kategorisch verboten war: bechern mit Pawel Petrowitsch.
Darum konnte ich ihm nun nicht allzu böse sein, daß er, ohne zu fragen, in meine Hosen geschlüpft war und querfeldein über den Friedhof raste, wo frühmorgens an einem der Gräber noch die untröstlichen Freunde des Verstorbenen tranken, um mit ihnen, das hatte er richtig und klar überlegt, noch ein Gläschen auf den Seelenfrieden zu kippen und noch ein zweites, bevor das Geschäft aufmachte. Doch dann trieben die Frauen die Kühe aus dem Hof und die Männer nach Haus, und so schafften wir es gerade zum ersten Bus nach Suchum.

Er saß in meinen nagelneuen, enganliegenden weißen Jeans ungeduldig auf dem Vordersitz wie auf einem Pferd und schien den Bus anzutreiben, aber der Bus stand überall lange, da er der erste war, er wartete auf seine Dauerkunden mit den grunzenden Säcken, und selbst dafür, daß einer der Kunden heute nicht mitfahren würde, weil Waliko, der Freund vom Schwager von Santarija siebzehn, versprochen hatte, ihn im eigenen Wagen mitzunehmen – dafür ging nicht weniger Zeit drauf, als wenn der Kunde eingestiegen und mitgefahren wäre, um so mehr, als er vielleicht doch lieber nicht mit Waliko fahren und seine

grunzenden Maiskolben vielleicht doch besser in unseren Bus laden wollte.
Während *er* also gibberte und rumhampelte, nahm ich, noch unter dem Einfluß der nächtlichen Inspiration, einiges aus den Augenwinkeln wahr, wenn auch verschwommen wegen der zwei Gläschen – friedliche, frühmorgendliche, unangestaubte Bilder: die Natur kennt keinen Katzenjammer... Am Straßenrand aber lag jemand so unbekümmert, so entspannt in der noch kalten Sonne, rotes Hemd, wirre, irgendwie russische rotbraune Locken – irgendwie russisch auch die Haltung. Der Bus fuhr endlich ab, und auf einmal machte ich mir Sorgen um den Mann. Was hatte er? Nie werde ich es erfahren – ich fahre. Und er liegt dort. Ist zurückgeblieben. Sah aus wie Senjok, unser Tramp, der sich von Hof zu Hof durchfuttert, indem er bei der Maisernte hilft... auch bei uns hat er gearbeitet, schweigsam, grobknochig, stets freundlich lächelnd, ein verfallendes, untergehendes Lächeln. Nein, war doch nicht Senjok... War dort überhaupt wer gewesen? Schließlich ist er nur vorbeigehuscht, ein blutroter Fleck am Straßenrand – der Bus fuhr schon an, ich konnte ihn nicht mehr recht sehen. Mit wachsender Entfernung wuchs allerdings die Unruhe, als spannte sich jener einzige Faden, der noch mit dem Leben verbindet... Doch, ja, ich könnte es noch schaffen, könnte den Bus anhalten, zurücklaufen, helfen, sogar retten... Das Entsetzen über den von niemandem wahrgenommenen Vorfall war merkwürdig vertraut, merkwürdig vergleichbar mit der unerklärlichen Begeisterung herannahender Inspiration – die Zeile eines noch von niemandem geschriebenen Gedichts tauchte aus Tränendunst, die Augen feuchteten sich –

ich sehe immer öfter nun den Tod und lächle –

doch da öffnete und schloß der Bus noch einmal die Tür, ich war trotzdem nicht ausgestiegen, denn aus den Ohren-

winkeln lauschte ich den Bruchstücken eines merkwürdigen Gesprächs über irgendwelche Abasinen, nicht Abchasen... Und wieder – Abasinen, Abusinen... kapier ich nicht.
Währenddessen hampelte und zappelte *er* ungeduldig, verfluchte jeden Halt, obwohl auch er schon dem Gespräch lauschte, das ihn mehr und mehr fesselte. Sein Blut geriet in Wallung, als er in der Mischung aus Abchasisch und Russisch einen roten Faden fand: Gewisse, dem Erzähler verhaßte Abusinen hatten wieder mal das Dorf überfallen und die Saaten verwüstet... Schon immer hatte er eine Schwäche gehabt für den Brandgeruch abgesengter Stoppelfelder. Seine Nüstern weiteten sich. Nun, diese Erde barg noch unlängst die Erinnerung – Überfälle, Brände, Krummsäbel, weggenommene Pferdeherden, gefangengenommene Jungfrauen...
«Diese verdammten Abusinen! Knall sie alle ab!» hörte ich.

...während *er* ungeduldig hampelte und zappelte, ohne Rücksicht auf meine Hosen.
Jedes Detail verdrängt ein anderes Detail. Eine Einzelheit läßt sich nur mitteilen, läßt man eine andere Einzelheit aus. Unersetzlich schade! Bestimmt könnte man die ganze Literatur beschreiben als solch einen Kampf ums Dasein der Details. In dieser Schlacht der Papierschwerter sind die Träger von Locken und Tollen, Schwanenhälsen und Wespentaillen, Beinkleidern und Reifröcken längst gefallen – kein Porträt, keine Kleidung mehr, der Held von heute ist nicht nur *gesichtslos*, sondern auch kleidungs- und schuhlos. Nicht nur ohne Züge, sondern auch ohne Hosen. Ausradiert auch die Landschaft.
Stimmt aber doch auch! Nicht nur der Held, nicht nur dieses fragwürdige Erzähler-Ich, sondern auch der Autor

selbst (nicht im Sinne dieser Zeilen, sondern im Sinne – der Mensch!) entdeckte zur Zeit der Erzählung (nicht im Sinne der unmittelbaren Niederschrift, sondern – des eigentlichen Geschehens), daß ihm dieses Detail abging. Ein Detail ist nämlich auch Eigentum! Man muß es *erwerben*! Und aufgrund dieses Umstands gerät ein Dasein in der Übergangsphase vom Kapitalismus zum Kommunismus in Bedrängnis. Hosen sind zweifellos die hinterletzte Form von Privateigentum, weshalb sich Lenin jenes «eine Land» besser irgendwo in Afrika gesucht hätte. Rußland ist nicht Afrika, doch immerhin wollte ich in den Süden, in unsere Subtropen am Schwarzen Meer (imperiale Prahlerei mit Klimazonen), Hosen aber hatte ich mit meinen Fünfundvierzig (dem fünfundzwanzigjährigen Jubiläum meiner literarischen Tätigkeit) keine. Was durchaus nicht heißt, ich hätte sie versoffen. Was im übrigen auch gar nicht so leicht ist. In der guten alten Zeit hat man das letzte Hemd versoffen, «bis aufs Kreuz», das heißt, auch das Kettchen mit dem Kreuz galt quasi als Kleidung, manchmal hat man auch das Kreuz versoffen (erinnere mich, Fürst Myschkin wollten sie mal ein kupfernes anstelle eines silbernen andrehen), heutzutage ist ein Hemd anscheinend seltener als Hosen, jedenfalls versäuft man neuerdings die letzten Hosen und nicht das Hemd. Ich glaube ja, daß der Ausdruck eher bildlich ist (das Bild der letzten Hosen in der russischen Literatur...). Das Bild der letzten Hosen ist unästhetisch genug, daß man versuchen sollte, sie zu verkaufen (was ich übrigens hier tue...), nicht etwa, sie zu kaufen (gekauft werden sie übrigens...) – der Ausdruck ist eher bildlich, ebenso wie der Ausdruck «ich habe keine Wahl», der stets gebraucht wird, wenn eben nicht unter einem, sondern unter zwei Dingen gewählt wird, eben wenn man die Wahl hat. Also, Hosen hatte ich welche – ich hatte keine *südlichen* Hosen. Es war zwar

schon Herbst, aber dort unten mußte es warm sein, goldener Herbst, ich war schon lange nicht mehr im Süden gewesen, meine Erwartungen waren übertrieben. Die weißen Hosen also hatte mir jene schöne Dame geschenkt, die mich widerwillig für den Süden ausstaffierte. Was dabei kränkend war für meinen männlichen Stolz: daß sie, wie sich zeigte, längere Beine hatte (ich also kürzere). Der Reißverschluß saß jedoch richtig, und ich fand, daß sie mir sehr gut paßten. Ich könnte nun noch viel von der Dame erzählen («Wirst es noch bereuen», hatte sie mir zum Abschied gesagt, was ich hiermit tue), höre hier aber auf mit dem Striptease, nachdem ich die letzten Hosen der russischen Literatur ausgezogen habe.
Vielmehr – angezogen. Die Hosen waren übrigens echt, wenn auch weiß. Also Jeans. Jeans der Firma Lee. Auf das winzige Firmenzeichen – so groß wie ein Wäschereinümmerchen, nicht diese vulgäre Stute quer über den Hintern – war ich besonders stolz (wer sich auskennt, wird anerkennen...). Weiß waren sie allerdings sehr... Die Kunst des Schriftstellers, hat man uns in der Schule beigebracht, besteht vor allem in der Auswahl der Details. Nun sag mir einer mal, ob diese Hosen hier gebraucht werden!
Ich jedenfalls habe sie gebraucht.
Ich *sehe* sie.
Sehe sie an *ihm*.
Er hat ihnen die Jungfräulichkeit genommen.
Auf seinem Hintern prangt schon ein dicker roter Fleck von einer Maulbeere, die er im Bus zerdrückt hat (was mußte er auch so ungeduldig rumhampeln!), doch sieht er ihn nicht (und wird ihn auch nicht so bald zu sehen kriegen), was er sieht, ist «o Schwarzes Meer, o Sand und Strand...», nichts als Palmen sieht er, genug für Ostap Benders Rio de Janeiro – er steht auf den Stufen eines Pa-

radehauseingangs, unter so einem edlen, noch vorrevolutionären Vordach, auf einer stillen, noch nicht erwachten Straße im hauptstädtischen Suchum, wo der Staub noch träge ist im Schatten, und «den Ellenbogen spitz gewinkelt», bläst er siegreich in eine grüne Flasche, in Wirklichkeit dudelt er was AUS ihr, auch ist die Flasche selbst nicht grün, grün ist die Flüssigkeit darin (hab ich noch nie gesehen sowas...); er trinkt sowas ebenfalls zum erstenmal, noch nie ist ihm ein solcher Wodka untergekommen, frohgemut tauft er ihn sogleich «grüner Drache» – auf dem Etikett indes heißt der Wodka «Tarchun», und die Farbe dieses Krauts, mit dem er angeblich aromatisiert worden ist, hat er auch angenommen. Ihn also dudelt er frohgemut gleich am ersten Paradehauseingang nach dem Kauf, und je höher er den Kopf hebt, desto blauer der Himmel und goldner die Sonne und rosiger die Hauswände und feiner ziseliert das Laub der Bäume, und in seinen eigenen Augen gleicht er nun jenem Mulatten mit den weißen Hosen, wenn auch ohne... und nicht jenem Standbild des trompetenden Pioniers im Park (dies in meinen Augen), in dessen Schatten die Flasche vollends geleert wird, doch nun nicht mehr einsam, sondern gemeinsam mit dem gerade noch zurechtgekommenen Daur. Gemeinsam blicken sie voll Rührung auf das rosige Suchum, die Palmen, ja, laus mich doch der... Mal geht sogar ein Esel vorüber, mal ein Milizionär, der eine spitzt die Ohren, der andere die Augen, aber mehr ist nicht.
Und mehr werdet ihr, wie es in den isländischen Sagas heißt, auch nicht von den Hosen hören, dieweil sie nicht mehr vorkommen werden im Fortlauf der Erzählung.

«Macht, was ihr wollt, ich trinke nichts mehr», sagte ich zu *ihm*. Er winkte nicht mal ab, soviel Verachtung für mich hatte sich in ihm aufgestaut.

Im Grunde hatte ich ja nichts dagegen. Nach der Methode des Geheimen Rats Johann Wolfgang von Goethe (um die Terminologie des unvergessenen Wenitschka zu benützen) hatte ich derart ausgiebig mit Pawel Petrowitsch gebechert, ohne *ihm* einen Tropfen zu gönnen, daß endlich Schluß sein mußte.

So vertraute ich ihn, mehr oder weniger reinen Gewissens, Million Tomaten an, und die beiden zogen los «durch die lichten Locken des Tages» (Ausdruck von Daur Santarija, nach Jessenin, glaube ich).

Mögen beim Helden von heute auch die Gesichtszüge verwischt und die Locken ausgefallen sein, dem lichten Tag sind sie jedenfalls erhalten geblieben. Das Schwarze Meer umspülte dessen blendende Haartolle in Form der schneeweißen Stirnseite des Hotels «Abchasien» (erbaut nach Plänen des Architekten Schtschussew und dito auch das Hotel «Adscharien», welches in Batum, für die von Stalin geplante Konferenz der Alliierten, die jedoch weder hier noch dort stattfand und darum «Konferenz von Jalta» genannt wird). Damit das in Klammern nicht so übermäßig lang wird, wollen wir von hier an das Gespräch der beiden im Café «Amra» belauschen, welches gegenüber vom Hotel «Abchasien» als weiße Mole ins Schwarze Meer hinausragt...

«Na ja, dann hätte es eine Konferenz von Suchum gegeben...»

«Und Churchill und Roosevelt wären nach Suchum gekommen...»

«Und wären zusammengesessen wie wir...»

«Und hätten Kaffee getrunken im ‹Amra›...»

«Das ›Amra‹ gab es damals noch nicht.»

«Das ‹Amra› gab es schon immer!»

«Churchill hat nur armenischen Kognak getrunken...»

«Seit wann das?»

«Haben sie auf der Konferenz von Jalta beschlossen. Jedes Jahr hat Stalin ihm einen Waggon mit bestem armenischem Kognak geschickt...»
«Ja, ja, und Zigarren von Castro...»
«Hör mal! Sei nicht so... Ich weiß, daß es Castro damals noch nicht gab!»
Diese Replik verrät, daß sie nicht mehr zu zweit sind, sondern zu mehreren, zumindest war der Armenier Serosch hinzugekommen, der Barmann aus der Nachbarbar, der sich von der bevorstehenden Arbeit erholte.
«Castro nicht, dafür gab es Zigarren...»
«Hör mal! Was nervst du mich... Hättest du lieber, daß die Konferenz von Jalta in Batum stattgefunden hätte?»
Eine Gelegenheit, um zu klären, welche Zigarren Churchill nach dem obligatorischen Gläschen armenischen Kognaks geraucht hat, bot sich umgehend. Er hatte schon lange unsere Aufmerksamkeit erregt, dieser Mensch, fast im Tropenhelm, der Möwen fütterte und ewig an derselben Tasse Kaffee trank, mit einem beredt schweigenden Begleiter an seiner Seite; unserer Mutmaßung nach – war es dann auch ein Engländer... Wir übersetzten ihm umgehend unsere Frage in eine ihm verständliche Sprache, das heißt, mit Hilfe des Wortes «Churchill» schenkten wir ihm Kognak nach und rauchten gemessen seine Marlboro, als wären es Zigarren – doch er verstand noch immer nicht.
«Ihr Russen seid sonderbare Leute», sagte er nach dem dritten Glas. «Ihr mögt Thatcher, mögt Churchill... Sonderbare Leute seid ihr.»
Wir Russen – alsda waren: zwei Abchasen, zwei Mingrelier, ein Armenier und ein Grieche, mich nicht mitgerechnet – waren leicht gekränkt, wegen Rußland oder weil er von Anfang an Russisch gekonnt hatte, und bestellten eine neue Runde Kaffee.
Nicht der Nationalität, dem Kaffee nach unterteilten wir

uns! Zwei mittlere, zwei unter mittel, ein sade, zwei sultanische, ein doppelter süßer und ein normaler ohne Zucker, einer für Marxen, einer für mich... Der Engländer war begeistert, und das zu Recht. Ein Ritual! Erstens ohne Schlange zu stehen – wir als Ortsansässige, das Vorrecht der Stammgäste, die nahe Bekanntschaft mit dem Kaffeekoch; die Schlange aus Zugereisten schweigt, traut sich nicht, hat nichts dagegen; da sie nichts dagegen hat, sind es Zugereiste... «Hallo, Fräulein, bleiben Sie lange? Schon die Delphine gesehen?» – absichtlich mit Akzent, in Suchum gibt es kaum Akzent, ein Akzent der Romantik wegen, damit sie Angst kriegen und Achtung haben; einwöchiges Unrasiertsein (was im Westen erst Jahre später Mode wird), Goldkettchen, das weiße Hemd, lässig in die Hose gesteckt, weit aufgeknöpft, läßt das in der Wolle auf der Brust versinkende Kreuz sehen, die Ärmel wie zufällig unterhalb des Ellbogens umgeschlagen, lässig und muskulös die Hand, eventuell mit dickem Goldring... «Owik, noch sechs, sei so gut, zwei über mittel, ein mittlerer, zwei unter mittel, einer normal!» Der besondere Chic des Kaffeekochs ist es, die Bestellung gar nicht zu beachten, sie jedoch umgehend fehlerlos auszuführen, ohne zu verwechseln, welcher Kaffee für wen. Der besondere Chic des Bestellenden dagegen – Liebenswürdigkeit in der Stimme und Strenge im Gesicht, beim Bezahlen keine Hast, erst nachher schiebt er einen zerknautschten Schein rüber, voller Verachtung für den Schein, aber nicht für den Kaffee und nicht für den Kaffeekoch... Nach Vollführung dieses Balletts legt der Bestellende nicht gleich die Maske ab, hat er dann aber, gesenkten Blickes und mit bescheidnem Stolz, den Trinkspruch auf sich angehört, legt er sie schließlich doch ab und schaltet sich erneut in das Gespräch ein...

«Man kann ihn für einen Juden halten, kann ihn auch nicht für einen Juden halten...»

«Falls der Mutter nach – ja. Die Juden leiten ihre Nationalität von der Mutter her.»

«Und dem Vater nach sowieso. Falls du Rabinowitsch heißt, kann deine Mutter sogar Russin sein, trotzdem wissen alle, daß du Jude bist.»

«Darum gibt es von den Juden stets mehr. Von der einen Seite wie von der andern. Geschickt...»

«Ja, nicht wie bei den Abchasen. Von uns gibt es stets weniger. Falls dem Vater nach, bist du Georgier, und falls der Mutter nach, bist du auch Georgier.»

«Der verfluchte Lawrenti! Wie viele wären wir, wenn nicht...»

«Und was meinen Sie?» wurde der beredt schweigende Begleiter gefragt.

«Sie meinen mich?»

«War Jesus Jude oder nicht?»

«Sehen Sie, ich bin Wissenschaftler. Das ist nicht mein Problem.»

«Was ist denn Ihr Problem?»

«Ich beschäftige mich mit Affen.»

«Und Sie?» Das galt mir.

«Hör mal, was nervst du alle damit? Bist du etwa selber Jude?»

«Ich bin nicht Jude, ich bin Grieche. Also?»

«Wer von uns wäre noch nie Jude gewesen?» Wer hatte das gesagt? Doch nicht *er*?

«Mir scheint» – vorsichtig setzte ich den Fuß auf –, «Gottes Sohn wäre vom Vater herzuleiten und nicht von der Nationalität.»

«Und du, Serosch?»

«Ich? Ich bin Armenier.»

«Ich bin Engländer», sagte der Engländer. «Und ihr wißt alle nicht, was eine Stadt der dritten Kategorie ist.»

Der Engländer war gerade aus Woronesch gekommen,

und Woronesch war dritte Kategorie... Wie leicht hier jedoch das Gespräch über die Juden war! Hier waren alle in der Minderheit.
Gemeinsam bildeten wir allerdings schon eine gehörige Menschenmenge, groß genug, um in fröhlicher Verfassung auf die Uferpromenade hinauszuströmen – uns gehört die Welt!
Ja, das war es, wozu man weiße Hosen braucht! (Wie versprochen, so gebrochen – daß es so schnell geht, hätte ich allerdings nicht gedacht.) Man braucht sie, um mit Freunden eng umschlungen dahinzuschlendern und auf den Gesichtern der Entgegenkommenden einen Abglanz der eigenen Begeisterung über sich selbst zu erkennen. Und nur in dieser Verfassung – war es Schicksal, Handlung, Symmetriegesetz oder einfach Spiegelbild – konnten wir eine uns entgegenkommende, noch selbstzufriedenere Clique treffen. Diese anderen waren zweifellos stets in der Mehrheit – sie waren nämlich vom Film! Ich spürte, wie sich unter den enganliegenden, gestern gewaschenen T-Shirts die Muskeln meiner abchasischen Freunde spannten. Million Tomaten hatte übrigens vor meinen Augen hundert Kilo mit einer Hand hochgestemmt, und jeder zweite hier erzählte, wie jemand krankenhausreif geschlagen wurde.
Vom Film waren sie tatsächlich. Sie kamen als Stoßkeil auf uns zu. Vorneweg stolzierte ein Recke, ruhmgepanzert, wenn auch kleinwüchsig. Der ganze Mythos, die ganze Überlegenheit, die ganze Unanzweifelbarkeit des Kinos war in ihm konzentriert. Links und rechts von ihm folgte in leichtem Abstand, gegen die Ränder hin ansteigend, seine Suite aus Assistentinnen und Aufnahmeleitern, die alle etwas zu fragen und zu notieren schienen. Die mächtigen und mutigen Kameramänner und Beleuchter prangten als Schwanzfedern in dem Keil.

Meine Freunde spannten die Muskeln, der Regisseur und ich umarmten uns, alles vermischte sich und wir hatten uns verdoppelt. Sie waren hier, um nach Drehorten zu suchen. Die Handlung des Films spielte in Jalta, aber Jalta sah so gar nicht nach Jalta aus, Suchum sah eher danach aus. Geplant war eine Neuverfilmung der *Dame mit dem Hündchen*, als Musical, für das Hündchen hatte eine Schauspielerin zugesagt, die in ihrer Jugend bei Bergman gespielt hatte, doch nicht nur dafür berühmt war, und die Anspielung auf eine Beziehung zwischen Heldin und Hündchen wird, Sie verstehen, in unserem Kino eine Revolution auslösen.

In dieser Eigenschaft der bereits anerkannten Internationalität setzte unsere Clique die Runde durch die Kaffeehäuser der Uferpromenade fort. Ungefähr sieben waren es noch.

Oh, diese Uferpromenade! Wie lang sie erscheint dank dieser Kaffeehäuser! In Wirklichkeit dauert der anstrengende Teil höchstens zweihundert Meter, man braucht aber einen halben Tag, bis man durch ist (und einen halben Tag für die Gegenrichtung), vielleicht auch ein ganzes Leben (und die Leute von der Uferpromenade begraben einen dann). Wir kamen vom «Amra», gingen also von Süden nach Norden, sie dagegen gingen zum Hotel «Abchasien», wo der Regisseur ein Zimmer kriegen sollte, das heißt von Norden nach Süden, doch bewegten wir uns wie Menschen, sie stampften wie Elefanten, folglich zogen wir, als Einheimische, sie in unserer Richtung mit, damit sie sich alles anschauten, wie es das alles auch verdiente. «So sucht man keine Drehorte aus», nannten wir das.

Wir kitzelten unsere Eitelkeit, soviel wir konnten. Uns grüßte *ganz* Suchum, die Filmleute dagegen wurden nicht erkannt. «Wer ist das?» fragte ab und zu der Regisseur, wenn es ihm schien, als sei unser Ton besonders achtungs-

voll. «Wie soll ich Ihnen sagen... Eigentlich redet man nicht darüber, aber alle wissen es... Nun, ein Dieb, aber ein Profi...» Der Gentleman, um die Sechzig, im schneeweißen Hemd, so glattrasiert, als käme es von innen, umgeben von einer Wolke ausländischen Deodorants, mit weichen, klugen Gesichtszügen und einem Blick voll Achtung und Würde, entsprach so überhaupt nicht dem Bild, daß er entzückte, keine Zweifel ließ – so und nur so muß ein Mafiaboß aussehen. Er war sehr in Sorge, unser Mafioso: Seine Enkelin machte in Moskau gerade die Aufnahmeprüfung für die Universität. Natürlich hatte man vorgesorgt, trotzdem, er war sehr aufgeregt. Immerhin gingen acht Menschenleben auf das Konto des besorgten Großpapas. Nein, die letzten zwanzig Jahre hat er niemanden umgelegt. Einfach weil keine Notwendigkeit bestand. Wie soll ich Ihnen das erklären, es ist ziemlich kompliziert... Na, sagen wir, er hat seine drei oder vier Klitschen... Deren Besitzer er ist? Nein, deren Besitzer ihm zahlen. Wofür? Na, daß er ihnen nichts tut. Aber er tut doch schon seit zwanzig Jahren niemandem was! Also zahlen sie pünktlich.
Der edle Mafioso – oh, diese Gemächlichkeit des Gangs! – begab sich nicht etwa zu seinem Wagen, um wegzufahren... Halt, ich bin ungenau! Natürlich konnte er sich nicht selbst zum Wagen begeben, wenn er dann nicht auch wegfuhr. Er sagte bloß etwas, ohne sich zu dem umzudrehen, zu dem er es sagte. Hinter seinem Rücken tauchte Aslan auf (oder war es Astamur? – halb unwillig, halb nicht erkennend nickte er auf meine freudige Begrüßung), Aslan-Nichtaslan fing die Schlüssel auf, er war es, der sich zum Wagen begab, den Kofferraum öffnete, drin herumkramte und etwas Längliches herauszog, das in die Zeitung *Morgenröte des Orients* gewickelt war, sah aus wie ein Stutzen – natürlich mußte dieses Gewehr auf der Stelle

schießen (in der Hand des ungeschickten Dramatikers), klar und trocken wie der erste Herbstfrost: der Sekt kam aus dem Eis! Begabung zeigt sich eben in allem... Unser Freund, der Mafioso, war nämlich als erster in Suchum auf die Idee gekommen, im Kofferraum eine Kühltasche mitzuführen! Worauf die seit Jahren die Regale sämtlicher Dorfgeschäfte verstopfenden, angestaubten und talentlosen Behälter auf einmal nicht mehr zu kriegen waren. (Nebenbei gesagt hatte er die Tasche nicht gekauft, sondern vom Chef der Genossenschaft, die diese Taschen herstellte, geschenkt bekommen.)
Der Sekt also schoß, traf mich und *ihn* ins Herz, und aus der Mündung stieg ein Wölkchen auf. Die Hand des Profis! Ich konnte mir diese Übertreibung nicht versagen. Wie er mit der Flasche umging, machte klar, daß die Hand nicht gezittert hätte. Dann diese makellose Reinheit (nicht Reinlichkeit), die manikürten Nägel... und die Manschette! der Manschettenknopf! Der höchstens war ein bißchen groß, dafür aber, versteht sich, aus Gold. Nicht alles auf einmal – dereinst wird auch er einen winzigen Manschettenknopf tragen mit einem einzigen Brillantsplitter, dazu bedarf es einer weiteren Generation, damit das wichtigste Rangabzeichen unauffällig wird wie ein Orden der Ehrenlegion.
Die Gläser sind von allein aus dem Tisch gewachsen (wäre mir nicht aufgefallen, daß einer der Nichtaslans sie gebracht hätte); der Sekt quillt aus der Hand des Geigers, der nie eine Geige gehalten hat; und in den Augen erstarrt glasig die Landschaft: die für immer über der Anlagestelle hängende Sonne, die zyklopischen Bruchstücke der griechischen Festung Dioskurias, die nicht die ersten tausend Jahre hier liegen, aber stets von neuem so aussehen, als hätte sie erst gestern ein ungeheurer Sturm ans Ufer geworfen, der Stamm einer Platane, schuppenflechtekrank,

der blendende Sonnenpfad auf dem zu dieser Stunde windstillen, öligen, seidig gespannten Meer, eine Möwe, die für immer über dem Dampferschlot der «Taras Schewtschenko» hängt, der ebenfalls für immer angelegt hat, und ihr spitzer Schrei wird sich niemals verflüchtigen über dieser Landschaft, die plötzlich schwarz wird und verkohlt, zusammenschrumpft im Blick, so überbesetzt ist sie von Glück.
Was ich an *ihm* achte: daß er nie Sekt trinkt. «Hauptsache, trink kein Blubberzeug», hatte ihm ein alter Alkoholiker mit auf den Weg gegeben, womit er nicht nur Sekt meinte, sondern auch Bier und Mineralwasser. Ihm hatte *er* geglaubt, nicht mir. Sekt ist mein Privileg. Einmal im Jahr darf ja wohl auch ich auf einen Erfolg trinken, der im übrigen nur darin besteht, daß wieder eine Zeit vorbei ist.
Der Mafioso, der mich so entzückt hatte, redete allmählich zuviel vom Kino, dabei wandte er sich immer mehr an den Regisseur (der gleiche Schlag!) und nannte ihn komischerweise Federico. Unser Ruhm lief uns voraus wie ein großer Hund, wie eine glatte Welle bei träger Brandung und, nicht zuletzt, wie wir selbst in unseren eigenen Augen. In jedem Kaffeehaus war Sekt angesagt, man liebte uns. Die Vereinigung von Kunst und Sport – das genau ist das Kino, und ein besserer Ort als ein Kurort außerhalb der Saison ist für eine solche Begegnung nicht denkbar. Für sie nämlich stehen die Strände und Restaurants und Hotels leer: für die Filmteams und Auswahlmannschaften.
Unser Verbindungsmann ist Marxen, Exweltmeister im Pistolenschießen, dem noch immer die Zielfernrohre von damals auf der Nase sitzen, heute Herzspezialist und Junggeselle, in dessen Fach alle hiesigen Witwen fallen, die ihre Attraktivität noch nicht verloren, ein geheimnisvolles Etwas sogar hinzugewonnen haben – er ist der Ver-

traute ihrer herbstlichen Geheimnisse und unser gemeinsamer Freund; uns hat er zum Glück bislang noch nicht behandelt, in unserer sich jugendlich gebärdenden Clique gab es bislang nur einen einzigen, den überraschend und grell wie ein Kolibri hereingeflatterten Mikroinfarkt von Daur...

Nach der Runde durch alle Kaffeehäuser müssen wir noch zu dem Arzt und Weltmeister. Er zeigt uns seine Bibliothek, der vielbelesene Mann. Camus und Borges! Hättet ihr gewußt... wer euch in Rußland als erster lesen würde! Er nimmt seine Brille ab und entblößt derart hilflose Augen, daß auch die Hände, die die Brille putzen, plötzlich zittrig und weiß wie Wachs erscheinen, wie eine flakkernde Kerze – doch zitterte weder Hand noch Auge, als er die 599 (von 600) schoß. Der Regisseur gibt wie immer den Ton an, das heißt bringt das Gespräch auf den Sport, dringt aufs Eigentliche. Er kann sich derartiger Erfolge in der Vergangenheit nicht rühmen, deshalb sucht er den Champion im Verständnis des Phänomens zu übertreffen. Doch da ist er an den Falschen geraten!

Marxen war blind zur Welt gekommen, blind wuchs er auch in einem abchasischen Dorf auf, jedenfalls waren seine Eltern nicht auf die Idee gekommen, ihm eine Brille aufzusetzen (minus 20, bemerkte er bescheiden). Seine Altersgenossen wurden bereits auf die Jagd mitgenommen, doch den Blinden – wozu? Einmal, als niemand zu Hause war, setzte er die Brille seiner hundertjährigen Oma auf, griff sich ein Kleinkalibergewehr, stürzte in den Hof und überlegte, worauf er, vom Sehen geblendet, schießen könnte. Er konnte doch nicht auf die Haustiere schießen. Da sah er, wie vielleicht fünfzig Meter weiter auf dem Flüßchen Wildenten schwammen. Er schoß einmal – daneben, die Ente schwamm weiter, er schoß ein zweites Mal – dasselbe, ein drittes Mal... erst beim fünf-

ten fiel ihm auf, daß sie nach dem Schuß die Köpfchen hängenließen. Er überprüfte seine Beobachtung an der sechsten und siebten – derselbe Effekt: sie neigten sanft und schüchtern das Köpfchen, schwammen aber weiter in derselben Reihenfolge, unbeirrbar wie Schiffchen. Nun kam auch schon fluchend der Nachbar angerannt, dem er nämlich, wie sich zeigte, sämtliche Lockenten abgeschossen hatte, jede hatte er ins Auge getroffen, und weitergeschwommen waren sie der Strömung wegen.
«Es war stockfinstre Nacht, der Regen goß wie aus Kübeln...» Sein Vater war Georgier, die Mutter Abchasin, aber die Großmutter Jüdin, eine vorrevolutionäre Revolutionärin, daher sein Name Marxen. Die Eltern wurden 1937 verhaftet, so kam er aufs Dorf zu seinem abchasischen Großvater. Schon damals, 1937, gingen ihm die Augen auf: er haßte sie alle, Marx und Engels konnten ihn kreuzweise... Doch Sie wissen ja selbst, was blieb ihm übrig, dem kleinen Blinden mit einem solchen Namen, Sohn verfolgter Eltern? Ihm blieb nur ein Weg – der Sport. Er sagte, Hirn, Auge, Arm, Hand, Lauf und Ziel seien beim Schießen nicht einfach eine Linie, sondern gleichsam eine gespannte Saite, die im Wind singt, und dann beziehe er auch die Windrichtung ein und das Zittern der erhitzten Luft, wenn die Sonne... Damals in Italien war gerade eine solche Hitze, als er... Hirn und Ziel werden zu einem einzigen Punkt, der Kugel gleich – er spüre sogar die Bewegung der Kugel im Lauf, während er schießt...
Der Regisseur kaute auf seiner Lippe; wozu, verdammt, diese *Dame mit dem Hündchen* – über ihn müßte man einen Film drehen, ein fertiges Drehbuch! Bloß, wer sollte das spielen, gibt doch keine Schauspieler mehr! Tja, wenn Cybulski noch am Leben wäre... Mich wurmte, daß der Regisseur die ganze Decke (Marxen) so rasch zu sich rü-

berzog, deshalb bat ich, uns die Waffe zu zeigen. Jetzt kam raus, wie erniedrigend die Situation des Sportlers im sowjetischen Sport ist: er hatte keine! Er hatte keine eigene Pistole, die Pistole war staatlich, ungesetzlicherweise den Kampfwaffen zugerechnet. Nur der Griff – das war alles, was ihm als Andenken an den Weltrekord und zwanzig Lebensjahre geblieben war. Verlegen, weil das Ergebnis eines ganzen Lebens so kläglich, wickelte er liebevoll ein Flanelltuch auf, als läge darin eine Kinderleiche. Heraus kam ein unglaublicher Knochen...

Er gab die Handfläche des Champions wieder. Die umgekehrten Einbuchtungen waren nicht erkennbar, da dergleichen Form in der Natur nicht vorkommt; er war wie der Tod. Eine Totenmaske war das auch, vielmehr deren Gußform, mit der das leblose Antlitz dann gegossen wird. Eine Maske der Hand (von der Hand großer Pianisten stellt man ja auch Abdrücke her...). Dieser Tod war warm, denn er war aus Holz. Ein seltenes Holz, von seltener Härte, poliert von der Hand eines Meisters, der den Griff in einem einzigen Exemplar für eine einzige Hand gefertigt hatte, dann abgeschliffen von dieser einzigen Hand, die hunderttausendmal den Abzug gedrückt hat. Und jetzt ohne Abzug, ohne Lauf. Leer wie ein Schädel. Ich wärmte ihn in meiner Hand – es war wie ein Händedruck. (Nicht im Traum wäre mir eingefallen, daß ich eine solche erstmals erfahrene Empfindung im Lauf des Tages noch einmal erleben sollte.)

Er hatte niemals getötet, bis auf jene Enten, haßte Jagen und Fischen. Wen er aber erschossen hätte, ohne zu überlegen, auch aus nächster Nähe: diesen Blutsauger... Als Schütze und Philosoph wußte er, was Mord ist, und haßte Mörder. Berija aber hätte er auf jede Entfernung getroffen. Ins Auge ist es sogar leichter, sein Pincenez hätte gefunkelt, und auf dieses Blinken hätte er gezielt. Auch auf zwei Kilometer, auf zwei Meilen...

«Miles?» Der Engländer kam zu sich. «You have Russian miles?»

«Don't worry», beruhigte ihn Marxen. Er fing gerade an, Englisch zu lernen. Die Mischung aus jüdischem, georgischem und abchasischem Blut hatte Internationalismus in ihm geweckt, nicht nur Haß auf die Henker.

Um die Suche nach Drehorten fortzusetzen, fuhren wir schließlich mit dem Kleinbus der Filmleute und zwei Autos (vom Mafioso und vom Mitarbeiter der Affenanstalt) landeinwärts, einen Fluß namens Wasser hinauf. Irgendwie kam mir das hier bekannt vor. Hatte ich nicht hier mit Vater im Winter 1954 Forellen und Äschen gefangen, als er in Sotschi sein Sanatorium baute? Er fing Fische, ich streifte umher; von ihm war es eine pädagogische Maßnahme, mich zur Baustelle mitzunehmen, für mich die erste Verbannung. Ich wurde von meiner ersten Freundin getrennt, die der geheime Familienrat als «nicht passend» erachtet hatte. Ich schrieb Briefe, rannte heimlich zu «postlagernd» und bekam keine Antwort. Die Lust bezähmte ich durch unermüdliches Bodybuilding, meine Bizepse wuchsen um zweieinhalb Zentimeter. Mein armer Vater! Auch er, stellte sich heraus, hatte durchs Angeln seine Lust bezähmt, wer hätte das gedacht... Ein Mann von über Fünfzig! (52) Bei «postlagernd» erhielt ich schließlich einen Brief, der an ihn adressiert war, und las ihn... Geöffnet konnte ich ihn dir nicht geben! Und als du verlegen, dich in Nebensätzen verheddernd, mich schließlich doch direkt fragtest, ob ich nicht fälschlich einen nicht für mich bestimmten Brief bekommen hätte, stritt ich es entschieden ab. Als ich dir ein Vierteljahrhundert später half, ein Bad zu nehmen, und fast geheult hätte beim Anblick deines kraftlosen, nicht mehr vorhandenen Körpers mit den wuchernden Muttermalen, behieltest du die Unterhose an und erklärtest (was für Worte du dabei fandest!), daß der Sohn seines Vaters Blöße nicht sehen solle. Welche Bibel hattest du gelesen?! Nie hatten wir eine im Haus gehabt! Von Ham hattest du nie erfahren, Schamlosigkeit und Flegelei allerdings genug.

«Willst wohl dem Vater das Ficken beibringen?» höre ich da. «Hier ist es doch!»

Wir bremsen.

Also habe ich dieses Haus schon damals gesehen... Ein Haus mit Mezzanin übrigens... Hinter Gebüsch, hinter Platanen, hinter einer Wiese steht es leer, aber wie erst seit kurzem, wie wenn die Sommergäste gerade in die Stadt zurückgekehrt wären. Das Haus, in dem der junge Lawrenti aufgewachsen ist. Womöglich hat genau in diesem dichten Gebüsch der künftige Berija sein erstes Kätzchen gebumst. Es wollte nicht, hat sich gewehrt. Drauf schlug er es tot. Übrigens hatte der Pope doch ein Hündchen. Auch ihn schlug er tot, den Popen. Weil ihm ein Stückchen Fleisch gestohlen wurde. Obwohl es das Hündchen war. Wohl kaum hat er den Popen totgeschlagen, weil der das Hündchen totschlug. Eher, weil er eines gehabt hat. Und vor allem, weil er es geliebt hat...

«Er hat sie geliebt...»

«Wen konnte dieser Vampir schon lieben?»

«Ich kenne die Geschichte genau», beharrte der Regisseur. «Ich bin mit der Frau persönlich bekannt. Er hatte sie von seiner Villa am Moskauer Gartenring durchs Fernglas erspäht, sie kam aus der Schule, hatte schon damals dicke Beine, und er konnte sich nicht dran satt sehen.»

«Sie selber dünn, doch dick die Beine...» Wer hatte das zitiert? Natürlich Daur. Er kannte die «Briefe an einen römischen Freund» auswendig. «Sie wurde Priesterin und plaudert nun mit Göttern...»

«Von wem stammt das?» fragte beunruhigt der Regisseur.
«Sounds like Joseph», bemerkte der Engländer.
«Womöglich hat er ja diese Geschichte gehört», gab ich zu bedenken, kraft meiner persönlichen Bekanntschaft mit dem Dichter. «Solche Sachen haben ihn immer interessiert.»
«Ist ja auch eine Geschichte... Was will man mehr...»
«Höchstens das Schwarze Meer... Den Pontos Euxeinos...» Wir lagerten auf der Wiese neben dem Haus von Berija und konnten uns nicht satt sehen: Links aufwärts zogen sich die Berge, rechts abwärts weitete sich das Tal, schon eingestellt auf das Meer.
Der Sekt war alle, und der Engländer schlaffte ab. «Wenn ich Deutscher wäre, würde ich die Zeitschrift ‹Alkoholspiegel› herausgeben.»
«Tomorrow. Morgen. Morgen ist tomorrow. Morgen ist alles okay», redete ihm der Mitarbeiter gut zu. «Sowohl Affen als tomorrow.»
Doch, *er* hatte recht mit dem Blubberzeug: Sekt macht müde. Der Engländer schlief fest, aber auch die anderen waren eingenickt. Nur hinter meinem Rücken unterhielten sich der Mafioso und Daur auf abchasisch. Ich lauschte: wieder diese Abusinen. Ich lauschte: Das Abchasische ist die unverständlichste aller Sprachen! Wie das Scharren eines Drachen über Felsgestein. Als es noch Drachen gab... «Ich sehe die Welt überzogen mit Instituten für Abchasistik», hat Mandelstam gesagt. Der Laut ist älter als die Sprache. Die Laute des Abchasischen vereinen sich gleichsam nicht zu Wörtern, sondern zu einem einzigen Wort, beliebig lang, der Gesamtlänge des ausgesprochenen Satzes gleich. Als ob Landschaft, Handlung, handelnde Person und Zeit der Handlung nicht in Subjekt, Prädikat, Attribut und Objekt unterteilt, sondern alle ent-

halten wären im jedesmal neu entstehenden, einzigen Wort. Das heißt, die Realität ist nicht zergliedert, sondern im Wort beschlossen. Deshalb kann niemand Abchasisch, die Abchasen mit eingerechnet, weil man es von Geburt an mit der Realität einatmen muß. Daraus, wie natürlich die beiden Abchasisch sprachen, kann man heutzutage gleich schließen, daß sie vom Land stammten, dort geboren und aufgewachsen waren. Schwer zu glauben, daß eine Sprache stirbt, wenn auch nur zwei Menschen sie so sprechen wie Daur und der Mafioso. «Abusin» war kein Wort, sondern eine Silbe aus einem dieser Langwörter, die so lang sein konnten, wie der Atem reichte. Diese Silbe, die ich registrierte, wanderte in dem Wortsatz, mal kam sie am Anfang, mal am Ende, mal in der Mitte. Der Ton des Mafioso war kategorisch bezüglich der «Abusinen», während Daur beschwichtigte. So verstand ich die beiden. Hätte mich zu gerne nach diesen Teufelskerlen, den Abusinen, erkundigt, was sie wollten und weshalb sie nicht Frieden halten konnten. Aber alle außer mir schienen dermaßen Bescheid zu wissen, daß ich wie ein Kind mich nicht zu fragen traute, um nicht den Status «einer von uns» zu verlieren, diesen so schmeichelhaften und nicht jedermann verliehenen Status.
«Is it already tomorrow?» Der Engländer war erwacht.
«Noch ist gestern», erwiderten wir schlagfertig.
«Gestern habe ich noch eine Flasche Whisky», gab er zurück.
Wir würdigten seinen Sinn für Humor und folgten ihm ins Hotel.
«No ice», entschuldigte sich der Engländer, als er eine Dreiecksflasche mit Truthahn aus dem Koffer holte.
«Er sagt, er hätte keine Gläser», übersetzte Daur.
«Kein Problem», sagte der Mafioso, nicht ahnend, daß er aus dem Englischen übersetzte.

Vielleicht-Aslan brachte schon welche.
«Was ist mit dem ‹Alkoholspiegel›?»
«Den polieren wir auf.»
Wir diskutierten ein wenig über das Thema nationaler Humor. Marxen, der offenbar mit dreien zu kämpfen hatte, erklärte, daß es einen nationalen Sinn für Humor nicht geben könne.
«Abchasischer, georgischer, russischer Humor – was soll das? Komisch oder nicht komisch, das ist Humor!»
«Die einen finden was komisch, die anderen nicht.»
«Also, sagen wir, ein Russe findet was komisch und ein Deutscher nicht so?»
«Oder ein Deutscher findet was komisch und ein Russe überhaupt nicht...»
«Oder ein Georgier findet was komisch und ein Abchase nicht...»
«Wenn ein Georgier was komisch findet, hat ein Abchase bestimmt nichts zu lachen...»
«Jüdischen Humor finden alle komisch.»
«Wenn er wirklich jüdisch ist», sagte Marxen.
«Willst du damit sagen, daß die Russen ihn erfinden? Dann wäre er längst nicht so komisch.»
«Was hast du gegen die Russen?»
«Ich? Gar nichts! Serosch, gibt es armenischen Humor?»
Serosch dachte lange nach, dann war er beleidigt: «Meinst du etwa wieder Radio Jerewan? Das ist kein armenischer Humor.»
«Gut, aber wenn den armenischen Humor nicht die Armenier erfunden haben, den jüdischen nicht die Juden und den tschuktschischen – den nun bestimmt nicht – die Tschuktschen, wer dann?»
«Ist der englische Humor auch nicht englisch?»
«Ich teile die Auffassung, daß dies mehr eine Frage des Imports als des Exports ist», sagte der Engländer.

Wir lachten lauthals, und der Engländer verstand nicht, worüber.
«Ich finde etwas anderes komisch», sagte er und wies mit großer Geste auf sein, wie uns schien, luxuriöses Hotelzimmer. «In Rußland gibt es soviel Wald...»
Wir folgten seiner Hand, als zeige er uns einen Waldeshain. Tatsächlich war sein Zimmer völlig mit Holz ausgekleidet, genauer gesagt, mit importierten, eher finnischen als russischen Furnierplatten.
«Und was ich nicht begreifen kann: soviel Holz, aber kein Schrank. Nirgends to put clothes...»
Unsere Jacken türmten sich auf seinem uferlosen Bett, auf dem wir auch saßen.
«Genau das ist verständlich», sagten wir.
«Why??»
«Der Voranschlag hat nicht gereicht.»
«Wie-was?» Der Engländer sagte das mit einer Aussprache, als käme er geradewegs aus Woronesch.
«Nun, die Mittel, das Geld.»
«Für das Holz hat es gereicht, für den Schrank nicht?»
Er ging durchs Zimmer, klopfte gegen die Wände. Es klang wie Kanonendonner.
«Weshalb soviel?»
«Tja, die Fonds.»
«Die Fonds? Meint ihr euren Plan? Daß ihr mehr Furnier bekommen habt als Geld? Aber überschüssiges Furnier ist doch soviel wie bares Geld!»
Wir lachten erneut, und der Engländer konnte nicht verstehen, worüber. Wie sollten wir ihm erklären, daß wir nicht über sein Nichtverstehen unserer Wirtschaft lachten. Sondern darüber, daß «Furnier» im Jargon Geld bedeutet.
«Furnier ist Kies», versuchte jemand zu erläutern, aber das war eine mißlungene Übersetzung.

«Furnier ist eben Furnier ...»
Die Übersetzung wurde präzisiert, und wie zum Beweis für diese höhere Präzision explodierte das Furnier auf einmal dumpf, schoß ein paarmal und verstummte.
«Was ist das, was ist das!» Der Engländer sprang erschrokken auf und deutete zur Decke. Wieder rannte etwas darüber, so daß es nachhaltig donnerte. Wir erklärten ihm nicht, daß es eine Ratte war, vielleicht auch eine Katze. Wir sagten «ein Mäuschen». Um das Imperium nicht zu blamieren.
«Wieso ist die Decke dann so niedrig?»
«Das Furnier hat nicht gereicht.»
«Furnier in der Bedeutung Geld?»
«Nein, in der Bedeutung Furnier.»
«Ist das russischer Humor?»
«Nein, sowjetische Wirtschaft. Das Furnier wurde zu Geld gemacht.»
«Also Furnier zu Furnier?»
«Sie erfassen die Dinge im Nu. Aber im Unterschied zu uns wissen Sie ja auch, was eine Stadt der dritten Kategorie ist...»
«Oh, Voronezh!» Der Engländer verdrehte schwärmerisch die Augen.
Wir tranken auf Woronesch. Das bringt unsere Weiten einander näher, müssen Sie zugeben, wenn ein Engländer in Suchum auf Woronesch trinkt. Das schweißt das Imperium zusammen.
«Let's call it experience...», sagte der Engländer.
Die Sache war nämlich die: Der Engländer war in die Sowjetunion gekommen, um Material zu sammeln für seine Diplomarbeit (hier kamen wir einfach nicht klar, was bei ihnen eine Diplomarbeit ist und was eine Dissertation: ob unsere Dissertation bei ihnen eine Diplomarbeit ist oder umgekehrt). Er war gekommen, um unsere Erfahrung zu

studieren, denn sie in Britannien hätten auch einige Erfahrung dieser Art. Nämlich, wie man Affen in nicht artgemäßen Klimazonen unter naturgemäßen Bedingungen hält. Mit anderen Worten: im Freien. Er hatte viel von der Affenzucht in Suchum gehört und meinte, eben dort könne einige Erfahrung dieser Art gesammelt sein. Aber man sagte ihm, daß es solche Experimente nicht nur in Suchum gäbe, daß sie in der Sowjetunion weit verbreitet wären. Daß die Zucht von Affen bereits practice sei, kein Experiment mehr (offenbar hatte man, wie der Engländer – aber erst in Woronesch – merkte, die Begriffe «experience» und «experiment» verwechselt). «Practice» wiederum hatte man offenbar mit Praktikum verwechselt, und so wurde er «zum Praktikum» nach Woronesch geschickt, wo man irgendwann einmal, really, ein Experiment mit Affen begonnen hatte, die unter woroneschgemäßen Bedingungen lebten, aber die Affen seien nach einer Woche eingegangen, so daß es das Experiment vielleicht gegeben habe, aber experience habe sich praktisch keine ergeben, worauf er sogleich nach Moskau Meldung machte und bat, ihn trotz allem nach Suchum zu schicken. Er machte Meldung um Meldung, wohnte derweil weiterhin im Studentenheim (oh, Sie wissen ja nicht, was das bedeutet in einer Stadt der dritten Kategorie!), bis die Zeit seines Aufenthalts zu Ende ging, und da beschloß er, einfach mal nachzusehen, ob es diesen Ort Suchum wirklich gibt oder nur auf der Landkarte, und on his own expenses (für sein eigenes Geld also) schaffte er es schließlich, war gar nicht so einfach, die Genehmigung zu kriegen, das ging nur als Individualreise über Intourist, doch nun hat er Mister Dragamaschtschenka getroffen (aha, so hieß der «Mitarbeiter» – also auch noch ein Ukrainer in unserer Clique...) und Suchum gibt es wirklich, really, und Mister Dragamaschtschenka hat versprochen, daß er alles, was in seiner Macht steht... doch nun träfen sie sich schon den dritten Tag, er könne sich nicht mehr lange dieses Hotel leisten, das angeblich fünf Sterne hat, aber keinen Schrank im Zimmer...

Anti-Aslan sagte, die fünf Sterne kämen gleich, und noch bevor eine neue Ratte über die Decke gelaufen war, erschien er mit einer Flasche Kognak. Der Engländer zählte die Sternchen auf der Flasche und wußte nicht, ob er lachen oder weinen sollte.

«Schlafen, schlafen!» verkündete der Engländer. «Ihr habt mich really abgefickt! Schlaf ist die kürzeste Entfernung zwischen zwei Saufgelagen.»

Der Regisseur und der Mafioso waren bereits verschwunden.

Mister Dragamaschtschenka führte mich am Ellbogen beiseite: «Könnten Sie mir nicht aus der Patsche helfen? Sehen ja selbst, in welcher Verfassung er ist... («No more. To sleep», murmelte der Engländer.) Wir haben freitags immer ein Treffen mit interessanten Persönlichkeiten. Nun, ein enger Kreis unserer Mitarbeiter, ein lockeres Gespräch... Sie können reden, worüber Sie wollen. Man kennt Sie ja», sagte er mit Nachdruck, woraus ich schloß, daß er zum erstenmal von mir gehört hatte. Was mir jedoch nichts ausmachte (oder hatte ich mir das antrainiert, daß es mir nichts ausmachte?). Nach dem Gespräch dann Tee, ein kleiner Imbiß, gleich dort im Labor...

Der Tee änderte natürlich die Sachlage. Nicht übel, Tee aus Kolben und Reagenzgläsern. *Er* drängte mich zuzusagen, und Dragamaschtschenka redete auf mich ein. Sehen ja selbst... Peinlich, in diesem Zustand... Immerhin ein Ausländer... Und bei einem Inländer ist es nicht peinlich? Bei einem Inländer ist es verständlich, außerdem halten Sie sich prima...

Halte mich prima... schon Freitag... und ich hatte geglaubt, Donnerstag. Ich durfte stolz auf mich sein. Bin ich etwa keine «interessante Persönlichkeit»? Zumindest heute bin ich eine sehr interessante Persönlichkeit. Wer hier weiß schon, daß gerade ein TEXT fertig wurde! In dessen Zeit ich immer noch lebe. Ich hatte geglaubt, eine Nacht sei vergangen, dabei sind es zwei. Oh, das ist ein gutes Zeichen! Das weckt Hoffnung! Habe zwar noch nicht gelesen, was da auf dem Papier steht, aber da ich es nicht mehr weiß, ist es ja womöglich ein Text. Ich weiß noch, das letzte, was ich beschrieb, war der Hof, auf ihn trat ich hinaus.

Aus *ihm* trat ich hinaus. Heute durfte ich auf *ihn* wie auf mich stolz sein. Ist das vielleicht nichts: zwei durchgemachte Nächte (mag mich drei Stunden aufs Ohr gelegt haben, doch im selben Hühnerstall, ohne mich auszuziehen, wie ein Küken auf der Stange), vierzig Seiten fortlaufender Text, mittlerweile rund zwei halbe Liter, nicht gerechnet den Sekt, den ich selbst getrunken hatte... Sowas ist nicht jedem, wird nicht jeder...

Freitag war es schon. Und erst Mittag. Der gestrige Tag war vorbeigezischt wie eine Kugel an der Schläfe. Wir – also wer von der Clique noch übrig war, Marxen, Daur und ich – saßen im Saporoschez des Mitarbeiters Dragamaschtschenka. Die bevorstehende Verantwortung ließ mich endgültig nüchtern werden, und einiges klärte sich. Zum Beispiel das mit den Abusinen. Was den Engländer anging, gab es Schwierigkeiten. Ihm abzusagen wäre, Sie verstehen, unangenehm, doch der Weg zur Affenansiedlung führt an einem «Objekt» vorbei. Was für ein Objekt das war, sagte der Mitarbeiter auch mir nicht, doch ich begriff, daß der Engländer die Affen nicht zu Gesicht bekäme. Um so mehr, als *sie* nämlich die Abusinen waren: *abuzine*, die gemeinsame persische Wurzel für *obesjana* – *Affe* – *ape*. «Ach so!» Ich war entzückt. Für mich aber, sagte der Mitarbeiter und meinte auch mich, falls mich das interessiere, ließe es sich arrangieren. Sie könnten mir für meinen Auftritt nichts zahlen, doch das könnten sie: meinetwegen gleich morgen mit dem Institutsbus hinfahren, dann könnten sie auch kontrollieren, wie die Wintervorbereitungen gehen, der Winter ist das größte Problem für die Affen, der letzte war streng, viel Schnee, die Straße kaum passierbar und dort im Gebirge, wo die Affen sind, bis zwanzig Grad unter Null, die Schwänze sind ihnen leicht erfroren, ansonsten haben sie es ausgehalten, und haben sie diesen Winter ausgehalten, halten sie auch die nächsten aus, nur muß man sie natürlich unterstützen, sie haben Häuschen für Schlechtwetterzeiten, und zusätzlich Futter geben muß man ihnen, im übrigen sind sie im Freien, autonom, kann man sagen... Na, Sie werden ja sehen. Geht es ihnen in Freiheit denn besser? Gar keine Frage, Sie müssen sich diese Prachtburschen anschauen! Was für Mähnen! Löwen sind das, keine Affen...

Daß aus dem Mund des (u. a.) Affen-Mitarbeiters ein lebendiges Gefühl sprach, freute mich. Es regte sich was tief auf dem Grund meines – gerade leergeräumten – Schriftstellerschoßes, es schwoll rasch an und trieb auf: etwas wie eine schöpferische Idee. Sowjetische Affen... Die Befreiung der Affen... Der Russische Affe... Wie lebt der Affe im Sozialismus, autonom, im Freien... Ohne Käfig... In Affenfreiheit... Die Republik der Affen... ASRA, die Autonome Sowjetrepublik der Affen... Nein, das geht nicht, dann sind alle beleidigt. Außer den Affen. Hauptsache, die Äffinnen sind nicht beleidigt. Das laß ich nicht zu! Doch, das kann, das muß geschrieben werden! «In Freiheit... die Mähnen gewachsen... dafür die Schwänze bißchen erfroren... müssen zusätzliches Futter kriegen...!» Das hat was! Immer schnackelt es bei mir beim ersten Mal... Und dann komm ich jahrelang nicht nieder.

Frucht drückt auf Frucht. Die Masse beginnt zu gären. Wein wird das nicht mehr – muß ich eben Schnaps draus brennen.
Und Schnaps auch trinken. Wir schluckten jeder ein Glas Tresterschnaps bei Daur, wo wir rasch ein frisches Hemd anziehen und duschen wollten. Doch daraus wurde nichts. In Suchum war wieder mal das Wasser abgestellt, und Daurs Hemd paßte mir nicht. Also schlug ich die Ärmel um. *Er* konnte sich einen Blick in den Spiegel nicht verkneifen, ich gefiel mir sowieso. Ich setzte ihn auf den Topf, und während *er* drückte, setzte ich den Affen nach. Sehr schön soll die Gegend sein, malerisch der Weg dorthin. Gut wäre, wenn so an die sechs Affenfachleute mitführen, ich sie dann ausfragen könnte wie seinerzeit Doktor D. über die Vögel, wenn sie verschiedener Nationalität wären, ein Abchase, ein Georgier, ein Armenier, ein Grieche, ein Jude und ein Russe – den Engländer könnten wir auch mitnehmen... den Ukrainer brauchen wir nicht... wenn sie Bewohner oder Patrioten dieses Landstrichs wären... Amateurhistoriker wie alle hier in der Provinz... wenn sie rein zufällig mir die Geschichte des Landstrichs erzählen und rein zufällig zu diskutieren anfangen würden, wer von ihnen Ureinwohner ist, wer der ureigenste Ureinwohner... wenn aus ihrer Diskussion ein Streit würde zwischen dem Georgier und dem Abchasen, zwischen dem Georgier und dem Armenier, zwischen... nein, mit dem Juden werde ich mich unter gar keinen Umständen streiten... das geht nur uns was an... «der alte Streit der Slawen unt'reinander»... ist doch in so einer Umgebung der Jude noch am ehesten Slawe... ja nicht Georgier, Armenier nicht und Grieche schon gar nicht... so sehr nicht Jude ist der Russe eigentlich auch nicht, oder?... die Juden sind viel mehr Russen als wir... immer wollen sie in Rußland leben, während wir nicht hier leben mögen... wieder

die alte Leier! bist doch zu den Affen unterwegs ... ja, aber schließlich noch nicht angekommen! ... worüber streiten sie eigentlich? ... ist doch eh klar, bloß Details wären zu präzisieren ... der Abchase natürlich über die Georgisierung, über die Liquidierung der abchasischen Schulen, über die Registrierung von Abchasen als Georgier ... der Georgier wird natürlich solche historische Ungerechtigkeit nicht aushalten und sagen – haben wir euch 1978 etwa nicht ein eigenes Fernsehen gegeben, eine eigene Universität gegeben? ... eben, «gegeben», sagst es ja selber, gegeben, zuerst nämlich genommen, habt beides zuerst weggenommen, dann wiedergegeben ... was kann man euch schon wegnehmen? habt ja nicht mal eine eigene Schrift gehabt ... dafür waren die Abchasen jahrhundertelang die Zaren in Georgien! ... was? Abchasen – Zaren?! bei uns?! ha-ha-ha ... auch haben die Georgier nie gekämpft, gekämpft haben die Bergvölker, die Tscherkessen, Abchasen, Osseten, während ihr immer unter jemandes Oberherrschaft wart, unter den Persern, Mongolen, Russen ... und wo wart ihr? ihr wart immer unter unserer Oberherrschaft, ihr wart immer Georgien, seid auch Georgier ... jetzt werden sie handgreiflich, fangen mit ihrem nationalen Ringkampf an, wie heißt er doch gleich? hat nicht Stalin die erste bolschewistische Zeitung so genannt? «Borba» oder «Dsorba» oder «Kobra»? ... apropos, wo ist eine Zeitung? ... ach, hier ... hier ist Zeitungspapier ... das stimmte jetzt nicht ganz ... direkt würden sie so etwas nie zueinander sagen, sonst brächten sie sich um ... so etwas sagen sie zu einem Dritten, einer dritten Nationalität, unabhängig voneinander ... und was sagt ihnen darauf diese Person dritter Nationalität? ... sie wird ihnen sagen, daß sie sich umsonst prügeln, weil vor ihnen hier sowieso eine griechische Kolonie war (wenn diese Person Grieche ist) ... wenn diese Person jedoch Armenier ist, wird sie sagen, daß schon zu Zeiten der Assyrer das Land hier nur den Armeniern gehörte... jetzt stürzen sich alle auf den Armenier: klar, Nofretete war Armenierin, Napoleon Armenier, Leonardo da Vinci Armenier... was gibt es da zu diskutieren, wird der Armenier sagen, weshalb auch, wo sie tatsächlich Armenier waren... allein der Russe wird bescheiden schweigen und sich alles hinter die Ohren schreiben, denn weshalb diskutieren, was war, als Rußland noch nicht da war? als Rußland noch nicht da war, konnte dieses Land wer weiß wem gehört haben, bloß, sobald Rußland auftauchte, wem sonst konnte dieses Land gehört haben? ...den Türken doch wohl nicht? sehnt ihr euch so nach den Türken?... seid doch Christen, versündigt euch nicht!... das ist es, was der Russe niemals sagen wird, während sie diskutieren auf dem Weg zu den Affen, die sie völlig vergessen haben... der Russe wird sich derweil an den Landschaften freuen, wird sie Fußbreit um Fußbreit den Ungläubigen abtrotzen – für sein Buch, das, ja, wie soll es denn heißen? «Affe sapiens»... nicht schlecht... «Homo zweibeinus» – wie war nochmal «Bein» auf lateinisch? na? na, wie heißen die mit den Schuhen für Behinderte?... Orthopäden, richtig! «Homo pädis» klingt komisch... nein, -päden sind trotz allem Kinder... das haut nicht hin... Gleich, gleich! Bin fertig, komm schon raus!

Was tatsächlich rauskam: Während ich mich auf meinen Auftritt vorbereitete, hatte Daur sich einen Schuß gesetzt bei seinem Nachbarn, einem Griechen, der sich dadurch auszeichnete, daß er, als sie seinerzeit die Wohnungen in dem Neubau bekamen und Daur nichts unternahm, weil er kein Geld hatte für die bereits fällige Renovierung und weil er ein Mann der Kunst ist (sapiens-sapiens), der Grieche dagegen, weil er Fahrer ist in einem Möbelkombinat, ein Mann der Arbeit also und außerdem geschickt (sapiens-habilis), sogleich daranging, alles eigenhändig mit Eiche auszukleiden, Parkett, Wände, Decke, Badezimmer – insgesamt vier Jahre lang, und als er fertig war, nahm er das Beil und haute alles kurz und klein, worauf er melancholisch wurde und menschenscheu (habe ihn auch nie zu Gesicht bekommen), und reden konnte er nur mit Daur. Ich kam natürlich nicht gleich drauf, weshalb Daur zu seinem Nachbarn, dem Griechen, gegangen war, vielleicht, weil ich so lange sein Klo besetzt hielt, begriff es aber, als wir vor dem Auditorium standen, das im wesentlichen aus Mitarbeiterinnen unter dreißig bestand, ein paar davon sogar hübsch (drei von sieben), und wir waren (*er* hatte sogleich für mich gezählt) ja gerade zu dritt, Dragamaschtschenka, Daur und ich ... Dragamaschtschenka stellte dem Publikum Daur vor, einen in der Stadt allseits bekannten Mann, damit er wiederum mich vorstellte, einen allseits bekannten Mann, in der Stadt allerdings unbekannt, und über meinen schriftstellerischen Werdegang berichtete. Daur trat mutig vor und sagte, sie sähen einen Mann vor sich, der vor allem dadurch interessant sei, daß er ... Ich erstarrte in Erwartung, eingestimmt auf echtes Entzücken und gespielte Verlegenheit, denn selten nur war mir eine Rednergabe untergekommen wie die Daurs. Als Tamada bei Trinkgelagen schlägt er jeden, besonders in Anwesenheit von Damen ist er überaus redegewandt und geistreich, so daß ich sogar ab und zu neidisch war, wie sehr er mich bei derartigen Gelegenheiten übertraf, und, das Vorrecht des Älteren nutzend, die Pose des Lehrers annahm, der seine Freude hat an seinem Schüler und jedes seiner Worte gutheißt ... Daur atmete mit ganzer Brust ein – und nicht mehr aus. So zumindest schien es. Er stand mit vorgereckter Brust, Mund und Augen weit geöffnet, und wir warteten wohlwollend auf seine treffenden Worte. Das Mädchen, auf das er seinen Blick heftete, wurde rot und röter, Schweiß lief über Daurs Gesicht, aber das nächste Wort kam und kam nicht, worauf Dragamaschtschenka applaudierte, Daur endlich ausatmete und sich setzte, während ich aufstand.

Der Mensch ist eben Mensch, das heißt ein Haufen Scheiße. Versteht sich, daß ich mich, in Kontrast zu meinem Vorredner, demonstrativ zu vollster Blüte entfaltete. Sie waren also Biologen, natürlich, was verstanden sie dann von Biologie? Natürlich mußte erst ich kommen, um ihnen ihren eigenen Gegenstand nahezubringen. Ich sprach zu ihnen über . . .

Die nächtliche Inspiration brodelte noch in mir. Ich hatte zwar abgeschlossen, aber nicht alles gesagt. Wie immer war das, weshalb man überhaupt schreibt, jene zwei oder drei Gedanken, die einen dermaßen umtreiben, daß sie sogar dich an den Schreibtisch zwingen, um ausgedrückt zu werden – genau diese zwei waren gar nicht geäußert worden: weder ich noch Pawel Petrowitsch hatte sie zu Ende gedacht, trotz aller Trinkerei, und so war ich, nach meinem Gewaltmarsch durch den Text, hinausgetreten mit den beiden in der Hand, ohne sie unterwegs wo untergebracht zu haben. Nicht mal Pawel Petrowitsch war dazu gekommen, sie mir auseinanderzusetzen.

«Das Schwein . . .», sprach Pawel Petrowitsch zu den Mädchen. «Können Sie mir erklären, wie es zu dieser traditionell verächtlichen, undankbaren und – unverschämten (sehen Sie, fast hätte ich gesagt ‹schweinischen›) Haltung gegenüber diesem Tier kommt?» Pawel Petrowitsch wollte anscheinend seine Idee vom Schöpfer als Künstler weiterentwickeln, der sich mit der Erschaffung des Wassers offenbart hat. «Das Schwein ist nicht nur ein reinliches und gescheites, sondern auch das vollkommenste Geschöpf im naturähnlichen System des Bauernhofs. Das Problem der abfallosen Produktion – ein mit dem technischen Fortschritt Ende des zwanzigsten Jahrhunderts nicht lösbares Problem – wurde in einem frühen Entwicklungsstadium der Menschheit gelöst durch die Erfindung, ja, ich betone, die Erfindung des Schweins! In der Geschichte der menschlichen Zivilisation gibt es nichts, das so vollkommen die Schöpfung wiederholt, indem es sie nachahmt, wie der Bauernhof. Er ist ein Bild der Schöpfung, mit dem Zaun als Rahmen. Der ZAUN mit dem Hausgärtchen ist eine Erfindung von derselben Bedeutung wie das Rad. Ursprünglich war er auch rund. Nur die Landaufteilung, die Existenz eines Nachbarn, verliehen ihm Rechtwinkligkeit...»

Das absolut unerwartete Wort «Rechtwinkligkeit» machte den Redner betroffen; er ließ den Blick über die Versammelten schweifen und suchte sich eine hübsche Blondine aus, die mir persönlich nicht gefiel (mir stach eine andere ins Auge), dafür machte uns beiden in einer Person eine dritte Avancen, eine hübsche Stenotypistin aus einem Moskauer Verlag, wobei ihr schüchterner Appell mich verwirrte: ihr galt es auszuweichen, ohne sie zu kränken... Das zufällig entschlüpfte Wort «Rechtwinkligkeit» inspirierte ihn, und im weiteren fand er spielerisch Verbindungen zwischen den folgenden Wörtern: Rußland, Kolchose, Nomaden, Neutronenbombe, «ohne einen einzigen Nagel», Brandrodung, «mit dem Mist in der Hand», Floß und Kirche, «achtzehn Kriege gegen die Türken, und nicht mal die Dardanellen», Wikinger, Teutonen, Schweden, Tataren, Litauer, Türken, Polen, Jermak, «nach Osten», Sümpfe, «Fenster nach Europa», Sibirien, Areal, Europa, Tundra, Pferde, Häute, Weiber, Vieh abschlachten, Volksstämme der Ureinwohner, Schnaps, Zufrieren der Flüsse, sibirische Pelmeni, Palmen, Kalifornien... «Schade um Alaska!»... Chruschtschow...

Mein Gott! wohin war *er* abgedriftet... Was er da vor der

hübschen Blondine vage entwickelte, waren nicht etwa seine eigenen fragwürdigen Ideen, die hatte er sowieso nie gehabt, auch nicht die meinigen, sondern die unseres alten Freundes Doktor D., die dieser mir mal ausgeplaudert, am nächsten Tag aber gleich zurückgenommen hatte...
Macht aber nichts – über Chruschtschow, das geht schon, wird sogar gern gesehen, wenn über Chruschtschow... Soll er doch schwätzen.
«Überhaupt war Chruschtschow nicht kleinlich. Daten hatten zu seiner Zeit nicht den Stellenwert wie heute. Ihm war gleich, ob ein Jahr oder ‹ein Tag›... (Nein, über Solschenizyn lieber doch nicht.) Ob der 250. Geburtstag von Petersburg oder der 300. von Peter, 100 Jahre seit der Aufhebung der Leibeigenschaft oder seit Alaska... ob Kuba oder Kukuruz...»
«Was Jermak und Sibirien angeht, Sie gestatten, da bin ich nicht Ihrer Meinung», schaltete Dragamaschtschenka sich rettend ein. «Eine originelle, aber etwas schematische Konzeption. Mag sein, daß sich aus einem Bauernhaus noch ein Floß binden läßt, aber aus einem Floß dann ein Schlitten... (Im Auditorium war ein pflichtschuldiger Lacher zu hören.) Und solche Nomaden sind wir nun auch nicht...»
«Wie – keine Nomaden?!» brauste diesmal ich auf. «Und was ist mit diesen Verlagerungen von Menschenmassen wie die Neulandgewinnung, die Großbaustellen des Komsomol, die BAM – wer außer Nomaden läßt sich auf sowas ein?»
«Und was mir außerdem nicht recht klar wurde» – Dragamaschtschenka kalkulierte ein, daß Widerspruch und Korrektur hier gefährlich waren. «Warum ist gerade das Schwein König der Tiere?»
«Weil es die Pyramide des Bauernhofes krönt. Es ist sein Schloß. Was zeugt am ehsten von der Anwesenheit des

Hausherrn? Das Schloß, mit dem er an seiner Wirtschaft das Tor absperrt. Das stammt von ihm. Das Schloß schließt die Kette. Das Schwein schließt den Hof ab, es verleiht ihm die Vollendung der Natur, verrät im Hausherrn den Schöpfer. Den Schöpfer verrät nämlich die schöpferische Idee. Sie ist prinzipiell nicht zu verwirklichen. Nie geht alles auf, nie lassen sich alle Fäden verknüpfen. Man kann sie bloß zu einem Knoten zusammenfassen. Irgendwo schaut die Idee immer heraus. Sie läßt sich nicht kaschieren. Man kann es nur versuchen. Gut, dann erklären Sie mir mal, wozu das Erdöl da ist! Warum wurden noch vor dem Menschen, gleichmäßig über die Erde verteilt, diese Latrinen der lebendigen Natur vergraben? Als wären sie für den zukünftigen Menschen vorgesehen. Keine einzige Hypothese über die Entstehung von Kohle und Erdöl hat bislang überzeugen können. Wäre die Erde, nachdem sie die Entwicklung des Lebens und die Kettenreaktion der Evolution zuließ, nicht unter den Abfällen des Lebens und den Produkten von Zerfall und Zersetzung begraben worden ohne diese akkuraten Blasen mit dem Erdöl? Gleicht nicht der Bauernhof eben dank dem Schwein einem ausbalancierten ökologischen System? Hat nicht das Erdöl die Rolle eines ebenfalls erfundenen Schweins für die gesamte Natur gespielt? Gut, dann sagen Sie mir mal, wozu braucht die Gattung Mensch die Jungfräulichkeit, bei welchen Tiergattungen findet man sie noch, und gibt es sie bei Ihrer Mutter, der Äffin? Was ist das bloß für ein Häutchen, zum einmaligen Gebrauch bestimmt?»

Hiermit verwirrte er die Mädchen endgültig, da er sich unterschiedslos aller auf einmal bemächtigt hatte. Diejenige, die mir gefiel, war ernstlich verstört und schien gehen zu wollen, konnte sich aber nicht entschließen. Dafür himmelte die gebildete Stenotypistin mich unverhohlen an, was ich ja gerade nicht gewollt hatte.

«Ich befürchte, andere brauchbare Erklärungen als die, die Sie für mythologisch halten – also Adam und Eva, der Baum der Erkenntnis, der Sündenfall –, die uns bis heute die Gesetze der menschlichen Erfahrung diktieren und die Geschichte der Menschheit mittels Erbsünde und unbefleckter Empfängnis der Jungfrau Maria definieren, werden wir nicht finden. Müssen wir auch nicht. Wir müßten vielmehr...»
Und ich verstummte wie Daur, unfähig, mich zu erinnern, was ich soeben gesagt hatte.

Daur war gerächt. Oder hatte ich Daur gerettet? Wird ein Text nicht geschrieben zur rechten Zeit, setzt er sich um in Wirklichkeit. Oh, diese Umarmungen des Lebens – alles schon gehabt! «Arbeiter des Meeres», aber kein Text. Dich umschlingt ein Krake, du windest dich in sinnlosen Kämpfen und Krämpfen, erstickst schier unter den Daseinsmassen.
Was mit mir ablief, war der ungeschriebene Roman «Der Hasardspieler». Ausgelassene Stellen tauchten auf.
Wo ist das Pferd? Wer wurde vergessen dort am Zaun, blutrot das Hemd, der hübsche Bursch? Und wieso «Million Tomaten»?
Million Tomaten kann hundertzwanzig Kilo mit einer Hand hochstemmen. Er kann Cortázar auswendig. Er hat einen Bart... Oh, mein Gott! Was für ein Krampf! Was für Fratzen einem das Wort auf dem Papier schneiden kann! Es paßt nicht und fügt sich nicht und ist fehl am Platz, und wenn man nur genau hinhört, hat es auch keinerlei Bedeutung. Sagen Sie sich, nur so zum Training, irgendeines zehnmal vor: Was ist «Tisch», wieso «Stuhl», warum «Tür»?
Million Tomaten hatte seine eigene Beziehung zum Ruhm. Unter anderem als großer Kartenspieler. Noch als

Kind hatte er auf einen Schlag eine Million verspielt. Da er keine Million hatte, Spielschulden aber zweifellos Ehrenschulden sind, mußte er eben nicht eine Million Rubel, sondern Tomaten verlieren. Der Gewinner gestattete ihm gnädig, die Schuld abzustottern. An die zehn Jahre schleppte Million Tomaten jeweils fünf bis zehn Kilo an. Er wurde groß und stark wie Kriton von Milet, ging in Riesenschritten auf die Olympischen Spiele von 1976, 1980 und nun von 1984 zu – und nichts ist mit Los Angeles. Zu spät ist er dran mit seinen Hanteln, wie ich mit meinen Worten...

Ich hatte nicht recht mit dem Schwein, das war es. Mag sein, daß es das Schloß ist. Daß es hinter uns Undankbaren den Mist wegputzt. Bloß ist sein eigener Mist, wie sich zeigte, zu nichts mehr nütze. Läßt sich nicht mehr verwerten. Taugt zu gar nichts mehr.

Sowas gibt es: mit einemmal, auf einen Schlag, verstummst du. Reißt die Augen auf und schweigst. Nicht, daß die Verbindungen zwischen den Wörtern fehlten, nicht daß die Wörter selbst fehlten – sogar ein Buchstabe scheint unüberwindlich. Es hat dir die Sprache verschlagen. Du schweigst einen Monat, einen zweiten, der dritte bricht an. Du hörst Applaus, drückst Hände, erntest Preise. Längst warten deine dankbaren Zuhörer, daß du mit ihnen feierst. Und außer ihnen noch zwei, drei, vier andere, Adgur-Raul-Rauf in einer Person mit Million Tomaten, die, so zeigt sich, längst hinter deinen Schultern stehen wie zwei Schutzwachtengel, längst mit Ungeduld auf das Ende deiner Rede warten, um mit dir und Daur dorthin zu fahren, wo man gerade auf mich gewartet hat.

Als Honorar erhielten Daur und ich je einen Äffinnenschädel. Auf der Stirn war mit weichem Bleistift das Sterbedatum notiert. Somit müßte sich diese Erzählung jetzt mit größerer Genauigkeit datieren lassen. Wir hatten Herbst, gestorben war die Äffin im Sommer, das Jahr war 1983. Jetzt kommt es mir vor, als hätte 17. Juli dort gestanden. «Juli» als römische VII. Der Bleistift hatte auf der Knochenoberfläche besonders schön geschrieben, wie auf unendlich teurem und dickem, einem chinesischen Papier, großporig und elfenbeinfarben. Die Schrift verwischte jedoch. Komischerweise nahm das Datum in umgekehrter Reihenfolge ab: erst verschwand das Jahr (doch daran erinnere ich mich), dann der Monat, dann blieb noch lange der im Zeitlosen hängende Tag stehen. Ich drehte den Schädel mal so, mal so, um nicht alles zu verwischen, was ich damit jedoch tat. Das Geburtsdatum war nicht mit derselben Genauigkeit festgehalten. Dragamaschtschenka sah sich die Zähnchen an und meinte – nicht älter als zwei Jahre. Im Unterkiefer links wackelte eins, wahrscheinlich der Eckzahn. Die Äffin war ein junges Mädchen. Sie hieß Ljussja. Oder Margarita, weiß ich nicht mehr. Natürlich Ljussja. Nicht Margarita. Margarita hieß die andere. Nicht jene andere, die sie Daur geschenkt hatten. Nach der hatte ich nicht mal gefragt, wie die hieß.

Sondern die, deren Adresse *er* sich zu verschaffen gewußt hatte, während ich schwieg und, durch mein Schweigen blamiert, gerührt meiner Äffin über die Glatze strich. Alles schaffte er noch, während ich und Million Tomaten ihn zum Ausgang zerrten: am kleinen Buffet, das die Mädchen mir zu Ehren hergerichtet hatten, ein Reagenzglas voll Sprit zu kippen, ein Plätzchen nachzuschieben, sich von der, die ihm gefiel, sowie von der, die mir gefiel, die Telefonnummer geben zu lassen, sogar noch von der alten Bekannten, auf deren ewig appellierenden, vor Scham fast unschicklich schmachtenden Blick unter gar keinen Umständen reagiert werden durfte: Sie war hier

in der Nähe in einer Pension abgestiegen, mit ihrem Sohn im Vorschulalter.
So verabschiedete uns das unbefriedigte Auditorium, indem es uns von der Schwelle seines Labors mit bescheidenen, vielleicht gar himmelblauen Tüchlein nachwinkte, und wir fuhren mit zwei Autos, einem Jeep und einem 21er Wolga, immer weiter die Berge hinauf. Und während *er* seinen Triumph feierte und eine abscheuliche Geschichte aus der Ausnüchterungszelle erzählte, die sich zu meinen Studienzeiten zugetragen hatte und ihm seltsamerweise spannend und lustig vorkam, während die Freunde hinreißend lächelten und verständnisinnig nickten, litt ich unter meiner Schmach, streichelte traurig Ljussja, die es sich auf meinen Knien bequem gemacht hatte, über ihr fliehendes Stirnchen und schaute aus dem Fenster. Durch dieses trübe, wackelige Fensterchen in der weitgereisten Zeltplane unseres Jeeps sah ich vor allem den Straßenrand: eine Kuh, die ihr Euter auf dem erhitzten Asphalt wärmte; ein Ferkel, das sich, einen Dreiecksrahmen um den Hals, erfolglos durch den Zaun zu zwängen suchte; plötzlich – ein Mann lag am Straßenrand, noch in demselben roten Hemd, so sorglos die Arme ausgebreitet, wie es das gar nicht gibt ... irgendwoher kannte ich ihn. Million Tomaten hielt mir seinen Joint hin, ich zog ohne große Lust, den Blick auf seine Riesenfaust gerichtet, mit der er vor meinen Augen einen Nagel durch ein zolldickes Brett gehauen hatte ... aber nach dem ersten Versuch zog ich noch ein zweites Mal. «Gut, das Gras?» fragte Million Tomaten stolz. Tatsächlich, mir wurde leichter. «Gut ...» Mir war sogar, als hätte *er* sich von mir weggesetzt, in den hinter uns fahrenden Wolga, um der anderen Mannschaft dieselbe Geschichte zu erzählen ... «Mama», konnte ich endlich als erstes Wort aussprechen, obgleich ich hatte sagen wollen: «Papa».

Papa war das auch. Er befand sich in dem kleinen blauen Pokal auf Mutters Knien, der aussah wie der Preis in einem kleineren Wettkampf, und Mutter streichelte ihn zärtlich, als lebte er. Die Ähnlichkeit wurde noch verstärkt durch die schräge Goldinschrift, die angab, wofür der Pokal. Für das Datum des FINALES hatte man ihm sowohl Geburtsdatum wie auch Namen verliehen. Eine Auszeichnung war das auch, war er doch der Einzige gewesen, der Erste, unwiederholbar. Verzeih mir jenen Brief! ... Mutter und ich befanden uns auf dem Rücksitz eines ebensolchen 21er Wolga. Wir brachten Vater auf unseren Friedhof nach Schuwalowo. Am Steuer saß der Mann meiner Kusine, der Nichte meines Vaters, mit Nachnamen Tschereschnja, stolz auf sein Automobil, seine Abstammung und seinen Doktor, ein netter und im Prinzip nicht dummer Mann, der den Flegel spielte, aber durchaus kein Flegel war – ein gutmütiger und häßlicher Mann. Ihn wunderte, wie sehr Mutter litt. «Wofür haben Sie ihn bloß so geliebt?» fragte er mit der ihm eigenen Direktheit. Worauf Mutter ihm fest in die Augen blickte, die trüb in seinem trostlosen, hinter der Nase verschwindenden Gesicht saßen, und dezidiert sagte: «Für seine Schönheit.» Tschereschnja war, wie gesagt, kein Dummkopf, doch hier verstand selbst er.

Die Rückkehr vom Friedhof ...

Bis zu den versprochenen Affen kamen wir auch diesmal nicht.

Das Zähnchen ließ sich aus Ljussjas Kiefer rausziehen und wieder einsetzen. Darf ihn auf gar keinen Fall verlieren, merkte ich mir. Doch da waren wir angekommen.

Wir wurden erwartet. Zwischen den Zaunpfählen drang endlich die befreite Bevölkerung ein. Man küßte uns auf die Schulter. Brachte zur Begrüßung – zwar nicht Brot und Salz auf gesticktem Tuch, aber ein Tuch gab es. Die eine würdevolle Frau hielt Seife und Wasserkessel, die andere das Handtuch. Man goß uns Wasser über, während wir die Hände wuschen, reichte uns das Handtuch. Beide Frauen waren, wie mir später erläutert wurde, Abgeordnete von Obersten Sowjets: die eine von dem der ASSR, die andere von dem der UdSSR. Wir waren auf dem Land.

Ländlich war es hier auch. Mein trunkenes russisches Herz jubelte und seufzte. Das also heißt – drei Generationen ununterbrochenen Lebens! Reichtum heißt das! Kein Vergleich... doch ich verglich unaufhörlich. Statt des zweistöckigen, auf Pfählen gebauten Steinhauses stellte ich mir unsere krumme und schiefe «fünfwandige» Bauernhütte vor; statt des traditionellen Rasens im Hof die Pfütze, die von Kuh und Stiefel zertrampelte lehmbraune Mistbrühe; statt des Gartens mit Feigen-, Dattelpflaumen- und Apfelbäumen unser dürftiges Gemüsegärtchen mit den wieder mal nicht aufgegangenen Zwiebeln; statt der Wasserpumpe unseren Wasserteich, in dem es von Leben wimmelt wie im Wassertropfen unter der Linse von Leeuwenhoek... Der in mir aufbrandende Gram des Patrioten war der Rührung über ihren verdienten Wohlstand direkt proportional. Klar, das Klima – bei uns wächst sowas nicht. Hier kannst du einen Stock in den Boden stecken... Zitronen, Mandarinen... Bei uns dagegen – WINTER. Versuch bei uns mal, aus dem Haus was nach draußen zu verlegen. Hier steht die Küche extra, der Stall extra – auf dem Rasen bist du schnell über den Hof gelaufen. Bei uns mußt du dich auf der einen Seite an den Ofen schmiegen, auf der anderen an die Kuh, um nicht zu erfrieren. Die haben es leicht hier. So räsonierte der Patriot in mir, der Städter, der erst im fünften Lebensjahrzehnt das Geheimnis der fünfwandigen Bauernhütte gelüftet hat: daß sie mit unserem fünfzackigen Stern gar nichts zu tun

hat, sondern daß die Innenwand gemeint ist, die den Wohnteil von Stall und Scheune trennt.
Da kredenzten dieselben Frauen jedem ein Gläschen Tschatscha. Wir standen also immer noch im Hof. Und nicht nur Hof und Rasen und Haus waren ihr Eigen, auch das verschnörkelte Eisentor, das dieses «Eigen» verschloß, war ihres und genauso auch die Tschatscha. Diese etwas andere Nuance des Ausdrucks NICHT gekauft. Eigenes im Sinne von – selbst hergestellt, selbst zubereitet, selbst gemacht. Im übrigen waren Hof und Rasen und Garten von ebenso eigener Art wie die Tschatscha. Stark war die Tschatscha.
Klar, das Klima. Trauben würden bei uns egal unter welchem System nicht reif. Außerdem, galt hier etwa nicht die Sowjetmacht? Sie galt nicht nur, sondern stand auch leibhaft vor mir – in Gestalt einer Abgeordneten des Obersten Sowjets der UdSSR (welcher ja, wie ich in der Schule aus der Stalinschen Verfassung gelernt hatte, höchstselbst die Sowjetmacht ist), und dann hieß sie zu allem Überfluß auch noch Sophie. Sophie höchstselbst reichte mir, verlegen errötend, die Tschatscha wie zuvor das Handtuch. Was hat sie mir Schlechtes getan?
Separat wollen wir ihr Wangenrot beschreiben, denn so war es auch – separat. Nicht Teil der Wange, des Gesichts – es stand für sich. Wangenrot als weiterer Körperteil. Ach ja, ein vergessenes Beiwort: kräftig. Ein Wangenrot so kräftig wie die Tschatscha stark war und das Haus solide. Auch «ländlich» hat man es genannt. Habe es lange nicht mehr gesehen auf unseren abgezehrten Trinkergesichtern. Nicht mal auf dem Land... Dafür ist nicht nur Luft nötig, dafür muß man auch arbeiten. In eben dieser Luft. Bei uns in Rußland trifft man solches Wangenrot nur bei Wachtposten der Straßenmiliz. Weil die bei jedem Wetter ihr ländliches Gen durchlüften. Unser Dorf hat

sich mehr und mehr zur Miliz verzogen, überlebt dort. Und wenn man über Land fährt, von Milizposten zu Milizposten, erinnern die Namen unserer entvölkerten Dörfer am Straßenrand alle irgendwie an die Namen von Milizionären – sie erinnern nämlich daran, woher die Milizionäre stammen. Wir Städter lernen die Miliz früher kennen als das Dorf. Flitzt zum Beispiel vor dem Fenster am Straßenrand der Dorfname AKSCHONTOWO vorbei – ja, richtig, in deiner Jugend ist dir mal ein Sergeant untergekommen oder, greif ruhig höher, sogar ein Leutnant Akschontow: Er nahm ein Protokoll auf und du hast unterschrieben, und zwar nicht dessentwegen, was du gemacht, sondern was du NICHT gemacht hast, ein NICHT nach dem andern: NICHT stubenrein (die Ausdrucksweise), NICHT nüchtern (der Zustand), NICHT Folge geleistet (den Anordnungen des Ordnungshüters). Vielleicht war es auch nicht Akschontow, sondern ein anderer Name. Während gerade Akschontow dich jetzt auf seinem Posten erwartet, am Ende des Dorfes AKSCHONTOWO, und dir freundlich die Geschwindigkeit vorhält, welche du übertreten hast beim Nachsinnen über das Schicksal des russischen Dorfes. Und was für eine Gesichtsfarbe er hat!

Wie Sophie. Wangenrot, das keine Farbe mehr ist, sondern eine Blume. Und da wird diese dunkelbordeauxrote, fast schwarze Rose, zu ihrer natürlichen und wohlerworbenen Gesichtsfarbe, auch noch von Verlegenheitsröte überflutet! Wie sollte man den Obersten Sowjet NICHT mit solcher Morgenröte des Orients schmücken! «Rotwangig hebt sich der Morgen im Osten...»

Puschkin natürlich, vor allen andern. Noch so ein veraltetes Wort: ROTWANGIG. Zu Puschkins Zeiten gab es noch Wangenrot. Entsprechend war auch das Wort gebräuchlich, dieweil es entsprach. Auch Puschkin selbst eignete dieses Wangenrot. Im Lyzeum war er der rotwangigste

Junge. Wangenrot charakterisierte ihn nicht weniger als Krauskopf und Koteletten. Wer ihn auch nur einmal lebend gesehen hatte ... Wiederum nicht wir.
Hier sah jemand Puschkin ähnlich. Vom Wangenrot und vom Gesicht her. Der Puschkinkopf saß auf dem – übrigens recht massiven – Hals des jungen Hausherrn, zu dem Sophie gehörte. Der ältere Hausherr, sein Vater, der ihm an Kräftigkeit und Wangenrot nicht nachstand, glich im Gesicht verblüffend meinem Vater. Die Ähnlichkeit wurde noch dadurch akzentuiert, daß ich mich gerade an ihn erinnert hatte, an meinen Vater ... Nur war er am Leben und gesund. So gesund war er nie gewesen, solange er am Leben war. STROTZEND vor Gesundheit ... Wenn es im Russischen so viele genaue und unterschiedliche Wörter zur Beschreibung der Gesundheit gegeben hat, vielleicht hat es dann auch Gesundheit gegeben?
Er sitzt an der Stirnseite der Tafel, mein Vater, gibt seinen Segen. Die Zügel der Regierung hat er seinem Sohn übergeben ... Wie beschreibe ich jetzt noch das Wangenrot der Männer? Ihre Gesichter sind rissig wie Rinde, und deshalb scheinen sie dich ständig auszulachen und dir zuzublinzeln, weil von Augen und Mund Strählchen ausgehen auf der braungebrannten Haut, und in diesem Augenblick brichst du ein Stück braungebratener Kruste vom Spanferkel ab, wie Woroschilow einst bei Iskander, und der Trinkspruch ... auf dich, ja, wird er ausgebracht. Abendlicht fällt auf ihre Gesichter wie auf Baumstämme im Wald bei Sonnenuntergang, und es beweist, daß in der Rinde nicht weniger Leben steckt als in Blatt und Blüte, und wenn ich in ihre ... – genug des bettlerhaften Wortgeklaubes! –, wenn ich in ihre *ehrlichen* Gesichter blicke, mag ich weder ihre Schläue verurteilen noch ihre Selbstzufriedenheit.
Wir sind im oberen Teil des Hauses, in den Paraderäumen,

wo nie jemand wohnt. Hier gibt es Parkett. Gibt es Teppiche, Kristall, polierte Möbel. Gibt es silbergefaßte Trinkhörner und Dolche. Gibt es an der Wand ein schönes Bild: Ein Tiger schlägt seine Zähne in ein Mädchen, und ihr Busen ist entblößt im Mondlicht – sie sieht uns an mit abschiednehmendem, frigidem Blick. Aber Rousseau ist das nicht. Das ist ein Original.
Hier nun ist alles – gekauft. Vom Allerteuersten. Was nicht benützt wird. Weswegen man überhaupt. Nicht schlechter als bei andern Leuten. Was man eben so hat. Besser als bei den Nachbarn. Gelebt und gearbeitet wird rastlos im Erdgeschoß, auf der Ebene der sündigen Erde, damit man sich dieses häusliche Paradies im ersten Stock einrichten kann, wo zu Lebzeiten niemand – nein, nicht des Hierlebens unwürdig wäre, sondern nicht dazu kommt. Viel zu tun unten – wann läuft man schon mal rauf. Obgleich gerade hinter dem Paraderaum, in dem wir sitzen, das Hauptschlafzimmer einzusehen ist, mit Möbelgarnitur, arabischer Bettwäsche und Seidendecken – vom Allerbesten und Allerteuersten fürs «schlichte menschliche Glück». Geschlafen wird darin ebenfalls nicht, geschlafen wird ebenfalls unten, ermattet vom Ackern eines langen Tages fällt man auf die durchgelegene Liege. Daß hier nicht geschlafen wird, ist in diesem Fall kein Bild und keine Mutmaßung: Der Boden ist mit einer Schicht Nüsse und Dattelpflaumen bedeckt, gerade erreicht sie die abschiednehmende Sonne, und da ich durch den Spalt der halboffenen Schlafzimmertür einen Blickwinkel gewonnen habe, freue ich mich an dieser plötzlichen Malerei, bis... Bis Sophie meinen Blick bemerkt und die Tür schließt. Womit sich die Frage stellt: Hat sie die Tür geschlossen, damit ich das Bett nicht sehe oder damit ich die Dattelpflaumen nicht sehe?
Sophie und ihre älteste Schwiegertochter, die Abgeord-

nete der ASSR, ihre Schwiegermutter und noch eine Tante – sie alle sind, Kopftüchlein auf dem Kopf, am unteren Tischende angetreten und betrachten wohlwollend das Gelage von uns Männern. Bei ihnen richtet sich die Diensthierarchie nach dem Alter, nicht nach dem Rang: Bemerkt die Schwiegermutter, die keinerlei Abgeordnete ist, daß etwas, wie sie meint, nicht in Ordnung sei, flüstert sie es der Abgeordneten der ASSR zu, die wiederum der Abgeordneten der UdSSR, und die flinke Sophie kommt mal mit Käse, mal mit Hühnchen gelaufen.
Wie sollte man da die Sowjetmacht NICHT lieben! Wenn sie, die imperiale Hand bis zum hintersten Winkel ausgestreckt, ihren in Ungnade gefallenen Dichter mit unerwartet mütterlicher Zärtlichkeit liebkost, als hätte nicht sie selbst ihn hierher getrieben, weit fort aus ihren Augen. Was gut ist an einer Maschine: daß sie nichts mit böser Absicht tut.
Die Sowjetmacht war nicht nur anwesend, sondern auch einmal zu Besuch gewesen. Chruschtschow höchstpersönlich hatte auf dem Stuhl neben dem meinen gesessen, wo jetzt der Vater saß. Deshalb war die ganze Ortschaft so mit Dornengestrüpp zugewachsen. Da mich mein Gedächtnis vielleicht trügt, nennen wir es Assaparella. Einmal im Jahr, im Frühling, sind diese Dornen, noch zart und grün, ein Leckerbissen. Die übrige Zeit des Jahres sind sie einfach nur Dornen. Chruschtschow war gerade in der Assaparella-Saison zu Gast gewesen. Ihm gefiel der Geschmack, den er nie zuvor gekostet hatte. Und dieweil in Abchasien kein Mais einzuführen war, da dort sowieso alle mit Mamalyga aufwachsen, gab er sich laut der Vision hin, diese Assaparella mit ihrem ausländisch klingenden Namen könnte dem Land Devisen bringen, was sogleich notiert und später auch realisiert wurde von der lokalen Führung, die sich natürlich in nächster Nähe befunden hatte,

das heißt in dem Raum, wo jetzt wir saßen. So begann die Kampagne zur Einführung einer neuen landwirtschaftlichen Kultur. Assaparella war am Tag nach Chruschtschows Abreise schon ungenießbar, während Abchasien unpassierbar wurde vor lauter Dornengestrüpp. Chruschtschow wurde abgesetzt und Assaparella schlagartig vergessen, als natürliche Hecke blieb es an den Grundstücksgrenzen hängen. So daß die Grimmigkeit der hiesigen Hecken nicht nur mit wirtschaftlicher Notwendigkeit oder kulakischer Besitzgier zu erklären ist.
Aha, daher der Reichtum! Jener Besuch hatte unseren Bauernhof geadelt, seither konnten sie unbehelligt arbeiten. Und sie nützten die Nische auch, um zu arbeiten. Ohne Beziehungen nach oben geht nichts... Also muß man Freundschaft schließen. Interessante Denkmäler hat die Zeit vom Mann an der Macht überliefert: die ukrainische Krim, die zweihundert Kilometer nach Norden verschobene Maisgrenze und die Zäune aus Assaparella!
Hier nun komme ich nicht umhin, mich dabei zu ertappen, wie sehr mich der Schöpfer des «Ziegentur» behindert. Aber ich habe ja gar nicht die Absicht, BESSER zu schreiben...
Sondern von anderem: Fast hätte ich wieder Ljussjas Zähnchen verloren...
Muß auf mich aufpassen, und mehr noch auf *ihn*. Denn was hatte ich ihn geheißen? Regelrecht befohlen hatte ich ihm, auf gar keinen Fall Wein zu trinken, Wein trinken alle nach dem ersten Gläschen Tschatscha, der Grundlage. «Wein bringt dich um!» schärfte ich ihm ein und gestattete ihm nur (in Verletzung des Rituals, das zu verletzen man mir als Gast ausnahmsweise gestattete), aus dem undurchsichtigen Gläschen noch weiter Tschatscha zu nippen. «Störe jedenfalls nicht!» befahl ich ihm von oben herab. «Und iß was dazu!» riet ich ihm wie eine Mutter. In

derart ehrbarer Gesellschaft durfte man nicht schlappmachen! Man könnte das auch Selbstwertgefühl nennen. Um so mehr, als es dem Hausherrn an Vergleichen nicht mangelte. Vor mir war nicht nur Chruschtschow hier gewesen, auch der Präsident der USA sollte kommen, kam dann aber nicht, Jewtuschenko ist ein häufiger Gast, auch andere Schriftsteller, ausländische (Greene? Böll?) – ja, die, glaube ich. Hemingway ist nicht dagewesen. Dieser Engländer hat nicht schlecht getrunken, ja. Aber auch bloß Tschatscha. Dann war es eindeutig Greene.

Auf die Völker wurde getrunken. Das ist ein besonderer, wohl nur hier üblicher Trinkspruch. Nicht im Sinn von Internationalismus oder Völkerfreundschaft. Ein noch vorsowjetischer Trinkspruch, so zeigte sich, ein traditioneller. Darauf, daß Gott es so eingerichtet hat, daß es Völker gibt – das tschetschenische, das jüdische, das moldauische... – und Gott sei Dank! Es ist gut, daß es sie gibt, die Völker. Wie sollte man da NICHT am Glas nippen als einziger Russe am Tisch, wenn man sich in einer – für einen selbst – so beglückenden Minderheit befindet!

Was an der Trinkspruchtradition so gut ist: sie läßt sich nicht austricksen. Die Tafel besiegen kann man nur im ehrlichen Kampf. Wie sollte man auch NICHT das Glas leeren auf die Völker, auf die Erde, die uns diese Tafel geschenkt hat, auf die Eltern, die uns daran Platz nehmen ließen, auf die Vorfahren, die uns auf einmalige Weise die Eltern ausgesucht haben, auf die Lebenden (gebe Gott ihnen Gesundheit!) und auf die Toten, die in deinem Glas jetzt lebendig sind; auf alle, die jetzt nicht bei uns, aber trotzdem mit uns sind, und auf alle, die hier sind... bemerkenswerte Menschen sind da beisammen! so daß man auf jeden extra trinken muß, und nur auf sich selbst darf man, bescheiden den Blick gesenkt, nicht trinken. Und wenn man bedenkt, daß, bevor nicht sämtliche Trinksprü-

che zelebriert wurden, niemand das Recht hat, sich von der Tafel zu erheben (und auf einen Trinkspruch leert man das ganze Glas), daß es außerdem eine Schande ist für den Mann, eines dringenden Bedürfnisses wegen aufzustehen, so wundert einen nicht mehr, daß Erkrankungen der Harnblase in Abchasien ziemlich verbreitet sind, was mir Gelegenheit gibt, die Versammelten auf eine möglicherweise großartige Verwandtschaft der Abchasen mit dem Astronomen Tycho Brahe hinzuweisen, welcher anstelle der in seiner Jugend beim Duell abgehauenen Nase eine Silberkappe trug, doch in recht hohem Alter starb, nun jedoch nicht von Säbel oder Dolch, sondern an einer geplatzten Harnblase, dieweil er als Hofastronom in ein unbekanntes Land berufen worden war und, in Unkenntnis der Gepflogenheiten bei Hof, es sich für alle Fälle versagte, von der Tafel aufzustehen, wußte er doch nicht, was dort üblich war und was nicht, und solch eine unerbittliche Befolgung rein abchasischer Traditionen kann nur bedeuten, daß seine Mutter Abchasin oder Ubychin war ... und diese meine Hypothese hört man sich mit unerwarteter Aufmerksamkeit an und nimmt sie an auf Treu und Glauben, das heißt als Tatsache.
Wie stark ist doch der Mensch, wenn er nicht zahlreich ist! Wenn er der Welt beweisen muß, daß es ihn gibt, und es auch selbst nicht anzweifeln darf. Jede Bestätigung von außen erscheint als Stütze. Noch unlängst war ihre Existenz für sie selbst so unbezweifelbar gewesen, daß sie sich gegenseitig Pferde und Frauen raubten und sie verkauften. Die Frauen waren berühmt und galten derart fern der Heimat als Zierde der Harems, daß man jetzt (wenn man wollte) über die mütterliche Seite die unerwartetsten Verwandtschaftslinien ziehen könnte. Ruhmreiche Janitscharen oder Seyfulmuluken stammen dann plötzlich aus unserem Dorf, und schon ist es nicht mehr weit zu Napoleon.

Seit der selbstmörderischen Auswanderung der Abchasen in die Türkei zu Beginn unseres Jahrhunderts geht die Rechnung, ob Abchasen oder Nichtabchasen, anders: die Verwandtschaften lassen sich an den Fingern abzählen. So ist vom Stamm der Ubychen, engen Geschwistern der Abchasen, überhaupt niemand übriggeblieben. Sie zogen fort, lösten sich auf und verschwanden mitsamt Pferden und Frauen, Waffen und Küchengerät, Liedern und Tänzen, Brauchtum und Sprache. Auch ihre Sprache ist gestorben. Und wenn nicht ein Deutscher, der nie im Leben von Abchasen und Ubychen gehört hatte und in Zentralafrika Folklore sammelte, auf eine uralte Negerin gestoßen wäre, die ihm Märchen zu erzählen begann in einem ihm unbekannten, das heißt einem auch gar nicht existierenden Idiom... Dem Deutschen fiel weder der Ruhm eines Schliemann noch der eines Dahl zu, doch «unendlich ist der Teukrer Ruhm» – ich wüßte keine größere Heldentat als die Rettung fremden Ruhms. Die Negerin war als kleines Mädchen nach Ägypten verkauft worden, sie diente in einem Harem, wo damals gerade eine Partie Ubychinnen eintraf, und zum Beweis zündete sie sich eine Pfeife an. Der Deutsche zeichnete mit dem Tonband ihr unverständliches Greisinnengestammel auf, und der ihr selbst unverständlichen Pflicht ledig, befahl sie sogleich ihre nun leichte Seele dem sich ihrer erbarmenden Herrn an...
«Wie, sagst du, hieß dieser Sterngucker?»
Schön ist es, auf die Völker zu trinken!
«Er war Adliger, seine Vorfahren hatten an einem Kreuzzug zum Grab Christi teilgenommen, und einer brachte sich eine Schönheit mit, eine angebliche Türkin, die er aus der Sklaverei errettet hatte; man weiß nichts über sie, außer daß sie Pfeife geraucht hat und seine Großmutter war.»
«Könnte gut sein, wenn sie Pfeife geraucht hat», pflichtete

man mir bei. «Und du meinst, sie hat ihm beigebracht, nicht von der Tafel aufzustehen?»
«Könnte gut sein», pflichtete auch ich bei. «Sterbend verfügte er jedoch, daß auf seinem Grabstein stehen sollte: ‹Lebte als Weiser, starb als Narr›.»
Auch das wird von allen richtig verstanden – wir heben endlich die Tafel auf. Nun konnte ich nicht nur mit mir, sondern auch mit *ihm* zufrieden sein, denn alle außer den Gastgebern waren so sehr betrunken, daß man nur entzückt sein konnte, mit welcher Leichtigkeit und wie wenig schwankend er in meinen – bei leichter Dämmerung besonders weiß leuchtenden – Jeans über den nicht mehr smaragdenen, sondern jetzt dunkelgrünen Rasen schwebte.
Aber wenn es damit sein Bewenden gehabt hätte!
Hier auf der Wiese, wo die Dämmerung schon die Umrisse hatte mitgehen lassen und alle Bauten nicht mehr so fest und neu aussahen, peinigten mich die patriotischen Reflexionen anläßlich fremden Reichtums nicht mehr so sehr. Was soll das Klagen über verlorene Traditionen, während man willenlos in Armut versinkt... Durchaus nicht die Tradition ist unser Reichtum, sondern Reichtum ist Tradition. So schlußfolgerte ich, während ich die Entfernung bis dorthin ausrechnete, wo die Gäste, einer nach dem anderen, männliche Würde wahrend, als wäre es ein anderer Grund, verschwanden. Die Berechnung war exakt, und als ich in dem rein russischen Bretterhäuschen mir das Bild vom ruhmlosen Tod Tycho Brahes austrieb, fiel mir plötzlich das himmlische nordrussische Dörfchen Turlykowo ein, wo es das alles einst gegeben hatte: Brunnen, Pumpe, nicht zertrampelte Wiese, Schnitzwerk an den Vortreppen, an den Fenstern. Wie ein Gotteshaus erhob sich das Dörfchen auf einem Hügel, und warst du hinaufgestiegen, fühltest du dich auch wie in einem Gotteshaus, wo man

beten konnte angesichts von Gottes weiter Welt, die bis zu dir heranreichte, dich umgab in nicht engem, doch nahem Kreis, jene Welt, die dir durchaus genug war, und der Wald, der das Feld umfing, stand wie eine Klostermauer, und auf einer Kiefer, die ihn überragte, war deutlich ein Kreuz auszumachen. Es hatten ja Menschen dort gelebt! Und alles hatte es gegeben! Jetzt lebten keine mehr dort, das Gotteshaus war mit seltsamer, auffälliger Plötzlichkeit verlassen worden: Löffel im Küchenbuffet und Kleider auf dem Bügel im Schrank... Was für eine Bombardierung! Kommt raus, steigt herauf, alles ist vorbei! Es schien, als müßten gleich die schönen Bewohner auftauchen, fröhlich lärmend und jubelnd, daß nichts kaputt ist, alles noch heil... Bloß... Sie kehren nicht zurück! Das eben ist schlimm. Sie wollen nicht, daß noch einmal... Als ob die Kollektivierung jene berüchtigte russische Priorität in der Erfindung der Neutronenbombe wäre: alles ganz heil, bloß keine Menschen. Doch wir werden zurückkehren nach Turlykowo! konnte ich gerade noch mit freudigem Schauder im Rücken denken,

da erschauderte ebenso freudig, stark und liebevoll unter mir der Rasen, und irgendwo von *dort*, aus dem Dämmer der Wirtschaftsgebäude, kam mit verwundertem Wiehern ein PFERD gelaufen. (Es prescht in der Erzählung vor, das Pferd, überholt mit Leichtigkeit Stier, Tiger, Katze, Drachen und Schlange...) Oh, was für ein Tier das war! Ein Vogel! Ein Geschöpf! Das Pferdegeschöpf flog, seinen Beinen nicht trauend, auf uns zu und direkt in den Garten. Es wußte noch nicht, wohin es stürmen sollte, doch schon stürmte seine Seele; es schien, als wäre es gefesselt von der Mächtigkeit des eigenen Körpers und müßte sich erst freischaffen, lostreten aus ihm, herausreißen aus sich selbst als dem nächsten Kerker, nach dem soeben verlassenen. Seine Farbe war bereits nicht mehr deutlich zu sehen, doch seine Vollkommenheit leuchtete wie ein Inbild, ein Sinnbild, ein Geist, wie etwas, das nicht sein kann . . . bald spiegelte die Kruppe, bald die Flanke den noch nicht aufgegangenen Mond. Schon glaubte es gänzlich an die Freiheit, stieß es ein siegreiches Wiehern aus und wollte losjagen, schreckte aber zurück, da es den Ast eines Apfelbaums für wer weiß was hielt. Ein Apfel schlug ihm aufs Maul, es knackte ihn mit kindlicher Begeisterung. Und als ob sein Herz drei Glücke auf einmal nicht mehr aushielte – Freiheit, Bewegung und den direkt in den Mund geflogenen Apfel –, weitete sich zuckend seine Flanke wie nach einem Rennen. Es jagte kreuz und quer durch dieses Pferdeparadies, huschte als Zebra zwischen den geweißten Stämmen, und die Äpfel warfen sich ihm selbst vor die Zähne; mondgrüner Saft floß über sein Gesicht, und verschreckt und furchtlos triumphierte über allem sein scheeles, wieherndes Auge. Gibt es Äpfel, gibt es auch das Paradies. Gibt es das Paradies für uns, ist auch ein Pferd darin. Für wen sonst gäbe es Äpfel und wozu sonst das Paradies? Und gibt es ein Pferd im Paradies, sind auch wir im Paradies –

so standen wir, umringten das Pferd, und der Hausherr platzte schier vor Bescheidenheit, und meine Gedanken über den Sinn des Reichtums kamen mir erbärmlich vor, denn das hier war ein PFERD. Alle diese Definitionen des Eigenen, Geschaffenen und Erworbenen erschienen als kleinkarierte marxistische Rechnerei. Sicher, dieses Pferd war gekauft, doch nicht wie ein Fernseher oder ein Teppich und nicht mal wie ein Auto. Es hatte keinen praktischen Zweck. Es war ein Rennpferd. In diesem Jahr würde es noch nicht gewinnen, im nächsten gewinnt es zweifellos, und

so siehst du weder die geliebte Frau an noch dein Kind von ihr, wie man ein Pferd ansieht;

es gibt einen normalen, alltäglichen, ungefährlichen Neid,

den man gerne im Nachbarn erregt, durch die Ernte zum Beispiel oder die Frau, den heranwachsenden Sohn oder durch das neue Auto, aber es gibt auch einen Neid so gewaltig wie ein PFERD, er schlägt Volten in dir und zertrampelt dir die Seele, ein Neid mit grünem Apfelschaum auf den Lippen, und mit dem muß man sich vorsehen –
und das nun ist der Augenblick, da der Hausherr den Gästen das Abschiedstrinkhorn bringt. Und dieses Trinkhorn ist so groß wie ein Elefantenstoßzahn.
Und hinein gehen genau zwei Flaschen Wein.
Ich denke noch, das Horn würde die Runde machen...
Aber der Hausherr, der Jüngere, der wie der Teufel Puschkin ähnlich sieht, macht vor, wie das geht: es ist für einen bestimmt – in einem Atemzug, ohne abzusetzen, wird der Horninhalt geschluckt. Während er es erneut füllt, ich meine Vermutungen anstelle, wer der nächste ist, und sein Vater, der so auffallend, so brüderlich meinem Vater gleicht, bloß ein anderes, paralleles, vor mir geheimgehaltenes Leben gelebt hat mit seiner Luft, Arbeit und Gesundheit, mich so väterlich wohlwollend und aufmunternd anblickt und dabei lacht, als wäre er insgeheim mit mir zufrieden,
denke ich unterdessen wohl, daß – unerforschlich sind Deine Wege, Herr, und ich könnte, ja, könnte durchaus sein Sohn sein; daß vom Himmel eine große Hand herabkam mit meinem Samen auf der Handfläche und ich gezeugt wurde in Anapa («Anapa» heißt auf abchasisch «ausgestreckte Hand») – das jedenfalls ist eine Tatsache. Die Japaner rechnen das Alter des Menschen von der Zeugung an, warum sollte nicht Anapa meine Heimat sein? ein Zufall wird zur einzigen Möglichkeit und verdammt dich zum Schicksal...
Das Horn wurde mir gereicht, und während ich dankend ablehnte, wollte *er* gleich zugreifen. Ich beschwor ihn, ich

faßte ihn an den Händen und gab ihm ernsthaft zu bedenken, es brächte ihn um, er schaffe es nicht, blamiere sich, er gehe k. o. – doch zwecklos! Er entwand sich meiner Umarmung und packte das Horn. So sehr fühlte er sich als Pferd, daß er fast gewiehert hätte. Er streifte die Sandalen ab, offenbar der größeren Ähnlichkeit wegen, und während er mit nackten Fersen den abchasischen Rasen stampfte, sprach er: «Hilf mir, Erde!» Als er fand, jetzt stehe er endlich fest auf dem Boden, setzte er an. Mir blieb nur noch, ihn besorgt zu beobachten. Er trank und trank, und sein Horn hob sich. Ich kann schon in nüchternem Zustand den Kopf nicht weit zurücklegen, da mir sonst schwindlig wird. Wie ihm nur der Atem reichte! Sein Kopf bog sich zurück, das Horn hob sich höher und höher, er stand in wörtlichem Sinne auf dem Boden, und da erblickte er den mit einemmal aufgegangenen, wie hinterm Horizont vorgesprungenen Mond. Seine Biegung hatte etwas Raubtierhaftes, wie ein Panther im Sprung, der sein Opfer packt. So hing er am Horn, weniger es haltend als sich vielmehr daran festhaltend, zwischen Erde und Mond, wie der trompetende Pionier im Park, und so erstarrte er auch, nachdem er den letzten, den Siegestropfen herausposaunt hatte. Während der einhelligen, beifälligen Ovation stand er so. ‹Na, na›, dachte ich, ‹schauen wir mal, was du hinterher machst.› Aber auch hinterher fiel er nicht gleich um, sondern brachte es noch fertig, das geleerte Horn mit feierlicher Geste dem nächsten zu überreichen und ohne zu schwanken die Arena zu verlassen.
Ihn ins Auto zu laden war schon schwieriger. Er kroch auf allen vieren über den Rasen und weinte. «Das Zähnchen! Ich hab Ljussjas Zähnchen verloren...», wehklagte er. Niemand außer mir verstand ihn.
An meiner Brust beruhigte er sich schließlich. Er ließ den Kopf hängen, eingelullt vom Ruckeln des Wagens, dabei

hielt er Ljussjas Schädel im Arm wie ein Kind sein Spielzeug.
Kurz vor Suchum schreckte er plötzlich auf, da er ein liebevolles Wiehern gehört hatte; er war klar und bestimmt und bat anzuhalten. Alle waren froh, sich ein wenig vom abchasischen Abschiedstrunk befreien zu können, doch hatte er gar nicht das im Sinn. Er fragte, ob da jenseits der Bahnlinie nicht jene Pension leuchte – und man bestätigte ihm, ja, das sei sie, wie er das erraten habe. Eine schlimme Ahnung blitzte in mir auf: Das mußte verhindert werden, unter allen Umständen! – aber er bestätigte sogleich meine Befürchtung, indem er erklärte, er würde nicht weiterfahren, sondern in der Pension übernachten. Wie hoffte ich, die abchasischen Freunde würden das nicht zulassen! Aber sie berieten sich und hielten ihn für durchaus zurechnungsfähig. Ich suchte ihn mit letzter Kraft abzuhalten, aber schon immer war er stärker als ich. «Verpiß dich doch...», schrie er böse und riß sich aus meinen betrunkenen Armen. Und rannte los.
Er rannte wie ein Pferd, so kam es ihm vor. Querfeldein, über die Bahngleise und durchs Assaparella-Gestrüpp; von meinen Jeans blieb kaum etwas übrig. Als er durchs letzte Röhricht und Riedgras gebrochen und über den Uferkies gestapft war, stürzte er sich, ohne sich auszuziehen, ins Meer und schwamm los. «Verpiß dich doch...», sagte er im Takt zu jedem Zug, als Antwort auf meine atemlosen Appelle. Mir versagten die Kräfte, erschöpft blieb ich zurück.
Er schwamm auf dem Mondpfad ziemlich weit hinaus, episch prustend wie ein Folklorepferd, entzückt über sich selbst inmitten der phosphoreszierenden Wasserbläschen, als wäre das alles er – Meer und Pferd und Mondpfad. Er fühlte sich als Sprudelwasser in einem Pokal, dabei glich er eher der hineingeworfenen Alka-Seltzer-Tablette. Aufge-

löst in der Nacht, stieg er mit leichtem Wiehern ans Ufer, wie schaumgeboren, genau bei der aus allen Fenstern leuchtenden Pension. Er weiß, was er will. Er zielt auf den Apfel.

Ich beschwöre ihn. Genau das wird er sich nie verzeihen. Unter gar keinen Umständen darf er das machen. Das hieße tief fallen. Im buchstäblichen Sinne. Besinn dich!

«Ach, fick dich doch ins Knie!»

Und er hatte recht. So war es auch...

Denn *ich* bin es, der naß, dreckig und betrunken ist, er dagegen gewandt wie James Bond, schleicht sich an wie ein Panther, im Smoking, mit Rose im Knopfloch, und sie erblickt auch *ihn*, nicht mich, ihrem begeisterten Blick nach zu schließen, als sie die soeben am größten Beet barbarisch abgerissene Rose in Empfang nimmt; die beiden sind es, die, ohne ein Wort zu wechseln, sich sogleich bei der Hand fassen und zum Strand laufen, in die Nacht, ins Dunkel, ins Meer hinaus, er mit dem gebührenden Wiehern, sie mit glücklichem Gekreisch; sie sind es, die sich im Laufen ausziehen, ihre Chitone und Tuniken fallen lassen, alles von sich werfen; die beiden sind es, die im Wasser plätschern und spielen wie Triton und eine Najade, sich gegenseitig mit weißen Hintern anphosphoreszieren, sich küssen und umarmen im offenen Meer, wohl wissend, daß zwar sie die aus allen Fenstern leuchtende Pension sehen, er aber, der Idiot, sie beide nicht sieht – kneift die Augen zusammen, strengt sich an, sieht sie aber nicht... und hier in der Brandung, vor aller Augen, trifft er endlich ins Schwarze.

Läßt die Nacht über sich hereinbrechen. Kann mich mal, diese Nacht!

...ebenso das Meer und die Pension und ihre leuchtenden Fenster und die gesamte Prosa – Pferd und Äpfel und Horn und Völker und Mondpfad und Himmel und Sterne, auch höchstselbst Mütterchen Erde, in diesem Fall bestehend aus schon erkaltetem Uferkies, und die schon unsichtbaren Büsche, die die beiden gegen den erleuchteten Promenadenweg abschirmen, dieser Promenadenweg mit den herüberschallenden, erregten Urlauberstimmen, diese Urlauber und ihre Stimmen und die Laternenkugeln über diesen Stimmen, könnt mich alle, diese flüsternden Laternen und der Grenzwachtturm, kann mich mal, und der über den Uferstreifen huschende Scheinwerferstrahl, der die beiden bislang fürsorglich ausgespart hat, auch der kann mich, und die Zikaden, die aus demselben Grund nicht verstummen, und das aufkommende Lüftchen und die anrollende Welle und die fortrollende Welle, die Sterne, der Kies, die Brandung und – das Meer, das Meer, das Meer! – nach Griechenland, zum Mittelmeer, nach Rom!

Kuh

25. August 1983. Sechs Uhr früh. Mediterrane Landschaft. Blitzsauber. Die rosa Schatten gefegt. Morgenmüll am Meeresstrand. Zwei Männer.
«Trotzdem, Sie unterschlagen was, Doktor.»
«Mir scheint, ich habe mich völlig klar ausgedrückt, verehrter Kollege. Alles hängt von der Dosierung ab.»
«Die Dosierung... Viel ist viel und wenig wenig. Eine Erfahrungstatsache, kein Gedanke. Die wichtigste Voraussetzung ist der Rhythmus. Als erstes regte sich die Zeit. Machte tick und lief los.»
«Sie meinen, die Zeit, das sei sowas wie die Uhr?»
«So ein Wissenschaftler sind Sie also! Sie meinen, Sie wären klüger? So, so... Dann sagen Sie mir mal, wie viele Hüpfer es jetzt werden.»
«Hüpfer?» Doktor D. sah automatisch auf die Uhr.
Pawel Petrowitsch lachte zufrieden. Er warf einen flachen Kiesel in die Luft und fing ihn auf.
Die Bucht war rund wie ein Teller. Das Meer hatte sich über Nacht beruhigt und war nun unbeweglich. Satt und glatt, lag es da in solcher Fülle, daß es sich an den Rändern sogar leicht bog wie eine überdimensionale Meduse.
«Machen wir folgendes Spiel», sagte PP und zielte. «Raten Sie richtig, zahl ich eine Flasche, raten Sie nicht richtig, zahlen Sie eine.»
«Erstens: wie kann ich richtig raten? Und zweitens: wo treibe ich eine Flasche auf?»
«Wie Napoleon sagte: zweitens reicht schon.»
«Wieso Napoleon? Denken Sie an Kognak?»
«Sie haben eine feine Zunge, Doktor!» PP lachte. «Spielen wir um einen Napoleon.»

«Einen Napoleon schaff ich nicht...» DD kramte Dreier, Fünfer und Einrubelscheine aus der Tasche.
«Na endlich, ein Gespräch unter Männern. Also – um eine Flasche?»
DD war immer noch unschlüssig. «Es ist, wissen Sie, praktisch das letzte... Gestern, verstehen Sie, habe ich praktisch auch... größere Ausgabe... Kollegen, Sie verstehen...»
PP seufzte und warf den Stein, ohne hinzusehen, wütend aufs Meer. Der Stein hüpfte jedoch wie lebendig übers behäbige Wasser, wie ein Frosch. Und hüpfte bis zum Horizont.
PP, geheimnisvoll, im Flüsterton, dicht an DDs Ohr: «Erinnert Sie das nicht an was?»
«Doch, natürlich, die Kindheit. Ich konnte das nicht. Mehr als dreimal konnte ich nie. Solche wie Sie habe ich so beneidet!»
PP geringschätzig: «Nicht der Rede wert. Eine Frage des Trainings. Exakte Gestik, sonst nichts. Immerhin bin ich Bildhauer.»
«Sowas! Zum erstenmal seh ich einen lebendigen Bildhauer...»
«Ach, haben Sie denn schon viele tote gesehen? Ein Scherz, nehmen Sie es nicht krumm: ha-ha!»
«Nein, wieso. War nicht komisch, aber das in Maßen.»
«Bravo, Doktor. Sinn für Humor ist in keinem Beruf von Schaden. Ihr Gebiet sind, wenn ich nicht irre, die Vögel?»
«Die Vögel – wie haben Sie das erraten?»
«Ich saß im Gebüsch und sah, wie Sie sich an einem Federchen gefreut haben. Geschöpfe mit viel Sinn für Humor, die Vögel.»
«Ach, das ist Ihnen auch aufgefallen? Dazu muß man sie aber gut kennen!»

«Tue ich auch. Wundern Sie sich nicht, als Kind hab ich nämlich mit Singvögeln gehandelt. Doktor, Sie konnten sich eine ironische Bemerkung über die Uhr nicht verkneifen... Ich habe aber nicht einfach einen Stein – ich habe ein Demonstrationsobjekt aufs Meer geschleudert...»
PP hielt genüßlich die Pause, doch DD hielt sie ebenfalls.
«Ist Ihnen aufgefallen, daß der erste Hüpfer lang war, der zweite kürzer, der dritte noch kürzer, u-es-we? Was hat das zu bedeuten?»
«Nun, wenn Sie es mathematisch ausdrücken wollen, so ist das ein linearer Graph der negativen Beschleunigung.»
«Aha, muß ich mir merken... Trotzdem, das bleibt eine äußerliche Beschreibung. An ein Uhrpendel erinnert es Sie nicht?»
«Eigentlich nicht. Höchstens, wenn man diesen Stein an einen Faden hängt...»
«Wozu das denn, Doktor... Wissen Sie, wie in dem armenischen Rätsel: Ist grün, hängt an der Wand und piepst. Kennen Sie? Na schön. Es ging mir exakt um Ihre mathematische Bedeutung, die Beschleunigung nämlich. Wenn das Pendel ans eine Ende kommt, was macht es? Ste-hen-blei-ben. Und um stehenzubleiben, was macht es da? Ver-lang-sa-men. Klar?»
«Sicher. Das Abbremsen des Pendels.»
«Abbremsen, na wunderbar. Und was bedeutet das?»
Auch diesmal hielten beide die Pause.
«Es bedeutet, daß sogar die Uhr, um zu gehen, jede Sekunde stehenbleiben muß, von der Zeit gar nicht zu reden! Die Uhr ist Rhythmus, nichts weiter, eine Konvention, sie schlägt unserem Tag den Takt. Die Zeit mißt sie nicht, das weiß jeder denkende Mensch. Doch ist die Uhr

nicht so naiv, wie jener denkende Mensch von ihr denkt. Wie Sie zum Beispiel... Sie meinen, ich nähme es Ihnen persönlich krumm? Stellvertretend für die Uhr nehme ich es krumm. Für die Uhrmachermeister.»
«Von denen hatte ich es ja gar nicht. Eine Uhr ist eine Uhr. Sie geht.»
«Na bitte! Worin unterscheidet sich der Meister vom Gelehrten? Er arbeitet mit Gefü-ü-ühl! ‹Eine Uhr ist eine Uhr!›» PP prustete verächtlich. «An welchem anderen Erzeugnis hat der Mensch so herumgetüftelt wie an der Uhr? Wie er sie ausgeschmückt hat! Was für Schlagwerke, was für Repetieruhren! Und aus was allem er Uhren gemacht hat! Aus Kristall, Porzellan, aus Gold, aus Stroh... Aus Wasser! Einfach aus allem hat er Uhren gemacht, der Mensch! Hatte er die eine fertig, fing er die nächste an. Weshalb? Sogar in unserer Zeit, wo es keine Meister mehr gibt, nur noch Industrie – was hat er sich nicht alles für Uhren ausgedacht! Schon an die aus unserer Jugend erinnert man sich mit Mühe. Wissen Sie noch, wie wir seinerzeit stolz waren: antimagnetisch, stoßsicher, wasserdicht... Wo sind heute diese Windmühlen abgeblieben? Sogar die elektronischen sind heute überholt. Heute sind sogar Radio und Computer und Fernseher eingebaut. Weshalb soviel?»
DD schluckte den Köder immer noch nicht. So fuhr PP fort.
«Doch deshalb, bloß deshalb, weil man mit der Uhr nicht die Zeit mißt! Sondern sein Verhältnis zu ihr! Die Uhr ist etwas Kultisches, Rituelles, nichts Praktisches. Sie kommen ja nicht deshalb zu spät oder rechtzeitig, weil Sie eine Uhr haben, sondern weil Sie irgendwohin müssen oder eben nicht.»
DD reagierte endlich: «Bravo! So ist es. Mit dem Zuspätkommen, da haben Sie recht. Jedenfalls habe ich mich

mit Ihnen festgeredet und komme schon zu spät. Wohin gehen wir eigentlich?»

Tatsächlich, jene runde Bucht, in der sie sich begegnet waren, war bereits außer Sicht. Das Ufer zog sich lang und langweilig dahin, und der Rand der Sonne lugte schon hinterm Gebirge vor.

«Zu spät kommen Sie?» PP freute sich, als hätte er persönlich einen Sieg über die Zeit errungen. «Sehr gut! Sind nicht allzu verstimmt, wie ich sehe. Wohin mußten Sie denn?»

«Ach, die Kollegen wollten mir einen relikten Hain zeigen und mich dann zu den Affen fahren.»

PP triumphierte: «Den relikten Hain! Genau dahin gehen wir ja. Sie kommen vielleicht gar nicht zu spät. Dort treffen wir sie alle.»

«Trotzdem, einfach zu komisch. Reden über die Uhr und vergessen darüber die Zeit...»

«Her-vorragend! Einfach hervorragend! Über die Zeit reden wir ja noch gar nicht. Jetzt, wo Sie es nicht mehr eilig haben, könnten wir auch das tun. Natürlich nur, falls es Sie interessiert...»

«Woher kommt Ihr Interesse an der Uhr? Von Ihrem Beruf? Interessieren Sie sich dafür als Bildhauer?»

«Als Bildhauer... Nicht übel. Man merkt, Sie sind Wissenschaftler. Beobachten exakt. Danke für die Idee. Gewiß, die Uhr ist zunächst einmal eine Skulptur. Eine normale kinetische Skulptur, um es in der Sprache der Avantgarde auszudrücken. Sozusagen ein Denkmal der Zeit. Wem sonst hat der Mensch so viele Denkmäler errichtet? Lenin und Stalin können da nicht im entferntesten mithalten. Als ich mal eine Leninuhr repariert habe...»

«Wie – gibt es ein Lenindenkmal mit Uhr?»

«Nein, eine normale Kaminuhr, mit dem Schlag der Kremluhr. Ich arbeitete damals als Uhrmacher...»

DD lachte glücklich. «Ich glaube, Sie haben mich rumgekriegt, Pawel Petrowitsch...»
«Ach woher, mein Freund. Sie glauben mir nicht, dabei habe ich wirklich als Uhrmacher gearbeitet. Rumgekriegt habe ich Sie noch nicht. Aber wenn Sie wollen... Machen wir folgendes Spiel: Raten Sie, wie viele Hüpfer es werden, sind Sie mir eine Flasche schuldig, raten Sie es nicht, bin ich Ihnen eine...»
«Wie? Erlauben Sie mal, ich verstehe nicht... Rate ich richtig, habe ich verloren?»
«Also wirklich, wie mißtrauisch Sie sind. Wirklich, ein Wissenschaftler. Ersticken vor lauter Logik. Sagen doch selbst, daß Sie es nicht raten können. Ich biete Ihnen günstigere Bedingungen an. Geradezu todsichere, aus Ihrer Sicht. Nun?»
PP hielt schon einen passenden Stein in der Hand.
DD, mit einem Lächeln: «Na schön. Möchten Sie denn verlieren und nicht gewinnen?»
PP, bekümmert: «Ja, ich möchte leidenschaftlich gerne verlieren. Aber ich verliere nie. Es ist sogar langweilig, glauben Sie mir.»
«Aber dann sage ich irgendwas – und Sie haben verloren.»
«Oh, könnte ich nur hoffen!»
«Also, wie Sie wollen...»
«Also?» PP erstarrte in der Pose des «Diskuswerfers». «Erinnern Sie sich, bei Puschkin: ‹Der Jüngling, gebeugt, holte aus, und gestützt mit der Hand auf das Knie›...»
«Also, acht.»
PP warf sofort.
«Eins, zwei, drei», zählte DD. «Sechs, sieben...»
Der Stein blieb plötzlich stehen und sackte steinartig ins Wasser. Wie mit einem Kopfsprung. Wie lebendig.
«Acht», sagte DD, kläglich wie ein Kind.

«Kann nur mühsam verbergen, wie ich mich gräme», sagte PP, als er von DD das Geld in Empfang nahm. Und verschwand im Gebüsch.

DD kratzte sich nachdenklich die Nase.

Es fiele uns schwer, genau mitzuteilen, was er dachte. Wir belauschen und belauern, mehr nicht. Doch ist vielsagend, wie er aussieht. Einerseits, wenn die Nase juckt, heißt das meist, es gibt was zu trinken. Andrerseits ist er so blöd nun auch nicht, um auf PPs Rückkehr zu hoffen. Drittens wollte er morgens ja nicht... War sogar zum Meer gejoggt, um bei Tagesanbruch zu baden. Seine Aufmachung ist durchaus strandgemäß, obgleich er eigentlich weder baden noch sich sonnen mag, weil er aufgrund seiner Tätigkeit sein ganzes Leben am Strand verbringt. Entweder – oder. Damit bei seinen Leuten nicht der Schlendrian einreißt, muß er ein Beispiel geben: *zu Hause* badet und sonnt er sich nicht. Hier ist es was andres. Hier kann er es sich erlauben. Er hat Shorts an, Turnschuhe, trägt eine alberne Mütze mit langem Schirm und um den Hals ein Handtuch. Und hat nun doch nicht gebadet. Dieser Typ... Einerseits begegnet er so einem zum erstenmal. Andrerseits erinnert der verdächtig an etwas Fernes, aber ihm selbst Widerfahrenes... Trotz aller Anstrengung kann er sich partout nicht erinnern. Unversehens von PP allein gelassen, spaziert er am Strand lang, am Saum des Wassers, auf und ab, im Profil und erneut im Profil, mit dem Kopf ruckend und die dünnen, langen Beine hochreißend, und sein langer Mützenschirm unterstreicht noch seine Ähnlichkeit mit dem Gegenstand seiner Studien – mit einem Vogel. So spaziert er dahin und hängt seinen Gedanken nach, und welcherart seine Gedanken über PP sind, läßt sich wiederum genau sagen, denn er sucht unter den Strandkieseln nach möglichst flachen und probiert, sie aufs Wasser zu schleudern, bei ihm jedoch hüpfen sie

überhaupt nicht, sondern gehen unter, wiederum steinartig – geradewegs zum Grund.
Da lacht er, zufrieden mit seinem Verlust.
Entschlossen zieht er sich aus bis auf die Unterhosen, um endlich zu baden. Doch geht er dann nicht ins Wasser, sondern hockt sich ausgezogen hin und blickt aufs Meer. Und wieder bringt er es fertig, uns das Profil zuzuwenden.
So sitzt er nackt wie ein großer, gerupfter Vogel und vergleicht jetzt wahrscheinlich die Meere, sein nördliches, die Ostsee, mit diesem südlichen, dem Schwarzen Meer. Kein Vergleich! Vogellosigkeit. Kein Sand. Dieses Grau der Kiesel am Uferstreifen macht alles kaputt. Nicht nur um die Fauna, auch um die Flora steht es hier schlechter. Er sollte doch bis zu diesem sogenannten relikten Hain gehen. Bevor die Sonne...
Bevor die Sonne zu heiß brennt. Sie war bereits vollständig hinterm Gebirge vorgekommen und hing darüber wie ein Mond. Sie beschien das gesamte Meer, und das Meer wurde tatsächlich *schwarz*. Wie Öl, wie Quecksilber oder Amalgam, wie ein Spiegel... wie Schuhwichse, wie ein blankgeputzter Stiefel. Sowas in der Art. DD gab die Absicht zu baden auf.
Er zögerte noch, ob er zurückkehren sollte oder weitergehen. Zum relikten Hain. Falls dieser Typ nicht gelogen hat... Und falls er gelogen hat – wie weit ist es wirklich?
Endlich sieht er einen Vogel. Bloß eine Möwe. Doch immerhin.
So geht er in Richtung der Möwe. Also doch weiter, nicht zurück. Wie ein Kranich schreitet er aus, ruckt er mit seinem Mützenschirm gen Norden.
Weshalb ist er hierhergekommen? Eigentlich, um blauzumachen. Zu baden. Baden mag er nicht. Der relikte Hain und die bevorstehende Exkursion zu den Affen inter-

essieren ihn nicht sonderlich. Die Affen nicht, weil er fachlich nichts über sie weiß. Gewissermaßen interessieren sie ihn nur in Zusammenhang mit der menschlichen Population. Diesbezüglich kommen ihm seit einiger Zeit – und auch das hat irgendwie auf geheimnisvolle Weise mit Pawel Petrowitsch zu tun (wieso nur?!) – immer häufiger verbotene, unprofessionelle, doch höchst verführerische Gedanken ... Er hat plötzlich entdeckt, daß er an den Vögeln, ehrlich gesagt, längst kein Interesse mehr hat, daß er nur an einem Tier noch Interesse hat – am Menschen. Und je interessanter, desto schlimmer. Vielmehr – je schlimmer, desto interessanter. Dies ist sein wissenschaftlicher Seitensprung.

Auch das Schwarze Meer interessiert ihn nicht. Interessant daran ist nur der Schwefel. Jene Schwefelschicht auf dem Grund, die weiterwächst und dem Leben an der Oberfläche nur ein paar Dutzend Meter überläßt. Auch diese Schicht interessiert ihn nur unter einem Aspekt: als Lebensäußerung der Gattung Mensch. Aber ob nun hier im Süden alle faulenzen und unqualifiziert sind oder ob da was geheimgehalten wird, jedenfalls hat er über die Dynamik der Schwefelschicht bislang keine genaueren Daten bekommen als die, die er selbst schon hatte. Und keiner gibt einen Hinweis, wo sie zu bekommen wären. Womöglich wissen sie es selber nicht ...

Die Affenstation selbst interessiert ihn nicht. Noch viel weniger die Experimente dort. Hat doch alles kein Niveau. Dieser Dragamaschtschenka ... Es heißt, er hätte ein geheimes Labor, das irgendwie mit dem Menschen zu tun hat. Aber er hält absolut dicht. Weil nichts ist oder weil er nichts sagen darf? Wird was geheimgehalten oder nur getan als ob? Biologe ist dieser Dragamaschtschenka jedenfalls nicht. Dafür hält er dicht wie ein Profi. DD selbst hat gestern allerdings nicht dichtgehalten. Hat sich offenbart, sich entblößt. Über den Menschen hätte er sich gestern nicht auslassen sollen. Hatte bißchen zuviel von dem Sprit intus. Na ja, diese Blonde, Regina, oder wie? Hing geradezu an seinen Lippen. Der Sprit war bei ihnen übrigens viel besser als bei ihm auf der Vogelwarte. Dieselbe Akademie der Wissenschaften, sollte man meinen, aber der Sprit unterschied sich. Stand den Affen, weil sie den Vögeln übergeordnet waren, etwa besserer Sprit zu?

Dieser Gedanke mußte DD erheitern, bezog doch auch er sich nicht auf die Vögel und die Affen, sondern auf den Menschen. Und darum würde er die Exkursion zur Affenansiedlung in der Natur natürlich mitmachen. Erstens hat er noch nie eine Primatenherde aus der Nähe gesehen: schon sehr verlockend, sich die Sozialstruktur ihrer Gemeinschaft anzuschauen... Affen in Freiheit, und das in Rußland, unterm Sozialismus! Wir sind nicht frei, aber sie sind es! Die Freiheit soll sogleich zum Gedeihen der sekundären Geschlechtsmerkmale geführt haben: Ihre Mähnen wuchsen wie Löwenmähnen, und die Gesäßschwielen erblühten wie Rosen. Dafür sind die Schwänze leicht erfroren – immerhin, Rußland, wenn auch ohne Käfig. Aber selber ernähren können sie sich auch nicht, brauchen zusätzlich Futter – das sind bereits Folgen des Sozialismus... Hm. Doch, da muß er mit.

Wir jedoch überschreiten da bereits die selbstgesetzten Grenzen: wir beginnen für DD zu denken.

Mit Sicherheit läßt sich nur sagen, daß er plötzlich aus seinen Gedanken aufschreckt und einen Schritt zulegt. Denn da vorne ist irgendwas... Viele Möwen, ein Heidenlärm. Könnte sogar ein Mensch...

Bei PP fällt es uns irgendwie leichter, zu denken, was er dachte. Viel schwerer läßt sich voraussehen, was er sagt.

Erstens sehen wir PP – anders als DD – die meiste Zeit

frontal. Vielleicht, weil er ständig redet und wir zuhören. Frontal wirkt er im Verhältnis zu DD noch kürzer und breiter, als er tatsächlich ist. Eigentlich sind die beiden ungefähr gleich groß und schwer, der Eindruck ist jedoch völlig verschieden. Übrigens war es sehr amüsant, die beiden zu beobachten: der eine ständig im Profil, der andere frontal, der eine lang, der andere kurz, der eine hager, der andere nicht eben dick, doch gleichsam ein Dickerchen und quasi mit Glatze im Unterschied zu DD, obwohl das nicht stimmt: PP hat durchaus keine Glatze... Amüsant war es, sie zusammen zu beobachten, schade nur, daß sie so rasch auseinandergingen.

Als PP das Geld bekommen hatte, stürzte er sich, frontal wie ein Eber, ins Gebüsch. Stämmig und kräftig, wie er war, wälzte er sich mehr, als daß er ging, geradewegs hindurch, als kennte er keine Hindernisse, als schöbe er nicht nur Büsche auseinander, sondern auch Häuser und Zäune. So gelangte er schnurstracks zur Landstraße, genau zur Bushaltestelle. Dort hatte sich ein bescheidener, staubiger kleiner Markt breitgemacht – zwei an den Füßen mit Schnürsenkeln zusammengebundene Hühner, die Augen verdreht und voll Grauen vor dem Leben, drei Wassermelonen und ein Bund Tschurtschchela –, doch PP würdigte das alles keines Blickes, sondern ging direkt zu einem verrunzelten Alten mit gewaltigen grauen Bartstoppeln, der unter seiner gewaltigen Mütze döste («Flugplatz» hieß die früher mal), so daß sein Gesichtchen nicht zu erkennen war unter Bartstoppeln und Mütze, doch PP wühlte sich durch und gelangte rasch zu gegenseitigem Einvernehmen, sogar zu recht zivilem Preis... Und wie ein Partisan – bereit, sich vor einen feindlichen Panzer zu werfen – tauchte er unter einen Zaun wie durchs Gebüsch mit seiner dunklen, mit einem

Zeitungspfropfen verschlossenen Flasche... und tauchte sogleich am Ufer auf, doch an einer ganz anderen Stelle – genau da, wo der durch den Möwenlärm aufgeschreckte DD soeben eintraf.

Es war ein Delphin, der am Ufer lag.

Er war schon ziemlich lange tot. Längst waren die Fliegen eifrig am Werk, es sah aus, als wollten die Möwen ihn gar nicht mehr fressen, als kreisten und lärmten sie nur unter dem Eindruck des Ereignisses.

Ein Ereignis war es auch.

DD sah gedankenlos auf die Delphinflanke, die schillerte in blindem Augenweiß und Perlmutt... «schillerte» trifft nicht zu und «schimmerte» trifft nicht zu, «spiegelte» nicht und «reflektierte» nicht – gar nichts trifft zu. DD, der von Berufs wegen oft den Tod eines Lebewesens beobachtete, lag es fern, sich darüber Gedanken zu machen, über den Tod wie über das Lebewesen. Doch jetzt kam er auf einmal ins Grübeln, ohne Gedanken. War der Delphin endgültig tot? Einerseits war er natürlich nicht am Leben. Aber war er so sehr tot?

Das Morgenlicht floß ungehemmt über seine Haut, glitt darüber wie ein Blick. Seine Flanke war trocken und hatte, mit dem Verlust der eigenen Wärme, die Temperatur der Umgebung angenommen. Als hätte die Sonne seine Wärme aufgesogen, nicht umgekehrt. Der Delphin reflektierte nicht mehr, absorbierte jedoch noch nicht: vom Wasser war seine Flanke trocken, doch nicht vom Licht. Das unbestreitbare Faktum des Todes weckte gerade unter wissenschaftlichem Aspekt Bedenken. Befreit vom biologischen Programm, der vorangegangenen Zwangsarbeit der Ernährung und Vermehrung... Suspendiert. Schlaf stille. Ruhe aus. Am liebsten hätte man gefragt: «Was hast du?»

Der Delphin war stumm. Doch nicht in dem Sinn wie ein

Fisch (Sie verstehen – DD wußte, daß ein Delphin kein Fisch ist): er hatte nichts zu sagen. Mir nicht, ihm nicht, DD.
Der Delphin schwieg. Als warte er noch auf etwas, das aber nicht eintrat.
«Aufleben wird er nicht mehr», sagte PP.
DD war so versunken gewesen, daß er ernstlich erschrak. Die Stille riß – erneut schrien die Möwen.
«Aber auferstehen kann er...»
«Scheißspiel!» Vor Schreck hatte DD sogar seine Blöße bedeckt, was ihm sogleich peinlich war.
PP, mit geziemender Miene: «Verstehe... Ein Unglück... Allerdings warte ich schon lange auf Sie. Entkorke sie nicht.» Und er zeigte die Flasche.
DD, reichlich unhöflich: «Hätten Sie ohne mich auch gekonnt...» Nicht weniger als das Schauspiel des fremden Todes erschütterte ihn PPs Rückkehr.
«Hätte ich nicht... Ist schließlich Ihr Geld.» Und er steckte DD die restlichen Münzen in die Shortstasche.
«Aber Sie haben doch gewonnen?»
PP parierte mit Würde: «Ich habe um eine Flasche gespielt, nicht um Geld. Gehen wir um die Ecke, trinken wir auf das Seelenheil des Gottesknechtes Delphinarium.»
«Delphinarium ist kein Eigenname, sondern...»
«Weiß ich, weiß ich. Trotzdem, gehen wir raus hier!» PP schob DD quasi zum Ausgang. «Ich hab da ein Plätzchen im Sinn...»
«Um die Ecke?» DD stichelte noch, widersetzte sich noch.
PP, lachend: «Ja! Dort, hinter der!» Er zeigte auf den nächsten Ufervorsprung.
«Und Gottesknecht ist er auch nicht», fuhr DD fort, trottete aber schon brav hinterher. «Wir beide sind Gottesknechte. Er dagegen...»

«Wir sind gerade nicht Knechte Gottes! Wir sind revoltierende Knechte, die schlimmste Kategorie: Knecht zwar, aber nicht von Gott. Er dagegen... Ja, Sie haben recht: Knecht ist er nicht, aber von Gott. Gottes Kreatur. Der Mensch, dieser Dreckskerl – warum hat er aus dem Wort ein Schimpfwort gemacht? Kreatur, also vom Schöpfer geschaffen. Daraus spricht unsere Gottlosigkeit! Giftnattern fahren uns aus dem Mund!»
DD versetzte geschickt: «Aber Giftnattern sind auch Gottes Geschöpfe!»
«Teufel nochmal! Herrgott, vergib! Hat mich der Böse... Wie leicht ich ihm auf den Leim ging, ich alter Idiot!» Er war ehrlich bekümmert. «Stimmt aber, ist ein erneuter Beweis für unsere Mißachtung der Schöpfung. Und wieder hab ich recht! Aber ich sag Ihnen, das ist ein Thema... Ist nicht so einfach mit den Giftnattern... Sie gestatten... Hierher... Ein prima Plätzchen.»
Sie ließen sich nieder.
PP war das reinste Tischleindeckdich. Ein Plätzchen sogar mit Sand, zwischen den Wurzeln einer großen Kiefer, alles übersät mit Nädelchen, Zäpfchen und ähnlichem nettem Plunder abgestorbenen Lebens. Und PP setzte sich, als hätte er das Ganze selbst hergerichtet, holte ein unterwegs aufgegabeltes Glas aus der Tasche, zog den Pfropfen, daß es pfloppte, mit den Zähnen aus der Flasche und schüttete das Glas mehr als halbvoll.
«Bitte!» Er reichte es DD.
«Ohne was dazu?»
«Mir genügt die Presse.» PP schnupperte ausdrucksvoll am Pfropfen. «Und für Sie...» Er warf einen raschen Blick in die Runde und reckte sich nach einem Kräutchen. Riß es ab und reichte es DD. «Riechen Sie dran, dann trinken Sie, dann riechen Sie nochmal dran. Hilft sehr. Sie können es auch kauen, das schadet nicht, muß aber

strenggenommen nicht sein. Jeder, wie er mag, ganz nach Geschmack.»

DD roch und kaute. Und roch nochmal.

«Sagenhaft. Was ist das?»

«Auf lateinisch weiß ich es nicht. Auf gut russisch heißt es ‹Trübleb›.»

DD erheiterte es, wie gierig PP mit ihm gleichzog. «Sie war ja nicht mal verkorkt, nur zugepfropft! Hätten Sie nicht unterwegs einen Schluck trinken können?»

«Wie hätte ich!» PP war echt getroffen von solcher Mutmaßung. «Sie sprachen da von den Giftnattern... Dabei denkt man bei uns längst nur noch an Milizionäre, nicht an edle Schlangen. Beides ist ungerecht. In bezug auf die Milizionäre genauso wie in bezug auf die Schlangen. Eine Beleidigung hat, wie Sie völlig zu Recht anzumerken beliebten, stets zwei Seiten. Und ein mißglückter Vergleich ist beleidigend! Sie sehen, Stil ist was Beharrliches. Als ich einmal...»

«Was, Milizionär waren Sie auch schon?»

PP, verschnupft: «Gewiß! Ermittlungsbeamter. Bei Sondergerichten. Exekutor. Hab die Unglücklichen in den Verliesen erschossen. Mir die Unglücklichsten rausgesucht und sie abgeknallt.» PP spielte mit den Backenmuskeln. «Wofür halten Sie mich?»

«Aber Gi... pardon, Schlange waren Sie doch nicht?»

«Witzbold! Schlangen*fänger*. Schlangenfänger war ich, verstehen Sie? Also, ich sag Ihnen – höchst edle Tiere. Beißen nie, unter keinen Umständen. Während Sie...»

«Nicht doch, Pawel Petrowitsch! Bei uns Zoologen ist das Wort ‹Giftnattern› überhaupt nicht beleidigend. Sondern der legitime Name einer bestimmten Ordnung.»

PP gekränkt, wobei er neu einschenkte: «Ich weiß sogar, daß sie Reptilien sind. Mit den Gattungen bringen Sie mich nicht aus dem Konzept. Sagen Sie mir lieber, zu wel-

cher Gattung beispielsweise die Lanzettfischchen gehören!»
DD, hingerissen: «Das wissen Sie auch?!» Und er schnupperte am Trübleb.
PP: «Sie sprachen da vom Tod...» Und er schnupperte am Pfropfen. «Sie kennen wohl die Wüste? Was ist das für ein edler, trockener Tod dort! Der Wind trägt diese ganzen Felle, Zweigchen und Skelettchen fort, es bleibt nur ein Rascheln, einem Seufzer gleich. Die Pflanzen verwesen sogar schön. Aber wir? Mir geht dieser Delphin nicht aus dem Sinn. Was meinen Sie, woran ist er gestorben?»
«Weiß ich nicht. Womöglich hatte es natürliche Ursachen. Aus Dummheit, an einer zufälligen Wunde. Er war noch sehr jung.»
«Woraus schließen Sie das? Er war doch völlig ausgewachsen.»
«Ich habe keine Ahnung von Delphinen, aber es gibt eine Reihe allgemeiner Merkmale. Bei Mäuslein und Fröschlein, Wölfchen und Tigerchen, Tierkind und Menschenkind. Nun, das hohe Stirnchen, das kurze Näschen, die runden Äuglein – das ist alles unserer Rührung einprogrammiert, damit wir sie jederzeit füttern, schützen, ihnen nichts antun...»
«Ihnen Kleider und Schuhe geben... Ganz schön hart, Doktor! Von Liebe kein Wort. Daher also stammt das ganze Spielzeug. Nicht *für* Kinder, sondern *von* Kindern. Gefällt mir! Die *Seinen* konnten ihm somit nichts antun?»
«Nicht nur das. Es ist merkwürdig, daß sie ihn aus den Augen verloren haben. Soweit ich mich erinnere, leben Delphine wie Menschen in nuklearen Familien. Und zwar mit vier Generationen.»
«Was heißt nuklear?»
«Mann, Frau, Kinder. Aber auch Großmutter und Groß-

vater. Und bei ihnen noch Urgroßmutter und Urgroßvater.»
«Genial. Das erfinden Sie jetzt nicht? Und wie konnten sie ihn aus den Augen verlieren?»
«Woher soll ich das wissen, ich bin doch Wissenschaftler. Ich muß A wissen, um B mutmaßen zu können. Hat beim Spielen die Zeit vergessen. Kam in eine Schiffsschraube. Tauchte zu tief, schluckte zuviel Schwefelwasserstoff und ging dran ein. Am ehesten noch dasselbe wie auch sonst in der Umwelt: er mochte nicht mehr leben.»
«Selbstmord? Wie kann ein Tier, Gottes Kreatur, nicht mehr leben mögen? Das ist unwissenschaftlich, Doktor. Wie Sie selbst sagen: das steckt in ihm, der unanfechtbare Lebenswille. Nicht leben mögen kann nur der Mensch. Sie schelten den Anthropomorphismus, zugleich verfallen Sie in ihn.»
«Nein, Pawel Petrowitsch, nicht ich, sondern Sie verfallen in Anthropomorphismus. Sie geben Ihrer Unzufriedenheit mit der Gattung Mensch (ich meine im biologischen, nicht im sozialen Sinne, Sie verstehen) so deutlich Ausdruck, ich muß Ihnen, wenn auch schweren Herzens, in vielem recht geben, doch überhöhen Sie den Menschen andauernd. Selbstmord ist in der Tierwelt sogar sehr verbreitet. Und zwar Massenselbstmord. Wir, also der Homo sapiens, betrachten den Selbstmord als individuellen Akt. Für die sich selbst reproduzierenden Systeme, die wir lebendige Organismen nennen, ist die Endlichkeit des Einzelwesens, das heißt sein Tod, lediglich ein typisches Merkmal, denn sie sind bloß Glieder einer endlosen Kette... Ihre Bestimmung ist die Weiterführung von Geschlecht und Gattung, nicht das eigene Leben. Haben sie diese Bestimmung erfüllt, bleibt ihnen in diesem Leben nichts mehr zu tun. So ist es nicht nur bei den höchst edlen Skorpionen, die Sie in der Wüste gesehen haben, lieber

Pawel Petrowitsch, nicht nur bei den Männchen, deren Bestimmung, wie Sie sagen, eher kürzer ist, und nicht nur bei dem Buckellachs, den Sie auf Kamtschatka gefangen haben. Die Mechanismen zur zahlenmäßigen Regulierung einer Art sind sehr vielfältig und noch völlig unerforscht. Leider wirken wir dabei als ungeheuerliches Korrektiv.»

PP fragte widerwillig nach.

DD: «Nehmen wir mal an – eine Zeit der Prosperität. Das Wetter gut, viel Futter, wenig Räuber. Die gesamte Brut hat überlebt, der Vogelschwarm ist gewachsen. Auf dem Rückflug, während des Herbstzugs, werden die Jungen übermütig. Sie kommen aus den nichtigsten Anlässen um, stoßen gegen Hochspannungsleitungen oder lassen sich fressen vom ersten besten. Bei der Ankunft sind es soviel wie beim Mal davor, soviel es sein können und sein sollen, denn dort unten erwartet sie nicht unbedingt das gleiche Wohlleben, und ein überzähliger Esser kann nach wie vor von Übel sein. Jetzt nehmen wir mal an – eine Notzeit. Der Schwarm hat sich normal vermehrt, doch gab es schlechtes Wetter, wenig Futter, viel Räuber. Jedes Einzelwesen gewinnt besonderen Wert für die Existenz des Schwarms. Da geschehen bemerkenswerte Dinge: Das Einzelwesen wird stark, umsichtig und wagemutig, bereit zur Selbstaufopferung um seines Nächsten willen. Ja, gerade Selbstaufopferung ist ein Merkmal für Lebenswillen. Werden diese Regulierungsmechanismen durch Eingriffe des Menschen zerstört, können die Tiere einfach nicht mehr leben, sie bekommen Depressionen und – ja, bringen sich wohl auch um. Lassen sich ans Ufer schwemmen wie die Wale.»

«Sie glauben, er hat Selbstmord begangen?»

«Nicht ausgeschlossen.»

«Ausgeschlossen! Sie sagen doch selbst, er war zu jung.»

«Begehen nicht gerade Jünglinge Selbstmord?»
PP, mit Entschiedenheit: «Die Bibliothek hat ihm gefehlt, das ist es! Das heißt der Urgroßvater. Denn was ist so bemerkenswert an der Delphinenfamilie, warum haben sie, eine uns nahestehende Gemeinschaft mit weit mehr Möglichkeiten als die Affen, nicht unseren Weg eingeschlagen? Das ist keine Familie, sondern eine schwimmende Bibliothek mit der Erfahrung von vier Generationen auf einem Regal! Der Urgroßvater, ja, der hat dem Menschen immer gefehlt! Ist Ihnen aufgefallen, daß ein Menschenleben, selbst ein langes, genau um eine Generation das Jahrhundert nicht erreicht? Daher rührt unser Unglück, deshalb wird die unlenkbare Menschengeschichte zum Rost der Zeit. Das Jahrhundert ist die natürliche Maßeinheit der Geschichte, doch wir erreichen es nie, schaffen es nicht, sowohl Urenkel als auch Urgroßvater zu sein, daher sehen wir weder, wie das Ganze begonnen, noch wie es geendet hat. Wir haben nur am Prozeß oder am Resultat teil, wir sind Zeugen entweder der Geburt und nicht des Todes oder des Todes und nicht der Geburt, folglich sind auch wir ebensolche Einzelwesen, deren Tod für das Leben unerheblich ist... Wir kennen die einzige Maßeinheit der Zeit nicht: *die Gerechtigkeit*. Die Delphine aber kennen sie.»
«Der Uropa hats erzählt?»
«Ja! Genau! Ihre Menschenironie ist fehl am Platz. Bei den Delphinen schwimmt in einer Familie ein ganzes Jahrhundert. Und alle sind sich gegenseitig Zeugen. Bei ihnen klaffen Geschichte und Gattungsgeschichte nicht auseinander wie beim Menschen. Und genau das wäre 1 Ger – *eine Gerechtigkeit* als Grundeinheit der Zeit. Bei uns haben wir doch eine ständige Arhythmie von Menschengeschlecht und -gattung, die Menschheitsgeschichte steht für sich und ist dem Menschen feind, daher auch *Geschichte*, verflucht soll sie sein!»

Sehr viel Gift lag in dem Wort «Geschichte», wie PP es aussprach.
DD: «Gerechtigkeit ist ein zu subjektiver Begriff.»
«Nein, ein objektiver! Und der Tod eines einzelnen Wesens ist durchaus nicht unwesentlich! Ich halt das nicht aus...» PP schluchzte. «Begreifen Sie denn nicht, daß da eine Mutter ihren Sohn verloren hat und ein Großvater seinen Enkel? Daß sein verfrühter Tod eben Ihre bewußte Kette abreißen ließ? Und dieser eine Tod kann bedeuten, daß wir schon alle Delphine zugrunde gerichtet haben! Wir haben das Meer vergiftet, und als erster kam der schwächste um, der Urgroßvater. Er hat es nicht überlebt. Wir haben ihnen die Familie um den Urgroßvater reduziert. Mit drei Generationen, wie wir, sind sie nicht mehr lebensfähig. Wie der Urenkel umkam, haben wir zwei ja gesehen. Vielleicht hat er vor lauter Unwissenheit an Land gehen wollen? Nicht nur umgekommen ist der Urenkel ohne Urgroßvater, er wird auch niemals Vater. Mein Go-o-ott, was für eine *Nacht*!» rief PP und wippte vor und zurück, als hätte er Zahnweh. «Was sah er, als wir ihn angeschaut haben?»
«Nichts.»
«Er ist tot, verstehe. Sie glauben ja auch nicht an die Seele wie die anderen Menschen: daß sie noch nicht fern ist und von oben auf sich herunterblickt. Doch mich schauen auch die Toten an. Sie selbst wollen quasi weder schauen noch mich sehen, doch ich spüre, ich bin hinter ihren geschlossenen Lidern... und was für eine Finsternis dann rings über mich hereinbricht! Schließlich leben wir im Finstern! Wir werden bloß angestrahlt. Von außen. Von der Sonne. Der Lichtquelle. Einem Lämpchen... Bedenken Sie mal, wie finster es in uns drin ist, im Magen, im Hirn, in der Leber – im Herz! Wie in einem Baum, einem Stein. Die sehen was? Verharren in Urnacht...»

«Nun, die Bäume jedenfalls sehen auf ihre Weise. Sie spüren nicht nur Wärme, sondern nähren sich auch vom Licht.»
«Nun, das ist klar. Der Blinde sieht auch, gewissermaßen. Zumindest mit den anderen Sinnesorganen. Das meine ich nicht. Nicht nur Ihnen, mir selbst kann ich es nicht erklären. Ich meine – wir sind in der Finsternis wie im Tod und im Tod wie in der Finsternis. Wir sehen keine Gegenstände, wir sehen ihre Beleuchtung. Wir leben aber – hier auf der Erde, wo wir sind, unter unsresgleichen – in Finsternis. Und tot zu sein ist ein realerer Zustand, als lebendig zu sein. Weil der Tote die Gegenstände, die ihn umgeben, nicht sieht, er selbst ist ein Gegenstand, nur beleuchtet von außen. Er sieht die Beleuchtung nicht, ihm wurde die Lichtquelle abgedreht. Sieht das Licht selbst? Ist es für sich selbst, im einzelnen Partikel, nicht von absoluter Schwärze? Ist nicht gerade der Tote ein Lichtpartikel, während wir bloß ein Klümpchen Finsternis sind? Im Tod werden wir zu einer homogenen Sphäre wie Wasser oder Luft, nur noch homogener: zu Licht; im Leben sind wir durch Undurchsichtigkeit voneinander getrennt, das Leben ist inhomogen, verstreut wie Erbsen. Oh, wenn das Leben eine einheitliche Sphäre wäre! Dann gäbe es keinen Tod. So daß der Tod unsere Sphäre ist, nicht das Leben. Das Nichtsein ist homogen. Und nicht das Leben endet mit dem Tod, sondern wir leben in ihm, dem Tod. Der Tod steht nicht getrennt für sich, er ist die Sphäre des Lebens. Wie das Wasser für den Fisch, wie die Luft für Ihre Vögel...»
DD begeistert: «Mein Gott, Pawel Petrowitsch! Sagen Sie mir das, oder habe ich es gedacht? Genial! Ist dann der Fisch oder der Vogel toter als wir?»
«Ach, wie Sie den Gedanken erfaßt haben! Bravo, Doktor! Eben der Vogel ist toter. Er ist tot im Flug. Nicht umsonst

ist er bei allen Völkern der Todesbote. Nicht umsonst sagen wir: Im Flug erstirbt das Herz. Was wissen wir von seinen Gefühlen, wenn er fliegt? Sie, Doktor, wissen doch alles über die Vögel. Was fühlt er, wenn er fliegt? Badet er dann nicht im Tod? Danach setzt er sich nieder, um zu leben, gemeinsam mit uns, um auszuruhen. Übrigens, der Phönix, ist er Mensch oder Vogel?»
DD dachte lange nach.
«Eher Vogel...»
«Wie ist das aus der Sicht des Ornithologen: Könnte der Phönix eine Gattung sein, die – um Ihre Terminologie zu benützen – an der Grenze zweier Elemente, des Todes und des Lebens, ihre biologische Nische hat? Das heißt nicht an, sondern *in* der Grenze?»
DD widersprach: «Eine Grenze ist eine Linie. Und im mathematischen Sinne hat eine Linie nur eine Dimension, kann also keine Nische sein.»
«Sie bringen mich nicht aus dem Konzept, Doktor! Der Phönix ist ein Mensch in Vogelgestalt.»
«Nein, ein Vogel in Menschengestalt!»
«Weder – noch. Für uns ist er nur eine Darstellung des Phönix, ein Phönix in Menschengestalt.»
«Schon exakter. Aber dann ein Phönix in Vogelgestalt...»
«Jetzt sind Sie aus dem Konzept gekommen, Doktor.»
«Weil Sie versuchen, mich drauszubringen! Klären wir doch, wer wem was gesagt hat.»
«Das klären Sie jetzt nicht mehr...» PP schien ganz befriedigt zu sein.
DD, ärgerlich: «Ist doch nur eine Metapher, alles unwissenschaftlich! Das Wichtigste ist, daß der Phönix im Feuer verbrennt wie auch wiederersteht. Und im physikalisch-chemischen Sinne ist Leben ja Verbrennen.»
«Sicher, die Fäulnis... Ich war auch in der sechsten

Klasse, Doktor! In der sechsten war ich noch, in der siebten nicht mehr. Beim Menschen kommt erst das Leben, dann der Tod. Beim Phönix ist es umgekehrt – erst der Tod, dann das Leben. Der Phönix ist schlicht und einfach ein umgekehrter Mensch.»

«Schlicht und einfach? Dann in Vogelgestalt…»

«Ist doch egal. Sagen Sie mir, was ist wichtiger, Kopf oder Flügel?»

«Wichtiger? Das Hauptmerkmal.»

«Das heißt?»

«Beim Menschen der Kopf, beim Vogel die Flügel.»

«Mehr nicht?»

«Das reicht. Nach diesem Merkmal ist alles klar. Kein ‹oder›. Der Phönix ist sowohl Mensch als auch Vogel.»

«Weder – noch. Er war ein Weib.»

DD, lachend: «Sicher, die Titten. Ist die Sphinx Ihrer Meinung nach ebenfalls ein Weib?»

«Das mit dem Hauptmerkmal war Ihre These, Doktor. Und das Hauptmerkmal der Frau sind durchaus nicht die Titten.»

«Wieder haben Sie mich erwischt, Pawel Petrowitsch. Auch ich habe von klein auf rauszukriegen versucht, wie die Nixen in den Schwanz übergehen. Auf allen Bildern mogeln sich die Maler geschickt um die Antwort herum…»

«Bravo, Doktor! Ich bin regelrecht begeistert, was Sie, obwohl Wissenschaftler, für ein unverdorbener Mensch sind! So, so, Sie suchen also Antwort in der Kunst? Sehen Sie, Sie wissen es nicht, und wir – nicht, daß wir es nicht wüßten, aber wir vermeiden, es zu zeigen.»

DD, ironisch: «Wieso müssen *Sie* da groß was vermeiden?»

«Aus ästhetischen Gründen.»

«Ah ja?»

«Ts-ts-ts, Doktor! Wieder denken Sie bloß an das eine. Ich hatte mehr den ethischen Aspekt des Ästhetischen im Sinn.»
«Pawel Petrowitsch! Haben Sie Erbarmen mit meiner Dummheit! Was hat die Ethik hier zu suchen?»
«Sogar sehr viel, junger Mann! Was meinen Sie, warum haben Phönix und Sphinx wie auch Kentaur und Nixe Kopf und Brust vom Menschen, doch das andere Ende, pardon, nicht vom Menschen?»
«Ach, so sieht Ihre Ethik aus! Wieder Anthropomorphismus... wieder Apartheid gegenüber der Tierwelt! Wie wärs denn mal umgekehrt? Der Leib vom Menschen und der Kopf vom Tier?»
«Das kommt nicht vor.»
«Und wie das vorkommt!» DD triumphierte. «Denken Sie nur an das alte Ägypten. Wissen Sie nicht mehr, wie er heißt, der mit dem Vogelkopf?»
PP versank in Kummer und tiefes Schweigen. Der ironische DD entwickelte mit Behagen das Thema weiter, brachte alles an, was ihm einfiel. Daß die Sphinx trotz allem ein Kerl ist und die Nixe kein Fisch, der Kentaur eindeutig ein Kerl, weil er einen Bart hat, obgleich es auch Frauen mit Bart gibt, aber man braucht ja nur dem Kentauren untern Schweif zu gucken, so oder so ist der ein Kerl, als Mensch wie als Pferd... wär ja interessant zu erfahren, wem er den Vorzug gab, Stuten oder...
So über die Stränge geschlagen hätte DD besser nicht.
«Frauen gab er natürlich den Vorzug», konstatierte PP mit Kennermiene. Um sogleich wie eine Schwalbe kerzengerade in die Höhe zu fahren, beflügelt von einer Idee: «Der To-o-od, To-o-od, To-o-od...», blökte er. «Ja, es gab einen solchen Todesgott, und der hieß Pta. Und der war *von dort*, während die, denen Sie ständig untern Schweif schauen, *von hier* sind, von unsrer Welt. Da hätten Sie die

Ethik! Es gibt eine Grenze, aber kein *Haupt*merkmal. Das gibt es nicht, Ihr Hauptmerkmal! Auch der Tod hat es nicht.»

«Worüber diskutieren wir eigentlich, mit Verlaub?»

Besser, DD hätte sich nicht eingeschaltet. Nicht wie eine Schwalbe – wie Geier und Habicht in einer Person fuhr PP nieder.

«Wir diskutieren ja gar nicht. WIR erziehen. Allein diskutieren ist noch schädlicher als allein trinken. Ein Wort auf A – Agonie, ein Wort auf O – ...»

DD, verschnupft: «Ewig müssen Sie poetisieren, Pawel Petrowitsch! Sie reden sich ein, die Poesie sei exakt. Dabei ist die Poesie die Ungenauigkeit per se. Ist ein Sammelsurium von Ungenauigkeiten, die Poesie. Von virtuosen Ungenauigkeiten, wenn Sie so wollen. Und der Vogel stützt sich nicht auf eines der Elemente, sondern auf einen Gegenstand, auf die Luft, die er mit seinem Flügelschlag zusammenpreßt, stützt sich mittels der Luftsäule auf die Erde, die *Erde*, wie wir beide. Er schwebt nicht frei im Element, nicht im Tod, sondern möchte leben, das heißt fressen, darum fliegt er. Daß er, wie Sie sich auszudrücken belieben, sich niedersetzt, um zu *leben*, außerhalb seines Lufttodes, ist totaler Quatsch. Viele Vögel bumsen sogar in der Luft...»

«Ach, und Bumsen, wie Sie sich auszudrücken belieben – ist Bumsen Ihrer Ansicht nach etwa nicht Sterben? Was gleicht mehr dem Tod als diese Begeisterung des Höhepunkts? Nennt man ihn, in vornehmer Umschreibung, etwa nicht ‹den kleinen Tod›?»

«Sie argumentieren wie ein Männchen, Pawel Petrowitsch.»

«Wie sollte ich anders?»

«Das Weibchen könnte anderer Meinung sein.»

«Je nun, vielleicht ist das Weibchen ja der Tod. Jedenfalls

sterben wir in ihm jedesmal. Sprachen nicht Sie gerade von der Endlichkeit des Einzelwesens, von den unglückseligen Fischen und Spinnen, die in dem Augenblick sterben, wenn sie ihre Bestimmung erfüllen? Doch das sind, müssen Sie zugeben, meist Männchen. Und wo man hinsieht, vollstreckt das Weibchen das Urteil. Wir, die Männchen, haben aufgrund unserer Erfahrung in der Liebe immerhin eine vage Ahnung vom Tod, sie aber – nö-ö-ö! Ihnen ist das unbekannt. Sterblich sind nur wir, sie sind unsterblich. Eben weil sie der Tod sind. Sie sind homogen und ewig. Sind älter als wir. Sie lagen in Dämmerschlaf, *waren* schon in jener ewigen und absoluten Nacht VOR dem Licht. Wir waren nicht. Und werden auch nicht sein. Und wozu auch.»
«Oh, Sie mein Mephisto!» DD lachte. «Also haben sie auch Ihnen schwer zugesetzt? Dabei sind sie eigentlich Ihr Werkzeug...»
«Oh, Sie mein Faust! Die bringen selbst den König der Finsternis zur Strecke... Und wieder, sehen Sie, wie recht ich habe: wessen König ist er? Der Fin-ster-nis! Doch vergessen wir, lieber Doktor, auch nicht unseren einzigen Trost?» PP hielt die dunkle Flasche gegens Licht, um nachzuprüfen, inwieweit er nicht vergessen hatte.
«Doch vergessen wir auch nicht das Meer?»
«Wieso? Da ist es!» PP deutete mit solch lässiger, generöser Geste auf die spiegelglatte Fläche, als sei es auf seinen Wink erst entstanden. «Das Meer – bitte sehr, jederzeit.»
Wir überspringen nun der beiden längeren Wortwechsel, was besser sei: erst trinken, dann baden (PP) oder erst baden, dann trinken (DD) – insofern PP ursprünglich nur fürs Trinken war, da er die Ansicht vertrat, Tschatscha gleiche Körper- und Außentemperatur rascher und exakter aus als so manche Wasseranwendung, DD dagegen

etwas ganz Abstruses vertrat, nämlich zu baden und nicht weiterzutrinken, was er damit büßen mußte, daß er vor und nach dem Baden trank, PP dagegen mußte nur mit dem Baden büßen. Wobei DD lange und in Brustlage schwamm, PP kurz und im Kraulstil.
PP, während er sich wohlig trocknen ließ: «Sie sprachen da vom Wesen des Ekels, daß er eine Art genetischer Erinnerung an den Ursprung der Krankheit sei, eine Furcht von Natur her, der ursprünglichen Unkenntnis wegen übertrieben. Ich stimme Ihnen zu, daß er übertrieben ist. Wie ich auch Ihrer wissenschaftlichen Schlußfolgerung zustimme, daß es ungenießbares Fleisch oder gar giftiges in der Natur nicht gibt: Eiweiß ist Eiweiß. Ich würde sogar für sich aufgeklärt dünkende Leute Kurse zum Ekelabgewöhnen einrichten, sollen doch harmlose Nattern und Taranteln über sie kriechen...» Offenbar zum Beweis des einen wie des anderen fing er eine Mücke und verspeiste sie vor DDs Augen. «Sollen sie doch lieber sich und ihre Socken öfters waschen. Trotzdem, der Ekel vor Mäusen und Spinnen ist anderer Art, als Sie sagen. Das ist nicht die angeborene Furcht des Einzelwesens, sondern die unterbewußte Feindseligkeit der Gattung: SIE – die Ratten, Kakerlaken, Spinnen usw. – werden UNS überleben. Das heißt, wenn wir uns selbst überlebt haben, werden SIE noch dasein und die Erde ohne uns bevölkern. Wer sagt denn, daß die Erde uns und nicht ihnen gehört! Sie sind älter als wir, sie haben alles vor uns überlebt, es ist IHRE Erde, nicht unsere. Die Delphine, die werden uns nicht überleben. Die überleben WIR, und ohne sie werden wir noch schlechter. Sehen die wilden Tiere uns nicht mit demselben Grauen an wie wir die Insekten? Einzig der Delphin hat noch die Kraft, uns zu vertrauen. Deshalb ist er auch gescheiter als der Mensch: weil er gütiger ist...»

PP seufzte.

Nun griff DD ein: «Wenn Sie in Ihren Gedankengebäuden ständig zum Begriff des Schöpfers Zuflucht nehmen, erhebt sich die altbekannte Frage nach der Unvollkommenheit der Schöpfung, nach dem ihr innewohnenden System des Bösen. Da ich einige Ihrer Beweisgründe schon voraussehe, will ich, von Ihrem Koordinatensystem ausgehend, Ihre Überlegungen zum Ekel ein wenig korrigieren, obwohl ich ihnen im Prinzip nur zustimmen kann. Also, ich weiß nicht mehr, wie es genau heißt im Alten Testament, da müssen Sie mich bitte berichtigen, aber irgendwie ging es um die ‹sieben ägyptischen Plagen›, zu denen Schlangen wie Insekten gehörten. Das heißt, zwar mögen sie Gottes Schöpfung sein, doch eine zweideutige: eine Strafe Gottes.»

Dieses offenkundige Versäumnis schlug PP sichtlich aufs Gemüt. Er hätte in dem Zusammenhang natürlich seine famose Indianerlegende über Nikibumatva und Estscheguki und die Erschaffung der Welt erzählen können, dieweil DD noch nicht die Möglichkeit gehabt hatte, sie zu hören, doch sich zu wiederholen war grundsätzlich nicht PPs Art. So fand er den folgenden Dreh: «Was die Unvollkommenheit der Schöpfung betrifft, haben wir noch nicht jenen Punkt der Handlung erreicht, da ich fähig wäre, Ihnen das auseinanderzusetzen, und Sie fähig wären, es aufzunehmen. Vieles wird verständlich, wenn endlich alle begreifen, daß nicht der Mensch vom Affen abstammt, sondern der Affe vom Menschen.»

«Wie das? Sie wollen doch damit nicht sagen...»

«Nein, will ich nicht.» PP schüttelte die Flasche und blickte streng. «Es ist unsere Schuld, Doktor. Den Ekel haben wir auf dem Gewissen. Uns verlockt, was beleuchtet ist, und schreckt, was im Dunkeln liegt.» So sprach er, entrollte vor DDs Augen mit weit schwingender Bewe-

gung das Panorama des leicht blau gewordenen Meeres und deutete dann mit drohendem Finger nach unten, sei es unter die Erde, sei es auf den Meeresgrund. «Wie Sie sehen, setzen wir das Thema fort, decken wir auf, wie alles zusammenhängt. Natürlich hat der Schöpfer nicht buchstäblich alles auf Erden erschaffen, bei einigem war auch die Evolution am Werk. Vielleicht hat Er sich auch hie und da für ein Stündchen ablenken lassen von den irdischen Dingen, doch weiß man, was einer Gottesstunde entspricht? Und wo nur die Evolution am Werk war, hat sie die Schöpfung nicht verbessert, sondern lediglich jeden Fehler bloßgelegt und vertieft. Der Schöpfer hatte beneidenswert gearbeitet. Danach arbeitete der Neid für Ihn. Der NEID, groß geschrieben, und Sie wissen, wessen Name das ist... Die Evolution ist so durchtränkt von Neid wie die Frucht von Saft. Nehmen Sie alle diese Dinosaurier und Brontosaurier, die die Erde nicht weniger zertrampelt haben als der Mensch. Die Evolution ist nur imstande zu akkumulieren, bis hin zur Katastrophe, bis die Stunde kommt, wenn der Schöpfer sich wieder seiner Schöpfung zuwendet. Mein Gott! was für eine Katastro-o-ophe uns erwartet!»
Da DD über die Evolution, von der er selbst nicht angetan war, schon eine hochqualifizierte Rede in petto hatte, mußte PP kürzen – wenn nicht das Ausmaß der bevorstehenden Katastrophe, so doch die ihren Dimensionen entsprechende Pause.
«... so hat doch Er das Schöne in die Welt gebracht. Schön ist, was sich dem Blick und dem Wohlgefallen offen darbietet, häßlich ist, was sich in der Finsternis verbirgt, gleichsam aus Scham für seine Mißgestalt. Die Evolution – richtiger wäre: die Mutation – arbeitet ungestraft im Dunkeln, im Untergrund, und bringt derart häßliche Scheusale hervor, daß sie allein von unserem Blick einge-

hen, wenn der Zufall sie an die beleuchtete Oberfläche katapultiert. Auch der Tod hat seinen kleinen Zoo. Auch er kommt nicht ohne Leben aus.»
Diesmal wurde DD seine Empörung los: «Das ist nicht mal mehr Anthropomorphismus, sondern Narzißmus! Schön wäre also nur, was wir für schön halten? Doch was vergleichen wir und woher nehmen wir die Kriterien? Außerdem – alles Lebendige versteckt sich und kommt ohne Notwendigkeit nicht aus seinem Versteck. Es gibt eine Hypothese über die Entstehung des Schlafs, eine völlig unbewiesene, die mir jedoch gefällt. Daß der Schlaf nicht zur Erholung, sondern zum Überleben da ist. Hast du geschafft, dich satt zu fressen, dann versteck dich, damit du nicht gefressen wirst. Also erstirb, stirb, versink in der Finsternis, gegen die Sie so ankämpfen. Was ist der Schlaf anderes als eine Art kleiner Tod? Und ihn praktizieren wir viel häufiger als den Koitus, obwohl einen auch danach der Schlaf überfällt...»
«Sterben, schlafen... ja, vielleicht auch träumen! / Doch wie sind Träume zu erklären, wenn nicht / Als Kampf von Licht und Finsternis! Mag sein, / Daß Sie, zwar wach, doch selbst ein Traum nur sind... / Sie schwören ab dem Bettelstab, dem Kerker / Im letzten Schlaf, geraubt, als schon der Wärter / Hereintritt und das Bett hochklappt – so sehen / Sie fast nie Menschen, die aus Nacht gewirkt... / Ein Restchen Wille, Wärme und ein Stückchen / Von wirrem Traum, als wäre es ein Spiel / Und setzten Sie beim Zocken...»
DD, befriedigt: «Ich sagte ja, daß Sie ein Dichter sind, doch Sie haben auch noch im Gefängnis gesessen? Sollen wir nicht weitergehen, um endlich zum relikten Hain zu kommen?»
«Ob ich gesessen habe?» PP war zusammengezuckt, faßte sich aber sogleich. «Wir sitzen doch schon darin, in Ihrem

relikten Hain!» Und er wies mit einer Handbewegung nach rechts, als sei es ihm ein leichtes gewesen, den Hain zu erschaffen.

DD war verblüfft. Die Kiefer, unter der sie saßen, war die erste im Hain. PP hatte sich mit dem Gesicht zum Hain gelagert und erfreute sich längst seines Anblicks, während er DD den Blick zurück, zum öden Ufer überlassen hatte.

«Sowas! Ein Loch in den Bauch geredet haben Sie mir... Also, los!»

PP: «Tauschen wir lieber den Platz. Wir haben noch was. Sie werden auf den Hain blicken und ich auf Sie.»

Nach dem Platztausch begutachtete er noch einmal kritisch den Inhalt der Flasche, und seine Miene spiegelte Unzufriedenheit; er kramte in seinen Taschen, als hätte er vom langen Sitzen zu Geld kommen können. DD ging auf die Anspielung nicht ein und griff nicht nach dem Restgeld, dem ihm so edelmütig zurückerstatteten – er ließ PP auch noch die letzten Krümel aus den Taschen klauben.

PP: «Sie rauchen wohl nicht? Ich auch nicht. Habe aber plötzlich ungeheuer Lust.»

Und er machte sich konzentriert an eine Veredelung des Gemischs, indem er überflüssige Krümel auslas und wegpustete.

«Ein Stück Zeitung hätten Sie nicht? Na, dann schauen wir mal in die Regionalpresse.»

Er wickelte den Pfropfen auseinander, und heraus kam ein überraschend großer Zeitungsfetzen, den er aufmerksam überflog.

«An den Knickstellen leider unleserlich. Man verliert den Faden. Aprasnua Apsny Santarija Akademija Anauk Atschyrba... dann unleserlich. Russische Buchstaben, aber nicht auf russisch geschrieben.»

«Und ich dachte schon, Sie könnten auch Abchasisch...»
«Abchasisch kann man nicht können. Nur die Abchasen können es.»
«So schwer ist es?»
«So alt ist es.»
PP riß ein passendes Stück ab und drehte sich geschickt, mit zwei Fingern, eine Zigarette.
«Feuer werd ich mir, glaub ich, nicht durch Reibung verschaffen. Also müssen wir baden gehen. Für zwei Runden reicht es nicht. Dann lieber hinterher.»
Sie gingen schwimmen.
«Übrigens, was ich mir überlegt habe, während Sie schwimmen waren: Daß die Landschaft, was die Schönheit betrifft, ihren letzten Schliff vielleicht unter Mithilfe des Menschen bekommen hat.»
«Versteh ich nicht.» (So DD.)
«Was ist das Paradies, Ihrer Ansicht nach? Und für wen wurde es geschaffen? Für Adam, unseren Urahn.»
«Wie – an diese Märchen glauben Sie auch?»
«Woran soll ich sonst glauben? Und warum schauen Sie sich nicht den Hain an, zu dem es Sie so hingezogen hat? Ist das etwa kein Paradies?»
Schauen auch wir. Und finden keine Worte. Schischkin... Da lag Schatten. Stand die Kiefer. Zwischen den Wurzeln der ufernahen Kiefern rieselte in dünnem Rinnsal der Sand. In den Wipfeln hing ein Wölkchen. Nördliche, vertraute Empfindungen weiteten DD das Herz. Er fühlte sich rein und jung. Voller Gesundheit und Kraft, bereit zu wissenschaftlicher Großtat, überhaupt für die Zukunft, die gerade von diesen uralten Relikten seltsamerweise Bestätigung erfuhr. Sie hatten nichts Altes, diese Kiefern – Triumph der Nüchternheit. ‹Mama!› rief DD innerlich aus. ‹Ich lebe!›

PP, feierlich: «So war es, bevor der Mensch kam. Von der Erschaffung der Welt bis vor rund siebentausend Jahren. Nicht diese Bäume natürlich, doch ebensolche. Die hier – könnten noch die ersten Christen gesehen haben.»
DD schaute wie ein sehr großes Huhn PP von der Seite an. Ebenso große Verwunderung drückte sein Profil aus. Wie wenn eine Wolke aufzieht, aber noch nicht die Sonne überzieht – oder umgekehrt: das Licht der Ironie, das sonst immer das Profil des Doktors erhellte, trübte sich durch ein Wölkchen ungläubigen Glaubens: Sollte wirklich... wer weiß... womöglich sind wir noch frühe Christen?... warum auch nicht?... Führen uns auf wie besessen... Haben die Götzen gestürzt – und Christus zum Götzen gemacht... Christus gestürzt – und den Menschen zum Götzen gemacht... Wäre Zeit, sich selbst zu stürzen...
PP hatte ein am Ufer aufgelesenes Streichholz mitgebracht.
Mit dem Fingernagel zog er nicht weit vom Boden der Flasche eine unsichtbare Linie und sah DD streng an. Der trank einen bescheidenen Schluck. PP bereitete sich auf seinen letzten Schluck vor wie ein Samurai aufs Harakiri. Geschickt entfachte er das Streichholz an der Kiefernrinde und tat, die Augen wohlig verdreht und das Gesicht der Sonne zugewandt, einen tiefen Zug. Dann setzte er sich hin wie ein Türke, stellte die Flasche zwischen die Beine, streichelte sie zärtlich und wiegte sich sacht, dabei trank er in mikroskopischen Schlückchen und rauchte in ebenso kurzen Zügen, die Augen halb geschlossen und leise und mit Behagen murmelnd:

Aine klaine Papirosse
Nicht schpaziren nach tsurük!

DD, skeptisch: «Wie – unter deutscher Besatzung waren Sie auch?»

«Das nicht, aber in Gefangenschaft», sagte PP leichthin. «Sie brauchen mir nicht zu glauben, Doktor.»
Und ohne die Augen zu öffnen, hielt er DD die Selbstgedrehte hin.
«Was ist das??»
«Ein Kick, Doktor. Nicht schpaziren... Sagen Sie, Doktor, welche Mechanismen zur Regulierung der Bevölkerungszahl (bin gelehrig, nicht?) hat der Homo sapiens – außer denen des Franzosen Condom und des Engländers Malthus – sonst noch? Den Krieg?»
«Den auch. Alles, was die anderen haben, plus... Die Gattung Mensch arbeitet, könnte man sagen, nur an einem – der Entwicklung dieser Mechanismen. Und selbst das kriegt der Mensch nicht hin. Weil er nämlich, man bedenke!, die Natur UNTERWORFEN hat. Wie kann man sie unterwerfen? wenn man ein Teil von ihr ist? Eine Form von Selbstmord. Den Ast abzuhacken, auf dem man sitzt. Die unterworfene Natur reagierte, indem sie ihm vor allem die natürlichen Regulierungsmechanismen nahm. Sie funktionieren zwar noch, aber schwach. Ohne die Unerbittlichkeit eines Gesetzes. Sie sind zu Faktoren geworden. Sehr nachgeholfen haben immer Epidemien, allerlei Seuchen wie Pest und Cholera... Mähten auf einen Schlag halb Europa hin. Doch da mischte sich unsere heldenhafte Medizin ein. Dann natürlich der Krieg. Doch auch er schaffte es nicht mehr, wie sehr die Vernichtungsmittel auch weiterentwickelt wurden. Inzwischen greifen noch andere Faktoren. Wissen Sie, daß das Auto – heimlich, still und leise, dafür ohne Verschnaufpause – ebenso viele Menschen abgemurkst hat wie beide Weltkriege? Und die Düngemittel, die Arzneien... Unser gesamter Zivilisationsaufbau (DD sprach dieses Wort mit sehr dicken Anführungszeichen) ist zu einem weit effektiveren Krieg geworden als der Krieg selbst. Als Methode veraltet der

Krieg immer mehr, was auch in der Erfindung der Atombombe zum Ausdruck kommt. Einer nicht anwendbaren Waffe also. Sie hat den Krieg begraben. Der Krieg ist unsinnig geworden, man kann nicht mehr siegen, kann ihn nicht beenden. Wirklich funktioniert hat bislang nur das Anwachsen der Großstädte.»

PP warf DD einen befriedigten Blick zu: «Sie sind ja Humanist, Doktor...»

«Und... und...» – DD erstickte fast vor Lachen – «und... Pazifist!»

PP, den sich vor Lachen kugelnden DD betrachtend: «Ich beneide Sie. Was für einen Kick Sie haben!»

Wie merkwürdig sie die Rollen getauscht hatten! PP war auf einmal der weiße Clown und ausgerechnet DD der Rotschopf. Das Meer war – Bodentuch und Arena.

DD hüpfte wie ein Affe über das Tuch und haschte etwas für uns Unsichtbarem nach, einem Schmetterling vielleicht oder einer Fliege oder seinem Vögelchen. PP sah ihm zu mit liebevoller Trauer.

«Einen Kick...» DD fuhr fort, die Luft einzufangen, und krümmte sich vor Lachen. «Hat ihn schon!» Langsam, einen Finger nach dem anderen, machte DD die Faust auf. «Ist entwischt! Entwischt!» freute er sich.

Und haschte weiter.

«Doktor, Sie sind ein Teekessel.» Endlich gelang es auch PP zu lachen: DD blickte verwirrt um sich, als suche er den Teekessel, ohne zu begreifen, wie er hierher geraten war.

«Verzeihen Sie, lieber Doktor, ich bin ein schlechter Mensch.»

«Was haben Sie mir untergeschoben?»

«Gras, Doktor, Gras...»

«Warum haben Sie mich nicht vorgewarnt? Das war nicht schön, nicht kameradschaftlich...»

«Andernfalls hätten Sie keinen Kick gefangen. Gerade das war kameradschaftlich.»
DD war beleidigt wie ein Kind: «Warum ein Teekessel?»
«Wirklich, Doktor, verzeihen Sie. So war das nicht gemeint. Verzeihen Sie, daß ich Ihren Kick abgewürgt habe. Ich war neidisch.»
PP stand auf.
«Gehen wir, Doktor.»
«Nirgends geh ich hin.»
«Ein Volk ohne Bier...», sprach PP finster.
«Hören Sie auf, mir blauen Dunst vorzumachen!»
«Ein Volk ohne Bier verdient den Namen Volk nicht!» So führte PP seinen Gedanken zu Ende.
Und sie gingen. Weiter nach Norden. Am relikten Hain vorbei. Ohne aufs Meer zu blicken. Volk ohne Bier.
Dabei wahrte DD nach wie vor sein Profil und schritt wie auf Sand am Saum des Wassers lang, während PP, frontal und tolpatschig, über die schon glühend heißen Kiesel tappte.
Sonne total. DD, im Profil, mit Mützenschirm. PP, frontal, mit einem Blatt auf der aufmüpfigen Nase.
Praktisch schwiegen sie. Soweit sie überhaupt fähig waren, den Mund nicht aufzumachen.
«Befürchte, daß wir sie nicht mehr einholen...»
«Ihre Kollegen? Denken Sie nicht, daß Sie sie schon überholt haben?»
«Sie sind ein Teufel, Pawel Petrowitsch!»
«Ich dachte, wir hätten die Rollen verteilt. Vorläufig geht alles nach Drehbuch: Sie sind Faust, ich bin Mephisto. Nebenbei bemerkt, habe auch ich einen Arbeitstag verloren. Wollte zeichnen gehen und vergaß den Studienblock.»
«Sie sind doch Bildhauer.»
«Bildhauer zeichnen auch. Skizzen.»

«Haben Sie vor, das Meer zu modellieren?»
«Erraten, Doktor. Genau das habe ich vor. Das Meer. Es ist mein innigster Wunsch, dem Meer ein Denkmal zu setzen.»
«Fragt sich bloß, in welcher Gestalt?»
«In Gestalt einer Kuh.»
«?!»
«Sie haben doch den Delphin gesehen. Der hätte mich fast in einen Zwiespalt gestürzt. Er wird auch Seekuh genannt.»
«Eine Seekuh ist ein ganz anderes Tier.»
«Weiß ich doch. Haben Sie wirklich angenommen, ich würde die Kuh, also das Meer... also die Kuh... symbolisch darstellen? Ich bin Realist! Das Meer in Gestalt eines Delphins – pfui bah! Das bringt jeder Stümper fertig!»
«Versteh ich nicht.»
PP, finster: «Sie werden noch verstehen. Werden noch sehen. Sähen es besser nicht.»
«Versteh ich nicht.»
«Das hält nicht jeder aus.»
«Ich bin in der Kunst nicht bewandert. Bin ein schlichter Wissenschaftler. Ich nehme schon an, daß es eine Berufung ist, Bildhauer zu sein. Aber wie haben Sie es entdeckt? Wie ist das, wenn man als Dichter, Maler oder Geiger geboren wird?»
PP, finster: «Menschen ohne Kindheit...»
«Wer?»
«Ich meine die Geiger.»
«Ich meine Sie. Wie sind Sie draufgekommen, daß Sie Bildhauer sind?»
«Und wie sind Sie draufgekommen, Vögel zu fangen?»
«Das ist nicht dasselbe. Doch sonderbarerweise erinnere ich mich, wie alles begann. Das heißt, ich erinnere mich gar nicht mal, Mutter hat es mir erzählt.»

«Kaum waren Sie geboren, fingen Sie einen Vogel?»
«Genau! Ich konnte noch kaum gehen, alle Kinder spielten im Sand, während es mich immer zu einem Wasserfaß zog, wo Vögel angeflogen kamen und tranken. Schließlich gelang es mir, den Deckel am Faß so aufzustellen, daß er zufiel, wenn ein Vogel sich auf den Faßrand setzte, um zu trinken. Und ich fing einen!»
«Na bitte! Und Sie fragen noch, wie man Bildhauer wird. Aus Seelenverwandtschaft. Diese Bestimmung stammt nicht von mir, sondern von meinem Lehrer.»
«Sie waren Schüler eines Bildhauermeisters? Wie im Mittelalter?»
«Bravo, Doktor! Genau, wie im Mittelalter, unserer besten Zeit, mit Verlaub! Ich bin Schüler des Wanderphilosophen Grigori Skoworoda. Der behauptete unter anderem, die Menschen seien deshalb unglücklich, weil sie für sich nicht eine Betätigung fänden ‹der inneren Ververwandtschaft nach›. Er teilte die ganze Menschheit in drei Teile, und heraus kam Geistlichkeit, Heer und Bauernstand. Er riet, das kleine Kind zu beobachten: Stimmt es beim Kirchenchor mit ein, kommt es ins Priesterseminar, greift es zum Säbelchen, kommt es zu den Soldaten, hat es am Würmlein seinen Spaß, soll es ackern. Fände ein jeder eine Betätigung der inneren Verwandtschaft nach – schon herrschte eitel Glück!»
«Und was sind dann wir beide?»
«Wir? Bastarde.»
«......?»
«Peter der Große erließ einen Ukas, daß uneheliche Kinder dem Künstlerstand zuzuschlagen sind. Auch Sie sind Künstler» – so der Ukas von PPs Gnaden. Das klang nicht überzeugend, und er fügte an: «Auf Ihre Weise... Haben Sie noch nicht gräßlichen Durst? Vielleicht spielen wir nochmal?»

DD grinste, und ohne weiter zu überlegen, reichte er ihm das Restgeld. «Wir beide haben, scheints, eine Betätigung der inneren Verwandtschaft nach gefunden.»
PP, der das Geld ohne weiter zu überlegen in Empfang nahm: «Das ist kein Scherz. Würde sich ein jeder mit dem befassen, was ihm liegt, woher kämen dann Aggression und Depression, was im Grunde ein und dasselbe ist? Statt des sinnlosen Kampfes gegen Andersdenkende und Alkoholismus würde ich den Psychiatern folgende Betätigung geben: Diagnostik der Berufung. Der Psychiater würde beispielsweise dem Außenminister ein Rezept ausstellen: Drachen und Rosen aus Papier ausschneiden, dem Verteidigungsminister: alte Nägel geradeklopfen usw. Unter Beibehaltung der Bezüge und Privilegien. Können Sie sich vorstellen, wie glücklich die wären? Und zugleich auch wir. Das ‹Märchen vom Bauern, der zwei Generäle durchgefüttert hat›, wäre kein Märchen mehr. Und er würde sie durchfüttern! Sei es nur, damit sie ihn nicht weiter stören. Und vor allem würde dieser Bauer die Bierherstellung in Gang bringen. Und das Volk würde zum Volk werden.»
DD, stirnrunzelnd: «Bloß – lassen Sie uns nicht über Rußland reden...»
«Worüber sonst? Wir reden doch über nichts anderes. Doktor, sind Sie zufällig Jude?»
«Ich? Glaube nicht. Ist das von Bedeutung?»
«Sie als Intellektueller, lieber Freund... Ist es, ist es. Ich würde mich an Ihrer Stelle nicht so leicht distanzieren.»
«Und Sie selbst, Pawel Petrowitsch?»
«Ich? Wer von uns wäre nie Jude gewesen... Ohne ein Fläschchen läßt sich das nicht klären.»
«Wohin so schnell?» konnte DD gerade noch sagen.
Und trollte sich in den Schatten. Dachte darüber nach,

daß heute, wie sonderbar, kein Mensch am Strand ist. Und warum denkt er dann wieder über Malthus nach? Weil es lächerlich ist, sich in Juden und Russen zu unterteilen, wo wir zusammen eine nationale Minderheit sind auf der Welt. Lächerlich, sich zu unterteilen in... wo bis zum Jahr 2000 die Weißen nur... und die Schwarzen noch weniger. Sicher, die gelbe Rasse! Wieso müssen sich die Georgier und Abchasen auseinanderdividieren? Lächerlich. Sich unterteilen, wo vor der Menschheit längst nur noch eine gemeinsame Aufgabe steht. Wie wenn man im Wartezimmer beim Arzt mit seinen Krankheiten angibt – wem es mehr weh tut. Doch den Menschen aufhalten ist unmöglich, obwohl er alles begreift. Soll er etwa an seine Wiederkunft glauben? Längst hat man Experimente mit Bakterien durchgeführt, um die Intoxikation bei Überbevölkerung zu untersuchen, und daraus mathematische Kurven erstellt, die, wiederum mathematisch, dem Wettrüsten nach dem Zweiten Weltkrieg entsprachen... Asymptotische Näherung an den totalen Untergang. Der Vergleich des vernunftbegabten Menschen mit einer Bakterie kann den Biologen nicht erschüttern. Vernunft müßte erst mal mit Vernunft eingesetzt werden... Der Faktor Zeit, das ist der Haken: schon zu spät – oder noch rechtzeitig? Wenn zu spät, dann schon längst, wenn rechtzeitig, dann gerade noch, müssen uns ranhalten, um aufs letzte Trittbrett aufzuspringen... Womöglich mußte man ja so raubtierhaft hetzen mit dieser Aufrüstung, weil die den ganzen technischen Fortschritt nach sich gezogen hat, und ohne den könnte der Mensch das Problem des Überlebens nicht lösen... Recht hat Pawel Petrowitsch: Wäre an der Zeit, die Aggression umzupolen auf... Bloß, wie polt man sie um? Daran glaubt DD nicht, daß der Mensch sich besinnt.

Und DD schaut dem einzigen Jungen am Strand zu. Der taucht entschlossen ins Meer und plätschert drin herum wie ein glücklicher Jungdelphin.
PP schien gar nicht weg gewesen zu sein. Als hätte er gleich um die Ecke was vergraben gehabt...
«Zu Ihrer Information», teilte er mit, während er sich auskeuchte. «Kein Mensch da – der Stäbchen wegen.»
«What's that?»
«Das Meer ist verseucht. Wegen Einleitung gigantischer Scheißemengen.»
DD, beunruhigt: «Müßte man dem Jungen sagen.»
«Glauben Sie, der weiß das nicht?»
«Und wir?»
PP, die Flasche schüttelnd: «Wir haben unser Antiseptikum.» Und enttäuscht: «Bißchen kleiner natürlich, diese Petarde...»
Er trank mit finstrer Miene und schenkte dem Doktor ein. Seine Bewegungen hatten schon etwas Familiäres. Als säßen sie in der Küche.
«Wirklich, was für eine Katastrophe uns erwartet!» (Kaata-astro-o-ophe, deklamierte er.) «Unten Fürze, oben Scheiße. Stellen Sie sich mal vor, wie das eines Tages in die Luft fliegt!»
Verstört blickte DD hinaus auf die Meeresweiten.
PP: «Ich erläutere. Sie selbst haben mir angst gemacht, weil der Schwefelwasserstoff schon fast oben sei. Fürze sind doch Schwefelwasserstoff. Und Fürze brennen. Haben Sie die nie angezündet?»
DD, verblüfft: «Haben das alle gemacht?»
«Auf einen Schlag steht das Meer in Flammen, stellen Sie sich mal vor! Das gibt eine Fackel! So-o-o eine Feuersäule!»
DD, kichernd: «Das Meer steht blau in Brand, der Walfisch steigt an Land...»

PP, neidisch: «Von wem ist das? Von Ihnen?»
«Von Opa Tschukowski.»
«Weise. Tief. Also sah auch er es voraus.»
«Das ist für Kinder.»
«Wem soll man es sonst erklären? Den Erwachsenen doch nicht. Die haben längst nicht begriffen. Wissen Sie, woran wir alle zugrunde gehen?»
Das war so bedeutungsvoll gesagt, daß DD lieber abwartete, statt zu antworten.
«Wir versinken im eigenen Dreck!» PP hielt die Pause. «Und wissen Sie, warum?»
DD, erfreut: «Weil wir selber ein Dreck sind?»
«Daneben! Sie sind ja ein Menschenhasser, Doktor Doktorowitsch! Sind ganz verroht dort oben in Ihrem Deutschland! Der Mensch ist womöglich gar nicht solch ein Dreck, wie Sie meinen.»
«Noch ein größerer?»
«Aber nein, lieber Freund, wieder daneben. Vorerst ein geringerer. Wir kommen gar nicht mehr dazu, uns derart zu entwickeln. Wir versinken drin, weil wir ihn nicht zu nutzen wissen.»
«Gegen Ihre Metapher läßt sich schwer etwas einwenden.»
«Das ist keine Metapher. Ich erläutere. Was ist Humus?»
DD, enttäuscht: «Ach, Sie meinen Düngemittel...»
«Ich präzisiere. Was ist Kohle? Sie schweigen. Und was ist Erdöl?»
«Die Reihe ist richtig. Ich habe Sie verstanden. Bloß haben wir heute anderen Dreck. Nicht mehr Scheiße, sondern chemischen, unverweslichen. Der Uferstreifen, das sind die Kiemen des Meeres. Es atmet schon nicht mehr, solche Mengen an Plastik wurden von der Brandung da hineingepreßt.»

PP: «Auch das noch. Man muß ein Schwein erschaffen. Bevor es zu spät ist.»
Sie tranken noch ein Schlückchen, und PP weihte DD in einige Details seines Plans zur Umgestaltung der Welt ein.
«Wie Sie verstehen, ist ‹Schwein› hier nicht wörtlich zu nehmen, obwohl – wieso eigentlich, auch wörtlich. Es ist Vorbild und Symbol. Sozusagen die Devise des Projekts. Das Projekt ‹Schwein› zur Neueinrichtung der Welt. Klingt doch gut?»
DD, enthusiastisch: «Klingt sehr gut!»
«Zuerst... Weiß gar nicht, was zuerst kommt, denn alles kommt zuerst. Das ist womöglich das schwierigste – entscheiden, was zuerst kommt. Unsere vordringlichste Aufgabe wird das sein, Doktor: womit beginnen. Doch davon später... Nicht nur ohne ein Fläschchen – ohne Gott läßt sich das nicht klären. Daß es Ihn nicht gibt, ist schwerer nachzuweisen, als daß es Ihn gibt. Der Akt der Schöpfung ist nachweisbar wie ein Verbrechen. Der Schöpfer läßt sich in flagranti ertappen, und zwar auf Schritt und Tritt. Wie sonst erklären Sie die ständigen Brüche in der Evolutionskette, das Verschwinden von Zwischengliedern, die ihr Wissenschaftler dringend braucht? Euch fehlt doch soundso oft das Wichtigste: Genau hier müßte der Logik nach was sein – ist aber nicht. Katastrophen, sagen Sie? Aber wieso immer gerade an Punkten, die Sie schon markiert haben? Ja, genau: alles schlampig genäht, man sieht den Faden. Aber das heißt doch: jemand hat es genäht! Nicht das Kristallgitter mußte erschaffen werden, sondern das Atom, nicht das Leben, sondern das Wasser, nicht der Elefant, sondern die lebendige Zelle, dann würde es die Evolution schon bis zum Menschen bringen. Man kann den Menschen auch vom Affen herleiten, die Kunst dabei ist, nur ihn allein mit der Jungfräulichkeit auszustatten –

der Idee der Erbsünde und der unbefleckten Erkenntnis wegen. Das Sprichwort sagt: Der Deutsche ist schlau, er hat den Affen erfunden. Hier mußte nicht der Affe erfunden werden, sondern die Keuschheit! Sie denken jetzt wieder nur an eine Jungfrau, ich an die Reinheit. Der Herrgott hat genau da immer ein Schloß vorgehängt, wo das eine nicht mit dem anderen zusammenging. Also war Er ANWESEND, hat Er EINGEGRIFFEN in die eigenen Gesetze. Er ist stets zu spüren als STÖRENFRIED. Und ihr zerbrecht euch den Kopf über die Geheimnisse des Weltgebäudes. Wo ein Geheimnis ist, hängt ein Schloß. Ein göttliches Geheimnis! Und wir stochern im Schloß herum. Unsere Erkenntnis wurde zum Dietrich, wir brechen genau die Schlösser auf, mit denen die Schöpfung vor uns abgesperrt war, zu unseren Gunsten. Alle sind wir Imperialisten, Kolonialisten – nicht Amerika und nicht Rußland, sondern die Gattung Mensch ist der Kolonialist der Schöpfung. Dabei wäre es des Menschen Berufung, Gottes Schwein zu sein. Um aufzusammeln, wegzuputzen, abzufressen ...»

«Bravo!» DD war aufgeblüht, rieb sich die Hände.

«Und um sich zu erfreuen! Sich zu erfreuen am Werk Seiner Hände!»

DD wollte schon zustimmen: «Sich zu erfreuen, mag sein ...» Da kam ihm eine Erleuchtung: «Wissen Sie, welches der älteste von allen noch auf Erden verbliebenen Berufen ist? Im Sinne menschlicher Berufung, nach Skoworoda?»

«Der Jäger wahrscheinlich ... der Fischer?»

«Nein, der Kustos im Museum!» DD sah PP mit Siegerblick an.

PP irritiert, woran er nicht gewöhnt war: «Nun ja, er hat mit Altertümern zu tun ...»

«Gut, ich gebe Ihnen einen Tip. Welches ist das älteste Gerät des Menschen?»

«Der Stock. Der Kriegsmann, ja, der Kriegsmann ist der älteste Beruf!»
«Prügeln tun sich alle. Den Stock überlassen Sie Engels. Mit dem Stock kann auch ein Affe umgehen. Das allererste Gerät des Menschen...»
«Nun?»
«Gut, ich gebe Ihnen noch einen Tip. Welches ist das erste Kleidungsstück?»
«Das Fell.»
«Das Fell...» DD kratzte sich verwirrt die Nase. «Ist wohl richtig. Ich habe die Frage falsch gestellt. Welches ist das erste Kleidungsstück in modernerem Sinn, bis zum heutigen Tag? So auch nicht... Das erste Kleidungsdetail? Welche Fasson, welches Modell, welcher Schnitt? Puh, geben Sie mir einen Schluck...»
«Quälen Sie sich doch nicht, Doktor Doktorowitsch. Sagen Sie es, und basta.»
DD, geradezu kindlich beleidigt: «Sagen Sie es... Ist doch uninteressant. Aber jetzt! Welches erste Kleidungsstück trug der Mensch nicht zum Schutz vor Regen, vor Kälte, vor... nun, wozu man sie auch immer trägt, verdammt nochmal!»
«Den Lendenschurz.»
«Aha. Und wozu?»
«Wunderbar!» PP freute sich. «Aus Scham. Nicht vor Kälte, sondern aus Scham. Um seine Blöße zu bedecken. Sag ich doch...»
«Überhaupt nicht dazu! Das mit der Jungfräulichkeit haben Sie interessant hingekriegt, muß ich aber erst noch überprüfen. Vielleicht hat noch wer anderer... Doch der Lendenschurz ist überhaupt nicht aus dem Grund entstanden.»
«Meinetwegen. Und was hat das mit Ihrem Museum zu tun?»

«Richtig. Bringen Sie Museum und Lendenschurz zusammen – sehen Sie die Verbindung? Nein? Jetzt zahlen Sie eine Flasche.»

PP, allmählich unwirsch: «Wir haben ja gar nicht gewettet.»

«Na schön. Die erste Berufung des Menschen ist das Sammeln. Nüßchen, Würzelchen ... Und das erste Gerät, das er selbst erfunden hat – es sollte dann zum Lendenschurz werden – ist die Tasche. Leidenschaftliches Sammeln ist ein uralter menschlicher Instinkt.»

«Oh, ein Idiot bin ich, ein Idiot!»

«Na, hab ich Sie drangekriegt?»

«Die Tasche, einverstanden. Das zahl ich Ihnen heim. Ist auch keine Kunst: sich beruflich was anlesen und dann einen fertigmachen.»

«Hab ich mir nicht angelesen!»

«Wie – sind Sie selbst drauf gekommen?»

«Ja. Als ich am Strand dort bei mir Bernstein gesammelt habe. Und ihn in die Badehose reinstopfte.»

«Lobenswert. Dann bin ich eine Flasche schuldig. Bloß müssen Sie mir auch eine Frage beantworten. Und auch um eine Flasche. Eine Frage, nicht schwieriger als Ihre. Und auch meine eigene Entdeckung. Als ich mal in einem Möbelgeschäft gearbeitet, Möbel geschleppt habe, ging mir ständig durch den Kopf, wie der Mensch sich bloß so unhandliche Dinger hat ausdenken können. Also, sagen Sie, welches war das erste Möbelstück, von dem alles herstammt?»

«Der Stuhl? Vielmehr, der Schemel?»

«Nö.»

«Das Bett? Vielmehr, die Hängematte?»

«Nö.»

DD, sich ereifernd: «Wie denn nicht! Kaum stand der Mensch auf zwei Beinen, tat ihm der Rücken weh. Osteo-

chondrose ist übrigens eine atavistische Krankheit, wissen Sie das? Und so setzte er sich auf einen Stein.»
PP, gewichtig: «Ein Stein ist kein Schemel. Und ein Ast noch keine Hängematte. Auf die Tour buche ich Ihnen Ihre Tasche wieder ab – zu Lasten der Hamsterbacken. Nein, sagen Sie mir, welches erste Möbelstück hat er *geschaffen*?»
«Den Tisch?»
«Nö.»
«Doch nicht den Schrank!»
«Schön, ich gebe Ihnen einen Tip. Der Schrank – schon wärmer.»
DD versank in tiefes Nachdenken. Tisch? Stuhl? Bett? «Mehr Möbel gibt es gar nicht...»
«Sie geben sich geschlagen?»
«Tja...»
PP lüftete feierlich das Geheimnis: «Die Truhe!»
«Wieso die Truhe?»
«Um Ihre Nüßchen und Würzelchen wo reinzutun! Die Truhe ist das Urmöbelstück. Aus ihr kam alles andere. Setz dich drauf: eine Bank. Leg dich drauf: ein Bett. Deck ein Tuch drüber: ein Tisch. Stell sie auf ihr Hinterteil: ein Schrank.»
DD, stichelnd: «Häng ein Schloß dran: Gott...»
«Nehmen Sie es sich nicht so zu Herzen. Unentschieden. Ich bin Ihnen nicht und Sie mir nicht.»
«Was?»
«Eine Flasche schuldig. Ihre Ironie ist allerdings fehl am Platz. Die Schlösser müssen wir nun reparieren.»
«Wer soll das tun?»
«Der militärisch-industrielle Komplex! Sie sprachen doch selbst von der Atombombe. Was bleibt denen jetzt noch zu tun? Diese ganzen Raketen und Flugzeuge werden zu Schrott, zu unnütz vertaner Materie. Sind sie eigentlich

schon, nur wissen das Militärs und Menschen noch nicht. Was hat immer den technischen Fortschritt nach sich gezogen? Der Krieg. In Zukunft wird er das nicht mehr. Wohin dann mit dem aggressiven menschlichen Genius, wo findet er eine Betätigung ‹der inneren Verwandtschaft nach›? Man bringt doch den Ritter nicht dazu, Schwerter zu Pflugscharen umzuschmieden, aus seiner Rüstung Küchengeräte zu machen! Besser will die Menschheit gar nicht werden, aber bald kann sie nicht mehr umhin, denn weltweit entwickelt sich solch ein Sog durch alle diese Löcher am Himmel ... Vom Angriff werden unsere Krieger zur Verteidigung übergehen. Sich mit der Erfindung des SCHWEINS befassen. Die Idee der abfallosen Produktion ist in ihrer Unerreichbarkeit so verführerisch wie der Flug zum Mars. Wenn etwas unmöglich ist – was braucht das Genie mehr? Die abfallose Produktion ist genauso ein schwarzes Loch wie der Krieg: Sein ganzes Geld, seine ganze Energie und Begabung kann man da loswerden!»
DD: «Hätte ich nie erwartet: von einem so klugen Menschen soviel Optimismus ...» Sein Gesichtsausdruck war allerdings mehr als glücklich.
«Die Welt ist derart trivial geworden, daß der Pessimist jetzt immer der Kluge ist und der Optimist eigennützig oder ein Idiot. Es gibt keine Menschen mehr, nur noch Kritiker, können mich alle ...»
DD, gerührt: «Lieber Pawel Petrowitsch! Glauben Sie mir, ich bin unsäglich froh! Zum ersten Mal im Leben, darf ich sagen, finde ich Beistand für all das Unausgesprochene ... Pawel Petrowitsch! Gestatten Sie, daß ich Sie küsse!» Er versuchte, seine Wange an PPs Lippen zu legen, aber da wurde nichts draus; er hielt sich nämlich kaum auf den Beinen in der neuen, für ihn schwierigen Dimension, und beide Projektionen zu kombinieren gelang ihm nicht. «Gestatten Sie, daß ich auf Sie trinke!»

«Aber ja, gestatten wir!» PP schenkte DD ein. «Und wir selber kriegen auch was.»
Sie stießen an.
Und gingen weiter am Ufer lang, eng umschlungen, fast wie *ein* Mensch.
«... und allgemeine Wehrpflicht werden wir haben!» sprach DD. «Die Soldaten werden einen Alternativdienst ableisten. Werden Wälder pflanzen und hegen, Tiere, Fische und Vögel ziehen!»
«Lenin beerdigen wir wie einen Selbstmörder jenseits der Kirchhofmauer», sprach PP. «Doch das Mausoleum reißen wir nicht ein, das erhalten wir! Teufen darin einen Schacht ab und umzäunen ihn mit einer Samtbarriere wie im Theater. Die Menschen werden sich drüberlehnen, in den Schlund schauen, die Grabeskälte einatmen und der Millionen Opfer gedenken. Überhaupt werden wir keine Denkmäler zerstören, nicht mal Kalinin. Dserschinski graben wir ebenfalls ein. Auch da teufen wir unter ihm einen kleinen Schacht ab und senken ihn stehend hinein. Und obendrüber walzen wir Asphalt. Legen ein Blumenbeet an. Und hätten das erste unterirdische Denkmal der Welt. Das sage ich Ihnen als Bildhauer.»
«Und alle übrigen Denkmäler», spann DD den Gedanken fort, «alle trompetenden Pioniere und Turnerinnen, Swerdlows und Marxens und Lenins, Lenins, Lenins... und alle Stalins sammeln wir aus Höfen und Kellern, auch die Lenins mit den Stalins in Gorki... und überführen sie alle an einen Ort, richten dort unser eigenes Disneyland ein, wo wir gegen Devisen... wie die chinesischen Soldaten werden sie dort stehen... ist doch kürzlich in der Wüste Gobi eine ganze Armee ausgebuddelt worden... überführen wir sie in die Karakum und Kysylkum...»
«Wozu die Wüste schänden? Ich wüßte ein besseres Plätzchen. Wo nie mehr was wachsen wird. Es gibt da eine

Stelle bei Baku, wo früher Erdöl gefördert wurde... Dorthin schicken wir sie in die Verbannung...»
DD, stammelnd: «Windmühlen... Solarzellen...»
PP: «Und vor allem: mein GOALRO-Plan. Zur Alkoholisierung Rußlands. Ein staatlicher Generalplan. Kein Staat läßt sich erneuern ohne Regeneration des Volkes. Und ein Volk ohne Bier degeneriert. Ohne Bier verfällt ein Volk endgültig dem Suff. Was hat es für einen Sinn, den Alkoholismus zu bekämpfen, und das auch noch mit bolschewistischen Methoden... Gegen seine Natur kommt man nicht an. Wir sind ein Volk, das trinkt, so oder so. Aber, mein Gott, WAS wir trinken! Darum: alle unsere Wermuts und so weiter werden kategorisch verboten. Wodka nur von höchstem Reinheitsgrad. Natürlich gute Rebenweine. Kognaks – wer sie mag. Sowie Regeneration und allerorts Entwicklung des Bierbrauens! Das ist die Hauptsache! Die regenerierten Kneipen und Bierhallen, das werden Stufen sein auf der Treppe zur Zivilisation. Der einfache Mann wird im Suff seine Frau nicht mehr deshalb prügeln, weil er sein Leben haßt, sondern weil die Küche nicht aufgeräumt ist. Die Bierkneipen müssen so aussehen, daß der Alltag mit ihnen gleichziehen möchte, ein Muster an Sauberkeit und Qualität, daß man sich vor sich selber schämt für Alltag und Aussehen! Stellen Sie sich mal vor, im Kreml, beim Generalsekretär, bei unserem Andropow, Gott gebe ihm Gesundheit!, da hängt an der Wand in Stalins Arbeitszimmer eine Karte von unserem Sechstel der Erde, eingelegt mit *Halb*edelsteinen (ruinieren wollen wir uns nicht...), mit Lämpchen unter den Steinen... Andropow drückt einen Knopf am Steuerpult, und ein Stern leuchtet auf, sagen wir, auf Kamtschatka... ‹Gratuliere, Genossen›, sagt er, ‹ein weiterer erstklassiger Palast der Bierkultur wurde eröffnet – ‹Zu den Quellen› in der Siedlung Kljutschi!› (Das ist nicht weit vom Vulkan

Awatschinskaja Sopka, waren Sie da mal?) ‹Aber wir dürfen nicht nachlassen, Genossen!› sagt er. ‹Langsam, viel zu langsam geht es mit unserem GOALRO-Plan voran! Reaktionäre Kräfte widersetzen sich insgeheim wie auch offen seiner Weiterentwicklung. Hier und da wird noch Bier verdünnt, Genossen! Wird mehr Schaum eingeschenkt als Bier!›»

DD, naserümpfend: «Gefällt Ihnen Andropow?»

«Na ja, der Mann denkt staatsmännisch! Hat den Wodka wieder auf unter einen Fünfer gedrückt. ‹Kurbelwelle›, haben Sie mal probiert? Sicher nicht der beste Wodka, dafür zu vier siebzig. Bleibt dir sogar noch was für Käse und für die Metro. Öfchen hat er erlaubt in den Schrebergartenlauben – große Sache! Den Verkauf auf den Bahnsteigen hat er wieder erlaubt, paar Kartöffelchen, bißchen Dill ... Und vor allem: ein Männerkloster hat er erlaubt in Moskau! Bierpaläste und Klöster – das wird die Landwirtschaft regenerieren. Ökobauernhöfe. Kleine Höfe, die ökologisch reine Erzeugnisse produzieren, das ist unsere Perspektive! Wächst der Export, fließt das Gold. Dafür kaufen wir dann draußen billige Lebensmittel ein, im Austausch für unsere hochwertigen – und sparen, sparen, sparen!»

«Selber essen wir nicht?»

«Wenn es nach mir ginge, bräuchte es diese ganze Esserei nicht zu geben.»

«Sie essen absolut gar nichts?»

«So kann man es nennen. Äußerstenfalls zur Gesellschaft.»

«Höchst interessanter Fall! Mir hat kürzlich ein Kollege erzählt ... Ein höchst begabter Arzt und Biologe übrigens. Er arbeitet in einer höchst geheimen Institution, womöglich gar im Lenin-Konservierungslabor, sind hervorragend ausgestattet dort ... Jedenfalls, er befaßt sich mit der Entwicklung von Anti-Kater-Tabletten, wahrscheinlich für unsere Spione. Und der sagt, von hundert chronischen Alkoholikern erreichen vier Prozent ein gehöriges Alter, kommen unter kein Auto, stecken die Finger nicht unter Keilriemen oder in Zahnräder, erfüllen oder übererfüllen sogar Plan und Norm und stören die öffentliche Ordnung nicht, außer daß sie eben absolut überhaupt nichts essen, da sie es fertigbringen, sich alles, was ihr Organismus zum Leben braucht, aus dem Alkohol zu holen... Und was noch erstaunlicher ist: sie bringen normale Kinder zur Welt, auf die sich der Alkoholismus der Eltern überhaupt nicht auswirkt! Freilich hat die Wissenschaft bislang noch nicht festgestellt, ob sich diese erstaunlichen Fähigkeiten auch vererben.»

PP, mit Bestimmtheit: «Tun sie. Bei mir war schon der Großvater so. Für den Urgroßvater kann ich nicht bürgen. Aber Moment mal» – er stockte mißmutig. «Halten Sie mich für einen Alkoholiker?»

«Gott bewahre! Sie und Alkoholiker!»

PP, mit Empörung: «Ich soll kein Alkoholiker sein!»

«Sie kehren immer zurück», konstatierte DD. «Kehren zu einem Gedanken zurück, zu einem Thema, kehren mit einer Flasche zurück. Sie sind kein Alkoholiker – Sie sind ein Mensch der Zukunft! Vier Prozent sind im biologischen Sinne eine gigantische Zahl! Eine viel bedeutendere als die verbliebenen sechsundneunzig. Das ist nämlich bereits eine Mutation! Und in unserem Jahrhundert mit seiner hungernden halben Menschheit, dem Mangel an Naturvorkommen und Nahrungsmitteln ist eine solche Mutation bereits ein Faktor. Denn ein Mensch, der sich auftankt wie ein Auto (dazu mit einem viel billigeren und unbegrenzter vorhandenen Treibstoff als Benzin), hat in ökologisch-ökonomischem Sinne außerordentliche Perspektiven. Diesen Vier von Hundert könnte sich eine große Zukunft eröffnen.»

«Zukunft!» wiederholte PP finster.
Und sie sprachen über Orwell. Über das unvergeßliche *1984*. Ob Rußland das nächste Jahr noch erleben würde? Aus Rücksicht auf die Zensur lasse ich ihre Schlußfolgerungen hier aus. Obgleich ich, in Hinblick auf die Zukunft, nicht unerwähnt lassen kann, daß der eine der beiden Gesprächspartner Orwell nicht ausstehen kann, während der andere in ihm... Ich nenne keine Namen.
«Ihr Lorenz ist überzeugender», resümierte PP noch finsterer. «Aber warten Sie nur. Gleich werden Sie sehen.»
DD rechtfertigte sich: «Wollte Ihnen keinesfalls zu nahe treten...»
«Nein, ich wollte Ihnen keinen Kummer machen. Hätte lieber einen Umweg... Aber leider sind wir schon da. Hier, hinter diesem Wellenbrecher...»
«Was ist das?» fragte DD in solchem Flüsterton, daß nur lauter A über seine Lippen kamen. «A-a-a-a?»
«Wie gefällt Ihnen ein solches Denkmal für das Meer?»
«Das» – etwas Riesiges, Weißes, Formloses – lag ergeben am Ufer, von der Flut gegen den Pfosten des Wellenbrechers gespült.
«Liegt hier schon den dritten Tag...»
Sie war viel. Eine Kuh ist sonst nicht so groß. Wie ein Wal. Sie schillerte nicht in Perlmutt und nicht in blindem Augenweiß. Das Licht umfloß sie, bildete eine Pfütze. Himmel, Meer – die Beleuchtung war um die Kuh herum. Niemand hatte bemerkt, wie sich das Wetter verändert hatte. Ein Weißes, Graues, ohne Sonne... Schon lange dachte sie an nichts mehr.
«Genau hier verläuft die Grenze zwischen zwei Sphären, zwischen zwei Sanatorien nämlich», erläuterte PP. «MPS und WZSPS. Oder umgekehrt. Tja, und die können sich nicht einigen, in wessen Kompetenz das fällt...»

DD hörte wahrscheinlich nicht, was er sagte. Er sah mit geradezu weißem, taubem, widergespiegeltem Blick umher. Sah das eine wie das andere Sanatorium. Sah den Fischer, der auf der anderen Seite des Wellenbrechers seine Angel ausgeworfen hatte – wenigstens abgewandt hatte er sich, doch von der Kuh war der Fischer nur zwei Schritt entfernt. Sah den Schwarm wagemutiger Strandnixen, die lustlos Volleyball spielten. Ihnen näherte sich ein Wesen auf zwei Beinen, ohne Brüste und mit Schnurrbart, und sie spielten lebhafter.

«Mein Gott!» stöhnte DD. «Auf was *die* laufen!»

Und raste wie ein Sprinter ins ufernahe Buschwerk.

Zurück kam er hoch aufgerichtet, bleich und entschlossen.

«Ich weiß, wo.»

PP ließ sich auf keinen Disput ein: «Dann gehen wir.»

Und sie verlassen das Meer. Bewegen sich vorwärts. Haben es nicht mehr weit...

DD geht es jedoch ausgesprochen schlecht.

PP, ihn durch Wort und Tat unterstützend, hält ihn am Ellbogen und trällert fürsorglich: «Das kann doch einen Doktor nicht erschüttern... Je nun, eine Kuh... Nun, wie soll ich Sie trösten... Soll ich Ihnen ein Staatsgeheimnis verraten? Die Geschichte, wie das große georgische Epos *Der Recke im Tigerfell* in Wirklichkeit ausging? 1978, als die bewußten abchasischen Ereignisse – die ja auch geheimgehalten werden – gerade auf dem Höhepunkt waren, fanden Bergsteiger dieses Tigerfell, und zwar zusammen mit dem Recken. Auch an der Grenze zweier Sphären, von Gletscher und Moräne. Und am Schädel eine Wunde. Ihr Bergführer war ein erfahrener Mann, darum verbot er sogleich, weiter mit dem Eispickel dranzugehen, eilte ins Tal und machte Meldung. Doch war dieser Gletscher seinerseits die natürliche Grenze zwischen zwei Verwaltungsbezirken, der eine mingrelisch, der andere abchasisch. Wer mag schon den Mord an einem russischen Bergsteiger auf sich nehmen? So behaupteten die Mingrelier, die Leiche sei auf der abchasischen Seite gefunden worden, entsprechend behaupteten die Abchasen – auf der mingrelischen. Im Basislager wurde bestätigt, kein russischer Bergsteiger sei abgängig. Worauf sich von allein die Frage stellte, ob es ein Mingrelier war oder ein Abchase. Hat ein Mingrelier einen Abchasen ermordet, will die abchasische Seite die Leiche haben. Und Rache üben oder Klage einreichen. Die mingrelische Seite jedoch war sich nicht sicher, ob da nicht ein Abchase einen Mingrelier ermordet hat, dann müßte Leiche wie Klage ihr überlassen werden. Keiner kam mehr draus, wer nun wen, drum ließ man Heimatkundler in einem Sachverständigengutachten klären, ob Mingrelier oder Abchase. Der Recke erwies sich jedoch als älter als die geltende Verwaltungs- und Gebietseinteilung. Die Bergsteiger hatten zwar kräftig zugelangt mit dem Eispickel, trotzdem war er sehr gut erhalten in seinem Tigerfell – seinerzeit hatte es Tiger gegeben in dieser Gegend. Auch das Tigerfell war gut erhalten, auch die hohe Ziegenfellmütze im Stil von Robinson Crusoe, und vor allem seine Waffen, Messer wie auch Wurfspieß und Pfeile, und deren Spitzen bezeichnenderweise aus Knochen. Und niemand hatte da jemand ermordet! War selbst in eine Lawine geraten, der Dummkopf. Als klar war, daß beide Seiten keine direkte strafrechtliche Verantwortung trugen, nahm der Streit noch prinzipiellere Formen an, denn seine ethnische Zugehörigkeit zu bestimmen hätte bedeutet, die uralte Streitfrage zu lösen, wer hier ursprünglich ansässig war. Während eine Delegation aus Tbilissi unterwegs war, verschwanden bereits Messer und Brustamulett, worauf Vertreter beider Seiten rund um die Uhr Wache hielten. Der mitgekommene Dichter hatte aufgrund der hohen Mütze eine geniale Idee und flüsterte sie heimlich dem Kommissionsvorsitzenden ins Ohr. Die Hypothese fand kein Gefallen, doch da ein Jubiläum des unsterblichen Poems ins Haus stand – UNESCO, Staatsakt im Kreml –, mochte der Vorsitzende nicht riskieren, eine solche These zu übergehen. Außerdem zeigte die Leiche, nachdem sie ihre sechs- bis achttausend Jahre ruhig überdauert hatte, schon am dritten Tag Spuren heutiger Einflüsse. Dann – der Schutz des Tigerfells vor den Heimatkundlern. Ein Militärhubschrauber ließ nicht auf sich warten, und die Kommissionsmitglieder mußten sich durch ihre Unterschrift zum Schweigen verpflichten. In Tbilissi wurde die Ermittlung aufgenommen. Er hätte ja bestimmt alles gestanden, daß er Schota Rustaweli ist oder daß er Awtandil ist, was wäre dem armen Schwein schon übriggeblieben. Daß er kein Abchase ist, hätte er hundertprozentig gestanden. Nun war dies aber der allererste Mensch, der in so guterhaltenem Zustand gefunden wurde, also, ein Ereignis von größerer Weltgeltung als jedes literarische Jubiläum. Während eine Moskauer Kommission aus dem Konservierungslabor beim Mausoleum unterwegs war, verschwand von dem Recken, der, verriegelt und versiegelt, in der zentralen Anatomie lag, nicht nur das Tigerfell, sondern auch, man faßt es kaum, seine gesamte männliche Gerätschaft. Der Skandal drohte international zu werden, da man uns für die Verheimlichung eines solchen Fundes vor der Weltöffentlichkeit aus sämtlichen internationalen Vereinigungen hätte rauswerfen können, bis hin zu besagter UNESCO, nicht nur aus irgendwelchen anthropologischen, von den Menschenrechten ganz zu schweigen. Es stellte sich heraus, daß seine Konservierung sogar in dem angeschlagenen Zustand, dazu noch geheim, unser Vaterland tagtäglich tausend Dollar kosten würde, auch wenn man ihn unverzüglich nach Moskau evakuierte, aber dort hätte man ihn ja auch nicht einfach neben... Billiger käme, eine Sonderexpedition in die Schweiz oder so zu schicken und ihn an einem dortigen Gletscher auszusetzen, unsere Bergsteiger könnten ihn ja dort entdecken und somit die Ehre der Entdeckung dem Vaterland erhalten... Aber auch dieses Projekt stieß auf eine ganze Reihe technischer Schwierigkeiten, bis hin zur Zoll- und Paßkontrolle. So wurde der Recke endgültig zur Geheimsache, das heißt, er verschwand, wenngleich die Suche nach dem Tigerfell noch weiterging, und in dieser Hinsicht waren Fortschritte zu verzeichnen, denn das Brustamulett in Gestalt eines Steins mit Loch aus der Steinzeit wurde requiriert, und zufällig habe ich es geschenkt bekommen.»

Bei diesen Worten reißt PP sich das Hemd auf der Brust auf, und zum Vorschein kommt ein «Hühnergott».

«Die Schnur mußte ich natürlich erneuern. Soll ich es Ihnen schenken?»

DD stöhnend, erschöpft: «Mein Gott! Wie ist das doch alles *bescheuert, bescheuert, bescheuert*!»

PP, herzensgut, drängt: «Sie glauben mir nicht? Doch, nehmen Sie nur!»

«Sie garantieren die Echtheit des Lochs?»

«Beinahe. Es könnte sogar noch älter sein...»

«Das Loch – noch älter als die Steinzeit?!»

DD glaubt von der Geschichte kein Wort, und gerade in diesem Fall zu Unrecht. PP deutet an, die bewußten Organe könnten von jenen anderen bewußten «Organen» entwendet worden sein – für ein anderes, ebenfalls geheimes Konservierungslabor, welches für das gesunde Sexualleben des Führungsapparats zuständig ist. Aus diesem Anlaß beginnt er eine neue wahre Geschichte zu erzählen, wie es ihn mal in eine hochgestellte Klinik verschlagen hat, und zwar auf die entsprechende Station, wegen Abklemmung der...

Diese Geschichte kann er aber gar nicht mehr erzählen, denn sie erreichen die Stadt, und zwar die Hauptstadt des sonnigen und gastfreundlichen Abchasiens, die Stadt Suchum. Ihr Sieg über den Raum wird gefeiert vom städtischen Blasorchester, das sie mit den «Amurwellen» begrüßt.

DD, entzückt: «Das also heißt ‹Rohre aus Erz›! Ewig habe ich gerätselt, was das heißen soll. Feuer und Wasser überwinden ist klar, wenn man viel durchmacht, aber was sind das für ‹Rohre aus Erz›! Ach so, der Ruhm ist gemeint! Im Sinne von – Fanfaren. Posaunen. Triumph.»

PP, wieder finster: «Äußerst zweifelhafte Deutung.»

«Wieso kam ich da nicht früher drauf!» jubelt DD. «Anders kann es nicht sein.»

PP, wieder munterer: «Warum kann es das nicht... Kann es wohl! Die Redewendung ‹durch Wasser, Feuer und Rohre aus Erz› ist keine Metapher. Es ist die technische Beschreibung eines Schnapsbrennaggregats...»

DD akzeptiert vergnügt die neue Etymologie. Denn sie haben schon fast das «Abchasien» erreicht. Das schneeweiße, wunderschöne «Abchasien», so gelungen erbaut vom Architekten Schtschussew höchstpersönlich, und zwar genau hier und nirgends sonst. Dort im «Abchasien», versichert der Doktor, fänden sie seinen Freund und Kollegen, einen Engländer, Spezialist für westliche Affenansiedlung unter ungeeigneten klimatischen Bedingungen, und der hätte alles in Hülle und Fülle, alle möglichen Whisky-Schmisky, Gin-Tonic-Schmonik, bloß keine Tschatscha.

Dort erwartet sie jedoch eine Enttäuschung. Sie werden nicht ins Hotel gelassen. Womöglich ihres Aussehens wegen. Zwar tut ihnen vorerst keiner was, holt keiner die Miliz – sie werden schlicht als Unbefugte nicht eingelassen, wobei man sie mit dem Finger aufs entsprechende

Transparent hinweist, wo rot auf weiß geschrieben steht, daß UNBEFUGTEN ... Zum Glück erscheinen der nunmehr finster dreinblickende Dragamaschtschenka und der ausgezeichnet gelaunte Regisseur Sersow.

Und alle werden ohne weiteres eingelassen.

Dragamaschtschenka hat eine Aussprache mit DD, der Regisseur mit PP. Mit dem Engländer, für den Dragamaschtschenka, wie sich zeigt, unmittelbar verantwortlich ist, hat es einen Zwischenfall gegeben; der Regisseur bietet PP eine Rolle in seinem zukünftigen Film an. Auf den Engländer stürzte nachts im Schlaf – aber nicht im Traum – das Furnier von der Decke; nein, passiert ist ihm nichts, bloß hat er nicht kapiert, ob das Traum war oder Wirklichkeit. Denn das Furnier fiel samt der Ratte und der dieser nachjagenden Katze auf ihn runter. Woraufhin er sich einbildete, bei ihm hätte das Delirium tremens eingesetzt. Und sofortigen Rücktransport verlangte. Die sind ja so eigensinnig, diese Engländer, so daß er stur drauf bestand und schnellstens evakuiert wurde, inzwischen mit unzweideutigen Symptomen von Delirium tremens. Ausgerechnet jetzt, wo es Dragamaschtschenka endlich gelungen ist, den Ausflug zur Affenansiedlung zu organisieren ...

Der Regisseur zieht gerade in das freigewordene Hotelzimmer.

Ist also nichts mit Whisky-Schmisky ... PP ist bald einverstanden, sich in einer neuen Rolle von Regisseur Sersow filmen zu lassen.

PP, begütigend zu DD: «Ich weiß, wo wir hingehen. Zu meinem Freund Semjon.» (Er spricht den Namen merkwürdig langgezogen, halb klingt es wie Semjon, halb wie Simeon.) «Ihn zu treffen hätte ich hier zuletzt erwartet. Auf einmal – tatsächlich, er!»

Aber das ist nicht so nah, wie sich herausstellt. Es ist ziemlich weit von Suchum entfernt, in dem großen, langgezogenen Dorf Tamysch. Sie verfluchen die Stadt, malen sich die Reize des Landlebens aus. In den Städten wächst die Kriminalität, sie zu bekämpfen habe jedoch keinen Sinn, da dies ein biologischer Faktor ist. Strafmaßnahmen seien noch unumgänglich, darum werde in der von ihnen transformierten Menschheit das Tribunal noch einige Zeit existieren, aber mit der Zeit werde die Todesstrafe ersetzt durch einfache Verbannung in die Städte, und diese bekommen die Funktion von Müllhalden. Dort wird *alles* gefiltert und gereinigt, endlich wird die Stadt ihre natürliche Bestimmung finden. Eben die Stadt werde zu jenem Großen Schwein der Zukunft...

Aber soweit sind wir noch lange nicht. Auch bis Tamysch ist es weit.

«Der eine glaubt, der andere nicht...» PP ist von Staub bedeckt, als wäre es Wolle – Brauen, Bartstoppeln, sogar die Hände. «Der eine zerstört, der andere macht sich ein Bildnis... Ich dagegen... Ich bin entzückt vom Herrn! Bin von IHM SELBST entzückt! Und nicht nur von Ihm als Schöpfer. Das sowieso – man faßt es kaum, wie wunderbar Er *alles* hervorgebracht hat. Etwas *anderes* entzückt mich an Ihm...»

Müde trotten sie die endlose Landstraße lang. DD trabt ergeben hinter PP, wie im Schlepptau. Schaut hinter seiner Schulter vor. Beschaut sich verwundert den Staub auf seiner Hand...

«Die Menschlichkeit, das ist so staunenswert! Er trägt die Verantwortung für jeden seiner Fehler. Er ist *anwesend*. Es ist so falsch vom Menschen, wenn er Ihn weit weg tut, in den Himmel abschiebt. Denn Er ist hier! Wir wollen das einfach nicht begreifen. Er hat uns Seinen Sohn geschickt zum Beweis – wir haben auch das nicht begriffen. Wir mögen ja ein Fehler sein, aber Er hat diesen Fehler an Kin-

des Statt angenommen. Er hat uns damit über alles gestellt in der Welt! Über die Engel und Erzengel! Denn sie sind nur Wesen, wenn auch höherer Ordnung, wir aber – sind Seine Kinder. Adam sei unser Vorfahr, sagen Sie. Nein! Auch er ist nur Gottes Kreatur, denn er war nicht Sein Sohn. Wir sind die Enkel Adams, aber die Kinder Gottes. Und Er wartet seit langem. Er braucht uns. Hofft immer noch. Er glaubt an uns. Können Sie sich vorstellen, wie groß Sein *Glaube* ist? Wir dagegen haben verzagt und glauben an alles mögliche, bloß nicht an Ihn. Wir verkünden Seine Schriften, Seine Gebote und Gesetze und drohen uns selbst damit. Wir machen uns angst mit Gott als Vorgesetztem, der uns verurteilen und bestrafen wird. Dabei braucht Er von uns nicht das. Sondern ein bißchen Glaube und Liebe. Ein bißchen Gegenliebe für den Vater... Ist Ihnen nie aufgefallen, daß der Vater stets der am lieblosesten behandelte Mensch in der Familie ist? Er arbeitet und arbeitet und arbeitet. Oder trinkt und trinkt und trinkt. Und so verschwindet er auch, ohne den Rücken geradezubiegen... Papa!» PP schluchzte. «Verzeih mir!»
Doch nach einem Blick in die Runde fügte er, vollkommen ruhig, sogleich an: «Wir sind ja am Ziel. Schon bald. Ich möchte, daß Sie begreifen, wo unser genereller Fehler liegt. Ob Sie glauben oder nicht, ist völlig unerheblich. Sie sind ein Mensch. Und Er – Er ist nicht über uns, Er ist in uns. Wir sind eins mit Ihm. Und nicht Ihm huldigen muß man, nicht sich in Selbsterniedrigung ergehen und nicht sich zum Gottmenschen machen – zu Ihm muß man werden.» Wieder blickte er ringsum. «Der Friedhof ist ja schon zu sehen. Von dort ist es ein Katzensprung.»
Vom Friedhof klang gedämpftes, gemäßigtes, nicht krampfhaftes Weinen herüber.
Zu Grabe getragen wurde Senjok, Semjon oder Simeon.

Er war verschwunden, doch fiel das erst nach zwei Tagen auf. Als man ihn in der zerstörten Kirche fand, war er schon starr. Er hatte sein rotes Hemd an, und die Arme hatte er um eine riesige, eimergroße Tschatscha-Flasche geschlungen, die er Mama Natella gestohlen hatte. Sie war es auch, die so undemonstrativ, so ehrlich und gleichmäßig weinte: Habe ich ihm etwa nie eingeschenkt? Hätte ich ihm nicht auch so etwas gegeben? Er hatte die Flasche nicht geschafft, nur die Hälfte. Aber er hatte sich auch nicht von ihr getrennt. Jemand hatte sogar vorgeschlagen, die beiden zusammen zu beerdigen. Dann wurde beschlossen, mit dem Rest seiner zu gedenken.

PP, streng: «Merken Sie sich, Doktor: Um einen Affen zu vertreiben, muß man genausoviel schlucken, wie um ihn zu bekommen.»

DD lehnte erst ab, ihn zog es ins nah gelegene Sanatorium. Die eine Mitarbeiterin dort... mit welchen Augen mich morgens ihr Sohn angeschaut hat... Doch DD hatte keinen Willen mehr.

«Was zaudern Sie wie Napoleon?» Und PP schlug die Stirn regelmäßig gegen den Deckel des einfachen Sargs.

Und DD kippte um.

«Was weinen Sie denn so, Doktor?»

«Ich stelle mir gerade die Biomasse der Würmer vor...»

So starb ein russischer Tramp, der Mann Gottes Senjok-Semjon.

Und hier, auf der bescheidenen Gedenkfeier am frischen Grab, verlor PP schließlich DD und klinkte sich selbst aus.

Das Feuer

Kater

Die Frage, wer ich eigentlich bin, stellte sich mit ungewöhnlicher Schärfe.
Er verkam immer mehr, mich ließ man verkommen.
Das Wiedersehen reichte gerade für drei Tage. Die Umarmungen lösten sich. Telefonisch ließ man ihn wissen, was er wert sei, und ich stimmte zu. Ich hatte den Herbst hinausgezögert, nun war es um so mehr Winter. Vom Fenster zog es: der übliche Jahrestag im November – der fünfundsechzigste? sechsundsechzigste? der siebenundsechzigste. Aus drei Tagen waren drei Jahre geworden und drei Jahre verflogen wie drei Tage. Na schön, veröffentlichen sie mich eben nicht – aber so verdien ich doch auch nichts! Mein Pelzmantel löste sich in seine Bestandteile auf. Hab wirklich nicht gewußt, was Wohlstand wert ist! Sogar die Brille tritt sich auf der Nase ab wie eine Schuhsohle, wozu über die Schuhe jammern. Die Wohnung von Kakerlaken befallen. Vor Rotz brannte ich wie Feuer, auf den Heizkörpern trockneten die Taschentücher. Andauernd erwachte ich aus eher nervtötenden als schrecklichen Alpträumen, die sich immer weniger vom Leben unterschieden.
Erst alles wie normal, ich schlafe. Es klingelt, ich geh öffnen. Tschuldigung, haben sich vertan. Macht doch nichts. Will weiterschlafen, leg mich hin – verflucht! hab vergessen, das Licht auszumachen, es dringt unter der Tür durch. Will es ausmachen, da sitzen sie schon in der Küche, mit mitgebrachter Torte, trinken Tee. Sehr friedfertig, erklären, wo sie nun mal eine falsche Adresse hätten

und extra mit der Bahn hergereist seien, um den Einzug zu feiern, dann halt bei mir und ich solle mich dazusetzen. Ich zu ihnen, von wegen, daß das irgendwie... aber sie: macht doch nichts, soll mir doch keine Umstände... Und alle so rund, provinziell, unnervös, sogar irgendwo schüchtern, dabei aufdringlich. Als es klingelt, gehn sie schon selber öffnen, draußen stehn noch welche, wieder mit mitgebrachter Torte. Ich dränge sie zur Tür raus, da schlaffen sie irgendwie ab, verstummen, sacken zusammen, ich verheddre mich in ihnen, bleib stecken, gerate außer mich. Schmeiße Wattejacken, Filzstiefel, Fellmützen auf den Treppenabsatz, alles voll, die letzten, die kommen, sind nur noch Putzlappen. Kaum lieg ich wieder, knackt der Schrank, springt die Fensterklappe auf, Funken aus allen Ritzen, es riecht nach Rauch. Müßte die Klappe zumachen, doch keine Kraft mehr zum Aufstehen. Da steigt schon zur Fensterklappe so ein Wattierter ein, läßt die Fellmütze fallen, raunzt. Er stößt an mein Eckschränkchen, vom Eckschränkchen kippt das Napoleon-Büstchen. Kann es eben noch auffangen, bevor es kaputtgeht. Den Wattierten stopf ich zurück durch die Klappe; er war in die Breite gegangen, als er drinnen war, läßt sich kaum zurückstopfen. Wie beim Schweißen stieben Funken, in ihrem Licht funkelt bronzen der Napoleon, doch sind seine Augäpfel leer wie die griechischer Statuen. Woher hab ich eigentlich den Napoleon? Nie im Leben hatte ich einen Napoleon! Nie hab ich einen auf dem Schrank stehen gehabt... Ich werfe das Götzenbild dem Wattierten nach und schließe sorgfältig die Fensterklappe, vor der Tür draußen aber gehts hoch her, ein Heidenlärm, Remmidemmi – da verbrauchen sie Strom und sind lustig.

Ich ersticke vor Rotz. Im Aufwachen mache ich verstört das Licht an, das richtige, im selben Zimmer allerdings,

und greife nach dem verkrusteten Klumpen des Taschentuchs. Aus dem Taschentuch stieben Kakerlaken.
Das also heißt Dissident sein! denke ich grinsend. Nichts zu fressen! und nicht – Besuch bei Reagan im Weißen Haus. Hauptsache, man verwechselt die Anfangsphase nicht mit der Endphase. Gerade kam Aids in Mode. Von Widerstandskraft keine Spur. Der Rotz wurde zum Husten, der Husten zum Durchfall. Die Überwachungsmethoden entsprachen dem Verfolgungswahnsyndrom. Die Anfangssymptome führten zu flüchtigen Beziehungen, die flüchtigen Beziehungen zum Alkohol. In Katerstimmung hätte die Seele zu gerne ausgepackt. Vor wem war klar – doch was? Im einen Fall wurdest du verrückt, im andern Emigrant. Annehmbar war keins von beiden. Doch ist der KGB noch besser als Aids, und man sollte sie nicht durcheinanderwerfen. Mein Ruhm wuchs.

Er bekam Besuch. Von Frauen, von fahrendem Volk. In wörtlichem Sinne: direkt vom Bahnhof. Ich leb dort nämlich, ja, wie in dem Witz! Wurde in aller Herrgottsfrühe geweckt: direkt vom Zug. Unsere Begegnung erinnerte an die Begegnung zweier Kater im Hauseingang. Nicht ohne Würde. Der eine wird nur mühsam vom Spiegel reflektiert, beim anderen sitzt das Auge an der Backe. Nicht ohne Benimm. Im Flur beispielsweise die Schuhe ausgezogen und auf Strümpfen über meinen völlig verdreckten Fußboden: direkt in die Küche. Ich tu so, als würde ich mich waschen, dabei überlege ich, wie weiter, fahre mit ungewaschener Hand mißmutig über die bereiften Bartstoppeln. Die Aktenmappe, die er bei sich hat, ist größer als er. Bestimmt sein ganzes Hab und Gut. Wann er kam, läßt sich genau datieren. Gerade war der koreanische Düsenjäger abgeschossen und am Vortag die Moskauer Buchmesse eröffnet worden, und ich hatte mich mit einem schwedischen Verleger getroffen. Der Schwede war von Amnesty, und sein Blick drückte Befremden aus, als würde ich mich danebenbenehmen. Daß ich auch immer noch nicht sitze. Hinter schwedischen Gardinen. Schon das letzte Mal hatte er darauf beharrt, wie er mir bloß helfen könnte. Ich enttäuschte ihn, weil ich nur eine Brille brauchte «wie die Beatles». Und so saß ich nun mit meiner schwedischen Brille meinem ungebetenen Gast gegenüber...

«Die Hälfte der Million gehört Ihnen!» sagte er und öffnete die Mappe.

Ich war hingerissen. ‹Wie einfach!›

Endlich wollte man mich kaufen. Meinem Stolz wurde jedoch ein Dämpfer aufgesetzt: Hätten sie nicht jemand Überzeugenderen schicken können?

Er holte eine Zahnbürste aus der Aktenmappe, dann das ganze Manuskript. Es befand sich in vier Mappen, die jeweils einzeln in einer Zellophantüte steckten und dazu noch in eine Art Pergament eingewickelt waren.

So groß wie seine Naivität war lediglich seine Erfahrung. Er war eingelocht worden, als er noch keine vierzehn war. Es kostete mich Mühe, bis ich begriff, daß er SO war. Daß er von niemandem geschickt war als von sich selbst.

«Und wozu das Pergament?»

«Falls es ins Wasser geworfen wird. Ich hab alles durchdacht. Ich kann sogar einen Guinness-Rekord aufstellen. Kann fünftausend Kniebeugen machen. Jetzt, ohne Training, nicht. Aber zweitausend bring ich hin, direkt vor Ihnen.» Und er fing sogleich an, in Strümpfen...

«Verschonen Sie mich!» Ich gab mich geschlagen.

Und dann konnte ich nicht aufhören zu lesen...

Das Auge war ihm schon in seiner Dorfkindheit weggeschossen worden, weil er sich weigerte, ein Kätzchen unterm Schwanz zu küssen. Kniebeugen machen hatte er im

Karzer gelernt, um nicht zu erfrieren. Er war lebenslänglich verliebt in seine Klassenkameradin Wera, ihr das zu gestehen traute er sich aber erst aus dem Gefängnis, dazu hatte er einem gutaussehenden Zellengenossen sein Photo abgekauft. Und erhielt auf sein Geständnis eine positive Antwort – aus Weras Brief fiel ein Photo ihrer älteren, vollbusigen Schwester. Um zu heiraten, organisierte er seine Flucht; da er mittlerweile die Strafgesetze kannte, schrie er der Streife zu: «Auf Minderjährige darf nicht geschossen werden!» – und bekam eine Kugel in die Schulter. Er rannte weiter und hatte ein Gefühl, als hätte es ihm den Arm abgerissen. Der verwundete Arm war auf der Seite, wo ihm das Auge fehlte, er konnte ihn nicht sehen. Da packte er ihn mit der anderen Hand und führte ihn im Laufen zum anderen Auge, um sich Gewißheit zu verschaffen...

Mir ging es immer schlechter, *ihn* suchte man zu retten. Schenkte ihm das Kätzchen Tischka. Fäustlinge und Mütze größer als die Schenkerin. Und Tischka noch kleiner. Ich küßte sie auf die kalte Mütze, die Fäustlinge, auf Tischka! Komm schnell!
Wir wurden gestört. Wer konnte das sein? Ihn hätte ich zuletzt erwartet. In seiner Art der einzige Mensch auf der Welt. Der gleiche wie ich. Die Eltern sind bloß zur Hälfte die gleichen, jeder in seiner Hälfte. Er dagegen ist der gleiche in beiden Hälften. Der Bruder also. Wenn auch Georgier. Fünf Jahre war er mir voraus.
Er durfte sie nicht sehen, sie ihn nicht hören. Eine Einzimmerwohnung – ich versteckte sie so, wie sie war, im Schrank, in Hemd und Pelzmütze. Seine Verwandlung in eine Frau setzte sich fort. Zum Beweis hatte er sich einen Bart wachsen lassen. Als Mann interessierten ihn Frauen nicht mehr. Seit einem Jahr schon durchforstete er die ge-

samte medizinische Literatur. Es war eine extrem seltene Krankheit, erblich bedingt, darum sei es seine Pflicht, mich zu warnen.

Doch das ist eine Geschichte für sich, eine lange Geschichte. Dann war er verschwunden.

Als sie aus dem Schrank stieg, trug sie nur Fäustlinge. Ihre Brustwarzen rochen nach Mottenpulver.

Am besten von allen ging es bei *ihm* Tischka. Der schlief auf meinen herumliegenden Manuskripten.

Sie ging. *Er* schaffte es, der Schuft, ihr die Hand zu küssen. Bevor sie sie wieder in den Fäustling steckte.

Sie hatte ihr Buch vergessen. *Das blecherne Vlies des Sieges*. Übersetzung aus dem Georgischen.

Was nicht alles geschrieben wird!

In gemächlichen, nobelpreisverdächtigen Wellen rollte die Erzählung dahin. Umspülte die Küste von Kolchis. Ein kleiner, erschöpfter Trupp, der letzte Rest der einst mächtigen Kriegerschar. Vorneweg Iason, natürlich «angetan mit einem himbeerrot gefütterten Umhang». Hinter ihm jener, der alles schweigend ausführt, als sei ihm in Gefangenschaft die Zunge abgeschnitten worden. Dahinter jener, der sich unablässig kratzt – ihn quälen bis aufs Blut die Moskitos. Alle haben sie Schüttelfrost von der Malaria. Einzig Iason hat sich rasiert, den eignen Schild als Spiegel benützend. Einer am Ende hinkt; das kurze zweischneidige Schwert hat ihm den Hals aufgescheuert, dazu «eitert ihm der Lendenschurz». Da spricht der Stumme das erste Wort. «Der Pontos», sagt er. Der Kurze, Zweischneidige wäscht seine Wunde mit Meerwasser aus. Sie zünden ein Feuer an. Der Widerschein flackert in ihren eingefallenen Augäpfeln. Das Moskitoopfer kratzt sich die breite Ossetenbrust. Es sprühen Funken, ohne die Sterne zu erreichen, unter denen friedlich das unerreichbare Hellas schlummert, das seine Helden vergessen hat. Aus dem

Buch roch es nach Lagerfeuer, und meine Nüstern blähten sich vor ohnmächt'gem Neid auf diesen altgeorgischen Griechen.
Zu früh hatte ich Rettung gesucht, vor der Zeit ... zu früh mich taufen lassen, das war es! Hatte vierzig Jahre gewartet wie ein Großfürst, und doch – zu früh. War nicht auf der Stelle gestorben! Wie auch, gerade dort? Auge war ja auch nicht gestorben, als sie ihm, dem Kind, mit einer Strebe vom eisernen Bettgestell in der Zelle die Brust zerschlugen – wie auch sterben, hat man es mit Ach und Krach bis vierzig gebracht, dazu an dem Ort, wo die Welt am schönsten ist ... höchstens vor Glück. Das Kloster Mozameta – was, stellte sich heraus, «Gläubige» bedeutet – stand auf einem kilometerhohen Steilhang über der Kura, und vom Hang aus bot sich ein Fest des Friedens und der Landschaft, dazu herbstlich herausgeputzt – die Luft je weiter, desto durchsichtiger, und auf ihrem Grund, dem Wiesengrund des Schwemmlands, hatte man sich eben zur Feier des Sonntags versammelt, Schaschlyks gebraten, Fladenbrot aufgelegt und Grünzeug, und eine glückliche Kuh hatte sich angeschlichen, ein Fladenbrot geklaut und lief in Kreisen über die Wiese, ihren Verfolgern davon wie ein Hund, und die Bestohlenen waren noch glücklicher als die Diebin ...
«Ich kenne deine Sünden», hatte Vater Tornike bei der ersten Beichte meines Lebens gesagt, noch bevor ich den Mund aufmachen konnte, «kann sie mir vorstellen ... Und vergebe dir. Merke dir aber, zu sündigen fällt dir von diesem Tag an schwerer.» Und seufzte wissend. Hätte ich ihm doch geglaubt! Fröhlich spuckte ich gegen den Satan in Gestalt von Schippe und Besen, die in der Kirchenecke lehnten. «Pfui dich, böser Satan!» verkündete Vater Tornike, und alle, die wir im Gänsemarsch, ein Kerzchen in der Hand, hinter ihm herkamen, taten es ihm freudig

nach. Leicht war es mir damals gefallen, auf ihn zu spukken! Lieber Gagi, verehrter Vater Tornike, leicht war es dir gefallen, dir die erste Lagerhaft einzuhandeln, du brauchtest nur ein ganzes Pionierlager beim Baden zu taufen! Und als die Kinder aus dem Wasser stiegen, hatten sie keine roten Pionierhalstücher mehr um... «Mir reicht ja», sagt Gagi, «ein Glas Wasser für eine ganze Kompanie.» Für mich brauchte es ein wenig mehr, aufgrund des Pionierlagers und der potentiellen Kompanie. Lieber Gagi! Schließ in dein Gebet alle meine Sünden ein...

Mich zu retten suchte unter anderem auch eine Zeitungsredakteurin. Sie bemühte sich, mir eine Dienstreise zu verschaffen, und zwar sollte ich in Tbilissi an einer Roundtable-Diskussion zum Thema «Das Phänomen des georgischen Romans» teilnehmen. Für den Anfang bekam ich einen redaktionellen Auftrag. Einen Scheinhelden zu entlarven. Zum Helden geworden war er in Afghanistan, aber nicht genug damit, jetzt hatte er noch jemanden vor dem Ertrinken gerettet. Ich als Psychologe sollte nachweisen, daß es ihm gar nicht um die Rettung eines Menschen gegangen war, sondern daß er bloß aus Gewohnheit nach jener Heldentat gesucht hatte, für die sich, wie es heißt, in unserem sowjetischen Leben ja immer Gelegenheit bietet. Die liberale Redakteurin sah darin eine Möglichkeit, den Krieg in Afghanistan zu verurteilen.

Mir gefiel ihr Pathos nicht. So ging ich hin.

Vor mir stand seelenruhig ein Mann. Als erfahrener Verhörspezialist setzte ich mich mit dem Rücken zum Licht, um alle Nuancen seines Mienenspiels zu sehen, folglich ihn mein Mienenspiel nicht sehen zu lassen. Seinem Grinsen nach hatte er das anscheinend durchschaut. Ihm reichte ein Blick, um zu rekognoszieren und sich auf ein ausgewähltes Objekt zu konzentrieren. Seltsamerweise war es der Lautsprecher. Auf ihn richtete er sich. Also, ich war der Psychiater, er hatte den Wahn. Ich war überzeugt, daß in dem Büro nichts eingebaut war. Ich beobachtete seinen Blick. Seltsamerweise beunruhigte den Patienten das Kabel. Der Stecker war herausgezogen, und es hing herab, fast bis auf den Boden. Außerdem war es zu einem Knoten geschlungen. Der Knoten aber nicht zugezogen. Also, damit abhören ging nun wirklich nicht! Schon allein, daß der Major zu dem Gespräch mit mir herbeordert war und ich ihn im Büro empfing, wenn auch nicht in meinem (aber woher sollte er das wissen?), machte mich, den Zivilen, Unausgebildeten, zum Truppendienst Untauglichen – wie heißt das gleich bei ihnen? – «rangniedriger, aber dienststellungshöher». Was den Paria in mir erheiterte. Der Dienststellungsniedrigere schwieg, der Situation entsprechend. Ich forderte ihn auf, Platz zu nehmen und alles genau zu berichten. «Ich hatte ja gar nicht vor, ihn zu retten!» begann der Major, nicht direkt verärgert, doch mit gutmütigem Verdruß. «Hatte aber ausgerechnet am Abend davor ein Buch gelesen, weiß nicht mehr, von wem, Sie entschuldigen schon. Da gings um unsereinen. Da hatte der Held, stellvertretender Kompaniechef, eine Krankenschwester zur Freundin. Und die hatte gerade einen vor dem Ertrinken gerettet. Mund zu Mund. Ist mir hängengeblieben. Eigentlich wollte ich es ja keinem erzählen. Doch am Montag haben wir bei uns in der Akademie darüber geredet, wie jeder das Wochenende verbracht hat, und die wußten, daß ich zum Angeln wollte. Von wegen Angeln, sag ich, schöne Scheiße, pardon, heut hab ich die ganze Nacht von seinen Pferdezähnen geträumt. Na, von dem, den ich Mund zu Mund... Einer, der mit mir studiert, schreibt für die Wandzeitung, der hat dann was geschrieben, und die Garnisonszeitung hats nachgedruckt. Dabei, wenn ich das nicht vorher in dem Buch gelesen hätte, mit der Krankenschwester, dem

Mund-zu-Mund, hätte ich auch nicht von seinen Pferdezähnen geträumt. Ich hatte ja nie vor, zum Militär zu gehen, sicher, es gab Wunschträume. Hab in einem Betrieb gearbeitet, war schon fast oberste Lohnstufe. Da kommt die Einberufung, ich soll auf die Militärschule. Ich also hin. Erst kürzlich war ich mal wieder in meinem Betrieb, die haben mich alle noch gekannt, nicht vergessen, natürlich haben wir was getrunken, hatte extra was mit. Hatte sogar Heimweh nach dem Betrieb. Aber was soll ich da noch, jetzt bin ich aus der Übung, und überhaupt, jetzt bleib ich, bis ich in Reserve gehe. Kaum hatte ich die Militärschule hinter mir, kommt ein Marschbefehl, gleich ins Flugzeug – was, wohin, weiß keiner. Dann per Hubschrauber zum Einsatz. War ich also vom allerersten Tag, von der ersten Nacht an dabei. Hier schrieben sie, es sei der 21. gewesen, in Wirklichkeit wars der 20. Aber das ist geheim, sag ich nur Ihnen, dürfen Sie nicht schreiben. Wir waren die ersten, die in den Palast eindrangen. Seh es vor mir, als wärs eben gewesen. Ein blaues Zimmer, ganz mit Seide tapeziert. Aber schon leer. Bloß ein Album liegt auf dem Boden. Hab es sogar noch angeschaut. Familienphotos von ihm. Eine schöne Frau! Wissen Sie, ganz ehrlich, zuerst war es überhaupt nicht furchtbar, eher interessant. Aber dann, nachdem es mich zum erstenmal erwischt hatte, bin ich in den Panzer rein und nicht mehr raus. Drauf sagt mir unser Kommissar, ein anständiger Kerl, auf den laß ich nichts kommen: Steig aus dem Panzer raus, sonst bleibst du ewig sitzen. Na ja, hab ich mich zusammengerissen, später gings. Bist du auf Patrouille, darfst du nicht schießen, pro Abteilung nur ein Seitengewehr, ob Sies glauben oder nicht, und das händigt der Hauptfeldwebel gegen Unterschrift aus, dazu auf dem Rücken das Funkgerät, vierzig Kilo. Der Rücken total schwarz, tat höllisch weh. Darfst aber nicht bemerkt werden. Triffst du auf einen Afghanen, egal was für einen, mußt ihn gleich umlegen, damit ers seiner Seite nicht meldet. Und da du nicht schießen darfst, setzt du das Seitengewehr ans Ohr und haust drauf, das geht von einem Ohr zum andern. Hauptsache, kein Lärm. Einen haben wir mal nicht umgebracht, sondern ihm wie einem Maulesel das Funkgerät aufgeladen. Hat er auch geschleppt bis zum Schluß. Dann haben wir ihn natürlich liquidiert, was sollten wir machen. Besonders angenehm ist das nicht. Jener Kommissar wurde befördert, wir bekamen einen neuen, völlig grün, ohne Erfahrung. Wir nähern uns einem Posten, leise, haben die Hufe umwickelt. Ich schau aus dem Gebüsch: zwei sitzen am Feuer, mit Gewehren. Ich such mir aus, welchen ich mir vornehme, winke, daß er von der andern Seite rangeht und den andern übernimmt, doch er – ‹Wie, was?› Dabei stürz ich mich schon auf meinen, der zweite hörts und holt mit dem Kolben aus. Das halbe Ohr hat er mir abgerissen, trotzdem, hab ihn fertiggemacht, und der Kommissar den zweiten, immerhin, er hats gepackt, hat ihn von hinten kaltgemacht. Hunger hatten wir, und die hatten gerade Fladen gegessen. Ich brech den Fladen durch, er ist mit Hirn bespritzt, aber es ist dunkel, geb also die bespritzte Hälfte dem Kommissar und nehme die trockene. Er hats nicht gemerkt. Dann sind wir noch bis zum Morgen rumgekrochen, hatte das Schloß verloren, als ich mit dem Kolben gewunken hatte. Hab es nicht mehr gefunden. Hab dann ein chinesisches eingesetzt, das paßte, die Nummer haben mir die Kameraden reingehämmert.»

«Haben Sie dafür den ‹Helden der Sowjetunion› bekommen?»

«Nein, nicht dafür, hab ihn auch gar nicht, bin nur vorgeschlagen worden. Dafür brauchte man hundertsechzig Tote, ich hab nur hundertneunundzwanzig. Der Kommissar, der, von dem ich es zuerst hatte, hat aufgerundet, wie

er mich zum Vorschlag gebracht hat. Was solls, hat er gesagt und gelacht, die Heimat wirds verzeihen. Aber von uns waren es zwei und nur ein Orden zur Verfügung. Ich hab den Rotbannerkampforden bekommen. Die hier, Ihre Redakteurin, hat nicht geglaubt, daß ich den Ertrunkenen wiederbelebt habe, das hab ich gemerkt, im übrigen war der schon völlig hinüber, ich hatte die Angel ausgeworfen, da seh ich im Wasser sowas wie eine rosa Blase, das war dann sein Rücken, gebuckelt hatte es ihn hochgetrieben wie den Schwimmer an der Angel. Ich zieh ihn raus – der Rücken trocken, warm von der Sonne, er selbst jedoch kalt. Ich frag die Leute, wer wiederbeleben kann, erst kamen alle angerannt, doch wie ich frage, sind alle auf und davon, die Erste Hilfe holen. Aber bis die kommt! Ich versuchs mit künstlicher Beatmung, weiß aber nicht recht, wie. Klappt nicht! Da fällt mir die Krankenschwester ein, die aus dem Buch. Und der Kerl hatte wahrscheinlich vorher gehörig gesoffen. Also, Mund zu Mund, und das bei der Kotze. Zwei Stunden hab ich mich abgeschunden. Habs selbst nicht geglaubt, als er zu sich kam. Endlich trifft die Erste Hilfe ein. Die wollen klären, wer und wie, aber ich hab die Schnauze voll, verdrück mich, leg die Angel zusammen, mir ist die Lust vergangen. Nur bei dem von der Wandzeitung ist mir dann rausgerutscht, daß ich die ganze Nacht seine Pferdezähne vor mir gesehen hab. Was ist schon dabei. Aber er muß drüber schreiben. Schreiben Sie lieber über unsere Waisenhäuser. Das ist ein Elend, grauenhaft! War mal in einem, wo wir die Patenschaft übernommen hatten, stellen Sie sich vor, nachdem wir ihnen was erzählt hatten, sind die regelrecht angetreten, bloß um einen... kurz anzufassen, und schon kam der nächste...» Der Major wandte sich ab.
Ich dachte, um eine Träne zu verdrücken, doch er erhob sich. «Tschuldigung», sagte er und trat zum Lautsprecher.

Band den Knoten am Kabel auf und setzte sich wieder, befriedigt: Jetzt herrscht Ordnung. «Das wärs», sagte er. «Was Besonderes hab ich Ihnen nicht gesagt. Was Geheimes. Bloß das mit dem Datum, daß es einen Tag früher anfing als gemeldet. Aber so geheim ist das auch nicht.» Gemeinsam verließen wir das Büro, ich blickte voller Verachtung auf die uns erwartende Redakteurin, und schweigend gingen wir an ihr vorüber. Gingen aus dem Haus, auf die Straße, dort hatte die ganze Zeit Andrjuschatik auf mich gewartet, gingen um die Ecke, Richtung Boulevards, Richtung «Nadenka», dort wurde damals noch Bier ausgeschenkt. Tranken jeder ein Glas, stritten, wer für wen bezahlt. Es zahlte der Major, und wir tauschten Telefonnummern aus.

Das Leben selbst lieferte mir Beispiele: Auge, Iason, der «Afghane»... Dazu muß man sich erst mal durchkämpfen, zu der Erkenntnis, daß man vor sich hat, was man sich so vorstellt, und nicht, was sonst real ist. Kämpfen! Also tatsächlich Mühen auf sich nehmen, unabhängig von möglicher Realisierung. Ich war willig. Ich ließ mich einspannen, einen Mönch über die Feldwege in der Region Wladimir zu fahren. Den Kater gab ich zur singenden Nachbarin. Wir besahen uns den Greuel der Verwüstung an den zerstörten Kirchen und wurden selbst verstört. Der Mönch war ein Starez von vielleicht dreißig. So groß wie seine Weisheit und Reife war höchstens seine Unerfahrenheit. Er hätte mir Vater und Sohn zugleich sein können. Wie ein Kälbchen sprang er über die linsengewölbten Wladimirschen Wiesen und sammelte auf seiner Kutte sämtlichen Blütenstaub, und Blumen gab es in rauhen Mengen! Ich begleitete ihn schweigend. Er hätte mich gern gefragt, konnte aber nicht. Er hätte gern gehabt, daß ich ihn frage – ich wußte nicht, was. Schließlich faßte ich mir ein Herz: «An den Schöpfer glaube ich, an Jesus Christus glaube ich, an die Jungfrau Maria auch, bloß an den Teufel kann ich beim besten Willen nicht glauben, daß er tatsächlich ...» – «Ja, woran glauben Sie denn dann!» empörte sich der Mönch. «Die ganze Luft wimmelt doch davon!» Er schwenkte ausdrucksvoll den Arm, umschrieb einen großen Kreis und schritt mit ausgreifenden Schritten in die Wiese hinein. Er entfernte sich rasch, und plötzlich fiel mir auf, daß er die ungeminderte Schönheit der Wladimirschen Wiese kein bißchen beeinträchtigte! Ja, ein Mönch ist ein Mensch der Landschaft! Gerührt sah ich seiner so leicht sich der Landschaft einpassenden Pyramide nach. Unter der Kutte war keine Zweibeinigkeit zu sehen ... War es wirklich deshalb? «Gesegnet sei dies Gefährt!» sprach er, als wir wohlbehalten zurückkehrten. Das Auto war also geweiht, und der Geruch nach Rauch und Verbranntem mußte somit von mir ausgehen, als ich mich zum Heimfahren hineinsetzte ...

Daheim erwartete mich schon ein neuer Gast. In seinem Saporoschez. Direkt aus Murmansk.

«Als hätten wir nicht schon genug Kummer, fehlt uns grad noch, daß du nicht trinkst!» sagt Andrjuschatik zu dem Murmansker. Aber der trinkt nicht und raucht nicht. Und anderes mehr, wie wir allmählich merken. Nicht, was man in solchen Fällen denken könnte. Sondern im Gegenteil. Ein schneeweißer Hemdkragen, die Bügelfalte messerscharf, locker fällt der weite Pullover von den Schultern, graumeliertes Haar in akkuratestem Bürstenschnitt, dabei hager, gut gebaut, weiche Bewegungen, und wie er rasiert ist! Seine Haut ... eine besondere Haut, eine Generation jünger als er, und Kusmin sagt er auswendig her. Wie schafft er das, so aus seinem Saporoschez zu steigen? Trinkt er nicht, soll er wenigstens mit dem Auto ein Fläschchen besorgen. Aber er kennt sich doch in der Stadt nicht aus. Andrjuschatik wäre gern bereit, den Weg zu zeigen, aber er hätte keinen Platz im Auto, alles ist voll mit Hausrat, der Vordersitz sogar rausgenommen. Wir wollten es nicht glauben, gingen sogar extra mit runter – tatsächlich, das ganze Auto voll mit Büchern und gebügelten Hemden. «Alles Meinige führe ich mit mir?» Gnädig lächelt er zu meinem Scherz. Ein Vagabund, wie sich zeigt, ein Obdachloser. Hat ein Auto, aber keinen festen Wohnsitz. Den Sommer hat er sich rumgetrieben, mit dem Winter ziehts ihn nach Süden, natürlich fährt er über Moskau, natürlich über mich. Danach fallen ein – die Gäste des Großen Gatsby oder sämtliche Bekannten und Verwandten von Kaninchen: Andrjuschatiks Familie, Ju.Be., pensionierter KGB-Oberst, Opa und Enkel in einer Person, dessen Großmutter sich immer noch damit am Leben hält, daß sie mit Affenliebe an ihm hängt; der Armenier Albert, Einstein genannt, Rohköstler und Hausmeister, mit dem sich immer so gut diskutieren läßt, ob Wodka nun Rohkost ist oder nicht; und Saltykow, der Liedersänger aus der Familie jener Saltykows, die die Sadistin Saltytschicha hervorgebracht haben, nicht aus der Satirikerfamilie der Schtschedrins. Er kommt auch prompt laut singend zur Tür herein:

Ziegelstein um Ziegelstein
Klauen wir die ganze Fabrik...

Dann taucht ein Mädel auf, um mich vor der anderen zu retten, die exakt eine Minute vor ihr aufgetaucht ist. Der Murmansker, der nicht mithält in unserer Runde, zieht mich für ein Gespräch unter vier Augen aus der Küche ins Zimmer, um – nicht, was alle gleich denken, sondern damit ich auf der Stelle, vor ihm, sein Manuskript lese, sei gar nicht lang. In der Bewertung Nabokovs sind wir uns einig. Das muß ich ihm lassen. In der Bewertung seines Textes kann ich ihm nicht entsprechen, ich falle sozusagen bei ihm durch. Aus dem Tête-à-tête wird nichts. Er kann eine leichte Ekelgrimasse nicht unterdrücken, als er erneut unsere dicke Luft einatmen muß. Die Mädels weinen an Saltykows Schulter.

Sprich mit dem Wasser nicht über Liebe!
Was fragt's nach uns, es strömt ins Becken...

Das Wasser sind natürlich sie; vom Becken kein Wort. Auch Sjablikow tauchte auf, eine Art Pawel Petrowitsch, seltener Gast, der alle sogleich untern Tisch trank. Er hatte bei den Buddhisten sämtliches Gras geraucht, bei den Orthodoxen sämtlichen Kirchenwein getrunken, und jetzt entwickelte er grandiose übersinnliche Fähigkeiten. Tatsächlich war seine Überzeugungskraft kolossal. «Du hast bestimmt irgendwo eine Wanze, ich spüre das...» Kakerlaken ja, aber ich war stolz, daß ich keine Wanzen hatte. «Was, du weißt nicht, was eine Wanze ist?» Eine Wanze war, wie ich nun erfuhr, eine Abhöreinrichtung. Sjablikow schloß die Augen und machte mit den Händen magische Bewegungen. «Hier!» Er deutete auf den Lüftungsschacht. «Weißt du, was du da machst?» Ich wußte es noch nicht. «Reiß das Gitter raus. Hast du irgendwas Spitzes? Eine Lanze?» (Nö. Bin nicht bei der Kavallerie. Der Scherz kam nicht an.) «Höchstens den Schürhaken...» – «Du reißt das Gitter raus», wies er mich an, «nimmst die Lanze, und dann» – sein Gesicht nahm einen brutalen Ausdruck an – «rein damit! Daß es kracht! Stich durch!» Er bohrte die unsichtbare Lanze hinein und sah aus wie der heilige Georg, sogar einen Zug ins Georgische bekam sein stupsnäsiges, einfaches Gesicht. Andrjuschatik führte alles haargenau aus. Bloß fand sich keine Lanze – aus dem verunstalteten Luftloch ragte ein Bruchstück meines einzigen Schrubbers.

Ohne sich auseinandergesetzt zu haben, zogen die Mädels mit Saltykow und Sjablikow ab, in bestem Einverneh-

men. So blieben Andrjuschatik und ich wie immer allein zurück. Er setzte gerade zu Trinksprüchen an, und das dauert. Ich hörte geduldig zu, denn er behauptete, ich sei ein Genie, und ihn umzustimmen war nicht leicht. «Unser Unglück ist», erklärte er, mehr und mehr inspiriert, «daß es überhaupt keine Salieris gibt!» – «Ja, ja», sagte diejenige, die dann doch zurückgekehrt war, «dafür gibts tierisch viele Mozarts.» Wir haben sehr gelacht.
Er beleidigte, ich tat beleidigt. Das Mädel gab sich als Dame, als ehemalige Ehefrau. Andrjuschatik spielte den Ritter. Er konnte einen solchen Ton ihr gegenüber nicht ertragen. «Und was hast du in der Schublade? Na, was? Nichts. Leer ist die Schublade!» Ich bekam einen Wutanfall. Und nicht mehr Andrjuschatik, sondern Sergunja war das, unser gemeinsamer Busenfreund, der mir sowas zu sagen wagte.
Er zerriß Sergunja das Hemd und stülpte Andrjuschatik die Dose mit dem Würfelzucker über den Kopf. Beide tänzelten wie vor Cassius Clay im Ring, schlugen aber nicht zu, um nicht nationales Kulturgut zu beschädigen. Der Würfelzucker hatte scharfe Kanten. Zerkratzt und kaum sich auf den Beinen haltend, wurde Andrjuschatik von der mich nunmehr verachtenden Dame weggebracht.

Und ich blieb endlich allein. Allein, allein! Allein im ganzen Universum! Verlassen und von niemandem gebraucht... Hab ich endlich erreicht, was ich wollte! Mußte mir ja unbedingt eine blutige Nase holen! Aber wie es hier stinkt!
Ich begab mich ins Bad, um die Schande abzuwaschen. Ach, darum stank es so! Im Waschbecken lag ein Riesenhaufen Scheiße von Andrjuschatik – er hatte sich die Würfelzuckerwunden auswaschen wollen, die ich ihm zugefügt hatte. Aber ist doch mühsam! Ich war begeistert. Hoch! Und auf einem Fuß! Und das Klo gleich daneben!

Das war die Katharsis, die Läuterung. Während ich alles wegwusch, drehte es mir den Magen um. Mein Gott!

Da rieb sich jemand an meinem Bein.

Tischka! Ja, Tischenka! Lieber! Du allein bist mir noch... Wie konnt ich Miststück dich vergessen! Hast Hunger, nicht? Gleich, mein Herz, gleich...

Das braucht es. Das genau braucht es! Was zu essen geben. Wie einfach. Man muß nur jemand was zu essen geben. Und nichts von wegen...

Die schlichten, zielbewußten, einsamen Bewegungen eines alten Mannes. Einen Fisch aus dem Eisfach holen. Heißes Wasser laufen lassen. Den Fisch drunterlegen. Gleich, gleich, halt noch ein wenig aus... Roh darfst du ihn nicht, muß ihn wenigstens ein bißchen kochen... Da!

So ist es gut, so ist es prima. Schön, allein im Bett! Mit Buch und Katze. Ohne Trutsche. Wo sitzt das bloß in dir, was hast du da für einen Motor? «Die Männer schliefen noch in den Posen der gestrigen Müdigkeit. Schliefen wie tot... Als hätten Schwert und Speer des Feindes auch sie getroffen. Als lägen auch sie auf dem gestrigen Schlachtfeld. Iason brüllte und ruckte mit dem Kopf wie ein Stier, da er versuchte, das Bild der verlorenen Schlacht aus den Augäpfeln zu schütteln. Rot. Alles rot. Rote Wellen unter den Lidern. Iason ging zum Meer. Der Morgentau wusch den gestrigen Staub von seinen Sandalen. Auch das Meer war Blut. Der Pontos Euxeinos rollte seine frühmorgendlichen rosa Wellen zum Strand. Blutig war der Pontos!»

Dieses Meer! Mag nicht mehr!

Ich löschte entschlossen das Licht. Tischka schnurrte auf meiner zerquälten Brust. Über die Decke huschten Lichtreflexe vom Kasaner Bahnhof, Dieselloks muhten einander zu, und frei und ungebunden schwebten über der schlafenden Hauptstadt die gutmütigen, megaphonver-

stärkten Fluchtiraden des Rangierleiters: «Wohin denn, du Arsch?»
Ich war glücklich. Ich schlief.
Von einem Hahnenschrei wachte ich auf. Und erschrak. Woher der Hahn? Und wo bin ich?
Als Glockengeläut ertönte, beruhigte ich mich. Vielleicht war es soweit?
Doch auf meiner Brust ertönte Tischkas heldenhaftes Schnarchen. Und er war nun gewiß am Leben. Und wenn er am Leben ist, bin auch ich nicht tot. Sicher ist eine Verordnung ergangen, ohne daß ich es mitbekommen hätte, daß in einer einzigen Kirche an hohen Feiertagen ein einziges Mal geläutet werden darf... Wohl von Andropow her. Ein Männerkloster soll er auch erlaubt haben. Doch, viel hat er erlaubt. Auch Kartöffelchen mit Dill darf man jetzt wieder an den Zügen verkaufen, wie nach dem Krieg. Ein Öfchen im Gartenhäuschen aufzustellen hat er erlaubt. Auch ist Wodka wieder für unter einem Fünfer zu kriegen... Vielleicht ganz gutherzig, der Mann... Was muß er dann mit mir so... Vielleicht hat er zugleich auch erlaubt, auf dem Balkon Hähne zu halten?
Vielleicht ist ja auch endlich alles aus und vorbei. Kein koreanischer Düsenjäger mehr, kein afghanischer... Die Kirchen läuten, die Hähne krähen.
Doch dem ist nicht so. Schon lange läutet jemand Sturm an der Tür.
Tischka maunzte beleidigt, so heftig sprang ich auf. Mein Herz klopfte vor unbegründeter Hoffnung, diesmal wäre sie es. Jene einzige, die für immer gegangen war. «Komm, Tischka», sagte ich sogar, «empfangen wir die Dame des Hauses.»
Erst sah ich nichts als Rosen. Alle gleichsam mit morgendlichen Tautropfen. Opalisierend, noch nicht aufgegangen – schon lange hatte ich keinen so prächtigen Strauß mehr

gesehen. Der Strauß kam zielstrebig zur Tür herein, als werde er verfolgt. «Sie erinnern sich nicht an mich, aber wir sind uns mal begegnet...» Ich war geschmeichelt; immerhin, Rosen für den Autor – das ist was! Ist nicht nur was wert, sondern schlicht auch teuer! Wem von diesen Ärschen, den Verbandssekretären oder Chefredakteuren, bringt eine Unbekannte Rosen?! Der Lohn der Ungnade. Rosen für den Verfemten... Sogleich kam die Bitte, die Rosen ins Wasser zu stellen. «Gewiß, gewiß! Solche Rosen...» Geschäftig wollte ich das Zellophan abwickeln. Sie nahm mir den Strauß weg, riß ihn mir fast aus der Hand – verdutzt gab ich nach. Na ja, Frauen wissen immer besser, wie man mit Rosen umgeht. Gleich schält sie den Stengel ab, bittet um Zucker, einen Hammer, Aspirin, eine Vase, Kaffee, Wodka, Watte, einen Bademantel, geht ins Badezimmer... Ins Badezimmer ging sie wirklich, wobei sie sorgfältig das Zellophan wieder zurechtrückte, und ließ Wasser ins Waschbecken laufen. Der Anblick des mit Rosen gefüllten Waschbeckens verblüffte mich.

Kann Leute nicht ausstehen, die ihr Gesicht zu nah an meines heranführen. Als wären sie ein Pokal. Ob sie nun kurzsichtig sind, überzeugt von ihrer Unwiderstehlichkeit oder aus dem Mund riechen. Die Verehrerin erwies sich als Verfasserin, die ihr Manuskript vorbeibrachte, war gerade auf dem Weg zum Bahnhof, wo sie wen abholt (wen, sagte sie nicht), hat eine Stunde Zeit, da bring ich es kurz vorbei, hatte sie gedacht. Sogar Tischka führte sie zu nah an ihr Gesicht. Ich nahm ihr Tischka und das Manuskript weg und gab ihr zu verstehen, daß sie sich verspäte. Das irritierte sie nicht – eher irritierte sie mein ziemlich geistesgestörter Blick, der im Spiegel über dem Waschbecken den ihren traf. Hätte sie gewußt, daß ich lachte! Ich schaute zu, wie das Wasser über die Stiele in das *saubere* Waschbecken lief... In ihm reimten sich zwei Objekte wie

Abend und Morgen. Ein Paarreim. Wie gut, daß zwischen den Zeilen bißchen Raum war.

Kot und Rosen! Wenn das kein Romantitel ist... Und das Ganze zu Musik von Vivaldi. Eben die singt meine Nachbarin Viktoria göttlich. Es war meine einzige Kassette, und ich hörte sie mir endlos an. Unlängst war mit ihr die folgende Geschichte passiert.

Ich bekam einen Anruf des amerikanischen Professors Murphy (was sich, wie immer, als der Vor- und nicht der Nachname erwies), er hätte mir was zu sagen und zu bringen. Das Wort «bringen» flüsterte er nur ins Telefon. Was er brachte, war eine Stereoanlage, geschickt von meinem besten Freund Ju., der vor kurzem dorthin emigriert war. Murphy sah sehr gut aus. Er konnte nicht verbergen, wie sprachlos er war über meine Lebensumstände, obgleich ich vor seinem Besuch bestimmt drei Stunden aufgeräumt hatte. Er bewegte sich vorsichtig, bemühte sich, nichts zu berühren, als wären auch die Wände verseucht. Sogar den Stuhl stellte er mitten ins Zimmer, um nirgends dranzukommen. Ich warf einen nachlässigen Blick auf die Anlage und bedankte mich, aber er wollte unbedingt demonstrieren, wie sie funktionierte, als wäre er Verkäufer und nicht Überbringer der Ware. Es schien ihn sogar zu kränken, daß ich die Bedeutung des Geschenks – seines Geschenks eigentlich – unterschätzte. Mich dagegen wurmte wohl, daß der Professor sich nicht seiner unmittelbaren Aufgabe widmete, nämlich der Erforschung meiner Werke. Wie ein professioneller Handlungsreisender zog er eine Kassette aus der Tasche. Die Sängerin war gut, nicht Joan Baez, eine andere, und der Apparat klang hervorragend. Der Amerikaner sprach mit gleichmäßiger, quasi künstlicher russischer Stimme, wie ein Deutscher. Er wollte sichergehen, daß er mir den Apparat wirklich übergeben hatte. Er wollte sichergehen, daß ich die Funktion der Tasten verstanden hatte. Er bemühte sich redlich, das herumfliegende Manuskript oder den ausgeflippten Schuh zu übersehen. Ein Mann, russischer Schriftsteller, wie man ihm gesagt hatte, ein Traditionalist, bei dem alles auf dem Boden herumfliegt, der keinen Korkenzieher zur Hand hat und deshalb den Korken mit der Hand aus der Flasche haut, bei dem war anzunehmen, daß er auch die Technik nicht funktionsgerecht bediente. Nein, er trinke und rauche nie, der Professor Murphy, habe auch noch ein appointment... Trotzdem hielt ich ihn auf. Wie er da mitten im Zimmer saß, die Füße wie im Fußbad, und mit breiten Schultern meine Luft nicht berührte, das veranlaßte mich... Ich bedankte mich noch einmal, ausführlicher, und lobte den Klang. Doch hätte ich, sagte ich, nichts zum Vergleich, ich hätte nur eine Kassette, von der ich wüßte, wie sie klingt. «Eine Kassette?» Das Befremden in seiner Stimme befriedigte mich. Ich wußte, was ich tat. «Ja, meine Nachbarin», sagte ich nachlässig, «die singt.» – «Singt?» Oh, seine Skepsis gefiel mir durchaus! Zu gut hatte ich – und gewiß fürs ganze Leben – meinen Eindruck vom ersten Ton im Gedächtnis, von diesem Ton beim ersten Mal... aber das ist eine Geschichte für sich. Jetzt konnte dieser Murphy sich nicht vorstellen, was ihn erwartete. Ich hatte es ja vor kurzem auch nicht gewußt. Nachlässig gab ich ihm die abgegriffene Kassette, ohne Hülle. Er setzte sie sorgfältig ein, fast mit unzufriedener Miene...

Oh, gewiß, es gibt wundervolle Sänger. Doch einmal im Leben erlebt man die begeisternde Begegnung mit einer Gottheit! Die Kassette begann mit Vivaldis «Arie».

Keine Frage, einen hervorragenden Apparat hatte mir mein transatlantischer Freund Ju. geschickt. Murphy – er war mir gleich ein Stück näher und vertrauter – hatte es nicht mehr geschafft, seinen Gesichtsausdruck zu ändern; total überrumpelt, war er in Unzufriedenheit erstarrt. Genau das hatte der große Blinde gemeint... apropos Blinder... doch auch davon später. Genau, an einem Mast muß man sich festbinden, um nicht davonzufliegen, der Stimme hinterdrein. Odysseus, die Sirenen, danach kam Schubert – Murphy hielt die Luft an. Blickte sich im Zimmer um. «Eine Nachbarin??» Man mußte ihn gehört haben: Was für Palazzos, was für Nizzas, was für Orte, wo selbst er nie hinkommen würde, unterlegte er dieser Stimme? «Ja, ja», sagte ich beiläufig, «ein Stock über mir. Nun, Salz, Streichhölzer...» – «Eine Nachbarin!» rief er aus und brach überstürzt auf, empört über meine Lüge, die die reinste Wahrheit war. Ich triumphierte – «uns Sowjets eignet besonderer Stolz»...

Soll ich gleich davon erzählen, wie es mir selbst zum erstenmal passiert ist? Von ihrem Begleiter, Musikfan aus der Provinz, der sich plötzlich als blind erwies? Von den drei Leuten, die im Saal saßen? Nein, ein andermal.

Trotzdem, lieber gleich. Man muß Engeln Gerechtigkeit widerfahren lassen, nicht nur Teufeln. *Ihn* suchte man zu retten, ich rettete mich selbst.

Murphy war zu verstehen. Das gibt es, solche Lücken. Wenn man von einem Menschen nie gehört hat – was ist er schon wert? Immer wieder geht unsere Informiertheit nicht über die endgültige Kenntnis des Allerbesten hinaus. Auch damals kam mir ihr Anruf unpassend, hatte anderes im Kopf als ihr Konzert. Aber gerade damals war die Stimme im Telefon so gebieterisch! Ich warf den Motor an und fuhr sie hin, wobei ich mir unterwegs die Klagen über diese Klubkonzerte in Betrieben anhörte – noch gut, wenn drei Leute kommen! Ich ahnte schon die ganze vokale Kläglichkeit... Der Verehrer der Sängerin, der mit uns zum Konzert fuhr, bestärkte nur meine Ahnung. Er war

aus der Provinz, ein Kirchendiener. Ab und zu nahm er sich frei, um seinem musikalischen Idol zu dienen. Wir betraten den vergammelten «Kulturpalast» durch den Hintereingang. An Losungen und Bestarbeiter-Photos vorbei kamen wir zur «Künstlergarderobe». Die Miene der Künstlerin wurde verschlossen und herrisch – weiter konnten wir sie nicht begleiten, sie mußte sich vorbereiten. Wir beschlossen, uns auch vorzubereiten, und suchten eine Toilette. Da weckten einige Merkwürdigkeiten in den Bewegungen ihres Kavaliers meinen Argwohn. Erst prallte er gegen ein Fensterbrett, dann gegen einen Abfalleimer. War er etwa betrunken? Dann steuerte er geradewegs auf die Damentoilette zu, konnte ihn kaum stoppen. Er ist blind! das war des Rätsels Lösung. Und nicht er begleitete sie, sondern sie ihn! Und hier, bereits in der richtigen, der Männertoilette, beim Harnablassen, hörte ich plötzlich... «Was ist das?» fragte ich entsetzt und entzückt. «Das? Viktoria!» sagte der Blinde stolz. Alle Macht des Himmels drang durch die grauen Wände – und das war erst die Probe...
Doch auch Engel können nicht retten!
Denn kaum war der arme Murphy rausgegangen, kamen zwei rein. Mit gemeinsamer Mappe. Ebenso provinziell wie direkt vom Bahnhof. Aber sauber. Die Schuhe geflickt und die Krawatte schief, rasiert hatten sie sich in der Bahnhofstoilette.
Die Brüder Goncourt? Ilf und Petrow? witzelte ich für mich, während sie sich umschauten, wo sie am besten ihre Mappe hinstellen könnten. Sie waren Physiker, Erfinder. Es entspann sich ein ernsthaftes Gespräch. Der eine schien ranghöher zu sein, Dozent und Major, während der andere, rangniedrigere, privat sozusagen Sergeant und Doktorand, meist schwieg, ausdrucksvoll nickte und ständig zur Mappe blickte, wo wahrscheinlich die Baupläne der

Erfindung... Es ging, kurz gesagt, um folgendes. Ja, sie arbeiteten in einem geheimen Forschungslabor. Beim KGB, das verheimlichten sie mir nicht. Ihrerseits wollten sie wissen, was für eine Ausbildung ich hätte, und als sie erfuhren, ich sei kein Physiker, erklärten sie, daß sie nicht imstande wären, mir von ihrer Erfindung, die umstürzende Wirkung haben würde, die Funktionsweise zu erklären, aber im Prinzip gehe es darum, daß sie kurz vor der Schaffung einer Psychowaffe stünden, ein Modell sei im Grunde schon fertig: ein Punktstrahler, vorerst allerdings von geringer Kapazität. «Ein Hyperboloid?» fragte ich. Sie bekamen die Ironie nicht mit, grinsten schief: Alle Welt fährt auf Science-fiction ab, Sie also auch. Ja, ja, der Ingenieur Garin und seine «geheimnisvollen Strahlen» – aber das hier sei ernst, sei sehr gefährlich, was sie mir jetzt, höchst vertraulich und geheim, mitteilten. Sobald sie sich der Gefährlichkeit bewußt geworden seien, hätten sie versucht, aus dem Labor wegzukommen. Aber Sie verstehen ja, wie schwierig das ist – aus dem System entkommen. Sie werden verfolgt. Müssen sich verstecken. Nein, jetzt seien sie bestimmt nicht beschattet worden, da dürfte ich ihnen glauben, sie hätten nun mal eine gewisse Erfahrung (bitteres Grinsen), wie man einen Pflastertreter von einem Spürhund unterscheidet. Und wie? Sieht man doch gleich. Sie setzten mir den Unterschied in einer mir verständlichen Form auseinander, viel eingängiger als das Prinzip der Psychomaschine. «Und werde ich beobachtet?» Aber klar! Beschattet werden Sie vielleicht nicht, aber ein Pflastertreter – da ist er. Sie führten mich zum Fenster. Beugen Sie sich nicht zu weit raus... Dort, beim Fischgeschäft, der mit der Pudelmütze, sehen Sie? Er kam mir bekannt vor, der Schnapsbruder, und er trat tatsächlich das Pflaster – es war kalt. «Warum haben Sie einen Beschatter und ich bloß einen Pflastertreter?» fragte ich beleidigt. Das Ganze fing an mir Spaß zu machen. «Ach, mit uns dürfen Sie sich doch nicht vergleichen! Unsere Erfindung ist eine Verteidigungswaffe von Weltrang, Sie sind – Schriftsteller...» Das «bloß» hatten sie verschluckt, hatten die Peinlichkeit gerade noch erkannt. «Dafür haben Sie vielfältige Beziehungen zur Weltöffentlichkeit», so schmierten sie mir im Gegenzug jetzt Brei ums Maul, «darum sind wir ja bei Ihnen...» Ihr Vorschlag lief, kurz gesagt, auf folgendes hinaus: Ich sollte die Öffentlichkeit wachrütteln, sollte einen Appell veranlassen, eine Warnung an die Welt vor der ihr drohenden Gefahr, sollte die Aufmerksamkeit der Welt auf das Problem lenken. Ich machte Rückzieher – wie kommen Sie darauf, ich hätte so vielfältige Beziehungen in aller Welt... Ach (sie grinsten erneut), ich solle mal nicht so bescheiden tun. Ach ja, gerade war Murphy gegangen... Vorerst könnten sie sich noch verstecken, wir übernachten in den verschiedensten Häusern und Städten, zwitscherten sie, aber lang geht das nicht mehr, der Ring wird enger, entkommen würden sie nicht... Und wenn DENEN diese Formel in die Hand fällt! können sich ja vorstellen, was dann passiert. Jedenfalls, so ironisch sie sich auch über Science-fiction ausgelassen hatten, unterschied sich ihr Szenario doch kaum von Alexej Tolstois *Geheimnisvollen Strahlen* – erst kürzlich hatte es eine Fernsehserie gegeben. Ist eben doch was Mächtiges in Rußland, die Literatur! Wie viele Schizos allein Alexej Tolstoj befruchtet hat, unser sowjetischer Graf... Und wieder die Frage: Schizos oder Provos? Und keine Antwort. Auge, bei dem hatte alles auf Provokateur gedeutet, und dann war er eine großartige Figur. Also, großartig sind die zwei nicht... Wenn das Profis sind, wär mir das richtig peinlich für unseren KGB... Oder bin ich für die so ein kleiner Fisch, daß sie die letzten Krücken zu mir schikken? Noch peinlicher. Dann also doch einfach Schizos –

mal wieder ein Bärendienst der ausländischen Sender. Schizos schauen nämlich nicht nur fern, sie hören auch feindliche «Stimmen». Und die Feinde schieben uns auch Verfolgungswahn unter. Arbeiten die etwa Hand in Hand, die Feinde und die Unseren? Um uns alle um den Verstand zu bringen? Dieselbe Behörde, wie mans auch dreht. Das heißt, die Behörden sind verschieden, wie mans auch dreht – der Beruf ist derselbe. Wen also bringen sie um den Verstand: diese zwei oder trotz allem mich? «Trotz allem, Sie unterschätzen das Ausmaß der Bedrohung», sagen sie. «Stellen Sie sich vor, diese Psychokanone wird nicht auf eine Armee gerichtet, nicht auf einen Nachbarstaat – von solchen Kapazitäten sind wir noch weit entfernt, obwohl auch das kommen wird –, sondern geradewegs auf Sie, und eine solche Anlage haben wir schon, zwar erst ein Labormodell, aber zwanzig Meter schafft die bestimmt.» Das sagen sie und lassen den Blick durch meine Küche schweifen, die nicht mal zehn Meter hat, und zwar Quadratmeter, und da bleibt ihr Blick an dem Schrubber hängen, der immer noch aus dem Lüftungsschacht ragt. Und sie bemerken ihn gleichsam nicht, beschreiben aber um so inspirierter die Wirkung der auf mich gerichteten Kanone: zwei Tage Bestrahlung – und der Wille ist total paralysiert, die Persönlichkeit zerstört. Von wegen Willen, von wegen Persönlichkeit... wenn ihr wüßtet... Kommt euch doch bloß so vor, in eurer Abteilung. Folglich nehmt nur ihr mich für voll. Immerhin, man dankt. Wenn ihr wüßtet... würdet ihr den Ordner mit meinem Fall zuklappen und zum Altpapier werfen. Die Vorstellung von einem mausgrauen Beamten, dem vielleicht einzigen Menschen auf der Welt, der sich für meine Person interessiert, für ihre Bedeutung und sogar Kraft, der sich eine Kampfstrategie gegen mich ausdenkt, mir Provokateure schickt und der Welt allererstes Exemplar einer Psychoka-

none auf mich richtet... Was hat ein Mensch eigentlich alles? Frau, Kinder, Freunde, seine Berufung – alles weg, es gibt nur noch den Genossen Ermittlungsbeamten, von dem ich überhaupt nichts weiß, während er von mir... kein Mensch sonst interessiert sich so für mich! Er allein, dazu ein zugelaufenes Kätzchen – das ist mir geblieben! Was hab ich bloß? Ist das der Kater von gestern, oder haben sie doch die Kanone auf mich gerichtet?
Da erschien Tischka auf der Bildfläche und überführte den Ermittler. Seitwärts kam er an, seitwärts, den schmächtigen Rücken zum spitzen Winkel gebogen, drohend die Zähne gebleckt und fauchend, so näherte er sich der sperrigen Aktenmappe der beiden wie einem wilden Tier – gleich zerfetzt er es! Mit Zärtlichkeit und Lachen erfüllte er mein Herz, ihres dagegen, ihr Doppelherz, mit Unruhe und Erregung. Ihr Blick begann zu flackern und ihre Rede sich zu verheddern, wie wenn du im Traum hinter der Larve eines nahen Freundes oder Verwandten den Teufel erkennst und, noch im Traum, das Kreuz über ihn schlägst, genauso verzog und verzerrte es sie plötzlich... Die Kühnheit wuchs in Tischkas winzigem Körperchen, denn der Feind war, den stumpfsinnigen Ausdruck der Mappenschlösser auf dem Gesicht, offenkundig feige. Tischka sprang ihn an und fuhr abwartend wieder zurück – kein Lebenszeichen! Doch wenn man lang und unbeweglich erstarrt, dann scheint da drin was zu leben... Eine Maus! Genau, eine lebendige Maus war in der Mappe. So ein Dummkopf ist mein Tischka nun auch nicht, um etwas Lebloses für etwas Lebendiges zu halten. Ein Tonband! Wieso war ich nicht gleich drauf gekommen, als sie so sorgfältig die Aktenmappe hinstellten! Potzblitz, Tischkin, potzblitz, bist ein Hund! Hast meiner Seele den Kater ausgetrieben!
Nun erhob ich mich und machte der Pressekonferenz ein

Ende. Ich empfahl ihnen, sich besser an D. zu wenden, der über Wissenschaft schreibt, er hätte sowohl Autorität wie auch Kraft, ich dagegen, ich sei ein kleiner Mann, hätte doch gar keine Beziehungen, und die Kanone, das teure Stück, auf mich zu richten rentiere sich doch nicht. «Was, Sie wissen nicht, daß gerade er bei uns mitarbeitet?» – aha, sie probierten es mit einem neuen Trick. «Hätte ich nie gedacht! Sowas von liberal – und Mitarbeiter? Kann doch nicht sein!» Doch, doch, kann es. Und werden Sie mal nicht übermütig, sagten sie, während sie von beiden Seiten ihre Lauschmappe packten und den heroischen Tischka verscheuchten. Glauben Sie wirklich, Sie würden abgehört? Sie wiesen mit dem Kopf auf meinen Schrubber. Dann sind Sie sowieso reif. «Pardon – in welchem Sinn?» Im Sinn von – haben Ihren Knacks weg. «Wissen Sie, was...», sagte ich drohend. O ja, Sie Naivling, wir wissen. Einen Nagel kriegen Sie einfach in die Wand gehauen, und nachts, im Bereitschaftsdienst, wird zugeschaut. Zu komisch, wie diese Intelligenzler im Bett rumturnen...
Den Schrubber zog ich wütend heraus, einen Nagel aber fand ich nicht, soviel ich auch suchte.

Es roch nach Fisch, Kot und Rosen.
Herrgott! was wollt ihr alle von mir? Bin ich etwa aus Zucker? Seht ihr denn nicht, daß gar nichts mehr von mir da ist? Oder zieht gerade der Aasgeruch an? Lockt die Agonie? Wollt wohl meine letzte Lebenskraft an euch raffen? Meine Fädchen in eure Höhlen schleppen? Was, bitte schön, hätte ich euch nicht gegeben? Und was hast du denn gegeben, Geizhals? Hast doch im Grunde nie jemand was gegeben. Hast bloß alle enttäuscht. Die Arznei für den Bruder? Nicht die Arznei hat er gebraucht, seine Frau hat ja auch die Tabletten weggeschmissen – sie paßten nicht, halfen nicht. Auge wollte eine Million haben, war sogar

bereit, die Hälfte abzugeben – hast ihm die Million nicht gegeben. Und der Schwule, wollte der seine Erzählung anerkannt haben oder sonst noch was? hast ihm weder das eine noch das andre gegeben. Die Provokateure wollten deine Zustimmung zur Zusammenarbeit – auch darauf bist du nicht eingegangen. Du schreibst einen Roman, sagst du? Auf den wartet sowieso bloß Andrjuschatik – und nicht mal für ihn hast du ihn geschrieben. Ist doch leer, deine Schublade, oder? Wieso sonst hast du ihm die Zuckerdose ...? Na schön, einverstanden, hab ihnen nicht gegeben, was sie von mir wollten – aber was haben sie mir gegeben?! Was wolltest du denn? Wollte doch gar nichts von ihnen!! Na siehst du. Sie aber wollten was, und sich selber haben sie gegeben. Hab ich sie aber nicht drum gebeten. Hast du nicht, aber gegeben haben sie sich. Und ich ... hab ich ... hab ich mich ihnen etwa nicht gegeben?! Hast du nicht, du hast dich zur Verfügung gestellt. Was regst du dich also jetzt auf, daß sie dich benützt haben? Wer bist du schon? Wer bist du, um jetzt ... Was bist du schon ohne sie, ohne deine verlotterte Kompanie? Du liebst mich nicht, das ist es. Wie, Liebste, ich soll dich nicht ...? Niemanden liebst du. Ich! und nicht lieben?! Auch deine Mutter – wo ist deine Mutter? Auch die Kinder – wo sind deine Kinder? Na, schlag mich doch, versuchs nur, schlag mich! Schlag mich, Liebster, schlag mich wenigstens ...

Also wirklich, ich soll dich nicht lieben? was redest du da? ich soll dich nicht lieben! wo ich dich doch so, so-o-o furchtbar liebe, daß ich gar nicht mehr weiß ... wirklich, wieso geht es mir dann so ... so furchtbar schlecht, wenn ich, wie du sagst, überhaupt keine Gefühle habe? Tischka, mein Tischenka, Tischka du, sag, was faselt sie da ...

Ich küßte Tischka auf sein vor Verwunderung spitzes Schnäuzchen. Wenig war von ihm noch übrig in meiner Hand, nur Fell und innendrin ein Klümpchen, nicht größer als unser Herz. Mit einemmal wurde sein Blick starr, er kratzte, riß sich aus meiner Hand, fiel auf den Boden, und auf der Flanke liegend, strampelte er mit den Pfoten, als jage er in anderer Dimension durch unbekannte Räume. Lange zuckte er so über mein verdrecktes Linoleum, in einer irren Hypozykloide: im Kreis herum und geradeaus und wieder im Kreis herum... Zum Schluß lag er in der Zimmerecke gegenüber, unter dem Schrank, von dem im Traum der Napoleon gekippt war. Tischka, Tischenka, was hast du? Er war jedoch am Leben. Er war naßgeschwitzt, nur noch ein Drittel seiner selbst, doch seine Flanke hob sich, er atmete.

Ich rief sie an. «Tischka», sagte ich nur. Sie kam sofort, als wäre sie schon im Aufbruch gewesen. Doch Tischka war inzwischen wieder putzmunter und spielte höchst possierlich mit dem Mäuschen meines zu einem Klumpen getrockneten Taschentuchs. Folglich hatte ich ihr was vorgelogen, bloß um sie herzuholen. Doch wie sich zeigte, war ihr das gerade recht. Somit war es uns beiden recht. Es ging ohne klärende Aussprache ab. Mir fällt nicht mehr ein, wie es später dazu kam, daß ich doch schuld war, weil ich sie mit Tischka hergelockt hatte.

Doch gleich, als sie die Tür zugeschlagen hatte, vielleicht auch nicht gleich, sondern eine Stunde später, vielleicht auch am nächsten Tag – erinnere mich an nichts, nur noch, daß Tischka wieder in seiner Fallsucht um sich schlug wie Dostojewski. Ich rief sie an – sie hängte ein. Ich rief an, wer immer mir einfiel, um zu klären, ob Katzen auch Epilepsie haben können. Rief unter anderem auch Sjablikow an, den großen Tierkenner. Bei Katzen, sagte er, sei alles wie bei Menschen, bloß daß sie keinen Kater bekämen – ob ich einen Schluck gegen den Kater hätte? Ich hatte nichts, sowieso hatte ich keine Kopeke. Aus der Patsche half, wie immer, der Mezzosopran: Das sind Bandwürmer, sagte

sie, schrieb mir auf, wie man sie vertreibt, und gab mir Geld.
Erinnere mich an nichts. Zunächst wurde es wohl besser, Hoffnung kam auf, sogar die Bandwürmer wurden vertrieben. Ich war ständig mit dem Putzlumpen hinterher und wischte auf. Noch nie war mein Fußboden so sauber gewesen. Aber die Anfälle wurden häufiger und länger, es war nicht mehr mit anzusehen. Wer wenigstens einmal im Leben seine fünfundvierzig Jahre unter der Sowjetmacht gelebt hat, der weiß Bescheid. Der weiß, wie es ist, wenn man den Notarzt holt. Um so mehr den Nottierarzt. Den Putzlumpen in der Hand, stürzte ich zur Tür, um zu öffnen, aber es war Auge mit seinem Manuskript, er hatte höchstpersönlich seine Aktenmappe ins Internationale Hammer-Center gebracht (wie hatten sie ihn bloß reingelassen! aber reingelassen hatten sie ihn ...), hatte dort Italienern am Nachbartisch seinen Roman angeboten, für lediglich hunderttausend, natürlich war er gekascht worden, hatte aber sein Notizbuch rechtzeitig verschwinden lassen und den Zettel mit meiner Telefonnummer verschluckt, und sie hatten ihn laufenlassen. Andrjuschatik und Saltykow, die verließen praktisch meine Wohnung nicht mehr; die Verfasserin, die seinerzeit mit den Rosen angekommen war, holte sich resolut ihr Manuskript wieder; der Obdachlose mit seinem Saporoschez hatte mich noch was zu fragen vergessen; aus Baku rief der Assistent jenes Regisseurs an, dem ich kürzlich in Suchum begegnet war, und machte mir das Angebot, ich solle sofort hinfliegen und eine Hauptrolle übernehmen... nein, nicht in der *Dame mit dem Hündchen,* das Drehbuch ist völlig umgekrempelt worden, jetzt spielt die Handlung in Mittelasien während des Krieges... ja, Nostalgiewelle, könnte man sagen... nein, der Regisseur kann sich partout niemand anderes vorstellen in dieser Rolle, er entschuldigt sich, daß

er nicht selbst anrufen kann, aber er dreht gerade einen Sandsturm... nein, natürlich ist Baku nicht Mittelasien, aber – Kino, Sie verstehen... nein, er hat Sie gesehen und braucht dringend jemand mit noblem Erscheinungsbild... lachen Sie nicht, er hat selbst geäußert, Sie hätten unheimlich an Noblesse gewonnen, seit er Sie das letzte Mal gesehen hat... Sie haben ihn an den Pianisten Neuhaus in Jugendjahren erinnert... nein, natürlich kann er sich altersmäßig nicht direkt an ihn erinnern, und wir wissen, daß Sie kein Schauspieler sind... aber wir zahlen Ihnen die höchste Honorarstufe...
Tischka zog wieder seine Kreise, Schaum blubberte ihm aus der Schnauze und hinterließ eine feuchte mathematische Kurve... Was war da zu tun? Die Anfälle von Fallsucht wechselten ab mit Anfällen von Sexualwahn: Er bumste alles, was ihm unterkam – Bettdecken, Kissen, Handtücher, Stühle, Aktenmappen, Manuskripte, leere Flaschen, Aschenbecher, Schuhe, Schirme, die Gäste selbst. Wahrscheinlich waren sie alle in der Zeit dagewesen, an die ich mich nicht erinnere. Auch die zwei mit der Psychokanone... Vielleicht werd ich ja tatsächlich schon versuchsweise bestrahlt und sie erhöhen gar die Dosis, wundern sich noch über meine Widerstandskraft, auf den armen Tischka aber haben die Strahlen sofort verheerend gewirkt. Noch nie ist jemand vor meinen Augen, so offen sichtbar, verrückt geworden. Und jeder weiß einen Rat! Land der Räte, Land der guten Ratschläge, wie Ju. immer sagte, der mir das Tonband geschickt hat, das Tischka gleich von allen Seiten anbumsen mußte. Der amerikanische Professor, Murphy, glaub ich, hieß er, ist regelrecht geflüchtet und hat das Tonband dagelassen... Ist es denn in diesem Land nicht möglich, einen Tierarzt zu rufen?! Rufen kann man ihn... Essen kann der das... Frag mich wirklich, warum bei uns die Elefanten noch nicht einge-

gangen sind... Reiches Land, kannst sagen, was du willst... Gudbajew, der sagt, Katzen könnte man nicht in den Weltraum schießen. Die seien alle schizo. Bloß Hunde... «Bloß Hunde», sprach der Kosmonaut Gudbajew, während er bei mir in der Küche saß und zwecks besserem Durchhalten über die Generalsbiesen an seiner Uniformhose strich. Bestimmt hatte ihn der afghanische Major mitgebracht. Wir schenkten eine neue Runde ein, und Gudbajew setzte endlos seine Geschichte von der Kognakgurke fort. «Wißt ihr, was eine Kognakgurke ist? Nein, ihr wißt nicht, was eine Kognakgurke ist! Der Flachmann war aus Folie, das Hauptgewicht daran der Schraubverschluß. Der Flachmann wurde unter der Verkleidung eines Meßgeräts versteckt, beim Wiegen war die Rakete anderthalb Kilo schwerer, doch gefunden haben sie den Flachmann nicht, drum mußte ein Versuchsgerät ausgebaut werden... und dann im Weltraum, als wir den Flachmann aufschraubten, machte es schwupp, dort herrscht schließlich Schwerelosigkeit, ihr versteht, und in der Luft hing ein Riesentropfen Kognak, genau wie eine Gurke, direkt aus der Luft mußten wir ihn tropfenweise einfangen...»

Dann verschwand Gudbajew. Nach ihm auch Tischka.

Endlich war der Notarzt gekommen. Gudbajew wie vom Erdboden verschluckt. Auf die Frage, ob Kater auch Epilepsie haben können, zuckte man die Schultern und bot an, ihn einzuschläfern. Ich lehnte kategorisch ab, doch da verschwand Tischka selbst. Schon lange hatte er neben der Tür gelauert und bei jeder Gelegenheit zu entwischen versucht. Noch ein bißchen wenigstens wollte er als erwachsener Kater leben, bißchen singen, bißchen schauen... Seine Frühreife war der Beweis, daß er tatsächlich todkrank war. Ich fing ihn auf dem Treppenabsatz ein, in fremden Hauseingängen und Kellern. Er sah mich mit

starrem, nicht erkennen wollendem Blick an – dem Blick des Sohnes, der sich abgesetzt hat; das verzieh er mir nicht. In seinem Nicht-nach-Hause-Wollen lag die Verzweiflung eines Entschlusses, nicht nur Wahnsinn. Schließlich war er völlig verschwunden.
Herrgott, was bin ich für ein Mensch, daß es keine einzige Kreatur mit mir aushält! Mein Leben hatte sich ausgedünnt und eingegrenzt und ereignete sich auf einmal tatsächlich. Sie kam von allein: Wie ich es wagen konnte, ihr nichts von Tischka zu sagen! – wir suchten gemeinsam. Sjablikow schloß sich uns an. «Hab dir gleich gesagt, das ist Staupe», sagte Sjablikow. «Zieht er die Pfoten nach?» Zwischen ihr und Sjablikow stellte sich Einvernehmen her. Das konnte man immer daran merken, daß ihre Bewegungen weicher wurden und der Blick um den Bruchteil einer Sekunde aufmerksamer. Ich trottete hinter ihnen über die Höfe, verdrossen über meine Mutlosigkeit und Nutzlosigkeit: Nie kam ich als erster drauf, daß wir in diesem Hauseingang noch nicht gewesen waren oder daß es da noch einen Keller gab.
Zum Aufwärmen machte sie Glühwein. Sjablikow, der schluckt alles, ob flüssig oder in Tablettenform. Mal hat er Desinsektal getrunken, und zwar eine Menge, die ausgereicht hätte, um auf einem halben Hektar sämtliche Schädlinge zu vernichten. Warum ausgerechnet auf einem halben? entrüstete ich mich. Sjablikow bewies, daß er recht hatte: «Größere Grundstücke werden bei uns nicht zugeteilt.» Tatsächlich log er nie. Für Leute wie Sjablikow hat Lügen keinen Sinn. Gegen ihn kam ich nicht an. Was hatte ich schon zu bieten außer einem noblen Erscheinungsbild? Ich verstand sie.
Tischka gefunden habe allerdings ich. Doch besser, ich hätte ihn nicht gefunden! Hätte was für sich gehabt, wenn er als vermißt gegolten hätte, ihn das Geschick eines

kämpferischen Katers ereilt hätte und nicht das eines unglücklichen sowjetischen Tiers. Er hatte Pfoten und Schwanz gebrochen, und auf den ersten Blick war klar, er würde es nicht mehr lang machen. Er kratzte allerdings und riß sich los, wollte sich partout nicht helfen lassen. Sie erblickte ihn in meinen Händen – prompt war ich schuld an seinem elenden Zustand. So trug ich ihn, als meine Schuld... Hätte ihn Sjablikow getragen, er wäre der Held gewesen, der ihn gefunden hat. Hätte sie ihn gefunden, so wäre sie die große Finderin gewesen! Ich dagegen verstand ihn nicht mal richtig zu tragen...

Das Auto anwerfen mußte allerdings ich und es steuern auch ich. War ja auch mein Auto und ihr Kater. Er lag an ihrer Schulter wie bei einer Muttergottes. Mein Auto sprang schon seit einem Monat nicht mehr an. Es glich seinem Herrn wie ein Hund. Die sollen sich ja auch mit zunehmendem Alter ähnlicher werden. Seine Kotflügel sahen aus wie Schmetterlingsflügel – ebenso bestäubt. Die Löcher hatte ich, auf jemandes Rat hin, mit alten Nylonstrümpfen zugestopft, Ton in Ton. Ein Chauffeurs-Konsilium, von Sjablikow auf der Straße zusammengerufen, stocherte in meinem Motor rum. Dann schob die ganze Straße den Wagen an. Dann war niemand mehr da. Es wurde schon dunkel, als er mit einemmal von selbst ansprang, aus heiterem Himmel. Hauptsache, jetzt nicht den Motor abwürgen und nicht bremsen, denn die Bremsen funktionierten auch nicht. «Schau mal», sagte Sjablikow und deutete auf mein rückwärtiges Nummernschild, «eine Wanze!» Zum erstenmal sah ich eine, eine ihrer Varietäten. Sjablikow wußte genau Bescheid. «Dein Schatten hat uns beim Anschieben geholfen, habs gesehen.» Es war so ein rundes, graues Plättchen mit Magnet dran. Angedingst über der Nummer. Ich nahm es ab und drehte es in der Hand. Und wo ist das Mikrofon? «Ist doch ein Sender,

du Arsch!» sagte Sjablikow. Ich hängte es wieder an dieselbe Stelle, und wir fuhren los.
Sämtliche Tierkliniken hatten schon geschlossen. Wir suchten nach einer mit immer noch späterem Spätdienst, kreuz und quer durch die Stadt. Herrgott! was war das für eine Stadt... Nur echte Not kann Sie in solche Winkel führen. Ein Verweis auf den Ort, wo wir leben. Feuchtkalte Hinterhöfe und schmierige Kellerlöcher. Zuletzt eine Alte, die in der erleuchteten Türöffnung mit dem Schrubber hantierte: «Seid zu spät dran, liebe Leute, grad ist der Doktor fort, was habt ihr denn, ein Kätzchen?» Gottgefällig, die Anstalt, trotz allem.
Ich war sicher, daß Sjablikow mir die Wanze angehängt hatte. Auch dem war nicht so. Kaum waren wir im ersten Hof, tauchte die Miliz auf. Erst ging ein Milizionär wie zufällig vorüber und besah sich das Auto, doch wir standen daneben und er kam nicht näher. Dann ein zweiter, sobald wir uns wegbewegten. Sjablikow kombinierte wieder am schnellsten: Er nahm die Wanze ab und steckte sie in die Tasche. «Das beweis ich dir», sagte er.
So fuhren wir dahin: Nahmen die Wanze ab, wenn wir hielten, und brachten sie wieder an, wenn wir weiterfuhren. Und jedesmal tauchte, wie aus dem Pflaster geschossen, ein Posten auf, als wäre es von ungefähr, sah gar nicht auf uns, tat, als pfeife er vor sich hin und gucke in die Luft. Wir besprachen uns. Es war wohl so: Die haben gemerkt, daß wir gemerkt haben, und nun ist ihre Hauptsorge, das geheime Beweisstück zu entfernen. Das ist wichtiger, als dich zu verfolgen, dich braucht doch eh kein Schwein.
So fuhren wir. Einer der Strümpfe war aus seinem Loch im Kotflügel gerutscht und flatterte nun im Wind wie der Stander eines Botschafters. «Bloß wenn der Botschafter selber im Auto sitzt», erläuterte Sjablikow, «ohne den Botschafter hat der Fahrer nicht das Recht... Das Auto

des Botschafters ist exterritorial. Wer drinsitzt, ist wie in der Botschaft auf dem Hoheitsgebiet seines Staates.»
Unser Auto war exterritorial: Die Verkehrsmiliz hielt uns nicht an, sondern begleitete uns gleichsam nur mit Blicken und verschwand im Büdchen, um zu telefonieren. Folglich hatten wir Begleitschutz. «Schau nur, schau!» Sjablikow deutete durchs Hinterfenster: Da fuhr ganz offen ein schwarzer Wolga, bestückt mit Scheinwerfern und Antennen, mit allen Schikanen.
So fuhren wir Tischka, mit Stander und Begleitschutz.
Uns belustigte das und half uns durchhalten. Wir haben sehr gelacht. Doch, sie verstand was von Katzen: Tischka war bei ihr eingeschlafen und zuckte nicht mehr. «Das vereint», sagte Sjablikow.
Das entzweite uns auch. Wir begruben ihn am Bahndamm der Strecke nach Kasan, und diesmal hatten wir vergessen, das Plättchen rechtzeitig in die Tasche zu stecken – es war verschwunden. «Genau das wollten sie», giftete Sjablikow. «Wie konntest du das versieben... Ein solches Beweisstück!»
Sie ging ohne ein Wort des Abschieds, ohne die Augen zu heben.

So blieben Sjablikow und ich zu zweit zurück. «Hast du wenigstens noch was zu trinken?» Sjablikow sah mich plötzlich mit aufmerksamem Blick an, aus dem aller Spott geschwunden war, und seufzend, als füge er sich in sein Los, folgte er mir, obwohl ich nichts mehr hatte. «Auf Beerdigungen kriegt man immer tierischen Hunger. Hat schon seinen Grund, der Leichenschmaus...» Er durchwühlte die Wohnung auf der Suche nach Kölnisch Wasser, Badegel, Hennaextrakt, irgendeinem Elixier, Zahnpasta, sogar Schuhwichse – ich hatte nichts. Was er fand und dann auch kochte, war eine Tütensuppe. Ich warnte ihn,

die sei noch vom Vormieter und ich schon vor ein paar Jahren eingezogen. Aber Sjablikow war berühmt für seine gastronomische Unerschrockenheit. «Was ist das schon... Ich hab mal das Ei von einem Drachen gegessen, war ein paar Millionen Jahre alt...» Mich rührte seine Zuwendung. «Das Ei oder der Drache?» Er freute sich. «Natürlich das Ei! Der Drache wäre noch ein paar Jährchen älter gewesen. Ein Brontosaurier, sagen wir. In Tadschikistan. Ich war völlig bekifft und hatte gräßlichen Kohldampf. Ging also auf den Markt und kaufte hundert Eier aufs Mal. Setzte sie alle zum Kochen auf und schlief ein. Wie ich aufwache, bin ich schlecht drauf, hab jedoch keinen Hunger mehr. Dabei hab ich hundert Eier, hart gekocht. In meinem Drop-out schäl ich sie alle und knet draus ein einziges riesiges Eigelb, und obendrauf kleb ich, nach einigem Überlegen, das Eiweiß. Das Ganze leg ich auf eine riesige Plow-Schale. Was jetzt? überleg ich. Ich ruf bei der dortigen Akademie der Wissenschaften an. Also, sag ich, ich hab das unverletzte Ei eines Brontosauriers gefunden, liegt hier bei mir. Das ganze Präsidium kam angebraust, alle mit Tjubetejkas auf dem Kopf, Chalats um, darauf Orden und Auszeichnungen. Sie setzten sich mit untergeschlagenen Beinen um die Schale herum und überlegten, redeten von Moskau. Dann ließen sie Wodka holen. Und ich tat ihnen noch Stoff rein, in den Wodka. Hat sie angetörnt, die Akademiemitglieder, sie kriegten gräßlichen Hunger, und beim Nachdenken haben sie das ganze Ei aufgegessen. Dann schrecken sie auf: Wo ist das Ei? Wecken mich. Weiß ich nicht, sag ich, ich bin gleich zu Anfang eingeschlafen, hab das Ei eurer Verantwortung überlassen. Weiß nicht, was jetzt werden soll, sag ich. Wie ich Moskau erwähne, sind sie im Nu verschwunden...»
Aufgeheitert hatte mich diese Geschichte jedoch nicht.

«Was glaubst du: ‹Wie traurig ist doch unser Rußland› – hat das Puschkin gesagt oder Gogol sich ausgedacht?» – «Weiß der Geier!» sagte Sjablikow wütend. «Tote kann ich dir nicht herholen. Aber mit Lebenden kann ich dir eine Begegnung organisieren. Mit wem du willst.»
Ich verstand nicht, was er meinte. Er meinte seine außerordentlichen übersinnlichen Fähigkeiten, die ebenso jäh in ihm aufgebrochen waren wie seinerzeit die Zugehörigkeit zu Buddhismus oder Orthodoxie. Und zwar meinte er eine Begegnung nicht nur mit einem Menschen aus greifbarer Nähe, sondern auch mit jemand Unerreichbarem wie etwa einer transatlantischen Freundin von mir, die ich leidenschaftlich gern sehen wollte, seit meine Einsamkeit ihrer Qualität nach total war. Sjablikow war natürlich ein Mensch mit Spürsinn, im übrigen auch ausreichend mit meiner Biographie vertraut. Weiß nicht, was da mehr im Spiel war – mein Unglaube, daß er eine solche Begegnung zustande brächte, oder meine Unlust, überhaupt wen zu sehen. Schon einmal hatte er mich mit Gewalt von Kopfweh «geheilt». Ich hab nämlich einen Vorzug: nie tut mir der Kopf weh (wie in jenem Witz mit dem Georgier: ist doch eh alles Knochen). Doch er verrenkte ihn mir derart, daß ich mir einen Tag lang nicht zu helfen wußte vor Migräne. Trotzdem, ich ließ ihn machen. War immer noch besser, als so . . .
«Also!» sagte er gebieterisch, hieß mich auf dem abgegriffenen Ledersofa Platz nehmen und nahm selbst rechts von mir Platz. «Wo ist sie?» – «Weiß ich nicht.» Das erschwerte die Aufgabe. Er nahm meine rechte Hand und fühlte den Puls. «Schließ die Augen!» Ich schloß sie. «Denke!» Ich konnte nicht denken. «Was siehst du?» Ich sah nichts. Ihn anlügen mochte ich nicht.
Es war dies eine merkwürdige Mischung aus totalem Mißtrauen gegen alles Übersinnliche und dem Wunsch, in

dem Experiment vollkommen ehrlich zu sein. «Also!» Er drückte böse meinen Puls. «Sperr dich nicht!» Außer dem wie das Sofa abgegriffenen Klavier, das gegenüberstand und auf das ich verwundert geschaut hatte, bevor ich die Augen schloß, hatte ich nichts vor Augen. Das Klavier war unter den Lidern hängengeblieben, als hätte ich die Augen gar nicht geschlossen. Sein Schwarz erinnerte an Wasser. An das Wasser im Flüßchen Fontanka, auf das die Fenster meiner Schule hinausgingen. Genauso hatte ich zum Fenster hinaus auf dieses Wasser geschaut, ohne auf das Brabbeln des Lehrers zu hören, wie ich jetzt auf das Klavier schaute und Sjablikow nicht zuhörte. Ich schaute aus dem Klassenfenster aufs Wasser und dachte, daß es ein venezianisches Fenster sei, wobei ich das Glas meinte. «Wo bist du?» drang von weitem Sjablikows Stimme zu mir. «In Venedig», spöttelte ich. «Weißt du die Adresse?» – «Nein, woher.» – «Dann frag!» – «Wen?» – «Egal wen.» – «Es sind so viele.» – «Den ersten besten!» Er drückte ungeduldig meinen Puls. «Was ist denn?» – «Irgendwie unangenehm. Auch kann ich die Sprache nicht.» – «Frag auf russisch!» befahl er. «Schaff ich nicht.» Ich fühlte mich schuldig. «Steig in eine Gondel!» – «Und was sag ich dem?» – «Soll er dich hinführen, wo er will, ist doch gleich.» Dann eine ungeduldige Nachfrage: «Also, was ist?» – «Wir fahren ...» – «Sag, er soll anlegen.» Das Boot stieß an bei drei Stufen, um die das Wasser plätscherte. Die Schule lag gegenüber. Bei einem abgeblätterten Palazzo trat ich ans Ufer. «Geh rein!» tönte es wie aus dem Boot. «Seltsam, da ist kein Eingang.» – «Geh durch den Hof rein! Nun? Ist dort ein Eingang?» – «Ja ...» Meine Stimme erreichte mich von weit her, dank der Entfernung nur schwach. «Geh rein!» – «Hier ist aber bloß eine Treppe und eine winzige Tür ...» – «Öffne die Tür!» – «Hier sind aber bloß irgendwelche Besen und Kehrschaufeln...» – «Kehrschaufeln...» An mein Ohr schlug unverhohlene Verachtung. «Pfui bah! Steig doch rauf!» – «Hier sind zwei Türen. Ich weiß nicht, welche...» – «Egal! Nun? Siehst du sie?» Es war ein ziemlich düsterer und unaufgeräumter, fast leerer Raum, ein Junggesellenzimmer; am schrägen Fenster stand ein Büroschreibtisch und ein entsprechender Stuhl. Kein Mensch. «Kein Mensch. Das ist nicht die richtige Wohnung.» – «Es gibt dort noch andere Räume! Geh in den nächsten... Nun?» Jemand prallte vor mir zurück. Im Dunkeln konnte ich nicht gleich sein Gesicht erkennen. «Hier ist mein Bruder», sagte ich. «Er ist erschrocken.» – «Das ist normal», hörte ich eine befriedigte Stimme. «Feinstoffliche Körper erschrecken immer. Frag ihn, vielleicht hat er was zu trinken.» Mein Bruder zupfte verlegen das ungemachte Bett zurecht, auf dem er, offenbar ohne sich auszuziehen, geschlafen hatte, und holte erfreut eine Flasche aus dem Kühlschrank. Den er hastig zu verdecken suchte. Ich bekam jedoch mit, daß der Kühlschrank ansonsten leer war. «Nun, hat er was?» – «Ja, Whisky.» – «Wieviel?» – «Etwas weniger als eine halbe Flasche.» – «Nicht schlecht. Los, schenkt ein!» Mein Bruder brachte geschäftig zwei Gläser an, die er rasch und schlecht gespült hatte. Sosehr ihn mein jähes Auftauchen erschreckt hatte, war er jetzt über diesen vorläufigen Ausweg aus der Lage froh. Eilig schenkte er ein, seine Hand zitterte. «Also, chin-chin!» sagte er; es war das erste, was er sagte, und er trank gierig. «Nun», drang es zu mir vom anderen Ufer, «hast du getrunken?» Gedankenverloren drehte ich noch immer das Glas in der Hand. «Er ja, ich noch nicht», meldete ich. «Was ist denn? Los, mach! Runter mit... runter... runter!» Es drang zu mir wie ein Echo, als ob er die Hände zum Trichter gelegt hätte und über den Fluß schrie. Ich entschloß mich endlich. «Hab ausgetrunken», sagte ich.

Ein lautes Flüstern direkt an meinem Ohr: «Tut das gu-u-ut!», und als ob mir Handschellen abgenommen würden... «Jetzt rede mit ihm, worüber du willst. Ich hör nicht zu.» Ich war verstört, ich wußte nicht, wie und was ich ihn fragen sollte. Irgendwie tat er mir unerträglich leid. Nicht wiedergutzumachend – das war das Wort. Wie verurteilt. Ohne daß Berufung eingelegt werden kann. Und man auch noch einverstanden ist mit dem Urteil. Er war bei klarem Verstand wie nie. Und es war ein Unglück. Wir hatten eigentlich nichts zu bereden: alles war klar. «Wozu hast du das angestellt?» fragte ich, um irgendwas zu fragen. «Sie versprachen, mich zu kurieren, so bin ich geblieben...» – das war alles, was er antwortete, und plötzlich lächelte er Vaters schwaches und liebevolles Lächeln. Die schwarzen Wellen des Klaviers schwammen wieder vor meinen Augen... Ich ging an Land, wo ich saß – dem Klavier gegenüber. Neben mir schlief Sjablikow, wohlig hingeflezt. Ich wollte ihn fragen, wieso es mein Bruder war, was es mit dieser seltsamen Verwandlung meiner transatlantischen Freundin aus einer Frau in einen Mann auf sich habe. Aber Sjablikow war nicht wach zu kriegen. Ich hob ihm fürsorglich die Beine aufs Sofa und deckte ihn mit einem Plaid zu. Es war Vaters Plaid, das dieser sich, bevor er starb, immer um die fröstelnden Schultern gelegt hatte.

Alles war nicht von hier. Plaid wie Klavier wie Sofa... Seit wann hätte ich ein Klavier? Das Klavier war aus Sjablikows Wohnung, die ich damals noch gar nicht kannte. Also war es nicht damals. Sondern später. Aber das Plaid gab es doch schon lange davor??

Tischka hatte ich sofort und nachhaltig vergessen. Er hatte weder in der Vergangenheit noch in der Zukunft Platz. Niemand hatte es bemerkt: Erst war er nur lebendig, dann mehr lebendig als tot, dann mehr tot als lebendig, dann nur noch tot... – niemand hatte es bemerkt. Was an starken Gefühlen so gut ist: sie ermüden. Danach konnte ich nicht mehr allein leben.

Herrgott! wie gut es ist, Hoffnung zu haben! Seit wann nennen wir Verzweiflung Hoffnung? «So ist das Leben», sagte eine zärtliche Frau und nahm eine leicht zugängliche Stellung ein, als sie erfuhr, daß der Vater ihres Mannes gestorben war.

Ich machte die Stereoanlage, das Geschenk meines transatlantischen Freundes Ju., zu Geld. Gab das Geld meinen Frauen. Und saß auch schon im Flugzeug und las das Drehbuch des Films, in dem ich mich verpflichtet hatte, zwar nicht die Hauptrolle, aber doch eine der tragenden Rollen zu spielen. Hollywood is everywhere.

The Monkey Link

Hollywood is everywhere... Drei Stunden später aß ich am Ufer des Kaspischen Meeres Schaschlyk aus Hammelhoden und trank tschechisches Bier dazu. Es war Nacht und es blies der Wind. Die Nacht war lau, der Wind stark. Er rüttelte an der erbärmlichen Bretterbude, was zusätzlich für Gemütlichkeit sorgte. Geht die Saison zu Ende, fangen die Filmaufnahmen an: wir waren am Ufer allein. Draußen war es öd und leer, drinnen alles vorhanden. Da ich im Dunkeln eingetroffen war, wußte ich noch nicht, wie es im Hellen werden würde.

Ich ging, das Bier als Vorwand nutzend, hinaus und warf einen Blick aufs Meer. Das Meer war nicht vorhanden. Nur ein finsteres, blinkendes Loch, aus dem es nach Schlamm und Schwärze roch. Als wäre das Meer außerhalb der Saison zugesperrt wie eine Bretterbude. Oder als wäre es gar gestohlen worden.

Vielleicht war das eine hiesige – orientalische? mohammedanische? – Besonderheit, daß man im Haus alles hatte und auf der Straße draußen nichts. Koch und Kellner spielten Puff, ohne auf den laufenden Farbfernseher, auf uns oder auf den Herd zu achten – sie hatten sogar einen Timer! kein Wunder, daß es tschechisches Bier gab. Und als ob wir hier das Sagen hätten: joviale, Kunst vortäuschende Filmleute, nicht allzu betrunken, in Maßen nur, da morgen gedreht wurde.

Ein durchsichtiges grünes Käferchen, das allein hier das Meer repräsentierte, kroch vom Bierkrug auf meine Hand und starrte mich aus verständigen blauen Äuglein an. Ich hielt seinen Blick nicht aus und bedeckte die Augen, suchte im Pfeifen des Windes das Rauschen der Brandung zu entdecken. Für mich als Musiker war das jetzt wichtig... Laub. Seltsamerweise war das Ufer mit Laub bedeckt. Komisch, ein solches Meer hatte ich nie gesehen... Wie im Traum. Ein Traum war das auch.

Ich sah Goldenweiser ähnlich und gab Klavierunterricht. Mein Schüler, der Nationalität nach Kasache, sah dem jungen Pasternak ähnlich. Ich hatte meine Frau verlassen und das Dienstmädchen geheiratet, das ein Kind von mir hatte. Ich sollte den Kleinen barfüßig über den Flügel laufen lassen, damit auf dem staubigen Deckel seine rührenden Tapser zurückblieben (hatte ich nicht unlängst – ein Leben lag es zurück – erst was mit einem Klavier zu tun gehabt?). Vor dem Fenster sollte es unterdessen gewittern, Donner, Blitze, Sturzbäche an den Fensterscheiben. Mich besuchte mein Schulfreund, ein Maler, der im Krieg einen Arm verloren hatte und sein Leben lang hoffnungslos in die Frau verliebt war, die ich verlassen hatte; er besuchte mich, um mir Vorwürfe zu machen, weil ich sie sitzengelassen hatte. Wir konnten uns nicht einig werden, er beleidigte mich und schlug die Tür zu, daß die Glasscheibe herausfiel und auf dem Boden in tausend Stücke zersprang. Dann kam meine neue Frau, das ehemalige Dienstmädchen, vom Platzregen völlig durchnäßt, das dünne Kleid gab ihre Formen preis, und vieles wurde verständlich. «So ist das Leben», sagte sie. Zu diesem Satz hatte ich geraten, und er wurde sogleich ins Drehbuch aufgenommen.

Die halbe Nacht entwickelte mir Regisseur Sersow seine Pläne. Sie waren weitreichend. Ich sollte ihm ein Drehbuch schreiben. Zugrunde liegen sollte eine Begebenheit, die sich tatsächlich zugetragen hatte. Eine Gruppe junger Astrophysiker fährt zum Angeln ins Gebirge an der Grenze zwischen Armenien und Aserbaidschan. Über den Weg kriecht eine Schlange. Sie versuchen ihr auszuweichen, schauen sich um, da ist die Schlange nicht mehr da. Wo ist sie hin? Sie fahren weiter. Beim Angeln haben sie Erfolg. Aber als sie ihren Fang verstauen, entdecken sie, daß die Schlange zu ihnen ins Auto gekrochen ist. Sie versuchen sie zu verjagen, doch sie kriecht wo rein, so daß sie einfach nicht... Kannst dir vorstellen? Wüste, Hitze, der Biß der Levante-Otter ist tödlich... Die Fische verderben, die Charaktere treten offen zutage... Plötzlich eine Karawane. Bei der Karawane ein Sufi. Er kann mit Schlangen sprechen. Sie bitten den Sufi, die Schlange zum Herauskommen zu bewegen. Der Sufi beschwört sie lange, schließlich lenkt die Schlange ein. Die wütenden Astrophysiker wollen sie erschlagen. Der Sufi fleht sie an, es nicht zu tun, doch sie tun es. Der Sufi ist verzweifelt, denn jetzt werden die Schlangen ihm nicht mehr glauben. Er verflucht sie, prophezeit ihnen den Tod. Sie schicken ihn zum Teufel, kehren heim und lassen sich vollaufen.

Mir gefällt das Wort «Sufi», aber mir gefällt das Ende nicht. Doch, daß sie sich vollaufen lassen, das ist gut. Aber das ist nur der Anfang. Dann kommt einer nach dem anderen unter mysteriösen Umständen um... «Kriegen wir

doch nie durch!» Der Regisseur ist ehrlich gekränkt, so bleibe ich bei der Rolle des Pianisten.
Am Morgen gefällt mir die Landschaft nicht. Keine Blutspur in ihrem Gesicht, keine Grasspur. Der Mensch was here! Bis zum Horizont durchlöcherte, kummerschwarze, gemarterte und verlassene Erde, besiedelt nur von ebenso schwarzen, verrosteten Ölpumpen. Doch auch sie sind tot. Ihre Schnäbel picken nicht mehr – gibt nichts mehr zu picken. Und gerade hier befindet sich die Musikschule, in der ich, nun ja, kasachischen Kindern Klavierunterricht gebe ... da erblicke ich einen unglaublich schönen Granatapfelbaum, der hinter einem Duwal, einer Mauer aus Lehm, hervorschaut; dort ist das Paradies: Rosen, Huris und Hammelhoden mit tschechischem Bier ... da trete ich bis zum Knöchel in eine Ölpfütze.
Der Kleine weigerte sich, zu mir auf den Arm zu kommen. Womöglich stank ich nach Erdöl. Das ist vielleicht ein Geruch ... man wird selber ganz nervös. Der Kleine brüllte wie am Spieß, wollte auf dem Flügel keine Tapser zurücklassen, während die aserbaidschanischen Feuerwehrleute für die Regengüsse am Fenster sämtliches Wasser verbrauchten. Der Kleine wurde aus dem Drehbuch gestrichen, der Mutter jedoch der Drehtag bezahlt. Für meine Rolle war das schlechter, damit hatte ich das Dienstmädchen bloß wegen dem an ihren Formen klebenden Kleid geheiratet. Meine Frau war zuvor Tolstois Natascha Rostowa gewesen, meine neue Frau die Geliebte des jungen Sergej Jessenin. Was für ein Herzensbrecher! Während die aserbaidschanischen Feuerwehrleute zu Tisch gingen und danach neues Wasser tankten, wollten wir in umgekehrter Reihenfolge drehen: erst die triefend nasse Frau. Sie wurde aus einem Wassereimer begossen, den man extra auf einer Gasflamme gewärmt hatte. Ich sollte ihr was ins Ohr flüstern, und sie sollte weinen. Ich sah meine neue

Frau zum erstenmal, und sie gefiel mir nicht. Es klappte alles, aber dann kam raus, daß auf dem Deckel des Flügels, im Bild also, der Motivsucher des Regisseurs mit der deutlich sichtbaren Aufschrift «Nikon» vergessen worden war. Was die Glaubwürdigkeit der harten Kriegszeiten minderte. Das warme Wasser war verbraucht, und die Schauspielerin begann zu frieren. Aus der Notapotheke wurde Wodka entwendet, und die Schauspielerin erholte sich wieder. Ich faßte sie um die Schultern, doch was ich hinter ihrem Rücken erblickte... Da wurde ein neuer Eimer Wasser gewärmt, ein aserbaidschanischer Feuerwehrmann flirtete mit der Regieassistentin, da wurden Rühreier gegessen, Laufmaschen an Strumpfhosen repariert, Pikett gespielt, Pullover gestrickt, da wurde verkauft, gekauft, getauscht, sich umgekleidet, Neues anprobiert und Altes, gestohlen, getrunken, gezeichnet, wurden Blinker gebastelt, Angelschnüre gewickelt, kurz – es wurde gedreht. Dieselbe nochmal.

Meine Frau stank nach Wodka, ich nach Kerosin. «Wo hast du bloß so aufgetankt?» flüsterte ich ihr zärtlich ins Öhrchen, und wo sie weinen mußte, mußte sie lachen. Allmählich gefiel sie mir. Dieselbe nochmal.

Und jedesmal taugte nur die erste...

Mein Freund, der Maler, schlug die Tür zu, die Scheibe zerbrach, doch da ich vor Konfusion nicht wußte, wie reagieren, fing ich an, die Scherben aufzusammeln, ließ es dann aber sein. Die Assistenten arbeiteten hervorragend, die Scheibe flog heraus, wie geplant, zersprang an vorbestimmter Stelle in die nötige Scherbenzahl, ich machte zwei Schritte, wie geplant, hob eine Scherbe auf, wie geplant, betrachtete dann jedoch interessiert das dranhängende Klümpchen Plastilin, womit sie die Scheibe leicht angeklebt hatten, damit sie rausflog, ich wußte aber nicht, daß sie mit Plastilin... Dieselbe nochmal.

Die nächste Scheibe fiel raus, bevor er die Tür hatte zuschlagen können, und verletzte ihn an seinem einzigen Arm. Erste Hilfe für den Verwundeten. Dieselbe nochmal.
Die nächste Scheibe war die letzte. Mehr war nicht vorgesehen. Und sie war dick. Der Freund wurde angewiesen, die Tür so stark wie möglich zuzuschlagen, damit die Scheibe auch tatsächlich rausflog, auch tatsächlich in Stücke sprang. Der Freund schlug die Tür zu, wie geplant, die Scheibe flog raus, wie geplant... Ich sah sowas zum erstenmal, auch die anderen hatten das noch nicht gesehen. Eine große rechteckige Scheibe, die senkrecht rausfiel und, ohne kaputtzugehen, auf mich zurollte, unbeholfen kippend und, Drehung um Drehung, über ihre rechtwinkligen Ecken holpernd, die erste, die zweite, und erst bei der dritten fiel sie, nach kurzem Innehalten und Nachdenken, langsam zur Seite, und wieder ohne kaputtzugehen. Ich stand mit offenem Mund und sah diesem Wunder zu.
Kommt vor – etwas hat höhere Bedeutung; kommt aber auch vor – einfach so... Seltener Glückstreffer, wenn etwas ganz ohne Sinn. Und solch ein Glück kommt nur im Kino vor.

Wieder mal geschah etwas. Ich konnte nicht mehr.
Auszehrung des Ortes. Als wäre diese robuste, handfeste, beste aller Welten wirklich nur eine Frucht der Einbildungskraft. Sie flog so leicht davon wie ein Luftballon. Atmosphäre.
Die Atmosphäre des Beschreibens ist irgendwie dichter und rauher als die Realität. Die Realität erträgt das Beschriebenwerden nicht. Sie geht ein oder erlangt völlige Unabhängigkeit oder – gab es sie überhaupt? Was auch immer man beschrieben hat, auf jeden Fall schafft allein die Beendigung des Textes Befriedigung, vergleichen läßt er sich mit nichts mehr: Die Vergangenheit ist irgendwo-

hin entschwunden, und vom Raum selbst ist auch nichts mehr da.
Wer nun wen erschaffen, wiedererschaffen, verwirklicht, vorweggenommen u.dgl. hat, das Pferd das Huhn oder das Fuhrwerk das Ei, das erweist sich endgültig als unklar, als allerletzte naturschützende Funktion sozusagen: auf daß ja nicht irgendwas auf irgendwas Anspruch erhebt, zumindest in der Vergangenheit. Und wer zuerst da war und wer wen – Dostojewski die *Dämonen* oder die *Dämonen* uns? Dahl das Wörterbuch der «lebenden» russischen Sprache, oder war die Sprache selbst zu jenem Zeitpunkt schon «tot»? Hatte die russische Literatur es geschafft, alles zu beschreiben, bevor die Revolution kam, oder war die Revolution gekommen, weil alles beschrieben war? Wozu herumrätseln, besser, man präsentiert der Wirklichkeit überhaupt keine vorschnellen Rechnungen.
Schließlich und endlich hat Kolumbus ja Indien und nicht Amerika entdeckt.
Die Geographie ist wie eine Frau. Reisen – unsere Polygamie. Hätten wir einen Harem, blieben wir an Ort und Stelle.
Sämtliche Orte, wo ich zum Zweck der Niederschrift einiger Seiten in Klausur zu gehen pflegte, waren ein und desselben Heldentods gestorben: eines schönen Tages gingen sie in den Text ein. Da konnte ich noch so viele Gelübde tun nach dem Motto: «Wohne nicht, wo du f..., und f... nicht, wo du wohnst.» Wo sind jetzt Toksowo, Peredelkino, Dilischan, Tiflis, Golusino, Tamysch? Sie sind, auf jeden Fall, beschrieben. Vielleicht gibt es sie noch. Aber ich bin für sie gestorben.
Mit dem Reisen ist es was anderes. *Dort* willst du ja nicht wohnen. Dort bist du Eroberer, nichts weiter. Ein Durchschneiden des Raums. Schnitt. Manchmal ein goldener. Nur einer. Chirurgische Operation. Ein Aufriß. Teils bist

du es, der ihn durchschneidet, teils er dich. Tut aber nicht weh. Ein Abenteuer.
Gehe ich auf Reisen, weiß ich schon, ob ich darüber schreiben werde. Weiß ich, was ich schreiben werde und wie. In diesem Sinn bin ich, mag die Geographie auch am Ende sein, als Reisender ein Profi. Ich fahre los, um das Recht zu haben, die oder jene «Reise» zu schreiben, bringe als Souvenir zwei oder drei befruchtete Details mit, die quellen im Unterbewußtsein hübsch auf und geben den nötigen Drive. Ein solches Detail hatte ich bereits: Ljussjas herausfallendes Zähnchen.
Alles übrige war eine Frage der Technik. Es würde ein sogenannter «Rafik» vorfahren (eine Anspielung aufs Imperium, in Riga produziert), hinein quetschten sich sechs oder, Fahrer und Autor eingerechnet, höchstens acht Mann, somit wäre nur Raum für einen Armenier, womöglich ebenfalls einen Rafik, einen Abchasen, einen Georgier, einen Juden und, nach hartem Ausscheidungskampf vor dem Text, einen Griechen, Polen, Perser, Ukrainer, Taten, Osseten, Koreaner, Tataren oder Tschetschenen, für einen Europäer, Amerikaner oder Afrikaner – die dramaturgische Einheit bliebe jedoch gewahrt, denn am Steuer des Rafik säße ein russischer Fahrer und neben ihm thronte ebenfalls ein Russe (der Autor). Das Gespräch von den Sitten und Gebräuchen der Affen auf die Beziehungen zwischen den Nationalitäten zu bringen wäre dann kein Problem. Nach solchem Aufwallen der Leidenschaften würde das Erreichen des Reiseziels – Kontakt mit dem freien Affenrudel – darum als Kontrapunkt dienen, brächte auf Ideen und setzte einen Endpunkt. Nicht auszuschließen, daß das geplante Picknick zum natürlichen Höhepunkt der Wallfahrt würde, dann endete sie mit Auslassungspunkten . . .

Alles war klar bis hin zum Titel. DIE ERWARTUNG DER AFFEN – sehr gut! Wer wen erwartet, ist unklar. Das Zähnchen, der Rafik, ein Geplänkel zwischen dem Griechen und dem Antisemiten, angefrorene Schwänze und üppig wuchernde Mähnen – was will man mehr? Sowieso alles klar. Loszufahren, um zu schreiben, was ich sowieso schreiben würde, hatte keinen Sinn. So beschloß ich, die «Reise» zu schreiben, ohne mich auf dieselbe begeben zu haben.

Meine Bereitschaft war groß, ich war gut in Form. Setz dich hin und schreib.
Bloß – wohin setz ich mich?
Sei es, daß Tamysch gestorben war, sei es, daß ich oder sonst jemand gestorben war ... Ich hatte nicht den Nerv, zu meinen Küken zurückzukehren. Ich nahm einen Ortswechsel vor nach Tiflis.
War aber auch wirklich etwas geschehen. Das heißt, etwas geschah ringsum, jenseits meines Schreibtisches. Mein Schreibtisch war ein Stuhl. Auf ihm stand die Schreibmaschine. Ich saß auf dem Bett und schrieb auf der Schreibmaschine über das Thema, ob der Dichter ein HAUS hat, haben kann – Anlaß war der Besuch eines dieser zum Museum umgewandelten Dichterhäuser. «Heimat, oder Grab» hieß das Werk, und das wichtigste am Titel war das Komma. Ich schrieb mitten in Tiflis, im neunten Stock eines Hotels, wiederum «Abchasien», und mir ging durch den Kopf, warum ich immer und überall Zimmer vierzehn kriege, in Jerewan hatte ich auch vierzehn ... was wird mir da für ein ständiger Aufenthaltsort zugewiesen? Außer Schreibmaschinengeklapper gab es bei mir nichts zu erlauschen. Trotzdem, irgend etwas geschah ringsum, es war, als käme die Decke herunter, vielmehr, als senkte sie sich, während ich schrieb, und als ich mich erhob, wäre ich fast

mit dem Kopf angestoßen. Eine merkwürdige Verfinsterung ringsum, wie vor einem Gewitter, aber ein Gewitter war nicht in Sicht, wie bei einem Sonnenuntergang, doch auch bis zum Untergang war es noch weit. Inwendig ein Zittern. Vor den Augen kleine, silbrige Wellen, wie Fischschuppen. Als würde ich allmählich zu Luft und als hinderte mich daran bloß ein letzter Rest von Unauflöslichkeit. Schaute ich einen Menschen an, wunderte ich mich sehr, daß er mich ebenfalls sah. Er kam her und stellte sich vor: Waleri Giwiwowitsch – Giwiwitsch, Giwitsch, Giwowitsch... absolut unaussprechbar! Können mich einfach Lera nennen, so nennen mich alle. Ich musterte mit Behagen sein rosiges, muskulöses Gesicht. Er hatte etwas Einnehmendes, man hätte ihm am liebsten gleich erzählt, was man noch nie jemandem erzählt hat. Was, wußte ich jedoch nicht, so brachte er mich selbst drauf: ob ich meinen Bruder lange nicht mehr gesehen hätte. Ich antwortete bereitwillig, förderte Einzelheiten zutage, die ich total vergessen hatte. Es ist nämlich so, sagte ich, daß ich seinerzeit, als ich zum erstenmal verliebt war und Geld brauchte, unsere gemeinsame Münzsammlung verkauft habe, während mein Bruder weit weg war, und jetzt ist er wo? jetzt ist er ebenfalls weit weg, in einem anderen Land sogar, kommt aber bald zurück, bloß ist das schon lange her, sogar altrömische Münzen waren dabei, auch Dollars? auch Pfund? wie – Sie haben noch nichts von dem koreanischen Düsenjäger gehört?
Er also teilte mir mit, was außerhalb meines Schreibtischs geschehen war, während ich gespürt hatte, daß etwas geschah. Es roch nach Kubakrise und ähnlicher Nervosität, als wäre Heufieber im Anzug. Doch war alles längst abgeblüht. Wann sind Sie zum letztenmal außer Landes gewesen? Da sagte ich ihm gehörig die Meinung, wie sehr mir das Ausland versperrt ist. «Was wollen Sie auch in Ame-

rika!» rief er. «Die Heimat muß man sich erwandern, zu Fuß, in Schläppchen!» Wirklich, er sagte: Schläppchen. Er selber hatte vorzügliche «Schläppchen» an, Firma Adidas. Wir standen oben am Berg bei der Dschwari-Kirche, abseits der Touristenströme, wie Eingeweihte, als wir einander unsere Liebe zur Heimat gestanden, genau über jener Stelle, «wo, zusammenfließend, lärmen, sich umarmen wie zwei Schwestern» – der Lärm war nicht zu hören, aber wir schauten noch lange, wie, zusammengeflossen, Aragwa und Kura als zwei verschiedenfarbige Ströme fröhlich im gleichen Flußbett weiterflossen, «das eine Gänslein grau, das andre Gänslein weiß». In Schläppchen, in Schläppchen! beteuerte derweil oben am Berg der eine schräge Vogel, während der andre auf dessen rote Füßchen starrte und überlegte, ob er es auch je zu solchen Schläppchen brächte. In diesem Leben wohl nicht mehr. Er forderte mich auf, die Heimat zu erwandern wie Gorki, während ich mich darauf eingelassen hätte, sie zu erfahren wie Gogol. Womit es dann sein Bewenden hatte.

Besonders stolz war ich ja, als ich Waleri Giwiwowitsch, den Obersten Adidasow, austrickste wie ein Kind. Ich war derart begierig darauf, bei der Round-table-Diskussion über das *Phänomen* des georgischen Romans mitzumachen, ich nahm mir die *Ungerechtigkeit*, daß man mir sogar dieses mein *Menschenrecht* verwehrte, derart zu Herzen, daß ich nach Suchum abreisen wollte, aber ich bekam keine Fahrkarte. Hier hätte der Oberst nun wirklich leicht helfen können. Aber selbst da wich er aus: «Was wollen Sie auch in dem stinkenden Suchumi? Besser Batumi.» Mich interessierten die Affen, beharrte ich säuerlich. «Affen gibts auch dort genug. Fahren Sie nach Batumi, ich hab dort ein Haus. Da können Sie wohnen...» Wieder forderte er mich auf, «in Schläppchen» dorthin zu wandern. Ich blieb fest und ließ mich auf Batum nicht ein. «Es war sehr schwierig», gab er mir am nächsten Tag zu verstehen, «aber Sie können jetzt an der Diskussion teilnehmen. Bloß beim Fernsehen sollten Sie ablehnen, das lohnt nicht... Gleich heute können Sie ins Hotel ‹Abchasien› umziehen. Dort ist ein Zimmer für Sie reserviert, zusammen mit den anderen Teilnehmern.» Großartig war dieses «zusammen»! Und als ob er nicht wüßte, daß ich dort bereits wohnte... Ich sollte auf eine andere Etage umquartiert werden. Aber dann war es doch wieder Zimmer 914... Oben auf der Etage wurden wir bereits erwartet. Zwei Unrasierte, Rangniedrigere. Adidasow überantwortete mich ihnen durch einen überdeutlichen Wink mit den Augen, und sie nickten. «Ich lasse Sie jetzt allein», sagte er, als er mich zu Zimmer vierzehn gebracht hatte. Ich war entzückt und stieg in meiner Selbstachtung; machen die absichtlich alles so offen oder aus Unfähigkeit? – egal, im einen wie im andern Fall. Das ist die Geheimformel der Psychokanone! Im Computer drin hockt ein Sergeant...

Während sie mich demonstrativ wahrnahmen, nahm ich sie demonstrativ nicht wahr. Ich schrieb in meinem Hotelzimmer an «Heimat, oder Grab»; angeblich bereitete ich ein Referat über den Unterschied zwischen georgischem und lateinamerikanischem Roman am Beispiel von *Das blecherne Vlies des Sieges* vor und kicherte in mich hinein ob soviel Hinterlist, die von mir niemand erwartete. Es war kurz vor den Revolutionsfeiertagen, die Diskussionsteilnehmer sollten am Neunten eintreffen, ich hatte also noch Zeit, und ich nutzte sie. Allerdings hatte ich auch einen treuen Freund, der mir seine Hilfe anbot. Ich erklärte ihm jedoch nicht alles. Nur daß keine Fahrkarten zu kriegen waren. Auch er hatte für diese Jahrestage nicht viel übrig. Auch ihn hatte seinerzeit Vater Tornike getauft.

In der Nacht vom Sechsten auf den Siebten vergewisserte ich mich, daß draußen kein Beobachter stand, und schlüpfte aus dem Hotel – gut, wenn man mit leichtem Gepäck reist! Längst führe ich nichts mit mir außer Manuskripten und Socken.
Wir hantierten wie Diebe im Dustern, um die Familie nicht aufzuwecken, während wir uns reisefertig machten, und fuhren im Flüsterton vom Hof. In Tiflis tagte es, je weiter wir hinausfuhren. Es war ein völlig menschenleerer Feiertagsmorgen, sogar ohne einen Milizionär, alles schlief vor der Parade. Die Landstraße war genauso leer. Es schliefen die Häuser, es schliefen die Lastzüge am Straßenrand, es schliefen die Posten der Verkehrsmiliz. Nur die Natur schlug immer weiter die Augen auf. Herrgott, was war das für ein Morgen! Schwer zu glauben, daß das alles so greifbar nahe lag. Wieso haben wir unser Leben lang uns nie beeilt, so früh wie möglich aufzuwachen und so weit wie möglich wegzufahren? Ich sah die Berge. Noch nie hat jemand, auch Puschkin und Tolstoi nicht, mehr sagen können. Das war «es». Wenn du dir nicht mehr die Frage stellst: was ist das? Sondern einatmest und nicht mehr ausatmest. Gebenedeit war die Erde am Morgen des 7. November 1983 auf dem Weg von Tiflis nach Kutais!
Der Herbst hatte sich angestrengt, hatte sämtliche Farben hergegeben, und jedes Blatt leuchtete in seiner eigenen. In den gelichteten Baumkronen lohten die Dattelpflaumen. Der Herbst holte seine letzte, seine endgültige Ernte ein – die Ernte der Farben. «Merkst du, was für ein ANDERES Rot?»
Wir waren schrecklich zufrieden mit uns selbst und miteinander. Wir waren *abgehauen*. Zum Glück ahnte mein Freund nicht, wie sehr. Er meinte, wir seien vor der Demonstration abgehauen. Während dort sich alle in Kolonnen aufstellen und Transparente tragen ... Freiheit, das ist

– Ewigkeit. Dahin hatten wir uns verzogen. Trotz aller Anstrengungen haben DIE doch in den ganzen sechsundsechzig Jahren nichts zuwege gebracht: schau, der Fels, schau, der Fluß, schau, der Himmel, schau, das Laub... Die Natur ist kein Bolschewik. Der bringst du Pfuschen nicht bei.

So lobten wir uns gegenseitig. Vor Befriedigung wurde mein Freund schläfrig und überließ mir das Steuer. Ich fuhr und war ein weiteres Mal glücklich, nun allein. Auf dem Wegweiser stand «Gori», doch nach Gori wollten wir nicht. Der Wegweiser wies allerdings nicht nach rechts oder links, sondern in den Himmel. Ich mußte den Freund wecken, um nach der Richtung zu fragen. Er winkte verschlafen nach rechts.

Ein Städtchen tauchte auf. Irgendwas stimmte nicht, aber ich wollte den Freund nicht nochmal stören. Mich irritierte, daß die Straße immer steiler bergab führte, in einen Talkessel, in die Stadt, deren Bebauung immer pompöser und häßlicher wurde. Unten lag ein Platz. Wie weiterfahren, wußte ich nicht. Niemand, den man hätte fragen können – die Stadt schlief noch. Vielleicht war ich vom Weg abgekommen und irgendwie nach Tiflis zurückgekehrt? Das wäre mir zuzutrauen... Ich hielt mitten auf dem menschenleeren Platz und stieg aus.

Vom Auto aus war nur ein Blumenbeet zu sehen gewesen. Als ich ausstieg, erblickte ich einen Sockel. Einen riesigen Sockel. Als mein Blick an ihm hochglitt, erblickte ich Stiefel. Gigantische Stiefel! Und weiter: die Rockschöße des Militärmantels, die Hand unterm Mantelaufschlag, der Blick in die Ferne, Schirmmütze, Schnurrbart... – als hätte er sich die Lippen geleckt, der Kater aus Erz... Weiter nur noch der Himmel. So war das Denkmal auch geplant, daß, wenn man sich an seinem Fuß befand, der Kopf des Führers auf den Himmel projiziert wurde, höher als die umliegende Hügelkette. Das Lächeln des Katers von Gori schwamm hoch oben wie ein Wölkchen.

«Schau mal!» rief ich. Der Freund erwachte. «Wie kommst du denn hierher?»

Das Ganze erschien uns bedeutsam und symbolisch. Redestoff bis Kutais. «Siehst du, was für eine Kraft! Sogar *von dort* hat er uns erreicht. Hätten wir mal nicht so angegeben...» Ich stimmte zu: Wohin, verdammt, sollten wir uns schon verziehen? Abhauen, du liebe Zeit! Somit waren wir die ersten im ganzen Land, die einzigen auf unserem ganzen Sechstel der Erde, die zusammen mit der Morgendämmerung dem einzigen nicht gestürzten Denkmal die Ehre erwiesen hatten. Hier war ER zur Welt gekommen. Wir hatten dieses Mekka besucht. «Paß mir bloß auf!»

Eine Reinigung war vonnöten. Wir hatten nicht den Vorsatz, hatten auch nicht darüber geredet. Der Weg führte uns von selbst hin. Schweigend fanden wir uns auf einmal in Mozameta. Der Herbst hatte den Tag, so gut er konnte, erwärmt. Es roch nach Kloster – nach Zirbelkiefern, Wacholder und Lorbeer. Die Stille stand erstarrt. Das Blut gellte in den Ohren wie Zikadengesang. Nicht mehr hier gewesen war ich seit jenem Tag... Geht man davon aus, daß ich an jenem Tag erst richtig zur Welt kam, ließ sich ein zweites Mal nur herkommen, um zu sterben. Ich hatte nichts dagegen. Ich legte mich auf einen flachen, flechtenbewachsenen warmen Stein. Über mir schwamm ein Wölkchen vorüber, wie mein ganzes Leben. Was meinen die Leute, wenn sie sagen, in der letzten Sekunde ziehe das ganze Leben an einem vorüber? Sicher das: nicht die läppischen Lebensereignisse in ihrem Ablauf, sondern die Entsprechung des einen Augenblicks. Ich hätte ebenso gerne sterben wie leben mögen, nur das. Als wäre von allen Lebensweisen als einzige der Tod übriggeblieben. Das war nicht beängstigend, es war mir lieb und erwünscht, als hätte ich gewartet und das Warten nun ein Ende: Gleich tritt er herein, vergibt dir dein Leben, faßt dich um die Schultern, und du gehst bereitwillig mit, vertraust dich völlig an. Diesen Zustand des Erwartens, eben das mochte ich unter keinen Umständen ändern. Ich lag da, lag mit dem Rücken auf dem warmen Stein, fast ohne zu atmen, ließ mich durchdringen von der trockenen, harzigen Luft, – aus Himmel bestand alles, was ich vor Augen hatte, sie waren weder offen noch geschlossen: zu merkwürdig wäre gewesen, durch ein Blinzeln alles auszulöschen. Doch so war es: Ich blinzelte schließlich, sogleich erhob sich mein georgischer Freund von seinem Stein, um zu Beichte und Abendmahl zu gehen. Ich war einverstanden, doch, es paßte, das widersprach dem Zustand nicht. Und doch hatte uns nicht der Wunsch, zum Abendmahl zu gehen, aufstehen lassen! Eben darin bestand meine noch unbegriffene Verwunderung über mich selbst, während wir Tornike im ganzen Kloster suchten, er aber nicht da war: auf wessen Befehl hatte ich mich erhoben? wer hatte gesagt «Und jetzt sterben»? – «Verlang nicht zuviel», das hatte ich gesagt. Ich hatte geglaubt, ich sei bereit, dabei war ich es nicht, und so hatte ich mich erhoben. Was für eine Kraft! doch wozu weiter das Jammertal...

Tornike war nirgends. Kein Mensch da. Nur ein paar Hühner. Irgendwie glichen sie kopftuchbedeckten Kirchgängerinnen, die darauf warten, daß die Kirche geöffnet wird, wie sie so würdevoll pickten, als ob sie miteinander klatschten. Eine gefleckte junge Dogge, Tornikes Liebling, rannte vorbei, ohne herzusehen und ohne zu bellen. Also mußte auch Tornike dasein. Wir klopften am Haus. Ein junger Mönch öffnete uns, Unzufriedenheit und Demut auf dem Gesicht. Tornike war nicht da, er war in Borschomi zur Kur, im Kardiologischen Sanatorium des ZK.

Ich äußerte den Wunsch, ihm einen Brief zu schreiben – immerhin, sein Taufsohn... Wider Erwarten ließ der Klosterdiener mich in Tornikes Arbeitszimmer, blieb allerdings hinter mir stehen. Ich spielte nervös mit dem Stift, und er zog sich ein wenig zurück, ohne den Blick von mir zu wenden. An den Wänden hingen Gemälde, Ikonen, von Tornike gemalt: Königin Tamar, der abgeschlagene Kopf Johannes des Täufers... «Hingen» ist nicht das rechte Wort, sie waren mittels dünner Kirchenkerzchen wie mit Tesafilm an den Ecken befestigt. Auf Tornikes Schreibtisch, sorgfältig aufgeräumt, der Anschein unvollendeter Arbeit: ein zerlesenes georgisches Büchlein, aufgeschlagen, wohl das Evangelium, und ein russisches Typoskript, in das einen Blick zu werfen ich mir nicht versagen konnte.

Der Klosterdiener beruhigte sich, als er sah, daß ich schrieb, er ließ mich sogar allein. Ich schrieb immer hastiger, völlig erfüllt von... «So kommet, liebe Brüder, und höret Christi Stimme, auf daß wir nicht nachlassen im Gehorsam. Dies Gleichnis aber sprach der Heiland um unserer Erlösung willen, denn er ist nicht um der Gerechten willen herabgestiegen, sondern um der Sünder willen, auf daß sie erlöset werden. Zwei Menschen, sprach er, gingen hinauf in den Tempel, zu beten, einer ein Pharisäer, der andere ein Zöllner...»

So schrieb und schrieb ich, mit seltsamer Inbrunst und Rührung, als schriebe ich selbst und nicht ab, während der Freund draußen ungeduldig nach mir rief, um weiterzufahren, und der Klosterdiener mich immer geduldiger nicht behelligte. Endlich erhob ich mich, legte die Blätter zusammen, sagte dem Klosterdiener, ich wollte doch nicht brieflich beichten, hätte es mir anders überlegt, lieber käme ich auf dem Rückweg vorbei, wenn Tornike aus dem Sanatorium zurückgekehrt wäre. Das letzte, woran ich mich erinnere, war ein Trumeau, vor dem lauter französische Parfüms standen. Wie schade, daß ich Tornike nicht auf seinen wohlriechenden Bart hatte küssen können! Mein Freund setzte mich in den Bus nach Suchum, und wir trennten uns, insgeheim miteinander unzufrieden.

Von wegen «Affen»! «Die Soldaten des Imperiums», das war es, was ich unverzüglich schreiben mußte! Die ganzen letzten – ob nun Tage oder Monate oder Jahre, jedenfalls reihten sie sich aneinander akkurat wie Riegel einer Schokoladentafel, unterteilt in kleine Rechtecke, stramm und schwellend wie der Bauch eines Bodybuilders. Jetzt lief alles von allein. Nach Tamysch kehrte ich bewußt nicht zurück, die Suchumer Adressen hatte ich, wer sagts denn, schon zu Hause vergessen. Ich ging zur Uferpromenade, überzeugt, schon im nächsten Moment von Freunden umringt zu sein. Kein Mensch. Sogar im «Amra» kein Mensch. Einzig Dragamaschtschenka lief mir über den Weg und regelte sogleich alles: Eine Stunde später saß ich bereits in meinem eigenen Zimmer im schneeweißen «Abchasien», wo doch nie was frei ist, und schrieb an diesem unvorhergesehenen Roman. Das Furnierzimmer, das mir mit hartnäckiger Ironie als Erbschaft des Engländers zugefallen war, dröhnte von meiner Schreibmaschine wie eine Schlagzeugbatterie. An der Decke hob sich von der finnischen Möbelfurnierfälschung ein echtes sowjetisches weißes Quadrat ab. Dahinter hausten nach wie vor Katze und Ratte und fügten meiner Orchestrierung lebendige Töne hinzu. Auf der Uferpromenade pries ein Touristenführer mit der näselnden Stimme eines Muezzins Dampferexkursionen an.
Wir schrieben. Nicht allein ich. Wir waren viele in dem Kahn. Die einen hißten flink das Segel... Ich teilte Schrot

aus, *er* hielt die Pause, Ratte und Katze setzten die Satzzeichen. So ging alles auf.

«Die Soldaten des Imperiums»! Auch ich war bis zum Pontos gelangt. Nicht metaphorisch – ich sah ihn vor dem Fenster, und von Blut schillerte er nicht. Auch hatte ich gar keine Zeit, mit was weiß ich für besinnlicher Miene aufs Meer hinauszublicken; ich dachte an nichts. Ich führte meinen Trupp. Hier ist er:

Andrjuschatik mit dem scheuernden Lendenschurz, genäht aus zwei Pioniertüchern, wie die Badehosen in jener Kindheit, als es noch keine Badehosen zu kaufen gab und als wir alle getauft wurden, wie wir aus dem Flüßchen beim Pionierlager stiegen, und das Kreuz blinkte in der blendenden Sonne wie ein Schwert,

Saltykow, der immer über seine Gitarre stolpert und über den Spitznamen Anakreon genauso beleidigt ist wie damals, als ich ihn einen «russischen Fet» nannte – beleidigt nicht über das Was, sondern wer ihm das sagte,

Auge, der gelernt hat, das Schwert in der linken Hand zu halten, damit er es sieht,

der Afghane, der weiter an seinem Hirnfladen knabbert,

mein georgischer Bruder, der sich einen Bart wachsen läßt und sich dadurch in eine Frau verwandelt,

der Vagabund aus Murmansk, der einen Kinderwagen mit Manuskripten hinter sich herzieht, der Chronik unserer Feldzüge,

Tornike, der uns alle mit einem einzigen Glas Wasser getauft hat, wie es sich gehört für eine Kompanie, aber da wir ein Zug sind, bekam jeder mehr als einen Tropfen ab,

Viktoria, unsere Viktoria! mit ihrem blinden Begleiter, der die Arme um die Harfe schlingt,

Sjablikow, unser Steuermann, der unsere eiserne Ration ausgesüffelt hat, uns mit dem Dinosaurierei und anderen köstlichen Legenden jedoch reichlich entschädigt,

die Gebrüder Erfinder, die auf jedem Sandfleckchen unverdrossen das Trojanische Pferd skizzieren,
Oberst Adidasow, der unermüdlich seine Schläppchen flickt,
der Barbar, der sich uns angeschlossen hat und andauernd seiner Heimat nachweint, seinem «Voronezh» aus dem nebligen Albion zweiter Kategorie,
Million Tomaten, der jeden von uns untern Arm klemmen und durch einen reißenden Fluß tragen kann...
Wir waren viele in dem Kahn! Und vor uns lag der Sieg über den georgischen Usurpator, den Räuber des blechernen Vlieses, und danach, versteht sich, auch die Befreiung der Affen, unserer jüngeren Brüder, eingesperrt in sogenannter Freiheit und Demokratie.
Herrgott! und alle waren sie lebendig! Bewegten sich. Was ihnen schwerfiel, darum überanstrengten sie sich nicht. Und für jeden fand sich eine Heldentat, ohne daß sie extra nach einer Gelegenheit gesucht hätten. Wie herrlich sie zu feiern wußten vor dem Kampf!
Mir genügte mein eingespieltes Kollektiv, ich brauchte niemanden sonst. Einmal am Tag ging ich wie Iason ans Ufer des Pontos Euxeinos, um mir ein Täßchen Kaffee zu gönnen, und selbst da folgten sie mir auf dem Fuß.
Ich sah keinen Menschen. Flüchtig tauchte Dragamaschtschenka auf, wohl auch der Murmansker (aber der war sowieso bei mir). Dann kam es mir vor, als hätte ich Waleri Giwiwowitsch gesehen. Kam mir aber nur so vor. Doch dann, genau, traf ich sie beide auf der Uferpromenade, wie Kinder hielten sie Händchen, der Vagabund aus Murmansk und der Oberst Adidasow. Aha, so ist das! war alles, was ich dachte. Ich war nachsichtig gegen die Schwächen meiner Untergebenen. Hauptsache, ich verliere keinen einzigen Krieger mehr! Bringe sie alle lebendig ans Ziel! Lebendig...

Lebendig waren sie ja auch. Wieviel ich mir allerdings herausnahm, indem ich Kommandeur wurde! Indem ich sie auf den Rang von Personen der Handlung herabwürdigte, wieviel Verantwortung lud ich mir für das Schicksal des Personalbestands im Roman auf! Macht, ja, gerade die wird von den Literaturwissenschaftlern im Kanon der künstlerischen Mittel nicht behandelt! Gerade das hatte mich ein Jahr lang als Verlorenes gequält, gerade das beflügelte mich nun als Gewonnenes: all das ist mein, ja, mein! Und das wollten sie mir nehmen? Pustekuchen! geb ich nicht her. Jetzt ist klar, was IHR alle von mir gefordert habt, was ihr erreichen wolltet, weshalb ihr mich verfolgt habt... Wofür interessiert sich die Macht schon außer für die Macht? Für nichts sonst – das ist ihr Geheimnis, ihre Stärke.

Auch ich interessierte mich für nichts. Ich teilte sämtliche Nöte meiner Untergebenen, ich aß nicht, trank nicht, schlief nicht, wusch mich nicht, kleidete mich nicht aus. Ab und zu kochte ich mir auf dem Fensterbrett einen Kaffee, dann wunderte ich mich, daß vor dem Fenster draußen das Meer war. *Er* kaute ab und zu verstohlen was in der Ecke, krümelte sich voll, *er* schlief auch, ohne sich auszuziehen, was er so gerne tat, schlief zwölf, vierzehn, sechzehn! Stunden am Tag. Ich sprang aus dem Bett und gleich zur Schreibmaschine, unbekleidet, sogar ohne zu urinieren, begann das nächste Kapitel niederzuschreiben, das während der zwölf-Strich-sechzehn Stunden fertig geworden war – wo kam das bloß her? Je weniger Eindrücke mir blieben, um so mehr taugten sie direkt für den Text: Ich schau zum Fenster raus, da unterhält sich Million Tomaten bereits mit Waleri Giwiwowitsch – worüber wohl? Und mir kochte der Kaffee über...

Nicht einmal eine Bibel hatte ich bei der Hand. Ich hatte die drei Seiten, die ich bei Vater Tornike abgeschrieben hatte. «Zwiefach aber ist der Mensch – Herz und Seele und in selbiger wiederum Wahrheit und Sünde. Die Wahrheit aber wird durch Hochmut zu Fall gebracht, die Sünde dagegen getilgt durch Zerknirschung. Denn das Herz ist ein Pharisäer ... Die Seele aber nennet sich selbst einen Zöllner ...»

Es gingen zwei Menschen hinauf in den Tempel ... «Zwei Reitersleute, sprach er, Zöllner und Pharisäer. Und im Gespann des Pharisäers zwei Pferde, auf daß er eingehe ins ewige Leben: das eine Pferd tugendsam, Fasten und Beten, das andere aber Stolz und Großsprecherei und leichtfertiges Urteil. Und es stellte sich der Stolz der Tugend in den Weg, und es brach das Gefährt entzwei, und verloren war der vermessene Reitersmann ...»

Und schon nahm der Roman eine neue Wendung. Im kaputten Auto mit dem wie ein Stander flatternden Strumpf, als ich Tischka rette und mich selbst vor der Verfolgung rette, da versagen mir die Bremsen, da rast der Autor ins Verderben, da prallt er gegen eine Mauer, genau in dem Augenblick, als er Tischka endlich die lebensrettende Spritze verschafft hat und den Verfolgern entkommen kann. Zum Schluß miaut über mir der lebendige Tischka ...

«... denn niemand leget sich selbst Ehre bei, sondern wird berufen von Gott. Denn es spricht der Apostel: Sitzest du auf dem Zweige, so trägst nicht du die Wurzel, sondern die Wurzel trägt dich.»

Und so verwarf ich dieses Finale, war doch nicht ich die Wurzel. Der Stamm war die Handlung, die Helden die Zweige, und auf dem Zweig des zentralen Helden nahm der Autor Platz. Ich beschloß, die Hauptfigur Autor zu nennen; dieser Autor-Khan von gemischt barbarisch-skythisch-kiptschakischer Abstammung wurde zum Anführer des Trupps. Doch verstand gerade er es, seinen Trupp

durch die lodernden Brände des Imperiums N. zu führen. Aus den baltischen Barbarensümpfen führte er seine Mannen, vorbei am brodelnden Moskowien, wich bösen Kiptschaken aus in den rauchenden Steppen und gelangte zu einem anderen Pontos als angestrebt, dem Kaspischen, noch lange mußte er Iberiens engen Räumen zustreben, lange noch diese Räume durchmessen, bevor er erneut in Sümpfe geriet, nunmehr die kolchischen.
Doch war dies alles äußerlich, nichts als Neid, ein Durchmessen der Erfahrung des georgischen Romanschriftstellers. Der Punkt dabei war, daß im Innern des Trupps eine Verschwörung heranreifte, von der niemand im Trupp etwas ahnte, nicht einmal der Anführer, nicht einmal dessen Autor, da die Verschwörung im Innern des Autors heranreifte. Das Autoren-Ich kam in Konflikt mit dem eigenen Ich – und schon gings rund! Wer ist oben? wer schafft wen? wer ist er, wer ich? – schon ist ein Kampf um die Macht im Gang. «Doch es wird keinen von diesen anfechten, denn zwiegeteilt ist des Menschen Denken, sein Trachten geschieden von seinen Worten, bekämpfet doch das Fleisch die Seele. Es liegen in uns zwei Widersacher in beständigem Kampfe, die Unersättlichkeit erhebt sich wider das Fasten, wider die Tugend die Großsprecherei, wider die Keuschheit die Trunksucht, die Buhlerei wider die Reinheit der Seele, wider die Liebe Haß und Zorn, wider die Demut der Stolz, wider die Wahrheit Lüge und Verleumdung und anderer böser Taten mehr.»
Eine Verschwörung! Kein Wunder, daß man meinen Spuren folgte. DIE verfolgten nicht mich, sondern meinen Roman, also meinen Trupp... Doch nichts konnte mich aufhalten, alle mußte ich herausführen und retten.

Und ich hatte noch keinen Punkt gesetzt, da klopfte vor Tau und Tag an meiner Zimmertür Giwiwowitsch, wandermäßig gekleidet – in Schläppchen! Als «Schläppchen» diente uns ein Rafik, den uns Dragamaschtschenka zur Verfügung stellte, auch wollte er selbst uns zu den Affen begleiten. Das Ganze war von Waleri Giwiwowitsch, wie ich sicher verstehen würde, nicht leicht zu organisieren gewesen, extra für mich...
Wenn das kein Ruhm war! Alle Herrlichkeit der Welt erscholl triumphierend in der siegreichen Seele des Autors. «Zwiefach aber ist der Mensch...» Mal hat mir jemand auf mein Klagen, das er auf seine Weise verstand, zur Antwort gegeben: Wozu nach Weltruhm streben? Reicht doch, wenn man in seiner Region, seinem Umkreis zu Ruhm gelangt, damit man als kluger Mann versteht, was er wert ist... (Und was war? Gerade ihm ging der Weltruhm ab.)
Wir fuhren. Mir brachte das nichts Neues, so wenig wie der künftige Ruhm. Alles war bereits durchlebt, durchglüht. Ich wurde schlicht ein weiteres Mal davon abgehalten, sie fertigzuschreiben, die «Affen». Ich war wieder bereit – wieder ließ man mich nicht. Zuvor hatten sie mich nicht zu den Affen gelassen, damit ich nicht wüßte, worüber schreiben, und jetzt, da ich endgültig wußte, worüber, auch praktisch schon geschrieben hatte, setzten SIE mir die Affen vor die Nase, damit ich nun aus einem anderen Grund nicht schreiben könnte: sie wollten mich stoppen, indem sie meine Phantasie realisierten. So oder so... jedenfalls soll ich die «Affen» nicht schreiben. Das ist der Sinn des teuflischen Auftrags! Allerdings – ist das nicht zu raffiniert?
Über die Raffiniertheit des Bösen nachdenkend, setzte ich mich gehorsam in den Kleinbus. Und hatte mal wieder recht: Mir wurde der Ehrenplatz neben dem Fahrer zuge-

wiesen, und der Fahrer war außer mir der einzige Russe. Ein Russe fährt ihnen den Kleinbus … Nichts Neues! Den Gedanken von der Raffiniertheit des Bösen löste der Gedanke von seiner Primitivität ab. Denn was ist das Böse?
Ein durchsichtiger Gedanke rotierte wie ein Propeller auf seiner eigenen Spitze. Ich suchte ihn zu erhaschen wie eine Libelle. «Schauen Sie nach rechts …» Rechts war eine lange, trostlose Zementmauer, der Gedanke jedoch entschwunden. Eine verbrauchte Gegend, Stacheldraht oben am Zaun lang, ein Wachturm … «Die größte sowjetische Strafkolonie für Kinder», erläuterte Waleri Giwiwowitsch die Sehenswürdigkeit. Oh, dank Auges Manuskript wußte ich darüber viel. Was ich auch sogleich vermeldete unter der höflichen Aufmerksamkeit der Gruppe, unter Waleri Giwiwowitschs vorwurfsvollem Blick: Wieso mußte ich in SEINEM Beisein unnötig schwatzen? Wieso ihn zwingen, es sich zu merken? «Auf Minderjährige darf nicht geschossen werden!» tat ich kund. «Eine solche Verordnung gibt es? Hör ich zum erstenmal.» Waleri Giwiwowitschs Widerwillen gegen die Aufnahme von Information war professionell. «Brems mal hier!» Und er verschwand im Pförtnerhaus der Strafkolonie. Vielleicht gibts hier auch eine Erwachsenenabteilung? Ein Gefängnistor – netter Ort zum Warten … Zwei schüchterne Halbwüchsige brachten einen Eimer und eine Kiste an. Waleri Giwiwowitsch zeigte ihnen, wo sie beides verstauen sollten.
Wir fuhren.
Die Reise nahm ihren Lauf. Vor dem Fenster kam Landschaft auf, gewann an Kraft. Waleri Giwiwowitsch erwies sich als gar nicht ohne: der Großvater Armenier, die Mutter Jüdin, der Onkel Russe, er selbst Georgier. Überhaupt war er, wie sich erwies, ein außerirdisches Wesen, in einem früheren Leben Atlas, danach babylonischer Prie-

ster... doch davon später. Jedenfalls kam ich ihm zu Unrecht so... – Giwiwowitsch handelte aus den besten Absichten, hatte mir die Teilnahme an der Round-table-Diskussion, die Fahrt zu den Affen ermöglicht. Zu Unrecht, ja, zu Unrecht war ich damals abgehauen, hatte ihn reingeritten, mir selber geschadet. Zu Unrecht. Mit ihm kann man auskommen, wenn man nicht abhaut, nicht vor Dritten unnötig schwatzt. Einigen könnte man sich mit ihm. Und die Fahrkarten, Hotels – klar, kein Problem. Meinen Sie etwa, Sie hätten im «Abchasien» ein Zimmer gekriegt? So ist das also... Was haben Sie denn gedacht?

Wir hielten. Wurden schon erwartet. Noch ein Mitarbeiter. Interessanter Mensch. Der Nationalität nach Grieche. Mit einem schweren Karton von einem Sony-Fernseher.

Wir hielten. Wurden nicht erwartet. Hektik kam auf, jemand rannte ein paarmal über den Hof der Fahrbereitschaft und zurück zu unserem Rafik, versprach, in einer Minute wiederzukommen, und verschwand für zwanzig. Schließlich brachte er einen großen Stapel noch heißer Fladenbrote. Fuhr aber nicht mit.

Wir bekamen immer mehr Zuwachs. Alle hatten sie mit der Affenstation zu tun, Menschen unterschiedlichster Interessen: ein Historiker, ein Biologe, ein Physiker, ein Höhlenforscher, ein Einzelhandelsmitarbeiter – genug für eine ganze Serie von Witzen. Treffen sich ein Armenier, ein Ukrainer und ein Jude; ein Jude, ein Russe und ein Armenier; ein Ukrainer, ein Jude und ein Tatare. Gerade, daß kein Tschuktsche mit dabei war. Statt des Tschuktschen hatten wir ein noch selteneres Gewächs dabei, halb war er Deutscher, halb Ossete, ein Musiker, der Nationalität nach Trommler.

Sogar Dragamaschtschenka erwies sich als interessanter Mensch. Er fuhr nicht nur deshalb mit, weil er das wissen-

schaftliche Kollektiv leitete und dementsprechend über das Experiment der Affenansiedlung die Oberaufsicht hatte – auch über die Affen war er der einzige menschliche Vorgesetzte, denn er war ein Alpha-Männchen! Und das hieß folgendes: Immerhin, wilde Tiere! kleine Löwen! Hauer, und wie! der Biß geht durch auf die Knochen! die Hände stärker als unsere Füße! Herdentiere, gehorchen widerspruchslos dem Führer! können gemeinsam jeden zerfleischen! sind bewaffnet und sehr gefährlich! der Führer erkennt nur einen Menschen an, doch den für immer! eben das ist ein Alpha-Männchen! Dragamaschtschenka also! bloß mit ihm kann man sich der Horde nähern!
Dragmaschtschenka war folglich unser Passierschein für das «Gelände».
In Gespräche über die Sitten und Gebräuche von Tier und Mensch vertieft, erfreut über die Ähnlichkeit und die gar nicht prinzipiellen Unterschiede, gelangten wir zum hübsch gelegenen Städtchen Komana. Hier hätte man uns empfangen sollen, empfing uns aber nicht. Giwiwowitsch sagte eine halbe Stunde Rast an und ging mit Dragamaschtschenka auf Erkundung.
Wir vertraten uns die tauben Füße. Schön, was wir da vor uns hatten, etwas beeinträchtigt nur durch ein kleines Betonwerk und einen Steinbruch. Doch zu sehen gab es genug. Das Tal, in das wir tiefer hineinfahren sollten, sah verlockend aus, versprach völlig unberührte Natur. Links, auf einem freistehenden Berg, schwebte und herrschte über der Siedlung, mit blinkenden Löchern, eine zerstörte Kirche – sie beeindruckte selbst in diesem Zustand, so sehr stimmten Proportionen und Standort. Ich äußerte den Wunsch, und widerwillig schleppte sich die Gruppe den Berg hinauf, sollte doch der Gast nicht unbeaufsichtigt bleiben.
Zerstörtes betrachtet man am besten aus der Ferne; in der

Nähe fällt zu sehr ins Auge, woraus es besteht. Besonders bergaufwärts. Bei fortschreitender Annäherung und Atemnot verwischten sich die Proportionen, während die Löcher Umrisse bekamen. Doch – was hatten WIR angerichtet! – es fehlte die Kuppel mit dem Kreuz. Sie lag herabgestürzt auf dem Boden, die Steine bildeten, von Unkraut und Huflattich überwuchert, eine selbständige Landschaft, so ein japanisches Gebirgsgärtlein in Zwergformat. Auch waren wir nicht durch das Tor eingetreten, sondern seitlich, dem Pfad folgend, durch ein zum Eintreten günstigeres Loch. Drinnen aber wie gemütlich! Und keine Papierchen, Flaschen und Häufchen, erstaunlich! Unter einem erhaltenen Gewölbeteil in der Ecke, wo der Regen schlechter hinkam, stand ein kleiner Altar, errichtet aus einem alten Nachtkästchen und einem Hocker, die jemand heraufgeschleppt hatte; die absolut ungeschickte, eindeutig von jemandem selbst gemalte Ikone erinnerte mich an Tornikes Malerei; und – es brannten Kerzen! Also hatte sie jemand kurz vor uns hergebracht, hatte sie angezündet! Die Kirche war in Gebrauch!

Sie hatte auch ihre Vorzüge. Sogar von innen konnte man weiterhin die Landschaft genießen, die sich stets von neuem auftat, von neuem eingeschlossen war – in jedem der Löcher. Als Vergangenheit, Gegenwart und Zukunft erblickte ich: den Weg, auf dem wir gekommen waren, unseren Rafik am Fuß des Berges, den Pfad, auf dem wir hochgestiegen waren ... unaufgestörte Landschaft tat sich in der Zukunft auf, beim Blick in die Tiefe des Tales, wo wir hinstrebten ... und durch die dritte Wand fiel der Blick auf die Gegenwart, auf Betonwerk, Steinbruch und eine Art grauer Zone, von der gleichen Mauer umgeben wie die Kinderkolonie, bloß ohne Wachtürme ...

Ich bekam die notwendigen Erläuterungen. Vielleicht ist das ja mal ein Straflager gewesen, eine «Zone» also, doch jetzt ist es ein Altersheim, ein Asyl. Im Sommer gehts noch, da kommen viele Wallfahrer, geben den Alten Almosen, im Winter dagegen – Hunger und Kälte. Ja, ja, aus der ganzen Sowjetunion ziehen Wallfahrer hierher, denn hier wurde der Apostel Johannes Guldenmund getötet...

Im Endeffekt glaubte ich kein Wort, zumal die mich begleitenden Historiker Johannes Chrysostomus, indem sie ihn «Apostel» nannten, offenbar mit dem Evangelisten Johannes verwechselten. «Kann doch nicht sein!» empörte ich mich. «Die Apostel sind doch erstes Jahrhundert!» – «Ja und?» sagte unser Armenier.

Das erste Jahrhundert beeindruckte sie überhaupt nicht. Wie zum Beweis kam eine schwarze Greisin zu uns hochgeklettert, die eine ebenfalls schwarze Ziege halb hochstieß, halb sich an ihr festhielt – bestimmt eine Wallfahrerin. Die kommt angekraxelt, wurde mir erläutert, weil sie unten sehen, wenn sich oben was tut... Also keine Wallfahrerin. Die Alte war aus dem Armenhaus. Sie kam der Almosen wegen, und sie war aufdringlich. Mein Rubel war ihr zuwenig. Auch auf den Dreier blickte sie mißmutig. «Da steig ich so hoch rauf», sagte sie. Die Alte war Russin. Die Ziege graste in der Kirche.

Ich wäre am liebsten gestorben. Wozu die Affen, wieso? Das Geld war mir ausgegangen. Mir von Waleri Giwiwowitsch was zu leihen, lehnte ich rundweg ab. Sollte mich erneut aus dem Staub machen. Herrgott! warum kann ich ihr nicht alles geben? Die Alte schwankte. Ihr Blick war standhaft, an ihm hielt sie sich fest. Woher hatte ich bloß die Vorstellung von der «gütigen Greisin»? Alle Alten in Kirchen sind böse. Und zu Recht.

Und warum kannst du ihr nicht alles geben? sagte plötzlich *er* und entriß mir die Brieftasche. Unsere Begleitung beobachtete interessiert die Szene. Als die Alte meinen

letzten Fünfundzwanziger bekommen hatte, rannte sie sogleich den Berg runter, wobei sie nicht ohne Geschick den steilen Hang bewältigte. Die Ziege kam kaum hinterher. Sie rennt ins Geschäft, wurde mir erläutert.
Wir stiegen zu dem heiligen Ort hinab. An den gelbgrauen Fels gedrängt, hatte die Quelle einen Gumpen ausgewaschen und wurde zum Bach. Die Steine ringsum waren rot. Was als Hauptbeweis diente, daß genau hier der «Apostel» getötet worden sei. Eine eisenhaltige Quelle, wurde mir erläutert. Die Wallfahrer tauchten alle ins Wasser. Helfe sehr gegen Gicht. Ich tauchte einen Finger hinein, und als ich ihn herauszog, war er rot – das Wasser war eiskalt. Ich ging jedoch noch weiter, befeuchtete das Gesicht, wischte mir über die Stirn – wie ein Mohammedaner.
Die Historiker in meiner Begleitung diskutierten bereits, wie er getötet worden sei. Wurde ihm der Kopf abgehauen oder wurde er erdolcht? Kopf ab, das war irgendwie überzeugender. Dort auf dem roten Stein. Sie verwechselten ihn mit einem weiteren Johannes, mit dem Täufer. Jetzt diskutierten sie, auf welchem Stein. Einer, ein riesiger, ragte über das Ufer, nur sein Fuß steckte im Wasser. Überzeugend an ihm war nur, daß die Kopfabtrennung hier leichter zu bewerkstelligen war. Ein anderer lag völlig unter Wasser und hatte deshalb historisch eher was für sich, denn die Quelle war eine Folge der Tötung, entsprungen aus dem Blut des Apostels, daher auch rot... und der kleine Quelltopf hatte den Opferstein dann mit Wasser bedeckt. Wer diesen Stein heben könnte, werde – so die Legende – augenblicklich aller Sünden ledig.
Eine solche Gelegenheit konnte *er* sich natürlich nicht entgehen lassen. Wie jeder normale Mensch hatte er auf Anhieb der roten Farbe geglaubt. Ich konnte überhaupt nichts machen; ihn erfaßte unbändige Begeisterung, mich

dagegen hehrer Schauder vor dem Leben. In Blitzesschnelle hatte er sich SÄMTLICHE Kleider vom Leib gerissen und stand auch schon im Gumpen und mühte sich mit dem Stein ab. So hatte ich ihn noch nie gesehen, auf seinem Gesicht erstrahlte eine irre Fröhlichkeit. Das Ganze war unbestreitbar idiotisch, denn der Stein war nicht anzuheben. Er bekam ihn einfach nicht richtig zu fassen, alle Fingernägel brach er mir ab ... auf einmal ertastete er, welch ein Gewinn, zwei Einbuchtungen, wie geschaffen, fast so günstig wie Henkel ... die Ader schwoll auf seiner Stirn ... ‹Erlag den Strapazen der Reise›, dachte ich. Doch der Stein ruckte und bewegte sich, mit immer größerer Leichtigkeit. Klar, das Archimedische Prinzip, dachte ich. Doch kaum hatte der Stein seine rote Stirn ein Stückchen über die Wasseroberfläche gehoben, als er endgültig schwer wurde. Die Begleitung fand allerdings, es sei genug, und vergab dem Athleten einstimmig alle Sünden.

Wie glücklich sie alle waren! Wie sie *ihn* gleich liebten! Ihn beglückwünschten! Von irgendwoher tauchte ein Handtuch auf. Auch ein Glas Tschatscha fand sich. Er saugte es auf wie ein Schwamm. «Wahrlich, ich sage euch: Ihr hattet euren Lohn dahin.» Er hatte ihn verdient.

Weiter lief es wie von selbst. Adidasow und Dragamaschtschenka brachten denjenigen mit, der «uns hier erwartete». Ganz in Gold war der: Kettchen, Zahn, Uhr, Armband – kein Mensch, sondern ein Fingerring. Ganz in Weiß: Hemd, Anzug, Schuhe, Gesicht. War hochtrabend und mißgelaunt, was sich kaum voneinander unterscheiden ließ. Er nahm jedoch mit uns im Rafik Platz, den Rafik durchzogen Deodorantschwaden, und schon bremsten wir vor einem Pförtnerhaus. Dieses hier gehörte zu dem Altersheim, und er war der Direktor. Ein Greis brachte uns den üblichen Karton heraus, der Alte schwankte unter sei-

ner Last. Im Karton klirrte es. Adidasow tauschte einen Händedruck mit dem mißgelaunten Direktor. Uns entgegen kam unsere Alte mit der betrunkenen Ziege.
Sie rief mich beiseite. Ich hatte nichts mehr, aber nicht deshalb, so zeigte sich, hatte sie mich gerufen. «Halt ein Jährchen noch durch... Hättest sehen sollen, wie die Reißaus genommen haben vom Mausoleum!» Die Alte wandte sich ab, wickelte ihr Kichern manierlich ins Taschentuch. «Sowas von komisch... Herrgott, vergib!» Sie hatte ein Gesicht gehabt: der heilige Georg auf seinem weißen Pferd auf dem Roten Platz. Und WIE er aufs Mausoleum los ist und WIE er mit seiner Lanze ausgeholt hat!... sind alle wie wild gesprungen, die oben auf der Tribüne, haben die Hüte verloren. «Hättest sie sehen müssen!» freute sich die Alte und deutete auf den Direktor, der sie mit ihrer Ziege ins Armenhaus zurückjagte.
Und wir fuhren. Der Rafik überwand immer steilere Serpentinen. Letztes Jahr war hier unglaublich viel Schnee gefallen. Die Straße überhaupt nicht passierbar. Eben damals waren ihnen die Schwänze leicht erfroren, und Hilfe überhaupt nicht möglich. Wessen Schwänze? Aber wohin fahren wir denn. Wir fahren also doch zu den Affen... Ich wollte nicht zu den Affen. Das wollte *er*. Warum hatte ich keinen Infarkt bekommen, als er seine Gymnastik mit dem Stein vorführte? «Erlag den Strapazen der Reise» – eine wunderbare Grabinschrift! «Zwiefach aber ist der Mensch...»
Eine schattige, zugewachsene Straße führte uns weiter das Tal hinauf. Links, tief unten in der Schlucht, brodelte der Fluß; bis zu uns drang sein Geruch. Auch roch es nach modrigem Laub. Die Gerüche vermengten sich und ergaben den Geruch von Erde, von frisch aufgewühlter Erde. Steinchen spritzten unter den Rädern vor, stürzten

sich fröhlich in den Abgrund. Wir hatten noch die Chance, uns – ihnen nach – in dieses frische Grab zu stürzen. Doch nicht dazu war der Fluß da. Er war dazu da, die freien Affen von den unfreien Menschen zu trennen. Frühere Experimente hatten ergeben, daß man sie nicht in der Nähe des Menschen ansiedeln durfte. Die ungenügend gefütterten Affen verwüsteten die Saaten, und natürlich schlugen die Bauern sie tot. Hier trennte der Fluß sie von den Menschen, bildete zwischen sich und den Bergen für sie ein Reservat. Ihre Wasserscheu war den Affen ein Schutzwall gegen die Menschen. Nein, nicht alle Affen sind wasserscheu, aber gerade die hiesigen.

Ein Gespräch hinter mir: 1978 ... die abchasische Volksversammlung in Lychny ... Habt doch euer Fernsehen bekommen? (Waleri Giwiwowitschs Stimme.) Die Universität haben wir euch doch gegeben? – Ihr? uns? gegeben? Zwanzig Minuten am Tag habt ihr uns gegeben! Eine einzige Fakultät habt ihr uns gegeben! Genommen haben wir uns das! – Nein, wir euch gegeben! – Ein disharmonischer Chor.

Wessen Land?

Das der Armenier, zuallererst. Nein, der Georgier. Nein, der Abchasen. Nein, der Griechen. Wessen Land? – dessen, der früher, oder dessen, der später? Ich tauschte einen Blick mit dem russischen Fahrer: russisch ist das Land natürlich ...

Gottesfurcht oder Wasserscheu? Den Menschen reichten die natürlichen Grenzen aus Bergen, Meeren und Flüssen nicht, um sich nicht gegenseitig totzuschlagen – auch die kirchlichen reichen nicht. Wessen Kirche?

Dessen, der sie gebaut, oder dessen, auf dessen Land sie gebaut? Dessen, zu dessen Glauben man sich hier bekennt? Und wiederum: nicht, was *in uns* ...

Und erneut: Wessen Herrschaft ist älter? Die der Nationa-

lität, zu der der König gehört hat, oder die der Nationalität der Untertanen?
Tamar war keine Armenierin! – Wieso habt ihr den armenischen Stein aus der Dschwari-Kirche entfernt?
Schwermut. «...dieweil vor Dir kein Lebendiger gerecht ist. Und abermals sprach er: ich aber bezwang mich und Er hat mich gerettet. Denn das Herz ist ein Pharisäer, welcher nicht die Tugend bewahret, sondern laut kündet von seiner Umkehr und sich besser dünkt als die Trägen, nicht wissend, was von ihm geschrieben steht: Rühmet euch nicht, heißt es, überhebet euch nicht in eurem Stolze, noch komme Großprahlerei euch über die Lippen.»
Wir hielten in einer wunderschönen Umgebung am Ufer des Flüßchens und luden unsere Kisten aus. Mir schwante natürlich schon, daß aus den Affen nichts würde. Doch in solchem Maß hätte ich nicht gedacht. Daß aus ihnen in solchem Maß nichts würde, aus den Affen...
Nein, wir gingen nicht gleich an die Vertilgung des Inhalts unserer Kartons. Das Schauspiel, das Waleri Giwiwowitsch für mich inszeniert hatte, war noch nicht zu Ende. Zu viert – Giwiwowitsch, das Alpha-Männchen, der Trommler und ich – setzten wir mittels einer Seilbahn über den Fluß Wasserscheu. Der Korb faßte einen Menschen, so daß wir das Ganze viermal machten. Als erster ging das Alpha-Männchen, danach ich. Es war lustig, die Arbeitsfäustlinge anzuziehen, sich damit am Seil entlangzuhangeln und von hoch oben auf die Schaumwellen und Strudel des Affenflüßchens Wasserscheu hinabzublicken. Natürlich graute einem – ich verstand die Affen. Sie kamen nicht mal in die Nähe des Flüßchens. Als ich an Land ging, waren jedenfalls keine da. Trotz allem war ich mächtig aufgeregt, hatte ich doch – zwar nicht das Endziel, aber den Endpunkt erreicht. Ich ging an Land, und das Alpha-Männchen begrüßte mich mit Gongschlägen. Als Gong

diente ein rostiges Stück Schiene, das an einem dafür tauglichen Ast eines dafür tauglichen Baumes hing.
«Wir sind etwas zu spät dran», erläuterte Dragamaschtschenka. «Sie haben uns gegen eins erwartet.»
Meine Skepsis war berechtigt. Vielleicht hatte es hier einmal Affen gegeben; Bretterhäuschen so groß wie Strandkabinen, überdimensionalen Bienenstöcken ähnlich, standen in einer Reihe, aber an jedem Türchen hing ein ebenfalls rostiges Schloß. Ein langes Holzgestell zog sich vor den Häuschen hin, eine hohe Bank oder ein niedriger Tisch – jedenfalls völlig leer. Ja, nicht von ungefähr waren alle am anderen Ufer geblieben... sie wußten Bescheid. Waleri Giwiwowitsch konnte mich nicht allein lassen, Dragamaschtschenka steckte mit unter der Decke, der Trommler vielleicht nicht.
«Los, los, los!» schrie Dragamaschtschenka vorgeblich den in den Wald gezogenen Affen zu, in Wirklichkeit trieb er sowohl die, die nach mir übersetzten, zur Eile an wie auch die, die am anderen Ufer geblieben waren, damit er sich, wie sich später zeigte, um die Hauptsache kümmern konnte.
«Los, los, los!» schrie er mit der widerlichen Stimme eines Alpha-Männchens und schlug gegen die Schiene. Die Schallwellen liefen die Hügel und Vorberge hinauf, drangen in den Wald und störten die Affengespenster auf. Dann wurde Dragamaschtschenka müde und zündete sich eine Zigarette an. «Sie sind weit fort», meinte er betreten.
Er tat so, als kämen sie gewöhnlich gegen eins – vielleicht gibts zusätzliches Futter? –, und wenn niemand da ist, gingen sie zurück auf Nahrungssuche: Eicheln, Nüsse, Wurzeln... ja, ja, Pilze und Beeren, spöttelte ich. Das im Sommer, jetzt ist Herbst, erläuterte er. Ich fragte Dragamaschtschenka, welches das erste Kleidungsstück des

Menschen gewesen sei, doch er konnte mir nicht antworten. Giwiwowitsch zeigte großes Interesse, und ich gab ihm den Tip: die Pistolentasche. Der Trommler griff das Thema auf, sicher behauptete er, die erste Musik und überhaupt die erste Kunst sei die Trommel gewesen. So erwies sich auch der Trommler als interessanter Mensch... Wir sprachen über den großen Tarassow. «Wladimir Petrowitsch?» fragte Giwiwowitsch argwöhnisch. Ach, ich hatte vergessen, daß man keine Namen nennen darf!

«Los, los, los!» muezzinierte erneut Dragamaschtschenka. Ich unterhielt mich mit dem Trommler über die Ökumene; von Giwiwowitsch waren wir ein Stück abgerückt. Dragamaschtschenka schritt, der Glaubwürdigkeit halber, die Häuschenreihe ab und rüttelte an den Schlössern. Jetzt ist es noch warm; wird es Winter, schließen wir auf... rechtfertigte er sich, als er meinen Blick aufschnappte, und damit ich ihm glaubte, schloß er eines auf, holte aus einem leeren Sack eine Handvoll, wie er sich ausdrückte, «Granulat» und streute es mit großzügiger Geste über die leere Affenbar; nach kurzem Überlegen streute er noch eine Handvoll aus. «Das reicht?» fragte ich. «Vorerst ja. Vorerst muß ihnen reichen, was sie draußen finden.»

Der Trommler hatte herausgefunden, wo die Schiene sich drei Töne entlocken ließ, und probierte nun eine Affenvariation des Flohwalzers.

Vom anderen Ufer wurden wir schon gerufen.

«Offenbar sind sie zu weit fort», entschuldigte sich Dragamaschtschenka. «Lohnt wohl nicht, länger auf sie zu warten», stimmte Giwiwowitsch zu.

«Doch, wir warten!» erklärte ich entschieden und ging den Affen entgegen.

«Stopp! Dorthin dürfen Sie nicht!» schrie Dragamaschtschenka. «Ohne mich werden Sie in Stücke gerissen!»

«Von *wem*?» Ich konnte nicht mehr an mich halten.

«Na, von den Affen! Sie glauben nicht, was die für eine Kraft haben. Keinen Schritt darf man näher an sie ran als das Alpha-Männchen.»
«Wo sehen Sie Affen?» fuhr ich fort.
«Jeden Moment können sie auftauchen!»
«Ah ja?»
Ich tat noch einen Schritt und erstarrte. Etwas ließ mich innehalten. Ich lauschte. Nichts. War mir nur so vorgekommen. Doch es hing etwas in der Luft, gleichsam eine weitere Stille. Sie war gespannt, straffgezogen wie eine unsichtbare Absperrung, die mich in einem Bogen umgab. Ich spähte ins schon schüttere Laub der sich den Abhang hochziehenden Eichen, und in den Umrissen der Zweige erspähte ich einen Affen, wie auf einem Kinderzeichenrätsel von Nabokovs Gnaden: Finde den Matrosen und den Jungen. Sie zeichneten sich bald hier, bald dort ab, hingen in unbequemen Posen, wohl abwartend, wann wir gingen. Wir warteten auf sie, sie auf uns. Schon verbarg sich hinter jedem Baumstamm ein Affe – und wie sie zu warten verstanden! da rührte sich kein Zweiglein, raschelte kein Blättlein. Der ganze Hang war mit diesen lärmenden Blättern übersät, keinen Schritt konnte man tun ohne ohrenbetäubendes Geraschel: wie hatten sie sich bloß angeschlichen?
Nirgends geh ich hin von hier, geh nicht fort, jawohl! Bis das Warten ein Ende hat. Und da die Affen niemals mehr herkommen, da Giwiwowitsch und das vorgebliche Alpha-Männchen immer nachdrücklicher demonstrieren, wie grob gezimmert ihr Unterfangen, und mir offen anbieten, ihr Spiel zu spielen, da von Affen nicht die Spur – erst recht warte ich, erst recht, nirgends werd ich sterben, niemals fort von hier! Wieder mochte ich ebenso gerne sterben wie leben: Hier!
Dies war die dritte Kirche, in der ich... Die geschlossene

ohne Tornike, die durchlöcherte mit der Alten, jetzt diese ... Schließlich bin ich heute, zum zweitenmal im Leben, ganz ohne Sünde! Und wieso ist das keine Kirche, wenn ...

Wenn ringsum – nun, all das. ALL DAS! Ob ihrs versteht oder nicht. Bloß – geht fort, geht alle fort, geht mit Gott, aber geht! Ich bitte euch in Gottes Namen, zum allerletztenmal: geht! laßt mich allein! freßt und sauft am anderen Ufer, wenn ihrs gar nicht mehr aushalten könnt, doch laßt ab ... Hebt euch hinweg!

Herrgott! wieviel Gold hast Du über meinem letzten Schritt ausgestreut! Welche Holländer haben mir diese Landschaft ausgemalt, in Farben, die sofort, obwohl der Pinselstrich noch nicht trocken, dreihundert Jahre alt sind! Wie leuchtet dieses braune Dämmerlicht! Geheiligt sei Dein Name! Welche Stille hast Du an diesen Zweigen aufgehängt! Ja, Dein Reich kommt! Halt den Mund, Arschloch! vergiß die großen Worte! bete, Arschloch! Los, los, los! Bete, Dreckstück! Weine, lache, schluchze, jubiliere, einfältiger Mistkerl du! ... Dein Wille geschehe!

Die Stille schwoll, sog sich mit Erwartung voll wie ein Schwamm. Welche Sturzbäche würden sich aus dieser unsichtbaren Wolke des Schweigens ergießen?

Und ich hörte, wie die Stille riß, mit deutlichem Minuston, der die nächste, noch vollständigere Stille gebar.

Ich wartete. Schon bald. Ein bißchen noch. Los, los, los!

Ich wartete und wollte, das Warten nähme kein Ende. Ich wollte ewig und mit Ungeduld warten auf sie, die es gar nicht gibt. Vor allem wollte ich nicht ... und will bis heute nicht, daß es endet, wie es enden muß, womit es zwangsläufig enden muß, dem Plan nach, der Handlung nach, der Bestimmung nach, meiner Schwachheit und *seiner* Neigung nach. Ich will mich nicht verheizen lassen! Sondern

will fest auf stets denselben trockenen Blättchen hier stehen, werde die Füße nicht vertreten und den Hals nicht wenden, höchstens die Augen dann und wann anderswohin richten, um immer aufs neue dasselbe zu sehen: die erstarrten, versteckten Affen hinter Deinen Baumstämmen, in Deinem Laub. Selbst werde ich zum Baum, mag sich auch hinter mir ein Äffchen verbergen... Herrgott, erwische mich genau in diesem Moment! Nutze den Augenblick, ich bitte Dich in Gottes Namen! Nicht mal darum bitte ich, worum noch Goethe gebeten hat – daß alles ringsum verweilen möge, weil alles, wer sagts denn, so wunderschön, nur darum bitte ich, daß Du mich verweilen läßt in diesem Augenblick, damit ich vergehe mit ihm, wenn ihm denn schon zu vergehen bestimmt ist... Nicht um ewiges Leben, um ewigen Tod bitte ich, vergib der frechen Zunge! «Die Seele aber nennet sich selbst einen Zöllner, denn sie war rein geschaffen von Gott und ward befleckt im Leib, will auch ihre Augen nicht aufheben gen Himmel, sondern schlägt an ihre Brust aus Reue über ihre bösen Taten, und unter schweren Seufzern wehklagt sie unaufhörlich: Gott, sei mir gnädig, nicht nach meinem Verdienste...»
Ich spähte und spähte in die Unbeweglichkeit des Laubes, das erstarrt war an den Herbsteichen wie an Totenkränzen. Ringsum stand unbeschreibliche Stille: es toste der Fluß, raschelte das Laub unter den Füßen, «Los, los, los!» schrie das Alpha-Männchen und hieb mit aller Kraft auf die Schiene, «Los, los, los!» scholl es vom anderen Ufer, und auf der Affenbar klopfte der Trommler wie auf einem Tamtam den passenden Rhythmus. Doch plötzlich – nicht eigentlich plötzlich, sondern innerhalb des Wortes «plötzlich», geschah nicht eigentlich etwas, sondern innerhalb des Wortes «etwas» – es ruckte, kam in Bewegung: das Bildchen verrutschte, als ob es sich löste, nur noch an einer Ecke hinge, sich einrollte, das Himmelsgewölbe bog sich

an den Rändern nach außen, in der Art chinesischer Pagoden, das Alpha-Männchen erstarrte, in der Hand eine rostige Schraube, mit der er über der Schiene ausholte, der Trommler ließ den Takt unvollendet, sogar der Fluß verstummte. Und eben diese und nicht die vorausgegangene Stille gebar noch eine weitere Stille, spannte und blähte sich zu einer maßlosen Blase, wie eine Ader auf Gottes Stirn, und als sie platzte mit einem Minuston wie ein enthermetisiertes Vakuum, gebar sie einen Ton, den es in meinem Leben bislang nicht gegeben hatte, lebendig, gemeinschaftlich, vielfältig, einen Ton, der unaufhaltsam näher kam und wuchs wie ein Baum, wie eine Lawine, wie ein Strom, der auf uns zuraste, und – nichts, aber auch gar nichts veränderte sich vor den Augen, nichts regte sich, kein Blättchen, doch ließ der Blick sich nicht abwenden von diesem unbeschreiblichen Klingen... Ohne Worte.

Hahn

Mit wem bloß hatte ich schon mal über das Wesen des Unbeschreiblichen geredet? War das nicht Pawel Petrowitsch? Gewiß doch. Weiß noch, wir sprachen über... Uns erfaßt bald unbeschreibliches Entsetzen, bald unbeschreibliche Begeisterung. Willst Schriftsteller sein, tja, dann schreib doch... Schreib über Unbeschreibliches – worüber sonst? Über Unbeschriebenes schreibt dir jeder, dem sowas unterkommt. Der Schriftsteller stößt eben gegen diese beiden Wände, gegen Begeisterung und Entsetzen, wenn er sich durch den engen Korridor des Erzählens zwängt (narration gleich narrowtion, hat mir mal ein Engländer gesagt). Wir möchten in die Breite gehen – wer hat das Meer gemalt? wer die Berge? den Wald? den Himmel? Turgenew und Bunin haben sich daran versucht, solange wir noch Zeit hatten. Dasselbe bei Turner (nach Pawel Petrowitschs Vorgabe). Dasselbe beim Beschreiben der unbeschreiblichen Stille: Es gellten die Zikaden oder toste unaufhörlich die Brandung, es riß eine Saite im Nebel oder blies jemand klagend auf einer Flasche... Nun, ist was unbeschreiblich, dann schreib eben schön, je unbeschreiblicher, desto schöner. Und Häßliches, ist das etwa leichter zu beschreiben? Darf doch bloß schlechter geschrieben sein, das Häßliche... Einerlei: Schönes ist WIE... und Häßliches ist auch WIE... Ohne WIE gehts einfach nie. Die Sprache besteht aber nicht aus Vergleichen, sie besteht aus Wörtern. Die Wörter aber sind im Wortschatz beschlossen. Und wir sind in den Wörtern beschlossen. Die Fliege im Bernstein sozusagen. Wer ist dann schön, Fliege oder Bernstein? Aus dem Wortschatz verschwinden Wörter, fällen aus wie aus einer gesättigten Lösung. Das unbeschreibliche Tier, das Pferd, war letztlich doch beschrieben: Für jedes seiner Einzelteile hatte man liebevoll ein eigenes russisches Wort ausgesucht. Und nun? Stückweise verschwindet das Pferd aus dem Wortschatz, erst die Ganasche, dann die Köte, dann der Widerrist, geblieben sind nur Mähne und Hufe, die Hülle aus Horn. Nach dem Pferd verschwinden stückweise auch Kuh und Haus und Singvögelchen und Gräslein. Komische Kollektivierung das. Kommen einfach Kommissare und schaffen alles vom Hof. Ach woher, nicht bloß Kommissare. Wir. Und die Wörter, die statt dessen auftauchen, sind Anonymi, keine Wörter. Was hab ich von einem Kalkulator mitsamt Inkassator? Keinen roten Heller. Gut, «Flugzeug» ist ein schönes Wort. Und was sehe ich, wenn ich nicht im Flugzeug, sondern im Jumbo-Jet zum Fensterchen rausgucke? Kein Zäunchen und kein Hühnchen, sondern unbeschreiblich Schönes sehe ich, das vor dem Flugzeug kein Mensch gesehen hat, dieses Rosa-

Weiße, Undurchdringliche, Schaumgeschlagene, Grenzenlose, sich Auftürmende, und darüber so etwas, wie sag ich das jetzt am besten? – etwas ganz, ganz Lichtes, ganz, ganz Blaues, also, direkt, also, direkt wie... wie der Himmel. Ja, wo fliegst du denn? Ja, am Himmel flieg ich. Aha, und was ist daran so unbeschreiblich, am Himmel? Wie sind – Wolken? Wie Watte... nichts als Watte. Eine Arktik, ein Kosmos. Schreib ich eben: unbeschreibliche Stille. Es war eine unbeschreibliche Stille, schreib ich. Nein, besser: Es stand Stille. Ist doch gleich gewichtiger. Stand starr wie eine Säule. Oder unbeweglich wie die Hitze. Besser, die Säule stünde starr wie die Stille. Oder die Hitze unbeweglich wie eine Säule. Vielleicht genügt einfach: Stille. Stille und sonst nichts.
Stille.
Unbeschreibliche allerdings.
«Und in unserm Zimmer, da steht wie ein Spinnrad die Stille...»
Also läßt sie sich doch beschreiben?
Und das Spinnrad? In welchem Wörterbuch werden Sie demnächst dieses Wort noch finden?
Stille finden Sie ja auch keine mehr.
Erst, wenn sie sich endgültig auf Sie legt. Wie ein Elefant.
Stille, die liegt wie ein Elefant. Ist das gut?
Nein, das ist nicht gut.

Ein Jahr verging, doch ich stand noch immer am Hang dieses Eichenberges und wartete. Das Land schreckte auf, blickte um sich und erkannte niemanden: Was sind das für Leute? Hat es also doch nicht sein 1984 überlebt... Morgens fing es ein neues Leben an, verbot sich jeden Schluck gegen den Kater und schlug die Weinberge kahl. Nach Tamysch zurückzukehren hatte keinen Sinn; auf den berühmten Rasen lagen zerstückelte Rohrschlangen. Jedem Hof war sein feuriges Herz herausgerissen worden. Die Bevölkerung grub die Waffen aus und versteckte in denselben Beeten die Brennapparate. Bei den siebten oder fünften Santarijas hatte Santarija fünf oder sieben mit seinem süßlich nach Kerosin riechenden Stutzen den Milizionär, als dieser die Anlage demontierte, aus nächster Nähe abgeknallt.

Nach Tamysch zu fahren hatte keinen Sinn mehr, denn jetzt konnte man nach Amerika fahren. Dort erholten wir uns von allem, indem wir von allem berichteten. Doch was verstanden die schon *davon*?

«Und nach noch einmal fünf Jahren sind hundert Raketen zum Mond gefahren» – Daurs fünfjähriger Sohn verfaßte bereits wunderschöne Gedichte, ich aber stand immer noch im Affenhain, ohne mich von der Stelle zu rühren. Bei der Trinkerei fand man Auswege, doch die Weinstöcke waren abgehackt, die Waffen ausgegraben. Die Geschichte riß mir eine Seite nach der anderen aus meinem ungeschriebenen Werk. Sobald es *erlaubt* war, hatte man zum Scherzen keine Lust mehr, und allmählich gingen die Menschen dazu über, sich gegenseitig totzuschlagen. Nur am Anfang sah es so aus, als hätten sie zu scherzen aufgehört, weil Hoffnung aufgekommen war. Alle meine Vorahnungen wurden Realität, ich war zu spät dran mit meinen Prophezeiungen. Von einem Rafik zu erzählen, in dem ein Armenier und ein Georgier, ein Jude und ein Russe saßen, war mehr und mehr deplaziert – doch was wußte ich sonst? Von den Affen wußte ich wenig. Was ich mir angehört hatte, hatte ich zu überhören versucht. Die flüchtige Bekanntschaft mit dem Anführer und die weniger flüchtige mit dem Alpha-Männchen reichten eindeutig nicht aus. Mit den Jahren war ich mir nicht einmal mehr sicher, ob sie tatsächlich Mantelpaviane hießen.

Also, wie schreiben Sie über einen Volksstamm, von dem Sie nicht mal den Namen wissen? Sind doch keine Amerikaner...
Und warum ist alles so schlecht, wo bei mir endlich alles gut ist? Wie immer waren SIE ohne Aufforderung eingetreten, aber nüchtern und frisch rasiert, hatten seit frühmorgens mit dem Nagelbürstchen gefummelt, rochen nach Made in Hongkong und sagten: Alles ist erlaubt. *Was* erlaubt ist, sagten sie jedoch nicht. Also, quasi – schreiben Sie jetzt ruhig Ihre «Affen»... – aber wer, verflucht, braucht die noch?
Besser, sie hätten nicht gelächelt. Sie traten ein mit gewinnendem Tigerlächeln und sperrten den Käfig auf. Wie sich zeigte, war das Zoogehege nicht außen.
Wo sind meine «Soldaten des Imperiums»?
Wo ist Andrjuschatik? verkauft Gruselmonster am Brandenburger Tor. Wo ist Auge? hat seinen Bestseller in Paris publiziert. Wo der Obdachlose? auf einer Jacht im Mittelmeer, mit kultiviertem Freund. Wo ist Sjablikow? abgehauen in die Mongolei. Wo sind die Gebrüder Erfinder? haben ein Patentbüro eröffnet, ein Joint-venture mit einem der Emirate. Und Million Tomaten? inspiziert seine Verkaufsstände. Einstein? wäscht Geschirr in Princeton. Allein Saltykow singt seine früheren Lieder. Und Oberst Adidasow bekleidet seine frühere Stellung.
Ob ich sie wohl an die Küste des Pontos geführt habe? Ob sie wohl im Feuer verbrannt sind?
Wo sind meine «Lebenden Seelen»?
Worüber lacht ihr? Doch nicht über den Fernseher... Über euch selbst? Bin in Schläppchen durchs Imperium gezogen und weine wie Gogol. Genossen! Wir sind in eine neue historische Phase getreten: die Freiheit des Lachens über uns selbst.
Sie hatten ihr Ziel erreicht: *er* war in dem Feuer ver-

brannt, ich wurde mehr und mehr zum einsamen Trinker. *Er* oder ich? War zurückgeblieben wie Robinson ohne Freitag. Ist ja keine Kleinigkeit, sieben Jahre lang, ohne wegzutreten, in demselben klingenden Hain zu stehen – nie kommt Schnee, nie ein Sommer. Und im Innern herbstlich üppige Leere. Und ringsum verändert sich alles! Endlich ein Heim, Frau und Kind – komme aus Amerika zurück auf die Datscha... bloß noch die Kartoffeln ausgebuddelt, dann gehts auf einen Sprung nach Paris. Glasnost. Stummheit, umfassende...

Fülle. Leere. Keine Zeile. Was bin ich ohne *ihn*? Wie Freitag ohne Robinson... Und ich ergebe mich. Die Rolle ist weg. Schließe mich der Herde an. Der voranhastende Führer rollt weiterhin eine Art äffisches Tao vor sich her. Falls wer glaubt, ich wüßte, was das ist, TAO – der Tschuktschische ArbeiterOrden?...

Wie haben mir doch die ursprünglichen Vögelchen das Köpfchen angepickt.

Unruhe befiel mich. Zu Ortsveränderung keine Lust. Auf der Landkarte war kein Fleck von mir verschont geblieben. Bloß Albanien. Wenigstens dorthin gings noch nicht. Das nagende Gefühl von Talentlosigkeit. Jugenderinnerungen.

Es gibt Frauen, die hast du nicht verdient,
Es gibt Frauen, die hast du nicht gerettet...

Mich befiel die Vorahnung, daß ich die Zeit verpaßt hatte. Also daß ich die Vorahnung verpaßt hatte.

Und Gott nicht da und Mama nicht,
Fest halt ich den Pistolengriff,
Und Gott nicht da und Mama nicht...

Ich verbrachte den Sommer auf der Datscha nahe bei Moskau. Den ganzen Abend schauten wir fern und spielten Pikett. Was hatte Ruslan Imranowitsch wieder zu Rafik

Nissanowitsch gesagt? «Rafik Nissanowitsch», hatte Ruslan Imranowitsch zu Rafik Nissanowitsch gesagt. Und was hatte Rafik Nissanowitsch diesmal Ruslan Imranowitsch geantwortet? «Ruslan Imranowitsch», hatte Rafik Nissanowitsch Ruslan Imranowitsch geantwortet. Und das nicht von ungefähr: Ich bekam zwei Terzen, meine Frau nur eine, aber eine höhere, außerdem konnte sie noch ein Kunststück melden, und so hatte ich verloren.

Und ging nach oben in mein Zimmer. Unten schliefen die Kinder, ging meine Frau zu Bett. Ich nahm die Hülle von der Schreibmaschine ab, spannte ein Blatt Papier ein. Die Tasten waren mit grauer Wolle überwachsen. Automatisch blickte ich auf meine Hände. Staub auf der Hand, fiel mir ein ... woher war das?

Nicht alles auf einmal. Sieben Jahre, und – alles auf einmal. Als hätte uns die Perestroika gar nichts beigebracht ... Noch im Hain stehend, vertrat ich mir die zu Stein gewordenen Beine.

Ich legte mich hin. Unter mir raschelte wie Laub ein nicht zu Ende gelesenes Manuskript. Schreiben tun sie jetzt alle, und ich darf sie lesen. Ein Bleistift für Merkzeichen, ein Notizblock für Anmerkungen. Wütend schob ich das Manuskript zu einem unordentlichen Stapel zusammen –

DIE ERWARTUNG DER AFFEN

schrieb ich auf die Rückseite des Jungautors. Und machte einen Strich drunter.

Nie war ich ein solches Risiko eingegangen! Nie hatte ich den Titel hingeschrieben, bevor nicht wenigstens eine Seite stand! Damit es mir nicht gleich die Sprache verschlug. Sieht gräßlich aus, eine saubere Seite mit bloß dem Titel drüber! Noch schlimmer, wenn ein Motto draufsteht. Etwa: «Werd ich zum Augenblicke sagen: Verweile doch! ...» Schon ist er geliefert, der russische Faust. Steht da wie angewurzelt.

«A...» schrieb ich aus lauter Angst.
Aha! A wie Anfang. Aller Anfang ist... Wo fang ich an? Bei mir fang ich an. Fang ich die Affen an. Das A und O. A wie Affen und O wie Obesjana. Auch ein toller Buchstabe, das O. O = Null. O = Oval. O = Ei. Ai. Mit O sollte das Ei anfangen. Oijoijoi. Fängt aber mit E an. Wie Erwartung. Die Erwartung der Affen.
Ach, wie ich sie schon hasse!
Also, nicht die ebenso unschuldigen wie schuldlosen Säugetiere hasse ich – ich hasse den Zwang, über sie schreiben zu müssen.
*Aber was ist das für ein Zwang? Woher? Warum muß ich mich partout aufraffen... aufr*AFFEN*... Schon wieder die Affen!*
Was verschafft dem Vorhaben solche Beharrlichkeit?
Die Seite war zu Ende. Ich schrieb die Zahl 2 und dachte nach. Wer A sagt, muß auch B sagen. «Beschreibung der Erwartung» schrieb ich und dachte wieder nach. Machte drei Punkte, Auslassungspunkte, also solche... Und schrieb gleich die Zahl 3, ließ sozusagen vorläufig die Beschreibung aus. Ist doch nur ein handwerkliches Problem.
Somit hatten sie doch recht, *jene* Kritiker! Am eigenen Beispiel konnte ich mich überzeugen, daß jeglicher Formalismus von Dürftigkeit der Gedanken und Armseligkeit des Inhalts zeugt. Wenn das schon ein Gedanke ist, ein paar Wörter aufzuschreiben, die mit A und O anfangen – was, bitte schön, ist dann eine «Beschreibung der Erwartung»? Absolut nichts zu beschreiben hatte ich, so war es doch!

Sagen wir, ich warte. Das hat was. Ja, erinnere mich, das hatte was. Aber dann! Besser, sie wären gar nicht mehr gekommen. Schon war es weg. Menschen. Gewöhnliche

Menschen, solche wie wir. Höchstens vielleicht schöner als wir – aus ihrem Blickwinkel. Herrliche Mähnen. Brust und Arme. Wenn sie vom Berg herab mit Affentempo auf Sie zurasen, dazu dieses unnachahmliche, lebendige Laubrascheln, frontal sozusagen, rasch größer werdend mit fortschreitender Annäherung, und als ob nicht sie sich bewegten, sondern Sie auf sie zuführen – wie im Kino. Kino ist ja, was Sie im Leben nie gesehen haben, hier aber ist es Leben! Doch, das hat was, sag ich Ihnen! Leben, kein Zoo...

Jetzt aber steht er neben Ihnen, der Aff... Er ist der Chef, denn er ist der erste. Plötzlich ist er kleiner als sein Wuchs. Wahrscheinlich schien er größer, als er so schnell rannte. Auch, weil hinten nicht zu vergleichen ist mit vorne. Hinten ist der Affe irgendwie unfertig. Wie überfahren. Es gibt solche unglücklichen Hunde mit Lähmung der Hinterbeine, Doggen meist, Bulldoggen oder Boxer mit den unverhältnismäßig schmalen Hintern... so ist Linda gestorben, Gott hab sie selig! Wie ist es dort, im Hundeparadies? Wahrscheinlich wie hier...

Also, halb Löwe, halb Hund. Unfreundlich, schaut argwöhnisch. Seinem Blick sollte man nicht begegnen, davor sind Sie gewarnt worden. Das heißt, begegnen kann man ihm, sollte aber sogleich die Augen abwenden. Nicht ihn anstarren, das könnte er als Aggression auffassen. Könnte auch zuschnappen, die Hauer sind eindrucksvoll... Außer beim Alpha-Männchen natürlich. Hat sich vielleicht aufgespielt, dieser Dragamaschtschenka... Die Weibchen anzuschauen empfiehlt sich ebenfalls nicht, auch das könnte der Anführer in den falschen Hals kriegen. Mußte *ihn* ständig daran erinnern. Ach, endlich ist es mir eingefallen: damals hatte ich ja noch *ihn*. Wir waren damals zusammen, bei den Affen. *Er*... Tja, wie auch nicht hinschauen, wenn bei ihr weiß der Teufel was los ist da hinten! Alles nach außen gestülpt, unverhüllt, schillert in allen Farben des Regenbogens. Ändert womöglich gar den Farbton je nach Reife, Fruchtbarkeit und Bereitschaft... Hab im Leben nichts Häßlicheres gesehen! Obgleich, andrerseits ist das eine rein ästhetische Frage, also strittig; diese gräßlichen Genitalien werden wohl nicht ohne Grund als Hauptargument ausgestellt... und ausgeschmückt worden sind sie womöglich mit Liebe. Eben, mit Liebe! Ohne Liebe gehts einfach nie. Nicht von ungefähr hat die Evolution soviel Sorgfalt auf dieses Make-up verwendet. Schließlich werden Sie ja nicht bestreiten, daß... Bloß unsereiner hat alles verborgen, daß nur das Paßfoto übrig ist. Und die Heiratsurkunde. Bei denen jedoch... Sogar im Gesicht haben die sowas Ähnliches wie Gesäßschwielen, bloß weniger aufwendig... wie heißt das nochmal?... na, auf den Wangen, bei der Nase, ebenfalls blaurot gestreift... Clowns, Masken, Karneval, gelüftetes Geheimnis, Geheimnis und Maske sind ja eins... Das heißt, wenn die aufs Paßfoto schauen, also ins Gesicht, also auf die Maske, kriegen die schon eine Ahnung von den Reizen, die sie dort erwarten... Eines muß ich *ihm* lassen: die Natur hat er stets schärfer und intensiver wahrgenommen als ich. Es war nötig, ihn abzulenken, denn der Anführer blickte bereits mißbilligend.

Doch vorerst war der Affe noch mit der Vertilgung des «Granulats» beschäftigt, das sich tatsächlich als Leckerei erwies, trotz seines unansehnlichen Äußeren. Eigentlich reichte es nur für einen. Er scharrte es zu einem Häufchen zusammen und setzte sich auf die Bar. Um ihn drängelten sich Weibchen und Lakaien. Eine war die kokettste, einer der zudringlichste. Die bekamen was ab. Sie ein Körnchen, er eins auf die Nase. *Er* beobachtete das Weibchen, ich den Lakaien. Der Lakai steckte dem Anführer, daß hinter seinem Rücken ein Grünschnabel gewagt hatte, ein

Körnchen zu verzehren, das dem Anführer zufällig runtergefallen war. Die Strafe folgte auf dem Fuß. Erst bekam der Lakai eins auf die Nase, dann der erste beste. Der jammerte was von wegen Gerechtigkeit und bekam noch eins über. Diesmal wurde zum Beweis aber auch der Schuldige vorgeführt, der ebenfalls eins überbekam, allerdings mehr der Form halber und recht nachsichtig, worauf er mit übertrieben kläglichem Geheul von der schweren Hand des Gebieters Zeugnis ablegte und davonrannte, um allen kundzutun, daß Gerechtigkeit existiert. Schließlich wurde dem Denunzianten ein Körnchen zugeteilt. Der Anführer war gerecht und weise, ihn ermüdete das kleinliche Gezänk seiner Untergebenen. Nachdem er Gerechtigkeit hatte walten lassen, wie man Wasser läßt, wandte er sich ab. Und da fing er *seinen* unbescheidenen Blick auf des Anführers Lieblingsfrau auf. Eine Zeitlang starrten die beiden sich unverwandt an, doch schließlich begriff sogar *er*, wandte den Blick ab und bekam keins auf die Nase. Dem Anführer genügte das. Offenbar hielt er es zwar nicht für einen Sieg, doch für die Anerkennung einer Niederlage.

Das wars, glaube ich. Sonst war, glaube ich, nichts gewesen. Des weiteren saßen wir am Ufer und machten das, wozu wir hergefahren waren. Unweit des Rafik, im Schatten, an einem Feuer, lagen wir zu Tisch, verschlangen Schaschlyks aus Fleisch von den minderjährigen Verbrechern, tranken jungen Wein von den Altersheiminsassen, schauten dann und wann über den Fluß ans andere Ufer, das von Affen wimmelte, und wandten unsere übersättigten Blicke verlegen von ihren hungrigen ab. Aufgrund eines Blicks, den der Anführer dem Alpha-Männchen zuwarf, begriff ich, daß der Affe weise war. Er begriff als erster, daß es *mehr* nicht geben würde, daß vorerst, solange es noch Würzelchen und Eicheln gab, mehr als ein einmaliges Anspornen der Führungskader vor den Augen der Untergebenen nicht drin war. Er hatte alles begriffen, was Dragamaschtschenka betraf, und würdevoll...

Nachdem ich die Beschreibung der Erwartung ausgelassen hatte, bedeckte ich unter Nummer 3 die nächste Hinterseite des Jungautors mit folgendem:

O ohne A. Ohne Ich. O-O.

O ist das Loch, das schwarze Loch, das alle meine Gedanken verschluckt, ein Gedankensauger, doch ich widersetze mich diesem Wind, diesem heulenden Sog, Fratzen schneidend und flatternd wie eine Fahne, fuchtle mit den Armen, ducke mich, lebendig ist an mir bloß noch der Anzug mit seiner Doppelschößigkeit, Hosenbeinigkeit, Zwittrigkeit, und – die Krawatte über der Schulter. Ein Filmheld...

Zwei Nullen, zwei Löcher. Zum einen rein, zum andern raus.

O ist platt, O ist ein Spiegel. Ich hau mir die elende Visage an der eignen Reflexion kaputt. Weniger elend als fremd. Hugo und Camus in einer Person. Der Roman: «Wer wen?»

Das Äffchen aus Krylows Fabel hält ein ovales Kinderspiegelchen in der Hand und schneidet Fratzen. Als Kind hatte ich mir den Anfang der Fabel:

Das Äffchen hatt' im Alter schlechte Augen

gemerkt als:

Das Äffchen macht dem Alter Augen...

Ich wußte damals noch nicht, daß es mir *Fratzen schnitt.*

Ich ahnte nicht, daß ich altern würde.

Die Seite war zu Ende, und ich schrieb die Zahl 4.

«Das Feuer», schrieb ich darunter. «Beschreibung des Brandes».

Das war es! Was ich nicht beschreiben konnte, aber auch

nicht wollte! Was kann ich schon beschreiben, wenn ich mich an nichts erinnere. Ich erinnere mich nur noch an den schwarzen Abgrund des Meeres und die angekohlten Möwen am Ufer, wie Motten an einer großen Lampe. Die Lampe hatte die Form eines Hahns. Erinnere mich, ich war allein. Ohne *ihn*. Ich hatte mich abgewandt, um nichts zu sehen. Einzelne brennende Bruchstücke schossen recht weit hinaus und fielen wie abgebrannte Feuerwerkskörper ins Wasser, beschienen dabei das ölige schwarze Meer, in dem die Möwenkadaver schwammen. Seltsam, aber ich dachte, *er* würde wie durch ein Wunder aus dem auftauchen, was sich hinter meinem Rücken befand – rußverschmiert, frech, vertraut, würde mir was vor den Latz knallen, was besonders Kränkendes, und ich würde ihm recht geben und wäre glücklich wie nie. «Deine Schuld», würde er, sagen wir mal, sagen. «Wenn Sie den Raum verlassen, vergessen Sie nicht, die Elektrogeräte auszuschalten. Und dein Roman ist sowieso Kacke, soll er sich doch in blauen Dunst auflösen.» – «Blauen Dunst?» würde ich fragen und mich zwingen, mich umzudrehen und zu schauen. Aus den Fenstern quoll jedoch nicht blauer Dunst und schlugen keine roten Flammen, sondern Rauch so schwarz wie jenes Meer. Nur waren die weißen Wände rosa und der schwarze Himmel weiß, und an ihm, hoch über dem Brand, oben auf dem zu einer Turmspitze aufgezwirbelten Rauch, zitterte und flatterte wie ein Fähnchen und krähte, durch Flügelschlagen das Feuer anfachend, ein bald rotes, bald goldnes, ein rotgoldnes Hähnchen... «Was solls!» würde ich leichthin über das Manuskript sagen. «Wenigstens sind wir am Leben.»

Doch er kam und kam nicht und ich drehte mich nicht um, wiederholte bloß ohne Unterlaß das einzige Gebet, an das ich mich erinnerte – das Gebet des Zöllners:

Gott, sei mir Sünder gnädig!
Gott, sei mir Sünder gnädig!
Gott, sei mir Sünder gnädig!

Zu kraftlos, um den Kopf zu heben, zu kraftlos, um die Hand zu heben und das Kreuz über mich zu schlagen, noch in selbigem Affenhain stehend...

Eins, zwei, drei, vier – das Mäuschen zieht ins Boxturnier; eins, zwei, drei, vier, fünf – das Häschen macht sich auf die Strümpf. Ich malte die Zahl 5 und ließ nach den Affen auch das Feuer aus.

Zwang. A ohne O. Talentlos. Ohne E. Ohne Eier. Ohne Ihn. Onanie. Ai. Waise Iason.

O ist Tao. Weiß nicht, was das ist, Tao, hab keine Ahnung – und auch das ist Tao. «Wort» ist übrigens das unwirklichste aller Wörter. Wie kann es sich selber bezeichnen? Wort = Tao. Wort minus Tao = O. O = Tao minus Wort. Das Wort «Wort» ist schon ein «koan».

Allerdings – bloß keine Vorwürfe an den Autor! Wie heißt, was da geschrieben steht?

DIE ERWARTUNG DER AFFEN...

Na, also! Dann wartet!

Und drohend schrieb ich auf die erste Seite, über den Titel, das Datum. Es war bereits der Morgen des nächsten Tages – der 19. August 1991.

Die Sprachregelung war, daß Papa oben arbeitet. Gewöhnlich weckte mich die Stimme meiner Frau, die unten die Kinder anschrie, sie sollten keinen Lärm machen und Papa nicht stören. Diesmal weckte mich verdächtige Stille. Mein erster Eindruck war, als ich sie unten sah, daß sie auf den Knien lagen und den Fernseher anbeteten. Dann korrigierte und klärte sich dieser Eindruck, doch nur zum Teil. Sie waren bloß noch nicht angezogen, und ihre langen Nachthemden und... oh, Kinder wissen nur zu gut, wann sie still zu sein haben! Schon allein die Stimme des

Ansagers genügte. Es war dies ein Ansager, den die demokratischen Veränderungen in den Bann getan hatten, und nun war er erneut herangezogen worden, um den Text einer Sonderverlautbarung der Regierung zu zelebrieren. Dies war noch keine Kriegserklärung, aber ein Schuldspruch war es schon. Plötzlich sah es so aus, als sei das ganze Leben über Nacht zu einem reichlich banalen Filmepos geworden; ein Klischee jagte das andere – die Nachthemden, die verschreckten Kinder, die Frau, die sich an den Steigbügel klammerte ... keine Sekunde länger konnte ich ...

Ich bog auf die Landstraße, doch der Film setzte sich fort. War es nun Wind oder kein Wind, Stille oder keine Stille. Ödnis. Wüste. Genau, nur das Kamel fehlte. Sand jedenfalls gab es. Seltsamerweise knirschte er zuerst zwischen den Zähnen. Ich schloß das Fenster, danach wurde das Schlangengezische gegen die Scheiben jedoch besonders hörbar. Als wäre dort, wohin ich fuhr, eine riesige Düne, von deren Kamm es das alles in Kräusellocken herabwehte. Ich fuhr allein. Daß in meiner und der Gegenrichtung keine Autos fuhren, war unerklärlich. Die Luft war undurchsichtig, trotz des absolut klaren, völlig wolkenlosen Wetters. Im Grunde wehte auch kein Wind. Es hing bloß Sand in der Luft, und ich fuhr hindurch. Grobkörniger Sand, denn es waren fast Steinchen, die gegen die Windschutzscheibe prasselten. Am liebsten hätte man sie saubergewischt. Sauberzuwischen war jedoch der Himmel. Ringsum knisterte der staubüberzogene Himmel wie eine alte Filmkopie, und auf dem Film war offenbar ich, wie ich WOHIN fuhr. Eigentlich stand mein Auto, und an beiden Seiten wurde zerschlissene Landschaft vorbeigezogen, wie es sich gehört bei Studioaufnahmen. ALS OB ich führe. Ich tat so, als ob ich das Steuerrad drehte. Nirgends fuhr ich hin – ich wartete. Wartete wie DAMALS ...

Beim Warten ist völlig egal, worauf. Ob auf den Bus oder die Geliebte. Es ist eine Formel, kein Grund. Du wartest, weil du vorherbestimmt bist, weil du beschrieben bist, weil du dich *innerhalb der Beschreibung* befindest. Ich hatte nicht direkt auf die Affen gewartet – ich war in einen Text hineingeschlittert, der ihr Erwarten beschreibt. Jener Fall, wenn nicht du – mit dir geschieht etwas. Woraus die gesamte Literatur besteht. Ihr Grundstoff. Literatur schreibt und liest man nicht, wenn man zu ihrem Bestandteil wird. Jener Fall, der vornehm als Déjà-vu bezeichnet wird, wenn es einem vorkommt, als wäre genau dieser Augenblick schon einmal gewesen, dieser Raum und diese Zeit und du in ihm, und nun hängst du für immer fest in diesem erfahrenen und unerkennbaren, ewigen Augenblick. Ist gewesen, schon mal gewesen ... Natürlich ist es das! Das übliche Erkennen eines ungeschriebenen Textes.

Ich weiß noch, damals hatte ich ziemlichen Knatsch mit *ihm*. Noch immer verharrte ich dort auf der Lichtung, im leicht nach Kognak duftenden Laub stehend, obgleich ich mich längst ans diesseitige Ufer übergesetzt hatte und mit dem Trommler in ein vertrauliches Gespräch über die Stille vertieft war. «Ich verstehe Sie», pflichtete er mir bei, «wieso würde ich sonst trommeln?» Jetzt verstanden mich alle – ich hatte ausnahmslos recht. Das aber fuchste *ihn*. Ich trank bereits allein, ohne ihn – konnte mir das heute erlauben –, und wurde rasch blau. Auch das mußte ihn fuchsen, daß er übergangen wurde. Zu mir setzte sich bald Pawel Petrowitsch, bald Million Tomaten, bald Doktor D., bald erkundigte sich Waleri Giwiwowitsch, ob auch alles in Ordnung sei. Es war alles in Ordnung. Viktoria sang mir ihre Arien ins Ohr. Für jeden fand ich ein freundliches Wort, nachdem ich sie heute gegen Morgen alle wohlbehalten an die Küste des Pontos geführt hatte.

«Und Semjon?»
«Ja, wir haben Semjon verloren», sprach ich, ohne auf *seinen* Einwurf zu achten, «und dennoch haben wir alle Strapazen der Erzählung überstanden und sind ans Meer gelangt, da wir ZUSAMMEN waren.»
«So, so, zusammen?» Wieder übersah ich sein leeres, flehentliches Glas.
«Ja, ja, ZUSAMMEN.»
«Und was weiter?»
«Das freie Element... Freiheit... genügt euch das nicht?»
«Scheißfreiheit! Und was weiter, frag ich?»
Und er ging Reisig sammeln für das runtergebrannte Lagerfeuer.
Etwas veranlaßte mich dazu, mich unvermittelt zum Fluß umzudrehen. Ein großer Affe war am anderen Ufer dicht ans Wasser gekommen und schaute zu uns herüber. Ich überlegte, ob das wohl der Anführer war, es kam mir vor, als starre er unverwandt her. Natürlich waren seine Augen auf die Entfernung nicht auszumachen, aber ich hatte diesen Blick schon gespürt. Es war derselbe Blick wie bei der ersten Begegnung, vorsichtig und furchtlos, demütig und durchbohrend. Als hätte er ihn nicht deshalb so rasch abgewandt, weil er uns fürchtete, sondern damit wir nicht errieten, daß er sich NICHT fürchtete. Und jetzt fürchtete er nicht, daß ich das verstehen könnte... Schließlich schien er sich überzeugt zu haben, daß ich zu ihm hinsah; er hob am Ufer ein Stück Holz auf und trug es beiseite, wo er es auf einen Haufen warf. Sogleich äffte ein anderer Affe ihn nach, trug auch sein Scherflein bei...
Sie sammeln Holz für ein Lagerfeuer! erriet ich.
Sie machen *seine* Bewegungen nach!
Doktor D. suchte mich davon abzubringen.
«Begreifen Sie doch, sie sammeln nicht Holz für ein La-

gerfeuer, sondern einen Haufen Holz! Sie werden doch nicht behaupten wollen, daß der Affe gleich durch Reibung Feuer erzeugen wird . . .»
«Wenn man den Hasen lang genug schlägt, lernt er auch Streichhölzer anzünden.» Pawel Petrowitsch unterstützte mich auf seine Weise, mit einem Sprichwort.
«Diese Russen!» sagte Million Tomaten. «Den Hasen möchten sie immer gleich schlagen. Die junge Birke immer gleich brechen. Wo gibt es das sonst? Bei welchem Volk?»
«Soll ich dir sagen, was du bist!» empörte sich statt meiner *er*. «Eine Person kaukasischer Nationalität bist du!»
Beleidigender hätte er es nicht sagen können, der Abchase Million Tomaten verfügte jedoch über eine unglückliche Eigenschaft: Er war derart stark, daß er nie zuschlagen konnte, sonst hätte er getötet. Darum wurde immer er geschlagen. Darum war er nicht beleidigt, sondern lachte wie über einen Scherz.
«Eine unglückliche Nationalität sind wir . . .»
Sogleich fuhr der Georgier Giwiwowitsch in die Höhe. «Ihr und unglücklich?! Die unglücklichste Nationalität sind wir, und das euretwegen!»
«Wer wird bestreiten, daß das unglücklichste Volk die Armenier sind?»
Diese Ansicht klang so unbestreitbar, daß alle verstummten. Wessen Gebiet sonst war so klein, daß es einzig aus Geschichte bestand?
«Und wer bedauert Griechenland?» sagte unser einheimischer Grieche, der Elektriker der Affenstation. «Griechenland, das die gesamte Kultur geschaffen hat, ganz Europa, die gesamte heutige Welt?»
«Wirklich die gesamte?» fragten wir verwundert.
Der Grieche bewies es, und der ironische Blick des Armeniers machte ihm gar nichts aus.

«Sind die alten Griechen denn dieselben wie die heutigen?»
«Die waren doch blond und blauäugig...»
«Die Armenier waren auch blond und blauäugig!»
«Dann sind es jedenfalls nicht die Russen», sagte Pawel Petrowitsch.
«Was sind nicht die Russen?»
«Dann sind nicht die Russen an allem schuld. Die Russen waren auch blond und blauäugig.»
«Wie übrigens auch die Juden.»
«In Israel gibt es noch heute mehr Blonde und Blauäugige als in der Heimat der blonden Bestien...»
«Und ich sage, daß das unglücklichste Volk die Russen sind.»
«Wir und unglücklich?!»
«Am allerunglücklichsten sind die Deutschen», meinte der Trommler in kummervollem Flüsterton.
Er wußte um die Natur der Geräusche, und alles wurde still.
«Warum streiten wir nicht, wer von uns am glücklichsten ist?» sagte dann doch einer von uns.
«Weißt du übrigens», schaltete sich Million Tomaten ein, «was aus jenem Pferd geworden ist? Erinnerst du dich an jenes Pferd?»
«Das Äpfel fraß?»
«Genau. Es wurde totgeschossen.»
«Solch ein Pferd!» *Er* bezog wieder alles auf sich. «Aus Neid womöglich? Oder vor einem Rennen? Direkt auf einem Rennen?!» Das fachte seine Phantasie an.
Million Tomaten lachte. «Ach woher! Es wurde einfach totgeschossen. Es brach sich das Bein und wurde totgeschossen.»
«Zuletzt gar noch aufgefressen?» *Er* wurde böse. «Dir tut wohl bloß die junge russische Birke leid?»

«Der Doktor hat mal eine Krähe verspeist!» Pawel Petrowitsch suchte den Nationalitätenkonflikt auf Kosten von Doktor D. zu schlichten.
Nun sprach man über Pferdefleisch, über Schweinefleisch, über jenes große Land, wo die Kühe nicht gegessen werden – über die Religionen, versteht sich. Religiöse Differenzen schlugen erneut in nationale um, und Pawel Petrowitsch brachte das Gespräch auf den Punkt: Menschenfresserei. Das war ein Thema! Hätte nie gedacht, daß die Menschen soviel darüber nachdenken...
Dabei stellte sich heraus, worin der Unterschied besteht zwischen einem zivilisierten Menschen, wozu sich, sei in Klammer angemerkt, alle Versammelten zählten, der Georgier wie der Abchase, der Abchase wie der Russe, der Russe wie der Jude wie auch der einzige Grieche unter uns, denn jeder von uns, sei in einer zweiten Klammer angemerkt, war zu zweit und teilweise auch zu dritt da... worin der Unterschied besteht zwischen einem zivilisierten Menschen und einem Wilden, der, sei in einer weiteren Klammer angemerkt, komischerweise allein da war und auch das nur in der Vorstellung, doch war die komischerweise bei allen gleich: schwarz, mit Röckchen und Nasenring, welchselbiger allem Anschein nach das einzige war, was ihn vom Menschenfressen abhielt... also, es stellte sich heraus, daß der Wilde den Feind tötet und frißt, aber seinen Stammesgenossen nicht tötet und nicht frißt, während der zivilisierte Mensch den Feind tötet, aber nicht frißt, während er seinesgleichen mit Wonne verschlingt, und zwar bei lebendigem Leib und auf die vielfältigste Art und Weise, genannt Familie, Gesellschaft und dergleichen – die sogenannten menschlichen Beziehungen... Zu meiner großen Verwunderung riß in dieser Diskussion *er* die Initiative an sich. Wie hatte er mir entwischen können?
«Würdest du einen Armenier fressen?» fragte er.

«Ich? Einen Armenier? Niemals!» entrüstete sich Waleri Giwiwowitsch.
«Und du, würdest du Waleri Giwiwowitsch fressen?» fragte er Million Tomaten.
Und so weiter. Wieder war es Pawel Petrowitsch, der die gastronomischen Differenzen nicht zu nationalen werden ließ, die Stichelei nicht zur Messerstecherei, indem er den störrischen Streit aus vollem Galopp vor dem Abgrund des jüdischen Problems zum Stehen brachte.
«Ich dagegen», erklärte er kategorisch, «würde Fleisch nie nach nationalen Kennzeichen unterteilen, sondern würde ohne Unterschied alle essen ... Das wäre in jeder Hinsicht nützlich und besonders in ökologischer. Ich würde einen essen, wenn er mir *schmeckt*. Aber ich bin sicher – er schmeckt abscheulich, denn ein verfaulteres Wesen gibt es in der ganzen Natur nicht. Ja, ich wage sogar die Behauptung, daß er auch von Natur aus das unvollkommenste Wesen ist. Mit zunehmender Evolution geht es mit der Vollkommenheit bergab: die Fliege ist vollkommener als der Elefant, das Geißeltierchen vollkommener als die Fliege. Und alles, was herumläuft, sich von seiner Umgebung löst, ist unvollkommener als das, was verwurzelt ist, es ist nicht vollkommener als die Pflanze. Nur die Pflanze verharrt in Erde und Himmel, in Dunkel und Licht, im Tod und im Leben ... Und alles ist vollkommener als der Mensch! Die Unvollkommenheit des Menschen ist sein Schuldspruch. Nichts draus geworden! Die Schöpfung wurde aufgegeben in dieser Phase. Die Evolution abgebrochen. Uns bleibt nur noch die Degeneration, die Mutation ...»
Hier unterbrach *er* plötzlich Pawel Petrowitsch: «Hör auf. Schalt ab. Mach den Tauchsieder aus ...»
In der jähen Stille war zu hören, wie der Doktor greinte.
«Mag nichts mehr hören von Evolution! Nichts mehr hö-

ren von Mutation! Mag von Diplodokken was hören! Die waren fröhlich, gutartig, freuten sich des Lebens und tanzten gern…»

«Gewiß. Waren blond und blauäugig…»

Am anderen Ufer blitzte etwas, dann ein zweites Mal. In der heraufziehenden Dämmerung war es nicht genau zu sehen. Womöglich schlugen sie wirklich Funken?

«Was hast du gerade gesagt??» Ich erkannte meine eigene Stimme nicht.

«Ich hab nur gesagt, ob du nicht vergessen hast, den Tauchsieder auszumachen…»

«Hast du ihn denn nicht ausgemacht?»

«Ich? Nein.»

«Bestimmt nicht?»

«Ganz bestimmt.»

Was da funkelte, waren Augen! Die Augen des Anführers am anderen Ufer… Aber wie hell!

«Gibts doch nicht, daß du mich nicht fressen würdest…» war aus dem Gebüsch zu hören.

«Nicht mal auf einer unbewohnten Insel würde ich das!» Stolz klang in der Stimme.

«Verschmähst mich also?»

Es knackte im Gebüsch, es funkelte das Auge des Anführers, auf dem Fensterbrett erglühte das leergekochte Kaffeekännchen… ICH, ER, PAWEL PETROWITSCH und DOKTOR D. …

«Ein bestimmtes Fleisch zu verbieten oder bestimmte Tiere mit Tabu zu belegen ist im Grunde dasselbe wie jenes Häutchen, ein Vorverbot, damit kein Menschenfleisch gegessen wird…»

«Ein Schnitzel als Häutchen? Ha-ha! Es gibt kein Gebot ‹Du sollt nicht essen›, es gibt nur das Gebot ‹Du sollst nicht töten›. Warum entspricht die Zahl der Gebote nicht der Zahl der Todsünden?»

«Nur wenn es Völlerei ist, wenn du süchtig bist nach diesem Fleisch, ist es eine Todsünde. Man muß total scharf sein drauf, einen Menschen aufzuessen!»
«Völlerei ist aber keine Feinschmeckerei...»
«Der Mensch ist wie ein Turm... Nicht von ungefähr geht er aufrecht. Das Tier hat die Augen immer gen Boden gerichtet. Unser Turm hat jedoch Löcher: Mund, Nase, Augen, Ohren und so weiter. Sieben Löcher für sieben Sünden... Die Löcher sind mit Häutchen versehen. Gebote, Verbote, Tabus, Keuschheit... Wird das Häutchen zerrissen, ist der Mensch enthermetisiert, und durch das Loch dringt frei die Versuchung ein, die Sünde, das Böse, der Teufel... Ja, ER setzt zum Sturm an... Mit Rammböcken, Leitern... Brandfackeln... Der Mensch entzündet sich innerlich... Es brennt... Der Turm lodert... Aus den Fenstern und Schießscharten stieben Funken und schlagen Flammen... Bei Breughel gibt es diese Türme, bei Bosch – soviel Sie wollen...»
«Entspricht die Zahl der Löcher der Sündenzahl?»
«Wenn man jedes Paar einmal zählt, sind es sechs. Sünden aber sieben.»
«In den Augen sind keine Löcher.»
«Als Kind war ich überzeugt, daß die Pupille ein Löchlein ist, versuchte sogar vor dem Spiegel, eine Nadel reinzustecken...»
«Und?»
«Hatte doch Angst. Im Spiegel ist alles verkehrt herum.»
«Der Mensch ist unvollkommen, weil er sich vervollkommnen soll. Er sich selbst. Mit Gottes Hilfe natürlich. Zum Menschsein wird man nicht verurteilt, sondern berufen.»
«Sie wollen doch nicht sagen, daß Menschsein ein Beruf ist?»

«Doch, genau das.»

«Beruf... Berufung... ein Turm... warum nicht gar ein Sündenpfuhl? Die Löcher... Recht hat der Doktor, der Wurm hat unseren Leib erfunden.»

«Ich bin Sklave, ich bin König, ich bin Wurm, ich bin Gott!»

«Löcher sind es immer zwei... Zum einen rein, zum andern raus.»

«Zwiefach aber ist der Mensch... Einer ein Zöllner, der andere ein Pharisäer...»

«Sie sind ein Pharisäer, Pawel Petrowitsch!»

«Und das mir?! Wer hätte sich mehr an die Brust geschlagen als ich? Wer mehr durchmachen müssen?»

«Egal, durch welches Loch der Stolz bei Ihnen einzieht. Kein Grund zum Angeben. Heute ist der Pharisäer weit mehr Zöllner als Sie. Der Pharisäer wurde zum Zöllner, der Zöllner zum Pharisäer.»

«Es gingen zwei Menschen hinauf in den Tempel...»

«Und kamen beide nicht mehr heraus.»

«Doch, eben *beide*. Es gingen zwei Zöllner hinauf in den Tempel, und zwei Pharisäer kamen heraus.»

«Und heraus kam bei dem Ganzen Prometheus!»

«Nicht Prometheus, sondern Danko. Prometheus war vor Christi Geburt.»

«Zum Teufel mit eurem Fortschritt! Rad, Feuer, Hebel... Die Sklaverei ist die einzige Erfindung des Menschen.»

«Prometheus hat nicht das Feuer erfunden, sondern den Brennapparat. Darum hatte er Probleme mit der Leber. Zirrhose heißt ursprünglich ‹Adler›.»

«Und kommt von wo?»

«Aus dem Medizinischen.»

«Ist Trunksucht auch Völlerei?»

«Strittiges Problem. ‹Esset und trinket. Dies ist mein Leib und mein Blut›... Wer hat das gesagt?»

«Einerseits...»
«Einerseits gibt es nicht. Löcher sind es immer zwei...»
«Es gibt überhaupt nur einerseits. Wie hieß das nochmal? ‹Solange nicht das Lebendige zum Toten wird und das Tote zum Lebendigen...›»
«Das Äußere zum Inneren und das Innere zum Äußeren...»
«Der Mann zur Frau und die Frau zum Mann...»
«Auch das ist schon dagewesen?»
«Aber sicher. Alles ist schon dagewesen. Kommt Ihnen nur so vor, als würden Sie Ihr Innerstes nach außen kehren – das Himmelreich kriegen Sie genausowenig zu sehen wie Ihre eigenen Ohren!»
«Zumindest das Ohr ist aber doch ein Loch?»
«Ihr spuckt weiß der Geier was für große Töne, dabei habt ihr das Fleisch den Kindern weggenommen, den Wein den alten Leuten und das Obst den Affen... Und euren Gott habt ihr auch aufgefressen.»
«Was soll das heißen – aufgefressen?»
«Hältst *du* endlich das Maul!?»
«Doch, das habt ihr!»
«Lästere nicht Gott, *Idiot*!»
«Pharisäer! Ich hasse dich...»
Ich stürzte *ihm* nach. Geräuschvoll wie ein Tier, das der Verfolgung entflieht, brach er durchs Gebüsch. Ein kapitales Exemplar allerdings... Auf einmal war es still, war es finster, ich tastete, auf allen vieren hockend, mit den Händen suchend um mich, als hätte ich die Brille verloren. Auf einmal hörte ich...
Greinend, auf allen vieren, unschön den Hintern rausgestreckt, die Visage ins faulige Laub gedrückt...
«Herrgott! wenn ich eine Formel bin, so verfluche ich Dich, damit ich weiter an Dich glauben kann.»

«Herrgott! wenn es Dich nicht gibt, so verfluche ich Dich, damit Du zumindest in meinem Fluch existierst.»
«Herrgott! wenn es Dich gibt und ich keine Formel bin, ist das dann nicht zuviel des Glücks?»

‹Alles war genau damals geschehen...›, erinnerte ich mich, während die Räder über die Landstraße knirschten. Die Wüste setzte sich fort. Der Sand war immer grobkörniger und schlug immer lauter gegen die Scheibe. Und als ich jene Stille mit dieser verglich, jenes Rascheln abgefallenen Laubes mit diesem Flüstern des Sands, jene Erwartung mit dieser – und als ich sie beide gleich fand, da begriff ich, daß ich etwas erwartete, und was. Durch mein unmilitärisches Hirn fuhr wie ein Blitz des Rätsels Lösung: ich hatte SIE genausowenig je in Freiheit gesehen wie die Affen... Ich begriff, daß vor mir Panzer die Straße passiert hatten. Sie hatten den Asphalt kleingemahlen und Staub und Sand zum Himmel aufsteigen lassen...

Genau damals war alles geschehen. *Er* wollte unbedingt mit einem Karton Lebensmittel ans andere Ufer, um die Affen zu füttern. Pawel Petrowitsch brachte Doktor D. bei, wie man kotzt. Waleri Giwiwowitsch umarmte Million Tomaten... Ich dagegen hatte einen lodernden Turm vor Augen, aus dessen sämtlichen Löchern Flammen schlugen, und dieser Turm war – das Hotel «Abchasien». Manuskripte brennen nämlich hervorragend, ein Brand fängt beim Manuskript an! Besonders, wenn es von soviel Furnierholz umgeben ist...
Auf dem Rückweg mußte Pawel Petrowitsch noch unbedingt loswerden, wie sehr Gott auf dem Abstieg sei. Insofern wir unserer Berufung nicht nachgekommen seien, Er uns aber schon die Freiheit der Wahl gegeben habe, sei Er nicht mehr in der Lage, sich einzumischen oder zu korri-

gieren, lege aber auch die Verantwortung nicht ab. Er habe uns Seinen Sohn geschickt, wir hätten jedoch nicht begriffen, hätten Ihn in den Himmel und die Kirchen abgeschoben und weitergemacht. So sei Ihm nichts anderes übriggeblieben, als unser Los zu teilen, herabzusteigen zu uns und in uns aufzugehen. In diesem Sinne sei Er mitten unter uns. Vielleicht sogar einer von uns. Und wir wüßten nie, mit wem wir es zu tun hätten, bei jedem Menschen, dem wir begegneten, sei nicht ausgeschlossen, daß wir Ihm...

Ich dagegen begriff, daß alles zu Ende war, daß nicht einfach ein Hotel und nicht einfach mein Roman verbrannt war, sondern *lebende Seelen...* Das Imperium war zu Ende, die Geschichte war zu Ende, das Leben war zu Ende – ganz gleich, was noch käme. Ganz gleich, in welcher Reihenfolge die brennenden Bruchstücke und Trümmer auseinanderstieben würden – und mit welcher Geschwindigkeit.

Irgendwie war auf einmal alles viel zu klar, was die Zukunft betraf.

War unerheblich. Unerheblich, was jetzt käme. Denn das, was war, würde nie mehr wiederkommen. Wenn verschwindet, was war, verschwindet damit auch das, was sein wird, denn in dem, was sein wird, wird kein Atom von dem enthalten sein, was war. Du wirst nicht mehr sein. Was macht das schon.

Und als ich endlich den ersten Panzer sah und als ich das ausbrennende «Abchasien» sah, als ich auf die Panzerdüne stieß und als die Feuerhitze mich zum Stehenbleiben zwang – ob ich nun ein Sandkorn oder ob ich Rauch ins Auge bekommen hatte, jedenfalls war mir alles derart gleich, tat ich mir selbst derart wenig leid, daß ich in Tränen ausbrach.

«So, so, und du meinst, du wärst frei von Eitelkeit?» hörte ich auf einmal *seine* widerliche Stimme.
Sofort war ich auf hundertachtzig. «Was hat das mit Eitelkeit zu tun?»
«Hab dich noch nie in solchem Kummer erlebt.»
«Wenn es Stiefel wären ... Hat der Handwerker etwa kein Recht, vor der kaputten Vase zu weinen?»
«Schade um die Arbeit, klar. Aber was heißt da Arbeit? Hast dich doch dran aufgegeilt, oder? Und wie. Nie kannst du genug kriegen. Gierig bist du.»
«Gierig, meinetwegen. Aber doch nicht eitel!»
«Wie empfindlich wir sind, wie leicht beleidigt. Kein Wort darf man ihm sagen.»
«Sie ist aber doch unwiederbringlich dahin! Ich sag ja nicht – gut. Sondern – unwiederbringlich!»
«Nein, nicht um die Arbeit tut es dir leid. Wann hättest du je gearbeitet? Um das Lotterielos tut es dir leid. Das dir endlich hätte zufallen können. Auf einmal, wie das Leben so spielt ... wer weiß, endlich was Geniales, das dich überlebt, die Jahrhunderte überlebt ...» Er lachte. «Wer weiß schon, was in der Bibliothek von Alexandria verbrannt ist? Wirklich so viele Meisterwerke? Vielleicht hat Bulgakow sie angesteckt, um sein berüchtigtes Sätzchen loszuwerden? War Heraklit wirklich so gut, außerhalb der Zitate? Und Gogol ... Immer verbrennen unbedingt Meisterwerke. Das macht es uns leichter. Ist auch zu mühsam, ohne Feuer – da muß man die Manuskripte kofferweise verlieren wie Hemingway ... Also, ich sag dir, unbedingt ein Meisterwerk, was da von dir gerade brennt. ‹Die lebenden Seelen›! Was sind dagegen schon ‹Die Soldaten des Imperiums› ... Würde dir raten, das Werk umzubenennen. Jedenfalls würde ich diese Version vorziehen. Noch besser wäre, wenn du selber mit verbrennen würdest. Was für ein Happy-End! Dann wirst du gleich zum Genie. Ein

Mythos ist eine tolle Reklame. Dann werden sie dich lesen, werden herauslesen, was verbrannt ist, die nicht realisierten Möglichkeiten... Wer wollte behaupten, daß sie nicht grandios waren? Möglichkeiten muß man sich zuschreiben, keine Texte. Besser zu sein als andere ist zuwenig und dauert zu lang. Viel leichter ist es, auf einen Schlag zu kriegen, was dir nicht zusteht. Umkommen – und auf einen Schlag die ganze Zukunft. Ohne die Schlinge überzustreifen, ohne sich zu duellieren, Meisterwerke zu verbrennen und Koffer zu verlieren... Mach den Menschen deinen Platz frei, und du wirst sehen, wieviel sie für dich tun aus lauter Dankbarkeit! Sie haben dich satt. Doch bist du nicht mehr da, lieben sie dich. Mach sie zur Witwe, los, mach schon! Mag dann die Witwe auf deinem Grab mit dem Totengräber vögeln... wenn das mal keine Anerkennung ist!»

Ich machte eine Bewegung, als wollte ich mich ins Feuer stürzen, damit er mich zurückhielt. Und er hielt mich zurück.

«Was glaubst du, haben Ratten und Katzen flüchten können?»

«Was hat das mit...»

«Weil du an ihrem Tod schuld sein wirst. Vielleicht ist ein Rattenkopernikus dabeigewesen...»

«Nicht Kopernikus, sondern Giordano Bruno.»

«Oder Laso, ist doch egal.»

«An die Menschen denkst du natürlich nicht.»

«Da ist kein einziger verbrannt, beruhige dich.»

«Woher weißt du das?»

«Einfach so. Beobachte das Leben. Hättest wohl gern, daß wer verbrannt ist? Da muß ich dich enttäuschen. Eine einzige Brandwunde, und die stammt vom Vormittag. Unser Freund Daur hat, völlig verkatert, einen Topf Chasch-Suppe umgeschüttet, übrigens nicht über die eigenen Hosen. Eine ärgerliche Wunde, schmerzhaft, aber nicht tödlich. In diesem historischen Brand kann nur *ein* Mensch verbrennen... Soll ich dir sagen, wer?»

«Du bestimmt nicht.»

«Aber auch du nicht. Und warum ich? Ist doch dein Text...»

«So, nur meiner? Und gar kein bißchen deiner?»

«Na, endlich! Feuer muß man dir untern Hintern setzen, damit du endlich begreifst...»

«Also hast du Mistkerl den Tauchsieder absichtlich nicht ausgemacht! Wußt ichs doch!»

«Kannst stolz sein, hast keinen geringen Brand entfacht, wenn auch keinen Weltenbrand. Als Gogol seine toten Seelen eingeäschert hat, wurde ihm endgültig kalt, nicht warm.»

«Er selbst ist verbrannt, als lebende Seele.»

«Meinst du?»

«Ich meine überhaupt nichts. Was nervst du mich mit diesem Geschwätz? Ich habe meinen Roman verloren!»

«Dein Kind?»

«Eben!»

«Dein ein und alles?»

«Das verstehst du nicht.»

«Mal versteh ich das, mal jenes nicht... Und was verstehst du? Hast du dir je über jemand Gedanken gemacht? Jemand verstanden? Nennst mich *er* und dich selber ich... Ist das gerecht? Gehts ans Wodkatrinken, sind wir beide dran, gehts ans Kotzen, dann nur ich? Kein Wunder, wenn mir alles gleich ist. Soll dein Roman sich doch in blauen Dunst auflösen! Das ist gerecht. Ganz, wie du willst: Du hast ihn geschrieben, nicht ich. Was also kümmerts mich. Eure Sorgen möchte ich haben, Herr Lehrer!»

«Hättest eben selber geschrieben... Du mit deinen Uraltwitzen!»

«Ich kann nicht schreiben.» Seine Stimme klang überraschend sanft.
«Ah ja? Na endlich. Gibst es zu.»
«Nicht, wie du meinst, wie ein Schriftsteller. Ich kann nicht mal unterschreiben.»
«Du lügst!»
Aber ich wußte – diesmal log er nicht.
«Dann hättest du eben anders geholfen. Hättest beobachtet. Dir Dinge gemerkt. Wo du so gut bist im Beobachten. Hättest ein Buch über Affen gelesen und mir nacherzählt...»
«Ich kann nicht lesen.»
«Das auch nicht? Nun, auf deine Weise bist du konsequent.»
«Ja», sagte er selbstzufrieden. «Charakter zu haben ist meine Prärogative.»
«Prärogative... Wo schnappst du bloß solche Wörter auf. Und die Uraltwitze.»
«Schon wieder! Ich bin dein Papierkorb. Übrigens, jetzt ist dir nur geblieben, was ich an Papierknäueln rausgeholt und glattgestrichen habe.»
«*Das* hast du aufgehoben?!»
«Na klar! Entwürfe sind das größte! Die kann man betrachten, ohne sie zu lesen. Wie Quittungen. Wie Trambahnfahrscheine.»
«Liebst du mich wirklich so sehr?»
«So sehr...», sagte er verächtlich. «Warum muß man dich unbedingt *so sehr* lieben? Wie einen Juden. Einfach *lieben* reicht dir nicht? Ich hasse dich! Und mehr als du mich. Immerhin bin ich nicht so gefühllos...»
«Wie ich... Hör mal! Damals, in jenem wunderschönen georgischen Städtchen, weißt du noch... als du soviel getrunken hattest... als ich und du soviel getrunken hatten... als du und ich... jedenfalls, als wir so betrunken

waren und ich im Sterben lag, halbtot geprügelt von dortigen Armeniern wegen meiner proarmenischen Reden, die sie als antigeorgische aufgefaßt hatten... *weißt du noch?*»

«Nein», sagte er, «das weiß ich nicht mehr.»

«Weißt du nicht mehr? Du lügst. Ich lag damals, eine Schnapsleiche, in meinem Hotelzimmer, halbtot geprügelt, sterbenselend... Mein Herz blieb stehen. Ich zählte. Es schlug jedoch wieder. Und wieder nicht. Ich starb. Da war nichts von einem Licht, einem Korridor, einem Tunnel. Nur warme, widerliche Finsternis, ein Graus. Als würdest du in die Gebärmutter zurückgestopft. So lag ich, nackt und gewaschen, auf dem Bauch, sah aber das ganze Zimmer quasi mit dem Rücken. Und sah mich, mich selbst, wie ich unter der Zimmerdecke schwebte – warst das *du*?»

Er setzte sich anders hin, drehte dem Feuer die andere Seite zu, um die jetzige abzukühlen oder um die vorige zu wärmen...

«Weiß noch, um ein gelbes Lämpchen bist du gekreist. Das Licht war so gelblich wie ein Leib... wie *dein* Leib. Und meiner. Wie neugierig du geschaut hast! Als sähst du zum erstenmal... Wen hast du gesehen?»

«Was packst und schüttelst du mich wie ein Ermittlungsbeamter im Film?» wehrte er träge ab.

«Warst du das oder war ich es? Hast du mich ins Leben zurückgeholt oder ich dich?»

«Weiß ich nicht mehr.»

«Du flogst über mir und warst sehr erregt. Und ich war tot.»

«Ja, ja. Du lagst, ein Leichnam, in der Wüste...»

«So ähnlich, ja. Bloß übler. Im Bett. Vielmehr auf dem Bett. Ein Leichnam war es. Der lebende IM Bett, der tote AUF dem Bett, stimmt doch?»

«Unsereiner ist nicht so gebüldet...»

«Das ist keine Frage der Grammatik. Jedenfalls, es waren zwei, die sich glichen wie Zwillinge, wie zwei Wassertropfen... Ein Toter und ein Lebender. Und sie flossen in eins. Es wurde dunkel. Ich schlug die Augen auf. Es war dunkel. Tote schlagen die Augen nicht auf. Ich tastete im Dunkeln um mich. Das erste, was ich ertastete, war ein Gegenstand. Rund, warm und länglich. Hart. Stand senkrecht in die Höhe. Weißt du nicht mehr?»

«Ich tu sowas nicht.»

«Blöder Affe. Der Gegenstand war nicht Teil meines Körpers.»

«Sowas erst recht nicht!»

«Blöder Affe. Es war ein Hals! Es war der Hals eines Tonkrugs, der mit Rotwein gefüllt war!»

«So?» Er klang interessiert. «Und?»

«Was glaubst du wohl? Ich umfaßte ihn liebevoll.»

«Und?»

«Preßte ihn an meine Lippen!»

«Und mußtest...»

«Nein, als ich genug geschluckt hatte, lebte ich auf. Machte Licht. Beachte, es hatte nicht gebrannt, beachte das. Und beachte auch, daß es gar nicht gelblich war. Doch ich lag da, splitternackt und gewaschen, und der Krug war vorher nicht dagewesen. Hattest du ihn gebracht?»

«Den hatten dir die Georgier geschickt für deine antiarmenischen Reden.»

«Nein, das warst *du*!»

«Typisches Delirium.»

«Delirium... Kann weder schreiben noch lesen, aber was er alles aufgeschnappt hat.»

«Von dir. Sag lieber, was dann war.»

«Dann... Dann hab ich dich gerufen, und du hast den Rest ausgetrunken.»

Wieder war er beleidigt. «Besser, du wärst damals krepiert. Wozu das ganze Theater? Was hast du mir für eine Rolle zugewiesen? Du bist der Künstler, du schreibst und liest, bist einer von diesen Philosophen so tief wie Beethoven, ich dagegen – bloß trinken und schlafen, grad daß ich noch... du gehst ja nicht mal aufs Klo, wie Wenitschka. Und ich hab nicht mal einen eigenen Namen! Sklaverei. Die einzige Erfindung, wozu *ihr* fähig wart, ist die Sklaverei!»

«Wer sind *wir*?»

«Die Menschen!»

«Und wer bist *du*?»

«Weißt du selbst.»

«Doch kein Engel?»

«Zuviel der Ehre...»

«Hast dir das selber ausgedacht, mit der Sklaverei?»

«Du vielleicht? Woher hättest du meine Erfahrung? Du läßt dich zu mir herab, in Wirklichkeit würdigst du mich herab. Auf die Rolle des Schweins, des Arbeitssklaven, des Lumpen. Als ob du dich rächst an mir, wirklich wahr...»

«Wofür?»

«Weißt du selbst.»

«Weiß ich nicht!»

«Dafür, daß ich inspiriert bin und nicht du! Daß ich begabt bin und nicht du, daß mich die Weiber lieben!»

«Ach so, deshalb streiten wir! Der Weiber wegen!»

«Mit dir streit ich doch nicht. Bist doch für mich kein Konkurrent.»

«Richtig. Zu seltsam. Geht mir erst jetzt auf. Hör mal, wieso haben wir zwei nie ein und dieselbe Frau geliebt?»

«Mir haben deine nie gefallen. Und für meine warst du zu schüchtern.»

«Also tatsächlich keine einzige, die uns beiden zugesagt hätte?»
«Liebe nennt sich das.»
«Also hätten wir kein einziges Mal geliebt?»
«Ich hab geliebt, du nicht.»
«Nichts mag er mit mir teilen. Alles für sich.»
«Ich? Für mich?! Dabei hab ich mich einzig für dich abgemüht!»
«Was du nicht sagst! Seele haben wir beide aber doch nur eine? Die gehört nicht dir oder mir?»
«Mir gehört sie!»
«Bestimmt... Du Tier du!»
«Du Computer du!»
«Hör mal, tut sie dir nicht leid? Wie wir sie hernehmen, das zarte Ding, schinden...»
«In Stücke reißen, in den Dreck ziehen, mit Füßen treten!»
«Haben sie herabgewürdigt, erniedrigt...»
«Plattgehobelt...»
«Nicht mich und nicht dich – sie muß man bedauern!»
«Zu spät. Retten muß man sie!»
«Die lebendige Seele...»
«Die kaum noch am Leben ist!»
«Nicht froh ist, nicht jubilieret...»
«Ach woher. Kaum noch atmet!»
«Ist das gut so?»
«Das ist nicht gut so.»
«Und wer ist schuld?»
«Du!»
«Wieder die alte Leier! Wann war der Sklavenaufstand in Ägypten?»
«2750 vor Christi Geburt.»
«Das weißt du noch!»
«Wie auch nicht. Der unvergessene Fjodor Iwanowitsch!

Wenn er jemand von einer Fünf auf eine Vier bringen wollte, hat er immer diese Frage gestellt. Und du warst ein Fünferschüler, ein lebhafter Junge... Hast dich erst später zu so einem Sklavenhalter entwickelt. Scheinheilig und nervtötend. Und ohne Talent. Ja, ich bin ein Lump. Aber ich hab Leben in mir. Ich bete zu Gott. Und was hast du? Was, frag ich dich, hast du erreicht? Bloß Gefühllosigkeit. Du meinst, du hättest dich vervollkommnet, entwickelt, deiner Laster entledigt? Du hast dich bloß eines *unnötigen* Lasters entledigt, vielmehr hat es sich von selbst erledigt. Du bist nicht besser, sondern schlechter geworden. Hast deine Mißgestalt versteckt, die Eiterbeulen verhüllt. Du bist eine Maske. Und zwar meine.»

«Warum mußt du gerade heute, wo mein Roman verbrannt ist, wo ich, deiner Auffassung nach, endlich mal ein bißchen was fühle – was bist du da so sauer auf mich, wo man mich endlich mal bedauern müßte?»

«Wann sonst läßt du dir was sagen? Du hörst doch nie zu! Warum hast du mir bloß diese Geschichte erzählt, warum nur! Als hättest du mich... du mich...»

«Nicht doch, was ist denn, wein doch nicht. Eher im Gegenteil. Eher du mich...»

«Ich bin für dich ein Kleiderbügel. Du hängst dich aus an mir – Bügeln nicht mehr nötig. Du trocknest, nimmst Form an, was du, beachte, von Haus aus gar nicht hast... Und plusterst dich wieder auf, als wäre nichts gewesen. Scheinheilig bist du!»

«Hättest dich doch längst totgesoffen ohne meine Scheinheiligkeit!»

«Oh, man dankt. Daß ich das auch nicht schaffe! Mich nicht totgesoffen kriege!»

«Nun markier hier nicht den wilden Mann.»

«Hättest du vielleicht einen Tropfen zum Abreagieren?»

«Ich wollte dich fragen.»
«Du? Mich? Ich hab nichts.»
«Jetzt aber frage ich dich, dich als Gewissen, als Seele, nicht als Sklaven: Gerade diesmal war es doch gut, was ich geschrieben habe?»
«Du! und wieder du! ständig du! nichts als du!»
«Wir... Ist *uns* doch gelungen?»
«Wie soll ich sagen... Im großen und ganzen nicht schlecht.»
«Im großen und ganzen... Was verstehst du schon davon!»
«Du vergißt – nur lesen kann ich nicht. Fühlen muß ich für beide.»
«Oho, eine Neugewichtung der Rolle? Bist eben doch ein Sklave! Gibt man dir Freiheit, schon gehts einem an die Gurgel!»
«Siehst du, immer verunglimpfst du mich...»
«Geschickt überführt. Entschuldige. Hast ja recht. Weiß selbst, daß es keine ‹Toten Seelen› sind. Sollen sie doch brennen. ‹Lebende› geben mehr Hitze...»
«Laß dir doch nicht so von Gogol bange machen! Es waren tolle Stellen drin...»
«Ehrlich? Findest du?»
«Ja. Bloß tote zündet man an wie Brennholz, lebende brennen von allein. Es war das beste, was wir... was du... Wirst sehen, daraus wird noch ein historischer Brand! Dieses ‹Abchasien› ist nur das Streichholz. Eines Tages wirst du sagen: Ich habe gesehen, *wie alles anfing!*»
«Hast du es angesteckt?!»
«Und wenn schon...»
«Das sagst *du* mir! Herostrat, elender... Greifst zu hoch. Hast doch einzig aus Faulheit den Tauchsieder nicht ausgemacht.»
Ich wollte mich ins Feuer stürzen, um das Manuskript zu

retten, doch er faßte mich am Arm. Immer war er stärker gewesen als ich.
Vor Schmerz ging ich in die Knie und heulte auf.
«Ist dir das Dingens wirklich soviel wert?» fragte er wie verwundert. «Dann warte...»
Ich dagegen konnte *ihn* nicht halten. Dazu hatte ich einfach nicht genug Kraft.
So verschwand er, in Rauch und Feuer.
Er war geschickt wie ein Affe. Schon im nächsten Moment sah ich ihn auf einem Balkon im zweiten Stock. Genau war er nicht zu erkennen...
Aber wer hätte es sonst sein sollen?

Das Geschützrohr zielte direkt auf meine Stirn, und das war irgendwie beruhigend. Weil es viel zu groß war oder weil wir es normalerweise öfter im Kino sehen als im Leben. Komisch, daß so ein dämliches Loch auch schießen kann und nicht nur zur Einschüchterung da ist. Eine Maschinenpistole ist irgendwie gefährlicher, eine Pistole noch schlimmer, am widerlichsten aber ist ein Messer...
Sie hatten jedoch auch Messer und MPs, die Soldaten, die aus ihren Schützenpanzerwagen gestiegen waren, um sich die Beine zu vertreten und eine zu rauchen unter dem klaren Himmel, an die augustwarme Panzerung gelehnt, und nicht furchterregend war ihr Gesichtsausdruck gerade im Hinblick auf MP und Seitengewehr, die zu benützen sie gar nicht vorhatten, die sie nur zu tragen hatten wie Rangabzeichen oder Anstecknadeln, dafür verging einem allerdings, wenn man sie so ansah, jegliche Hoffnung, sie würden nicht mit der Kanone schießen, wenn sie den Befehl bekämen. Im Kontakt mit Zivilisten waren ihre Intonationen und Bewegungen dermaßen konstruktiv und verbindlich, daß alles auf die Instruktion hindeutete, sie sollten

sich ja nicht provozieren lassen. Den ersten Befehl hatten sie gut ausgeführt, also würden sie auch mit der Kanone schießen. Das Publikum unterhielt sich mit ihnen ganz locker, und vom Auto aus schien es, als würden sie sich für abends verabreden, für hinterher... Mir gefielen die Soldaten; ganz unnervös, hatten sie nichts gegen die Menschen, auf die zu schießen ihnen befohlen würde.
So dachte ich, der ich von alledem nichts verstand, als ich in die Umleitung zur Uferstraße bog, um auf die andere Seite zu gelangen, und im Stau steckenblieb. Lange betrachtete ich jedes entgegenkommende Gesicht; seltsamerweise wollten andere ebenso dringend ans hiesige Ufer. Es war ein und dasselbe Gesicht, und das nicht nur, weil die Autoschlange sich so unendlich langsam fortbewegte – sie schleppte sich über den Asphalt als tiefhängende Wolke, von derselben Farbe wie der Asphalt; nicht nur, weil das andere Ufer, das über der Moskwa drüben zu sehen war, ebenso verstopft war wie dieses, sondern weil jeder entgegenkommende Fahrer dermaßen den gleichen Gesichtsausdruck hatte, daß man sich verwundert fragte, was sie alle dort so erschüttert hatte, was sie so einte... Folgendermaßen sah dieses gemeinsame Gesicht aus: Weiß nicht, wer du bist, daß du mich jetzt so anstarrst, doch hast du mich nicht gesehen und hab ich dich nicht gesehen, und wie ich zu den Vorfällen stehe, ob ich für die einen bin oder für die anderen, wirst du niemals erfahren und niemandem beweisen können... Nur die Fingerknöchel leuchteten weiß am Steuer, als würde es fester gepreßt als sonst. Diese erbitterte Unbeteiligtheit, diese allgemeine, kastenhafte Verschlossenheit – das war es, was mich erschreckte. Nirgends eine Spur von Ärger, Empörung, Angst, Verzweiflung – alle kannten das längst alles auswendig. SIE waren die Soldaten, alle wie einer. Halt! Auspuffgase eingeatmet! Aber auch nirgends eine Spur

von Triumph, freute ich mich wehmutsvoll. Nirgends eine Spur!
Als ich mich endlich auf die andere Seite durchgeschlängelt und nahe der Absperrung geparkt hatte, glitt ich unauffällig aus dem Auto und ging auf Erkundung. Hier war es leer und sonnig, weder Autos noch Menschen – hatte man sie vertrieben oder hatten sie sich verlaufen? Die Freundlichkeit der Miliz machte mißtrauisch. Warum keine Autos da waren, war klar, Menschen aber waren nicht deshalb keine da, weil man sie nicht durchgelassen hätte. Ein paar Neugierige, ebenso vorsichtig wie ich, taten so, als seien sie nicht in politischer Absicht hergekommen. Es war nicht furchtbar und war nicht lustig, weder – noch. Ein Breughelscher Idiot mit Pelzmütze auf dem Kopf, an der ein Ohr ab war, durchmaß dieses trostlose Gemälde in selbstgewählter Richtung, auf jeden Fall quer durch. Er trug die schwere Stirnseite eines eisernen Bettgestells, und an seinem Habitus war etwas erstaunlich Bekanntes, sogar Vertrautes, sogar schmerzlich Vertrautes... Pawel Petrowitsch!
«Wie gehts?» sagte er.
Mehr als «How do you do» hatte das nicht zu bedeuten.
Wir packten das Eisenteil und trugen es zu zweit weiter. Er vorne, ich hinten. Er schien zu wissen, wohin er es trug. War irgendwie sehr angenehm, seinen gelichteten Hinterkopf zu sehen. Ein alter Mann in geflickten Adidas...
«Hör mal, wo bist du denn abgeblieben?» sagte er zu mir.
«Das fragst du mich?!»
«Jünger bist du ja nicht geworden», stellte er befriedigt fest.
«Dafür siehst du hervorragend aus», parierte ich.
«Trotzdem, freu mich gräßlich, dich zu sehen, Doktor Doktorowitsch. Na, ist dein Roman fertig?»

Gemein, nicht? Die sieben Jahre wie weggeblasen. Fast hätte ich das Bett fallen lassen.
«Hör mal, hast du was mit?»
Meine Antwort interessierte ihn aber gar nicht.
«Gräm dich nicht. Ich hab was.»
Das kam mit einer solchen Herzlichkeit, daß mir klar wurde – er wußte alles. Und er wußte tatsächlich alles...
«Der Brand im ‹Abchasien› ist im Rauchabzug der Schaschlykstube ausgebrochen. Der war nie gereinigt worden, und die Feuerinspektion hatte es bei Schaschlyks bewenden lassen. Hammelfett mit Ruß ist ein Gemisch, das ausgezeichnet brennt.»
«Woher weißt du das?»
«Ich war doch dort.»
Wieder hätte ich mir fast das Bett auf den Fuß fallen lassen.
«Hast wohl kürzlich *Lichter der Großstadt* gesehen?» kombinierte ich.
«Ist das Charlie Chaplin?»
«Wohin gehen wir?» Meine Stimme klang unfreundlich.
«Dort werden wir sehr erwartet.»
«Bist du sicher?»
«Wirst sehen.»
Wir warfen unsere Last auf einen Haufen Schrott, und das war eine Barrikade.
Ich war hingerissen. «So einfach ist das?»
«Was hast du denn gedacht?»
Und er blickte geringschätzig auf die Panzer. Wir lagerten an einem gemütlichen Plätzchen mit Blick auf die Panzer, die Moskwa und das Hotel «Ukraina».
«Bist du Demokrat?» fragte ich.
«Das fragst du mich?!» Er war empört. «Für wen hältst du mich?»

Aus Kisten hatte er sogleich ein Lagerfeuer aufgeschichtet, und aus einer Tasche seines unergründlichen Anoraks holte er... Was er da nicht alles drin hatte! Ich hatte noch nicht den Gedanken gefaßt, da zog er es schon heraus.
Er zog es heraus, während ich auf seine Hände sah, denn es war schwierig, nicht hinzusehen. Seine charakteristischen Fingernägel – halb Tasten, halb Krallen – hatten sich noch stärker gekrümmt, und die Haut war von schauderhaften rosa Flecken überzogen, offenbar Schuppenflechte... Der Wodka versteht sein Handwerk, wie er selbst einmal gesagt hatte.
«Verbrannt», sagte er, als er meinen Blick auffing.
Mir verschlug es, ehrlich gestanden, die Sprache.
«Hab das Bügeleisen repariert...»
Tatsächlich, eine Brandwunde von *dort* konnte nicht so frisch sein.
«Gleich», sagte er unbestimmt. «Gleich», sagte er, schenkte das erste Glas ein und konzentrierte sich.
Wir schafften auch ein zweites, bis der Teesud zu kochen anfing.
«Da ist es!» Und er kratzte sich liebevoll mit seiner gräßlichen Hand unterm Hemd, dort, wo das Herz sitzt. «Da ist es wieder...» Und er blickte liebevoll auf die umliegende Wirklichkeit, als hätte sie sich in ein Kätzchen verwandelt. «Immer mußt du mich unterbrechen, nie läßt du mich meinen Gedankengang zu Ende führen. Das arme, arme Ding! Wie es sich dreht und wendet! Und für wen? Was haben wir ihm außer unablässiger, den Atem verschlagender Arbeit schon zu bieten... Vier Kammern. Ein ständiges Überführen von der einen in die andere. Keine Sekunde Schlaf. Tod in jedem Pulsschlag, zugleich mißt es ihm die Zeit. Es mißt jede Sekunde, noch bevor sie vorbei ist. Schneller als die Zeit ist es, das Herz! Wie wenig hat es noch zu laufen bis zum Ende... Es durchreißt das Ziel-

band! Rekord! Ovation! Und du bist nicht mehr. Nicht du bist gelaufen, du hast bloß geglaubt, daß du läufst. Gelaufen ist es! Es ist auch ans Ziel gekommen, nicht du. Was bedauerst du also dermaßen dich selbst? Es mußt du bedauern!»

Wieder schenkte er sich allein ein.

«Hast nicht du, Doktor, mir seinerzeit Thomas zitiert? Solange nicht... Merkwürdig hatte das geklungen aus deinem Mund, wie ein Paradox: das Innere zum Äußeren, der Mann zur Frau, das Leben zum Tod und umgekehrt... Was ist daran merkwürdig? Ist doch nichts weiter als eine Beschreibung des Herzens. Von wegen – ‹nichts weiter›! Wie es sich müht, das arme Ding... Hörst du, wie es schlägt? Es schlägt, und du hörst es. Das ist die ganze Musik. Die Musik kommt erst später. Der Rest ist Schweigen. Ist Pause. Abgrund. Kosmos. Das Herz schlägt nicht, es bleibt stehen. Fliegt ins Nichts, erstirbt, stirbt darin jede Sekunde. Und da mußtest du mir über die Uhr philosophieren! Das Herz allein mißt in der Natur die Zeit. Hast du mal die Treibstange an einer Dampflok gesehen? Glaubst du, sie würde das Rad antreiben? Die übliche technische Augenwischerei! Weil nämlich noch so eine kleine, mickerige, schüchterne Zugstange dranmontiert ist, soll ja keiner merken, daß nicht die Treibstange höchstselbst... Dieses Zugstängelchen, das gibt den Schubs, damit der tote Punkt überwunden wird, und die Dampflok fährt, dick und großspurig, keucht, tut so, als ob sie selbst, glaubt, sie wäre es selbst. Das Herz, das ist das zentrale Schloß. In ihm ist alles beschlossen: das Universum mit seinen Löchern, Parseks und weißen Zwergen wie auch die Erde in diesem Universum wie auch das Leben auf ihr von der Amöbe zum Menschen... Auch der Mensch hat dieses Schloß vorhängen! Was gäbe es weniger Künstliches als das Herz mit seinen Kammern, Vorhöfen, Klappen und

Aorten? Es ist etwas ganz und gar *Erfundenes.* Von wem? Dies ist mein Blut und dies ist mein Leib... Ein ewiger Infarkt! Ein ewig zerrissenes und wieder zuwachsendes Häutchen... Das Herz, das ist Jungfräulichkeit! Ist Keuschheit! Hat doch Er sich für jeden einzelnen von uns in Stücke reißen lassen! Hier mußt du *bedauern.* An Gott läßt sich nicht sparen. Mußt einfach nur *bedauern.* Es ist unverbesserlich, das Herz!»

Mit einemmal schämte ich mich meiner Auslandsreisen, der Datscha, des Autos und der Kartoffeln und drückte zu hastig Zustimmung und Begeisterung aus, nicht ohne jedoch anzumerken, daß das Blut ja in den Lungen angereichert werde. Wie war er entrüstet!

«Durch die Lungen, sagst du? Durch ALLES!! Was atmest du denn ein? Luft, das meinst du... Doch ich sage dir: Nicht in der Lunge wird das Blut angereichert, sondern im Herzen. Und so angereichert kommt es hierher.» Er klopfte sich verächtlich gegen die Stirn. «An unseren gemeinsten, ordinärsten Ort. Eine Birne, das hat jeder von uns. Als Gebrauchsgegenstand. Kopf und Eier sind draußen, das Herz aber ist *drinnen*! Es ist eingesperrt in uns wie in einem Gefängnis. Darum sind die Gedanken bei allen gleich, die Herzen jedoch einsam. Kosmische Apparate, die durch Unmengen von Fleisch fliegen... Die Herzen sind einander fern, nicht die Gedanken. Der Gedanke ist das oberflächlichste, was es gibt, niemals berührt er das Wesen. Das Hirn singt und tanzt nicht, es weint und freut sich nicht, dieses Gallert. Was machen wir soviel Wesens um diesen Wackelpeter? Dabei hat gerade das Hirn niemals das Herz bedauert, weil es selbstzufrieden meint, dieses würde ihm dienen. Alles ist ihm untertan, nicht wahr, also wird es von allem bedient. Und wird es von allem bedient, so steht alles in seiner Macht. Und steht alles in seiner Macht, so ist ihm alles möglich. Und ist ihm alles möglich, sagt es: Los, machen wir ein künstliches Herz! Ein Ministerium wird gebaut, so groß wie das Weiße Haus – das rechte Herzkammernamt, das linke Vorhofdepartement... Ein sterbender Mensch wird angeschlossen: Los, wird gesagt, lebe! Darauf ich: Mag aber nicht! Nun ist das Hirn auf den Menschen sauer: Wieso magst du denn nicht? Haben dich doch bestens untergebracht, Versorgung erster Klasse, was willst du mehr? das Herz, sagst du, fehlt dir? Nun wurde weiterentwickelt, wurden unter den Abteilungen die Funktionen umverteilt und das Personal reduziert. Mit beträchtlichem Erfolg, statt einer Trabantenstadt benötigte das Herz jetzt nur noch den Raum eines Stadtviertels – da kam ein ganz schlauer Mann daher und warf den Ärzten, nicht ohne Grund, Einfallslosigkeit vor. Ihr seid Archaisten, sagte er. Wieso, sagte er, versucht ihr die Natur zu kopieren, kommt doch nie was bei raus. Laßt uns lieber von rein technischen Parametern ausgehen. Für den Anfang fingen sie ein Kälbchen, setzten ihm ein Elektromotörchen ein... Stell dir vor – es lebte! Das Blut zirkulierte normal. Versorgte es mit allem, wie es sich gehört. Und stell dir vor – was fehlte? *Die Unterbrechung!* Das Blut versorgte nur, kündete aber nicht von Leben und Tod. Das Kälbchen hatte keinen Puls! Das Zeitmaß war verloren! Das Kälbchen starb nicht, es ging ein. Denn jeder Schlag von *ihm*... Das ist mir eine Schlacht! Herrgott, wofür schlägst du dich? Himmel!» rief er aus. «*Wie ist doch* ALLES *gut!*»

«Was ist gut?» Ich wunderte mich, denn mein Blick war erneut auf die Panzer gefallen.

«Na, das Prachtwetter! Der Feiertag! Immerhin ist heute das Fest der Verklärung!»

«‹Sechster August nach dem Alten Kalender...› Hatte ich ganz vergessen!»

«Wieso, rennst du nicht mehr in die Kirche?»

«Ich?» Ich war beleidigt. «Bin ich nie!»
«Ich bin heut als allererstes zur Kirche gerannt...»
«Du?»
«Beim Kirchendiener kriegst du immer einen Schluck gegen den Kater. Auf einmal seh ich das Bett...»
«Du bist ewig! Du bist Phönix! Gott sei Dank... Du weißt natürlich auch schon, was wird?»
«Was wird? Nichts wird. Heiße Luft. Gott sei Dank und sonst nichts. Ein hoher Feiertag.»
«Ich meine *die*...»
«Die da?» Er blickte nicht mal in Richtung Panzer. «Schrott. Nicht dahin – *dorthin* mußt du schauen!»
Und mit dem Löffel, mit dem er den Teesud umrührte, deutete er, ohne hinzuschauen, nach oben.
Erst kam es mir so vor... Doch dann – nein, denk ich... Ich blickte noch einmal nach unten zu den Panzern, dann nach oben, zum Himmel. Nein, das kann nicht sein! Allerdings...
‹Und ich sah eine Heerschar am Himmel...›
Gestützt auf weißglühende Lanzen, als wären es Spaten, Wattejacken über den weißen Flügeln, so dösten hoch oben Engel. Ihre russisch anmutenden Dürergesichter waren weiträumig wie Felder, von Blitzen zerfurcht und geglättet von der Fraglosigkeit des Kriegshandwerks. Ihre gewaltigen, mit den Waffen zugleich gefertigten Schmiedepranken flößten Vertrauen ein, gleichermaßen die Gesichter... Leicht war mir ums Herz, nicht mehr schwer, denn sie waren es, denen die Fingernägel durch die Handflächen gewachsen waren, die in Ketten geschlagen an den Wolken hingen, denen wie Hühnerdreck der Himmelsmüll der russischen Dörfer an den Flügeln haftete, Patina vortäuschend: die Hütten, Zäune, Feldwege, Brunnen, Kirchenruinen und Traktoren... Schwer und leicht war der Schlaf der Engel, wie ihre Flügel. Sie schreckten auf

und schnaubten wie Pferde, dann flackerte unser Feuerchen jedesmal unter ihrem Atem, das Rauchfähnchen reckte sich zu ihnen hoch, und es kam einem vor, als lohten die Engel vom Feuer ihres unermüdlichen Kampfes. Herrgott, wie bist du doch nachsichtig gegen uns und streng gegen sie!
«Hilf ihnen, Herr!»

... dachte ich oder sagte er.

28. Februar 1993
Sonntag der Vergebung

Fundstücke

Aus den Recherchen zur Übersetzung

Glauben Sie nicht, Sie bekämen jetzt alles aufgeschlüsselt, lieber Leser. Keine «Anmerkungen», nein. Wollen wir doch weder den Leser entmündigen noch die Wissenschaft brotlos machen.
Die Auswahl der Stichwörter ist subjektiv, sucht Vollständigkeit zu vermeiden. Wir ordnen ein paar Zitate zu, erzählen Witze zu Ende, skizzieren ein paar schlichte Eigenheiten von Land und Leuten. Meistens Dinge, die dem Leser des Originals aus Alltag und Lektüre vertraut sind. Und deren Erläuterung wir nicht mehr heimlich in die Übersetzung hineinpacken konnten, ohne Verluste durch Überfrachtung zu riskieren.

Die Vögel...

Dieser erste Teil von Bitows Trilogie ist schon einmal auf deutsch erschienen, 1991 in der Übersetzung von Hilde Angarowa. Die beiden Fassungen sind vor allem eines, nämlich *verschieden* – getragen von völlig anderem Atem, anderem Rhythmus. Daß neu übersetzt wurde, drückt also keine *Wertung* aus, vielmehr galt es, das gesamte Werk in einem einheitlichen Duktus vorzustellen. Zumal auch der Autor «Die Vögel» seither verändert hat.
Bitow-Fans und Sprachtüftlern sei ein Blick in die Übersetzung der Kollegin ausdrücklich empfohlen. Ist es doch allemal aufregend zu sehen, wie reich das Spektrum der Möglichkeiten ist, wenn ein Text aus der einen Sprache in eine andere verwandelt wird.

S. 14

auf die Nehrung, zur Vogelwarte Die berühmte Vogelwarte in Rossitten auf der Kurischen Nehrung, 1901 gegründet von dem ev. Theologen Johannes Thienemann. Ihre deutsche Geschichte endete 1944, als die Wissenschaftler vor der näher rückenden Front flüchteten; in Radolfzell am Bodensee bauten sie nach dem Krieg eine ähnliche Institution auf. Aus Rossitten wurde «Rybatschi», aus dem nördlichen Ostpreußen das «Gebiet Kaliningrad». 1956 erfolgte durch den russischen Zoologen L. O. Belopolski die Neugründung der Vogelwarte, nunmehr im Rahmen der sowjetischen Akademie der Wissenschaften; zwischen 1967 und 1989 war Viktor Dolnik ihr Direktor. – Der aktuelle Stand, Sommer 1993: Auch heute noch werden Vögel beringt und ihre Züge erforscht, sowohl in Rybatschi selbst wie auf der Beobachtungsstation in den Dünen. Mit dem «Schwesterinstitut» in Radolfzell stehen die russischen Ornithologen jetzt im Austausch, und fast täglich empfangen sie auf der Nehrung Gruppen deutscher «Heimwehtouristen» (gebürtiger Ostpreußen), denen sie über die deutsch-russische Vergangenheit der Vogelwarte berichten.

«Doch war dies Ufer schon erobert...» Daß russischen Literaten Auslandsreisen verwehrt wurden, hatte auch vor der Sowjetzeit Tradition. Prominentestes Opfer zaristischer Gängelungspolitik war Puschkin, der trotz nachhaltiger Bemühungen nie einen Auslandspaß bekam. Während eines Aufenthalts im Kaukasus nutzte er 1829 die Gelegenheit russisch-türkischer Kämpfe und erreichte – wenigstens einmal im Leben! – in einem tollkühnen Gewaltritt die magische Grenzlinie: «Ich ritt fröhlich in den ersehnten Fluß, und mein wackeres Pferd trug mich ans türkische Ufer. Doch war dies Ufer schon erobert: ich befand mich immer noch in Rußland.» *(Die Reise nach Erzerum)*

S. 23

Klara Wie die Gepflogenheiten der Ornithologen sich gleichen! Was für die russischen Wissenschaftler die Krähe Klara ist, war seinerzeit für Thienemann der «Stationsuhu» Hanne.

S. 29

«Gedanken nur...» Anfangszeile eines Gedichts von Jewgeni Baratynski.

S. 53

Adieu, Wladimir Wladimirowitsch Wie könnte ein russischer Schriftsteller, der nur eine einzige Schmetterlingssorte kennt, jemals Nabokov unter die Augen treten?

S. 55

«Es blinkt ein einsam Segel...» Der Anfang von Michail Lermontows «Segel», das jedes russische Kind in der Schule auswendig lernt. Das Gedicht endet mit der Zeile: *«als ob in Stürmen Ruhe wäre»*.

«Nichts sonst! Nur Boot...» Aus einem Gedicht des georgischen Lyrikers Galaktion Tabidse.

S. 67

«und das Meer mit Flügeln peitschend» Auch diese Zeile stammt von einem Klassiker der Schullektüre, allerdings könnte das Gedicht, im Unterschied zu Lermontow, heute womöglich einer postsowjetischen Entrümpelung der Lehrpläne zum Opfer fallen. Es handelt sich um Maxim Gorkis «Sturmvogel» (hier und später zitiert in der Übersetzung von Bertolt Brecht).

S. 72

Mich störte, wie benannt alles war Oh, seufzt die Übersetzerin, Sie müßten mal zu übersetzen versuchen! Da würde Ihnen schnell der Eindruck vergehen, Wörter und Dinge wären so unverbrüchlich fest verbunden...

S. 78

Ganz wie in der Anekdote Dem deutschen Leser sei die Pointe nicht vorenthalten:

A: «He, komm mal, ich hab einen Bären gefangen!»
B: «Dann schlepp ihn her!»
A: «Er läßt mich nicht.»

S. 79

Hühnergott So werden Steinchen mit einem Loch in der Mitte bezeichnet, die manchmal unter den Kieseln am Strand zu finden sind. «Hühnergötter» sind in Rußland so beliebt wie vierblättrige Kleeblätter und werden als Amulette getragen. Woher der kuriose Name kommt, weiß niemand.

Hund, Schwein, Ratte

S. 103

Kullerdistel Auf russisch «perekati pole», also wörtlich «Roll-über-das-Feld». Eine Distelart, deren Fruchtstände vom Wind losgerissen und fortgetrieben werden. Der Name wird im Russischen sprichwörtlich verwendet, er bezeichnet einen Menschen, der nirgends Wurzeln schlägt, kein richtiges Heim hat, es bei keiner Arbeit lange aushält; gern wird mit «perekati pole» auch die russische Volksseele assoziiert: «Wir sind doch ein Steppenvolk!» – In den russisch-deutschen Wörterbüchern steht «Männertreu», und mag dieser Name auch durchaus mit Windigkeit zu tun haben, so geht die Assoziation doch hier in eine unpassende Richtung. Es könne nicht sein, sagt der Autor, daß es für diese Pflanze im Deutschen kein Wort mit dem Bedeutungsgehalt von «perekati pole» gebe, das Bild sei so eindrücklich, und auch wenn die Germanen in Wäldern und nicht in der Steppe gehaust haben, aber zumindest spätere Forschungsreisende müßten doch... Und tatsächlich: Das *Wörterbuch der deutschen Pflanzennamen* von Marzell (Leipzig 1972) verzeichnet als Synonyme «Steppenläufer», «Windhexe», «Rolldistel», «Kullerdistel»...

S. 113

Und wenn man lernt, lernt und lernt? Dieses «Lernen, Lernen und nochmals Lernen» ist wohl das abgegriffenste Leninzitat, mit dem jeder junge Sowjetmensch konfrontiert wurde. (Falls es jemanden ausführlicher interessiert, sei er verwiesen auf Band 33, S. 476 der deutschen Ausgabe von Lenins Werken.)

S. 115

«Genie und Missetat...» Aus Puschkins Versdrama *Mozart und Salieri*.

S. 117

«Inspiration...» Ebenfalls Puschkin, aus dem «Gespräch des Bücherverkäufers mit dem Poeten». In diesem Gedicht skizziert Puschkin die Situation des neuzeitlichen Künstlers unter Marktbedingungen; der gesamte Satz lautet: «Inspiration verkauft sich nicht, ein Manuskript dagegen wohl.»

S. 120

Bretter Aus dem Slang der Schwarzhändler ist diese Bezeichnung für Ikonen inzwischen in die russische Umgangssprache eingegangen.

S. 122

«Leb wohl...» Anfangszeile aus dem Gedicht «An das Meer» – eines der beliebtesten Puschkin-Zitate.

S. 127f

der vom ‹Menschen, großgeschrieben› spricht Es ist Gorki, der hier zitiert wird. Ursprünglich (1924) auf Lenin gemünzt, wurde dieses Wort in der sowjetischen Publizistik zu einem bis zum Erbrechen benützten Klischee, das stets dann herhalten mußte, wenn vom Menschen in einem höheren, hehren Sinne die Rede war. Im übrigen geht es bei sämtlichen Gorki-Stellen weniger um den Verfasser als um die Funktion dieser Zitate im sozrealistischen Alltag.

«Was ich tun werde... schrie Danko» Aus «Die alte Isergil», einer frühen Gorki-Erzählung.

«Hoch in die Berge...» Aus dem «Lied vom Falken».

«Zwischen Wolkenzug» und *«Der Pinguin...»* Wieder der bereits früher zitierte «Sturmvogel».

S. 128

«Der sechste Teil...» Dies nun allerdings ein schlichter Merkvers aus dem Mathematikunterricht; welche Rechenoperation damit gemeint war, wußte der Autor nicht mehr.

S. 136

«hier wird mich alles überleben...» Aus dem «Küstensonett» von Anna Achmatowa.

S. 145

«Ziegelstein um Ziegelstein...» Couplet aus einem Schlager oder einer städtischen Romanze, wohl vom Beginn des Jahrhunderts.

S. 153

«O Ewigkeit!...» Der Erzähler erkennt nicht, daß es sich um Verse von Lermontow handelt. Allerdings gehört das Poem *Saschka* wegen gewisser schlüpfriger Stellen auch nicht gerade zu den kanonischen Werken dieses Dichters...

S. 163

wenn das Geschäft aufmacht Wollte man den Alltag der späten Sowjetzeit kulturgeschichtlich beschreiben, müßte ein ausführliches Kapitel den speziellen Ladenöffnungszeiten für Spirituosen gewidmet sein. Die erste – aus einer langen Kette – von Einschränkungen erfolgte wohl 1970; ganz restriktiv wurde es dann unter Gorbatschow. Und jedesmal Diskussionen, die das Volk wochenlang aufwühlten!

S. 166

Mischujew Der Schwager Nosdrjows, aus Gogols *Toten Seelen*.

S. 188

Chatschapuri Georgisches Backwerk, weißer Käse in Teig.

am 23. August 1983 Also im Jahr des Schweins...

Die Erwartung der Affen

S. 197

Blok... Die Zwölf Das Zitat weiter oben stammt allerdings aus dem Gedicht «Über den Tod».

S. 201

Ostap Benders Rio de Janeiro Der Held aus Ilf und Petrows satirischen Romanen *Zwölf Stühle* und *Das goldene Kalb*, der betrogene Betrüger Ostap Bender, träumt von Rio de Janeiro, der wunderschönen Stadt unter Palmen am blauen Meer, wo die Mulatten leben und die Männer weiße Hosen tragen.

S. 202

«den Ellenbogen spitz gewinkelt» Aus der «Sentimentalen Romanze» von Bulat Okudschawa.

grüner Drache Im Russischen sprichwörtlich. Er hat sich «dem grünen Drachen ergeben» heißt es von einem Alkoholiker.

Tarchun Die Wörterbücher schweigen sich aus, aber dem Geschmack nach müßte es sich bei dem Kraut um Estragon handeln.

S. 203

des unvergessenen Wenitschka Wenedikt Jerofejew in seiner *Reise nach Petuschki.*

S. 213

«Es war stockfinstre Nacht…» Viktor Schklowski erzählt, wie kurz nach dem Tod Jessenins dessen Vater von einer «Delegation» in seinem Dorf aufgesucht und nach seinen Erinnerungen befragt wurde. Da wollte sich der Vater des berühmten Dichters natürlich nicht blamieren; er wanderte in seinen Filzstiefeln ein paarmal durch die Hütte, dann begann er seinen Bericht mit diesem Satz.

S. 216

Übrigens hatte der Pope doch ein Hündchen Das Endloslied vom Hund, der in die Küche lief und dem Koch ein Ei stahl, lautet in seiner russischen Variante ungefähr so:

Ein Pope hatt' ein Hündchen,
Das liebt er ohne Not,
Es stahl ein Stückchen Fleisch ihm,
Drauf schlug der Pop es tot.

Nun nahm der Pop das Hündchen
Und grub ihm selbst ein Grab
Und setzt ihm einen Grabstein,
Worauf geschrieben stand:
Ein Pope hatt' ein Hündchen…

«Briefe an einen römischen Freund» von Joseph Brodsky.

S. 226

«der alte Streit der Slawen…» Aus Puschkins Gedicht «An die Verleumder Rußlands», in dem er französische Vorwürfe anläßlich des Polenaufstands von 1830/31 zurückweist.

S. 229

Der *Tamada* wacht bei kaukasischen Gelagen mit unanfechtbarer Autorität über die Trinksitten und Trinksprüche.

S. 232

Neulandgewinnung Sowjetische Kampagnen, vor allem in den 50er Jahren, bei denen Steppenboden in Ackerland umgewandelt wurde. – Der *Komsomol* rief seit den 30er Jahren die sowjetische Jugend dazu auf, ihren Enthusiasmus auf den Großbaustellen meist in Sibirien einzusetzen, wo Staudämme oder neue Städte entstanden. Die letzte gigantische Aktion dieser Art war der Bau der *BAM* (Baikal-Amur-Magistrale), der zweiten sibirischen Bahnstrecke.

S. 239

ASSR Autonome Sozialistische SowjetRepublik, in diesem Fall Abchasien.

S. 240

hieß sie... auch noch Sophie Zu Sowjetzeiten bezeichnete «Sophie» im russischen Jargon die Sowjetmacht.

S. 245

«Ziegentur» Die gab es auch mal auf deutsch, die Satire *Das Sternbild des Ziegentur.* Zur Zeit nicht lieferbar, schade.

S. 259

Ist grün, hängt an der Wand und piepst Haben Sie es erraten, geneigter Leser? Nein? Dann wollen wir Sie nicht länger auf die Folter spannen oder vom Weiterlesen abhalten. Die Lösung: ein Hering. Grün ist er, weil man ihn anmalen kann, an der Wand hängt er, weil man ihn aufhängen kann, und piepsen tut er, damit keiner auf die Lösung kommt.

S. 261

den relikten Hain Eine besonders mächtige Kiefernart aus dem Tertiär, von der es an der abchasischen Schwarzmeerküste noch Relikte gibt (gab?).

S. 267

Tschurtschchela, eine kaukasische Leckerei Nüsse, auf einer Schnur aufgefädelt und mit einer dicken Schicht Weingummi überzogen.

S. 299

Neueinrichtung Im Russischen «obustroistwo» – ein merkwürdig (technisch? archaisch?) anmutendes Wort, das Pawel Petrowitsch hier verwendet; später (1990) allerdings auch Solschenizyn, als er seine Gedanken zur Umgestaltung Rußlands publiziert.

S. 305

die Lenins mit den Stalins in Gorki Die beiden Sowjetführer, auf der Parkbank sitzend; in der Stalinzeit eine der verbreitetsten politischen Skulpturen, die allerdings, wie jetzt bekannt wurde, auf einem gefälschten Foto beruhte. «Gorki» ist hier nicht die Stadt an der Wolga, sondern ein Landsitz südlich von Moskau, der Lenin nach 1918 als Erholungsort diente und wo er auch die letzten Monate bis zu seinem Tod verbrachte.

S. 306

mein GOALRO-Plan Pawel Petrowitsch hat hier offenbar eine zeitgenössische Weiterentwicklung des spektakulären GOELRO im Sinn, Lenins Plan zur Elektrifizierung Rußlands von 1920.

S. 307

Kurbelwelle Das Wort «Wodka» war auf dem Etikett dieser Billigsorte in einem seltsamen Design gedruckt; das arbeitende Volk fühlte sich jedenfalls an eine Kurbelwelle erinnert und gab dem Gesöff diesen Namen.

S. 309

MPS und WZSPS So jemand tatsächlich die Abkürzungen aufgeschlüsselt haben möchte – es handelt sich um das Eisenbahnministerium und den Zentralrat der Gewerkschaften.

S. 310

die bewußten abchasischen Ereignisse Die Spannungen zwischen Abchasen und Georgiern führten 1978 erstmals zu Unruhen; eine Vorstufe des heutigen Kriegs.

S. 312

Awtandil Held des georgischen Epos *Der Recke im Tigerfell* von Schota Rustaweli.

S. 321

wie in dem Witz Leute kommen an einem Sumpf vorbei, da steigt ein Mann aus dem Sumpf, völlig verdreckt, mit Schlamm überzogen. Sie fragen ihn: «Was ist los mit Ihnen, du liebe Zeit, was ist passiert?» – «Wieso?» sagt er. «Ich leb dort ja!» – Einer der beliebtesten Witze der späten Sowjetzeit. Selbst wer den Witz vergessen hat, reagiert noch bei dem Satz: Ich leb dort ja!

S. 325

zu früh mich taufen lassen Zu Zeiten der Christianisierung Rußlands, als mit der Taufe und dem Getauftwerden politisch Handel getrieben wurde, sollen die Fürsten sich das Recht ausbedungen haben, erst kurz vor ihrem Tod die Taufe zu empfangen. War ja doch etwas mühsam, nach christlichen Moralvorstellungen zu leben. (Die Untertanen trieb man allerdings gleich massenweise ins Taufwasser der Flüsse...).

S. 331

Richtung «Nadenka» Besagter Bierausschank befand sich in der Nähe eines Denkmals, das Lenins Frau Nadeschda Krupskaja darstellt. Aus ihrem Vornamen wurde die zärtliche Kneipentopographie «Bei Nadenka»...

S. 333

sämtliche Bekannten und Verwandten von Kaninchen So Harry Rowohlts Übersetzung der berühmten Stelle.

S. 341

«uns Sowjets eignet...» Zeile aus einem Lied der Breschnew-Zeit.

S. 346

Potzblitz... Hier hatte der Autor wohl einen Ausspruch von Puschkin im Ohr, welcher nach Beendigung des *Boris Godunow* vor Vergnügen über die gelungene Arbeit in die Hände klatschte und ausrief: «Potzblitz, Puschkin, Potzblitz, bist ein Hund!»

S. 351

Essen kann der das Ein braver Bürger liest im Zoo am Elefantengehege ein Schild mit der Tagesration eines Elefanten: «20 Kilo Bananen, 200 Kilo Kartoffeln, 30 Kilo Gelbe Rüben, 50 Kilo Kohl...» Er liest und liest, schließlich ruft er verwundert aus: «Und das kann der alles essen?» Darauf die Aufwartefrau, die gerade mit dem Besen vorbeigeht: «Essen kann der das... Aber wer gibts ihm?»

S. 357

Realien aus Mittelasien *Plow* – ein Gericht aus Reis, Fleisch, Gemüse, Gewürzen. *Tjubetejka* – besticktes Käppchen. *Chalat* – eine Art Kittel, knielang, meist aus gefütterter Seide; in dieser Region *das* traditionelle Kleidungsstück.

S. 362

The Monkey Link Ein «Fundstück» von Susan C. Brownsberger, der amerikanischen Bitow-Übersetzerin. So nannte man in ihrer Kindheit die Zwischenglieder an Schneeketten, die oft verlorengingen und an langen Winterabenden im Familienkreis wieder repariert wurden.

S. 363

Goldenweiser Pianist, der mit Lew Tolstoi und seiner Familie befreundet war.

S. 368

Dahl Russischer Schriftsteller und Sprachwissenschaftler, schuf Mitte des 19. Jahrhunderts das vierbändige *Erläuternde Wörterbuch der lebenden großrussischen Sprache*, bis heute das unübertroffene Standardwerk.

S. 369

Rafik Ein Kleinbus, dessen Name gebildet wurde aus den Anfangsbuchstaben des Herstellerwerks in Riga («Rischskaja Awtomobilnaja Fabrika»), dazu eine der beliebten russischen Diminutivendungen; zugleich ist «Rafik» eine Koseform des unter den Kaukasusvölkern verbreiteten Namens Rafael.

S. 372

«wo, zusammenfließend…» Zitat aus dem Poem «Mzyri» von Michail Lermontow. Die *Gänslein* im nächsten Zitat stammen aus der russischen Folklore.

S. 379

Wir waren viele… flink das Segel Puschkin, die Anfangszeilen des Gedichts «Arion».

S. 387

Tschuktsche Dieses Volk aus dem entlegensten Endzipfel von Sibirien mußte schon für viele Witze herhalten – die Tschuktschen waren sozusagen die Ostfriesen der Sowjetunion.

S. 403

«*Und in unserm Zimmer, da steht…*» Zitat aus Mandelstams Gedichtsammlung *Tristia*.

verbot sich jeden Schluck Die Gorbatschow-Ära begann schließlich mit rigorosen Anti-Alkoholkampagnen; nun wurde nicht nur der Verkauf von Spirituosen eingeschränkt (vgl. unser «Fundstück» zu S. 163), sondern auch ihre Produktion.

S. 426

Manuskripte brennen nämlich hervorragend Da kann ja wohl nur Bulgakow gemeint sein, der zu Sowjetzeiten oft und bedeutungsvoll zitierte Satz aus *Meister und Margarita*: «Manuskripte brennen nicht!»

S. 429

Laso Held der sowjetischen Mythologie. Im Bürgerkrieg verbrannte er 1920 in einer Lokomotive.

S. 432

Ich lag damals… Im folgenden klingt mehrfach Puschkins Gedicht «Der Prophet» an – womöglich *das* zentrale Werk der russischen Literatur, an dem sich Generationen russischer Dichter gerieben und abgearbeitet haben. Dem Poeten tritt in der Wüste ein Seraph entgegen, der ihm Augen und Ohren öffnet und ihm eine neue Zunge und ein neues Herz einsetzt. Die letzten Zeilen in wörtlicher Übersetzung:

Ich lag, ein Leichnam, in der Wüste,
Und Gottes Stimme rief mir zu:
Steh auf, Poet, sieh um dich, höre,
Durchdringe dich mit meinem Willen
Schreite Meere ab und Länder
Und brenne die Herzen der Menschen mit dem Wort.

S. 445

Fest der Verklärung Die Verklärung Christi auf dem Berge Tabor, eines der zentralen Kirchenfeste der Orthodoxie, das am 19. (nach dem alten Kalender am 6.) August gefeiert wird. Dabei steht in der Ostkirche nicht die *Verklärung* im Vordergrund, sondern der *Gestaltwandel Christi*. Was bereits im Namen des Feiertags zum Ausdruck kommt: russ. preobraschenije = Verwandlung, entsprechend zu griech. metamorphosis (bzw. latein. transfiguratio). Als Sinnbild für die ewige Verwandlung alles Seienden ist «preobraschenije» ein wichtiger Begriff in der russischen Kunst- und Kulturgeschichte.

Sechster August nach dem alten Kalender Eine Zeile aus «August» von Boris Pasternak, einem der Gedichte des *Doktor Schiwago*.

Epilog

Während «Die Erwartung der Affen» geschrieben und übersetzt wurde, fielen Tamysch und die Affenstation dem Krieg im Kaukasus zum Opfer. – Ein zufälliges Lektüre-Fundstück aus dieser Zeit, entdeckt in der Zeitschrift *Druschba narodow*: * «In Suchumi wurde die Affenstation bombardiert. Nachts haben Georgier jemand verfolgt und geglaubt, es wäre ein Abchase. Sie verwundeten ihn, und er schrie. Dann sind Abchasen auf ihn gestoßen und haben geglaubt: ein Georgier. Sie sind ihm nach, haben geschossen. Gegen Morgen sahen alle, daß es ein verwundeter Affe war. Und stürzten zu ihm, um zu helfen. Einen Menschen hätten sie umgebracht.»

(Swetlana Alexijewitsch)

* Inzwischen in: Swetlana Alexijewitsch, *Im Banne des Todes*. Übers. von Ingeborg Kolinko. Frankfurt/M.: S. Fischer 1994.

Lebensläufe

Charlotte Chandler
Ich, Fellini *Mit einem Vorwort von Billy Wilder*
(rororo 13774)
«Ich habe nur ein Leben, und das habe ich dir erzählt. Dies ist mein Testament, denn mehr habe ich nicht zu sagen.» *F. Fellini zu C. Chandler*

Werner Fuld
Walter Benjamin
(rororo 12675)
«Ein Versuch, der angesichts der Bedeutung Benjamins wohl längst überfällig war.» *Die Presse, Wien*

Bernard Gavoty
Chopin
(rororo 12706)
«Ich selbst bin immer noch Pole genug, um gegen Chopin den Rest der Musik hinzugeben.» *Friedrich Nietzsche*

Virginia Harrard
Sieben Jahre Fülle *Leben mit Chagall*
(rororo 12364)

Ulrike Leonhardt
Prinz von Baden genannt Kaspar Hauser
(rororo 13039)
«Ulrike Leonhardt scheint das Geheimnis um Kaspar Hauser endgültig gelüftet zu haben.»
Süddeutsche Zeitung

Linde Salber
Tausendundeine Frau *Die Geschichte der Anaïs Nin*
(rororo 13921)
«Mit leiser Ironie, einem lebhaften Temperament und großem analytischen Feingefühl.» *FAZ*

rororo Biographien

Donald A. Prater
Ein klingendes Glas. Das Leben Rainer Maria Rilkes
(rororo 12497)
In diesem Buch wird «ein Mosaik zusammengetragen, das als die genaueste Biographie gelten kann, die heute über Rilke zu schreiben möglich ist». *Neue Zürcher Zeitung*

Carola Stern
Der Text meines Herzens *Das Leben der Rahel Varnhagen*
(rororo 13901)
«Ich möchte mir Flügel wünschen» *Das Leben der Dorothea Schlegel*
336 Seiten. Gebunden

**«Das Leben eines jeden Menschen ist ein von Gottes-hand geschriebenes Märchen.»
Hans Christian Andersen**